ro
ro
ro

Wolf Harlander, geboren 1958 in Nürnberg, studierte Journalistik, Politik und Volkswirtschaft an der Ludwig-Maximilians-Universität in München. Nach einem Volontariat bei einer Tageszeitung und der Ausbildung an der Deutschen Journalistenschule arbeitete er für Tageszeitungen, Radio, Fernsehen und als Redakteur der Wirtschaftsmagazine *Capital* und *Wirtschaftswoche*. Für seinen ersten Thriller «42 Grad» wurde Harlander ausgezeichnet mit dem Stuttgarter Krimipreis und der MIMI 2021, dem Publikumspreis des deutschen Buchhandels. Sowohl «42 Grad» als auch «Systemfehler» wurde SPIEGEL-Bestseller. Wolf Harlander lebt heute als Autor in München.

Wolf Harlander hat topaktuelle Themen in einen spannenden Thriller verpackt, der bis zur letzten Seite hält, was er verspricht. Perfekt für heiße Sommertage.

DIE PRESSE

Bestsellerautor Harlander hat mit «Schmelzpunkt» wieder einen Klima-Polit-Thriller gezaubert. Völlig außer Atem ob des Thrills und der Twists, die der Plot aufweist.

NTV

Ein spannender Klimathriller.

BREMEN ZWEI

WOLF HARLANDER

SCHMELZ PUNKT

THRILLER

Rowohlt Taschenbuch Verlag

Veröffentlicht im Rowohlt Taschenbuch Verlag, Hamburg, Juni 2023

Covergestaltung ZERO Werbeagentur, München
Coverabbildung Shutterstock
Satz Utopia bei CPI books GmbH, Leck
Druck und Bindung GGP Media GmbH, Pößneck
ISBN 978-3-499-00863-4

Die Rowohlt Verlage haben sich zu einer nachhaltigen Buchproduktion verpflichtet. Gemeinsam mit unseren Partnern und Lieferanten setzen wir uns für eine klimaneutrale Buchproduktion ein, die den Erwerb von Klimazertifikaten zur Kompensation des CO_2-Ausstoßes einschließt.
www.klimaneutralerverlag.de

FSC
www.fsc.org
MIX
Papier | Fördert gute Waldnutzung
FSC® C014496

Und die Fische werden sterben, und das Wasser wird sich erheben, und die Menschen werden leiden. Die Menschen haben die Seelen der Tiere missachtet, die Natur aus dem ewigen Gleichgewicht gebracht. Mit diesem Frevel haben sie Sedna erzürnt, die Lenkerin der Tiefe, die Mutter des Meeres, die Herrscherin über alle Lebewesen. Die Meerfrau wird sich erheben, sie wird Rache nehmen, und ihr Zorn wird furchtbar sein.

SCHÖPFUNGSMYTHOS DER INUIT

(aus dem alten Liederzyklus Aya-Yait der Inuit)

1

... Grönland, Diskobucht ....

Es war zu warm für die Jahreszeit, dazu brauchte er nicht auf das Thermometer zu schauen, er spürte es mit jedem Schritt, mit jedem Atemzug, der seine Lunge mit der salzigen Luft füllte. Die Sonne brannte die letzten Schneefelder hinter seinem Haus weg, und der Boden war aufgeweicht und matschig. Kleine Rinnsale Schmelzwasser suchten sich ihren Weg den Hügel hinunter zur Bucht. In der Ferne schimmerte das Meer. Die Eisberge sahen auf der blaugrünen Wasseroberfläche aus wie winzige Inseln. Fischerboote und Ausflugsschiffe kräuselten das Wasser. Hinter ihm zog sich das Weiß des Gletschers turmhoch bis zum Rand der Bucht, bereit, jederzeit zu kalben und neue Eismassen ins Wasser zu stoßen, so wie es seit Jahrhunderten wieder und immer wieder geschah – der ewige Kreislauf von Werden und Vergehen, eine Demonstration der Allmacht der Natur.

Es mussten draußen 25 Grad Celsius herrschen, das waren in Grönland verrückte Temperaturen, selbst jetzt im Sommer. Nanoq Egede ging zurück ins Haus. Der Duft von frisch gemahlenem Kaffee empfing ihn, dazu das typische Aroma gebratenen Walspecks.

«Wann musst du los?» Seine Schwester Sika schenkte ihm eine Tasse ein. Er füllte sich heißen Porridge in seine Schüssel und bedeckte ihn mit Zucker. Sika aß ihren Speck direkt aus der Pfanne, zusammen mit einer Scheibe Brot. Auf einem Teller hatte sie Stücke selbst geräucherter Makrele angerichtet. Immer wieder schob sie sich einen Happen in den Mund, kaute und spülte alles mit Kaffee hinunter.

«Ich starte um zehn Uhr mit meiner Touristengruppe», antwortete Nanoq. Er löffelte seinen Brei und nahm einen Bissen Brot. Früher hatte er auch die deftigen Frühstückszutaten geliebt, aber in der Zeit in Kopenhagen hatte er sich an anderes Essen gewöhnt. Das hatte sich nicht geändert, seit er wieder zurück in seiner Heimat war.

Er lebte mit Sika im Haus seiner Eltern. Drei Zimmer, schlicht und aus Holz gebaut und außen rot angestrichen. Es war eine Zweckwohngemeinschaft. Seine Schwester war dreißig Jahre alt und noch nie außerhalb von Grönland gewesen. Sie hatte einen Job im Hafen, wo ihr Freund als Bootsführer arbeitete. Doch die beiden hatten sich bisher nicht dazu entschließen können zusammenzuziehen. «Das hat Zeit», pflegte Sika zu sagen, wenn ihr Bruder nachfragte.

Obwohl er ein Jahr jünger als seine Schwester war, hatte Nanoq das Bedürfnis, ein Auge auf sie zu haben. Vielleicht war es so was wie der Versuch, einen Ersatz für den Vater zu schaffen. Ihre Eltern waren schon lange tot. Doch Sika machte sich jedes Mal nur lustig über seine Bemühungen.

Sie waren beide bei ihrem Großvater aufgewachsen, einem Mann, der die alten Inuit-Traditionen pflegte und alles Neue verabscheute. Dennoch hatte der Großvater den jungen Nanoq zur Tante nach Dänemark geschickt. Er war in Kopenhagen zur Schule gegangen, fernab von zu Hause. Eine andere Welt, ein anderes Leben, nur unterbrochen durch Besuche in den Ferien.

Später hatte er eine weiterführende Sprachenschule besucht und Seminare in Geschichte belegt, um dann eine Stelle bei einer Fluggesellschaft anzunehmen, doch die Büroarbeit hatte ihn gelangweilt. Als ihm während einer seiner Heimaturlaube in Ilulissat eine Stelle als Fremdenführer und Outdoor-Guide angeboten wurde, griff er spontan zu. Seit vier Jahren lebte er nun wieder in der Heimat seiner Familie, seiner Vorfahren.

Nanoq räumte das Geschirr ab.

«Keinen Kaffee mehr?» Seine Schwester sah ihn fragend an.

«Ich muss nach meinen Pflegekindern sehen.»

«Gib's auf, das wird nichts, du machst dich nur lächerlich.» Sie schüttelte den Kopf. «Die Nachbarn reden schon über dich.»

Er zog sich eine Jacke über. «Das ist mir egal. Es ist ein Experiment. Warum sollten wir nichts verändern können?»

Seine «Pflegekinder» waren drei mickrige Sibirische Fichten, kaum einen Meter hoch, die er vor zwei Jahren aus Russland importiert und im Vorgarten eingepflanzt hatte. Nur mit Mühe war es ihm gelungen, die Setzlinge in dem kargen Boden zum zarten Wurzeln zu bringen. Er wollte beweisen, dass auf Grönland Bäume wachsen konnten, so wie zu Zeiten der Wikinger, die einst vom «Grünland» geschwärmt hatten. Doch die Zeiten der grünen Insel waren längst vorbei. Bäume gab es in Grönland schon lange nicht mehr. Die wenigen Flecken, die nicht von Eis bedeckt waren, waren schmutzige Teppiche aus Flechten, Gräsern und Moosen.

Er holte einen Eimer mit Wasser, löste Dünger darin auf und goss die Fichten. Im Küchenfenster stand Sika, die ihm eine Grimasse schnitt. Seine Freunde zogen ihn auf, wenn er von seinem Vorhaben erzählte, denn es hatte noch nie jemand geschafft, auf Grönland Bäume anzupflanzen. Warum also Energie dafür verschwenden? Die Natur war sowieso stärker.

Auch die alteingesessenen Inuit, die sich noch nie weiter als fünfzig Kilometer von ihrem Ort entfernt hatten und die Vergangenheit in rosigen Farben malten, tuschelten hinter seinem Rücken. Sie hielten es für eine Marotte eines Abtrünnigen, der durch die dekadente Lebensweise des Mutterlandes Dänemark verdorben worden war, der die traditionellen Sitten und Gebräuche missachtete, der eine bessere Zukunft durch zweifelhafte Segnungen der Moderne importieren wollte. Der auf Fremde mehr hörte als auf das eigene Volk.

Vielleicht stimmte es ja. Nanoq hatte viel darüber nachgedacht, war aber zu keinem Ergebnis gekommen. War er jemand, der nicht fest verwurzelt war, so wie seine Fichten? Konnte er sich nicht entscheiden, in welcher Welt er leben wollte? Was suchte er eigentlich?

Er liebte die raue Natur seiner Heimat, das Meer, die Menschen. Zugleich jedoch vermisste er die Vorzüge Dänemarks: Klubs, Theater, Kino, Restaurants, aber auch so etwas Alltägliches wie Zentralheizungen, Krankenhäuser und überall verfügbare Transportmittel – Dinge, die es auf Grönland kaum gab.

Und noch etwas nagte an ihm, es war ein winziger Stachel in seiner Seele: Er hatte noch keine feste Beziehung gefunden, keine Frau, mit der er zusammenleben wollte. Seine letzte Freundin in Kopenhagen, mit der er sich eine Wohnung geteilt hatte, hatte ihn nur entgeistert angeschaut, als er verkündet hatte, er habe einen Job in einem kleinen Ort in der Arktis angenommen und hoffe, sie würde mitkommen. Zwei Tage später war sie ausgezogen. Er hatte seitdem nie mehr was von ihr gehört.

Seine Schwester bemühte sich immer wieder, ihm Treffen mit Frauen zu arrangieren. Wie zufällig schauten regelmäßig ihre Bekannten und Freundinnen vorbei, und Sika zerrte ihn zu jedem Kaffemik in Ilulissat und den Nachbarorten. Diese Kaffeekränzchen waren für die Inuit die beliebtesten Treffen unter Verwandten, Freunden und Bekannten. Man schwatzte, man tauschte Neuigkeiten aus, man feierte gemeinsam. Ob erster Schultag, Hochzeit oder eine frisch erlegte Robbe – jeder Anlass für ein weiteres Kaffemik war willkommen. Eine gute Gelegenheit, jemanden kennenzulernen. Sogar zu einem Ausflug in die Hauptstadt Nuuk im Süden hatte Sika ihn vor Kurzem eingeladen, «mal richtig schick ausgehen, was trinken, tanzen, das ganze Programm», wie sie gesagt hatte.

Doch ihre Versuche blieben stets ohne Erfolg. Es lag nicht an ihm, glaubte er. Oder vielleicht doch? Er bemühte sich bei jedem Treffen, aber es funkte einfach nicht zwischen ihm und den Frauen. Zwar landete er mit einigen von ihnen im Bett, aber meist war es nach einer Nacht wieder vorbei.

Und das Schlimmste: Nichts blieb hier geheim, jeder wusste Bescheid, mit wem er gerade ein Rendezvous gehabt hatte – sogar worüber er und seine Begleitung geredet hatten. Schon lange musste er sich von allen möglichen Leuten gute Ratschläge anhören. Das war der Preis, wenn man irgendwo in Grönland lebte: Die Orte waren winzig, oft lebten nur ein paar Hundert Menschen zusammen. Jeder kannte jeden. Wie Verwandte in einer großen Familie glaubten sie alle, etwas beitragen zu können oder einander helfen zu müssen, wie es die Inuit seit jeher taten. Und wenn sie einander nicht halfen, sprachen sie übereinander. Klatsch und Tratsch ersetzten die beste Fernsehsendung. So blieben ihm nur gelegentliche nächtliche Zusammenkünfte mit erlebnishungrigen Touristinnen, die Lust auf ein exotisches Abenteuer hatten und ihn, ihren Guide, zu sich ins Hotel einluden – weit weg von zu Hause und ohne den heimlichen Wunsch nach mehr.

Sein kümmerliches Liebesleben versetzte ihn regelmäßig in eine melancholische Stimmung, immer wieder überwältigten ihn Phasen von Niedergeschlagenheit, und es gab Tage, da wäre er am liebsten in ein Flugzeug gestiegen und nach Kopenhagen zurückgekehrt. Doch dann zwang er sich jedes Mal, nicht weiter darüber zu grübeln, und stürzte sich in die Arbeit.

Nanoq räumte den Eimer weg, ging zurück ins Haus und holte seinen Rucksack.

«Sehen wir uns heute Mittag im Hafen?», fragte Sika.

«Ich glaube nicht. Ich mache mit meiner Gruppe einen längeren Ausflug zu den Eisbergen vor Qeqertarsuaq. Wir werden nicht vor Nachmittag zurück sein.»

2

Ellesmere-Insel, Kanada, nördlich des 80. Breitengrads

Christine betrachtete sich im Spiegel. «Macht mich dieser Daunenparka nicht sehr dick?»

«Du siehst wunderbar aus. Und draußen wirst du froh sein, was Warmes anzuhaben. Die Temperatur ist garantiert weit unter null, dazu der eisige Wind, das ist verdammt kalt, sag ich dir.» Richard nahm noch einen Schluck von dem Tee mit Rum. «Ich wärm mich lieber von innen», fügte er mit einem Lächeln hinzu.

«Ich bin schon ein bisschen aufgeregt», sagte Christine und überprüfte nochmals den Sitz der Kapuze. «Robben, Rentiere und Walrosse. Was haben wir nicht alles gesehen in den letzten Tagen. Und all die Wasservögel. Vögel, Vögel und noch mehr Vögel. Ich hab die ganzen Namen schon wieder vergessen, so viele. Vögel haben wir zu Hause ja auch – aber heute sehen wir endlich mal einen echten Eisbären in freier Wildbahn!»

«Ja, ich bin auch froh, dass wir uns nicht für die Tour zu den Eisbergen entschieden haben. Da versprechen Eisbären schon etwas mehr Action. Aber hoffentlich bekommen wir so ein Viech überhaupt vor die Linse – wenn man bedenkt, was dieser Ausflug kostet.» Ihr Ehemann holte seine Fotokamera aus dem Schrank. «Und so was nennt sich all-inclusive.»

Christine zuckte die Schultern. «Ich fand die Eisberge auch schön. Wofür haben wir denn sonst diese Schiffsreise in die Arktis unternommen?»

«Na, um uns zu erholen und Eisbären zu sehen.» Ihr Mann nahm noch einen Schluck.

«Das kannst du zu Hause auf dem Sofa auch», antwortete sie. Sie hatten sich die Luxuskreuzfahrt *Letzte Geheimnisse* in den

Norden gegönnt, raus aus dem Vorort von München, etwas machen, was sich nicht jeder leisten konnte. «Jetzt mecker nicht, die geben sich hier echt Mühe. Sogar Bio-Eier und Sojamilch gibt es zum Frühstück und frisches Obst, so viel man will.»

«Nicht zu vergessen die fünf verschiedenen Biersorten …» Richard grinste. «Das muss ich denen lassen – die Bar ist spitze.»

Ein Krächzen ertönte aus dem Lautsprecher. «Die Gäste, die die Tour ‹Könige der Arktis› gebucht haben, bitte bereit machen. Treffpunkt in fünf Minuten an Deck. Ich wiederhole: in fünf Minuten an Deck.»

«Na, dann los.» Richard erhob sich.

«Moment, ich brauch noch was für unterwegs.» Christine steckte zwei Schokoriegel ein und sah ihn verschmitzt an. «Wer weiß, wann wir wieder zurückkommen.»

An Deck der *Nordic Adventure* blies ein unangenehmer Wind. Die Sonne war hinter blassgrauen Wolken verschwunden. Christine zog ihre Kapuze zu.

«Blaue, rote und gelbe Gäste, bitte aufpassen!» Der Expeditionsleiter, ein Mann in den Dreißigern mit Vollbart und verspiegelter Brille, hob die Hand. Er war kein Einheimischer, sondern tatsächlich Deutscher, sah aber aus, als hätte er schon viele Expeditionen geleitet. Christine war erleichtert. Ihr Englisch war sehr eingerostet, bei Richard sah es noch schlechter aus.

«Bitte finden Sie sich zu Ihrer Gruppe zusammen. Die Farbe steht auf Ihrem Ticket für den Ausflug. Wir werden gleich in drei Zodiac-Schlauchboote einsteigen. Jeweils acht Passagiere pro Einheit. Sie erkennen Ihr Boot anhand der Flaggenfarbe Blau, Rot oder Gelb an Bord. Bitte nur in das Zodiac einsteigen, das Ihre Farbe hat.» Seine Stimme ging beinahe im allgemeinen Geplauder der Teilnehmer unter. «Hallo, bitte aufpassen!» Der Bärtige klatschte in die Hände. «Bitte zuhören, das ist wichtig!»

Es folgte ein zehnminütiger Sicherheitsvortrag, gespickt mit Hinweisen und Warnungen. «Und bitte denken Sie daran: Das, was Sie gleich sehen werden, ist unberührte Natur. Im Sinne des nachhaltigen Tourismus bitte nichts von der Insel mitnehmen, keine Abfälle wegwerfen, immer zusammen in der Gruppe bleiben!»

«Sehen wir denn garantiert einen Eisbären?», fragte ein Mann mit Fellmütze.

«Die Chancen stehen sehr gut», antwortete der Expeditionsleiter. «Um diese Jahreszeit halten sich die Tiere für gewöhnlich in Strandnähe auf. Falls es Sie beruhigt: Auf unseren letzten Ausflügen kamen unsere Gäste immer auf ihre Kosten.» Er sah jeden einzelnen seiner Gäste an. «Eisbären sind eine seltene Spezies geworden, sie stehen auf der Liste der gefährdeten Arten. Daher haben Sie bitte Respekt vor diesen prächtigen Tieren. Wenn wir gleich ein Exemplar sehen, genießen Sie das Schauspiel. Selbst für mich ist das jedes Mal ein erhebender Moment. So einen Ausflug vergisst man sein Leben lang nicht.» Er zeigte auf die Treppe. «Und nun bitte in die Boote.»

Ein Begleiter des Expeditionsleiters trug ein Gewehr mit sich. «Wollen Sie uns was zum Abendessen schießen?», sagte Richard grinsend, als er an ihm vorbeiging.

Der Mann verzog keine Miene. «Die Waffe habe ich zu unserem Schutz dabei, ist Vorschrift», erklärte er ebenfalls auf Deutsch. «Eisbären sind Raubtiere. Sie werden sechshundert Kilo schwer und können ganz schön schnell unterwegs sein, wenn sie wollen.» Er sah Richards entgeisterten Gesichtsausdruck und fügte hinzu: «Machen Sie sich keine Sorgen. Wie gesagt, es ist Vorschrift, eine Waffe dabeizuhaben. In all den Jahren, die ich schon Expeditionen begleite, ist noch nie etwas vorgefallen.»

Die Zodiacs fuhren um die *Nordic Adventure* herum. Vor ihnen tauchte eine Insel auf, die Ellesmere-Insel zwischen Kanada und Grönland. Der Rumpf des Kreuzfahrtschiffs hinter ihnen wirkte wie eine vom Himmel gefallene Kulisse am falschen Platz, ein monströser Fremdkörper vor dem Hintergrund gezackter Eisberge und schier endloser Flächen von Weiß.

Packeisschollen schwammen im Meer. Geschickt wichen die wendigen Zodiac-Schlauchboote aus, Gischt spritzte, Wassertropfen trafen die Gesichter der Gäste wie Eisnadeln.

Alles war still, bis auf die Außenbordmotoren. Kein Vogel, keine Robbe, kein Insekt waren zu sehen, die Touristen schienen hier die einzigen Lebewesen zu sein.

Sie fuhren in eine kleine Bucht. Die Boote landeten an einem flachen Strandabschnitt an. Helfer sicherten die Zodiacs und geleiteten die Gäste an Land. Es dauerte eine Weile, bis sich alle versammelt hatten. Tote Fische lagen überall herum, offenbar angespült.

«Bitte die Tierkadaver nicht berühren», rief der Expeditionsleiter.

«Woran sind die Fische denn gestorben?», fragte jemand.

«Ich weiß es nicht. Das ist das erste Mal, dass ich so etwas sehe – die Natur kann launisch sein», antwortete der Mann und drehte sich um. «Gehen wir weiter.»

Weit und breit kein Eisbär.

«Wir marschieren ein Stück», sagte der Expeditionsleiter. «Bitte folgen Sie mir alle im Gänsemarsch.»

In einiger Entfernung waren Hügel zu sehen. Das Gelände stieg sanft an, das Eis knirschte unter den Füßen.

Christine öffnete den Reißverschluss ihres Parkas. «Es ist ja gar nicht so kalt hier. Obwohl die Sonne nicht scheint.»

«Die Temperaturen hier sind schon seit Jahren um einiges höher als früher», erklärte der Begleiter mit dem Gewehr. «Unsere Gäste sind immer überrascht, wenn sie das merken. Sie haben eine ganz andere Vorstellung von der Arktisregion. Und dann reagieren sie falsch: Sie kommen im T-Shirt vom Schiff und wundern sich, dass der Wind doch ganz schön eisig sein kann.» Er lachte. «Gut, dass Sie warme Jacken dabeihaben.»

«Da. Da ist er!», rief der Expeditionsleiter.

«Was? Wer?»

Der Ausflugsteilnehmer mit der Fellkappe deutete nach vorn. «Ein Eisbär! Dahinten!»

Alle schauten in die Richtung, in die er zeigte. Tatsächlich bewegte sich in der Ferne etwas. Ein Eisbär.

Soweit es für Christine erkennbar war, war es ein einzelner Bär. Er bewegte sich seltsam schleppend, schwankend, kraftlos, als wäre er verletzt. Dann verschwand das Tier hinter einem Hügel.

«War das wirklich ein Eisbär?», fragte jemand aus der Gruppe. «Das war doch eine komische Erscheinung, irgendwie irreal. Ein Gespenst.»

«Wo ist er jetzt hin?», fragte eine Frau.

«Der war viel zu weit weg, wie soll ich da ein vernünftiges Foto hinkriegen?», rief jemand.

«Genau», sagte Richard, «da nützt nicht mal mein Teleobjektiv etwas.»

Andere nickten zustimmend.

Der Expeditionsleiter blickte in die Runde. «Also gut, wir gehen näher ran, bis zum nächsten Hügel. Da haben wir Deckung und können das Tier aus der Nähe beobachten. Aber bitte zusammenbleiben und ruhig verhalten.»

Einige Minuten marschierten sie bis zum Fuß des Hügels. Der Expeditionsleiter stieg hinauf und schaute von dort auf die andere Seite. Nach einer Weile gab er der Gruppe ein Zeichen, zu ihm aufzuschließen.

Hinter dem Hügel sahen sie den Eisbären, vielleicht dreißig Meter entfernt. Das Tier war ausgemergelt, das Fell schmutzig grau, darunter zeichneten sich die Rippen ab. Mit der Schnauze wühlte der Bär im Eis, dazwischen hob er immer wieder den Kopf und stieß Klagelaute aus. Jeder Schritt schien ihm Mühe zu bereiten.

«Der sieht ja ganz anders aus als die Bären im Tierpark Hellabrunn in München», flüsterte Christine enttäuscht.

«Das arme Tier – ist es krank?», fragte eine Frau aus der Gruppe.

«Liebe Teilnehmer, der Anblick hier wird Sie vielleicht schockieren, aber das ist der Lauf der Natur», sagte der Expeditionsleiter mit gedämpfter Stimme. «Bitte denken Sie dran, Eisbären ernähren sich im Wesentlichen von Robben. Die fangen sie, indem sie auf Eisschollen lauern, bis die Robben zum Luftholen auftauchen. Aber durch das wärmere Klima gibt es immer weniger Packeis, daher wird das Jagdrevier für die Eisbären kleiner und kleiner. Und an Land tun sie sich schwer, Nahrung zu finden. Deshalb müssen sie fasten, die Notreserven in ihrer Fettschicht werden nach und nach aufgebraucht.»

Schnüffelnd näherte sich das Tier, doch es schien die Ausflügler nicht zu bemerken.

«Mein Gott, wie traurig», sagte Christine. «Der Eisbär wird doch verhungern, wenn er nichts zu fressen bekommt.» Sie packte einen ihrer Schokoriegel aus und warf ihn in Richtung des Tieres.

Der Expeditionsleiter wirbelte herum und riss ihr den Arm weg, doch es war zu spät. «Sind Sie von allen guten Geistern verlassen?» Er war fassungslos. «Sie können doch nicht … Wir sind hier doch nicht beim Entenfüttern im Park!»

Der Eisbär tappte zu dem Schokoriegel, roch kurz daran und schlang ihn gierig herunter. Er hob den Kopf und nahm Witterung auf. Dann fixierte er die Gruppe. Er stieß einen Laut aus, mehr ein Fauchen dieses Mal, und bewegte sich auf die Besucher zu.

«Bleiben Sie ruhig, nicht rühren!» Die Anweisung des Expeditionsleiters sollte ruhig klingen, aber er konnte seine Nervosität nicht verbergen. «Wir dürfen das Tier nicht erschrecken.»

Wieder hob der Eisbär den Kopf. Er riss das Maul auf, zeigte die Zähne, er brüllte. Zielstrebig wurde er schneller.

«Der greift uns an!», schrie eine blonde Frau aus der Gruppe. «Nichts wie weg, bevor wir alle aufgefressen werden!» Sie drehte sich um und rannte zurück in Richtung der Schlauchboote. Einige Ausflügler folgten ihr. Richard griff Christines Hand und zog sie mit sich.

«Halt! Nicht …!», rief der Expeditionsleiter.

Aber es war zu spät. Die Gruppe löste sich in Panik auf, die Menschen flüchteten, sie liefen um ihr Leben. Einige schrien.

Der Eisbär kam näher, geleitet von seinen Instinkten. Sein Gang war jetzt geschmeidig. Wieder ein Brüllen – es klang wie der Ruf zur Jagd. Auf dem Hügel blieb er kurz stehen, fixierte seine Beute. Dann nahm er die Verfolgung auf.

Die Teilnehmer kannten nur noch ein Ziel: den Strand. Auch der Expeditionsleiter hatte jetzt zu rennen begonnen. Unterwegs stolperten manche, fielen hin, rappelten sich auf, stolperten wieder. Jemand schrie um Hilfe, keiner beachtete ihn. Die Boote waren schon zu sehen.

Der Eisbär war nur noch wenige Meter hinter den Langsamsten, die vergeblich zur Gruppe aufzuschließen versuchten.

Christine blieb plötzlich stehen, fasste sich an die Seite. «Ich kann nicht mehr», schnaufte sie. Ihr Atem rasselte.

«Komm weiter, Schatz, halt durch.» Richard versuchte, sie unterzuhaken und wegzuschleifen. Viel zu nah hinter sich hörten sie das Knurren des Eisbären.

«Tut mir leid, es geht nicht.» Christine atmete schwer, Tränen liefen ihr übers Gesicht.

Sie drehte sich um und sah, wie das Tier auf sie zu kam, wie es zum Sprung ansetzte. Sie verbarg ihr Gesicht in den Händen.

Ein Schuss.

Christine hob den Kopf. Kaum einen Meter vor dem Ehepaar brach der Eisbär zusammen. Aus einem Loch in seinem Kopf rann Blut und färbte das Eis rot.

«Das war verdammt knapp», sagte der Tourbegleiter mit dem Gewehr. Er hielt die Waffe weiter im Anschlag und ging um das Tier herum. «Der ist tot», bestätigte er leise.

Auf der Rückfahrt mit den Zodiacs sprach keiner ein Wort. Der Mann mit der Fellkappe hielt den Kopf gesenkt und schluchzte.

«Guter Mann, seien wir froh, dass wir überlebt haben. Die Situation können wir nicht mehr ändern.» Richard versuchte ihn zu trösten. «Das Tier ist nun mal tot.»

Der Mann schluchzte weiter.

Richard legte ihm den Arm um die Schultern. «Das ist uns allen an die Nieren gegangen. So ein schönes Tier. Aber Sie werden darüber hinwegkommen.»

«Ach, der Eisbär interessiert mich doch gar nicht.» Der Mann hob den Kopf. «Ich hab mein Handy auf der Insel verloren!»

3

... Garmisch-Partenkirchen, Deutschland ....

Eigentlich hätte es ein weiterer wunderbarer Tag in den bayerischen Alpen werden sollen. Die Sonne schien, kein Lüftchen regte sich, es war ideales Bergwetter. Hanna Jordan hatte bereits eine Woche Urlaub in Berchtesgaden hinter sich und jeden Tag eine Wanderung oder eine Klettertour unternommen.

Doch dann hatte ihr Chef in Bremerhaven sie angerufen. Wenn es ihr nichts ausmache, ihre Ferien zu unterbrechen, sei es wichtig, wirklich dringend, dass sie sich mit einem Herrn Dominik Hager in Garmisch traf, er kenne sonst keinen, den er schicken könne, und sie würde es nicht bereuen. Auf ihre Nachfragen antwortete er nur, sie würde alles vor Ort erfahren. Also sagte sie zu. Berchtesgaden war schön, aber die Vorfreude auf den Ausflug zur Zugspitze überwog.

Sie war gestern Abend in Garmisch angekommen. Jetzt, noch vor Sonnenaufgang, legte sie sich ihre Kletterausrüstung zurecht, schulterte den Rucksack und nahm den Waldweg durch den Hammersbacher Forst. So früh am Morgen waren hier kaum Menschen unterwegs. Der Weg war gut befestigt, die Baumwipfel gaben immer wieder den Blick frei auf die steilen Wände des Wettersteinmassivs. In der Höllentalklamm ließ sich Hanna Jordan Zeit und genoss das ständig wechselnde Naturschauspiel: dunkle Stollen, spektakuläre Wasserfälle und das tosende Wasser des Baches, der sich tief in die Felsen gegraben hatte.

Sie liebte diese Momente des Alleinseins, die Zeit ganz für sich, gerade jetzt im Urlaub. Bei ihrer Arbeit war sie ständig irgendwo unterwegs und hatte mit vielen unterschiedlichen Menschen zu tun. Da tat ihr ein wenig Einsamkeit ganz gut.

Sie war glücklich damit, Single zu sein, und schätzte es, niemanden um Erlaubnis fragen zu müssen, um dies oder jenes zu tun. Oder sich in langen Diskussionen mit einem Partner auseinandersetzen und am Ende unbefriedigende Kompromisse eingehen zu müssen.

Ihre Beziehungen hatten nie lange gehalten: Ihre wechselnden Freunde kamen mit ihrer Lebensweise nicht klar, zumal sie berufsbedingt oft monatelang auf Reisen war. Deshalb gab es immer wieder Streit, am Ende stand regelmäßig die Trennung. So blieb es bei flüchtigen Zufallsbekanntschaften oder kurzen Affären mit Kollegen. Aber das machte ihr nichts aus – im Gegenteil: Ihre Freiheit war es wert. Und sie war ja erst 32 Jahre alt.

Dominik Hager hatte als Treffpunkt die Höllentalangerhütte vorgeschlagen. Als sie die Hütte erreichte, winkte ihr ein Mann Mitte vierzig von der Gaststättenplattform aus zu.

«Frau Dr. Jordan?», begrüßte er sie. «Ich hab Sie wegen Ihres Fotos auf der Website erkannt. Schön, dass es geklappt hat. Ich weiß es zu schätzen, dass Sie Ihren Urlaub unterbrechen. Aber ich garantiere Ihnen, das ist es wert.»

Sie setzten sich und bestellten etwas zu trinken.

«Sie machen's aber wirklich spannend», sagte Hanna, als zwei kalte Almdudler vor ihnen standen. «Meine Neugierde ist geweckt. Um was geht's?»

«Wir haben im Höllentalferner, dem Gletscher unterhalb des Zugspitzgipfels, eine seltsame Entdeckung gemacht.»

«Das ist sicher sehr interessant, aber was hat das mit mir zu tun, wenn ich fragen darf? Ich bin Biologin und keine Glaziologin. Gletscher sind nicht mein Fachgebiet.»

«Seien Sie nicht so bescheiden.» Er lächelte. «Wie mir Ihr Chef beim Alfred-Wegener-Institut erzählt hat, kennen Sie sich ganz gut mit Eis und Gletschern und deren Tierwelt aus. Sie haben sogar an der berühmten ‹Mosaic›-Expedition Ihres Instituts teilgenommen.»

«Das stimmt, aber ich war die meiste Zeit im Labor tätig oder habe Eisproben genommen.»

Sie war fast ein Jahr lang mit einer internationalen Wissenschaftler-Crew auf dem Eisbrecher *Polarstern* in der Arktis unterwegs gewesen. Das Schiff hatte sich in der Nähe des Nordpols festfrieren lassen, um im Winter die Drift im Nordpolarmeer zu untersuchen und Klimadaten zu sammeln. Es war die bisher größte Polarexpedition weltweit gewesen. Die Leitung des Projekts hatte beim Alfred-Wegener-Institut, Helmholtz-Zentrum für Polar- und Meeresforschung gelegen, abgekürzt AWI, wo sie als Biologin angestellt war.

Hanna war in München geboren, zur Schule gegangen und hatte dort studiert. Die Nähe zu den Bergen, Wandern und Skifahren – nie hätte sie sich vorstellen können, aus Bayern wegzuziehen. Doch für ihre Doktorarbeit über Kleinlebewesen im

Eis hatte sie eine befristete Stelle beim AWI erhalten – und war dortgeblieben, Umzug nach Bremerhaven inklusive, weit weg von den Bergen. Den Schritt hatte sie nie bereut. Nur ihre Ferien verbrachte sie nach wie vor am liebsten im Süden Deutschlands.

«Vielleicht erzähle ich zuerst ein wenig von mir», unterbrach Dominik Hager ihre Gedanken. «Ich bin tatsächlich studierter Glaziologe und Geowissenschaftler. Zusammen mit einigen Kollegen leite ich ein Projekt, um die Entwicklung der bayerischen Gletscher zu erforschen.»

«Da werden Sie wohl leider nicht mehr lange zu tun haben, so traurig es ist», bemerkte Hanna.

«Sie spielen auf den Rückgang der Gletscher an.» Der Wissenschaftler seufzte. «Und ich muss sagen: Sie haben leider recht. Unsere Daten zeigen eindeutig: In zehn Jahren gibt es in Deutschland keine Gletscher mehr. Aus und vorbei. Von wegen ‹ewiges Eis›: Es schmilzt so schnell wie nie. Keine Gegenmaßnahme hat die Entwicklung aufhalten können. Wir haben es mit Stroh versucht, das wir auf der Oberfläche der Gletscher zum Schutz gegen die Hitze und Sonneneinstrahlung aufgebracht haben, oder mit Plastikbahnen. Nichts hat geholfen. Die drei Gletscher der Zugspitze, der Höllentalferner sowie der südliche und nördliche Schneeferner unterhalb des Gipfels, sind nur noch armselige Relikte. Sie sterben einen schnellen Tod. Dabei sind sie die größten permanenten Eisflächen unseres Landes.»

Er hatte sich in Rage geredet und wischte sich jetzt den Schweiß von der Stirn. Hanna wartete, bis er fortfuhr.

«Wir haben ein Frühwarnsystem bei den Gletschern installiert, das uns ständig aktuelle Daten liefert. Mittels Satelliten und GPS vermessen wir die Eisfelder. Laserscans und Bodenradar zeichnen Eisdicke und Wasserabfluss auf. Und ein Netz aus Sensoren erfasst Parameter wie Feuchtigkeit, Temperatur, Niederschlag oder Bodenbewegungen. Um es kurz zu machen: Unsere Geräte haben Alarm geschlagen. Das Eis ist an einigen

Stellen des Höllentalferner bedrohlich abgeschmolzen – und hat etwas freigelegt. Ein Ding.»

«Ein Ding?»

«Vermutlich etwas Organisches. Wir haben vor Ort alles so belassen, wie es war, und wollten uns zuerst bei einer Expertin rückversichern. Deshalb bitten wir Sie um Hilfe.» Er legte einen Geldschein auf den Tisch und griff nach seinem Rucksack. «Wir sollten jetzt hochgehen und uns das Ding gemeinsam ansehen. Ich bin auf Ihr Urteil gespannt.»

Nach einem moderaten Aufstieg erreichten sie die Leiter eines Klettersteigs, der aus in die Felsen gehauenen Eisenstufen bestand. Sie legten ihre Klettergurte an und setzten Helme auf. Von nun an ging es mühselig weiter. An der senkrechten Felswand mussten sie über Stahlstifte balancieren. Danach betraten sie das Höllental Kar, überquerten eine Geröllfläche und standen schließlich auf dem Gletscher. Von dort ging es nur mit Steigeisen weiter.

«Da oben ist es, wo das Eis die Felswand berührt.» Hager ging voran.

Schon von Weitem war die Stelle zu erkennen: Ein Bereich des Berges war mit einem Band abgesperrt.

«Hier sind wir fast bei 2400 Meter Höhe», erklärte er.

«Aber wo ist das, was Sie gefunden haben?» Hanna konnte außer Eis und Geröll nichts erkennen. Irgendwo in der Ferne rauschte Wasser.

«Einen kleinen Abstieg braucht es noch.» Hager deutete auf eine schmale Spalte, die sich zwischen Berg und Eisfläche auftat. Darunter war ein Bach zu sehen, der ungestüm talwärts floss und bald wieder unter dem Gletscher verschwand.

«Wir müssen uns abseilen, in drei Meter Tiefe gibt es einen kleinen Sims.»

Sie packten die Bergsteigerausrüstung aus und sicherten sich.

Nach zehn Minuten standen Hanna und Dominik Hager auf dem Sims. Hier war es eng und feucht, das Tageslicht schaffte es kaum zu ihnen nach unten. Vor ihnen stand die Eiswand. Dunkle Linien durchzogen das Weiß. Hanna konnte nichts erkennen und schaltete ihre Stirnlampe ein. Die Linien sahen aus wie Äste. An einer Stelle ragte ein helleres, spitzes Stück heraus. Sie befühlte es und leuchtete es genauer ab.

Ihr Herz begann plötzlich schneller zu schlagen, als sie begriff, was sie da sah. «Das ist ein Mammut-Stoßzahn! Und im Eis liegen weitere Mammut-Knochen!»

Vor Aufregung hätte sie auf dem schmalen Sims fast den Halt verloren.

«Wir haben uns so was schon gedacht, wollten aber sichergehen.» Hager strahlte übers ganze Gesicht. «Na, das ist ein Fund, was?»

«Wahnsinn! Die Knochen scheinen wirklich gut erhalten zu sein.» Noch nie hatte Hanna einen so perfekt konservierten Mammut-Stoßzahn gesehen. «Er lag hier die ganze Zeit wie in einem Gefrierschrank. Und die Gletscherschmelze bringt ihn nach all den Jahrtausenden wieder ans Tageslicht!»

«Wie alt schätzen Sie die Knochen?»

«Schwer zu sagen. Sie stammen wohl aus der Eiszeit. Vielleicht sind sie 40 000 bis 50 000 Jahre alt. Dazu müsste man aber ausführlichere Untersuchungen anstellen.»

«Das könnte hinkommen», meinte Hager nachdenklich. «Früher reichten die Gletscher hier bis ins Voralpenland. Und damals bevölkerten auch Mammuts die Region.»

«Es gibt doch bereits Mammut-Funde in Bayern, oder nicht?», fragte Hanna.

Hager lächelte und nickte. «Genau. Forscher haben früher ein gut erhaltenes Skelett in der Gegend von Siegsdorf beim Chiemsee ausgegraben. Aber das hier toppt alles. Welch ein Glück, was für Geheimnisse das Eis jetzt preisgibt!»

4

... Diskobucht, Grönland ...

Am Pier wartete ein gutes Dutzend Menschen, die mit ihren modischen Jacken, Hosen und teuren Sonnenbrillen leicht als Ausländer zu identifizieren waren. Laut Nanoqs Unterlagen waren es Gäste aus den USA und Kanada, die in einem Hotel in der Nähe wohnten und eine Tour «abseits der üblichen Touristenpfade» gebucht hatten, wie es auf der Webseite hieß.

Er hob das Schild des Veranstalters hoch, und sofort gruppierten sich die Ausflügler um ihn. Nanoq kontrollierte die Tickets und die unterschriebenen Erklärungen, auf denen die Gäste bestätigten, auf eigene Gefahr teilzunehmen und keinerlei Schadensersatzansprüche zu stellen.

Er stellte sich auf Englisch vor.

«Du bist doch ein Eskimo, was sagst du denn zu diesem Wetter?», fragte ein Mann mit Sonnenbrille.

«Ich bevorzuge das Wort Inuit, also Inuk», antwortete Nanoq freundlich. «Das heißt übersetzt ‹Mensch›. ‹Eskimo› bedeutet ‹Rohfleischesser› und ist ein abwertender Begriff.»

«Entschuldigung, das wusste ich nicht.» Dem Mann war das sichtbar peinlich.

«Schon gut.» Tatsächlich kannten viele Besucher nur den Begriff Eskimo. Nanoq nahm es ihnen nicht übel. Denn die richtige Bezeichnung war auch unter den indigenen Völkern der Arktis durchaus umstritten. Inuit nannten sich vor allem die Ureinwohner in Grönland und Ostkanada. Die Yupik auf der russischen Tschuktschen-Halbinsel und der St.-Lorenz-Insel vor Alaska sowie die Inupiat in Nordwestkanada und Westalaska hatten mehrheitlich nichts gegen den Begriff Eskimo einzuwenden.

Einige Gäste standen in T-Shirts herum, zwei Männer hatten kurze Hosen an, eine Frau Anfang zwanzig steckte sogar barfuß in Flipflops.

Nanoq sprach sie an. «Tut mir leid, Leute, so geht das leider nicht». Es fiel ihm leicht, sich fließend in verschiedenen Sprachen zu unterhalten, ein unschätzbarer Vorteil in seinem Job. «Ihr braucht andere Kleidung. Bitte etwas überziehen. Im Zweifel findet ihr auf dem Boot Jacken. Und ihr braucht feste Schuhe.» Er deutete auf die Flipflops. Wie um alles in der Welt konnte man mit diesen Dingern in die Arktis reisen?

«Aber es ist verdammt heiß heute», maulte die Frau. «Ich fühl mich wohl in meinen Latschen – und friere kein bisschen.»

«Ja, wir benötigen eher Sonnenschutzcreme als eine Jacke», rief ein junger Mann. «Das ist hier fast wie in Florida.»

«Ja, die Temperaturen sind weitaus höher, als wir es hier auf Grönland für diese Jahreszeit gewohnt sind. Und die Sonne brennt ordentlich herunter, deshalb ist es richtig, einem Sonnenbrand vorzubeugen.» Nanoq fixierte jeden Einzelnen. «Aber wir sind gleich draußen auf dem Meer. Da pfeift ein ordentlicher Wind. Und der Boden auf den Eisbergen hat Gefrierschranktemperaturen. Also, bitte, eurer eigenen Gesundheit wegen: Zieht euch was drüber.» Er wandte sich an die Frau mit den Flipflops. «Und die gehen leider gar nicht.»

«Aber ich hab doch für den Trip bezahlt!»

«Sorry, Sicherheit geht vor. Aber keine Sorge, ich hab für solche Fälle vorgesorgt.» Nanoq kannte solche Probleme bereits von anderen Reisegruppen. Deshalb hatte er für Notfälle immer Ersatz dabei. Er holte aus seinem Rucksack ein Paar Stiefel heraus und gab sie der Frau. «Das ist eine One-size-fits-all-Größe, bitte die Riemen festziehen.»

Die Frau zog die Stiefel an und ging einige Schritte damit. «Die sind unbequem und mindestens eine Nummer zu klein.»

«Du wirst dich schnell daran gewöhnen.»

Nach einigem Murren folgten alle den Anweisungen. Nanoq winkte das Boot heran, einen kleinen Fischkutter. In der schmalen Kabine stand nicht der angekündigte Steuermann, sondern Jako, der Freund seiner Schwester, unverkennbar mit seinem massigen Körper und der Baseballmütze mit «NY»-Logo. Er legte ein Brett aus genagelten Bohlen an den Pier. «Bitte vorsichtig, meine Damen und Herren, es ist wacklig.»

Etwas an Jakos undeutlicher Aussprache irritierte Nanoq. Er zog seinen Freund beiseite.

«Was ist los? Warum übernimmst du die Fahrt?»

«Dem andern ging's nicht so gut, da bin ich auf Wunsch des Veranstalters spontan eingesprungen.» Die Worte kamen ihm schleppend über die Lippen. Nanoq glaubte, Alkohol zu riechen.

«Bist du okay? Hast du etwa wieder getrunken?»

«Spinnst du? Wie kommst du drauf?» Jako war lauter geworden. «Mir geht es gut, mach dir keine Sorgen, ich hab alles im Griff. Los jetzt, wir sind spät dran und haben noch eine weite Fahrt vor uns.» Er wandte sich ab, holte das Brett ein und machte sich bereit für die Fahrt.

Nanoq nahm sich vor, Sikas Freund im Auge zu behalten. Er kontrollierte, ob alle Teilnehmer die Rettungswesten angelegt und Platz genommen hatten, dann gab er das Zeichen zum Ablegen.

Nachdem sie den Hafen verlassen hatten, spürten sie sofort den kalten Wind. Die Teilnehmer zogen eilig ihre Jacken zu. Das Boot pflügte durch die Wellen, Gischt spritzte, feine Wassertröpfchen nieselten übers Deck.

Nanoq war immer wieder fasziniert davon, wie sich das Meer in dieser Region ständig veränderte und seine Farbe wechselte. Mal war es von einem tiefen Blau, dann wieder blaugrün, mal mit schwarzen und grauen Flecken. Bei Sonnenaufgang glühte die Wasseroberfläche manchmal wie ein Spiegel aus Rot, Lila und Orange.

In den traditionellen Mythen der Inuit war die wichtigste Göttin eine Frau, Sedna, die Mutter des Meeres. Sie wohnte auf dem Grund des Ozeans und war Herrin über das Totenreich und die Meerestiere. Jedes Kind kannte die Sagen, die Alten waren beseelt von den Geschichten, und nicht wenige glaubten, dass darin eine Wahrheit steckte. Nanoq hielt das alles für Märchen und konnte über den Aberglauben nur den Kopf schütteln.

«Sehen wir heute auch Pinguine?», rief ihm die Frau zu, die ihre Flipflops gegen Gummistiefel getauscht hatte.

Er war immer wieder erstaunt über das profunde Unwissen der Touristen. Aber andererseits durfte man natürlich nicht zu viel voraussetzen – schließlich waren die Besucher da, um Urlaub zu machen und Spaß zu haben. Und er als Guide hatte dafür zu sorgen, dass sich die Gäste wohlfühlten.

«Pinguine gibt es nur auf der entgegengesetzten Seite des Globus – in der Antarktis. Dafür haben wir die Eisbären.»

«Wahnsinn! Sehen wir heute einen?», fragte ein Mann mit Sonnenbrille.

«An diesem Küstenabschnitt sind sie selten zu finden. Aber hier in der Diskobucht tummeln sich jede Menge Wale.»

Wie zum Beweis tauchten kaum zehn Minuten später vier Zwergwale backbord an der Oberfläche auf. Aufgeregt sprangen die Gäste auf und zückten ihre Kameras. Das Boot passierte einen kleinen Eisberg, nur acht Meter hoch und zwölf Meter breit. Wieder klickten die Fotoapparate.

«Wow, das ist fantastisch.» Der Mann mit der Sonnenbrille zeigte auf einen weiteren Mini-Eisberg, der auf ihrer Fahrtroute lag. «Wo kommen die bloß alle her?»

«Ganz einfach.» Nanoq deutete auf die Ilulissat-Küstenlinie hinter sich. Die bunten Häuser des Ortes waren zu Farbpunkten geschmolzen, gerahmt von Bergen. Im Hintergrund schob sich eine Eiszunge durch den Fjord. Mächtig und bedrohlich überragten die weißen Massen die Landschaft. «Das ist der Jakobshavn-Gletscher, bei uns heißt er Sermeq Kujalleq. Er ist der am schnellsten fließende Gletscher der Welt. Er schiebt mit einem Tempo von bis zu fünfundvierzig Meter am Tag neue Rieseneisberge ins Meer – und das seit Jahrhunderten. Ein abgebrochenes Teil von Jakobshavn war übrigens 1912 für das Sinken der Titanic verantwortlich.»

Ein Raunen ging durch die Gruppe. Diese Geschichte verfehlte nie ihre Wirkung.

«Und ein solches Stück Eisberg besuchen wir?», fragte einer.

«Dort in der Ferne seht ihr unser Ziel.» Nanoq wies auf eine riesige Eisinsel mit gezackten Bergen, scharfen Kantenabbrüchen und einem flachen Anstieg auf der linken Seite. «In einer Viertelstunde sind wir da. Wir werden anlanden und eine Wanderung machen.»

«Stammen alle Eisstücke im Nordpolarmeer von solchen Gletschern?», fragte eine junge Frau.

«Es ist ein wenig komplizierter», antwortete Nanoq. «Eisberge und Gletscher bestehen aus Süßwasser. Große schwimmende Gletscherplatten sind auch bekannt unter dem Begriff Schelfeis. Ganz anders das Packeis. Dabei handelt es sich um gefrorene Salzwasserplatten, und es haben sich mehrere Eisschollen übereinandergeschoben, die auf dem Meer treiben. Ihr kennt sicher die Bilder von Packeis im Fernsehen. Die Meeresoberfläche in der Arktis friert zu einer weißen Fläche, und man braucht Eisbrecher, um Schiffen die Durchfahrt zu ermöglichen. Ihr solltet mal im Winter herkommen, da ist alles mit Eis und Schnee bedeckt.»

«Aber zu der Jahreszeit ist es doch in der Arktis ständig dunkel», sagte die Flipflop-Frau. «Das wäre nichts für mich.»

Nanoq lachte. «Dafür haben wir jetzt im Sommer ewig Tageslicht. Und schön warm ist es auch, viel wärmer als sonst.»

«Kommt darauf an, womit man es vergleicht», meinte der Mann mit der Sonnenbrille. «Ich jedenfalls friere gerade. Warst du schon in Kalifornien? Dort ist es richtig heiß. Aber hier …»

«Ich werd es mir als nächstes Urlaubsziel vornehmen», antwortete Nanoq freundlich. In Wahrheit hatte er außer Dänemark noch kein anderes Land gesehen, von einem kurzen Zwischenstopp auf Island bei einem Rückflug mal abgesehen. Für Reisen hatte sein Geld nie gereicht, und mit seinem kleinen Einkommen war vorerst auch nicht daran zu denken.

Vor ihnen tauchte das Ziel ihres Ausflugs auf. Jako gab den Teilnehmern ein Zeichen, sich zu setzen. Aus der Nähe betrachtet, wirkte der Eisberg imposant und einschüchternd. Hochhäusern gleich reckten sich die Spitzen in den Himmel, und aus der Nähe waren Höhlen und Einschnitte und Adern auszumachen.

Immer wieder aufs Neue war Nanoq davon fasziniert. Er hatte noch nie zwei Eisberge gesehen, die gleich aussahen: ob scharfkantig oder rund, wie mit Schmirgelpapier abgeschliffen, ob hoch oder flach wie ein Pfannkuchen, bizarr geformte Skulpturen oder simple rechteckige Formen – die Natur tobte sich aus, launisch und unberechenbar. In solchen Momenten konnte er die Inuit verstehen, die an eine höhere Macht glaubten, die das alles geschaffen haben musste. Auch er hatte einen gehörigen Respekt vor den Eismassen.

Sie fuhren den Rand des Eisbergs entlang, auf der Suche nach einer Möglichkeit zum Anlanden.

«Dort drüben», rief Nanoq Jako zu. In einem flachen Stück hatte sich eine kleine Bucht gebildet.

«Geht klar, Chef.» Sikas Freund machte ein lässiges Grußzeichen und grinste schief. Dann schlug er das Ruder ein und gab Gas.

Das Boot drehte scharf ab und beschleunigte. Das Ufer kam schnell näher. Viel zu schnell.

«Langsamer!», schrie Nanoq.

Aber es war schon zu spät. Plötzlich tat es einen harten Schlag. Der Kiel des Bootes grub sich ins Eis. Die Gruppe wurde aus ihren Sitzen gerissen, einige fielen zu Boden. Der Mann mit der Sonnenbrille wurde an Land geschleudert, er war in Vorfreude auf den Landgang vorzeitig aufgestanden und nach vorn zum Bug gelaufen.

«Upps.» Jako klammerte sich ans Steuerrad.

«Bist du irre, Jako?» Nanoq sprach im Inuit-Dialekt Kalaallisut, den alle auf Grönland sprachen. Er wartete keine Antwort ab, sondern sprang an Land, um dem Mann mit der Sonnenbrille zu helfen.

Doch der hatte sich bereits wieder aufgerappelt, vorsichtig tastete er seine Gliedmaßen ab. «Nichts gebrochen, Glück gehabt! Ich wusste gar nicht, dass auf dieser Tour die Titanic-Havarie nachgespielt wird.» Der Mann versuchte ein Lächeln.

Nanoq entschuldigte sich im Namen des Veranstalters bei allen und half den Teilnehmern beim Aussteigen. Zwei Frauen hatten sich Abschürfungen zugezogen. Er verarztete sie mit Desinfektionsmittel und Pflastern. Jako vertäute unterdessen das Schiff. Nanoq ging in die schmale Bootsführerkabine und öffnete Schränkchen und Laden. Sofort fand er seinen Verdacht bestätigt: Eingewickelt in einen Lumpen fand er eine angebrochene Flasche Wodka. Er hielt sie Jako entgegen.

«Du kannst doch nicht angetrunken ein Boot steuern. Bist du von allen guten Geistern verlassen?» Es kostete ihn Mühe, seine Wut im Zaum zu halten. «Du gefährdest das Leben unserer Gäste!»

Jako sah ihn mit glasigen Augen an. «Nun tu mal nicht so besserwisserisch. Es war … es war nur ein Schluck … ein … ein … kleiner Schluck.» Die Worte kamen schleppend. «Ich kann damit umgehen, glaub mir. Ich vertrag … eine Menge, wie du weißt, und … und bin trotzdem topfit.»

«Das ist vollkommen verantwortungslos! Was denkst du dir

nur? Du gehst nicht mehr ans Steuer. Die Rückfahrt übernehme ich.»

«Kannst du das Boot überhaupt steuern? Du … Du brauchst mich!» Jako lachte unbeholfen.

«Schlimmer als du werde ich mich schon nicht anstellen. Sieh bloß zu, dass du nüchtern wirst, und bleib an Bord sitzen.»

Nanoq wandte sich ab und ging zu seiner Gruppe, die dicht gedrängt stand. «Ihr seht also, welche Überraschungen Eisberge unter Wasser bereithalten. Wir müssen weiter vorsichtig sein. Achtet auf eure Schritte und bleibt zusammen. Wenn jemand Probleme bekommt oder ihm kalt ist, bitte sofort Bescheid sagen.»

Die Teilnehmer nickten. Allen war der Schock über den Bootsunfall noch anzusehen, doch die Neugier ihrer neuen Umgebung gegenüber lenkte sie mehr und mehr ab.

«Ich stehe auf einem Eisberg – wie cool!» Die Flipflop-Frau holte ihr Handy heraus und machte ein Selfie von sich. «Ach – was ist das?» Hektisch tippte sie auf ihrem Mobiltelefon herum. «Kein Netz.»

«Handys funktionieren auf Grönland nur in den größeren Orten – und auch da nur eingeschränkt. Allenfalls Funkgeräte und Satellitentelefone gehen, aber sind leider wegen der arktischen Umgebung ebenfalls unzuverlässig», sagte Nanoq. «Gehen wir ein Stück, folgt mir bitte.»

Sie stiegen eine flache Anhöhe hinauf. Unterwegs hielt er immer wieder an und erzählte von den Tieren in der Diskobucht, vom Meer und Anekdoten über das Land und die Leute, sein Routineprogramm für Ausflügler. Nach einigen Hundert Metern fiel ihm auf, dass die Oberfläche nachgab, das Eis gerade an der Kante zum Meer hin sulzig war und sich kleine Wasserpfützen gebildet hatten. Das war ungewöhnlich. Selbst die warmen Temperaturen und die Jahreszeit erklärten das nicht. Nanoq war irritiert. Von klein auf war er wie alle Inuit dazu erzogen worden, das Eis zu lesen. Über Jahre hatte ihm sein Großvater alles beigebracht, was man dazu wissen musste, war unzählige Male mit ihm hinausgefahren zu den Eisbergen und ins Packeis, hatte ihn zu Übungszwecken zurückgelassen, damit er sich allein nach Hause durchschlug, ein Training der besonderen Art.

Denn das Eis war seit Menschengedenken das zentrale Lebenselement der Inuit. Sie hatten gelernt, in dieser extrem feindlichen Umgebung zurechtzukommen, im Eis zu jagen und für Essen zu sorgen, in Iglus aus Eis zu wohnen. Kein anderes Volk auf diesem Planeten schaffte es, in solch einer unwirtlichen Welt zu überleben – ohne die Vorzüge moderner Technik, ohne Hilfe von außen, ganz auf sich allein gestellt.

Er wusste, ohne darüber nachdenken zu müssen, was es bedeutete, wenn das Eis seine Beschaffenheit änderte, er kannte die Anzeichen brüchiger Oberflächen, er spürte die gefährlichen Wasseradern unter der weißen Decke. Die Geräusche, wenn Eis brach, sich Platten bewegten oder Gletscher kalbten, waren ihm wie selbstverständlich vertraut. Farbe, Geruch, Festigkeit, selbst der Geschmack von Eis offenbarte ihm wertvolle Informationen, wo andere lediglich ein Stück Natur wahrnahmen. Er wusste um die Gefahren und beherzigte wie jeder Inuk das alte Sprichwort «Siku Kisimi – allein das Eis entscheidet».

«Gehen wir auf den Gipfel?» Der Mann mit der Sonnenbrille blieb stehen. «Von dort oben muss die Aussicht super sein.»

«Sorry, Leute, das ist zu gefährlich», antwortete Nanoq. «Außerdem fehlt uns dazu die nötige Ausrüstung. Und die passenden Schuhe hat auch nicht jeder. Ich schlage vor, wir versuchen, die andere Seite des Eisbergs über die kleinere Anhöhe dort drüben zu erreichen. Was meint ihr?»

Alle waren einverstanden. Nanoq änderte die Richtung, der Trupp setzte sich wieder in Bewegung.

«Wie lange dauert es noch?», fragte eine Frau nach zwanzig

Minuten. Das Marschieren auf diesem ungewohnten Untergrund schien ihr Schwierigkeiten zu bereiten.

«Ich denke, wir müssten bald da sein.»

Und tatsächlich: Wenig später öffnete sich von der Anhöhe der Blick aufs Meer. Weiter weg waren weitere Eisberge zu sehen, in der Ferne fuhr ein Fischtrawler vorbei. Unter ihnen hatte sich eine natürliche Bucht im Eis gebildet, silbrig funkelte das Wasser in der Sonne.

«Das ist unser Ziel. Langsam absteigen.» Nanoq suchte eine Route, die einfach zu bewältigen war.

Als sie näher kamen, sah er, dass das silbrige Glitzern von etwas ausging, das im Meer schwamm. Ihm stockte der Atem, als er sah, was es war.

«Mein Gott, ist das eklig!» Die Flipflop-Frau starrte auf das Wasser.

Alle waren abrupt stehen geblieben.

«Gruselig», sagte jemand.

«Ich muss mich gleich übergeben», flüsterte jemand anders.

In der Bucht trieben Hunderte, nein Tausende tote Fische. Das Meer hier war ein Friedhof.

Es war Kabeljau, wie Nanoq an der markanten Seitenlinie und dem hellen Bauch erkannte. Die Strömung musste die Tiere hierhergetrieben haben.

Er fischte mehrere Exemplare aus dem Wasser und untersuchte sie. Nichts wies darauf hin, wie oder warum sie verendet waren.

So etwas hatte er in seinem Leben noch nicht gesehen.

Nanoq war, nachdem er seine Touristengruppe abgesetzt hatte, direkt zur Polizeistation gefahren. Die Wache war ein zweistöckiger Steinbau mit Schrägdach, drei Polizeiautos parkten davor. Nanoq amüsierte sich immer wieder aufs Neue über die

Begeisterung der Behörden für Autos, die sie stolz in der Öffentlichkeit präsentierten. Auch die wenigen Wohlhabenden des Ortes zeigten gern ihre Geländewagen. Dabei war es vollkommen unsinnig, hier mit solchen Fahrzeugen herumzukurven: In der ganzen Stadt gab es nur eine Handvoll geteerte Wege, die längste Entfernung betrug drei Kilometer auf einer einspurigen Straße hinaus zum kleinen Flughafen. Am schnellsten war man zu Fuß unterwegs. In ganz Grönland sah es nicht viel besser aus: In den Städten gab es zwar einige wenige Straßen, aber von Ort zu Ort führten weder Überlandstraßen noch Eisenbahnen. Reisende waren auf Flugzeug oder Schiff angewiesen.

Nanoqs alter Bekannter Eliyah blickte kurz von seinem Buch hoch. «Nanoq, was führt dich zu uns?»

Der Polizist machte keine Anstalten, ihm mehr Aufmerksamkeit als nötig zu schenken. Er war sich seines herausgehobenen Status als Beamter bewusst. Seine freundliche Herablassung wurde durch die komfortable Sicherheit eines festen und vergleichsweise gut bezahlten Behördenjobs genährt.

«Was gibt's Neues von Sika?», sagte er abschätzig.

Früher war Eliyah kurz mit Nanoqs Schwester liiert gewesen.

«Das weißt du doch.» Nanoq hatte nicht vor, ein Schwätzchen zu beginnen. «Ich hab was Ernstes zu melden.»

«Ach.» Eliyah legte betont langsam seinen Krimi beiseite. «Erzähl.»

Nanoq holte die beiden Kabeljaue heraus und legte sie auf den Schreibtisch.

«Willst du mir die zum Abendessen schenken?» Der Polizist gluckste. «Oder haben die Fische eine Straftat begangen? Soll ich sie verhaften?»

«Sehr witzig. Ich habe die Kabeljaue verendet in einer Bucht gefunden, neben Tausenden anderer toter Fische.» Er berichtete von dem Eisberg-Ausflug.

«Komm, das ist doch Zufall. So ein Massensterben hat's bei

uns noch nie gegeben», sagte Eliyah. «Was soll denn die Ursache dafür sein?»

«Weiß ich nicht», sagte Nanoq. «Ein Tanker hat Gift abgelassen, vielleicht.»

«Hast du Beweise? Fotos?»

«Dafür seid ihr doch da. Geht der Sache nach!»

«Wie stellst du dir das vor?» Eliyah lehnte sich zurück. «Auf einen vagen Verdacht hin das ganze Nordpolarmeer nach fiktiven Umweltverschmutzern absuchen lassen? Meine Vorgesetzten zeigen mir den Vogel, wenn ich mit so was ankomme.»

«Dann lass die Fische im Labor untersuchen.»

Eliyah besah sich den Kabeljau. «Sieht doch ganz gesund aus – nur tot eben. Ich kann da nichts Ungewöhnliches erkennen.»

«Fahr mal raus zum Eisberg», widersprach Nanoq. «Dann siehst du, dass das durchaus ungewöhnlich ist.»

«Falls dort tatsächlich so viele verendete Fische waren, ich betone, *falls*, dann sind die längst weggetrieben und vom Meer verschluckt. Vielleicht waren es aber auch nur ein paar Dutzend. Du hast sie sicher nicht alle gezählt, oder?» Eliyah grinste ironisch.

«Lass den Unsinn. Sag mir lieber, was du unternehmen willst.»

«Ehrlich, ich kann gar nichts für dich tun. Versetz dich mal in meine Lage: Auf einen vagen Verdacht hin, ohne den geringsten Beweis kann ich keine Ermittlungen anstellen. Gegen wen sollen wir denn auch ermitteln? Gegen einen der hundert Kapitäne, die da draußen im Meer kreuzen? Gegen einen Unbekannten, der Kabeljau ermordet? Im Ernst, Nanoq, hast du dir mal überlegt, dass das einfach eine Laune der Natur sein könnte? So was passiert eben gelegentlich, das ist Schicksal. Wegen der paar Fische lohnt die ganze Aufregung nicht. Es sind nur Fische, mehr nicht, davon haben wir genug im Wasser. Niemand ist zu Schaden gekommen, niemand wurde verletzt. Kurzum: Ich seh da keine Straftat.»

«Eliyah, du kannst doch nicht einfach …»

Das Funkgerät quäkte. Der Polizist schaltete das Gerät an, setzte den Kopfhörer auf und lauschte dem Gesprächspartner am anderen Ende.

«Ja, der ist gerade bei mir … Ja, ja, ich verstehe … Klar, wird sofort erledigt.» Er legte den Kopfhörer zur Seite.

«Der Bürgermeister war gerade in der Leitung, Nanoq. Er sucht dich schon die ganze Zeit. Anscheinend gibt's Stress mit einigen Touristen. Du sollst sofort kommen.» Er schnappte sich wieder sein Buch. «Versuch doch bei ihm dein Glück mit deiner Geschichte. Bis dann!»

Nanoq ging in den Ort. Die Sonne schien heute noch heißer herunterzubrennen als die Tage zuvor. In der Bucht ankerte jetzt ein Kreuzfahrtschiff namens *Nordic Adventure*. Er konnte sich immer noch nicht an den Anblick dieser Stahlriesen zwischen den Eisbergen gewöhnen, obwohl sie mittlerweile zum gewohnten Bild von Ilulissat gehörten. Die Einheimischen freuten sich über das Zusatzgeschäft, wenn die Reisenden für einige Tage wie die Heuschrecken in die knapp 5000 Einwohner zählende Stadt einfielen. Tourismus war eben ein wichtiges Geschäft für die Menschen hier geworden – letztlich lebte ja auch er selbst davon. Oft buchten die Passagiere dieser Schiffe Ausflüge mit ihm.

Im Rathaus wartete schon Tuktu Rasmussen auf ihn. «Wo bleibst du denn?» Die Ungeduld war dem Bürgermeister anzumerken. «Ich brauche deine Hilfe.»

«Was ist denn los?», fragte Nanoq.

«In meinem Büro sitzen zwei deutsche Passagiere von dem Kreuzfahrtschiff. Die sind ganz aufgeregt, ich vermute, sie wollen sich beschweren. Der Kapitän der *Nordic Adventure* hat sie hergeschickt. Der macht sich die Sache mal wieder leicht, indem er mir das Problem aufhalst. Leider sprechen sie kein Englisch. Du kannst doch Deutsch, du musst für mich übersetzen.»

«Klar, mach ich gern.»

Die beiden Touristen standen auf, als sie eintraten. Die Frau hatte trotz der Hitze eine Daunenjacke an. Sie wirkte nervös.

«Das sind Christine und Richard.» Der Bürgermeister stellte Nanoq seinen Besuchern vor.

«Wie können wir Ihnen helfen?», fragte Nanoq, an sie gewandt.

«Wir wollen Sie auf etwas Unerhörtes hinweisen. Eine Naturkatastrophe.» Richard fuchtelte mit den Armen. «Es muss sofort was dagegen unternommen werden.»

Nanoq sah den Mann fragend an.

«Wir waren in Spitzbergen. Und auf Ellesmere Island. Dort haben wir an verschiedenen Stellen tote Fische gesehen. Massenweise. Das war wirklich grausam anzuschauen, wie die im Wasser trieben und überall herumlagen. Das darf doch nicht sein, nicht in dieser wunderbaren Landschaft!»

«Und während unserer Reise hierher haben wir weitere Kadaver im Meer entdeckt, Dutzende waren es, wieder und immer wieder, auch hier in der Bucht. Mir kamen die Tränen!», ergänzte Christine mit bebender Stimme. «Mir tun die Tiere so leid. Sie müssen das stoppen!»

Nanoq übersetzte.

«Welche Fische waren das denn?», gab er die Frage des Bürgermeisters weiter.

«Äh, wissen wir nicht, Fische halt, so genau haben wir sie nicht gesehen», meinte Richard. «Aber ich habe Fotos gemacht. Ich würde Ihnen die Aufnahmen gern schicken, aber hier funktioniert ja kein Internet ...»

«Wir verstehen Ihren Ärger», antwortete der Bürgermeister diplomatisch. «Uns liegt sehr viel am Wohl unserer Gäste. Ihre Informationen sind sehr wertvoll, wir werden sie an die Kollegen weitergeben.»

Der Mann schüttelte den Kopf. «Wir wollen jetzt nicht vertröstet werden und auch keine Ausreden hören. Es muss sofort etwas geschehen!» Er war lauter geworden. «Sie werben mit Ihrem Naturparadies und den seltenen Tieren und locken damit Touristen wie uns an. Und was bekommen wir stattdessen geboten? Unschuldige Fische, die aus irgendeinem Grund sterben mussten! Meinen Sie, wir wollen im Urlaub – und der war ganz schön kostspielig, das können Sie mir glauben! – ständig mit Tierleichen konfrontiert werden? Das ist kein Spaß!»

Nanoq übersetzte.

«Wir kümmern uns ...», setzte der Bürgermeister an, doch Richard fiel ihm ins Wort.

«Wenn Sie nicht sofort was unternehmen, beschweren wir uns. Wir schreiben einen Brief an den Reiseveranstalter und verlangen unser Geld zurück und drängen darauf, die Reiseroute zu ändern und Grönland nicht mehr anzufahren. Wir wenden uns an Ihre Regierung, an unsere Regierung, an die Umweltschutzorganisationen, wir veröffentlichen negative Bewertungen auf den Urlaubsplattformen im Internet. Ja, das tun wir, darauf können Sie sich verlassen!» Sein Gesicht war rot angelaufen.

Der Bürgermeister nickte beschwichtigend. «Wir nehmen Ihre Sorge ernst. Mit Herrn Egede haben wir den richtigen Mann für diese Aufgabe.» Er sah zu Nanoq. «Er ist unser Umweltbeauftragter. Niemandem liegt das Wohl der Tiere mehr am Herzen als ihm. Sie können ihn alles fragen, er wird sofort aktiv werden, versprochen, nicht wahr, Nanoq?»

Nanoq blieb nichts anderes übrig, als zu nicken und zu übersetzen.

«Ich melde mich bei Ihnen auf dem Schiff, sobald ich die Ursache für dieses Fischsterben herausgefunden habe. Ist das in Ordnung für Sie? Wir wollen, dass Sie zufrieden sind», schloss Tuktu Rasmussen.

«Das hoffe ich», sagte die Frau, doch das Ehepaar schien besänftigt und verabschiedete sich.

«Mann, das muss ausgerechnet mir passieren», stöhnte Tuktu Rasmussen, als die Tür sich hinter den beiden geschlossen hatte. «Wofür haben wir eigentlich unsere Betreuer im Touristenzentrum? Du hast mich gerettet, danke. Beruhige die beiden, dann ist alles wieder gut.»

Nanoq dachte darüber nach, was das Ehepaar gesagt hatte. Gab es auch an anderer Stelle ein Tiersterben? Waren die Fischkadaver kein Einzelfall? Schließlich wandte er sich wieder an den Bürgermeister.

«Ich glaube, an der Geschichte der beiden Deutschen ist was dran. Vielleicht haben wir wirklich ein Umweltproblem.» Er erzählte erneut, wie er die toten Fische beim Eisberg-Ausflug gefunden hatte.

«Verendeter Kabeljau? Mein Gott, jetzt machst auch du mich noch verrückt! Was meinst du, wie viel kaputter Fisch von den internationalen Fangflotten im Polarmeer jeden Tag über Bord gekippt wird? Da ist das ein Klacks dagegen. Ich hab wirklich anderes zu tun, als mich um diesen Scheiß zu kümmern.» Tuktu Rasmussen begann, wütend im Raum auf und ab zu gehen.

«Aber wenn tatsächlich mehr dahintersteckt? Sollten wir der Sache nicht wenigstens auf den Grund gehen? Und wenn sich alles nur als Zufall herausstellt – umso besser.»

«Du klingst ja wie einer von diesen verbohrten Naturschützern vom WWF, die letztes Jahr bei uns waren. Mach kein Problem, wo kein Problem ist!»

«Aber du kannst doch nicht von der Hand weisen, dass die Touristen für mächtig Ärger sorgen können. Wenn nicht die beiden Deutschen, dann eben andere. Der Imageschaden wäre gewaltig. Du weißt, wie viele Jobs davon abhängen.»

Der Bürgermeister verdrehte die Augen. «Das wäre der Horror. Wir können froh sein, endlich gut zahlende Gäste bei uns zu haben. Und genau deshalb muss das alles geheim bleiben. Noch schlimmer als die Umweltschützer wäre die internationale Presse, die plötzlich hier aufkreuzt. Du musst dafür sorgen, dass das nicht passiert.»

«Aber zuerst müssen wir herausfinden, was überhaupt geschehen ist», wandte Nanoq ein.

Tuktu blieb stehen und wandte sich ihm zu. «Du nervst, offen gesagt.» Er verzog das Gesicht. «Lass mich damit in Ruhe. Du kannst es ja beim Greenland Institute of Natural Resources in Nuuk probieren. Die kennen vielleicht einen Experten für deine Fische. Der wird dir schon erklären, dass deine Vermutungen totaler Unsinn sind. Am Ende stellt sich das Ganze als harmlos heraus. Alles nur Hirngespinste, sag ich dir.»

5

... Diskobucht, Grönland ....

Sein Großvater Uju wohnte seit dem Tod seiner Großmutter allein in einer blau gestrichenen Holzhütte am Rande von Ilulissat. Nanoq besuchte ihn nur selten. Obwohl ihre Grundstücke nur wenige Gehminuten voneinander entfernt waren, hatte er jedes Mal das Gefühl, eine andere Welt zu betreten. Dabei war die Hütte früher seine Heimat gewesen.

Jeder einzelne Schritt fiel ihm nun schwer. Je näher er kam, desto stärker kamen die Erinnerungen zurück. Liebe, Schmerz, Wut – alles vermischte sich in seinem Inneren zu einem unkontrollierten Sturm, der ihn mitzureißen und zu erdrücken drohte.

Sein Verstand sagte ihm: Das ist lange her. Du hast in Dänemark ein anderes Leben begonnen, bist ein anderer geworden. Großvaters Starrsinn – sein verzweifeltes Festhalten an überholten Traditionen, seine Weigerung, die Veränderungen der neuen Zeit zu akzeptieren, die auch vor den Inuit nicht haltmachten – das alles ist seinem Alter geschuldet. Und doch ...

Nanoqs Gefühle lähmten ihn, seine Füße wurden schwer, ein Zittern ging durch seinen Körper. Einmal mehr wurde ihm bewusst: Seine alten Wunden waren nur notdürftig in den Tiefen seiner Seele vergraben, sie drängten danach, an die Oberfläche zu gelangen. Und er konnte nichts dagegen tun.

Vielleicht lag der Grund für sein Widerstreben, Uju zu besuchen, auch darin, dass er sich nach seiner Rückkehr lange selbst geweigert hatte, die Veränderungen seines Landes zu erkennen. Noch immer klammerte er sich an die Bilder seiner Kindheit. Wie er mit den Nachbarskindern zusammen mit den Schlittenhunden spielte, wie sie Speere aus Treibholz schnitzten, wie sie übten, das traditionelle Kajak, das Qajaq, zu steuern und in dem kippeligen Gefährt das Gleichgewicht zu halten. In seiner Kindheit kannte er hier jeden, damals hatte er das Gefühl, Teil einer einzigen großen Familie zu sein.

Er erinnerte sich noch genau daran, wie sein Großvater lachte, als er einmal ins eiskalte Wasser fiel und sich in Todesangst an das Boot klammerte. Noch heute konnten viele Inuit nicht schwimmen, denn die Kälte des Polarmeers brachte in wenigen Minuten den Tod, egal, wie sehr man strampelte. Am Ende packte Uju ihn am Kragen und zog ihn wieder ins Boot.

Unvergesslich auch die erste Robbenjagd, zu der ihn sein Großvater mitnahm. Stundenlang lag er regungslos auf einer Eisscholle, während Uju das Gewehr im Anschlag hielt und wie festgefroren wartete. Endlich tauchte der Kopf des Tieres aus einem Eisloch auf. Ein Schuss – und die Robbe war erlegt. Sein Großvater wollte ihm später das Jagen beibringen, doch Nanoq hatte sich nicht damit anfreunden können, auf die eleganten Tiere zu schießen.

Jetzt kamen ihm die Häuser der Siedlung plötzlich viel schäbiger vor als in den Erinnerungen seiner Jugend. Überall torkelten abgerissene Gestalten durch die Straßen, viele seiner früheren Freunde saßen mit leerem Blick vor ihren Häusern. Das alles hatte er verdrängt, doch seit seiner Rückkehr drängte es mit aller Macht zurück in sein Bewusstsein.

Auf dem Weg lagen zerdrückte Konservendosen und Reste von Plastiktüten, auf den Grundstücken verbeulte Bleche, Motorteile und Küchenabfälle. Durch die Löcher der Dachrinne an Großvaters Hütte tropfte Wasser. Fassadenbretter hatten sich gelöst und hingen schief, darunter sah man die Isolierung. Die Gardinen an den Fenstern waren zerschlissen und vergilbt und vermutlich seit Großmutters Tod nicht mehr gewaschen worden.

Uju arbeitete gerade im Garten. An einem verwitterten Holzgestell hatte er Fische zum Trocknen aufgehängt, vor ihm auf einer Holzbank lag eine erlegte Robbe, die er fachgerecht mit einem Messer ausweidete.

«Uju.» Nanoq blieb vor ihm stehen.

Sein Großvater machte mit seiner Arbeit weiter, als wäre er allein.

«Nanoq», sagte er nach einer kleinen Ewigkeit. Er streifte ihn kurz mit seinem Blick und konzentrierte sich wieder auf seine Robbe. «Hab dich lange nicht mehr gesehen.» Seine Stimme klang gleichmütig, als spräche er mit einem Fremden. Doch Nanoq wusste, der Eindruck täuschte.

«Du weißt doch, Großvater, die Arbeit ...»

Uju antwortete nicht. Er hatte eine alte Lederweste an, auf der längst getrocknetes Blut klebte, trug eine Baumwollhose und abgewetzte Turnschuhe. Um seinen Hals hingen mehrere Ketten, bemalt und handgefertigt aus Knochen und Steinen, die vermutlich irgendeinen Schutz vor dem Bösen boten. Das graue Haar hatte er nachlässig zu einem Zopf nach hinten gebunden, einzelne Strähnen standen ab und verliehen ihm ein wildes Aussehen.

«Willst du mir mit der Robbe helfen?»

Die Inuit hatten das Recht, in begrenztem Umfang Robben,

Wale und sogar Eisbären zu erlegen, aber die Abschussquoten waren streng reglementiert. Selbst die internationalen Umweltschutzverbände hatten nach anfänglichem Protest eingesehen, dass diese Jagd zum Kulturerbe, zur Identität der Inuit gehörte – auch wenn auf Grönland nur noch wenige Menschen ihren Lebensunterhalt damit verdienten.

Nanoq schüttelte den Kopf. «Mach nur ruhig allein weiter.»

«Ein Jäger wirst du nicht mehr. Nie mehr.» Sein Großvater sah ihn missbilligend an. «Ich frag mich, für was ich dir alles beigebracht habe. Alles umsonst.» Er schüttelte den Kopf. «Es ist eine Schande. Dein Name war ein Fehlgriff, ich muss es leider sagen. Wir hätten dich lieber nach einem Vogel benennen sollen, damals, als du geboren wurdest. Ich frage mich wirklich, ob der Angakok damals nicht vielleicht betrunken war.»

Nanoq war eine Abwandlung von ‹Nanuq›, dem Wort der Einheimischen für ‹Eisbär›. Die Inuit legten großen Wert auf die Namensgebung, sie glaubten daran, dass der Name wie der Körper oder die Seele ein Teil des Menschen sei – und dass damit die Seele der Vorfahren und der Tiere auf den Träger weitergegeben werde. Die Namenseele war zugleich der Schutzgeist des Trägers.

Immer wieder hatte Nanoq die Geschichte gehört, wie sein Großvater bei seiner Geburt einen Schamanen, einen Angakok, hatte kommen lassen. Nach Geisterbeschwörungen und gemurmelten Zauberformeln hatte der Schamane beim Anblick des Neugeborenen die Vision eines Eisbären gehabt. So war Nanoq zu seinem Namen gekommen.

Er empfand nur Schmerz bei den Gedanken an seine Geburt. Es hatte Komplikationen gegeben, seine Mutter war kurz nach der Entbindung gestorben.

«Du hättest damals vielleicht keinen Schamanen kommen lassen sollen, sondern einen Arzt», brach es aus ihm heraus. «Dann würde Mam heute noch leben.» Und sein Leben hätte womöglich eine andere Wendung genommen.

Sein Großvater schnitt ein Fleischstück aus dem Tier und hielt es seinem Enkel vor die Nase. «Damit kann ich dir einen Robben-Burger machen. Die Nachbarn haben mir zwei dieser seltsamen Sesambrötchen geschenkt. Dieses amerikanische Zeug magst du doch.» Es klang wie eine Beleidigung.

Nanoq schwieg und wartete auf eine Entgegnung auf seine Anschuldigung.

«Und meine Tochter … deine Mutter … Die Götter haben es so bestimmt», fuhr Uju nach einer Weile fort. «Wir haben eine heilkundige Frau geholt, aber weder sie noch die Hebamme konnten etwas ausrichten.»

«Mutter hätte keine Quacksalber gebraucht, sondern einen Doktor. Das weißt du.»

«Ich weiß nur, dass es damals bei uns im Ort keinen Arzt, keine Krankenschwester gab, und in den Nachbarsiedlungen erst recht nicht. Wir mussten bei ernsten Krankheiten nach Dänemark fliegen, um uns behandeln zu lassen. Wenn man das Geld dazu hatte. Aber wer hatte das schon? Es ist von jeher unser Schicksal, zu gehen, wenn die Meeresfrau uns ins Totenreich ruft.»

Nanoq seufzte. «Lassen wir das.» Er wollte nicht länger mit Uju streiten. «Ich brauche deinen Rat, Großvater.» Es fiel ihm schwer, die Anrede über die Lippen zu bringen.

«Hab mir schon gedacht, dass du nicht meinetwegen da bist.»

Nanoq holte die Plastiktüte aus dem Rucksack und packte die beiden Kabeljaue aus. «Die hab ich heute draußen bei dem großen Eisberg gefunden.» Er berichtete von der Bucht und den Tausenden toten Fischen.

Uju sah ihn ernst an.

«Das Meer rächt sich an uns», sagte er schließlich. «Wir haben es missbraucht, haben der Natur mehr weggenommen, als wir ihr zurückgegeben haben. Wir Inuit haben immer darauf geachtet, dass dieses Gleichgewicht erhalten bleibt. Doch die Menschen da draußen sind gierig. Der Tulipak schlägt nun zurück und bestraft uns.» Spontan küsste er eines seiner Knochenamulette, als könnte er sich damit vor einer Gefahr beschützen.

«Das hilft uns jetzt auch nicht weiter.» Nanoq bemühte sich, den aufwallenden Ärger zu unterdrücken. «Es muss noch eine andere Erklärung geben. Was meinst du als Jäger?»

Nachdenklich rieb sich sein Großvater das Kinn. «Ich habe noch nie von einem derartigen Fisch-Massensterben gehört. Und du weißt, ich bin schon sehr lange auf dieser Erde. Das klingt wirklich seltsam.»

«Was vermutest du?»

«Der Fisch ist wahrscheinlich von woandersher zum Eisberg getrieben, die Strömungen im Meer sind tückisch. Aber ich kann dir nicht sagen, von woher.»

«Könntest du dir den Kabeljau vielleicht genauer ansehen?»

Sein Großvater nahm einen Fisch, legte ihn auf die Holzbank und teilte ihn mit einem geschickten Schnitt seines Ulus in zwei Hälften. Die nächste Viertelstunde beugte er sich wie ein Wissenschaftler über den Kadaver und untersuchte Fleisch, Innereien und Gräten.

Dann sah er Nanoq an. «Ich kann keine Ursache für das Sterben finden. Wir müssen einen Angakok hinzuziehen.»

«Jetzt kommst du schon wieder mit deinen Schamanen. Dies hier ist ein weltliches Problem. Es kann doch kein Zufall sein, dass so viele Fische gleichzeitig verenden.»

«Das ist wahr», sagte Uju bedächtig. «Hier sind andere Kräfte im Spiel. Geister. Von ihnen bekommen wir jetzt die Quittung dafür, dass jedes dieser ausländischen Schiffe bei uns im Nordmeer seinen Dreck ins Wasser kippt. Das ist ein Frevel wider die Natur! Ich erinnere nur an den Ölteppich vor vier Jahren. Da wusste auch niemand, wo der herkam. Jetzt folgt die Strafe.» Er kratzte sich nachdenklich an der Stirn.

«Mir geht noch ein ganz anderer Gedanke durch den Kopf», sagte Nanoq. «Sind die Fische vielleicht gestorben, weil die Natur derzeit verrücktspielt? Die Hitzewellen der letzten Jahre, das ist doch nicht normal, schon gar nicht so hoch im Norden. Selbst die Winter sind nicht mehr das, was sie einmal waren. Und das Meer friert immer seltener ganz zu.»

«Das ist nicht zu übersehen. Auch das ist eine Warnung der Götter …» Sein Großvater nickte, wie um seine eigenen Gedanken zu bestätigen. «Wenn ich an früher denke … Früher konnten wir die Menschen, die im Winter starben, erst im Juni beerdigen, weil der Boden zu hart war, um Gräber auszuheben. Heute kann ich nicht mehr mit den Hunden jagen gehen – der Schlitten bleibt ständig im aufgeweichten Boden stecken. Ich muss den Motorschlitten nehmen.» Er sah zu Nanoq auf, sein Blick war scharf. «Glaub mir, Junge, hör auf die Weisheit deiner Ahnen, es ist etwas Großes im Gange. Wir dürfen Sedna, die Meerfrau, nicht länger verärgern. Sonst wird uns Schlimmes widerfahren.»

6

… Diskobucht, Grönland …

In der Nacht hatte Nanoq schlecht geschlafen. Immer wieder kreisten dieselben Fragen in seinem Kopf: Hatte er sich in etwas verrannt? Gab es eine natürliche Erklärung für die verendeten Fische? Was hatte es mit den toten Tieren auf sich? Hatte sein Großvater am Ende gar recht, und die Natur schlug nun zurück? Als er am Morgen aufstand, hatte er immer noch keine Antworten gefunden.

Sika war noch in ihrem Zimmer. Er machte sich einen Kaffee, kochte seinen Porridge und überlegte, was er tun sollte. Tatsächlich hatte er keine handfesten Beweise außer dem Kabeljau, der langsam zu stinken begann – und den Aussagen der beiden Touristen. Damit würde er nicht weit kommen, das war ihm klar.

Es blieb nur, sich selbst Gewissheit zu verschaffen. Beweise zu sammeln. Oder festzustellen, dass alles ein Irrtum war, Zufall, eine Laune der Natur. Da er noch etwas Zeit hatte bis zu seinem nächsten Urlauber-Ausflug, beschloss er, den Vormittag zu nutzen und auf Spurensuche zu gehen. Er goss seine drei Sibirischen Fichten und machte sich auf den Weg.

In der Tourismuszentrale sprach er mit der Angestellten Iluuna und lieh sich einen Fotoapparat und einen GPS-Empfänger. Er ging weiter zu Jakos Haus in der Nähe des Hafens – wobei «Haus» der falsche Begriff war. Der Freund seiner Schwester wohnte in einer Baracke, die Farbe blätterte von den Wänden, das Dach hatte Risse. Vor dem Eingang standen zwei verrostete Eisengestelle und ein halbes Dutzend Mülltüten. Eine Treppenstufe war herausgebrochen und seit Monaten nicht repariert worden.

Nanoq klopfte an die Tür. Niemand antwortete. Das irritierte ihn nicht weiter, Jako schlief gern lange. Er betrat die Baracke.

«Jemand zu Hause?»

Es blieb still.

In der Wohnung roch es nach Erbrochenem und kalter Asche. Im Wohnzimmer, das zugleich die Küche war, standen benutzte Tassen und Teller auf dem Boden. Zigarettenkippen und Essensreste waren auf dem Tisch verteilt, dazwischen lag Zeitungspapier.

Er fand Jako auf dem Boden seines Schlafzimmers. Neben dem Bett standen mehrere leere Wodkaflaschen.

«Hey, Mann, was ist mit dir?» Nanoq drehte ihn auf den Rücken. Sikas Freund hatte die Augen geschlossen. Nanoq überprüfte seinen Puls und rüttelte ihn. Jako blinzelte, blickte ihn desorientiert an. Langsam richtete er sich auf.

«Was … Was machst du denn … hier?» Das Sprechen fiel ihm schwer.

«Geht es dir gut? Soll ich einen Arzt holen?»

«Nee … nicht nötig … Einen Kaffee, und ich bin wieder der Alte.»

Nanoq half ihm aufstehen. Mit wackeligen Beinen schaffte es Jako bis zur Couch im Wohnzimmer. Nanoq machte Kaffee und hielt ihm eine Tasse hin.

«Trink.»

Nach wenigen Schlucken steckte sich Jako eine Zigarette an und inhalierte genussvoll.

«Wunderbar», sagte er, «jetzt kann der Tag beginnen. Sag, was machst du so früh auf den Beinen?»

«Ich wollte mir dein Schlauchboot ausleihen, für einen Ausflug in die Bucht.»

«Kein Problem, Mann. Bedien dich, du weißt ja, wo das Boot ist.»

Nanoq hob die Brauen. «Ich kann dich allein lassen?»

«Mach dir keinen Kopf, Mann. Ich bin es gewohnt, allein zu sein. Geh nur.»

Die Gischt spritzte, als Nanoq den Außenbordmotor aufdrehte. Das Boot glitt über die Wellen, der Fahrtwind blies ihm ins Gesicht. Er fuhr die Küste der Bucht ab. Fischtrawler fuhren vorbei, die Kapitäne winkten, er winkte zurück.

Bald war er ganz für sich allein. Es brauchte auf Grönland nicht viel, um die Zivilisation hinter sich zu lassen und sich ganz den Elementen auszuliefern. Häuser, Menschen, Schiffe, all die vertrauten Dinge verschwanden schnell aus dem Blickfeld, als wären sie nie da gewesen. Ein Einzelner war hier nichts. Die Eisschollen, das Dunkel unterhalb der Wasseroberfläche, das alles machte den Menschen bewusst: Sie waren hier Eindringlinge, sie waren allenfalls geduldet von einer launischen Natur.

Er verstand den Respekt der Inuit vor dieser alles beherrschenden Landschaft, die das Leben bestimmte, die den Tod brachte und über Jahrhunderte die Existenz der Jäger und Fischer und des ganzen Volkes sicherte. Er verspürte Demut angesichts der Allmacht des Meeres und des Eises. In diesen Momenten konnte er den Glauben seines Großvaters verstehen, der Geister und Götter als bestimmende Kraft hinter allem sah, als Mächte, die man nicht erzürnen durfte.

Nach und nach verringerte er die Geschwindigkeit, manövrierte das Boot zwischen Eisbergen hindurch und versuchte, so nah wie möglich an die Uferlinie zu gelangen. Schneehühner pickten am Boden, ohne sich von ihm stören zu lassen. In der Ferne tauchte der Kopf einer Robbe aus dem Wasser auf und verschwand gleich wieder.

Nach einer Stunde hatte er immer noch nichts Ungewöhnliches bemerkt. Er wollte schon umkehren, als er einen Schwarm Eissturmvögel bemerkte, die um eine Stelle kreisten. Behutsam lenkte er das Boot heran. Die Vögel stoben auseinander, kamen aber sofort zurück und stießen nach unten, um sich ihre Beute zu schnappen.

Nanoq sah sofort, woraus diese Beute bestand: Hunderte verendeter Heilbutte, von den Wellen an Land getrieben. Der ganze Uferstreifen war bedeckt von den imposanten Plattfischen. Er war tief geschockt von dem Anblick. Vor ihm lag ein Schlachtfeld.

Erst nach einigen Minuten hatte er sich wieder beruhigt. Er ging an Land und besah sich die Tiere, aber wie schon beim Kabeljau konnte er keine auffälligen Veränderungen entdecken. Er machte Fotos und schrieb die GPS-Positionsdaten seines Fundes auf. Zwei kleine Exemplare packte er in eine Plastiktüte.

Was hatte die Heilbutte getötet? Diese Fische lebten normalerweise auf dem Grund des Meeres. War ein Gift nach unten gesickert?

Nachdenklich fuhr Nanoq weiter entlang des Ufers. Schon in der nächsten Biegung entdeckte er weitere leblose Körper, die im flachen Wasser dümpelten. Robben. Insgesamt zählte er sieben ausgewachsene Exemplare. Er untersuchte die Kadaver nach Verletzungen oder Einschusslöchern. Waren sie Opfer eines missglückten Jagdausflugs geworden? Das Fell war intakt, nichts wies auf Gewalt von außen als Todesursache hin. Er zog eines der schweren Tiere an Land und bedeckte es mit Eis, legte die Heilbutte dazu, notierte erneut die GPS-Position und dokumentierte alles mit der Kamera.

Das hier konnte kein Zufall sein: verschiedene Arten, alle durch eine unbekannte Ursache gestorben. Es war unheimlich. Und es machte ihn nervös. Womit hatte er es hier zu tun?

Er entschied, zum Abschluss auf den Gletscher zu steigen, um sich von oben einen Überblick zu verschaffen.

Vorsichtig steuerte er das Boot auf den Jakobshavn-Gletscher zu, immer darauf achtend, der Abrisskante nicht zu nahe zu kommen. Ein Grollen war zu hören, als der Gletscher kalbte und Eisplatten ins Meer brachen.

Das geschah fast täglich, Nanoq war daran gewöhnt. Schon oft hatte er als Guide Urlauber hierhergebracht, die immer ganz begeistert von diesem einzigartigen Naturschauspiel waren. Natürlich musste man sich vor der Flutwelle in Acht nehmen, die die Eisberge beim Aufschlagen aufs Wasser erzeugten.

Schon häufig hatten unachtsame Touristen gerettet werden müssen, die auf eigene Faust zu nah herangefahren waren und deren Boot deshalb gekentert war. Es hatte bereits mehrere Todesfälle gegeben, die offiziell als Unfall und ‹Tod durch Ertrinken› deklariert worden waren.

Er fand eine Stelle zum Ankern, legte seine Steigeisen an und schnappte sich die Trekkingstöcke. Langsam tastete er sich die ersten Schritte vorwärts. Schon nach zwei Metern spürte er, wie ungewöhnlich weich der Boden unter ihm war. An vielen Stellen hatten sich knietiefe Pfützen gebildet, das Weiß wies unregelmäßige Flecken auf. Nanoq nahm eine Handvoll des feuchten Eises, roch daran und zerrieb es zwischen den Fingern. Es war glatt und weich. Sonst war das Eis hart und fühlte sich durch die Eiskristalle wie Schmirgelpapier auf der Haut an. Das war beunruhigend. Er umging in einem großen Bogen die gefährlichen Stellen und arbeitete sich den Gletscher hoch. Kurz unter dem Plateau stieß er auf einen stark verwesten Vogel. Dem braunen Gefieder mit den weißen Tupfen nach zu urteilen, war es eine Teiste.

Nanoq dachte an die beiden deutschen Kreuzfahrtpassagiere, die über die toten Fische berichtet hatten. Es musste ein Zusammenhang bestehen, so viele Zufälle gab es nicht. Er entschied sich dagegen, den Kadaver mitzunehmen, dokumentierte stattdessen den Fund und bedeckte ihn mit Eis.

Weiter oben musste er eine Kletterpassage überwinden. Gezackte Eiskanten stellten sich ihm in den Weg, lose Eisbrocken lagen wie Geröll verstreut, Sturzbäche von Schmelzwasser schnitten sich in den Untergrund.

Oben wurde der Boden flacher und wirkte wie abgewaschen. Die Adern im Eis hatten hier eine schwarze Farbe angenommen. Nanoq kniete sich nieder und kratzte die oberste Schicht weg. Sein Verdacht fand sich bestätigt: Es waren feine Haarrisse, die sich über Hunderte Meter weit hinzogen. Er folgte ihnen. Die Risse wurden zahlreicher und vergrößerten sich zu Spalten, bis zu zwei Meter tief und nur wenige Zentimeter breit.

Eilig machte sich Nanoq auf den Rückweg. Seine letzten Zweifel waren beseitigt.

Er musste etwas unternehmen.

7

... *Bremerhaven, Deutschland* ....

Hanna Jordan überquerte die Columbusstraße. Der Sturm war stärker geworden, der Regen peitschte ihr ins Gesicht. Sie zog die Kapuze enger und radelte weiter bis zu dem markanten Bürogebäude mit der halbrunden Stirnseite, idyllisch an Weser und Altem Hafen gelegen. Dort lag ihr Arbeitsplatz, ein enges Büro im dritten Stock des Alfred-Wegener-Instituts.

In ihrer Abwesenheit hatten sich die Briefe und Unterlagen auf ihrem Schreibtisch gestapelt. Sie seufzte. Der erste Arbeitstag nach ihrem Urlaub fing ja gut an – der Stapel bedeutete mehrere Tage langweilige Büroarbeit. Dazu Hunderte von E-Mails, die zu lesen und beantworten waren – dabei war das meiste doch überflüssiges Zeug. Sie befestigte das Foto von dem Mammut-Stoßzahn an ihrer Pinnwand, gleich neben der Aufnahme von dem Eisbären, die sie während der Mosaic-Polarexpedition gemacht hatte. Im Laufe der Zeit hatte sie eine schöne Sammlung an Bildern von seltenen Tieren, von Urlaubsorten und ihren Expeditionen gesammelt.

In der Mitte hing ein Foto ihrer Eltern Claus und Ute. Es war im Sommer während eines gemeinsamen Ausflugs ans Meer aufgenommen worden. Sie lachten in die Kamera und hielten eine Eistüte in den Händen. Hanna bekam bei dem Anblick sofort ein schlechtes Gewissen. Sie hatte den beiden versprochen, sich aus dem Urlaub regelmäßig zu melden, und doch nur zweimal angerufen. Dafür hatte sie regelmäßig Handy-Nachrichten und E-Mails geschickt, aber Vater und Mutter nutzten das Mobiltelefon tatsächlich nur zum Telefonieren und schauten zu Hause in Frankfurt höchstens ab und zu in ihren Computer.

Hanna verstand die Sorge ihrer Eltern, die fürchteten, ihre gefährlichen Expeditionen und ihre Leidenschaft für das Bergsteigen könnten zu Unfällen führen. Claus und Ute malten sich ständig Schreckensszenarien aus, bei denen ihre Tochter irgendwo hilflos in der Landschaft lag. Nur ein Telefonat konnte die beiden fürs Erste wieder beruhigen. Andererseits war Hanna mit 32 Jahren kein kleines Kind mehr, und sie konnte sehr gut auf sich selbst aufpassen. Ihre Eltern meinten es nur gut, das wusste sie. Und doch fühlte sie sich von ihnen kontrolliert. Sie hatte das Gefühl, Paps und Mom mischten sich zu sehr in ihr Leben ein.

Besonders heikel waren die wie zufällig eingestreuten Fragen, wie es denn um die Liebe stehe und wann sie ihnen ihren neuen Partner vorstelle, nicht selten verbunden mit dem Hinweis, dass sie selbst sich bereits mit Mitte zwanzig verlobt hätten. Hanna hatte tatsächlich einmal einen Freund mitgebracht, aber nachdem sie mit ihm Schluss gemacht hatte, waren die Vorwürfe ihrer Eltern noch schlimmer gewesen als die Fragerei zuvor. So ein netter junger Mann, wie könne sie nur … Es war wirklich nicht einfach mit ihnen. Dennoch liebte sie ihre Eltern. Und es war ein schönes Gefühl zu wissen, dass sich jemand um sie sorgte. Hanna besuchte die beiden regelmäßig – und war doch froh, dass sie nicht in derselben Stadt wohnten.

Das Telefon klingelte. Ihr Vorgesetzter Professor Dr. Frank Wenzel war dran, Leiter des Fachbereichs Biowissenschaften.

«Hallo, Urlauberin, hast du dich schon wieder eingelebt? Willst du vorbeikommen und mir von deiner Mammut-Jagd berichten? Du bekommst auch einen frisch gebrühten Kaffee.»

Wenige Minuten später betrat sie sein Büro. Es war ein weitläufiges Zimmer mit einem Schreibtisch aus Glas. Dahinter stand ein Designerregal, vollgestopft mit Büchern und Zeitschriften, was gar nicht so recht zur edlen Optik der Möbel passte.

«Setz dich.» Wenzel deutete auf den kleinen Tisch am Fenster. Er trug eine Jeans und ein weißes Hemd. «Willst du einen Espresso, einen Cappuccino, einen Lungo?»

Hanna nahm Platz. «Cappuccino klingt gut. Ohne Zucker bitte.»

Ein paar Minuten hantierte ihr Chef an einer dieser chromblitzenden Kaffeemaschinen, die man vermutlich ohne Bedienungsanleitung nicht einmal anschalten konnte. Er drehte an Knöpfen, stellte den Mahlgrad ein, kontrollierte die Barista-

Milch. Sie amüsierte sich immer wieder über diese Hightechgeräte, mit denen Männer ihren Spieltrieb auslebten. Nach einer Weile dampfte und zischte es, Flüssigkeit blubberte in die Tasse.

«Voilà! Bitte sehr.» Stolz servierte Frank Wenzel das Gebräu und stellte einen Teller Kekse dazu.

Hanna nahm einen Schluck. Der Kaffee schmeckte tatsächlich ausgezeichnet. «Besser als beim Italiener», lobte sie.

Ihr Chef strahlte. «Ich hoffe, mein Anruf und der Ausflug zur Zugspitze haben deinen Urlaub nicht zu sehr in Unordnung gebracht.»

«Der Abstecher hat sich gelohnt. Ein Wollhaarmammut, Mammuthus primigenius, die Knochen werden gerade aus dem Gletscher herausgeholt und präpariert. Es ist schon ein tolles Gefühl, so was als Erste mit eigenen Augen gesehen zu haben.» Sie berichtete ausführlich von dem Fund.

«Dann bist du jetzt erholt und bestimmt voller Tatendrang.» Wenzel sah sie mit einem merkwürdigen Funkeln in den Augen an, und Hanna fragte sich, ob er wohl etwas im Schilde führte.

«Leider ist ganz schön viel Papierkram liegen geblieben», sagte sie gedehnt.

«Hättest du vielleicht Lust, spontan ein neues Projekt in Angriff zu nehmen?», platzte er heraus. «Ganz kurzfristig? Die Büroarbeit könntest du später nachholen.»

«Jetzt machst du mich neugierig.»

Der Professor räusperte sich. «Du müsstest dafür nach Grönland. Wir haben eine Anfrage vom dänischen Außenministerium, ob wir einen Experten oder eine Expertin für polare Tierwelt zur Unterstützung schicken könnten. Es gibt dort ein heikles Problem.»

Hanna war sofort hellwach. «Um was geht's konkret?»

«Nun, der eigentliche Hilferuf kam vom Greenland Institute of Natural Resources in Nuuk. Jemand hat dort reihenweise tote Fische gefunden und gemeldet. Die Grönländer wussten auch nicht weiter und wandten sich an das Ministerium in Kopenhagen. Wegen unserer Expertise bei Arktisexpeditionen haben die Kollegen dann uns angeschrieben.»

«Was ist denn an toten Fischen so ungewöhnlich? Die schwimmen doch jeden Tag bei uns in der Weser. Und erst recht im Nordpolarmeer, einem der fischreichsten Gewässer der Welt.»

«Das hab ich zuerst auch gedacht. Aber nach den Unterlagen sind verschiedene Arten an verschiedenen Stellen verendet, und keiner weiß, woran die Tiere gestorben sind. Die Behörden stehen vor einem Rätsel.» Wenzel steckte sich einen Keks in den Mund.

«Und Grönlands eigene Fachleute wollen uns hinzuziehen?»

«Exakt. Erstens ist auch bei denen Urlaubszeit, viele Kollegen sind schlicht nicht greifbar. Und zweitens – und das ist das Entscheidende – brauchen sie eine glaubwürdige externe Institution, die ihnen bestätigt, dass bei ihnen alles in Ordnung ist. Eine zweite Meinung gewissermaßen. Und wer käme dafür besser infrage als unser Institut?»

«Hmm.» Hanna trank ihren Kaffee aus und löffelte den Milchschaum. «Weißt du, irgendwie ist das unlogisch. Entweder ist alles in Ordnung, und dann braucht es uns nicht. Oder es ist nicht in Ordnung. Dann können sie von uns auch kein Blankozeugnis erwarten.»

«Du hast es auf den Punkt gebracht, wie immer.» Ihr Chef nahm einen weiteren Keks. «Der wahre Grund ist wohl: Sie haben Angst, das Thema Artensterben könnte in die Medien gelangen und dem Tourismus dort massiv schaden. Wenn wir den Auftrag annehmen sollten, arbeiten wir selbstverständlich unabhängig und neutral. Wir sind Wissenschaftler, keine Politiker. Und erst recht keine Werbemanager.»

«Und ich soll den Job übernehmen?»

«Ich wüsste niemanden, der besser geeignet ist als du. Es ist dein Fachgebiet, du warst bereits erfolgreich in der Arktisregion unterwegs.»

Hanna nickte. «Wann würde es losgehen?» Die Aussicht auf eine Dienstreise gefiel ihr.

«So bald wie möglich. Es gibt allerdings noch einen Haken.»

Hanna runzelte die Stirn.

«Es gibt Finanzierungsprobleme für diesen Trip.» Der Professor lehnte sich zurück. «Wir haben keinen Etat für solche Projekte außer der Reihe, du weißt selbst, wie angespannt unsere Haushaltslage ist.»

«Übernehmen denn die Grönländer nicht die Kosten? Die wollen doch was von uns.»

«Die Behörden sind bereit, für Flug und Unterbringung zu sorgen, nichts weiter.» Er nahm einen Schluck Kaffee. «Das wird zu wenig sein, um die Kosten zu decken. Auch bei denen sind die Kassen leer. Und ich finde, wenn du schon vor Ort bist, solltest du die Gelegenheit für weitere Arbeiten nutzen und außerdem unsere Kollegen in der internationalen Forschungsstation besuchen. Das kostet dann natürlich zusätzliches Geld.»

Hanna sah ihren Chef fragend an. Wie sie ihn kannte, wusste er bereits eine Lösung.

«Die gute Nachricht ist: Ich habe mögliche Finanzierungsquellen aufgetan – Sponsoren aus der Wirtschaft.» Wenzel stellte seine Tasse beiseite. «Das sind Großunternehmen aus dem Bereich Bergbau und Rohstoffe, bei denen sitzt das Geld locker, da kannst du aus dem Vollen schöpfen. Ist das nicht toll?»

«Ganz und gar nicht.» Hanna war entsetzt. «Ich soll die Handlangerin von Konzernen werden und mithelfen, deren Gewinne zu steigern? Nie und nimmer! Das kannst du nicht ernst meinen, Frank!»

«Bitte reg dich nicht auf, Hanna.» Der Professor hob beschwichtigend die Hände. «Deine Unabhängigkeit und die Freiheit der Forschung bleiben selbstverständlich unberührt. Du weißt doch, im Wissenschaftsbetrieb ist es mittlerweile üblich, Fördergelder anzunehmen. Nur so können wir unsere Arbeit zum Wohle der Allgemeinheit machen, gerade bei Themen, die sonst keine Chance hätten.»

Hanna schüttelte den Kopf. «Ausgerechnet Bergbau- und Rohstofffirmen! Die sind doch die größten Umweltverschmutzer. Ich kann verstehen, dass sie unseren guten Namen benutzen wollen, um sich ein besseres grünes Image zu verschaffen. Aber da müssen wir doch nicht mitmachen, oder?»

«Müssen wir natürlich nicht. Es ist deine Entscheidung.» Wenzel wurde ernst. «Aber nimm bitte zur Kenntnis, dass auch unser Institut auf Sponsorengelder angewiesen ist. Die Unternehmen suchen neue Geschäftsmöglichkeiten bei regenerierbaren Energien und streben danach, ihre Produktionsprozesse im Bergbau ressourcenschonender auszurichten. Sie bemühen sich, das zumindest solltest du ihnen zugestehen.»

«Ja, weil die strengeren Gesetze die Konzerne dazu zwingen. Und jetzt soll ich ihre Schaufensterfigur werden?»

«Nicht du, Hanna, das Institut. Der Deal sähe so aus: Die Unternehmen spenden einen nennenswerten Betrag ohne jede Vorgabe, wie und für was wir das Geld einsetzen. Wir sind frei von jeglichem Einfluss. Dafür dürfen sie mit dem Titel ‹Förderer des Alfred-Wegener-Instituts› werben. Nichts weiter. Na, klingt das akzeptabel für dich?» Wenzel sah sie aufmunternd an.

«Ich hab mit denen nichts zu tun, muss kein Loblied auf sie singen?» Hanna überlegte. Die Arktisreise war greifbar nah – und das hieß, sie konnte raus aus dem Büro. «Ich könnte damit leben», sagte sie schließlich zögernd. «Wenn auch mit Bauchschmerzen.»

«Wunderbar!» Der Professor klatschte in die Hände. «Dann könntest du gleich die Show vorbereiten.»

«Was … Was … Welche Show?» Sie ahnte, es gab noch einen weiteren Haken.

«Jemand muss die Sponsoren von dem Arktisprojekt überzeugen, wir haben von denen natürlich noch keine endgültige Finanzierungszusage», sagte Wenzel.

«Aber du klangst doch so ...»

«Das ist nur eine Formalität. Du hältst einen deiner tollen Vorträge, erzählst denen was von seltenen Mikrolebewesen, von den Eisbären und den Gletschern und der enormen Bedeutung der Nordpolarregion für die Welt – schon sind alle happy. Das ist doch ein Heimspiel für dich.»

«Warum ich? Gerade hast du gesagt, ich bleibe außen vor. Außerdem bin ich nur Expertin für Biologie und nicht für Glaziologie. Für Gletscher und Geowissenschaften sind andere Abteilungen verantwortlich.»

«Ich weiß, ich weiß. Aber es ist Ferienzeit, und ich finde so schnell keinen anderen Referenten.» Er zuckte die Schultern. «Außerdem bist du in allen möglichen Themen fit, wie ich bei den letzten Expeditionen gesehen habe. Für dich wird das ganz easy, darauf musst du dich nicht mal vorbereiten. Dein Publikum sind Laien, die wollen eine schöne Geschichte hören, dann sind sie zufrieden. Nichts weiter.»

Zurück in ihrem Büro, ließ sie sich in ihren Stuhl fallen. Hatte sie zu voreilig zugesagt? Sie hegte eine große Abneigung gegen die Rohstoffkonzerne und wollte nichts, aber auch gar nichts mit diesen Unternehmen zu tun haben, die sich kein bisschen um die Umwelt scherten, rücksichtslos Chemikalien einsetzten und die Landschaft zerstörten. Aber ihr Chef war ziemlich überzeugend gewesen, hatte ihr Garantien gegeben. Und einen Vortrag zu halten, würde sie nicht umbringen, das machte sie oft. Weitere Verpflichtungen ergaben sich daraus nicht. Sie freute sich dafür umso mehr auf die Chance, dem ewigen Regenwetter in Norddeutschland zu entgehen und nach Grönland reisen zu können. Die Untersuchung der verendeten Tiere konnte nicht lange dauern, danach würde sie genug Zeit für eigene Forschungen haben. Sie begann eine Liste zu erstellen mit Dingen, die sie für die Reise brauchte.

«Hallo, da bist du ja.»

An der Tür stand ihr Kollege Sven. Sie hatte ihn gar nicht kommen hören. Hatte er sie schon länger beobachtet?

«Tag, Sven.» Sie legte ihren Stift beiseite und sah ihn an. Er war ein Jahr jünger als sie und hochgewachsen. Unter dem T-Shirt zeichnete sich seine durchtrainierte Figur ab, Ergebnis seiner Leidenschaft für das Rennradfahren.

«Ist das alles, Hanna? ‹Tag, Sven› – und sonst nichts?» Er sah sie vorwurfsvoll an.

«Ich weiß, ich hätte mich melden sollen, aber ich bin erst seit heute aus dem Urlaub zurück.»

Sven kam herein und setzte sich auf den zweiten Stuhl. «Das wäre das Mindeste gewesen, nach allem, was wir vor deinem Urlaub …» Er räusperte sich.

Sie kannte ihn von einem gemeinsamen Projekt, in dem er als Geowissenschaftler arbeitete. Als es vor ein paar Wochen bei der Arbeit spät geworden war, waren sie danach noch gemeinsam in eine Bar gegangen. Sie hatten über den Job, übers Radfahren und über alles Mögliche geplaudert. Das letzte Glas tranken sie in ihrer Wohnung. Hanna hatte ihn zu sich nach Hause eingeladen, sie reizte das spontane Abenteuer. Es wurde eine lange Nacht. Seine Haut fühlte sich glatt an, sie mochte seine Muskeln. Sie genoss die völlige Hingabe, die Leidenschaft, das Gefühl von Vertrautheit.

Am nächsten Morgen verschwand er bereits vor dem Frühstück. Nach zwei Tagen schaute er in ihrem Büro vorbei, schickte E-Mails und entschuldigte sich, er habe sich wegen einer dringenden Arbeit nicht früher melden können. Am selben Abend trafen sie sich wieder in ihrer Wohnung.

Dieses Mal blieb er zum Frühstück. Danach herrschte Funkstille für drei Tage. Hanna war hin- und hergerissen. Ihre Gefühle Sven gegenüber waren verwirrend. Einerseits fand sie ihn äußerst attraktiv, und sie lagen bei einigen Themen auf der gleichen Wellenlänge. Andererseits störte sie sein unstetes Wesen. Sie wurde einfach nicht schlau aus ihm und wusste nicht, wohin das alles führen sollte.

Sie hatte ihm nur eine kurze Nachricht hinterlassen und war dann in den Urlaub nach Bayern gefahren. Wenn sie ehrlich war, hatte sie ihn in dieser Zeit nicht vermisst. Es war eben eine Kurzzeit-Beziehung gewesen, wie andere ihrer Beziehungen zuvor. Innerlich hatte sie ihn bereits abgehakt. Schön war's, aber alles hat eben ein Ende.

«Sven, wie nett, dass du vorbeischaust.» Sie lächelte ihn an. «Aber wir beide … Wir beide sind zu sehr in unsere Arbeit eingespannt. Lassen wir es gut sein.»

«So leicht lasse ich mich nicht abspeisen.» Sven lehnte sich zurück. «Komm schon, reden wir heute Abend noch mal darüber.»

«Sorry, aber ich fahre morgen weg zu einem Vortrag. Außerdem muss ich mich auf meine Reise vorbereiten.» Sie berichtete kurz von dem Grönland-Auftrag.

«Da könnte ich doch mitkommen. Du kannst doch sicher eine wissenschaftliche Begleitung gebrauchen.» Er grinste. «Und ich wollte schon immer mal in einem Iglu mit dir …»

«Träum weiter.» Hanna schüttelte den Kopf. «Sven, ich will es direkt sagen: Ich habe nicht das Gefühl, dass das mit uns beiden was wird. Und jetzt muss ich arbeiten.»

8

*... **Hamburg, Deutschland** ...*

Über Nacht hatte der Sturm Orkanstärke erreicht, Bäume entwurzelt und Hausdächer abgedeckt. Der Flugverkehr war vorübergehend eingestellt worden. Der Dauerregen hatte Flüsse in ganz Deutschland über die Ufer treten lassen und weite Landstriche überschwemmt. Wohnungen liefen voll, Autobahnen wurden unterspült, Schlammlawinen wälzten sich durch Ortschaften.

In Nordrhein-Westfalen und Rheinland-Pfalz starben einundzwanzig Menschen in den Fluten. In Bayern löste ein Gebirgsbach eine Mure aus, die sechs Wanderer unter sich begrub. In Frankfurt kenterte ein Frachter auf dem Main, vier Besatzungsmitglieder galten als vermisst.

Hanna verfolgte die Nachrichten über das Handy. Ihr Zug nach Hamburg musste umgeleitet werden, weil ein Teil der Bahnstrecke unpassierbar geworden war. Mit erheblicher Verspätung erreichte sie den Hamburger Bahnhof. Sie war froh, vorsichtshalber so früh losgefahren zu sein. So blieb noch ein wenig Zeit, sich vor ihrem Vortrag umzuziehen.

Eigentlich hatte sie die Strecke zum Hamburger Übersee-Club zu Fuß gehen wollen, aber dann wäre sie völlig durchnässt angekommen. Deshalb nahm sie ein Taxi zur Binnenalster. Der Club, gegründet von einigen Bankiers, residierte in einem ehemaligen Palais.

Die Empfangshalle war ausgestattet mit antiken Möbeln. Kristalllüster verbreiteten intimes Licht, Ölgemälde signalisierten Gediegenheit. Hanna hatte extra ein schwarzes Kleid und Pumps angezogen. Im Club herrschte strenge Kleiderordnung: Krawatten waren für Herren Pflicht, Jeans verboten. Für Frauen gab es keine festgelegten Vorschriften, aber sie wollte nicht aus der Reihe fallen.

«Willkommen bei uns, Frau Dr. Jordan.» Ein Mann in einer Livree kam ihr entgegen und deutete eine Verbeugung an. «Wenn Sie mir bitte folgen wollen.»

Zumindest sind die Angestellten hier gut auf ihre Gäste vorbereitet, dachte Hanna.

Sie folgte dem Mann die Freitreppe hinauf. Teppiche dämpften ihre Schritte. Der Club wirkte wie aus der Zeit gefallen, man konnte das Geld förmlich riechen.

«Bitte sehr.» Er öffnete eine Tür und ließ sie eintreten.

Sie war im Roten Salon angekommen, benannt nach der Farbe der edlen Seidentapeten. Der Mann entfernte sich geräuschlos. Der Tisch in der Mitte war zum Essen eingedeckt, lediglich die an der Stirnwand aufgebaute Leinwand und der Beamer passten nicht zur vornehmen Atmosphäre.

Die Herren am Tisch standen auf. Ein Mann Ende vierzig kam auf Hanna zu und begrüßte sie. Wie sie aus der Anwesenheitsliste wusste, hieß er Marc Ziegler. Er war Schweizer und arbeitete im Topmanagement des weltgrößten Bergbau- und Rohstoffkonzerns Glencore. Das Unternehmen hatte – aus Steuergründen – gleich zwei Firmensitze: im schweizerischen Baar und auf der Kanalinsel Jersey. Glencores vielfältige weltweite Aktivitäten waren selbst für Experten kaum zu durchschauen.

«Wir freuen uns, Sie heute bei uns zu haben.» Ziegler schenkte Hanna eines dieser unverbindlichen Lächeln, die wohl für Kunden und Geschäftspartner reserviert waren. «Darf ich die anderen Teilnehmer vorstellen?»

Nacheinander begrüßte Hanna vier Männer: einen Thyssenkrupp-Manager aus Essen, die Geschäftsführer des Hafens Bremen und des Hamburger Hafens, den Chef eines internationalen Transportkonzerns mit Sitz auf Island sowie den Auslandsvorstand eines russischen Staatskonzerns.

Sie biss sich auf die Zunge, um nicht zu fragen, warum sich diese Herren gerade für die Arktis und das Alfred-Wegener-Institut interessierten. Die Antwort lag auf der Hand: Es ging ums Geschäft – und nicht um die Natur. Sie nahm sich vor, sich auf keinen Fall auf eine Diskussion um Wirtschaftsfragen einzulassen, sondern strikt bei ihrem Thema zu bleiben.

Nach etwas Geplauder über die aktuelle Wetterkatastrophe

sagte Marc Ziegler: «Frau Doktor Jordan, wir sind gespannt auf Ihren Vortrag.»

Die Männer setzten sich wieder. Hanna schaltete den Beamer ein, schloss ihren Laptop an und startete ihre Präsentation.

«Das Extremwetter der letzten Tage hat jeden von uns getroffen. Sie haben sicher die schlimmen Meldungen in den Nachrichten verfolgt», begann sie. «Es ist schon verrückt: Vor Kurzem hatten wir in Deutschland noch Hitzewellen von 42 Grad. Und nun so was – Kälte, Sturm, Dauerregen. Es scheint nicht nur so, nein, es ist so: Dieses Extremwetter sucht uns immer häufiger heim.»

Die Männer am Tisch nickten zustimmend.

«Und wissen Sie was? Schuld daran ist die Arktis.»

Überraschung in allen Gesichtern.

«Wie das?», fragte der Thyssenkrupp-Manager, «der Nordpol ist doch verdammt weit weg von Deutschland.»

«So weit ist er gar nicht entfernt, es sind nur ein paar Flugstunden von uns. Die Menschen in früheren Jahrhunderten glaubten, der Nordpol sei ein magnetischer Felsen, der aus dem Wasser rage. Dabei gibt es dort nur Meerwasser. Und Eis. Sehr viel Eis.»

«Das kann ich Ihnen aus eigener Erfahrung bestätigen», sagte ein Mann mit blonden Haaren. Er hieß Magnus Ruud und war der Transportunternehmer aus Island. «Ich bin viel dort oben unterwegs. Eis gibt es überall.»

Hanna nahm die Fernbedienung.

«Dennoch ist die Arktis der Hotspot unseres Planeten. Nirgendwo sonst heizt sich die Erde so schnell auf wie am Nordpol – nämlich zweimal so schnell wie an allen anderen Orten. Auch die Luft dort erwärmt sich immer stärker und schwächt damit den sogenannten Jetstream. Das ist ein Starkwindband in etwa zehn Kilometer Höhe.» Sie drückte auf die Taste der Fernbedienung. Eine Grafik der Nordhalbkugel erschien auf der

Leinwand. «Dieser Starkwind ist die Antriebskraft für unser Wettergeschehen, er saust ständig über uns hinweg. Verliert er an Kraft, bewegen sich die Hochs und Tiefs in Deutschland viel, viel langsamer. Die Folge: Extremwetterlagen wie jetzt nehmen zu.»

«Damit schmilzt das Eis, das ist doch gut für unsere Schifffahrt», meinte der Geschäftsführer des Hamburger Hafens. Sein Kollege aus Bremen nickte zustimmend.

«Das stimmt, ein eisfreies Nordpolarmeer verkürzt die Transportzeiten von Containerschiffen aus Asien enorm», entgegnete Hanna. «Bald wird das Polarmeer eisfrei sein, zumindest im Sommer. Die Daten des letzten Weltklimaberichts sind eindeutig, die Eisfläche ist so gering wie seit 1000 Jahren nicht mehr.»

«Na also!» Der Hafenchef lehnte sich zufrieden zurück.

«Aber das wäre das Todesurteil für diesen Zeitgenossen.» Hanna rief das Foto eines Eisbären auf die Leinwand. «Ohne Eis kein Eisbär, so einfach ist das.»

«Aber die Gletscher … Da könnte er doch noch weiterleben …»

«Leider nicht. Eisbären brauchen Robben als Mahlzeit – und die leben im Meer und kommen nur selten an Land», sagte Hanna. «Die Eismassen auf Spitzbergen, Island und Grönland schmelzen turboschnell, auch dort ist der Trend mittlerweile nicht mehr zu stoppen. Das Abtauen wird zum Selbstläufer. Jeden Monat melden Experten neue Temperaturrekorde in der Arktis. Über 23 Grad Celsius plus auf Grönland, 28 Grad auf Island, 38 Grad in Sibirien, an einem der kältesten bewohnten Orte der Welt – das ist mehr als in Süditalien oder Spanien und der höchste Wert seit Beginn der Wetteraufzeichnungen. Selbst in Deutschland sind unsere letzten Gletscher bald Geschichte.» Sie nahm einen Schluck Wasser. «Ich will erst gar nicht davon reden, was geschieht, wenn die Wärme den arktischen Permafrostboden in Russland auftaut. In der gefrorenen Erde dort sind so viel Methan und Kohlendioxid gespeichert, wie sich heute insgesamt in der Atmosphäre befinden. Nicht auszudenken, wenn diese Stoffe freigesetzt werden.»

Sie sah ihre Zuhörer an. Ihr Vortrag schien die Herren zum Nachdenken anzuregen. Wenigstens etwas.

«Allerdings werden nicht nur die Gase hochproblematisch. Was droht uns, wenn beispielsweise das Eisschild auf Grönland komplett verschwinden würde?» Sie zeigte eine weitere Weltkarte, auf der Städte und Länder rot markiert waren. «Die Folgen wären eine Katastrophe – der weltweite Meeresspiegel würde um über sieben Meter steigen. Sieben Meter! Länder wie die Niederlande oder Bangladesch, ganze Landstriche an der Nordsee, in China oder Florida und Städte wie Tokio, Schanghai, New York, Rio de Janeiro oder Mumbai würden im Wasser verschwinden.»

Sie klickte durch weitere Folien, zeigte Hochrechnungen, Karten und Auflistungen von bevorstehenden Klimaschäden. Ihre Zuhörer folgten ihr aufmerksam, wirkten aber distanziert, wie Hanna es von Vorträgen im Wirtschaftsbereich gewohnt war.

«Hoffen wir nur, dass alles nicht so schnell geht», bemerkte Magnus Ruud, als sie geendet hatte. «Können denn Ihre Forschungen da etwas bewirken?»

«Unser Institut sammelt bereits seit Jahrzehnten Daten aus der Polarregion, wir starten ständig neue Expeditionen. Denn die Arktis ist die am wenigsten erforschte Region in der Welt. Wir wissen zum Beispiel immer noch nicht, was genau sich unter dem drei Kilometer dicken Eispanzer Grönlands verbirgt. Selbst Tiefenbohrungen und Satellitenauswertungen lösen das Rätsel nicht. Die Geheimnisse zur Entstehung unserer Erde und ihrer Lebewesen sind darin wie in einer Tiefkühltruhe eingeschlossen. Es ist eine Schatztruhe unseres Planeten, das Erbe der Menschheit ruht dort seit Zehntausenden von Jahren – verborgen vor unseren Augen.»

Hanna schaltete den Beamer aus und setzte sich an den Tisch. Sie beobachtete die Gäste. Ihre Mienen waren noch immer nicht zu deuten: Hatte ihr Vortrag etwas bei den Managern bewirkt, oder betrachteten sie ihre Ausführungen nur als nette Unterhaltung? Würden sie das Institut unterstützen?

Marc Ziegler erhob sich. «Vielen Dank, Frau Dr. Jordan. Ich denke, ich darf im Namen aller Anwesenden sprechen und sagen: Das war alles sehr beeindruckend.» Wieder dieses unverbindliche Lächeln. «Wir sehen die Notwendigkeit, Ihrem Institut zu helfen, und finden, das ist eine gute Sache.»

Er hob das Glas. Alle Männer prosteten Hanna zu.

Ziegler wandte sich direkt an sie. «Und Ihnen wünsche ich viel Erfolg bei der bevorstehenden Untersuchung auf Grönland. Tote Fische sind wahrlich kein Aushängeschild für die Region.»

Hanna hätte sich beinahe verschluckt. Hatte Professor Wenzel nicht versprochen, es gehe bei dieser Veranstaltung nicht um ihre persönliche Arbeit? Woher um alles in der Welt hatte der Rohstoffmanager von ihrem Auftrag erfahren? Und was bedeutete das für ihr Projekt?

9

... Bremerhaven ...

Hanna studierte die Unterlagen, die ihr Vorgesetzter ihr geschickt hatte. Die Fotos von totem Kabeljau und Heilbutt halfen ihr nicht weiter, darauf waren zu wenige Details zu erkennen. Auch der beigefügte Bericht über die Fundstellen trug mehr zur Verwirrung bei, als dass er der Aufklärung hätte dienen können. Nun gut, das würde sich alles vor Ort klären. Sie machte sich Notizen.

«Gratuliere, dank dir haben wir neue Sponsoren gefunden.» Professor Wenzel betrat ihr Büro. «Wir sollten dich von jetzt an immer zum Geldsammeln an die Front schicken!»

«Untersteh dich!»

«War nur ein Witz.» Er setzte sich. «Der Flug ist gebucht, du kannst morgen starten. In Nuuk holt dich jemand ab. Mit demjenigen besprichst du alles weitere.»

«Geht klar. Was ist eigentlich, wenn denen meine Untersuchungsergebnisse nicht gefallen?»

«Das wird nicht passieren.»

«Und wenn doch?»

«Dann ist das nicht unser Problem.»

«Könnten sie im Zweifel meinen Bericht in einer Schublade verschwinden lassen? All meine Arbeit wäre umsonst gewesen.»

«Die Veröffentlichung ist, wie gesagt, nicht unser Auftrag. Aber sieh es so: Du hast dank unserer neuen Finanziers genügend Zeit, unsere Kollegen und Kolleginnen im Camp zu besuchen – oder was ganz anderes zu machen.»

«Die Sponsoren haben offensichtlich ausschließlich wirtschaftliche Interessen, das wurde mir bei dem Vortrag klar. Wir sind nur ihr grünes Feigenblatt. Das ist doch erbärmlich.»

«Welcome to the real world.» Wenzel beugte sich vor. «Die Motive der Unternehmen sind unterschiedlich, da stimme ich dir zu. Aber besser, sie unterstützen uns als einen Fußballverein, oder nicht?»

Hanna musterte ihren Chef. «Dieser Marc Ziegler vom Rohstoffkonzern Glencore wusste bis ins Detail über meine Reise Bescheid. Das hat mich, offen gesagt, sehr überrascht. Hast du ihm davon erzählt?»

«Ich?» Wenzel zögerte einen Moment mit der Antwort. «Von mir hat keiner Informationen erhalten», sagte er dann und stand auf. «Eine gute Reise wünsch ich dir. Und pass auf dich auf. Denk dran, unser Namensgeber Alfred Wegener ist auf Grönland unter ungeklärten Umständen ums Leben gekommen. So was darf sich nicht wiederholen.» Er grinste, dann verließ er ihr Büro.

Nach Büroschluss kaufte Hanna in der Stadt noch ein paar Kleinigkeiten für die Reise. Es war spät geworden, als sie das Haus betrat und die Treppe zu ihrer Wohnung hochging.

«Da bist du ja!»

Vor Schreck ließ sie ihre Tasche fallen. Vor ihr auf der Treppenstufe saß Sven.

«Was … Was machst du denn hier?»

«Was glaubst du, wie lang ich hier schon sitze? Ich warte seit zwei Stunden auf dich.» Er stand auf.

«Für so was gibt's Handys. Du hättest mich nur anrufen brauchen.»

«Ich … Ich wollte dich sehen, Hanna. Du hast mich beim letzten Mal so abrupt abgebürstet, das war nicht schön von dir. Ich dachte, wir quatschen noch mal in Ruhe darüber.»

«Da gibt es nichts zu besprechen, Sven.»

«Ich hab gehört, dass du morgen abreist. Deshalb dachte ich, wir feiern gemeinsam deinen Abschied.» Er zog eine Flasche Champagner aus seinem Rucksack. «Leider ist die jetzt warm geworden. Du hast doch sicher Eis zum Kühlen, oder nicht?»

«Sven, ich glaube, das ist jetzt keine gute Idee. Außerdem muss ich noch für morgen packen.»

«Komm schon, nur ein paar Minuten plaudern. Du willst mich doch nicht hier auf der Treppe sitzen lassen?»

Hanna überlegte einen Moment. «Okay, aber nur kurz. Ich bin heute Abend wirklich beschäftigt.»

Sie sperrte die Wohnung auf, Sven folgte ihr. In der Küche stellte sie die Tasche ab und setzte Teewasser auf.

Er stellte die Flasche in den Kühlschrank. «Für später.»

Hanna holte den Champagner wieder heraus und drückte ihn Sven in die Hand. «Was war an meinen Worten eigentlich nicht zu verstehen? Es gibt keinen romantischen Abend – und erst recht keine gemeinsame Nacht. Das ist vorbei. Begreif es bitte!»

«Sei doch nicht so abweisend. Noch vor ein paar Wochen

warst du ganz anders. Du erinnerst dich doch daran …» Er berührte ihren Arm.

«Sven, bitte, lass das.» Sie schob seine Hand beiseite. «Es war schön mit uns beiden – für eine kurze Zeit. Jetzt ist es vorbei. Sieh das ein.»

Er schüttelte den Kopf. «So leicht gebe ich nicht auf! Was habe ich denn getan, dass du so reagierst? Sag's mir bitte.»

«Es ist nichts. Ich denke einfach, wir sollten es dabei belassen.»

«Komm schon, gib uns noch eine Chance. Du gibst immer viel zu schnell auf. So wird das nie was mit deinen Beziehungen.»

«Was weißt du schon von meinen Beziehungen.» Er hatte einen wunden Punkt getroffen, Hanna fühlte sich unwohl.

«Ich hab mich erkundigt.» Er sah sie herausfordernd an.

«Auf Gerede gebe ich nichts.»

«Nenn mir einen Mann, bei dem du es länger ausgehalten hast. Da fällt dir bestimmt keiner ein!»

«Ich finde, es geht dich überhaupt nichts an, mit wem ich früher zusammen war.» Es gefiel ihr überhaupt nicht, in welche Richtung sich das Gespräch entwickelte.

«Weil du die Wahrheit ignorierst.» In Svens Worten schwang Triumph mit. «Du bist nicht ehrlich dir gegenüber!»

«Jetzt reicht es aber!» Sie ärgerte sich, dass sie ihn überhaupt hereingelassen hatte. «Es ist, wie es ist, respektiere meine Entscheidung.»

«Du weichst einem offenen Gespräch aus. Frag dich mal selbst, warum du Probleme mit Männern hast.» Er kam näher und zog sie an sich. «Lass uns Frieden schließen. Du weißt, wie sehr ich dich mag.»

Hanna spürte seinen Atem. Wütend stieß sie ihn weg.

«Verschwinde sofort und lass dich hier nie wieder blicken!» Sie schob ihn in Richtung Tür. «Und nimm deine verdammte Flasche mit!»

10

... Diskobucht, Grönland ...

«Du schon wieder.» Eliyah sah vom Schreibtisch auf.

«Ich wollte euch nur Bescheid sagen, ich habe neue Kadaver in der Diskobucht gefunden, an ganz unterschiedlichen Stellen.» Nanoq blieb am Tresen stehen.

«Weiß ich schon.» Der Polizist gähnte. «Der Bürgermeister hat Nachricht aus Nuuk erhalten, es kümmert sich jemand drum. Ist also nicht mehr deine Aufgabe.»

«Das hat was zu bedeuten, sag ich dir. Mein Großvater meint auch, da stimmt etwas nicht.»

«Uju ist wohl mal wieder von seinen Geisterbeschwörungen benebelt, er kann's halt nicht lassen, der alte Mann. Wahrscheinlich hat er irgendwelches Zeug geraucht.» Eliyah grinste.

«Rede nicht so über meinen Großvater. Ich habe es selbst gesehen: Im Eis haben sich Spalten aufgetan, ungewöhnlich tiefe Spalten. Ihr solltet die Leute warnen, Unfälle enden bei uns schnell tödlich.» Er dachte an die Gruppe Wanderer, die sich vergangenes Jahr allein auf den Gletscher aufgemacht hatte. Zwei Teilnehmer waren gestürzt und den abschüssigen Hang hinuntergerutscht, bis sie im Wasser landeten. Für die beiden kam jede Hilfe zu spät.

«Wird sich schon niemand auf dem Eis verirren. Und die Touristen gehen sowieso nicht ohne Begleitung dorthin.»

«Da bin ich mir nicht sicher. Hinweisschilder wären nicht verkehrt.»

Eliyah rollte mit den Augen. «Weißt du was? Du machst deinen Job, und ich mach meinen. Lass es gut sein. Und jetzt muss ich arbeiten.»

Auf dem Rückweg ging Nanoq beim Supermarkt vorbei. Die

Einheimischen rollten ihre Einkaufswagen ins Geschäft, Banner warben mit ‹Discount›, die Sonderangebote der Woche waren auf Plakaten angekündigt. Wenn es eine Sache gab, in der die Inuit längst mit der westlichen Kultur gleichgezogen hatten, dann waren es Supermärkte. Nur brauchte man bei den hohen Preisen reichlich Geld, um an den vielfältigen Genüssen der amerikanischen und europäischen Konsumwelt teilhaben zu können.

Beim Obststand suchte Nanoq nach Äpfeln und Trauben für sein Frühstücksporridge. Alles musste mühselig per Schiff herantransportiert werden, entsprechend hoch waren die Preise. Es war ein Luxus, den er sich einmal im Monat gönnte. Die größte Fläche im Supermarktgebäude nahmen die alkoholischen Getränke ein: Die Kunden drängten sich vor den Bierkästen, bei Dutzenden internationalen Marken fiel die Auswahl schwer. In den Regalen stapelten sich verschiedene Sorten Whiskey, Wodka und Gin aus aller Welt, dazu Wein und Sekt.

In einem Gang gab es lange Reihen mit Chips, Schokolade und Nüssen, dazu allerlei US-Salzgebäck mit ausgefallenen Namen, alles garantiert kalorienreich und ungesund. Die Fleischabteilung war dagegen klein. Im Supermarkt schien es, als ob sich die Einheimischen am liebsten von Knabbereien ernährten.

Mit seinen Einkäufen schlenderte Nanoq durch die Straßen. Er zog seine Jacke aus, die Sonne brannte, er genoss die ungewohnte Hitze. Ob es in Florida genauso warm war? Gerne würde er einmal dorthin fahren. Die Fernsehbilder von Palmen, von leicht bekleideten Urlaubern am Strand und feiernden, fröhlichen Menschen weckten eine Sehnsucht in ihm. Aber er wusste, dass das ein Traum bleiben müsste – es würde ewig dauern, bis er das Geld für eine solche Reise gespart hätte.

Zu Hause goss er seine drei Sibirischen Fichten. Es hatten sich frische Triebe gebildet, stellte er erfreut fest. Ob es an der Hitze lag? Er ging ins Haus. Seine Schwester Sika hockte verschlafen am Küchentisch.

«Lange Nacht?» Er verstaute das Obst im Kühlschrank.

«War mit Jako ein wenig feiern.»

«Wie geht's ihm?» Nanoq überlegte, ob er das Alkoholproblem von Sikas Freund ansprechen sollte.

«Wie immer. Du warst erst bei ihm, hat er mir erzählt. Und dass du weitere Kadaver eingesammelt hast. Schräge Hobbys hast du schon, Nanoq, das muss ich sagen. Aber du warst immer schon ein seltsamer Vogel.»

«Jako sollte aufpassen, sein Durst könnte ihn den Job als Bootsführer kosten. Er hat schließlich Verantwortung für andere Menschen.»

«Mach dir keine Gedanken, kleiner Bruder.» Sika stellte ihre Kaffeetasse ab. «Jako hat alles unter Kontrolle.»

«Tatsächlich?»

«Spiel dich nicht als Moralapostel auf!» Ihre Augen funkelten wütend. «Du hast leicht reden, hast einen schönen Job, warst im Ausland. Was glaubst du, wie oft ich mir gewünscht habe, ich wäre an deiner Stelle nach Kopenhagen geschickt worden. In meinen Träumen war es das Paradies. Du weißt gar nicht, wie es ist, ein Leben lang in diesem Nest gefangen zu sein. Ohne die geringste Chance, etwas ändern zu können.»

«Du könntest …»

«Träum weiter! Glaubst du nicht, ich würde auch gern mal verreisen, und sei es nur nach Kanada? Gern würde ich mir was Schickes zum Anziehen kaufen, aber woher soll ich das Geld nehmen? Ich bin schon froh, überhaupt einen Job zu haben und nicht von Sozialhilfe leben zu müssen. Genauso geht es Jako. Du glaubst ja gar nicht, wie schwer es für uns ist, das alles auszuhalten. Ab und zu etwas zu trinken macht es erträglicher.»

«Und das soll die Lösung sein?» Nanoq machte einen Schritt auf seine Schwester zu. «Wie stellst du dir denn die gemeinsame Zukunft mit ihm vor? Willst du in seine Baracke einziehen? Ihn heiraten?»

«Darüber mach ich mir jetzt keine Gedanken, das wird sich ergeben.» Sika zuckte mit den Schultern. «Bei allen Fehlern – Jako hat auch seine guten Seiten. Wir haben in der Vergangenheit so einiges gemeinsam durchgestanden, wir werden uns auch künftig durchbeißen. Ich liebe ihn eben, ob es dir passt oder nicht! Und Jako liebt mich auch, er würde mich nie verlassen.»

«So habe ich das nicht gemeint ...» Nanoq fühlte sich unwohl mit der Richtung, die das Gespräch nahm.

«Du warst zu lange weg, du hast ein anderes, ein besseres Leben genossen in Kopenhagen, durftest eine Sprachenschule besuchen, konntest mit Freunden in Klubs gehen und Spaß haben, die Tante hat für dich gesorgt. Du kannst nicht verstehen, wie es hier die ganze Zeit war.» Sika blickte zum Fenster hinaus. «Nein, das kannst du wirklich nicht!»

Nanoq schluckte. «Meinst du, ich hätte es mir ausgesucht, nach Dänemark zu gehen? Ich war jung, ein halbes Kind. Opa hat nach Vaters Tod entschieden, mich wegzuschicken, in die Fremde, weg von allen Freunden, weg von der Familie. Ich hatte keine Wahl, niemand hat mich gefragt, ob ich das will, Sika. Ich musste gehen.»

«Hör auf zu jammern, Nanoq. Ich kann es nicht mehr hören.» Sikas Tonfall war hart. «Sieh mich an. Ich musste zu Nachbarn ziehen, die sollten mich aufziehen, meine Ersatzfamilie sein. Sie haben sich auch bemüht, anfangs zumindest, aber ich blieb eine Fremde für sie. Gott, war ich froh, als ich endlich in Vaters Haus einziehen konnte.»

Die Worte trafen Nanoq ins Innerste. So hatte er seine Schwester noch nie reden gehört. «Aber du konntest immerhin Großvater besuchen, für dich war er immer da. Mich hat er von einem Tag auf den anderen abgeschoben wie ein lästiges Anhängsel. Das verzeihe ich ihm nie ...»

«Du bist ungerecht, Nanoq.» Seine Schwester sah ihn durchdringend an. «Uju hätte uns gern bei sich behalten, aber seine

Krankheit hat es unmöglich gemacht. Alle glaubten, er habe nur noch wenige Wochen zu leben. Er hatte sich mit dem Schamanen beraten, der hat die Geister befragt – das Ergebnis kennst du.»

Nanoq spürte, wie sich alles in ihm zusammenzog. «Was ... Großvater war damals krank? Warum hat mir das nie jemand erzählt?» Er war überwältigt von dieser Neuigkeit.

«Großvater hat es verboten. Du kennst ihn ja, er kann sehr eigensinnig sein. Er wollte kein Mitleid. Ich glaube, damals wurde ihm alles zu viel. Das Angebot seiner Tochter, dich nach Dänemark zu holen, war seine Rettung.»

«Aber Uju sieht doch ganz munter aus ...»

Sika schüttelte den Kopf. «Das täuscht. So richtig gesund ist er nie mehr geworden. Großvater glaubt bis heute, seine damalige Heilung – für einen Doktor war kein Geld da – sei auf die Beschwörungen des Angakok zurückzuführen.»

«Uju und sein Aberglaube.» Nanoq runzelte die Stirn. «Er hätte lieber die Behörden um Hilfe bitten sollen. Es hätte andere Lösungen gegeben, da bin ich mir sicher.»

«Meinst du? Ich weiß nicht.» Seine Schwester wandte sich ab. «Großvater ist, wie er ist. Das kannst du akzeptieren – oder eben nicht.»

11

... *Berlin* ....

Nelson Carius hatte sich an die fremde Wohnung gewöhnt, und er verspürte keine Lust, ein anderes Zuhause zu suchen, im Gegenteil: Er liebte das Gefühl, hier einen Rückzugsort zu haben, ein Versteck, das nur sein Arbeitgeber kannte. Der Name an der Tür lautete auf eine Studentin, die ihr Auslandsstudium verlängert und ihre möblierte Bude untervermietet hatte. Persönlich hatte er sie nie getroffen, die Nachbarin hatte ihm den Schlüssel gegeben, er überwies jeden Monat den vereinbarten Betrag.

Es reizte ihn, über die fremde Vermieterin zu spekulieren. Warum hatte sie den Schrank, in dem ihre persönlichen Sachen lagerten, abgesperrt, die Pinnwand mit den privaten Fotos aber gelassen? Warum bevorzugte sie Lavendel-Duftkerzen? Und wozu besaß sie ein Dutzend Zuckersorten, die sie in getöpferten Dosen aufbewahrte?

Der Kaffee war fertig. Nelson duschte, zog sich an und setzte sich an den Küchentisch. Er trank eine Tasse, rührte Obst in sein Müsli, las die E-Mails und Nachrichten auf seinem Mobiltelefon und sah hinaus. Das Unwetter hatte sich verzogen, aber noch immer waren die Schäden des Dauerregens und der Überschwemmungen nicht abzusehen. Die Behörden zählten mittlerweile 54 Tote.

Er schenkte sich eine zweite Tasse ein. Warum sollte er umziehen? Er arbeitete beim Bundesnachrichtendienst in der Abteilung TA – Technische Aufklärung. Häufig war er im Ausland unterwegs, eine eigene Wohnung lohnte sich da kaum. Außerdem besaß er eine Unterkunft für den allergrößten Notfall: die Werkstatt seiner Eltern in Köln – das Einzige, was sie ihm hinterlassen hatten.

Sein Vater und seine Mutter hatten einen Hinterhof-Reparaturbetrieb im Kölner Stadtteil Ehrenfeld betrieben – bis zu ihrem mysteriösen Unfalltod mit dem Auto im Rhein. Ihre Leichen waren nie gefunden worden. Er war noch ein kleines Kind gewesen, als sie ihn verlassen hatten, einfach so. Es hatte keine Gelegenheit zum Abschied gegeben.

Danach wuchs er bei seiner Oma auf, tingelte später durch die Welt, nahm Gelegenheitsjobs an, studierte schließlich in Stanford, lernte Sprachen – bis er das Angebot erhielt, beim deutschen Auslandsgeheimdienst anzufangen.

Erst zurück in Deutschland war er innerlich bereit, sich mit dem Verlust seiner Eltern auseinanderzusetzen, der Enttäuschung, dem Schmerz, von ihnen alleingelassen worden zu sein. Es hatte Jahrzehnte gebraucht, er war nun über dreißig Jahre alt, bis er den Mut fand, zum ersten Mal in die Werkstatt, seine alte Heimat, zurückzukehren. Danach nahm er sich vor, das Schicksal seiner Eltern aufzuklären, die Ungewissheit über ihren Tod, die ihn ein Leben lang begleitet hatte, zu beseitigen.

Und das war auch ein Grund gewesen, beim Bundesnachrichtendienst anzuheuern: Wo sonst, wenn nicht dort, hatte er die Möglichkeiten und Mittel, weitere Nachforschungen anzustellen? Denn es gab Ungereimtheiten: Beim BND existierten seltsamerweise Akten über den Unfall, versteckt in einem alten Archiv. Er hatte sie heimlich gelesen, danach waren seine Fragen noch größer geworden.

Niemand durfte natürlich von seinen Recherchen wissen. Er ging das Thema bedächtig und Schritt für Schritt an, er hatte Geduld, und er würde unermüdlich Stück für Stück des Puzzles zusammentragen, bis sich ein Bild erkennen ließ und die Wahrheit ans Licht kam.

Vorsichtshalber zog Nelson für den Weg zur Arbeit seine Jacke über. Der Sturm blies heftig, der Regen prasselte ihm fast waagerecht ins Gesicht. Die Menschen in der Straße versuchten verzweifelt, ihre Regenschirme festzuhalten – es war ein vergebliches Unterfangen. Die Fahrbahnen waren überflutet, es sah aus, als würden Bäche durch die Straßen strömen. Aus vollgelaufenen Gullys blubberte das Wasser wie aus Springbrunnen, Mülltonnen und Plastiktüten trieben umher.

Er war froh, als er endlich sein Büro erreichte. Auf seinem Schreibtisch fand er mehrere Akten mit dem Aufdruck «Geheim» vor, es waren Unterlagen über die Aktivitäten von Terrorgruppen in Mali und Belarus.

«Na, schon fleißig? Das ist ja was ganz Neues bei dir.» Diana

Winkels, seine Kollegin, war hereingekommen und nahm ihm gegenüber Platz.

«Ich sollte lieber fragen, warum du, die personifizierte Disziplin, heute so spät kommst.» Er hob die Brauen. Diana war ein Jahr jünger als er, arbeitete aber schon seit vielen Jahren beim BND. «Hattest du etwa ein Date?»

Seine Versuche, mit ihr auszugehen, hatte sie bisher nett, aber bestimmt abgelehnt. Überhaupt gab sie wenig von ihrem Privatleben preis. Und seit sie nur knapp ein Bombenattentat überlebt hatte, wirkte sie verändert. Sie hatte damals lange Zeit in der Reha zugebracht und psychologische Betreuung erhalten. Doch etwas war geblieben.

Als er sie einmal darauf angesprochen hatte, beteuerte sie, alles sei gut – sie habe den Vorfall längst weggesteckt, das sei eben das Berufsrisiko –, und blieb ansonsten kurz angebunden. Er war sich nicht ganz sicher, ob das stimmte, unterließ es aber, weiter nachzufragen.

«Wir werkeln hier nicht nach der Stechuhr, was du mittlerweile gelernt haben solltest, auch wenn der BND eine Behörde voller Beamten ist. Falls du es genau wissen willst …»

«Will ich, Diana, erzähl bitte.» Er grinste.

«… Ich hab mir einen Film angeschaut, darüber ist es spät geworden, und ich bin eingeschlafen.»

«Was hast du dir denn angeguckt? Einen James Bond? Das könnte ich mir gut vorstellen, es passt zu deinem Naturell und deiner Leidenschaft für Schusswaffen.» Nelson legte scherzhaft den Kopf schief. «Oder hast du dir einen dieser Rosamunde-Pilcher-Schmachtfetzen reingezogen, romantische Liebe in Cornwall, der Lord und die Haushälterin kommen sich beim gemeinsamen Ausritt näher, so was in der Art?»

«Obwohl es dich nichts angeht: Es war eine Dokumentation.»

«Aha, was? Ging's um Spionage?»

«Eine Naturdoku über bedrohte Tierarten.»

«Wie schön. Aber soweit ich weiß, hast du weder Hund noch Katze zu Hause.»

«Nee, das lässt die Arbeit nicht zu.»

«Wen hast du dann überhaupt in deiner Wohnung?»

«Jetzt reicht's aber.» Sie lachte. «Denk lieber daran, wir haben in zehn Minuten einen Termin bei unserem Chef.»

Abteilungsleiter Dr. Robert Horn erwartete sie bereits in seinem Büro. «Nehmen Sie bitte Platz.»

Erwartungsvoll sahen sie ihren Vorgesetzten an und setzten sich.

«Ich hätte da was Schönes für Sie. Einen Spezialeinsatz.» Er schlug den Aktenhefter auf, der vor ihm lag. «Da kommen Sie mal an die frische Luft.»

Nelson wusste nicht, ob das ein Witz war. Robert Horn neigte nicht zu Scherzen. Er war ein Mann Mitte vierzig, stets korrekt mit Anzug und Krawatte gekleidet.

«Klingt gut», meinte Diana. «Nur Büroluft tut auf Dauer auch nicht gut.»

Er nickte. «Wie ich sehe, sind Sie momentan mit Terroranalysen beschäftigt. Das delegieren wir an Kollegen. Sie beide kümmern sich ab sofort um eine andere potenzielle Bedrohung – die im Nordpolarkreis verortet ist.»

«Ein Einsatz in der Arktis?» Nelson war überrascht. «Was sollen wir denn da?»

«Geduld, junger Mann, Geduld.» Horn überflog die Papiere vor sich. «Wir erhalten derzeit Meldungen von verschiedenen deutschen Firmen, die auf Island, Spitzbergen und Grönland unternehmerisch aktiv sind und dort expandieren wollen. Demnach scheint es aktuell gehäuft zu Störungen des Geschäftsbetriebs zu kommen. Die Rede ist von Angriffen auf Mitarbeitende und ernsthafter Sabotage von Anlagen und Geräten.»

«Das ist doch ein Thema der örtlichen Polizei. Gibt es überhaupt Beweise für die Behauptungen?», fragte Diana skeptisch.

«Das ist ja das Problem. Die Behörden dort zeigen wenig Interesse zu ermitteln. Und die Beweislage ist dünn, es wurden keine Tatverdächtigen ausgemacht. Offiziell redet man von Unfällen und Rangeleien unter Arbeitern, wie sie immer wieder vorkommen. Kurz und gut, die blocken ab. Deshalb kommen wir ins Spiel.»

«Aber warum sollen wir Wirtschaftsinteressen am Polarkreis absichern?» Nelson beugte sich vor. «Wir haben doch weltweit genug Einsatzgebiete, wo es wirklich brennt und wo der BND Aufklärung betreiben muss.»

«Nun, die Konzerne haben sich bereits an den Staatssekretär gewandt und um Unterstützung gebeten. Davon abgesehen, unterschätzen Sie die Bedeutung der Arktis nicht, Herr Carius. Die Bundesregierung – und übrigens auch die EU und die NATO – haben diese Region ganz oben auf ihrer außenpolitischen Agenda. Das Auswärtige Amt hat sogar neue Leitlinien für die deutsche Arktispolitik definiert. Danach sieht die Bundesregierung dort eine zunehmende Belastung internationaler Zusammenarbeit. Die Arktis-Anrainerstaaten rüsten massiv auf, der Streit um Rohstoffe und polare Seewege eskaliert. Dieses Krisenpotenzial könnte bald in kriegerische Auseinandersetzungen münden, wenn nicht sogar in einen lokal begrenzten Krieg. Der Nordpol ist die nächste Kampfzone. Und Deutschland darf sich nicht abhängen lassen. Wer weiß, was da noch auf uns zukommt.»

«Sollten wir bei solchen neuen außenpolitischen Abenteuern nicht vorsichtig sein?» Diana klang nicht überzeugt. «Es ist doch nicht lange her, als sich die NATO und Deutschland in Afghanistan eine blutige Nase geholt haben. Und der Bundesnachrichtendienst hat eine der größten Blamagen seiner Geschichte erlebt, weil er die schnelle Eroberung durch die Taliban nicht vorhergesehen hat.»

«Erinnern Sie mich nicht daran.» Horn seufzte. «Was hab ich mir alles anhören müssen, die Beschimpfungen aus Öffentlichkeit und Presse möchte ich nirgends wiederholen.»

«Doch, das kann ich mir gut vorstellen», antwortete Nelson. «Und jetzt schon wieder eine solche Mission?»

«Wir müssen reagieren. Die Arktis wird für uns und unsere Verbündeten immer wichtiger. Es führt kein Weg daran vorbei, dass wir uns dort stärker engagieren. Sonst überlassen wir das Feld den Russen und den Chinesen, die sich dort immer schneller breitmachen. Oder beim Rohstoffnachschub den Amerikanern und Kanadiern. Das darf nicht passieren. Gerade wir als Industrieland sind auf sichere Rohstoffversorgung angewiesen.»

«Aber warum wir beide?», fragte Diana. «Wir haben doch sicher bereits Trupps in dieser Region. Sollen die doch übernehmen.»

Horn schüttelte den Kopf. «Gerade weil das Thema so heikel ist, wollen wir nicht mit unserer ganzen Kavallerie einfallen. Wir machen es zwei Nummern kleiner. Sie beide reisen, getarnt als Landvermesser, dorthin und stellen Recherchen an. Das wird nicht weiter auffallen. Ich brauche nicht extra zu betonen, dass Sie dort auf sich allein gestellt sind.»

«Aber was genau ist unser Auftrag?» Diana blieb hartnäckig.

«Sie überprüfen die Vorwürfe und versuchen herauszubekommen, wer dahintersteckt und was die Motive sind. Sie haben freie Hand. Aber das heißt nicht, dort die große Show abzuziehen. Bleiben Sie im Hintergrund.»

Nelson hob die Hand. «Aber wir dürfen uns verteidigen, wenn wir angegriffen werden, oder?»

«Muss ich wirklich darauf antworten? Aber vorsichtig. Ihre Schießkünste sind ja nicht die besten.»

Nelson schwieg. Horn spielte auf seine schlechte Trefferquote beim Schießtraining an.

«Dort oben ist es jetzt im Sommer doch kalt, da muss ich extra Outdoor-Klamotten einkaufen», meinte Diana.

«Ganz im Gegenteil – auf Island und Grönland ist es momentan heißer als bei uns – was bei diesem Sauwetter hier keine Kunst ist.» Ihr Chef erhob sich. «Und, wie gesagt, die Luft dort oben soll wunderbar rein sein, ganz anders als in Berlin, Sie werden es genießen.»

«Vorher sollten wir mit Vertretern der betroffenen Firmen reden.» Auch Nelson und Diana standen auf.

«Ich habe bereits ein Dossier zusammenstellen lassen, das schicke ich Ihnen. Und in zwei Tagen findet eine Strategiesitzung von EU und NATO zum Thema Arktis statt. Da sollten Sie mit dabei sein.» Horn gab ihnen beiden die Hand. «Legen Sie los! Der Staatssekretär erwartet baldige Resultate.»

12

... ***Essen*** ...

Die Zeit bis zu ihrem Termin verbrachten sie in einem Café in der Essener Innenstadt. Draußen regnete es in Strömen, ein kalter Wind trieb die Fußgänger von der Straße.

«Hoffentlich hört dieses miese Wetter bald auf, das geht schon seit Tagen so», meinte Nelson. «Ich will endlich Sonne!»

«Laut den Nachrichten bleibt uns das Sturmtief noch zwei Wochen erhalten», antwortete Diana. «Sie haben bereits in allen Bundesländern den Katastrophenschutz aktiviert, man rechnet an Donau, Elbe und Rhein mit weiteren Überschwemmungen.»

Sie studierten Robert Horns Dossier über das Engagement deutscher Firmen in der Arktis und die jüngsten Vorfälle.

«Ich hab gar nicht gewusst, wie groß die Geschäftsinteressen der Deutschen dort sind», sagte Nelson. «Wir scheinen echt fast überall unsere Finger drin zu haben.»

Laut den Unterlagen entwickelte beispielsweise die Bremer

Hafengesellschaft im isländischen Finnafjord einen «Hafen der Zukunft», strategisch günstig am Eingang zur Nordostpassage gelegen. Er sollte die neue Drehscheibe der Globalisierung werden, das Tor zur Nordpolarroute und zum Nordatlantik – ohne das Nadelöhr Panamakanal oder Suezkanal. Eine sechs Kilometer lange Hafenmole für chinesische Containerschiffe war geplant, dazu 2000 Hektar Lagerfläche für Erdöl und Gas, außerdem Servicecenter, Wohnquartiere, Hotels, Schulen, Banken, ein Flughafen. Gleichzeitig wollte man die geothermischen Quellen der Insel nutzen, Wasserstoff und Flüssiggas offshore erzeugen, Entsalzungsanlagen betreiben und Fisch züchten.

«Das ist ein Megaprojekt», sagte Diana. «Es wird den Betreibern über die Jahre Milliarden in die Kasse spülen, viel mehr, als mit Bremerhaven zu holen ist.»

«Und da wollen sich die Hamburger natürlich nicht ausstechen lassen.» Nelson rümpfte die Nase. «Sieh an, sieh an, die bandeln mit dem Osten an.» Das Projekt sah eine Kooperation mit Russland vor, um gemeinsam Anlagen und Häfen entlang der Nordostpassage zu betreiben. «Die Containerschiffe von Schanghai nach Hamburg sparen über zwanzig Tage und damit jeden Tag Unsummen, wenn sie die Route über das Nordmeer nehmen statt über den Suezkanal. Kein Wunder, dass die Hanseaten da mitverdienen möchten. Deutsche Schiffe werden die dort geförderten Rohstoffe umschlagen und weitertransportieren. Aber ausgerechnet mit den Russen …»

Beide Hafengesellschaften hatten eine Liste mit Ereignissen zusammengestellt, die ihrer Meinung nach auf Sabotage und kriminelle Aktionen hindeuteten: Brände in Werkstätten und auf Baustellen, gestohlene Maschinenteile, Einbrüche in Büros und Lagerräume, demolierte Schiffselektronik, anonyme Drohungen gegen Mitarbeiter, Angestellte, die plötzlich verschwanden und nie mehr auftauchten.

«Eine beeindruckende Sammlung», sagte Diana. «Das sieht in

der Tat nicht nach Zufall aus. Und für Gelegenheitsdiebe sind die Angriffe zu komplex. Hier waren Profis am Werk.»

«Also werden wir in den Norden reisen und Eisbären gucken», sagte Nelson. «Wenigstens gibt es dort oben keinen Regen.»

Sie fuhren zur Thyssenkrupp-Zentrale an der Altendorfer Straße. Es war ein futuristischer Neubau in Form eines Würfels, Fassaden mit viel Glas und Stahl. Nelson und Diana meldeten sich am Empfang und zeigten ihre Ausweise. Wenig später kam eine Sekretärin im schwarzen Kostüm und führte sie in einen Besprechungsraum im siebten Stock, auf einer Anrichte standen Kaffee, Tee und Saft, in der Mitte ein Glastisch mit Designerstühlen.

«Bitte bedienen Sie sich, Herr Dr. Ott kommt gleich.»

Vom Fenster hatten sie einen fantastischen Blick über Essen. Nelson schenkte sich einen Kaffee ein, Diana nahm einen Orangensaft.

Nach wenigen Minuten kam ein Mann in Jeans und Jackett herein, Ende dreißig, das Haar nach hinten gegelt. Er trug eine Aktentasche.

«Guten Tag, mein Name ist Stefan Ott, bitte nehmen Sie Platz.» Er reichte ihnen eine Visitenkarte. Offenbar war er als General Manager für die ‹Northern Countries› verantwortlich.

«Herr Dr. Horn hat mir den Wunsch des Bundesnachrichtendienstes bereits übermittelt. Natürlich ist Thyssenkrupp wie immer gern behilflich, schon wegen unserer langjährigen gedeihlichen Zusammenarbeit.»

Nelson fragte sich, worin diese Zusammenarbeit wohl bestand.

«Wir wissen das zu schätzen», antwortete er. «Was haben Sie denn Schönes für uns?»

Ott öffnete seine Tasche, holte zwei Ordner heraus und schob sie über den Tisch. «Darin finden Sie alles, was Sie für Ihre Tarnung brauchen: zwei Firmenausweise, laut denen Sie Landvermesser im Auftrag von Thyssenkrupp sind. Dazu Visitenkarten, einige Kontaktadressen vor Ort und eine Aufstellung, was unsere Landvermesser für gewöhnlich tun. Selbstverständlich haben wir unsere Angestellten instruiert, falls irgendwelche Nachfragen kommen sollten.»

Diana betrachtete ihren Ausweis. «Gute Arbeit, wir könnten es nicht besser fälschen. Aber warum sind wir laut dem Papier nur ‹Junior Field Surveyor›?»

«Nun, wir wollen Sie nicht in Verlegenheit bringen, wenn Sie jemand auf Ihre Fähigkeiten testet. Als Junior können Sie sagen, erst seit Kurzem in dem Job zu arbeiten und noch nicht alles zu wissen.»

Sie nickte. «Wo ist denn Thyssenkrupp in der Arktis aktiv?»

«Unser Haus begleitet unsere Kunden bei allen möglichen Projekten – von Rohstoffförderung über Bergbau bis hin zum Bau und Betrieb kompletter Anlagen. Mit unserem Produktportfolio decken wir die unterschiedlichsten Wünsche ab – das können nur wenige Unternehmen weltweit. Deshalb ist die Nachfrage hoch.»

«Und Rohstoffe?»

«Auch für uns ein lukrativer Geschäftszweig mit enormen Zukunftsaussichten, jeder will da oben mitmischen.»

Nelson nahm einen Schluck Kaffee. Er schmeckte vorzüglich, besser als der aus der Kaffeemaschine zu Hause. «Was macht denn eine kalte Region, wo es nur Meer und karge Inseln und viel, viel Eis gibt, so spannend für Konzerne?»

«Nicht bloß für Konzerne», korrigierte Ott. «Da engagieren sich Nationen, denken Sie an Russland, die USA, an Kanada und China. Von den kleineren Ländern gar nicht zu reden.»

«Und mit allen machen Sie Geschäfte», warf Diana ein.

«Selbstverständlich. Solange es keine Exportsperren oder sonstigen staatlichen Beschränkungen für solche Länder gibt, zählen die zu unseren Kunden.» Er lehnte sich zurück. «Aber um Ihre Frage zu beantworten: Die Arktis ist das künftige Eldorado, das Goldland, wo märchenhafter Reichtum wartet. Man muss sich den Schatz nur holen. Und die Erderwärmung hilft dabei.»

«Wie das?»

«Ganz einfach: An Land schmilzt das Eis immer schneller weg, der Boden weicht auf, viele Rohstoffe unter der Erde können nun spielend einfach hochgeholt werden. Und wenn das Nordmeer eisfrei ist, lohnt die Förderung von Erdöl und Erdgas – allein die Russen bauen derzeit eine schwimmende Ölplattform nach der anderen. Die sitzen dort auf Reserven von zwanzig Billionen Dollar – Billionen wohlgemerkt, das sind 20 000 Milliarden Dollar. Die Chinesen versuchen gerade, ebenfalls einen Fuß in die Tür zu bekommen.» Ott sah mit leuchtenden Augen zwischen ihnen hin und her. «Stellen Sie sich vor: Die wichtigsten Energiereserven der Menschheit finden wir dort – vierzig Prozent aller fossilen Brennstoffe und dreißig Prozent aller natürlichen Ressourcen der Welt lagern in den arktischen Gebieten.»

«Ein Auslaufmodell», meinte Nelson. «Alle wollen der Umwelt zuliebe weg von fossilen Energieträgern.»

«Das wird dauern, glauben Sie mir. Und wer weiß, bei künftigen militärischen Auseinandersetzungen will man nicht mehr von den Rohstoffen der Araber oder Russen abhängig sein. Gerade der Ukraine-Krieg hat gezeigt, wie sehr die Europäer und Deutschland noch am Tropf von Russland hängen. Da ist es doch gut, besonders für Deutschland, eine Alternative quasi vor der Haustür zu haben.»

«Von den anderen Rohstoffen gar nicht zu reden», sagte Diana.

«Genau, es ist ein Traum für jeden Manager – und für jede Regierung.» Ott rieb sich die Hände. «Dort oben finden Sie alles, was das Herz begehrt: Diamanten, Gold, Platin, Phosphat, Eisenerz, Zink, Kupfer, Blei, Uran – die Liste ist endlos. Und wissen Sie, was der Heilige Gral ist?»

Sie sahen den Mann erwartungsvoll an.

«Seltene Erden!» Er klatschte in die Hände. «Wer da die Hand drauf hat, hat den Jackpot gewonnen, das können Sie mir glauben. Dafür würden viele töten. Ohne diese seltenen Metalle gibt es keine Atomreaktoren, keine Handys, keine Elektroautos, keine LED-Bildschirme. Die Hersteller brauchen nur wenig davon, wie bei exotischen Gewürzen, aber ohne sie ist man aufgeschmissen. In der Arktis gibt es diese kostbaren Stoffe. Und das weltweit größte Vorkommen gibt es …» Er machte eine Kunstpause. «… auf Grönland!»

«Jeder will ein Stück vom Kuchen, auch Europa, das leuchtet ein», sagte Nelson. «Aber so einfach, wie Sie es darstellen, ist das Ganze nicht. Die rechtliche Situation ist unklar. Die Länder streiten um ihre Pfründe.»

«Sie sagen es. Viele finden das gut. Denn man kann nun ungehemmt seine Claims abstecken, wie einst im Wilden Westen – und braucht sich nicht groß um Umweltauflagen, Gesetze oder Vorschriften zu kümmern. Es wäre sowieso niemand da, der das kontrollieren und Sanktionen auferlegen könnte.»

«Ein Paradies für dunkle Gestalten und Gesetzlose», meinte Diana.

«Oder für Terroristen», fügte Nelson hinzu.

«Das ist leider so.» Ott hob mahnend den Zeigefinger. «Also nehmen Sie sich in Acht, wenn Sie dort oben sind!»

13

... Kangerlussuaq, Grönland ...

Das Flugzeug setzte auf die Rollbahn auf. Hanna hielt sich an den Armlehnen fest, eine Bewegung, die sie sich antrainiert hatte, nachdem sie bei ihren Expeditionen mehrmals harte Landungen mit kleinen Propellermaschinen durchlitten hatte. Einmal hatte sich ihr Flieger sogar überschlagen, aber sie war Gott sei Dank mit ein paar blauen Flecken und einer verstauchten Schulter davongekommen. Seitdem kostete es sie Überwindung, in Flugzeuge zu steigen, und sie war immer froh, heil wieder unten zu sein.

Sie spürte einen Schlag, als das Bugrad Bodenkontakt hatte. Dann ein Stakkato weiterer Schläge. Ihr Magen verkrampfte sich, sie hielt die Luft an. Es rumpelte und krachte, die Passagiere wurden durchgeschüttelt – ein Gefühl, als ob man über Kopfsteinpflaster fuhr. Endlich verlangsamte der Jet die Geschwindigkeit und rollte zur Parkposition. Erleichtert atmete Hanna aus.

Sie war froh, als sie wieder festen Boden unter ihren Füßen spürte. Genussvoll sog sie die warme salzige Luft ein, ließ den Blick über die Bucht und die Hügel schweifen, in die der internationale Flughafen Kangerlussuaq eingebettet lag.

Gleichzeitig fiel die Anspannung der Reise von ihr ab. Nur ungern dachte sie an ihren Abflug in Hamburg zurück. Sie hatte gerade zu ihrem Gate gehen wollen, als wie aus dem Nichts Sven vor ihr gestanden hatte, in der Hand eine rote Rose.

«Tut mir leid wegen gestern. Nimm das als Entschuldigung.» Er überreichte sie ihr mit einer dramatischen Geste.

Hanna war völlig überrumpelt. «Was ... Was machst du denn hier? Wie hast du ...?» Eigentlich kannte sie die Antwort bereits:

Sven hatte sich im Institut ihre Flugdaten besorgt und sie hier abgepasst.

«Ich konnte dich nicht so gehen lassen, so ohne ein Wort des Abschieds.» Er sah zerknirscht aus. «Mein Verhalten war falsch. Gib mir noch eine Chance.»

«Sven … das ist nicht der richtige Zeitpunkt. Ich denke, wir haben alles Wichtige bereits besprochen. Lass es gut sein.» Sie hielt die Rose in der Hand wie ein Requisit in einem schlechten Theaterstück.

«Sei doch nicht so!» Er war lauter geworden. Einige Leute drehten sich nach ihnen um. «Ich hab extra die Mühe auf mich genommen, bin von Bremerhaven nach Hamburg gefahren, nur um dich zu sehen. Du kannst mich nicht einfach so stehen lassen!»

«Ich muss los.» Sie griff ihre Tasche fester und machte einen Schritt.

Sven stellte sich ihr in den Weg. «Das darfst du mir nicht antun!»

Sie versuchte, sich an ihm vorbeizuschieben, er hielt sie am Arm fest.

«Lass das!» Sie machte sich los.

«Hanna, bitte …»

Ohne sich umzusehen, ging sie weiter. Hinter sich hörte sie Svens Stimme: «Bis bald.» Es klang beinahe höhnisch. «Wir sehen uns!»

Hanna wurde immer noch wütend, wenn sie an die Szene zurückdachte. Immerhin war der Flug, abgesehen von der harten Landung, ohne weitere Zwischenfälle verlaufen. Sie nahm ihr Gepäck vom Band und sah sich nach dem Ausgang um. Nach der grönländischen Pass- und Zollkontrolle winkte ihr ein Mann zu, der ein Pappschild mit ihrem Namen hochhielt. Dem Aussehen nach war er ein Inuk.

«Willkommen in Kangerlussuaq, Frau Dr. Jordan. Ich heiße

Paalu Lynge und arbeite im Greenland Institute of Natural Resources. Nennen Sie mich Paalu. Wir werden später zusammen nach Nuuk weiterfliegen. Aber zuerst treffen wir hier am Flughafen noch Jan Hansen vom dänischen Umwelt- und Landwirtschaftsministerium, wenn es Ihnen recht ist.»

Hanna nickte. Es entstand eine Pause.

«Verzeihung», sagte sie schnell. «Es freut mich sehr, vielen Dank. Ich fühle mich nur noch immer ein wenig erschlagen von der holprigen Landung. Wahrscheinlich bin ich da sehr empfindlich.»

«Ganz und gar nicht. Das Rollfeld ist hier leider voller Risse und Bodenwellen.»

«Und warum tut man nichts dagegen? Das ist doch für die Jets gefährlich, oder nicht?»

«Es lohnt nicht. Das ganze Areal wurde auf Permafrost gebaut. Durch die steigenden Temperaturen weicht der Boden auf, es gibt Absenkungen, die Risse werden immer mehr, auch die Gebäude werden instabil. Der Flughafen ist leider nicht mehr zu retten, wir geben ihn auf. Das neue Drehkreuz soll in ein paar Jahren in der Hauptstadt Nuuk entstehen. Folgen Sie mir bitte.»

Er geleitete sie in einen leeren Aufenthaltsraum des Flughafenpersonals. Dort wartete schon ein beleibter Herr mit grauen Haaren und Brille.

«Frau Dr. Jordan, Herr Lynge, wunderbar, dass Sie es zu uns geschafft haben, bitte nehmen Sie Platz», begrüßte der Mann sie mit einer überschwänglichen Geste, die Hanna aufgesetzt vorkam. «Ich bin Jan Hansen. Für Ihr schnelles Kommen sind wir Ihnen sehr dankbar. Wir wollen versuchen, Ihre Zeit auf Grönland nicht länger als nötig auszudehnen.»

«Darf ich fragen, welches Interesse das dänische Außenministerium an dem Fall hat?» Hanna streckte ihre Glieder. «Normalerweise regeln die Grönländer ihre Angelegenheiten doch am liebsten selbst.»

«Das stimmt, das stimmt. Aber trotz aller Selbstständigkeit, und die reicht mittlerweile sehr weit, wie Sie wissen, ist Grönland immer noch ein Teil Dänemarks.» Seine Finger trommelten nervös auf dem Tisch. «Sie wissen das vermutlich nicht, verehrte Frau Dr. Jordan, aber wir unterstützen Grönland mit viel Geld und natürlich mit Know-how. Gerade in dieser Angelegenheit haben uns die Kollegen vor Ort um Hilfe gebeten. Uns allen liegt viel daran, das Thema schnell aus der Welt zu schaffen.»

«Unser Institut hat nur sehr wenige Informationen über das Tiersterben erhalten», sagte Hanna. «Können Sie mich auf den aktuellen Stand bringen?»

«Natürlich, dafür bin ich ja da, gerne fülle ich Ihre Informationslücken», antwortete Hansen. «Wir haben bereits Kollegen von Ihnen an der Universität Kopenhagen gebeten, ein Kurzgutachten über den Fall zu erstellen.» Er holte einige bedruckte Seiten aus seiner Tasche und gab sie Hanna. «Darin finden Sie alles Wichtige. Wie Sie sehen werden, gehen die Kollegen von natürlichen Ursachen aus. Das macht es für Sie einfacher. Ein Routinefall gewissermaßen.»

Hanna las das Papier. Es war ein offensichtlich schnell zusammengeschriebenes Dokument eines wissenschaftlichen Assistenten, die Analyse beruhte ausschließlich auf Fotos und einem Kurzprotokoll des Greenland Institute of Natural Resources. Am Ende lautete das Fazit, die verendeten Tiere seien eines natürlichen Todes gestorben, die Häufung sei Zufall, eine Laune der Natur.

«Kennen Sie diese Arbeit?», fragte Hanna Paalu Lynge.

«Äh … nein», antwortete der.

«Das kann der Kollege auch nicht kennen, ich habe es heute erst erhalten. Sie bekommen natürlich auch ein Exemplar, Herr Lynge, ist doch selbstverständlich», beeilte sich Hansen zu versichern.

«Es wäre hilfreich gewesen, wenn die Universität uns die Ergebnisse vorab geschickt hätte», sagte Paalu ernst. «Immerhin haben wir die Daten geliefert. Und ich kann die Schlussfolgerung des Kollegen nicht ohne Weiteres nachverfolgen.»

«Das werden Sie schon noch, studieren Sie das Papier einfach in Ruhe.» Hansen schenkte beiden ein falsches Lächeln. «Wie Sie erkennen werden, war die ganze Aufregung umsonst.»

«Warum bin ich dann überhaupt hier?» Hanna verschränkte die Arme.

«Das Außenministerium ist der Auffassung, eine zweite Meinung aus dem Ausland einzuholen, festige die Aussage – gewissermaßen mit dem Gütesiegel des Alfred-Wegener-Instituts. Sie wissen doch, wie diese Umweltschutzorganisationen sind, die haben immer was rumzumäkeln …» Er räusperte sich. «Lesen Sie den Bericht in Ruhe, Frau Dr. Jordan, fliegen Sie mit Herrn Lynge nach Nuuk, er kann Ihnen dort weitere Unterlagen besorgen und wird Ihre Fragen beantworten. Wie ich gehört habe, arbeiten Sie schnell. Bis wann glauben Sie, Ihren Abschlussbericht fertig zu haben?»

«Gar nicht.»

«Was? Wie …?» Hansen starrte sie fassungslos an.

«Nun, ganz einfach: Auf Basis dieses dünnen Papiers hier lässt sich gar nichts machen. Die Analyse ist den Namen nicht wert, wenn ich das mal so direkt sagen darf.»

«Aber das hat die Universität Kopenhagen erstellt!» Der Schmelz war jetzt völlig aus Hansens Stimme gewichen. «Bei allem Respekt vor Ihren Fähigkeiten, aber Sie können doch nicht …»

«Ich kann sehr wohl. Ich muss die Tierkadaver persönlich untersuchen, muss Proben nehmen, die Fundorte begutachten, Leute befragen. Erst dann erlaube ich mir ein Urteil. Entweder Sie sind damit einverstanden – oder ich nehme den nächsten Flieger zurück nach Hause.» Hanna wusste, mit ihrer schroffen Ablehnung riskierte sie ein Scheitern der Mission, und die Sponsoren würden verärgert sein. Aber sie ließ es darauf ankommen.

Der Beamte des Außenministeriums schüttelte den Kopf. «Das geht nicht, das geht nicht. Es verzögert das Verfahren. Wir brauchen schnelle Resultate. Resultate! Deswegen bin ich extra gekommen – Sie können mir glauben, auch meine Zeit ist kostbar. Und das alles wegen dieser unwichtigen Sache ...»

«Ich finde, es schadet nicht, diese *Sache*, wie Sie sagen, gründlich anzugehen», sagte Paalu. «Sie wollen sich doch nicht angreifbar machen, weil Fakten fehlen, oder?»

Hansen verzog das Gesicht, als müsse er körperlichen Schmerz ertragen. «Also gut, meinetwegen, Frau Dr. Jordan. Es spricht nichts dagegen, weitere Untersuchungen anzustellen. Das verstehe ich, Wissenschaftler sind eben so. Auch wenn ich es nicht für nötig erachte. Aber bitte machen Sie schnell, wir brauchen belastbare Ergebnisse. Herr Lynge wird Sie unterstützen.» Er erhob sich. «Dann ist alles gesagt. Ich fliege zurück nach Kopenhagen, die Arbeit ruft. Melden Sie sich, wenn Sie etwas brauchen. Und schicken Sie mir dann bitte gleich Ihren Bericht. Ich bin gespannt darauf, wie Sie sich denken können.»

Als Hansen gegangen war, fragte Hanna: «Und jetzt? Ihr Institut hat die Untersuchung angefordert. Was sind die nächsten Schritte, Herr Lynge ... Paalu?»

«Es wird Ihnen nichts anderes übrig bleiben, als direkt vor Ort zu reisen. Leider kann ich Sie nicht begleiten, aber ich bin mir sicher, Sie kommen allein zurecht», antwortete er. Er notierte einige Adressen und reichte ihr den Zettel. «Sprechen Sie mit diesen Personen in Ilulissat. In zwei Stunden startet ein Kleinflugzeug dorthin, ich kümmere mich um Ihr Gepäck und das Ticket. Und es gibt eine gute Nachricht.»

«Und die wäre?»

«In Ilulissat ist die Landebahn besser.»

14

... Ilulissat, Grönland ....

Das Empfangskomitee bestand aus zwei Inuit und zwei Geländewagen. Ein Mann, der sich als Bürgermeister Tuktu Rasmussen vorstellte, und sein Begleiter, ein Polizist namens Eliyah, brachten Hanna zu den Fahrzeugen.

«Wir sind stolz, eine solch berühmte Wissenschaftlerin bei uns zu haben, wirklich stolz», sagte Rasmussen auf Englisch und deutete eine übertriebene Verbeugung an. «Ihr Kommen wurde uns bereits angekündigt. Wir haben für Sie ein Hotelzimmer reservieren lassen, die beste Unterkunft am Ort, mit Blick aufs Meer und die Eisberge. Wunderbar, sag ich Ihnen, ein sensationelles Panorama erwartet Sie.»

«Danke für diesen Empfang.» Sie lächelte. «Sie kennen also unser Institut?»

«Äh ... Ich ...» Rasmussen wurde verlegen. «Nun, dieses ... dieses Alfred-Wagner-Institut kenne ich natürlich nicht persönlich, aber unsere Leute in Nuuk schwärmen davon.»

«Und Sie haben meine Arbeiten gelesen?»

«Nun, äh, mir reicht, wie ... wie andere Sie loben. Sie müssen doch berühmt sein, wenn sich sogar das dänische Außenministerium für Sie einsetzt.»

Der Polizist nickte eifrig. «Jedenfalls werden Sie Ihren Urlaub genießen.»

«Ich bin zum Arbeiten gekommen», widersprach Hanna. Sie wusste nicht, was sie von den beiden eifrigen Männern halten sollte.

«Schon, schon, aber unsere Landschaft ist einmalig, da darf man auch mal eine Auszeit von der Arbeit nehmen. Wir könnten einen Schlittenhundausflug für Sie arrangieren. Oder eine Kajaktour zu den Eisbergen. Wie wir gehört haben, sind die Kosten für Sie kein Problem. Unsere Restaurants sind auch super. Sie müssen den gebratenen Minkwal auf Morchelsoße probieren!»

«Am liebsten möchte ich zuerst ins Hotel und mich ausruhen, es ist schon spät.»

«Gerne.» Eliyah lud ihr Gepäck ein, und Hanna stieg zum Bürgermeister ins Auto, der Polizist bildete die Vorhut. Die kleine Kolonne setzte sich in Bewegung. Nach wenigen Minuten war die Fahrt wieder beendet.

«Wir sind da – Ihr Hotel.» Rasmussen stoppte den Wagen vor einem Gebäude mit roter Holzfassade.

Hanna griff nach ihrer Tasche und wandte sich dann an den Bürgermeister. «Eine Bitte: Könnten Sie mich morgen vielleicht zu den Fundstellen der Kadaver bringen? Haben Sie noch eingefrorene Proben von den Tieren?»

«Nun, ja ... Ich meine ...» Rasmussen wand sich. «Eigentlich stammen die Hinweise alle von einem jungen Outdoor-Guide, von Nanoq Egede. Wir haben die Meldungen nur weitergeleitet.»

Hanna nickte. «Könnten Sie es arrangieren, dass ich ihn morgen treffe? Das wäre wunderbar.»

Am nächsten Morgen erhielt sie eine Nachricht aufs Zimmer, Herr Egede sei eingetroffen. Am Empfang wartete bereits ein hochgewachsener junger Inuk mit Jacke und Rucksack. Sein schwarzes Haar war unregelmäßig geschnitten, die Augen wach, seine Haltung drückte Nervosität aus.

«Mister Egede?» Hanna reichte ihm die Hand.

«Sie können Nanoq zu mir sagen, Frau Dr. Jordan», antwortete der Mann auf Deutsch.

«Gern. Woher haben Sie so gut Deutsch gelernt?»

Ein paar Minuten unterhielten sie sich über dies und das, Hanna fragte nach seiner Ausbildung, wo er jetzt lebe – und wie es seiner Familie gehe. Doch damit schien sie einen empfindlichen Punkt getroffen zu haben, sie erhielt nur ausweichende Antworten. Also erzählte sie von ihren Forschungen, ihren früheren Aufenthalten in der Arktis und ihrem Auftrag.

«Und Sie haben die Kadaver entdeckt?», fragte sie interessiert.

Der Inuk berichtete von den Funden.

«Könnten wir die Stellen nochmals abfahren? Schade, dass es keine Reste von den Fischen gibt.»

«Doch, gibt es. Ich habe einige der verendeten Tiere vor Ort im Eis vergraben. Die halten sich dort besser frisch als in einer Tiefkühltruhe.»

«Das ist ja wunderbar!», rief Hanna überrascht. «Dann nichts wie los!»

Nanoq brachte sie zum Hafen. Es wehte ein leichter Wind, die Sonne drängte sich zwischen die Wolken, es musste weit über zwanzig Grad Celsius warm sein. Ein Mann auf einem Kutter winkte ihnen zu.

«Das ist Jako, ein Freund. Er wird uns fahren.»

Der Mann begrüßte sie. Er hielt sich an der Reling fest, als ob er sicheren Halt suchte. Seine Augen waren blutunterlaufen.

«Alles in Ordnung mit Ihnen?», fragte Hanna. Nanoq übersetzte.

«Natürlich, Frau Doktor.» Er zeigte ein schiefes Grinsen. «Bitte an Bord.»

«Unser erstes Ziel ist der große Eisberg, wo ich den Kabeljau entdeckt habe.» Nanoq gab dem Bootsführer einige Anweisungen in Kalaallisut, die sie nicht verstand. Jako schien zu widersprechen, es wurde kurz lauter zwischen beiden. Schließlich fuhren sie los.

Es war für Hanna immer wieder faszinierend, die Eisriesen zu sehen, wie sie sich majestätisch aus dem Meer erhoben. Jeder hatte eine eigene Persönlichkeit, einen besonderen, unverwechselbaren Charakter, fand sie. Sie wusste, auf und unter dem

Panzer aus gefrorenem Wasser fanden sich unzählige Kleinstlebewesen. Die Eisberge waren eine Welt für sich, in dieser Form nur hier oben im Norden zu finden, ein Fest für Wissenschaftler wie sie.

Die weitere Fahrt verlief schweigend, nur das Tuckern des Bootsmotors und das Rauschen der Wellen unterbrachen die Stille. Hanna durchströmte ein Gefühl des Glücks und der Zufriedenheit, sie war wieder in der Natur, war der lästigen Büroarbeit entkommen – und Sven. Sie freute sich auf die nächsten Tage, auf das Projekt, das vor ihr lag, auf die Chance, frühere Kollegen auf der Forschungsstation zu treffen.

Jako sagte etwas zu ihnen und deutete auf den Eisberg, auf den er zuhielt. Anscheinend waren sie da.

«Wir umfahren ihn, bis wir zur kleinen Bucht gelangen», sagte Nanoq zu Hanna, dann gab er Jako Anweisungen, wo er das Boot hinlenken soll.

Nach weiteren zwanzig Minuten drosselte der Bootsführer die Geschwindigkeit und steuerte in die Bucht. Es war mehr ein Einschnitt im Eis als eine Bucht, harte Kanten standen ihnen entgegen. Vermutlich war hier ein Teil vom Eisberg abgebrochen. Die Maschine stoppte.

Die Wasseroberfläche lag ruhig da. Nanoq war aufgesprungen und hatte sich über die Reling gebeugt. Er umrundete das Deck, starrte angespannt aufs Wasser. Er wirkte noch nervöser als vorher.

«Und?» Hanna sah ihn fragend an.

«Da … Da ist nichts mehr.» Er deutete aufs Wasser. «Genau hier habe ich die unzähligen toten Kabeljaue gefunden … Ich kann es mir auch nicht erklären … Entweder hat die Strömung die Fische weggetrieben … oder sie sind im Meer versunken. Ich … Ich weiß es nicht.»

«Natürliche Ursachen sind am wahrscheinlichsten», meinte Hanna.

«Mein Freund hat die Fische auch gesehen! Nicht wahr, Jako?» Nanoq sagte etwas auf Kalaallisut.

Der Bootsführer druckste herum. «Nun, ja, ich bin auf dem Schiff geblieben und war nicht direkt mit den Touristen dabei … Aber Nanoq hat zwei Fische mitgebracht, zwei Prachtexemplare.»

«Tut mir leid, Frau Jordan.» Nanoq wirkte zerknirscht. «Fahren wir zu den anderen Stellen, dorthin, wo noch mehr Kadaver lagern.» Er gab Jako die Koordinaten.

Der Inuk steuerte den Kutter an kleineren Eisbrocken vorbei in Richtung Jakobshavn-Gletscher. Er schien sich einen Spaß daraus zu machen, möglichst eng an den Hindernissen vorbeizufahren, was ihm böse Blicke von Nanoq eintrug. Hanna fragte sich allmählich, ob der Bootsmann ganz zurechnungsfähig war. Aber sie vertraute dem Inuk-Guide.

Sie war das erste Mal in dieser Region. Das hier war etwas völlig anderes als die monotonen Eisflächen in der Mitte Grönlands oder das Packeis im Nordpolarmeer bei ihren anderen Expeditionen. Immer wieder entdeckte sie seltene Vögel, glaubte die Rückenflosse eines Narwals zu entdecken, begeisterte sich für die Bergformationen entlang der Küste.

Vor ihnen tauchte die Abrisskante eines Gletschers auf. Der Anblick verschlug Hanna den Atem: Es tat sich eine riesige Bergwand in Weiß auf. Sie war viel höher, als sie anhand der Fotos vermutet hatte. Augenblicklich fühlte sie sich klein, erdrückt von der Macht der Natur, die sich hier zeigte. Das war weit imposanter als die Steilwände der Alpen bei ihren Klettertouren. Sie konnte den Blick nicht lassen von dieser Urgewalt, die sich nach eigenen Gesetzen ihren Weg bahnte, sich teilte und neu formte, Materie vernichtete und wieder erschuf – unbeirrt von den Plänen der Menschen.

Ständig rieselte Firnis in Sturzbächen von oben herunter, kleinere Stücke brachen ab und stürzten ins Wasser, begleitet von einem unterschwelligen Knacken und Rauschen. Es war eine unheimliche Begleitmusik, die direkt aus dem Inneren des Eises zu kommen schien.

Jako überprüfte die GPS-Koordinaten und sagte etwas zu Nanoq. Offenbar waren sie da.

An der Uferlinie war – nichts.

«Das gibt's doch nicht!» Nanoq war aufgesprungen. «Hier hab ich die Heilbutte entdeckt und ein Stück weiter die toten Robben.» Er wies Jako an beizudrehen, damit sie an Land konnten. «Aber ich habe ein paar Kadaver vergraben. Holen wir sie uns!»

Er half Hanna, die mit einem beherzten Sprung an Land sprang und beinahe auf der nassen Oberfläche ausgerutscht wäre.

«Das Eis ist viel weicher als gedacht», sagte sie. «Ist es normal, dass es jetzt im Sommer hier so stark taut?»

«In den letzten Jahren hat das schon begonnen, aber so heftig wie dieses Jahr war es noch nie.» Nanoq nahm das mobile GPS-Gerät. «Folgen Sie mir einfach.»

Nach zehn Minuten Gehzeit über sulzigen Boden erreichten sie eine kleine Senke.

«Hier ist es.» Der Inuk holte einen Klappspaten heraus und fing an zu graben. Als er einen halben Meter tief war, hielt er an und sagte mehr zu sich: «Das gibt es doch nicht.»

Erneut grub er, dieses Mal einen halben Meter daneben.

«Mist, Mist, Mist!» Nanoq richtete sich auf. «Die Kadaver – sie sind weg!»

«Wie? Was?» Hanna starrte ihn an. Was hatte das zu bedeuten? Sollte sie einem Fake aufgesessen sein, und es gab in Wirklichkeit gar keine toten Tiere?

«Ich hab sie genau hier vergraben, kein Zweifel. Aber sie sind nicht da! Ich weiß auch nicht …»

«Eisbären haben sie nicht gefressen, die dürften in dieser

Gegend sehr selten sein.» Hanna merkte, wie der Ärger in ihr aufstieg. Die ganze Aktion – für nichts. «Sie haben sich wohl getäuscht, Nanoq.»

«Nein, nein, ich weiß es genau, bei so was irre ich mich nicht.» Seine Stimme war voller Trotz.

«Das hilft uns jetzt auch nicht weiter.» Hanna sah ihm direkt in die Augen. «Was immer Sie gesehen haben oder glauben, gesehen zu haben – es hat sich in Luft aufgelöst. Und die Meerfrau wird sich die Tiere auch nicht geholt haben. Ich muss es leider so direkt sagen: Sie haben mich offenbar im wahrsten Sinne des Wortes aufs Glatteis geführt. Wir verplempern hier unsere Zeit.» Sie schüttelte den Kopf. «Das nächste Mal suche ich mir jemanden Vertrauenswürdigen.»

«Sie … Sie haben ja noch meine Fotos von den Kadavern.» Nanoqs Arme sanken herunter, und er stand verlegen da, ohne sich weiter zu verteidigen, bereit, ihr Urteil anzunehmen.

«Offen gesagt: Die helfen mir gar nicht. Wer weiß, woher die Aufnahmen stammen. Ich brauche echte Fische, die ich untersuchen kann. Ich fürchte, das alles war umsonst. Kehren wir um. Ich reise heute noch ab.»

Wortlos machten sie sich auf den Weg zurück. Als sie das Ufer erreichten, blieb Hanna abrupt stehen. Es dauerte einen Moment, bis die Erkenntnis in ihr Bewusstsein sickerte.

Das Boot und Jako waren verschwunden.

15

… *Brüssel, Belgien* …

Das NATO-Hauptquartier im Nordosten von Brüssel war ein moderner Bürokomplex mit viel Glas und Stahl und noch mehr Überwachungskameras. Im Laufschritt hetzten Nelson und Diana auf das Gebäude zu, um dem Dauerregen zu entkommen. Der Sturm peitschte ihnen die Tropfen ins Gesicht. Sie drückten ihre Taschen fester an sich.

«Irgendwie fühle ich mich beobachtet», witzelte Nelson, als sie den Eingang passierten und zum Empfang gingen. «Vermutlich sind wir soeben in irgendwelchen Datenbanken gelandet, ohne es zu wissen.»

Diana ignorierte ihn, sie nannte dem Mann ihre Namen, zeigte ihren Dienstausweis und erhielt eine Zugangsberechtigung. Nelson tat es ihr gleich.

«Sie werden abgeholt, wenn Sie sich bitte etwas gedulden», sagte der Mann nach einem kurzen Telefonat.

Nelson war noch nie im Allerheiligsten des westlichen Militärbündnisses gewesen. Der Innenraum war groß wie eine Kathedrale: Die Decke reichte mehrere Stockwerke hoch, wie Bienenwaben ragten Büroquader in den Luftraum, Glasfassaden erzeugten ein Spiel von Licht und Schatten.

Ein Offizier der Bundeswehr, offenbar im Rang eines Oberstleutnants, kam auf sie zu, grüßte kurz, und nach einem Blick auf ihre Zugangsausweise führte er sie in einen großen Konferenzraum im vierten Stock. «Sitzung des Internationalen Militärstabs» stand auf dem Schild neben dem Eingang. Dieses Gremium beriet die NATO-Führung in Lagebeurteilungen, operativen und strategischen Fragen.

«Wo sollen wir uns hinsetzen?», flüsterte Nelson seiner Partnerin zu.

«Natürlich in die zweite Reihe. Unser Chef hat doch gesagt, wir sollten nur vortragen, wenn wir dazu aufgefordert werden.»

Tatsächlich waren die Plätze rund um den Konferenztisch alle besetzt, aber entlang der Wände gab es weitere Stühle für die Assistenten, Protokollanten und geladenen Besucher. Sie suchten sich einen Platz, von dem aus sie gleichzeitig einen guten Blick aus dem Fenster hatten.

«Zu trinken gibt's auch nichts.» Nelson sah sich um. «Von Häppchen will ich gar nicht erst reden.»

Tatsächlich waren Tee, Kaffee und Wasser offensichtlich nur für die Damen und Herren am Tisch vorgesehen – drei Viertel der Anwesenden waren Männer, die meisten in Uniform. Ein Drei-Sterne-US-General eröffnete die Sitzung und grüßte militärisch knapp die über dreißig Anwesenden «and our guests». Womit Diana und Nelson und eine Handvoll anderer Personen gemeint waren, die in Kleidung und Habitus nicht in das gängige Anzug-Uniform-Schema passten und alle am Rand saßen.

«Es häufen sich kritische Vorfälle in der Nordpolarregion», begann der General. «Das ist – ich sage das ganz offen – beunruhigend. Äußerst beunruhigend. Wenn wir nicht aufpassen, schlittern wir schnell in einen neuen militärischen Konflikt, dessen Ausmaße und Auswirkungen auf die weltweite Machtbalance kaum abzuschätzen sind.» Er blickte die Teilnehmer am Tisch reihum an. «Wir brauchen verlässliche Rahmendaten, um die Strategie und Ad-hoc-Maßnahmen festzulegen. Deshalb sind wir hier. Der NATO-Generalsekretär und der Internationale Stab erwarten Vorschläge. Da nicht alle im Raum den gleichen Informationsstand haben …» Er sah die Gäste entlang der Wand an. «… geben wir eine kurze Einführung, wie der Status quo ist.»

Auf sein Zeichen sprang ein Assistent in Anzug und Krawatte auf und startete eine Präsentation auf dem Laptop. Eine Landkarte des Nordpols und der Anrainerstaaten erschien auf mehreren überdimensionalen Bildschirmen.

«Wie Sie wissen, grenzen acht Länder aus drei Kontinenten an die Arktis», sagte der junge Mann. «Und alle erheben Ansprüche auf das Gebiet. Russland behauptet sogar, der Nordpol gehöre ihnen. Die Russen haben zwei U-Boote geschickt, die direkt unter dem Nordpol ihre Fahne aufgestellt haben. Damit wollen sie ihren Anspruch untermauern.» Mit einem Laserpointer deutete er nacheinander auf Russland, Dänemark und Grönland, die USA mit Alaska, Kanada, Island, Norwegen mit Spitzbergen, Schweden und Finnland. «Der politische Status der Region ist ungeklärt.»

«Gibt es nicht einen Vertrag, wie bei der Antarktis?», fragte eine Frau dazwischen. «Dort haben die Nationen vereinbart, dass der Südpol ausschließlich friedlich genutzt werden darf.»

«Leider nein», antwortete der Assistent. «Die Besitzverhältnisse im Norden sind genauso wenig geregelt wie auf dem Mond. Jeder macht, was er will. Das einzige überregionale Gremium ist der Arktische Rat – aber der hat de facto nichts zu melden und folglich gar nichts zu entscheiden.»

«Hier geht es um nackte Machtinteressen und sonst nichts», schaltete sich der US-General ein. «Rohstoffe, Fischerei, Transportwege. So heißen die Stichworte. Die Region verspricht Multimilliardengeschäfte – so lukrativ wie sonst nirgends auf der Welt. Und natürlich ist das Gebiet auch aus militärischen Gründen eminent wichtig. Ich darf daran erinnern: Die Vereinigten Staaten kommen den Russen nirgends näher als dort oben – in der Beringstraße trennen sie nur 85 Kilometer. Und die russische Große Diomedes-Insel dort liegt sogar nur vier Kilometer von der amerikanischen Kleinen Diomedes-Insel entfernt. Vier Kilometer! Ist das Meer zugefroren, könnten die uns zu Fuß überrennen. Sie sehen, der Feind ist näher, als viele denken.»

«Ist das nicht viel zu sehr schwarz-weiß gedacht?», rief Nelson spontan dazwischen, was ihm einen verdeckten Rempler von Diana eintrug. «Und ein Krieg in der Arktis – bei der extremen Kälte und den Eismassen?»

Der US-General musterte ihn einige Sekunden. «Junger Mann, glauben Sie mir, ich weiß, wer unsere Gegner sind. Das Nordpolarmeer ist schon bald eisfrei, das wird ein wunderbares Spielfeld für Kriegsschiffe. Schon jetzt registrieren wir erhöhte U-Boot-Aktivitäten unter dem Eis. Von uns, von den NATO-Verbündeten, von China, Russland, Indien und anderen – unter

Wasser geht es derzeit zu wie in der Central Station in New York.» Er lachte über seinen Witz, einige Teilnehmer fielen ein. «Aber das ist nicht alles. Wir beobachten eine besorgniserregende militärische Hochrüstung unserer Gegner.» Er gab dem Assistenten ein Zeichen. Ein Foto, aufgenommen aus großer Entfernung, flimmerte über die Monitore. Es zeigte russische bewaffnete Truppen bei einer Winterübung.

«Das haben unsere Geheimdienste bereits im Jahr 2014 aufgenommen», sagte der Assistent. «Damals veranstaltete Russland die bisher größte Militärübung in der Region, gewaltiger als zu Zeiten des Kalten Krieges. Über 150 000 Mann, Tausende Panzer, Flugzeuge und Schiffe. Sie nannten das Szenario ‹Missouri› – in dieser fiktiven Kampfsituation waren US-Streitkräfte auf russisches Gebiet eingefallen. In Wirklichkeit testeten sie wohl eher ihre Angriffsfähigkeiten gegen die westlichen Länder. Seit dem Ukraine-Krieg wissen wir, dass aus solchen angeblichen Manövern schnell der Ernstfall werden kann.»

Auf den Bildschirmen erschienen nun Symbole auf einer Landkarte, sie zeigten die Stützpunkte der russischen Sturmbrigaden, der Luftwaffe, der militärisch genutzten Hochseehäfen und die Stationierung der Eisbrecher.

«Kopfschmerzen bereiten uns die Atom-U-Boote mit nuklearer Bewaffnung.» Mit dem roten Punkt des Lasers deutete der Assistent auf den Fjord Sapadnaja Liza. «Diese russischen Atomraketen sind nur 60 Kilometer von der nächsten NATO-Grenze entfernt.»

«Und das ist nicht alles», fuhr der US-General fort. «Insgesamt verfügen die Russen in der Arktis über 1300 Atomsprengköpfe. Das macht uns nervös. Vor allem, weil der russische Präsident diese Region als Teil seines Staatsgebietes betrachtet und mehr und mehr Drohpotenzial aufbaut. Und die NATO hat dem, man muss es so klar sagen, aktuell immer noch wenig entgegenzusetzen.»

Ein Raunen ging durch den Raum.

«Wie sieht es mit unseren militärischen Kapazitäten aus?», fragte jemand.

«Nicht der Rede wert. Selbst die Stützpunkte von USA und Kanada vor Ort sind dagegen nur Kindergarten», antwortete der General. «Hinzu kommen, wie gesagt, derzeit feindselige Handlungen in der Arktisregion, die wir nicht recht einzuordnen wissen. Ist das der Beginn einer neuen Qualität von Auseinandersetzung, die sich unterhalb der Schwelle zum Krieg abspielt? Ich bitte um die Reports der Gäste, die wir zu diesem Zweck eingeladen haben.»

Eine Vertreterin der norwegischen Regierung erhob sich. Sie berichtete über Zwischenfälle zwischen Fischereikuttern und nicht identifizierten Schiffen, bei denen zwei Boote versenkt wurden und sieben Menschen starben. Ein Abgesandter des dänischen Verteidigungsministeriums listete ebenfalls mögliche Sabotageakte auf, bei denen die Täter unbekannt waren. Bei einem Einsturz einer Halle waren zwölf Arbeiter ums Leben gekommen, in einer Hafenanlage war ein Kran aus unbekannter Ursache zusammengekracht und hatte vier Menschen unter sich begraben.

«Jetzt bist du dran», raunte Nelson Diana ins Ohr.

Seine Partnerin straffte sich und stand auf. «Wir haben jüngst Hinweise von deutschen Unternehmen erhalten, die unerklärliche Vorfälle meldeten», begann sie. «Auch hier vermuten wir Sabotage.» Sie trug die Bedenken von Thyssenkrupp und den Hafenbetreibern aus Bremerhaven und Hamburg vor. «Leider gibt es hier ebenfalls keine greifbaren Hinweise.»

«Genau das ist das Problem!» Der General schlug mit der Faust auf den Tisch. «Wir brauchen verlässliche Informationen, wir brauchen Beweise, wenn wir die Russen in der UNO vorführen wollen – oder wer sonst dafür verantwortlich ist. Ich will die Bastarde finden, die dahinterstecken, und ihnen die Hölle heißmachen. Wenn wir jetzt kein Stoppschild setzen – so wie beim russischen Angriff auf die Ukraine –, werden die immer frecher, und die NATO wird gezwungen sein, militärisch darauf zu antworten.»

«Das ist in der jetzigen geopolitischen Lage kaum denkbar», meinte die Vertreterin der norwegischen Regierung. «Wer will den Parlamenten und der Bevölkerung in der EU erklären, dass wir wegen ein paar Eisbergen eine Vergeltungsaktion starten, gar einen Krieg anzetteln? Die NATO ist ja auch in der Ukraine nicht mit eigenen Truppen gegen die Russen aufmarschiert.»

Der General nickte ernst. «Deswegen werden wir in einem ersten Schritt verdeckt arbeiten. Aufklärungsteams verschiedener Nationen sind in der Arktis unterwegs. Und ich habe unsere befreundeten Geheimdienste gebeten, Leute dorthin zu schicken. Es eilt, bevor die Lage eskaliert. Ich mag mir gar nicht ausmalen, was dann passiert!»

16

... ***Köln*** ....

Wie lange hatte er die alte Werkstatt seiner Eltern nicht betreten? Es musste Monate her sein. Immer wieder hatte Nelson einen Grund gefunden, nicht herkommen zu müssen. Dabei war der frühere Reparaturbetrieb in einem Hinterhof im Stadtteil Ehrenfeld sein eigentliches Zuhause, das Erbe seiner Eltern, das Einzige, was sie ihm hinterlassen hatten: zwei kleine Zimmer und einen größeren Raum, in dem Vater Fernseher, Radios und Plattenspieler hergerichtet hatte. Ein Relikt aus Zeiten, in denen Elektrogeräte noch repariert wurden und nicht gleich in den Müll wanderten.

Hier war Nelson aufgewachsen, eine Zeit lang zumindest, bis

zu dem mysteriösen Autounfall seiner Eltern. Dann hatte seine Oma ihn aufgenommen und großgezogen. Sie war leider längst verstorben. Nelson erinnerte sich oft und mit Wehmut an sie.

Draußen gewitterte es. In der Werkstatt lag der Staub über den Messgeräten und Werkzeugen, den Kisten mit Arbeitsmaterial, den Regalen mit Ersatzteilen, die längst unbrauchbar waren und eher ins Museum gehörten. Er ging ins Schlafzimmer und suchte im Kleiderschrank nach seinen Winterkleidern, die er hier deponiert hatte. Deswegen war er extra nach Köln gekommen. Für die Arktis brauchte er Wärmeres als er hier im Alltag trug, später würde er noch einkaufen gehen.

Er setzte sich aufs Bett und dachte an früher, wie er in der Werkstatt gespielt hatte, wie er seinem Vater neugierige Fragen zur Funktionsweise eines Kassettenrekorders gestellt und Papa ihm alles geduldig erklärt hatte. Er erinnerte sich an den Duft aus Mutters Küche, wenn sie zu Weihnachten Plätzchen backte. Sofort befiel ihn wieder das Gefühl von Schmerz, auch nach all den Jahren, weil seine Eltern eines Tages einfach verschwunden waren und er als kleiner Junge nicht hatte verstehen können, warum.

Doch er hatte sich vorgenommen, das Geheimnis um ihren Tod zu lüften. Wenn es wirklich nur ein gewöhnlicher Unfall gewesen war, warum interessierten sich dann mehrere Behörden und sogar der BND für den Fall? Warum wurden Protokolle unter Verschluss gehalten? Warum waren die Leichen im Rhein nie gefunden worden?

Er würde weiterbohren, Schritt für Schritt nach der Wahrheit suchen, auch wenn es lange dauern würde. Aus seiner Geldbörse holte er das Foto seiner Eltern. Darauf standen beide Arm in Arm vor einer Stadtkulisse. Es war die einzige Aufnahme, die ihm geblieben war.

Warum eigentlich? Mutter hatte gern fotografiert, wenn ihn sein Gedächtnis nicht täuschte. Aber in den Sachen der Eltern waren keine Fotos zu finden gewesen, seine Großmutter hatte ebenfalls keine Aufnahmen. Auch andere persönliche Dokumente fehlten. Bislang hatte er es akzeptiert, aber je länger er darüber nachdachte, desto seltsamer erschien es ihm.

Er holte seine alte Stofftasche und packte Jacken, Sweatshirts und eine Daunenweste hinein, außerdem seine alte Skihose. Dazu legte er eine Sonnenbrille, die er in einer Schublade entdeckt hatte, sowie eine Wollmütze. In den Küchenvorräten fand er eine Dose Tee. Er setzte Wasser auf und spülte einen Becher ab.

Seufzend sah er sich um. Er musste hier dringend mal sauber machen. Und aufräumen. Spontan griff er zu einem Lappen, und die nächsten drei Stunden war er damit beschäftigt, die Möbel in Küche und Schlafzimmer abzustauben, zu fegen, den Boden zu wischen, abgelaufene Lebensmittel zu entsorgen und neue Vorräte einzukaufen. Zugleich suchte er in allen Schubladen, hinter den Möbeln, unter dem Teppich nach Unterlagen, die seinen Eltern gehört hatten. Er fand nichts.

Die Werkstatt ließ er unberührt – wo sollte er da auch anfangen? Eigentlich müsste er alles zum Wertstoffhof bringen, aber er konnte sich nicht dazu überwinden. Denn dann wäre die Werkstatt nur noch ein leerer Raum, und all die Erinnerungen, die mit diesem Ort verbunden waren, würden verblassen. Außerdem wusste er nicht, was er sonst mit dem Platz anfangen sollte.

Nach ein paar Bechern Tee beschloss er, auch noch in der Dachkammer nach dem Rechten zu sehen. Eine ausklappbare Leiter führte hinauf, Nelson testete vorsichtshalber jede Stufe, bevor er hochstieg. Oben konnte er nicht aufrecht stehen, sondern nur gebückt gehen, immer in der Gefahr, sich den Kopf am Dachstuhl anzuschlagen. Als Kind war ihm nie aufgefallen, wie eng hier alles war. Damals hatte er den Speicher genutzt, um auf der Matratze zu liegen und Comics zu lesen oder zu spielen.

Der Hustenreiz wurde immer stärker. Es war hier stickig und viel staubiger als in der Werkstatt. Nelson riss das kleine Dachfenster auf, die einzige Lichtquelle. Ein Regenschwall traf ihn ins Gesicht. Das Gewitter schien noch stärker geworden zu sein. Er schloss das Fenster bis auf einen Spalt wieder, füllte aber vorher seine Lungen mit frischer Luft, und sofort ging es ihm wieder besser.

Seine alte Matratze lag auf dem Boden, angefressen von Mäusen, die Füllung quoll heraus. Kaputte Stühle stapelten sich in der Dachschräge, daneben Reste eines Holzregals und zwei Pappkoffer. In einer Ecke standen mehrere Holzkisten.

Seit Ewigkeiten war er nicht mehr hier oben gewesen. Der Dachboden kam ihm viel schäbiger vor als in seiner Erinnerung, als hätte jemand den Speicher in der Zwischenzeit als Abstellkammer genutzt. Wie viele Stunden hatte er einst als Kind an diesem Platz verbracht! In seinem Nest, seiner Höhle, die nur ihm gehörte.

Er untersuchte die Koffer. Sie enthielten nur mottenzerfressene Kleidung. In den Holzkisten fand er vergilbte Bücher aus dem Wohnzimmerschrank seiner Eltern, Buchhaltungsakten und alte Geschäftsbriefe. Wenigstens etwas. Er sah alles durch. Es waren nur die üblichen Papiere eines Reparaturbetriebs, nichts, was irgendwie verdächtig wirkte.

Er bedeckte die schmutzige Matratze mit einigen Kleidungsstücken und setzte sich darauf. Angestrengt versuchte er, sich in seine Kindheit hineinzuversetzen, wieder die Empfindungen zu beschwören, die dieser Ort früher in ihm hervorgerufen hatte. Aber er sah nur Dreck, Staub und Abfall. Er konnte die Vergangenheit nicht zurückholen. Vorbei war vorbei.

Sein Blick blieb am Dachstuhl hängen. In einer Nische zwischen den Holzbalken unterhalb des Bodens hatte er früher seine Schätze versteckt. Er kroch zu der Nische und tastete den Hohlraum ab.

Seine Finger berührten eine Schnur. Er jubelte innerlich. Behutsam zog er daran, und schon kam eine Dose zum Vorschein. Mit den Fingern strich er über das verbeulte Blech. Seine Box hatte all die Jahre hier oben überlebt! Er hatte gar nicht mehr an sie gedacht. Jetzt öffnete er den Deckel und fand mehrere Ritterfiguren aus Plastik, das verrostete Taschenmesser seines Großvaters, einige Miniaturautos, zwei Würfel, Quartettkarten mit Bildern von Flugzeugen und einige Ausschnitte aus Jugendzeitschriften. Mit jedem Stück verband er eine Geschichte, jedes Teil war etwas Besonderes. Er lächelte darüber – und war zugleich gerührt. Lange vertiefte er sich in diese Sammlung. Es waren nur Kleinigkeiten, und doch hatten sie einst eine große Bedeutung für ihn gehabt.

Seine Neugier war geweckt. Was hatte er damals noch versteckt? Er zog weiter an der Schnur. Es war wie angeln, er war voller Vorfreude, was er an die Oberfläche befördern würde.

Ein flaches Paket kam zum Vorschein. Umwickelt mit Wachspapier und von fremder Hand beschriftet. Das hatte er dort ganz sicher nicht deponiert.

Vorsichtig entfernte er das Papier. Darin lag das Fotoalbum seiner Eltern.

17

... Diskobucht, Grönland ....

Noch immer stand Nanoq wie unter Schock am Ufer. Jako und das Boot waren nirgends zu sehen. Wie hatte er sich nur darauf einlassen können? Er hatte gewusst, dass der Freund seiner Schwester wieder etwas getrunken hatte, und doch hatte er ihn gebeten, ihn selbst und seine Begleiterin herzubringen.

Hanna Jordan und er waren nur kurz außer Sichtweite gewesen, als sie nach den vergrabenen Tierkadavern gesucht hatten. Was war in der Zwischenzeit geschehen? Nanoq hatte einen Verdacht.

«Schöner Mist, den Sie uns da eingebrockt haben.» Die Biologin war sichtbar verärgert. «Jetzt sitzen wir mitten im Eis fest. Und haben nicht mal Funkgeräte oder ein Satellitentelefon dabei.»

«Tut mir leid. Ich weiß auch nicht ...»

«Was wissen Sie überhaupt? Wollten Sie auf meine Kosten eine Spritztour unternehmen, zusammen mit Ihrem seltsamen Freund?»

«Er heißt Jako, er ist sonst ...»

«Und wie kommen wir jetzt wieder zurück? Etwa zu Fuß?»

«Wäre eine Möglichkeit. Aber ich habe eine Idee, wo wir unseren Steuermann und sein Schiff suchen könnten. Weit kann er nicht gekommen sein.»

Nanoq konnte nicht glauben, dass sich Jako absichtlich davongemacht hatte. Wenn das Boot nur abgetrieben war, würde er es in der nächsten Bucht finden. Er kannte die Strömungen und das Gelände. Und er kannte Jako. Es war zumindest einen Versuch wert.

«Das heißt?» Hanna Jordan sah ihn zweifelnd an.

«Wir müssen jetzt einen kleinen Umweg über den Gletscher gehen. Ich weiß eine Stelle, wo das Schiff sein könnte.»

«Um noch mal Zeit zu verschwenden?»

«Ich kann keine Garantie geben, aber das ist unsere einzige Chance. Oder haben Sie einen besseren Vorschlag?»

Die Forscherin rollte mit den Augen. «Der Tag ist eh schon ruiniert. Gehen wir.»

Nanoq führte sie den Berg hoch. Kleine Bäche von Schmelzwasser kamen ihnen entgegen und verwandelten die Route in eine Rutschbahn. Das Eis war an einigen Stellen hart, an anderen Stellen weich wie Quark. Er musste seine ganze Konzentration aufbringen, um den Boden richtig zu lesen und den sichersten Weg nach oben zu finden.

Mehrmals rutschten sie aus. Steigeisen hatten sie nicht dabei, aber die Biologin hielt sich erstaunlich gut und tat nur überlegte Schritte.

«Teil eins wäre geschafft», sagte Nanoq, nachdem sie das Plateau erreicht hatten.

«Sonnenschutzcreme und Hut wären jetzt nicht schlecht», meinte Hanna Jordan. Sie öffnete den Reißverschluss ihrer Jacke.

Ganze Seen aus Schmelzwasser spiegelten den Himmel. Es war nicht zu erkennen, wie tief das Wasser war.

«Hat es hier kürzlich geregnet?», fragte die Biologin.

Nanoq schüttelte den Kopf. Die Frage wäre früher absurd gewesen, als der Niederschlag hier ausschließlich als Schnee heruntergerieselt war. Aber mittlerweile regnete es auch hier von Zeit zu Zeit, und kürzlich hatte sich eine Premiere in der Geschichte Grönlands ereignet: Es hatte Regen auf dem höchsten Berg der Insel gegeben. Die Messgeräte der *Summit Station* in 3216 Meter Höhe registrierten erstmals seit Beginn der Aufzeichnungen Lufttemperaturen über dem Gefrierpunkt. Das Fernsehen hatte groß darüber berichtet.

«Das ist die Sommerhitze», antwortete er. «Auch wir Inuit müssen uns erst daran gewöhnen. Die letzten Jahre waren schon extrem. Viele freuen sich über die Wärme. Es ist für uns ein ganz neues Erlebnis, wenn man im Sommer im T-Shirt herumlaufen kann statt in der Daunenjacke. Und im Winter brauchen wir weniger Geld für die Heizung. Das ist noch besser.»

Sie gingen in großem Bogen um die Seen herum. Dann gab Nanoq das Zeichen, stehen zu bleiben. Vor ihnen zog sich ein dichtes Netz feiner Risse über das Eis, kaum erkennbar. Er untersuchte die Stellen. Die Risse hatten sich seit seinem letzten Besuch vergrößert, schienen aber ungefährlich. Er führte Hanna

Jordan weiter. Endlich kamen sie zu der Stelle am Rand des Plateaus, von der aus sie über die kleine Bucht hinwegschauen konnten.

«Sag ich's doch!» Nanoq war erleichtert. Er deutete auf eine Stelle, wo ein Boot als dunkler Fleck auszumachen war. Laut rief und winkte er nach unten, in der Hoffnung, Jako könnte ihn bemerken. Doch nichts tat sich.

«Wir steigen hier ab», sagte er zu Hanna Jordan.

Der Weg nach unten führte über Eiszacken und lose Brocken. Sie kamen langsamer voran als beim Aufstieg.

«Stopp!» Die Forscherin hatte angehalten.

Nanoq drehte sich um und sah sie fragend an.

«Dort hinten, in der Senke, da ist etwas Dunkles. Das würde ich mir gern ansehen.»

Ohne abzuwarten, kletterte sie über eine Eisspalte und ging weiter. Schweigend folgte Nanoq.

Sie lief ein Stück voraus, kniete sich hin und untersuchte etwas. Als er dazukam, sah er, was sie entdeckt hatte: ein halbes Dutzend toter Vögel.

«Das sind Cepphus grylle. Teisten.» Begeisterung klang in ihrer Stimme mit. «Liegen vielleicht seit einem Tag hier. Vielleicht hatten Sie doch nicht so unrecht mit Ihren Kadavern. Wir nehmen welche mit.»

Nanoq packte zwei tote Vögel in seinen Rucksack. Es war eine Erleichterung für ihn zu wissen, dass ihn die Biologin nicht länger für einen Lügner hielt.

«Na dann, auf zum Boot», sagte er.

Unten am Ufer winkte er Jako heran. Hanna Jordan und er sprangen an Bord.

«Bist du jetzt komplett verrückt geworden?», fuhr Nanoq seinen Freund auf Kalaallisut an. Jakos Gesicht war völlig verknittert. «Wenn du deinen Rausch ausschlafen willst, dann daheim und nicht als Steuermann im Boot!»

«Nanoq, ich ...»

«Wie konntest du nur!»

«Ihr ... Ihr ... wart so lange weg, und da dachte ich, ich könnte derweil ein kleines Nickerchen ... Irgendwie muss ich den Anker nicht richtig ausgeworfen haben. Jedenfalls bin ich wieder aufgewacht, als das Schiff gegen eine Eiskante stieß. Ist doch nichts passiert, alles im grünen Bereich!»

«Nichts ist im grünen Bereich! Das hätte böse enden können. Du solltest dir wirklich überlegen, einen anderen Job zu suchen. Ich werde mit Sika reden.»

Da packte Jako ihn am Kragen und zog ihn zu sich. «Nichts wirst du, du verdammter Bastard! Lass Sika aus dem Spiel. Es geht dich gar nichts an, was zwischen uns ist. Misch dich da nicht ein! Glaubst du, du hast Sonderrechte, weil du ihr Bruder bist?»

«Krieg dich gefälligst wieder ein», zischte Nanoq.

Jako schubste ihn weg. «Deine Klugscheißerei und dein moralisches Getue gehen mir so was von auf den Sack! Du hältst dich anscheinend für was Besseres, seit du aus Kopenhagen zurück bist. Lass uns gefälligst in Ruhe!»

«Hey, Leute, was ist los?» Hanna Jordan ging dazwischen. «Worüber streitet ihr euch? Ihr solltet wenigstens so reden, dass ich auch was verstehe. Also, was ist das Problem?»

«Ach nichts», antwortete Nanoq. «Wir diskutieren nur, ob wir gleich zurückfahren sollen. Oder ...»

«Oder was?»

«Ich habe vorhin ein paar tote Fische im Wasser entdeckt. Wollten Sie so was nicht sehen, Frau Doktor?», sagte Jako. Er warf einen triumphierenden Blick in Richtung Nanoq, der übersetzte.

«Doch, natürlich, das wäre toll.»

«Gut, dann geht's los.»

Jako lenkte das Boot in die Bucht hinaus, hin zur Abrisskante des Jakobshavn-Gletschers.

«Nicht zu nah ran», warnte Nanoq.

«Mach dir nicht in die Hose.»

Unbeirrt steuerte Jako auf das Ziel zu, drehte ab und fuhr immer größere Kreise. Das Gletschermassiv ragte direkt vor ihnen in die Höhe. Das Wasser ergoss sich in Kaskaden nach unten. Immer wieder stürzten Eisbrocken herab und schickten Wellen zu ihrem Boot, das unruhig zu schaukeln begann.

«Weiter weg!», rief Nanoq.

Hanna Jordan war blass geworden und klammerte sich an der Sitzbank fest.

«Schon gut. Wir müssen aber dicht dranbleiben.» Jako drehte eine weitere Runde.

«Da vorn.» Nanoq zeigte fünfzig Meter voraus. Es wirkte auf den ersten Blick wie ein dunkler Fleck. Beim Näherkommen sahen sie es: Hunderte tote Fische, die auf dem Wasser trieben. Das Boot fuhr mitten hinein. Nanoq holte einen Kescher und fing zwei Kabeljaue heraus.

«Reichen die?», fragte er.

Die Biologin nickte stumm, ihre Hände hielten nach wie vor die Bank umklammert. Dann beugte sie sich über die Bordkante und erbrach sich ins Meer.

«Hoppala! Gib deinem Gast eine Tüte, bevor sie mir das Deck vollkotzt. Und dann nichts wie nach Hause.» Jako änderte den Kurs.

Auf der Rückfahrt blieb Nanoq in Gedanken versunken. Ihm ging nicht aus dem Kopf, dass die vergrabenen Kadaver verschwunden waren. Dafür gab es nur eine Erklärung – jemand war vor ihm da gewesen und hatte sie mitgenommen.

Das war beunruhigend. Warum interessierte sich überhaupt jemand dafür? Und wer kannte den Standort der Verstecke? War ihm jemand heimlich gefolgt?

18

··· Nuuk, Grönland ···

Bei der Landung kniff Hanna die Augen zu und versuchte, sich auf ihre Atmung zu konzentrieren, was ihr jedoch nicht gelang. Der Moment, als das Flugzeug den Boden berührte, löste Magenkrämpfe in ihr aus. Erst als die Triebwerke erstarben, konnte sie sich wieder entspannen.

Sie nahm ihre Tasche und die Kühlbox mit den Tierkadavern bei der Gepäckausgabe in Empfang. Draußen wartete schon Paalu Lynge vom Greenland Institute of Natural Resources mit seinem Auto.

«Schön, dass es spontan geklappt hat», begrüßte Hanna ihn. «Ich möchte so schnell wie möglich mit den Untersuchungen beginnen.»

«Wir haben einen Arbeitsplatz im Institut für Sie reserviert.» Er verstaute ihre Sachen im Auto.

Das Institut, den Einheimischen unter dem unaussprechlichen Namen Pinngortitaleriffik bekannt, lag nur wenige Hundert Meter vom Nuuk Airport entfernt. Eigentlich hätten sie auch zu Fuß gehen können. Mehrere holzverkleidete Bauten, die aussahen wie zu groß geratene Schuhkartons, säumten die Straße.

«Da sind wir. Ich habe Ihnen für heute Nacht eine Unterkunft besorgt, Frau Doktor Jordan. Wollen wir zuerst einen Kaffee trinken?»

«Gern.» Nach der Landung brauchte sie dringend etwas, um sich wieder zu erden.

In der Kantine nahm sie ein Stück Sandkuchen dazu und setzte sich so, dass sie einen Blick aufs Meer hatte. «Schön haben Sie es hier.» Das heiße Getränk tat ihr gut.

«Man kann es schlechter treffen.» Paalu Lynge lächelte.

«Stammen Sie aus Nuuk?»

«Nein, ich bin in Qasigiannguit geboren, einem Nachbarort von Ilulissat.»

«Ach, dann kennen Sie Nanoq Egede schon von früher?»

«Natürlich, wir sind alte Kumpel. Meine Tante wohnt in Ilulissat, da haben wir bereits als Kinder zusammen gespielt, obwohl ich zwei Jahre älter bin als er.» Paalu lachte.

«Offenbar kennt hier jeder jeden.»

«So ungefähr. Die Orte sind winzig, und die Inuit pflegen die Gemeinschaft. Irgendwann läuft man sich unweigerlich über den Weg.» Er erzählte, dass er nach der Schule zum Studium nach Kopenhagen gegangen sei und dort Nanoq wieder getroffen habe. Seitdem hielten sie Kontakt. Seit der Rückkehr nach Grönland unternahmen sie Outdoor-Ausflüge entlang der Küste und ins Inlandeis. Aber Paalus Job am Institut in Nuuk hatte die gegenseitigen Besuche seltener werden lassen.

«Und Nanoq hat Sie über die Tierkadaver informiert?», fragte Hanna.

«Das stimmt. Er hat mich angerufen. Ich bin der Einzige, den er hier im Institut kennt. Und ich habe die Anfrage dann nach Dänemark weitergeleitet mit der Bitte um Unterstützung. Den Rest der Geschichte kennen Sie ja.»

Sie nickte. «Warum sind Sie damals nicht in Kopenhagen geblieben? Die Uni dort hat einen guten Ruf, da gäbe es doch sicher spannende Aufgaben.»

«Ja und nein. Erstens hat es mich wieder in die Heimat gezogen, und die Stelle hier bietet wirklich gute Möglichkeiten, auch wenn die Bezahlung mager ist. Aber in Kopenhagen wäre ich allenfalls der Quoten-Inuk gewesen. Keiner hätte es offen gesagt, aber jeder hätte es gedacht. Nein, nein, es ist besser so. Und ich bin aufgrund meiner Arbeit oft genug im Ausland, ich hab also keine Sehnsucht nach Dänemark.» Er stand auf. «Wenn Sie wollen, zeige ich Ihnen jetzt Ihren Arbeitsplatz.»

Paalu machte eine Führung durch das Labor und stellte Hanna seinen Kolleginnen vor. Er wies auf einen Tisch mit einem Mikroskop. «Das hier ist Ihr Schreibtisch. Wenn Sie etwas brauchen, einfach die Mitarbeiterinnen oder mich fragen. Ich hoffe, Sie haben Erfolg. Es ist für uns wichtig zu wissen, ob alles in Ordnung ist – oder die Fische womöglich von einer Krankheit befallen sind.»

«Es wäre hilfreich, wenn jemand bei der pathologischen Untersuchung assistieren könnte», sagte Hanna. «Könnte jemand für mich die klinisch-chemischen Tests durchführen und Gewebescheiben sowie histologische Schnittpräparate herstellen?» Sie stellte die Kühlbox mit den Kadavern auf den Tisch. «Dazu natürlich, sofern noch brauchbares Blut zu finden ist, ein ausgiebiges Blutbild mit allen verfügbaren Parametern von Erythrozyten, Leukozyten und Thrombozyten. Außerdem wäre es gut, Abstriche von den Körperflüssigkeiten zu entnehmen und bakterielle Kulturen anzulegen. Und nicht zuletzt Untersuchungen auf Parasiten, Pilze, Viren oder Schadstoffe.»

«Eine lange Wunschliste.» Paalu nickte. «Ich verstehe, warum Ihnen das sogenannte Gutachten des Beamten vom dänischen Außenministerium nicht gereicht hat. Übrigens habe ich mir das Schreiben mittlerweile durchgelesen. Sie hatten recht: Es taugt allenfalls als Klopapier.»

«Dann legen wir los.»

Die nächsten Stunden war Hanna mit zwei Assistentinnen beschäftigt, die Tiere zu sezieren, Organe zu entnehmen, dünne Scheiben von Gewebe zu schneiden und die Analysegeräte mit den Flüssigkeiten zu befüllen. Selbst bei penibler oberflächlicher Untersuchung mit der Lupenbrille konnte sie keine Auffälligkeiten feststellen. Jedenfalls waren die Fische nicht durch mechanische äußere Einwirkungen gestorben. Und für Angriffe von anderen Meerestieren gab es ebenfalls keine Indizien.

Auch unter dem Mikroskop gaben die Proben zu wenig her,

um eine klare Diagnose zu stellen. Zwar deuteten manche Gewebestreifen auf beginnende Veränderungen hin, aber da die Kadaver lange gelegen hatten, konnte das auch Zufall sein – oder eine Fehlinterpretation. Einzig Spuren von Mikroplastik fand sie in den Mägen aller Teisten. Aber das war nicht der Grund für ihren Tod gewesen.

Die Blutbilder, die aus dem Labor zurückkamen, zeigten uneinheitliche Werte, ein Befund wies eine untypische Zusammensetzung der Blutkörperchen, von Plasma und Blutplättchen auf. Andere Ergebnisse waren widersprüchlich. Die Qualität der Blutproben war einfach zu schlecht für exakte Daten. Hanna seufzte. Die Ursache des Massensterbens musste doch herauszufinden sein! Sie musste sich wohl bis zum nächsten Tag gedulden, wenn die Resultate der Bakterien- und Virentests vorlagen.

Paalu bot an, sie zum Hotel zu fahren, was Hanna dankbar annahm. In ihrem Zimmer ließ sie sich erschöpft aufs Bett fallen. Es war frustrierend, sie war keinen Schritt weitergekommen.

Im Hotelrestaurant aß sie einen Salat und trank Wasser dazu. Bald verzog sie sich wieder auf ihr Zimmer. Wenigstens funktionierte das Internet. Sie sah die E-Mails durch und war verblüfft, wie schnell sich ihre Mailbox trotz Spamfilter seit ihrer Abreise wieder gefüllt hatte.

Ein Absender stach mit über einem Dutzend E-Mails aus der Masse heraus: Sven.

Alle paar Stunden hatte er eine Botschaft geschickt, in der Nacht sogar mehrere hintereinander. Sie klickte einige Nachrichten an:

Hanna, Darling, tut mir leid, dass ich am Flughafen zu fordernd war. Ich muss dir Zeit geben, das ist mir klar geworden.

Bist du gut angekommen? Melde dich doch mal kurz.

Was ist los? Bist du mir noch böse? Melde dich!

Gerade musste ich an dich denken. Ich vermisse dich so.

Wann kommst du zurück? Ich hol dich am Flughafen ab. Ich freu mich wahnsinnig, dich wiederzusehen.

Das ist unfair! Ich habe das Recht, die Gründe für dein Schweigen zu erfahren. Wir sind doch erwachsene Menschen, da kann man über alles reden.

Die E-Mails nervten Hanna. Warum konnte ein intelligenter Mann wie Sven ihr Nein nicht akzeptieren? Wann würde er endlich kapieren, dass es vorbei war? Er war doch kein kleines Kind, dem man den Lolli weggenommen hatte! Sie tippte einige Zeilen als Antwort, überlegte es sich dann aber anders, markierte alle seine E-Mails und drückte die Löschtaste.

Am nächsten Morgen brachte ihr Paalu die Ausdrucke mit den Ergebnissen der ausstehenden Laboruntersuchungen.

«Sieht nicht gut aus», meinte er. «Keine Auffälligkeiten bei den Proben.»

Hanna überflog die Papiere. Danach hatten die Tiere weder Vergiftungen noch Bakterienbefall oder eine Virenlast. Auch Parasiten und eine Pilzkrankheit schieden aus.

«Nun, wir haben nicht auf alle Schadstoffe getestet, etwas könnte uns durchgerutscht sein», antwortete sie.

«Umfassendere Tests wären bei uns aber unmöglich – es gibt so viele Gifte, unsere Verfahren finden nur die üblichen Verdächtigen. Wenn es ein exotischer Stoff ist … Unser Labor jedenfalls muss da passen.»

Hanna nickte. «Jedenfalls vielen Dank für die Unterstützung. Zumindest haben wir eine Reihe von möglichen Ursachen ausschließen können. Das ist besser als nichts.»

«Und jetzt? Reisen Sie wieder ab?»

Sie ließ sich alle Optionen durch den Kopf gehen. «Es gibt noch eine letzte Möglichkeit, aber dazu müsste ich telefonieren. Ich melde mich gleich wieder bei Ihnen, Herr Lynge.»

Sie rief ihren Chef am Alfred-Wegener-Institut an.

«Na, wie geht's dir dort oben, Hanna? Schon einen Eisbären umarmt?» Professor Frank Wenzel hatte offenbar gute Laune.

«Ich bräuchte dringend eine gute Sonnencreme und ein paar T-Shirts. Aber im Ernst: Ich habe ein Problem.» Sie berichtete von den bisherigen Ergebnissen.

«Hmm.»

Einige Zeit war es in der Leitung still. Dann sagte Wenzel: «Du weißt schon, dass wir etwas Brauchbares vorweisen müssen. Schließlich steht der Ruf unseres Instituts auf dem Spiel. Wir können unmöglich in den Abschlussbericht schreiben: Leider wissen wir nicht, was die Ursachen sind, wir haben nichts gefunden. Das wäre etwas peinlich. Du verstehst?»

«Ja, und deswegen habe ich auch eine Idee.»

«Raus damit.»

«Kann ich euch Proben von den Fischen schicken? Ich bräuchte molekularbiologische Untersuchungen, Tests auf DNA-Ebene und ein umfassendes Screening auf Gifte und Schadstoffe. Hier in Nuuk fehlt dazu die Einrichtung.»

«Und du bist dir sicher, das bringt was?»

«Es ist ein letzter Versuch.»

«Gut, dann her damit – am besten per Express-Luftfracht. Ich kümmere mich persönlich darum. Und du suchst weiter. Schaff was Brauchbares ran. Ich zähle auf dich!»

19

... Longyearbyen, Spitzbergen ....

Sie hatten ins Hotel eingecheckt und ihre beiden Einzelzimmer belegt, eine Stunde später trat Nelson in der Lobby wieder aus dem Aufzug. Diana wartete schon auf ihn.

«Wollen wir eine kleine Runde drehen?» Er hatte sich ein Sweatshirt übergezogen, laut Thermometer waren es draußen knapp zwanzig Grad plus, aber von der Küste her wehte ein kühler Wind.

«Wann kommt denn unser Informant?»

«Wir haben genug Zeit.»

«Na dann los.» Diana setzte ihre Sonnenbrille auf. «Viel wird es eh nicht zu besichtigen geben, das hab ich schon bei der Herfahrt vom Flughafen gesehen. Dieses Longyearbyen ist ein gottverlassenes Nest am nördlichsten Ende der Welt, ein Ort mit gerade mal 2000 Einwohnern. Und das soll die größte Stadt der Inselgruppe sein! Wie sehen dann erst die anderen Siedlungen aus?»

«Wahrscheinlich haben sie Entenhausen-Format.» Nelson öffnete schwungvoll die Tür. «Wir werden es bald sehen.»

Holzhäuser reihten sich entlang des Adventsfjords und des Longyear-Flusses, immer wieder unterbrochen von Lagerhallen, einigen Geschäften und gesichtslosen Bürogebäuden. Alles wirkte wie zufällig hingewürfelt.

«Der Anblick ist nichts für romantische Seelen», meinte Nelson. «Sieht irgendwie fad aus.»

«Du sollst hier ja auch nicht deine Hochzeit feiern.»

«Ich hab momentan auch niemanden zum Heiraten, und da du mich verschmähst ...» Er grinste.

«Du findest schon jemanden. Zur Not suchst du einfach im

Internet.» Diana hatte Mühe, ernst zu bleiben. «Aber du hast schon recht: Meinen Urlaub würde ich hier sicher nicht verbringen wollen.»

«Wo würdest du am liebsten Ferien machen?»

«In Ländern, wo es warm ist.»

«Richtig kalt ist es hier gerade auch nicht, nur der Wind …»

«Ich meine heiß, richtig heiß, in Italien, Spanien oder in Fernost, das wär's», sagte Diana.

Das Tal, durch das sie gingen, war gerahmt von flachen eisbedeckten Bergen. An einem Hügel verliefen die halb verfallenen Stützpfeiler der einstigen Grubenseilbahn. Flechten bedeckten den Boden, durchsetzt mit seltsamen schwarzen Flecken.

Nelson deutete darauf. «Das sieht aus wie Teer.»

«Kommt vom Kohlebergbau. Das war der einzige Zweck, zu dem man Spitzbergen, oder Svalbard, wie sie hier sagen, gegründet hat. Jetzt ist fast nichts mehr davon übrig. Die letzte Kohlemine am Ort musste zeitweise schließen, weil Schmelzwasser eingedrungen ist und die Anlagen lahmgelegt hat. Denn die Gletscher zerfließen schneller als erwartet», erklärte Diana. «Aber wir werden uns die alten Minen noch ansehen. Dafür sind wir ja gekommen – offiziell zumindest, mit unserer Tarnung als Angestellte von Thyssenkrupp.»

Zurück im Hotel, warteten sie in Dianas Zimmer auf den BND-Helfer. Nach einiger Zeit klopfte es, und ein Mann in Arbeiterkleidung trat ein. In der Hand hielt er eine Einkaufstüte des örtlichen Lebensmittelladens.

«Frau Winkels, Herr Carius?»

Sie nickten.

Der Besucher stellte sich als ‹Mister Ballatson› vor, wuchtete die Tüte auf den Tisch und packte alles aus. «Die verabredete Lieferung.»

Es waren Pläne des Geländes und der Minen, eine aktuelle Übersicht über die Firmenengagements vor Ort, ein Fotoapparat, ein GPS-Gerät, Messlaser, Funkgeräte, Satellitentelefone und zwei Pistolen mit Munition.

Nelson wog die Waffe in seiner Hand. «Wow, werden wir die Dinger wirklich benötigen?»

«Bei deinen Schießkünsten wäre es besser, du lässt die Pistole im Zimmer zurück.» Diana sah ihn vielsagend an.

«Aber wenn wir uns verteidigen müssen …»

«Ist es nicht zu auffällig, wenn wir als Zivilisten verdeckt eine Waffe tragen?», wandte Diana sich an ihren Besucher. «Dann würde unsere Tarnung auffliegen.»

«Machen Sie sich darüber keine Gedanken», sagte Ballatson. «Auf Spitzbergen ist jeder angehalten, eine Schusswaffe mitzunehmen, wenn er nach draußen geht. Denn jederzeit könnten Eisbären auftauchen. Erst letztes Jahr hat es einen Touristen erwischt, der auf dem Heimweg von einem Lokal war. Abgenagte Teile von ihm fand man überall in der Gegend verstreut.»

«Na, dann …» Nelson steckte die Pistole zurück in das Halfter. «Und wie steht es um unsere Ausrüstung als Landvermesser? Wie ich gelesen habe, braucht man Neigungsmesser, Peilstäbe, Theodolite, Rotationslaser und was weiß ich nicht alles.»

«Glauben Sie mir, Sie wollen dieses Zeugs nicht ständig mit sich herumtragen», antwortete Ballatson. «Das GPS-Gerät und der Handlaser reichen für einen ersten Einsatz. Sie sollten einfach sagen, Sie sind nur die Vorhut, die Assistenten, um die Gegend zu erkunden. Die eigentlichen Spezialisten reisen später an. Aber es wird niemand fragen.»

«Hoffen wir's.» Diana wirkte nicht überzeugt.

Nelson studierte die Landkarte. «Wie ist die Lage in Barentsburg?» Der Ort war ihr Ziel für den nächsten Tag.

«Derzeit wohnen rund vierhundert Menschen dort, überwiegend Russen. Morgen wird ein Schiff für Sie im Hafen liegen, über Land ist es viel zu beschwerlich. Ein Mann fährt Sie hin und wieder zurück. Die Details finden Sie in den Unterlagen.» Der Mann zeigte auf eine wasserdichte Mappe. «Wie Sie wissen, ist Barentsburg eine russische Enklave, obwohl Spitzbergen zu Norwegen gehört. Aber seit hundert Jahren garantiert der Spitzbergenvertrag jedem Land, frei Handel und Bergbau betreiben zu dürfen, jeder kann seine Schiffe hier ankern lassen. U-Boote verschiedener Nationen treiben sich besonders gern in dieser Gegend herum. Offiziell allerdings ist Spitzbergen eine entmilitarisierte Zone.»

«Das macht es für zwielichtige Gruppen umso einfacher, hier ihren kriminellen Geschäften nachzugehen», sagte Nelson nachdenklich. «Keiner kann ihnen was anhaben.»

«Und ausländische Mächte haben eine wunderbare Chance, Spionage zu treiben. Oder Sabotage. Solange sie nicht in Armeeuniformen auftauchen», fügte Diana hinzu.

«So ist es. Die Polizei zu rufen, bringt wenig. Erst vergangene Woche sollen vier Männer spurlos verschwunden sein, sagen unsere Quellen. Niemand schert sich darum. Und niemand weiß so recht, was tatsächlich in den Minen geschieht. Ständig sind kleinere Explosionen zu hören, Transportschiffe legen nachts an und verschwinden wieder. Aber deshalb sind Sie ja da, um das rauszufinden.»

Der Besucher sah sie eindringlich an. «Wir wissen nicht genau, wer dort Freund und wer Feind ist. Aus diesem Grund sind Schusswaffen nötig. Sie sind auf sich allein gestellt, das ist Ihnen hoffentlich klar. Bis jemand kommt und Ihnen zu Hilfe eilt, wird es zu spät sein.»

20

··· Barentsburg, Spitzbergen ···

Es war noch früh am Morgen, Dunst hing über dem Hafen von Longyearbyen. Sie brauchten einige Zeit, bis sie das kleine Holzboot entdeckten, dass am Rande des Piers vertäut war. Nach der Beschreibung musste das ihr Transportmittel sein. Ihr Guide war nirgends zu sehen.

«Sind wir zu früh dran?» Nelson gähnte. «Oder hat der Kapitän verschlafen?»

«Das fängt ja gut an.» Diana blickte ungeduldig auf ihre Uhr. «Leider haben wir keine Kontaktdaten von dem Mann. Warten wir einfach.»

Sie waren die einzigen Menschen auf dieser Seite des Hafens, in einiger Entfernung standen ein paar Lagerschuppen, in der Ferne ankerten zwei Ausflugsschiffe.

Nach einer Viertelstunde wurde Nelson ungeduldig. «Ich sehe mich mal um.»

Er spazierte den Pier entlang, ohne jemandem zu begegnen. Der ganze Ort schien noch zu schlafen. Von irgendwoher war Hundegebell zu hören. Nelson ging zu den Lagerschuppen und rüttelte an den Türen. Sie waren abgesperrt.

«Es ist sinnlos, noch länger zu warten», rief Diana nach einer weiteren halben Stunde.

«Dann kapern wir das Boot.» Nelson sprang hinein und untersuchte den Außenborder und die Tanks. Er startete den Motor. «Geht doch!», rief er Diana zu. «Bitte zusteigen, Abfahrt in einer Minute.»

Diana zögerte, dann stieg sie an Bord. Sie verstauten ihre Rucksäcke und lösten das Tau. «Du kennst die Route nach Barentsburg?», fragte sie und nahm auf der Holzbank Platz.

«Immer den Isfjord entlang und dann links. Zur Not haben wir die Karten und das GPS.»

Die Fahrt verlief ohne Zwischenfälle. Schiffkutter kamen ihnen entgegen, Vögel begleiteten sie und drehten dann wieder ab. Die eisbedeckte Bergkulisse wechselte sich ab mit flachen Ausläufern, die ins Meer hineinreichten, gelegentlich waren einzelne Häuser an der Küste zu entdecken.

Als sie in die Bucht einfuhren, breitete sich das Panorama von Barentsburg vor ihnen aus: monströse Betonbauten aus der Ära russischer Großmannssucht, deren Verfall Wind und Wetter beschleunigt hatten. Dahinter die eisbedeckten Berge, vor ihnen ein verrotteter Hafen, bedeckt mit Kohlenstaub.

Sie suchten eine Anlegestelle neben einem Fischkutter. Auf der anderen Seite ankerte ein Frachter mit offenem Verdeck, Kräne beluden das Schiff mit Kohle.

«Einen Kontrolleur wird's hier wohl nicht geben.» Diana nahm ihren Rucksack. «Aber offenbar haben sie ein Hotel – garantiert mit der Originaldekoration aus den Zeiten Stalins.»

«Es sieht aus wie in einer Geisterstadt, hier könnte man wunderbare Gruselfilme drehen», meinte Nelson.

«Dafür arbeiten noch zu viele Menschen hier», entgegnete Diana. «Ich würde ja Kontakte knüpfen, aber leider reichen meine Russischkenntnisse nicht für eine gepflegte Unterhaltung.»

Sie gingen die Anlegestelle entlang und winkten der Besatzung des Fischkutters zu. Niemand winkte zurück, alle taten so, als seien sie gerade mit etwas anderem beschäftigt.

«Freundliche Leute hier, da geht einem so richtig das Herz auf», bemerkte Nelson.

Ein Lkw fuhr heran. Auf seiner Ladefläche lag ein überdimensionaler Gegenstand, der mit einer Plane bedeckt war.

«Komische Fracht für einen Fischkutter.» Diana beobachtete den Fahrer, der den Laster direkt vor das Schiff manövrierte. «Dann wollen wir es mal mit etwas Small Talk probieren. –

Dobrij den! Hello! Guten Tag!», rief sie dem Mann zu und lächelte.

Er hatte gerade die Plane heruntergezogen. Darunter kam eine Maschine zum Vorschein, die in Holzwolle gepackt war. Der Mann unterbrach mitten in der Bewegung und sah sie an. Er trug Bergarbeiterkleidung und war vielleicht Mitte dreißig.

«Können Sie uns sagen, wo wir das Hotel finden? Wir sind gerade erst angekommen», fragte sie auf Englisch.

«Du willst übernachten? Dein Freund auch?» Der Mann deutete auf Nelson. Er sprach mit starkem russischem Akzent.

«Äh ... Er ist nicht mein Freund. Wir haben Einzelzimmer gebucht», sagte Diana unnötigerweise.

«Gut, gut. Ich zeige die Stadt, dann besuche ich dich. Heute Nachmittag?» Mit lüsternem Blick betrachtete er ihren Körper. «Du und ich haben Spaß.»

«Oh, là, là. Sie sind ja wirklich ausgesprochen nett.» Die Ironie in ihrer Stimme war unüberhörbar. Der Mann schien es nicht zu bemerken. «Aber Sie müssen doch arbeiten, wie ich sehe, da werden sie keine Zeit haben, mich zu besuchen.»

Nelson bewegte sich wie zufällig einige Schritte weg von den beiden und versuchte, einen besseren Blick auf die Lkw-Ladung zu erhalten. Die Maschine war ein Hightechgerät und definitiv nicht für den Fischfang vorgesehen. Aber wofür sonst? Er vergewisserte sich, dass der Fahrer nur Augen für Diana hatte, und zückte sein Handy.

«Nicht lange, muss das Ding da verladen. Dann habe ich Zeit», sagte der Mann.

Diana ignorierte seine Anmache. «Wohin soll denn das gute Stück transportiert werden?»

«Ich ...» Der Mann drehte sich um, weil der Kapitän des Schiffes von Bord gegangen war und sich jetzt direkt vor Diana aufbaute.

«Was Sie wollen hier?» Er hatte stechende Augen, und unter

seiner Jacke zeichnete sich ein Pistolenhalfter ab. «Ty sdelaj svoju rabotu i zatknis!», zischte er dem Lkw-Fahrer zu. Der wich zurück.

«Guten Tag, wie ist Ihr Name?» Diana zeigte sich unbeeindruckt.

«Das geht Sie nichts an.»

Nelson trat hinzu und versuchte, sich unauffällig vor seine Partnerin zu stellen, doch sie schob ihn zur Seite. «Dann haben wir uns wohl nichts zu sagen.» Sie sah den Kapitän herausfordernd an.

«Sie schnüffeln hier rum», knurrte er. «Das ist verdächtig. Gehen Sie. Wir haben genug Kriminelle in Barentsburg.»

«Wohin laufen Sie denn aus?» Diana verschränkte die Arme vor der Brust. «Wo sind hier die besten Fischreviere?»

Der Kapitän machte einen Schritt auf sie zu. «Kümmern Sie sich um Ihren Dreck und verschwinden Sie beide!» Er wirkte jetzt noch bedrohlicher.

Es war offensichtlich, dass sie hier nichts mehr würden herausfinden können. Diana wandte sich zum Gehen. «Schönen Tag noch – und viel Erfolg», sagte sie, und Nelson folgte ihr den Pier hinunter. Der Kapitän schaute ihnen böse hinterher.

«Das war knapp», sagte Diana nach einer Weile. «Hast du was erreicht?»

«Alles fotografiert, die Lieferung geht an eine Adresse auf Island, wir lassen es später auswerten. Hoffentlich treffen wir als Nächstes auf freundlichere Zeitgenossen. Das wäre eine schöne Abwechslung.»

Ihr Hotel war ein grauer Kasten, der seine besten Zeiten längst hinter sich hatte.

«Sieh an!», rief Diana, als sie die Schlüssel von der Rezeption empfangen hatten und ihre Zimmer betraten, die einander direkt gegenüber an einem langen, düsteren Flur lagen. «Das ist ja reif fürs Museum!»

Die Räume waren mit Blümchentapeten und Brokatvorhängen ausstaffiert, an den Wänden hingen Bilder, die Szenen aus der russischen Taiga zeigten. Auf dem Boden lag ein fleckiger Teppich. Alles roch nach Lavendel-Reinigungsmitteln, die den muffigen Geruch nicht überdecken konnten.

Nelson packte eilig seine Sachen aus, wenige Minuten später stand er wieder vor Dianas Tür. «Ich glaube, ein Spaziergang an der frischen Luft täte uns jetzt gut.»

Der Ort wurde beherrscht von zwei Wohnkasernen, deren Fassaden mit auffälligen Farbrauten verziert waren. In der Mitte des Zentralplatzes thronte eine Lenin-Büste auf einem Betonsockel. Überall hatten sich die Pflastersteine gelockert, Unkraut wucherte aus den Ritzen. In der Ferne sah man eine Funkstation und einen Hubschrauberlandeplatz. Und auf allen Oberflächen lag Kohlenstaub.

Wenige Männer in Arbeitskleidung begegneten ihnen, sie grüßten kurz. Eine Frau mit Kopftuch verschwand in der Haustüre, als sie die beiden sah.

«Das ist das einzige weibliche Wesen bisher», meinte Diana. «Wo die wohl alle sind?»

«Es gibt hier nur sehr wenige Frauen. Ihre Ehemänner verstecken sie in der Wohnung, soweit es geht. Du hast es selbst bemerkt, Erscheinungen wie du ziehen die Männerblicke magisch an. Schließlich bleiben die meisten Arbeiter nur für kurze Zeit auf Spitzbergen, die Freundin oder Ehefrau lassen sie zu Hause.»

Zurück im Hotel, sprach sie der Mann an der Rezeption an. «Herr Sokolov war hier. Er bittet um einen Besuch in seinem Büro.»

Er gab ihnen eine Karte. Offenbar war Andrej Sokolov der General Manager des russischen Staatsunternehmens, das die Kohleminen betrieb. Nelson steckte die Karte ein.

«Können Sie ihn freundlicherweise anrufen und mitteilen, dass wir in einer Stunde vorbeikommen?»

Der Mann nickte und griff zum Telefon.

Gerade wollte Nelson seine Zimmertür hinter sich schließen, als ihn Diana zu sich rief.

«Was ist?»

Sie machte ihm ein Zeichen, still zu sein, schrieb etwas auf einen Zettel und reichte ihn ihm. Darauf stand:

Jemand hat mein Zimmer durchsucht. Werden wir abgehört? Rede nur Belangloses.

Er folgte ihr in ihr Zimmer und sprach über seine Eindrücke während des Spaziergangs, Diana antwortete mit eigenen Beobachtungen. Währenddessen zeigte sie auf ihren Rucksack, die Schublade der Kommode und ihre Jacke im Kleiderschrank. Hier hatte sich jemand zu schaffen gemacht.

«Wir sollten uns für den Besuch von Herrn Sokolov umziehen. Treffen wir uns in einer halben Stunde vor dem Hotel?», sagte sie.

«Geht klar.»

Nelson ging zurück in sein Zimmer. Er setzte sich aufs Bett und betrachtete seine persönlichen Sachen, die über dem Stuhl lagen. Auf den ersten Blick schien alles wie immer. Doch der Rucksack schien einige Zentimeter verrutscht zu sein. Er hob ihn an und untersuchte den Teppichboden. Die Auflagefläche hatte einen Abdruck hinterlassen, der von einem zweiten Abdruck überlagert wurde, als hätte jemand versucht, alles wieder an seinen Platz zu stellen, aber nicht ganz dieselbe Stelle getroffen. Nelson packte alles aus und wieder ein – es fehlte nichts.

Draußen wartete er auf Diana.

«Es hat eindeutig jemand den Raum gefilzt, wenn auch nicht sehr professionell. Meine Wäsche beispielsweise ist nicht richtig wieder zurückgelegt worden», sagte sie.

«Bei mir war es ähnlich. Gott sei Dank hatten wir nichts herumliegen, was auf unsere wirkliche Identität hinweist.»

Sie nickte. «Der Portier am Empfang will nichts bemerkt haben, als ich ihn nach Besuchern gefragt habe. Ich weiß nicht, wem man hier trauen kann. Jedenfalls sollten wir auf der Hut sein.»

Das Büro des russischen General Managers Andrej Sokolov befand sich im Erdgeschoss eines unscheinbaren Verwaltungsgebäudes mit schmutzig brauner Fassade. Eine Sekretärin brachte sie in einen Vorraum. Es dauerte eine Viertelstunde, bis ein etwa fünfzigjähriger Mann mit lichtem Haar und großer Leibesfülle aus dem Büro heraustrat. Unter der verschlissenen Anzugjacke lugten Hosenträger hervor.

«Dobrij den!» Er breitete seine Arme aus, als wollte er seine beiden Besucher gleichzeitig umarmen. «Wie schön, Gäste bei uns im Norden begrüßen zu dürfen, kommen Sie doch herein!»

An der holzgetäfelten Wand hingen Bilder von Berglandschaften, und auf dem schweren Eichenschreibtisch standen ein hochmoderner Computer und eine digitale Telefonanlage, was so gar nicht zu der sonstigen Einrichtung passte.

«Setzen wir uns.» Er deutete auf einen Tisch am Fenster. «Etwas Tee? Oder was Stärkeres? Wodka vielleicht?»

«Tee wäre wunderbar.» Sie reichten ihm ihre Visitenkarten.

Andrej Sokolov nahm eine Kanne von einem Tischchen und

schenkte allen ein. «Ich habe schon gehört, dass Sie im Hafen eine kleine Diskussion hatten.»

«Hier im Ort bleibt wohl nichts verborgen.» Diana lächelte unverbindlich und goss sich Milch in den Tee.

«Verehrte Frau Winkels, Barentsburg ist ein kleines Nest, da spricht es sich schnell herum, wenn Fremde ankommen. Und besonders wenn eine so wunderschöne Dame aus Deutschland dabei ist.»

«Danke, Sie schmeicheln mir.»

«Bei allen Heiligen, ich sag nur die Wahrheit!» Sokolov goss sich Wodka in den Tee und tat drei Löffel Zucker dazu. «Gut für den Hals», meinte er entschuldigend. «Sie verstehen – das raue Klima auf Spitzbergen macht mir zu schaffen, da brauch ich etwas Medizin.»

«Danke, dass Sie uns empfangen», ergriff Nelson das Wort. «Vermutlich hat Sie unsere Firmenzentrale bereits informiert. Wir wollen Ihren alten aufgelassenen Stollen ein wenig untersuchen. Natürlich nur, wenn Sie damit einverstanden sind.»

«Thyssenkrupp schickt seine Leute, wie könnte ich da Nein sagen?» Er machte eine gönnerhafte Geste. «Unser Konzern hat mit Ihrem Unternehmen bereits viele gute Geschäfte gemacht. Und Sie wollen Messungen vornehmen? Wie man mir berichtet hat, reisen Sie mit kleinem Gepäck. Wo ist denn Ihre Ausrüstung?»

«Wir sind nur die Vorhut, die Kollegen rücken erst an, wenn sich etwas Vielversprechendes ergibt.» Diana lächelte dem Mann erneut zu. «Wir bleiben auch nicht lange.»

«Es wäre fantastisch, wenn Sie auf etwas anderes stoßen würden als nur Kohle», sagte Sokolov. «Angeblich soll der Boden voller Uran und seltener Erden sein, auch wenn wir bisher noch nichts gefunden haben. Aber im Innern des Berges, wer weiß …»

«Der Kohleabbau lohnt sich vermutlich ohnehin nicht mehr, oder?», fragte Nelson.

«Sie sagen es. Die Produktionskosten sind zu hoch, und die Kunden werden immer weniger. Außerdem sind die Stollen marode, und es lohnt nicht mehr, sie instand zu setzen. Gerade machen wir Probesprengungen in einem Seitenstollen. Mal sehen, worauf wir stoßen.»

Diana rührte ihren Tee um. «Wir würden gerne morgen mit unserer Arbeit beginnen.»

«Ich schick Ihnen jemanden, der Sie dorthin führt, das Gelände ist abgesperrt. Und denken Sie daran: Unsere Firma übernimmt keine Haftung für Unfälle.» Er grinste breit. «Passen Sie gut auf.»

21

... ***Barentsburg, Spitzbergen*** ....

Vor dem Hotel wartete ein junger Mann in Tarnfarben-Hose und Parka, der sie zum Stollen führen sollte. Er trug eine Sonnenbrille und hatte ein Schnellfeuergewehr geschultert.

«Ich bringe Sie», sagte er zur Begrüßung mit hartem Akzent. «Sie mitkommen.»

Die nächste halbe Stunde sagte er nichts mehr, sondern stapfte einfach voran, ohne darauf zu achten, ob Nelson und Diana wirklich hinter ihm waren. Sie hatten ihre Rucksäcke mitgenommen, im Halfter steckten die Pistolen. Man gewöhnte sich wirklich schnell daran, wie im Wilden Westen ständig mit einer Waffe herumzulaufen, hatte Nelson festgestellt.

Bald hatten sie den Ort hinter sich gelassen. Die gepflasterte Straße wich einem Schotterweg, es ging bergauf. Nach zehn Minuten Marsch war nur mehr ein schmaler Pfad zu erkennen, der sich zwischen Felsen und Senken wand. Erst kurz unter dem Gipfel stießen sie wieder auf eine breite Straße, die der Kohlenstaub schwarz gefärbt hatte. Sie war mit Eis bedeckt und führte direkt zu einer Absperrung, auf der ein Schild in kyrillischen Buchstaben vor dem Weitergehen warnte.

«Wir sind da.» Der Begleiter deutete auf den Stolleneingang, der sich dunkel vor ihnen auftat. Pfützen voller Schmelzwasser hatten sich davor gebildet, in denen sich der Himmel spiegelte. Rinnsale flossen ab, als blutete der Berg aus tausend Wunden.

Nelson und Diana stellten ihre Rucksäcke ab und holten ihre Verpflegung für die Pause heraus. Der Mann schien unschlüssig, was er tun sollte.

«Wir machen erst einmal eine Rast. Vielen Dank für Ihre Hilfe. Gehen Sie ruhig zurück», sagte Nelson.

Noch immer machte er keine Anstalten zu verschwinden.

Diana ging auf ihn zu. «Gruß an Andrej Sokolov. Wir melden uns bei ihm, wenn wir wieder zurück sind.»

Endlich schien der Mann einen Entschluss gefasst zu haben. «Ich gehe», verkündete er.

Nelson und Diana warteten noch einige Minuten, bis ihr Begleiter aus dem Blickfeld verschwunden war.

«Na dann los. Verschaffen wir uns einen Überblick.» Diana holte Fernglas und Fotoapparat aus ihrem Rucksack. Gemeinsam stiegen sie weiter, bis sie den Gipfel erreicht hatten.

Nelson deutete auf die schwarzen Stiefelabdrücke im Eis. «Es war noch vor Kurzem jemand hier oben, sonst hätte das Schmelzwasser längst alles weggewaschen. Fragt sich nur, was derjenige gesucht hat.»

Sie kletterten weiter bis zu einer Stelle, von der sie einen Überblick über ganz Barentsburg hatten. Diana schaute durch ihr Fernglas. «Der Fischkutter ist weg. Dafür ist ein neues Frachtschiff eingelaufen.»

«Ziemlich viel Verkehr für einen solch verschlafenen Ort», meinte Nelson. «Und was ist das?» Er zeigte auf den Landeplatz. In der Nacht war offenbar ein Hubschrauber gelandet.

«Russische Bauart, Militärmodell. Zum Transport schwerer Güter geeignet», sagte Diana. «Schade, dass wir jetzt nicht dort unten sind. Ich hätte zu gern gewusst, was die gebracht haben.»

«Vielleicht holen sie ja auch was ab.» Nelson wandte sich zum Gehen. «Wir können uns nach unserer Rückkehr darum kümmern. Jetzt schauen wir uns erst mal den alten Stollen an.»

Sie stiegen hinab zum Eingang und holten Helm und Stirnlampe. Die Rucksäcke verstauten sie in einer Felsnische.

«Was suchen wir eigentlich?» Diana überprüfte den Fotoapparat.

«Alles, was verdächtig ist, was nicht hierhergehört. Wenn wir nichts finden, verschwinden wir gleich wieder. Außerdem gehört das Suchen zu unserer Tarnung.»

Mit tastenden Schritten gingen sie vorsichtig ins Innere. Bereits nach wenigen Metern umfing sie schwarze Dunkelheit. Der Eingang hinter ihnen war nur noch als Lichtfleck zu sehen. Sie schalteten ihre Lampen ein.

Die Decken waren mit Holz abgestützt. Diana beleuchtete die Trägerbalken. «Sieht verdammt morsch aus.»

Nelson befühlte das Holz. «Und feucht, mit Wasser vollgesogen wie ein Schwamm.»

Alte Schienen, auf denen die Arbeiter Kohle-Loren hatten fahren lassen, um ihr Schürfgut abzutransportieren, führten weiter in den Berg hinein. Sie folgten ihnen im Licht der Taschenlampen. Wasser tropfte von oben auf sie herab, es roch modrig. Nach einigen Minuten entdeckte Nelson links einen in den Fels gehauenen Raum. An einer Wand standen Spinde, der Lack war abgeblättert. In der Mitte ein Metalltisch, darum gruppiert Bänke. Er gab Diana ein Zeichen.

«Vermutlich der Aufenthaltsraum der Bergarbeiter», sagte sie.

Direkt daneben öffnete sich ein zweiter Raum. Eine überdimensionale Werkbank stand in der Mitte. Verrottete Werkzeuge lagen verstreut darauf, Meißel, Hämmer, Grubenlampen, Schaufeln, Zangen.

«Sieh mal, was ich hier habe.» Der Strahl von Dianas Lampe erfasste eine Metallkiste mit einem aufgedruckten Symbol für Explosivstoffe. Behutsam öffneten sie den Deckel.

Die Kiste war vollgepackt mit Dynamitstangen und Zündschnüren.

Sie nahm eine Stange heraus. «Sieht neu aus, das ist sicher kein Rest von früher. Wer deponiert hier Sprengstoffe?»

«Könnte von den Probesprengungen stammen, von denen der General Manager erzählt hat», meinte Nelson.

«Oder jemand betreibt damit Sabotage …» Sie legte die Stange zurück. «Verschließen wir die Kiste lieber wieder.»

Zurück im Hauptstollen, folgten sie erneut den Schienen. Es war beklemmend, in dieser Dunkelheit zu gehen. Das Schwarz der Wände schien jeden Strahl aufzusaugen, und ihre Leuchten schafften nur ein diffuses Licht, das gespenstische Schatten warf.

«Also, Outdoor-Urlaub hab ich mir anders vorgestellt», bemerkte Diana. «Irgendwie unheimlich hier, wie in einem Verlies für Bergtrolle. Ich bewundere die Männer, die unter solchen Bedingungen arbeiten.»

Nach hundert Metern zweigte ein Gleis in einen kleineren Tunnel ab. Nelson leuchtete hinein. Eine rostige Lore, die Ladefläche noch bedeckt mit Abraumgestein, stand im Weg.

«Wenn mich mein Gefühl nicht täuscht, führt dieser Nebentunnel in Richtung des jetzigen Bergwerks», sagte Nelson. «Sollen wir weitergehen?»

«Ich glaube nicht, dass wir da etwas finden. Kehren wir um. Ich …»

Ein dumpfer Knall unterbrach sie, gefolgt von einem Grollen. Staub rieselte von der Decke.

«Was zur Hölle ist das?», flüsterte Diana.

Wieder ein Knall. Und noch einer. Das Grollen wurde stärker. Es schien direkt aus den Eingeweiden des Berges zu kommen.

«Verdammt, das sind Explosionen. Jemand zündet Sprengladungen!» Nelson horchte in den Nebengang. «Das kommt vom Bergwerk.»

Ein bedrohliches Geräusch, viel lauter diesmal, ließ die Wände um sie herum erzittern. Einige der Holzbohlen lösten sich und krachten zu Boden.

«Nichts wie weg!» Nelson riss Diana mit sich. «Zurück zum Ausgang. Schnell!»

Sie rannten, so gut es im Halbdunkel ging. Immer wieder stießen sie sich ihre Helme an Hindernissen oder stolperten über die Gleise.

Es schien ewig zu dauern, bis sie in der Ferne endlich wieder Tageslicht sahen. Der Ausgang.

Plötzlich ein dumpfer Schlag vor ihnen.

Als wäre ein Vorhang gefallen, wurde es mit einem Mal stockfinster.

Steine und Holzstücke prasselten auf sie herab.

Diana schrie auf. Reflexartig riss Nelson die Arme zum Schutz nach oben. Etwas traf ihn an der Schläfe.

Dann war es vorbei.

22

... Jakobshavn-Gletscher, Grönland ....

«Wir sollten den Gletscher-Trip absagen, Iluuna.» Nanoq stellte seinen Rucksack ab. «Es wird langsam gefährlich auf dem Sermeq Kujalleq, das Eis ist momentan wegen der Hitze unberechenbar.»

«Seit wann hast du denn Angst?» Die Frau im Veranstaltungsbüro kicherte. «Dein Großvater Uju würde dir schon was erzählen … Lass dir doch von ihm ein Schutzamulett geben, wenn du unsicher bist.»

«Mach keine Witze, ich meine es ernst. Als ich vor Kurzem auf dem Gletscher war …»

«Du weißt selbst, das Eis ändert sich jeden Tag», unterbrach ihn Iluuna. «Das tut es seit Jahrhunderten.» Sie tippte auf eine Mappe vor ihr. «Außerdem sind wir ausgebucht, es sind sogar Leute vom Kreuzfahrtschiff dabei, die deine ‹Expedition ins ewige Eis› erleben wollen. Alle haben unseren Haftungsausschluss unterschrieben und einen Merkzettel für die richtige Ausrüstung erhalten. Du hast das schon hundertmal gemacht, für dich ist es Routine.»

«Ja, schon, aber …»

«Na geh schon, deine Gäste sind schon auf dem Schiff.»

Tatsächlich drängten sich die Menschen an Bord. Nanoq erkannte die Frau mit den Flipflops wieder, die heute feste Schuhe und Anorak trug. Auch das deutsche Ehepaar von der *Nordic Adventure* war dabei, das sich beim Bürgermeister wegen der toten Fische beschwert hatte. Und der junge Mann mit der Sonnenbrille aus den USA.

Als Bootsführerin stand seine Schwester Sika am Steuerrad. Überrascht ging er zu ihr.

«Ich bin für Jako eingesprungen», begrüßte sie ihn, bevor er etwas sagen konnte. «Du hast dich ja über ihn beschwert, das war gemein von dir.» Sie sah ihn vorwurfsvoll an.

«Ich hab nur gesagt, ich bevorzuge einen anderen Kapitän, sonst nichts.»

«Du weißt doch, er braucht den Job. Du hättest ihm noch eine Chance geben sollen. Das ist nicht fair.»

«Er muss sehen, dass er sein Problem in den Griff bekommt.

Es geht nicht um ihn oder mich, sondern um die Sicherheit seiner Passagiere.»

«Natürlich geht es um ihn. Dir passt nicht, dass er mit mir zusammen ist!» Ihr Gesicht rötete sich.

«Sika, das ist …»

Seine Schwester wandte sich ab. «Lass gut sein. Wir müssen ablegen.»

Nanoq ging zurück zu seinen Teilnehmern und überprüfte deren Ausstattung. Alle waren passend angezogen, trugen Schuhe mit griffigen Sohlen, viele hatten Outdoor-Wanderstöcke dabei. Er gab Sicherheitshinweise und hielt nochmals seinen Vortrag über den Jakobshavn-Gletscher, den «am schnellsten fließenden Gletscher der Welt».

Der deutsche Tourist, er stellte sich als Richard vor, nahm Nanoq beiseite, als er mit seiner Einführung fertig war. Er schien etwas auf dem Herzen zu haben.

«Sind wir dort wirklich geschützt?», fragte er. «Sie müssen wissen, meine Frau Christine und ich hatten ein wirklich schlimmes Erlebnis während eines Ausfluges. Es ging um unser Leben, ein Eisbär hat uns angegriffen.»

Nanoq lächelte den Mann an. «Keine Sorge, auf dem Gletscher treffen wir auf keine Eisbären, das kann ich Ihnen versichern.»

«Das ist beruhigend.» Der Mann nickte seiner Frau zu, die sich sichtlich entspannte.

Das Schiff verließ den Hafen von Ilulissat und fuhr die Küste entlang. Über Nacht hatte es einen Kälteeinbruch gegeben. Jeder Atemzug schmerzte in der Lunge. Die Sonne war hinter Wolken verschwunden, das Licht diffus, als läge Gazestoff über der Landschaft.

Nanoq hielt Ausschau nach toten Tieren, aber das Meer sah aus wie immer. Sie passierten einige Eisberge. Möwen begleiteten das Schiff.

Er hatte beschlossen, aus Sicherheitsgründen eine besonders einfache Route hinauf auf den Gletscher zu nehmen, er wollte kein Risiko eingehen. Er ging vor zum Kapitänsverschlag und gab seiner Schwester die Koordinaten.

«Du, Sika, wegen Jako vorhin …»

«Ach, lass es einfach.» Sie blickte starr geradeaus. «Du glaubst offenbar, du musst jetzt die Rolle unseres Vaters einnehmen. Aber dafür bist du Jahrzehnte zu spät dran.»

«Paps war mit unserer Erziehung überfordert. Vielleicht war er sogar mit seinem ganzen Leben überfordert. Es ist nicht gerecht, mich mit ihm zu vergleichen», entgegnete Nanoq. «Und das ist lange her.»

«Ja, und Großvater hat nach Vaters Tod dessen Platz eingenommen und sich um uns gekümmert – viel mehr um dich als um mich.» In Sikas Stimme lag Bitterkeit. «Ich musste zu den Nachbarn, als Uju krank wurde. Du dagegen … Und jetzt brauchst du nicht so zu tun, als wäre die Vergangenheit vergessen.»

Nanoq schwieg einen Moment. «Wir konnten es uns beide nicht aussuchen, Sika, dafür waren wir viel zu jung.»

Er hatte noch verschwommene Erinnerungen an seinen Vater: wie er bei ihm auf dem Schoß saß, wie Vater ihm Stücke getrocknetes Robbenfleisch in den Mund schob, wie er mit ihm auf dem Hundeschlitten ums Haus fuhr. Es waren rare Momente, ein Schatz in seinem Inneren. Paps melancholisches Gesicht tauchte vor seinem inneren Auge auf.

Wie sehr wünschte er sich, wenigstens ein Foto von seinem Vater und seiner Mutter zu besitzen. Aber es gab keine Aufnahmen, für so etwas Kostspieliges wie einen Fotoapparat war nie Geld da gewesen.

Nanoq dachte an den Tag zurück, an dem die Todesnachricht überbracht worden war. Es war stürmisch gewesen, am Morgen hatte es geschneit. Die Nachbarn waren mit ernsten Gesichtern gekommen und hatten gesagt, sein Vater sei bei einem Jagdausflug mit dem Motorschlitten auf dem Packeis eingebrochen und ertrunken. Die Leiche wurde nie gefunden.

Erst viel später hatte er begriffen: Vater, der sich ausgezeichnet auf dem Eis ausgekannt hatte, musste absichtlich zu der gefährlichen Stelle gefahren sein. Er hatte Selbstmord begangen.

Vielleicht war Schwermut der Grund gewesen, vielleicht Verzweiflung. Nanoq wusste es nicht. Den Rest hatte Paps wohl der Versuch gegeben, auf Kredit einen kleinen Fischtrawler zu kaufen und auf Garnelenfang zu gehen. Er hatte gegen die schwimmenden Fischfabriken der Chinesen und Russen keine Chance gehabt, die die Kleinen mit ihren lächerlich niedrigen Preisen kaputtmachten: Die spärlichen Einnahmen reichten am Ende nicht mal, die Schulden zurückzuzahlen. Es genügte nicht zum Leben.

«Zum letzten Mal: Ich brauche keinen Ersatzvater, Nanoq.» Seine Schwester riss ihn aus seinen Gedanken. «Auch wenn es gut gemeint ist. Und jetzt lass mich in Ruhe.»

Sie legten an einer flachen Stelle an. Sika warf den Anker und fuhr die Gangway aus. Nacheinander gingen alle von Bord. Die Touristen zückten die Kameras, um die Abrisskante des Jakobshavn-Gletschers zu fotografieren.

«Wow, die Front ist ja mindestens dreimal so hoch wie ein Wolkenkratzer.» Der Amerikaner mit der Sonnenbrille war sichtlich beeindruckt. «Und viel, viel breiter als der Grand Canyon!»

«Sehen wir, wenn ein Eisberg ins Wasser platscht?», fragte die Flipflop-Frau. «Ich würde gern ein Video machen.»

«Wenn Sie genug Geduld haben – es ist nur eine Frage der Zeit», antwortete Nanoq. «Aber dann sollten wir lieber nicht in der Nähe sein. Es ist derselbe Effekt, wie wenn Sie Eiswürfel in ein volles Wasserglas werfen: Die Flüssigkeit schwappt über.

Meist kann man darauf warten, denn einzelne Stücke brechen immer wieder ab. Der Gletscher trennt sich von zwanzig Millionen Tonnen Eis am Tag, haben Experten ausgerechnet.»

«Und wie groß sind die Stücke maximal?»

«Es können Eisgiganten von der Größe riesiger Bergketten entstehen. Erst vor wenigen Jahren hat der Petermann-Gletscher im Norden Grönlands ein Eispaket mit 250 Quadratkilometer Fläche verloren. Das ist für unsereins unvorstellbar groß. Glücklicherweise ist die Gegend dort unbewohnt.»

Nanoq gab ein Zeichen, die Teilnehmer sammelten sich. «Liebe Gäste, ich darf Sie nochmals an die Sicherheitsbestimmungen erinnern», begann er. «Bleiben Sie immer zusammen, entfernen Sie sich nicht eigenmächtig von der Gruppe – ohne Ausnahme!»

«Wie soll ich denn dann zu guten Aufnahmen kommen?» Der Deutsche klang trotzig. «Ich will die Natur und die Tiere fotografieren – ohne störende Touristen im Hintergrund.» Er hob seine Kamera in die Höhe. «Dazu brauch ich einen optimalen Aussichtspunkt, und den find ich nicht in der Gruppe.» Seine Frau Christine nickte zustimmend.

«Warten Sie bitte ab, Sie werden schon noch auf Ihre Kosten kommen, ich verspreche es Ihnen. Dort oben am Gletscher gibt es einmalige Fotogelegenheiten.»

Ein Teilnehmer deutete auf den Weg vor ihnen. «Ich verstehe auch nicht, warum wir uns wie Heringe zusammendrängen müssen. Das sieht doch harmlos aus.»

Nanoq schüttelte den Kopf. «Es hat die letzten Tage wegen der ungewöhnlich hohen Sommertemperaturen stark getaut. Überall gibt es Schmelzwasser. Über Nacht hat sich darüber eine leichte Eisschicht gebildet. Das kann tückisch sein. Deshalb nochmals mein Appell: Bleiben Sie zusammen, achten Sie auf den Boden vor Ihnen. Jetzt bitte alle mir nach.»

Er ging voran, die Gäste folgten ihm im Gänsemarsch, Sika

bildete die Nachhut. Der Pfad war rutschiger als gedacht, einige Teilnehmer hatten Mühe, ihr Gleichgewicht zu halten.

«Bitte benutzen Sie Ihre Wanderstöcke», rief er. Der deutschen Touristin Christine, die tastend dahinschlurfte, als könnte sie bei jedem Schritt auf eine Mine treten, gab er seine Trekkingstöcke.

Der Weg wurde jetzt breit wie eine Straße. Es ging in Windungen gemächlich aufwärts. Bald legte sich die Anspannung unter den Gästen. Man unterhielt sich untereinander, immer wieder blieb jemand stehen, um Selfies zu machen oder eine Eisformation zu fotografieren.

«Pause!», rief Nanoq, als sie oben auf dem Plateau angekommen waren.

Die Gäste holten ihre Lunchpakete heraus, und Sika schenkte heißen Tee aus einer Thermoskanne aus. Die nächste Viertelstunde genoss jeder die Landschaft. Bis zum Horizont zog sich der Gletscher ins Landesinnere, eine endlose Fläche, mal glatt, mal wellig, mal rau. Die Farben variierten von Reinweiß über Hellblau bis Anthrazit.

Nanoq nutzte die Zeit, um die Umgebung zu erkunden. Die Haarrisse im Eis, die er bei seinem letzten Besuch entdeckt hatte, hatten sich zu offenen Rissen erweitert. Er befühlte die Oberfläche, die Eiskristalle zerbröselten unter seinen Händen.

Kein gutes Zeichen.

Das machte ihn nervös. Der Gletscher veränderte sich viel schneller, als er es je erlebt hatte. Er hatte keine Erklärung dafür. Vielleicht sollte er doch seinen Großvater um Rat fragen.

Schon beim Verlassen des Schiffs hatte er das Meerwasser geprüft und war überrascht gewesen, dass sich seine Temperatur sehr viel wärmer angefühlt hatte, als es für diese Jahreszeit üblich war. Während des Aufstiegs hatte sich seine Unruhe gesteigert. Die obere Eisschicht war nur noch millimeterdünn und brach auf, sobald er mit seinen Schuhen darauftrat.

«Gibt es hier Tiere zum Angucken – diese Seeadler etwa oder einen Polarfuchs?» Richard, der Deutsche, packte seine Kamera aus. «Einen Moschusochsen oder ein Rentier vor die Linse zu bekommen, wäre auch nicht schlecht.»

«Genau, ein süßer Schneehase, das wär's jetzt!» Seine Frau klatschte in die Hände. «Meine Enkel wären bestimmt begeistert, wenn ich ihnen davon erzähle.»

«Kommen wir bis zum Gletscherrand?», fragte die Flipflop-Frau. «Von dort haben wir sicher eine spektakuläre Aussicht!»

«Genau, bringen Sie uns einfach zu dem Hotspot, von wo aus man die besten Fotos machen kann», stimmte der Amerikaner mit der Sonnenbrille zu. «Ich brauche eine richtig super Perspektive.»

Nanoq hob beschwichtigend die Hände. «Wir marschieren zu einem Areal direkt hinter der Abrisskante, bitte bleiben Sie zusammen.» Er ging voran. Schon nach wenigen Minuten blieb er wieder stehen.

Vor ihnen breitete sich ein riesiger See aus, die Oberfläche war spiegelglatt.

«Sieht aus, als ob man darauf Schlittschuh laufen könnte», sagte er, an seine Teilnehmer gewandt. «Aber das täuscht, darunter ist Schmelzwasser – und keiner weiß, wie tief es reicht. Deshalb werden wir das Gebiet weitläufig umgehen.»

Sie mussten wieder und wieder die Route ändern, weil die Risse im Boden Nanoq zu gefährlich erschienen und neue Schmelzwasserseen ihnen den Weg versperrten. Die Teilnehmer beschwerten sich über die vielen Umwege, aber Nanoq beharrte darauf. Endlich erreichten sie eine ebene Fläche hinter dem Rand des Gletschers, die ihm stabil genug schien.

«Wir sind am Ziel, Zeit für Fotosessions», rief er den Teilnehmern zu. «Bitte betreten Sie die Randzone nicht, die Aussicht ist überall gleich. Wer möchte, erhält von Sika heißen Tee. Genießen Sie die Aussicht.»

Vor ihnen tat sich die Diskobucht auf. Die Schiffe wirkten von hier oben wie Spielzeuge, die Eisberge schwammen wie Sahnetupfer auf dem Meer. Ilulissat mit seinen bunten Gebäuden stach aus dem Weiß und Blau heraus, Nanoq entdeckte sein Haus und das von Uju.

Er machte sich Gedanken um seinen Großvater, der letzte Besuch war ganz anders gewesen, als er sich das vorgestellt hatte.

Was war schiefgelaufen? Warum gelang es ihm nicht, normal mit ihm zu reden? Früher waren sein Großvater und er ein Herz und eine Seele gewesen.

Nanoq beschloss, noch mal einen Versuch zu starten und das Verhältnis zu kitten. Schließlich waren sie eine Familie – allen Differenzen zum Trotz. Und die Familie war den Inuit heilig.

Ein Schrei riss ihn aus seinen Gedanken.

23

... Jakobshavn-Gletscher, Grönland ....

Den Schrei begleitete ein Donnern, als wäre eine Lawine abgegangen.

Nanoq fuhr herum. Auch die anderen Teilnehmer hielten inne. Etwas entfernt von ihnen kniete eine Frau. Christine.

«Hilfe, Hilfe!», schrie sie voller Verzweiflung.

Nanoq sah sofort den Grund: Direkt vor ihr, parallel zur Abrisskante, hatte sich ein etwa zwei Meter breiter Gletscherspalt aufgetan, der sich über Hunderte Meter zog.

Einige Gäste wollten zu ihr laufen.

«Halt!», rief Nanoq. «Auf keinen Fall weitergehen!»

Erschrocken blieben die Teilnehmer stehen.

Nanoq fluchte innerlich. Eine Situation wie diese hatte er unbedingt vermeiden wollen. Aus seinem Rucksack holte er ein Seil und band es sich um seinen Körper. Er ärgerte sich, dass er nicht seine komplette Ausrüstung mitgenommen hatte. Nun musste er improvisieren.

«Hat jemand Erfahrung als Bergsteiger?»

Der Amerikaner meldete sich.

«Dann sichern Sie mich bitte.» Nanoq gab ihm Eisschrauben und Karabiner, hakte sein Seil ein und kroch auf dem Bauch auf die Frau zu. Mit jeder Bewegung tastete er den Untergrund ab, um zu sehen, ob das Eis noch trug.

Er wusste: Ein Fehler würde tödlich sein.

Es dauerte, bis er die Frau erreicht hatte. Christine saß weinend auf dem Boden. Nanoq richtete sich auf.

«Wie geht es Ihnen? Was ist geschehen?»

Mit tränenüberströmtem Gesicht deutete sie auf den Spalt.

«Richard, mein Mann …»

«Was ist mit ihm?» Eine schreckliche Ahnung stieg in Nanoq hoch.

«Wir … Wir … haben einen Vogel beobachtet.» Christine schluchzte. «Wir sind näher rangegangen. Richard … hat seine Kamera in Position gebracht und ist ein paar Schritte auf den Vogel zugegangen … Und dann … dann tat sich plötzlich der Boden unter ihm auf …» Sie wimmerte und schlug sich die Hände vors Gesicht. «Helfen Sie meinem Mann!»

«Bitte gehen Sie vorsichtig zurück zu den anderen. Hier ist es zu gefährlich.»

«Nein, Richard … Ich will …»

«Bitte gehen Sie, ich kümmere mich um Ihren Mann.» Er zog sie sachte zu sich.

Wie in Trance bewegte sich die Frau, dann stoppte sie. «Richard!», rief sie verzweifelt und wollte wieder zurück zur Gletscherspalte.

Nanoq griff ihren Arm und zog sie weg, dieses Mal energischer. «Halten Sie sich an dem Seil fest, bis Sie bei den anderen sind.»

Christine gehorchte. Es dauerte, bis sie zu Sika gekrochen war. Nanoq gab seiner Schwester ein Zeichen, damit sie die Frau ablenkte.

Er schloss die Augen und betastete mit den Handflächen den Boden vor ihm. Ganz automatisch kamen ihm die Erinnerungen an die vielen Ausflüge ins Eis in den Sinn, mit seinem Großvater oder mit Freunden, die er bei der Jagd begleitet hatte. Wie selbstverständlich hatte er alles über Eis und Schnee gelernt, über die Tücken des Meeres, über die Gefahren. Er hatte gelernt, mit allen Sinnen die Natur um sich herum wahrzunehmen, das Eis richtig zu lesen.

Deshalb wusste er jetzt, er konnte es wagen, bis zum Rand der Gletscherspalte zu gehen, der Boden würde tragen. Langsam bewegte er sich den letzten Meter vorwärts, bis sich der Riss vor ihm auftat.

Mit einem Blick erfasste er die Katastrophe. Der Gletscherspalt war tiefer als erwartet, teilweise konnte er den Grund nur erahnen. Und er war gewaltiger, als Nanoq es aus der Entfernung geglaubt hatte. Fast die ganze Abrisskante war vom Rest des Gletschers abgetrennt. Es war nur noch eine Frage der Zeit, bis sich diese Riesenmasse ganz lösen und in die Bucht stürzen würde.

Direkt unter sich sah er einen Körper in etwa fünf Meter Tiefe eingezwängt. Der Deutsche. Richard. Ein Vorsprung in der Eiswand hatte verhindert, dass er weiter abgestürzt war.

«Hallo, Richard!», rief er nach unten.

Keine Antwort.

«Hallo, hören Sie mich?»

Nichts.

«Geht es Ihnen gut?»

Stille.

Lebte der Mann noch?

Von hier oben konnte Nanoq das nicht feststellen. Er musste nach unten klettern und versuchen, Richard hochzuholen. Er kroch zurück und besprach sich mit dem Amerikaner, der sich bereit erklärte, ihm beim Abseilen zu helfen. Die Teilnehmer umringten ihn und stellten Fragen.

«Bitte bleiben Sie zusammen und entfernen Sie sich nicht», antwortete er knapp.

Schnell erklärte er Sika auf Kalaallisut die Lage. «Nimm bitte das Funkgerät und ruf Hilfe herbei. Wir brauchen einen Rettungshubschrauber – und zwar schnell. Und beruhige die Gäste.»

Zu zweit robbten der Amerikaner und Nanoq zurück zur Unglücksstelle und bereiteten Seile und die Abseilausrüstung für das Manöver vor.

«Wenn ich rufe, wieder hochziehen!», kommandierte Nanoq.

Der Mann nickte konzentriert.

Bäuchlings glitt Nanoq über die Kante. Seine Füße versuchten, Nischen und Kanten im Eis zu finden, an denen er sich abstützen konnte. Immer wieder rutschte er weg. Zentimeter um Zentimeter bewegte er sich nach unten. Die Seile schnitten ein, und Nanoq hoffte, dass der Helfer sein Gewicht halten würde.

Es fühlte sich an wie eine Ewigkeit, bis er auf Höhe des Deutschen war. Er tastete nach dem Puls an der Halsschlagader. Er ging unregelmäßig – aber der Mann lebte. Nanoq atmete auf.

Richard hing bewusstlos auf dem Eissims. Er hatte Wunden im Gesicht und am Kopf, das Gesicht war blutverschmiert, ein Arm war gebrochen, vermutlich auch mehrere Rippen. Der Mann musste sofort in ein Krankenhaus.

«Herr Richard, Herr Richard, verstehen Sie mich?» Er tätschelte ihm das Gesicht.

Keine Reaktion – der Mann blieb bewusstlos.

Nanoq wusste, er hatte keine Chance, das Unfallopfer mit dem Seil nach oben zu hieven. Sie mussten auf Unterstützung warten.

Unter dem Mann hatte sich eine rote Pfütze gebildet.

Blut.

Die Zeit wurde knapp. Hoffentlich kam der Hubschrauber rechtzeitig.

24

··· ***Ilulissat, Grönland*** ·······························

Bürgermeister Rasmussen hatte ein Boot für sie reservieren lassen. Hanna suchte im Hafen danach, fand es aber nicht. Sie wollte allein aufs Meer hinausfahren, um Wasserproben zu nehmen und sich selbst ein Bild zu machen, was sonst noch Ursachen für das Tiersterben sein könnten.

Der Freund des Inuks Nanoq kam ihr mit schwankendem Schritt entgegen.

«Help?», fragte Jako.

«Yes.» Sie erklärte ihm mit vielen Gesten, dass sie ihr Boot suchte, gebucht von Rasmussen.

«Okay. You want my ship?» Er deutete auf sein Ausflugsschiff. «Special price.»

«Äh … no … thanks. Mister Rasmussen has a boat for me.»

«Okay.» Er nickte und führte sie zu einem Fischtrawler.

Daneben war ein Schlauchboot mit Außenbordmotor vertäut. Es war viel kleiner, als sie erwartet hatte.

«Mister Rasmussen's boat.» Er zeigte auf das Schlauchboot.

«Thanks.»

Jako half ihr beim Einsteigen und verabschiedete sich. Sie legte die Schwimmweste an und verstaute die Tasche mit der

Laborausrüstung. Nach einigen Mühen gelang es ihr, den Motor anzuwerfen und das Boot aus dem Hafen zu manövrieren.

Eine graue Wolkenwand lag über der Bucht. Es war Wind aufgekommen, der Wellengang schaukelte das winzige Boot wie auf einer Kirmes-Wippe. Hanna wurde es flau im Magen, auf keinen Fall wollte sie sich schon wieder übergeben. Sie klammerte sich an den Gummiwulst und versuchte, sich mit anderen Gedanken abzulenken.

Noch immer war sie frustriert, weil die Untersuchungen im Umweltinstitut in Nuuk keine Ergebnisse gebracht hatten. Und sie war sich nicht sicher, ob ihre Kollegen beim Alfred-Wegener-Institut erfolgreicher sein würden. Es musste doch einen Grund geben, warum so viele Fische verendet waren. Alles nur Zufall? Sie konnte es nicht glauben. Vielleicht hatten sie auch nur an den falschen Stellen gesucht, andere Faktoren nicht berücksichtigt. Wie zum Beispiel das Wasser.

Sie hatte vor, Proben zu nehmen und später auf Mikroorganismen zu untersuchen. Denn das Meer war voll von solchen Kleinstlebewesen, die meisten mit dem bloßen Auge kaum erkennbar – erst unter dem Mikroskop. Es konnten Flohkrebse der Gattung Gammarus wilkitzkii sein oder Ruderfußkrebse Calanus glacialis, Eisalgen, Phytoplankton, Bakterien oder Mikroben.

All diese winzigen Arten dienten als Nahrung für andere Tierarten, gleichzeitig sorgten sie dafür, dass der zerbrechliche Lebensraum der Arktis im Gleichgewicht blieb. Es war ein komplexes System – und die Wissenschaftler hatten bisher nur in Ansätzen verstanden, wie es funktionierte.

Genau das machte für Hanna den Reiz aus. Hier konnte sie nach Herzenslust forschen, Neues entdecken und Zusammenhänge aufzeigen. Es faszinierte sie, wie gut sich das Leben an diese feindliche, kalte Umgebung angepasst hatte, und sie wollte herausfinden, welche Strategien die Tiere zum Überleben entwickelt hatten.

Die starke Erwärmung in der Arktis brachte nun den jahrtausendealten Anpassungsmechanismus durcheinander: Die Lufttemperatur stieg, das Eis bedeckte nicht mehr zuverlässig die Meeresoberfläche, der Gehalt an Nährstoffen, Salzen, Sauerstoff oder Kohlendioxid im Wasser veränderte sich.

Hanna blickte sich um. In der Bucht lag immer noch das Kreuzfahrtschiff *Nordic Adventure*. Am Horizont sah sie zwei chinesische Containerfrachtschiffe vorbeiziehen. Einige Fischerboote ankerten in der Nähe. Ein Schnellboot drehte in einiger Entfernung seine Kurven. Ein junger Mann fuhr mit seinem Kutter vorbei und winkte ihr, er hatte ein Dutzend Ausflügler an Bord. Seine Bugwelle brachte ihr Schlauchboot bedrohlich ins Wanken. Sie hielt den Atem an und war erleichtert, als sich das Wasser schnell wieder beruhigte.

Endlich kam sie in offene Gewässer. Sie stoppte den Motor, holte einige Behälter heraus und ließ einen Schlauch ins Meer hinab, um Proben aus unterschiedlichen Tiefen zu erhalten. Dasselbe wiederholte sie weiter draußen in der Bucht.

Ein Fischtrawler bremste und steuerte mit reduzierter Geschwindigkeit dicht an ihr vorbei. Das Schnellboot fuhr weiter seine Kreise, das Ausflugsschiff war in der Nähe eines Eisbergs zu sehen. Es war kalt geworden, sie zog sich eine winddichte Jacke an und streifte Handschuhe über.

Hanna entschied, auch noch die Wassertemperaturen an verschiedenen Stellen aufzuzeichnen. Sie lenkte ihr Boot zuerst zurück in Küstennähe, benutzte die Messsonde und arbeitete sich systematisch zurück in die offene Bucht.

Die Messwerte erschreckten sie: Das Wasser war viel wärmer, als es für die Jahreszeit sein dürfte – sogar wenn man die aktuelle Hitzewelle auf Grönland berücksichtigte. Und die Temperaturen lagen weit über dem statistischen Mittel der vergangenen Jahre.

Wie konnte das sein? War das der Auslöser für das Tiersterben?

Sie wusste, wie empfindlich arktische Lebewesen auf Temperaturschwankungen reagierten. Gerade Algen und andere Einzeller vermehrten sich rapide, wenn das Eis schmolz und die Sonne das Halbdunkel im Meer besser durchdringen konnte. Damit wurden sie zugleich Futter für andere Tiere. Hatten die Fische und Vögel etwas gefressen, was ihren Tod herbeiführte, sich aber mit herkömmlichen Untersuchungsmethoden nicht nachweisen ließ?

Zugleich machte eine höhere Wassertemperatur Arten wie Kabeljau und Dorsch zu schaffen. Deren Eier starben ab, wenn die Temperatur auch nur gering anstieg. Sterblichkeit und Missbildungen nahmen bei den Jungtieren zu.

Wurde es wärmer, stieg außerdem der Bedarf an Sauerstoff und vor allem Energie, denn die körpereigenen Prozesse der Tiere liefen schneller ab. Und diese Energie ließ sich nicht schnell genug durch vermehrtes Fressen ausgleichen – der Tod drohte.

Schon jetzt flohen Fischschwärme aus dem warmen Süden ins Polarmeer, wo sie bessere Lebensbedingungen vorfanden, denn in der Arktis war das Wasser immer noch kühler als in anderen Weltregionen. Die Folge: Hering, atlantischer Blauflossenthun und Kabeljau waren jetzt gehäuft im Norden zu finden – und mit ihnen die internationalen Fischfangflotten der Europäer, Chinesen und Russen, die ihren Schwärmen folgten.

Aber warum starben die Tiere gerade an dieser Küste? Hanna beschloss, die Wasserproben in den nächsten Tagen nach Kleinstlebewesen zu untersuchen, um Abweichungen festzustellen. Außerdem würde sie andere Forschungsstationen auf Grönland bitten, ebenfalls die Wassertemperaturen zu messen und ihr die Ergebnisse als Vergleichswerte weiterzugeben.

Sie warf den Außenborder an und steuerte zurück in Richtung Ilulissat. Das Ausflugsschiff war nicht mehr zu sehen. Stattdessen hielt das Schnellboot, das sie schon bei der Ausfahrt aus dem Hafen gesehen hatte, direkt auf sie zu.

Hanna drehte ab.

Nun änderte das Schnellboot ebenfalls die Richtung und ging erneut auf Kollisionskurs.

Schlief der Kapitän? Hanna stand auf, machte Handzeichen und rief «Vorsicht, Vorsicht!», so laut sie konnte.

Das Schiff hielt in unverminderter Geschwindigkeit auf sie zu. Sein Bug zielte genau auf ihr Schlauchboot. Der graue Stahlrumpf kam bedrohlich schnell näher.

Hanna geriet in Panik. Zum Ausweichen war ihr Boot zu langsam.

Sie schrie. In ihrer Verzweiflung riss sie wild am Steuer, doch es brachte nichts.

Mit einem Schlag traf der Stahl des Schnellbootes den Gummiwulst.

Sie wurde aus dem Schlauchboot geschleudert und schlug hart auf der Wasseroberfläche auf.

Sofort legte sich die Kälte unerbittlich um ihre Brust. Sie strampelte, schrie. Aber das Eiswasser drückte ihr die Luft ab.

25

... Barentsburg, Spitzbergen ....

Dunkelheit. Nacht.

Wo war er? In einem Traum?

Nelson war zu keinem zusammenhängenden Gedanken fähig. Eine große Leere beherrschte sein Bewusstsein.

Absolute Stille.

Lebte er noch, oder war dies das Jenseits, die Hölle? Nicht dass er auch nur die geringste Vorstellung vom Paradies hatte – aber das hier war es ganz sicher nicht. Das hier fühlte sich eher nach Hölle an. Ein teuflischer Schmerz pochte in seinem Schädel, regelmäßig und dumpf. Und über allem lag diese undurchdringliche Schwärze. Eine Schwärze, die ihm Angst machte. Die ihn lähmte.

Konnte er seine Glieder bewegen? Es kostete ihn alle Willensanstrengung, die er aufbringen konnte, einen Versuch zu wagen und dem Schmerz zu trotzen.

Er hob seinen rechten Arm, versuchte es zumindest.

Nichts.

Er versuchte, seinen Oberkörper zu drehen.

Nichts.

Ließ sich das rechte Knie beugen?

Nichts.

Erschöpfung und unendliche Mutlosigkeit bemächtigten sich seiner. Er war in der Finsternis gefangen.

Verging die Zeit schnell oder langsam? Er hatte kein Gefühl dafür. Doch von irgendwoher sendete sein Gehirn Signale: Er musste sich Klarheit verschaffen.

Er konzentrierte sich auf die Muskeln seines linken Arms.

Der Arm ließ sich bewegen. Eine Welle des Glücks durchströmte ihn und befeuerte ihn, den Arm hochzuheben und wieder zu senken.

Es gelang.

Seine Hand berührte etwas. Es waren Steine, Felsbrocken. Sie lagen überall, sein Körper war bedeckt davon.

Nelson schob die Steine von seiner Brust, seinem Hals. Sofort wurde der Schmerz erträglicher.

Pause. Erneute Konzentration. Kraft sammeln.

Im zweiten Anlauf gelang es ihm, seinen Oberkörper aufzurichten und sein rechtes Bein aus dem Geröll zu lösen.

Dann war er frei.

Die Luft war stickig. Langsam kehrte seine Erinnerung wieder: Er befand sich in dem alten Bergwerksstollen. Eine Explosion hatte den Ausgang verschüttet und ihn unter dem herunterfallenden Gestein begraben. Behutsam betastete er seinen Kopf. Er spürte eine Beule – aber keine offene Wunde. Der Schutzhelm hatte Schlimmeres verhindert, doch er musste ihm beim Sturz heruntergerutscht sein. Sein Körper war von blauen Flecken übersät – jedenfalls fühlte es sich so an.

Diana, durchfuhr es ihn. Schlagartig gab es nur noch einen Gedanken: *Was war mit seiner Partnerin geschehen?*

«Diana!»

Nur seine eigene Stimme war zu hören.

«Diana, wo bist du?»

Keine Antwort.

Die Stille ließ ihn frösteln. Er kniete sich hin und suchte in der unmittelbaren Umgebung nach Helm und Stirnlampe. Er brauchte Licht. Nicht mal ein Streichholz hatte er in der Hosentasche. Doch die Suche war vergeblich, er ertastete nur Steine. Er ärgerte sich, dass sie Mobiltelefone und Funkgerät mitsamt den Rucksäcken draußen in der Felsnische gelassen hatten. Er hatte keine Chance, Hilfe zu rufen.

«Diana, bitte sag was.» Es war mehr ein Flehen als ein Rufen. Nur ein kleines Lebenszeichen, das würde ihm schon genügen.

Seine Bitte blieb ungehört.

Sie konnte nicht weit sein. Als die Decke des Stollens auf sie heruntergeregnet war, hatten sie direkt nebeneinandergestanden.

Methodisch begann er, mit den Händen das Geröll um ihn herum abzutragen. Dabei ging er kreisförmig vor, erweiterte mehr und mehr seinen Radius. Er merkte, wie er zu schwitzen begann, es interessierte ihn nicht.

Er musste Diana finden.

Kurz darauf, ihm kam es wie eine Ewigkeit vor, berührte er etwas Weiches. Es war ein Arm, der in einer Jacke steckte.

«Diana!»

Wie besessen räumte er die Steine beiseite, befreite ihren Oberkörper vom Schotter.

Lebte sie noch?

Voller Bangen löste er den Kragen an ihrem Hals und tastete nach dem Puls. Der regelmäßige Schlag ihres Herzens übertrug sich auf seine Fingerkuppen.

Es war das schönste Gefühl seit Langem: Sie lebte.

Er berührte ihr Gesicht. Es fühlte sich warm an. Und staubig. Er strich über ihre Lippen, um sie vom Staub zu befreien. Er spürte, wie sie atmete.

«Diana, wach auf!» Behutsam schüttelte er sie. Hätte er wenigstens eine Taschenlampe gehabt!

Seine Partnerin bewegte sich. Hatte sie die Augen geöffnet? Er konnte in dieser Dunkelheit absolut nichts sehen.

«Diana, wir sind eingeschlossen in dem Bergwerksstollen. Es ist stockfinster, und wir haben kein Licht.»

Plötzlich kam Leben in ihren Körper. Sie antwortete mit einem Hustenanfall, als hätte sie Tonnen von Staub geschluckt. Nelson half ihr, sich aufzusetzen, und klopfte ihr auf den Rücken. Es war eine seltsame Situation, wie ein Blinder ganz auf sein Gehör und seinen Tastsinn angewiesen zu sein.

«Verdammt, was … was ist passiert?», krächzte sie. «Dieser … Dieser …» Der Rest ging in einem erneuten Hustenanfall unter. Panisch schnappte sie nach Luft, tastete um sich.

Nelson hielt ihren Arm. Er merkte, wie sie zitterte, wie sie verzweifelt versuchte, Worte zu formulieren, welche Anstrengung es ihr bereitete.

«Alles gut», sagte er, obwohl er genau das Gegenteil dachte. So hatte er sie noch nie erlebt.

So verletzlich, so ängstlich.

Es dauerte, bis sie sich wieder beruhigt hatte. Das Zittern blieb.

«Dieses … Dieses Ausgeliefertsein … macht mich irre», flüsterte sie. «Mir kommen die schrecklichen Bilder von Frankfurt wieder hoch … Die Explosion … Wie ich am Boden lag, hilflos …»

Bei einem gemeinsamen Einsatz hatten Terroristen eine Bombe in einem Datenzentrum gezündet. Diana war damals schwer verletzt worden. Und sie litt heute noch unter diesen schrecklichen Erinnerungen.

«Wir kommen hier raus. Versprochen.» Nelson spürte, wie schwierig es war, zuversichtlich zu klingen.

Sie waren lebendig begraben. Wie in einer Totengruft, tief im Innern der Erde. Und bis sie jemand fand – falls überhaupt jemand nach ihnen suchte –, würde es zu spät sein.

«Wie sehr bist du verletzt?» Er hatte keine schweren Knochenbrüche bei ihr gefühlt. «Kannst du dich bewegen, kannst du aufstehen?»

«Ich versuch's.»

Er nahm ihre Hand und half ihr auf. Ihre Beine knickten ein, aber beim zweiten Versuch konnte sie stehen.

«Wer sagt's denn – geht schon wieder», sagte er ermunternd. Nur an ihrem Atem merkte er, dass sie direkt vor ihm stand. «Suchen wir nach deiner Stirnlampe. Ohne Licht sind wir aufgeschmissen.»

Doch sie fanden sie nicht. Falls etwas von ihrer Ausrüstung übrig war, lag es unter Bergen von Gestein. Keine Chance.

Nelson fluchte leise. «Und jetzt?»

«Jedenfalls warten wir nicht, bis die Nachwelt unsere Mumien findet.» Dianas Stimme klang wieder fest. «Haben wir eine Möglichkeit, den Eingang freizuräumen?»

«Wäre einen Versuch wert. Wir dürften nicht weit vom Stolleneingang entfernt sein.»

Sie nahmen einander bei der Hand, um sich nicht zu verlieren, und bewegten sich vorsichtig. Mit den Füßen versuchten sie, den Boden zu ertasten. Immer wieder rutschten sie aus, stützten sich gegenseitig. Es ging nur sehr langsam vorwärts. Die drückende Luft erschwerte das Atmen. Die Finsternis war bedrohlich, ihre Stimmen hallten unheimlich im Tunnel.

Dann stießen sie gegen eine massive Wand aus Geröll.

«Der Eingang müsste dahinter sein», sagte Nelson. «Ich frage mich, warum nur hier der Schutt so hoch liegt.»

«Glaubst du an Zufälle? Ich nicht.» Diana begann, die obersten Felsbrocken wegzuräumen. «Jemand hat eine Sprengladung direkt am Beginn des Stollens gelegt.»

«Ein Bergwerksarbeiter? Dass hier noch gearbeitet wird, davon war beim Gespräch mit dem russischen General Manager nie die Rede.»

«Wer immer das war, er hatte es auf uns abgesehen. Eine elegantere Möglichkeit, zwei missliebige Spione loszuwerden, gibt es doch gar nicht», sagte sie.

Unermüdlich schafften sie Steine, Geröll und Reste von Holzbalken beiseite. Es war eine verbissene Arbeit, immer von der Sorge getrieben, Teile der Decke könnten nachgeben.

«Mein Respekt vor den Bergwerk-Kumpels unter Tage wächst von Minute zu Minute.» Nelsons Atem ging jetzt rasselnd. «Unter solchen Bedingungen stundenlang Gestein herauszubrechen, bei wenig Licht, das ist ein Knochenjob.»

«Wir sind schlimmer dran – wir haben überhaupt kein Licht. Und keinerlei Werkzeuge. Ich brauch eine Pause.» Diana setzte sich.

«Ich befürchte, wir kommen hier ohnehin nicht weiter.» Nelson setzte sich neben sie, ihre Arme berührten sich. «Sieht so aus, als ob noch mehrere Meter Geröll von dem Zeug zwischen uns und der Frischluft liegen. Da müssten wir tagelang graben.»

Schweigend saßen sie da, nur ihr Atem war zu hören.

«Diese verfluchte Finsternis … das alles … Ich will hier raus …» Diana redete, als führte sie Selbstgespräche. «Ich muss hier raus …»

«Hey, beruhige dich.» Nelson nahm sie in den Arm. «Wir überlegen uns eine andere Lösung. So schnell geben wir nicht auf. Ich habe nicht vor, in diesem Loch zu sterben. Und du tust das auch nicht.»

Sie schüttelte den Kopf. «Wenn wir wenigstens Licht hätten, dann wäre es nicht ganz so schlimm.»

«Da fällt mir was ein!» Nelson sprang auf. «In dem Aufenthaltsraum der Bergleute lagen doch Grubenlampen herum. Die holen wir uns. Vielleicht finden wir eine funktionsfähige!»

«Du willst wirklich dahin zurück, wo wir bereits waren?», fragte Diana zweifelnd. «Dort kommen wir ganz tief ins Berginnere. Wenn dann was passiert, findet uns garantiert niemand mehr …»

«Du kannst hierbleiben und solange warten, das ist okay. Ich versuch's auf jeden Fall.»

Diana stand auf. «Nein, nein. Ich geh mit – schon um auf dich aufzupassen.»

Nelson lächelte, auch wenn sie das nicht sehen konnte.

Er ging voraus, Diana war direkt hinter ihm. Sie hielten sich dicht an der Seitenwand und an die Schienen der Kohle-Loren, die sie als Führung benutzten. Mit Händen und Füßen versuchten sie, jeden Schritt zu ertasten. Immer wieder stießen sie auf heruntergefallene Balken, Steine oder Felsbrocken, doch der Stollen schien weitgehend intakt zu sein.

«Wie lange noch?» Diana stoppte.

«Offen gesagt: Ich hab keine Ahnung. Hier drin verliert man jedes Gefühl für Zeit und für Entfernungen.»

«Das letzte Mal, als ich in der Dunkelheit so herumgestolpert bin, war ich ein Kind und habe Blindekuh gespielt.»

Nelson lachte leise. «Es kann nicht mehr lange dauern.»

Kurz darauf griff seine Hand ins Leere. «Wir haben's geschafft! Das muss der Eingang in den Aufenthaltsraum sein.»

Tatsächlich hatten sie ihr Ziel erreicht.

«Die Grubenlampen liegen auf dem Tisch, wenn ich mich nicht irre.»

Ein Krachen. Diana schrie auf. Nelson fuhr herum.

«Verdammt! Ich bin über einen Stuhl gefallen», rief sie.

«Hast du mir einen Schrecken eingejagt! Ich dachte schon, es ist wieder etwas eingestürzt. Soll ich dir aufhelfen?»

«Geht schon wieder.»

Sie erreichten den Tisch und betasteten jeden einzelnen Gegenstand.

«Bingo! Ich hab was gefunden», sagte Diana.

Nelson hörte, wie sie den Schalter betätigte.

«Kein Strom. Die Batterie ist längst hinüber.» Ihre Enttäuschung war nicht zu überhören.

Sie fanden zwei weitere Grubenlampen. Keine funktionierte.

«Und jetzt?»

«Wir suchen in den Spinden. Die Lampen sind für Bergleute lebenswichtig, es würde mich wundern, wenn sie zur Sicherheit nicht auch Reservebatterien gebunkert hätten.»

Im vierten Spind stießen sie auf eine angebrochene Schachtel mit Batterien, die in Wachspapier eingeschlagen waren. Nelson stieß einen Freudenschrei aus.

«Bingo! Jetzt haben wir, was wir brauchen.»

Eilig nahmen sie eine Lampe und wechselten die Batterien.

Kein Licht.

«Wir probieren alle Batterien durch. Und wir testen verschiedene Lampen. Vielleicht sind nur die Kontakte verrostet.»

Beim vierten Versuch funktionierte es. Die plötzliche Helligkeit schmerzte in den Augen. Es dauerte, bis sie sich an das Licht gewöhnt hatten.

Nelson sah Diana an: Sie sah schrecklich aus, das Haar stand wirr ab, eingefärbt vom Kohlenstaub, das Gesicht verrußt und mit Flecken übersät. Nur ihr Lächeln war wie immer.

«Du bist auch kein erhebender Anblick – wie frisch aus der Mülltonne.» Diana schien seine Gedanken erraten zu haben, und Nelson musste grinsen.

«Ich schlage vor, wir gehen bis zu dem Nebenstollen und folgen ihm, egal, wohin er geht», sagte Diana. «Der Hauptstollen führt nur tiefer in den Berg. Das ist eine Sackgasse.»

Nelson nickte. «Aber zuerst nehmen wir uns den zweiten Raum vor.»

Systematisch suchten sie die Werkstatt nach brauchbaren Gegenständen ab. Sie entschieden sich für einen Hammer, zwei Brecheisen und eine Schaufel.

«Und etwas Dynamit wäre auch nicht schlecht.» Nelson steckte sich zwei Stangen in die Tasche. «Dazu brauchen wir aber was zum Anzünden.»

«Wie wär's damit?» Diana hielt ein zerknautschtes Streichholzbriefchen hoch, das sie auf dem Boden gefunden hatte. «Etwas feucht, aber drei Hölzchen sind noch drin.»

Das matte Licht der Grubenlampe reichte nur für wenige Meter. Aber es war eine Befreiung für sie beide.

Endlich keine Finsternis mehr.

Ohne Probleme erreichten sie die Abzweigung zum Nebenstollen. Sie kletterten über die mit Abraumstein gefüllte Lore und folgten den Schienen. Die Lampe begann zu flackern.

Nelson schüttelte sie, das Licht strahlte wieder heller. «Die Batterie reicht maximal noch für eine halbe Stunde.»

Es ging aufwärts, das Gleis machte einige Windungen und mündete in einen geraden Tunnel. Zwei Loren versperrten den Weg. Es war so eng, dass sie wieder darüberklettern mussten.

Dann standen sie vor einer Stahltür.

Diana rüttelte daran. Sie war abgeschlossen.

«Vermutlich ein Zugang zu der neuen Mine. Man wollte kein Risiko eingehen und hat diesen Stollen abgetrennt», sagte sie.

Nelson setzte das Brecheisen am Türrahmen an. «Mal sehen, ob wir diese Nuss knacken können.»

Mit aller Kraft versuchte er, den Stahl aufzuhebeln, probierte es an unterschiedlichen Stellen, nahm den Hammer zu Hilfe, hieb wie ein Verrückter auf das Metall ein.

Nach einer Viertelstunde gab er auf. «Dieses verfluchte Ding weigert sich aufzugehen. Glaubst du, wir könnten mit dem Dynamit …?»

«Oh Gott, nein, eine Explosion hier drinnen … das ist … das ist … wie in Frankfurt.»

Nelson spürte, wie seine Partnerin mit ihrem Trauma kämpfte.

«Ich glaube, es ist unsere einzige Chance», sagte er sanft.

«Schon, aber …»

Das Licht erlosch. Sie standen im Dunkeln. Erst durch kräftiges Schütteln spendete die Grubenlampe wieder etwas Helligkeit, flackerte, ging aus und wieder an.

«Die Zeit wird knapp. Bald gibt die Batterie ihren Geist auf.»

«Du hast recht, durch diese Tür müssen wir unbedingt.» Diana seufzte. «Dann lass es uns tun.» Sie nahm ihm beide Dynamitstangen ab. «Wenigstens habe ich beim BND den Umgang mit Sprengstoffen gelernt.» Geschickt platzierte sie die Stangen am Schloss. «Jetzt brauchen wir etwas, um den Explosionsdruck zu verstärken.»

«Die Lore – die schieben wir direkt an die Tür.»

Mit aller Macht stemmten sie sich gegen das Eisengefährt, bis es sich unter lautem Quietschen in Bewegung setzte und sich schließlich in die gewünschte Position bringen ließ.

«Jetzt kommt der schwierigste Teil.» Diana drückte Nelson das Streichholzbriefchen in die Hand. «Anzünden und dann so schnell wie möglich in Deckung. Es wird richtig gefährlich. Wenn's danebengeht, war's das für uns. Bist du sicher, dass wir das wirklich tun sollten?»

«Hast du eine bessere Idee?»

Er ahnte, wie viel Überwindung es seine Partnerin kostete, sich bewusst einer Explosion auszusetzen. Auch er spürte Angst in seiner Magengegend. Was, wenn ihr Plan nicht funktionierte?

«Am besten gehst du in der zweiten Lore in Deckung, die ist aus massivem Eisen. Ich zünde das Dynamit und komme dann nach», sagte Nelson.

Die Grubenlampe flackerte und erlosch endgültig.

Nelson rüttelte daran. «Nichts mehr zu machen.»

«Also gut, noch einmal will ich diese Dunkelheit nicht durchleben müssen. Pass auf dich auf», sagte Diana.

Nelson wartete, bis sie in die zweite Lore geklettert war und ihm ein Okay zurief. Er hatte sich die Schritte für seine Flucht noch im Hellen eingeprägt, doch er hatte keine Ahnung, wie viel Zeit ihm dafür blieb. Es hing davon ab, wie lange die Zündschnur brannte.

Sein Herz klopfte. Er merkte, wie das Adrenalin durch seinen Körper strömte. Er riss das erste Zündholz an.

Nichts.

Er nahm das zweite Zündholz. Es flammte kurz auf und verlosch sofort wieder.

«Der letzte Versuch», rief er Diana zu. «Top oder Flop.» Mit zittrigen Fingern strich er das Hölzchen über die Fläche.

Ein Zischen – und es brannte.

Schnell hielt er es an die Zündschnüre, die er mit der anderen Hand zusammendrückte. Wartete.

«Dieses verdammte Ding will einfach nicht brennen.»

Die Hitze der Flamme erreichte seine Fingerspitzen. Da nahmen die Zündschnüre das Feuer an, zischten und brannten in einer rotgelben Glut auf.

Er sprintete los, schlug irgendwo an, ein Schmerz durchzuckte sein Bein, er erreichte die Lore. Er stemmte sich hoch, spürte, wie Diana seine Arme packte und zog, und fiel hinein.

Ein ohrenbetäubender Knall, ein Lichtblitz erfüllte den Stollen.

26

··· *Diskobucht, Grönland* ···································

Der unvermittelte Kontakt mit dem eiskalten Meer war wie ein Schock. Die Schwimmweste hielt Hanna über Wasser, doch innerhalb von Sekunden hatte sich ihre Kleidung vollgesogen.

Alles in ihr verkrampfte sich, ihr Herz raste. Es gelang ihr nicht, klar zu denken, die Panik überwältigte sie. Sie strampelte und schrie, das Atmen fiel ihr schwer.

Es gelang ihr, den Wulst des Schlauchboots zu erreichen und sich daran festzuklammern. Der unbekannte Angreifer hatte nur eine Seite des Bootes erwischt, das Gummi dort war zerfetzt, die andere Seite aber noch intakt. Die Ausrüstung war längst in der Tiefe verschwunden.

Hanna versuchte, auf den Wulst zu klettern, sie brauchte mehrere Anläufe, bis sie ihren Körper aus dem Wasser gehievt hatte. Bäuchlings lag sie darauf, in panischer Angst, wieder von dieser kippeligen luftgefüllten Gummiwurst zu rutschen. Zu allem Überfluss traten aus der Unterseite Luftblasen an die Oberfläche, ganz offenbar hatte die Bootswand ein Leck.

Es war nur eine Frage der Zeit, bis sie wieder ins Meer fallen würde – wenn die Kälte ihrem Leben nicht schon vorher ein Ende machte.

In der Ferne sah sie das Ausflugsschiff. Sie schrie und rief. Aber niemand konnte sie hören. Oder sehen.

Und doch war es ihre einzige Chance.

Mit Mühe schaffte sie es, ihre Schwimmweste auszuziehen. Sie setzte sich auf, ihre Füße tauchten wieder ins Eiswasser, der Kälteschmerz kroch ihr die Beine hinauf. Sie schwenkte die Weste wie eine Fahne über ihren Kopf, in der Hoffnung, die Leuchtfarben würden jemanden auf sie aufmerksam machen.

Und tatsächlich änderte das Schiff plötzlich seinen Kurs und steuerte direkt auf sie zu. Wie eine Verrückte wedelte sie mit den Armen, schrie, bis sie heiser war.

Das Boot bremste ab und ging längsseits. Ein Dutzend Touristen starrte sie an, als wäre sie ein vorsintflutliches Lebewesen aus dem Grund des Meeres. Mehrere machten Fotos und Videos mit ihren Handys. Der Kapitän warf ihr ein Seil zu und hakte eine Treppe an der Außenwand ein.

Mit letzter Kraft schaffte sie es, an Bord zu gelangen. Dort brach sie zusammen. Ihr Körper schlotterte vor Kälte.

Ein Mann, ein junger Inuk, warf ihr eine warme Decke über und gab ihr einen Becher heißen Kaffee zu trinken.

«Wie geht es Ihnen?», fragte er.

Hanna war nur noch fähig zu nicken.

«Wir bringen Sie sofort ins Krankenhaus nach Ilulissat.»

Den Rest der Fahrt verbrachte Hanna im warmen Inneren des Bootes, zitternd unter ihrer Decke. Sie kümmerte sich nicht um die Ausflügler, die sie neugierig anstarrten, antwortete nicht auf ihre Fragen. Nur ein einziger Gedanke beschäftigte sie: Wer hatte sie attackiert – und warum? Denn es war natürlich kein Zufall, dass dieses Sportboot direkt auf sie zugerast war. War der Unbekannte unter Drogen oder betrunken gewesen und wollte sich einen perversen Spaß machen? Oder hatte der Angriff etwas mit ihrer Arbeit zu tun?

Aber wer hätte ein Interesse daran, ihre Forschungen zu torpedieren? Und wer – um alles in der Welt – würde so weit gehen, dafür einen Mord zu begehen?

Fast wäre der Anschlag geglückt. Hanna musste zugeben, auf eine teuflische Art war der Plan perfekt: Es waren nur wenige Boote in der Bucht unterwegs, also hätte es keine direkten Zeugen gegeben. Der Zusammenstoß wäre unbemerkt geblieben, und unter normalen Umständen läge ihre Leiche längst auf dem Meeresgrund.

Am Pier in Ilulissat wartete bereits eine Inuit-Frau, die sich als Sika vorstellte, die Schwester des Touristenführers Nanoq.

«Ich soll Sie ins Krankenhaus bringen, wir sind über Sprechfunk verständigt worden», begrüßte sie sie auf Englisch.

Hanna bedankte sich bei dem Kapitän für ihre Rettung und bat ihn, eine Aussage bei der Polizei zu machen. Dann hakte sie sich bei Sika ein, sie war froh, eine Stütze beim Gehen zu haben. Noch immer fühlte sie sich so entkräftet wie noch nie in ihrem Leben.

Das Krankenhaus war ein mehrstöckiger Steinbau direkt am Ufer. Die Inneneinrichtung war schlicht, die Gänge erinnerten mehr an ein Büro. Hanna wurde in einen Untersuchungsraum gebracht und legte sofort ihre nasse Kleidung ab.

Nach zehn Minuten kam eine etwa fünfzigjährige Frau im weißen Kittel herein. Sie stellte sich als Doktor Nuuni Abelsen vor.

«Wie viele Ärztinnen und Ärzte haben Sie denn hier?», frage Hanna.

«Ich bin momentan die Einzige, dazu ein Medizinstudent aus Dänemark. Solche Jobs in abgelegenen Orten sind nicht sehr begehrt, wissen Sie. Und der Verdienst ist auch wesentlich niedriger als in einer Großstadt. Aber ich stamme aus Uummannaq im Norden. Die Sehnsucht nach der Heimat war am Ende größer.» Sie lachte. «Aber jetzt legen Sie sich bitte auf die Liege.»

Die nächste halbe Stunde untersuchte sie Hanna.

«Es ist alles in Ordnung», sagte die Ärztin. «Sie sind unterkühlt, aber Ihr Kreislauf und Ihr Herz funktionieren einwandfrei. Alles in allem haben Sie Glück gehabt. Wir müssten noch irgendwo was Warmes zum Anziehen für Sie haben, eine Pflegerin bringt Ihnen die Sachen. Schonen Sie sich die nächsten Tage, alles Gute.»

Auf dem Gang erwartete Hanna der Bürgermeister Tuktu Rasmussen. Er stürmte auf sie zu.

«Oh God, oh God, oh God! Miss Doktor Jordan, Ihnen ist nichts geschehen, ich bin froh, so froh!» Er schüttelte ihr heftig die Hand. «Ich hab mir schon solche Sorgen gemacht, als ich die Nachricht erhalten habe», fuhr er auf Englisch fort. «Sie allein da draußen auf dem Meer, was hätte da alles passieren können! Es tut mir so leid, dass das Schlauchboot, das ich Ihnen besorgt habe, einen Defekt hatte. Das ist unverzeihlich, wirklich unverzeihlich!»

Hanna runzelte die Stirn. «Defekt?»

«Nun … ja … Der Unfall hätte nicht … Sie allein da draußen …»

«Es war kein Unfall.»

Der Bürgermeister sah sie verdutzt an. «Äh … Was? Ich verstehe nicht ganz.»

«Jemand wollte mich umbringen», sagte sie. «Ein Schnellboot hatte mich gerammt.»

«Wirklich … Sind Sie sich da ganz sicher? Ich dachte … ein Unfall …» Rasmussen rang nach Worten.

«Nein, ich weiß, was ich erlebt habe. Es war ein gezielter Angriff. Ich erstatte Anzeige. Die Polizei soll schnellstens die Ermittlungen aufnehmen.»

«Aber warum …? Wer … Wer sollte …?» Der Bürgermeister brach ab und holte tief Luft. «Hören Sie, bei uns … in Ilulissat ist noch nie … nie … ein solches Verbrechen geschehen. Wir sind eine friedliche Gemeinde. Wir Inuit bringen niemanden um, nie und nimmer!»

«Wer immer es war, er hat es mit Absicht getan. Es kann doch nicht schwer sein, dieses Schnellboot zu finden.»

«Ich bringe Sie natürlich sofort zur Polizeistation. Eliyah wird sich persönlich darum kümmern, das verspreche ich.» Er wirkte plötzlich verlegen. «Aber Sie müssen Geduld haben, Frau

Dr. Jordan, unsere Polizei ist dünn besetzt, die Beamten haben sonst nur mit kleinen Delikten zu tun.»

«Dann holen Sie Verstärkung!» Hanna wurde langsam ungehalten.

«Das … Das wird leider dauern. Ich telefoniere mit Nuuk. Vielleicht sollten Experten aus Dänemark anreisen. Aber ich kann nichts versprechen. Ich bin untröstlich, Frau Doktor!»

27

… Ilulissat, Grönland ……………………………………

Nanoq hatte von seiner Schwester Sika von dem Vorfall mit der Forscherin Hanna Jordan gehört, auch von dem Gerücht, jemand habe sie absichtlich attackiert. Es hatte sich schnell im Ort verbreitet und war ein willkommener Anlass, sich zum Kaffemik zu treffen und das Unglück ausgiebig zu diskutieren, wobei die meisten der Meinung waren, Frau Jordan habe einfach einen Fahrfehler gemacht und die Sache mit dem unbekannten Boot sei eine Ausrede.

Gerade war er auf dem Weg ins Krankenhaus, weil er dem verletzten Kreuzfahrttouristen Richard einen Besuch abstatten wollte. Nach dessen Sturz in die Gletscherspalte während des Ausflugs hatte ein Rettungshubschrauber ein Bergungsteam eingeflogen und den Mann nach Ilulissat gebracht.

In der Klinik fragte er nach der Zimmernummer des Deutschen. Statt einer Antwort holte die Sekretärin die Ärztin, Nuuni Abelsen. Er kannte sie durch seine Arbeit als Guide, weil sie die kleineren Blessuren der Touristen verarztete, die er zu ihr brachte. Warum wollte sie mit ihm sprechen?

Die freundliche Frau bedeutete ihm, sich mit ihr auf zwei Stühle zu setzen, die gegenüber der Rezeption standen.

«Nanoq, tut mir leid, aber du kannst nicht zu dem Mann», begann sie. «Ich muss dir eine traurige Mitteilung machen: Er ist heute Nacht verstorben. Seine Frau ist gerade da, sie besteht auf eine sofortige Überführung des Leichnams auf die *Nordic Adventure*. Das Kreuzfahrtschiff legt heute Abend ab.»

Nanoq sah sie entgeistert an. «Was … Was war die Ursache?»

«Innere Blutungen. Wir konnten nichts mehr für ihn tun. Er muss sich durch den Sturz Verletzungen zugezogen haben, die wir nicht mehr behandeln konnten. Es tut mir leid.» Sie sah ihn mitfühlend an. «Jetzt muss ich mich leider wieder um meine Patienten kümmern. Wenn du Fragen hast, melde dich gern bei mir.»

Wie betäubt wandte Nanoq sich ab, während sie über den Flur verschwand. Nie hätte er geglaubt, dieser Richard könne seinen Unfall nicht überleben. Der Sturz war nicht so tief gewesen, der Eisvorsprung hatte den Fall abgebremst. Größere äußere Verletzungen waren nicht zu erkennen gewesen. Er schüttelte den Kopf. Dieser gigantische Spalt auf dem Jakobshavn-Gletscher, der so plötzlich entstanden war … Er war eine Gefahr – unbedingt musste er alle informieren. So schnell wie möglich.

«Sie sind schuld!», schrie plötzlich eine Frau.

Nanoq drehte sich um. Die deutsche Touristin Christine, Ehefrau des Verstorbenen, kam auf ihn zugestürmt.

«Mein aufrichtiges Beileid wegen Ihres Mannes.» Er reichte ihr die Hand.

«Wie können Sie es wagen hierherzukommen!» Sie schlug seine Hand weg. Wutentbrannt baute sie sich vor ihm auf. «Sie sind schuld! Wegen Ihnen ist das alles passiert!»

Er brachte vor Überraschung kein Wort mehr heraus.

«Warum haben Sie uns nicht gewarnt, dass es dort oben auf dem Gletscher gefährlich sein könnte? Warum haben Sie meinen Mann nicht davon abgehalten, weiter ins Eis zu gehen?»

Nanoq wollte zu einer Erwiderung ansetzen, aber die Frau ließ sich nicht unterbrechen.

«Wir haben Sie vorher gefragt, ob es Risiken bei diesem Ausflug gibt. Sie haben Nein gesagt. Welch eine groteske Fehleinschätzung!» Sie fing zu weinen an. «Mein Richard könnte noch leben. Was für ein Horrorurlaub! Aber ich werde mir das nicht bieten lassen, da können Sie sicher sein. Sie sind schuld am Tod meines Mannes! Sie sind ein Mörder!»

Tränenüberströmt verschwand sie durch die Tür. Nanoq blieb wie erstarrt stehen. War er verantwortlich? Es war ein bedauerlicher Unfall gewesen, hervorgerufen durch die Missachtung seiner Sicherheitsregeln. Aber die Witwe sah das offenbar völlig anders.

Bedrückt machte er sich auf den Heimweg durchs Dorf. Einige Leute grüßten ihn, er achtete nicht darauf. Ein Polizeiauto stoppte neben ihm.

«Hey, Nanoq.» Es war Eliyah.

«Hallo.»

«Du hast die Touristin getroffen.»

«Ja.»

«Komm, steig ein, wir müssen reden.»

«Muss es gerade jetzt sein?»

«Exakt. Der Bürgermeister wartet auf uns.»

«Was will er von mir?»

«Wart's ab – und jetzt steig ein.»

Missmutig nahm Nanoq im Wagen Platz. Im Moment war ihm nicht nach Reden zumute. Obwohl er den Bürgermeister sowieso wegen der Gletscherspalte warnen wollte.

Nach einer Minute war die Fahrt wieder zu Ende. Sie gingen gemeinsam in Rasmussens Büro. Er trat hinter seinem Schreibtisch hervor und deutete auf den Besprechungstisch.

«Setzen wir uns.»

Nanoq ließ sich auf einen Stuhl fallen und sah ihn erwartungsvoll an.

«Also, wie soll ich es sagen …», begann der Bürgermeister.

«Der Todesfall … dieser Deutsche … Kurz und gut: Wir haben ein Problem.»

«Ein großes Problem», fügte Eliyah hinzu.

Rasmussen beugte sich vor. «Die Frau hat gegen dich Anzeige erstattet. Sie besteht auf Ermittlungen und einem Gerichtsverfahren. Sie behauptet, du seist schuld am Tod ihres Gatten.»

«Das hat sie mir auch gesagt.» Nanoq zuckte mit den Achseln. «Aber die Vorwürfe sind lächerlich. Es war ein Unfall. Ich war daran nicht beteiligt.»

«Das glaube ich ja auch, glaub mir», beeilte sich der Bürgermeister zu sagen. «Aber du musst unsere Lage verstehen. Die Frau macht uns die Hölle heiß. Sie hat schon den deutschen Botschafter angerufen und sich bei der Tourismusbehörde beschwert. Wir müssen reagieren und können das Ganze nicht unter den Teppich kehren.»

«Ich werde den Fall bearbeiten», fügte Eliyah hinzu. «Du bist jetzt offiziell Tatverdächtiger.»

«Seid ihr beide jetzt ganz verrückt geworden?» Nanoq richtete sich auf. «Ihr wisst ganz genau, dass da nichts dran ist.»

«Wissen wir leider nicht», antwortete Eliyah. «Von uns war keiner dabei. Ich muss erst Zeugen vernehmen und den Vorfall rekonstruieren. Vielleicht hast du tatsächlich deine Pflichten als Outdoor-Guide vernachlässigt – was dann Auslöser für den Unfall war.»

«Jetzt mach aber mal halblang – das geht wirklich zu weit! Willst du mir was anhängen?»

«Beruhige dich doch. Keiner hält dich für einen Mörder, ganz gewiss nicht.» Rasmussen versuchte ein Lächeln, das ihm nicht ganz gelang. «Aber pro forma werden wir Ermittlungen einleiten, wir müssen unseren Ruf als Urlaubsort schützen. Am besten lässt du deinen Job als Guide vorübergehend ruhen. Das rate ich dir dringend, ich habe bereits mit Iluuna vom Tourismusbüro dazu telefoniert. Was glaubst du, wenn es sich rumspricht, dass bei uns Urlauber einfach so sterben – und keiner kümmert sich darum?»

«Ihr seid ja völlig irre …» Nanoq sprang auf und wollte gehen, dann überlegte er es sich anders. Eine Sache hatte er fast vergessen. «Hört zu, das ist wichtig. Wichtiger noch als der tragische Unfall. Ein monströs großes Stück des Sermeq Kujalleq wird bald ins Meer stürzen.» Er sah den Bürgermeister und Eliyah eindringlich an. «Eine solche Gletscherspalte habt ihr noch nie gesehen. Wir stehen vor einer Katastrophe. Es ist nur noch eine Frage von Tagen. Ganz Ilulissat ist bedroht, der Ort steht an vorderster Front, wenn eine Flutwelle über uns hereinbricht.»

«Wirklich?» Eliyah runzelte die Stirn. «Du verkündest auf einmal den Weltuntergang, quasi aus heiterem Himmel, einfach so? Vielleicht behauptest du auch noch, die bösen Inuit-Götter haben alles arrangiert und bestrafen jetzt die Menschen für ihren Frevel gegen die Natur? Nanoq, du hättest dir wirklich eine bessere Verteidigungsstrategie ausdenken sollen, um aus deinem Schlamassel herauszukommen. Das hier ist doch billig – dein Ablenkungsmanöver ist viel zu durchsichtig.»

«Das hat nichts mit diesen Ermittlungen gegen mich zu tun!» Nanoq wurde lauter. «Ich meine es todernst: Es stehen viele Menschenleben auf dem Spiel!»

«Ich muss Eliyah zustimmen», mischte sich Rasmussen ein. «Jetzt mach mal halblang, Nanoq. Ein Stück vom Gletscher kalbt? Mein Gott, das tut es jeden Tag. Mal sind die Eisberge kleiner, mal größer. Davon geht die Welt nicht unter, das erleben wir seit hundert Jahren.»

«Das hier ist etwas anderes. Seht's euch selbst an: Der Spalt hat sich enorm vergrößert – das ist mit nichts zu vergleichen. Ihr müsst aktiv werden. Sofort!»

Der Bürgermeister fing zu lachen an. «Unser großer Gletscherexperte Nanoq Egede hat plötzlich neue Erkenntnisse, soso. Und aufgrund deiner nicht wissenschaftlichen Analyse, weil du gerade so ein Bauchgefühl hast oder die Wassergeister dir etwas eingeflüstert haben, sollen jetzt alle Einwohner und alle unsere Gäste in Panik verfallen? So läuft das nicht, Nanoq.»

«Du hast Hirngespinste», assistierte Eliyah. «Die Zeit in Kopenhagen hat dir offensichtlich nicht gutgetan.»

«Bitte, kümmert euch darum.» Nanoq hob beschwörend die Arme. «Tut was, bevor es zu spät ist!»

«Du hast nichts Konkretes in der Hand – außer Vermutungen.» Rasmussen stand vom Besprechungstisch auf und ging zurück zu seinem Schreibtisch. «Deswegen werde ich nicht den großen Alarm ausrufen. Aber gut, damit du beruhigt bist, werde ich die nächsten Tage einige Leute raufschicken, die sollen sich die Lage vor Ort genau ansehen. Danach sind wir schlauer.»

28

… Ilulissat, Grönland …

Noch nie in seinem Leben war Nanoq so frustriert gewesen wie nach dem Gespräch mit Eliyah und dem Bürgermeister. Am liebsten hätte er eine Flasche Wodka gekauft und sich zu Hause betrunken. Aber das war nicht sein Naturell.

Ihm war schmerzlich bewusst geworden: Ilulissat, seine Heimat, war in ernster Gefahr – doch niemand wollte ihm glauben. Also war es an ihm: Er musste die Menschen warnen. Viel Zeit blieb nicht mehr.

Auf dem Weg nach Hause sprach er mit allen, die er unterwegs traf, berichtete von dem Riss auf dem Jakobshavn-Gletscher, schilderte die unvermeidlichen Folgen.

Einige sahen ihn verständnislos an, als wäre er ein Außerirdischer, der in einer fremden Sprache redete. Manche schüttelten den Kopf und gingen wortlos weiter. Andere hörten ihm zu, stellten einige Fragen und sagten dann: «Wir haben schon andere Katastrophen überstanden, wird schon nicht so schlimm werden.»

Nanoq kannte diese Schicksalsergebenheit der Inuit, ihren Glauben an höhere Mächte, die Ehrfurcht vor dem Eis. Jahrhundertelang hatten sie sich mit den Widrigkeiten der Natur arrangiert, sich angepasst an Kälte und Schnee, an Stürme und Flutwellen. Dagegen anzukämpfen, war in ihren Augen Kraftverschwendung und so sinnlos wie der Versuch, den Regen aufzuhalten.

Und die Inuit hatten damit Erfolg: Sie hatten in feindseligster Umgebung überlebt, hatten etwas geschafft, was sonst keiner Volksgruppe auf diesem Planeten gelungen war. Warum sich also von einer weiteren Bedrohung erschrecken lassen?

Doch jetzt trieb diese Einstellung Nanoq zur Verzweiflung. Wie sollte er die Leute überzeugen? Er wusste es nicht.

Seine drei Fichten vor dem Haus brauchten frisches Wasser und Dünger, die Zweige hingen schlapp herab. Doch er konnte sich gerade nicht um sie kümmern. Er verschob es auf später.

«Da ist ja unser Missionar», begrüßte ihn Sika. Der Spott in ihrer Stimme war unüberhörbar. «Ich habe schon gehört, du predigst die Sintflut und suchst eine Besatzung für deine Arche Noah.»

«Nimm das gefälligst ernst!» Nanoq ärgerte sich über seine Schwester. «Du warst doch selbst mit oben auf dem Gletscher und hast diesen gigantischen Spalt gesehen.»

«Schon, sah auch dramatisch aus, aber ich bin mir nicht sicher, ob deswegen ein Monster-Eiswürfel in die Bucht kracht.»

«Aber ich.»

«Vielleicht hat dich der Tod des Touristen doch mehr mitgenommen, als du dir eingestehen willst?» Sie hob die Brauen.

«Fang du nicht auch noch damit an. Mir geht es nur darum,

dass sich die Leute vorbereiten auf das, was uns erwartet. Es stehen Menschenleben auf dem Spiel.»

«Du weißt, wir Inuit lassen uns nicht so gern Vorschriften machen – auch wenn sie von einem von uns kommen.»

«Ich hab's gemerkt. Es ist niederschmetternd.»

«Nimm es nicht so tragisch. Am Ende ist es nur deine Meinung. Ob es tatsächlich so eintritt, steht in den Sternen.»

«Ich bin mir aber sicher», widersprach Nanoq. «Ich muss allen Bescheid sagen. Was sie dann tun, liegt nicht in meiner Hand. Aber sie hören ja gar nicht erst zu.»

«Vielleicht solltest du noch einmal mit Großvater reden.»

«Auf noch einen Streit habe ich keine Lust.»

«Uju kennt viele Leute, er könnte versuchen, sie zu überzeugen.»

«Die meisten halten ihn doch nur für einen verschrobenen Kauz, der in der Vergangenheit lebt», sagte Nanoq resigniert.

«Probier's wenigstens.»

Sika nahm die Kanne vom Herd und schenkte Kaffee ein. Vorsichtig schlürften sie das heiße Gebräu. Vielleicht hatte seine Schwester recht mit Uju. Einen Versuch wäre es wert.

Doch vorher gab es noch ein anderes Thema, das Nanoq unter den Nägeln brannte. Der Angriff auf die deutsche Biologin und wie knapp sie ihn überlebt hatte.

«Ich kann mir gar nicht vorstellen, dass man das Schnellboot nicht findet», meinte er. «So viele wird es bei uns in der Gegend doch nicht geben.»

«Na ja, das Schiff könnte von irgendwoher gekommen sein – um dann schnell wieder zu verschwinden.» Sika nahm einen Schluck aus ihrem Becher. «Aber warum wollte jemand die Frau absichtlich versenken? Ob das mit ihrer derzeitigen Arbeit auf Grönland zusammenhängt?»

«Ich weiß nicht – sie untersucht doch nur Fische ...» Nanoq vergrub das Gesicht in den Händen.

Das, was sich im Moment um ihn herum ereignete, beunruhigte ihn. Es beunruhigte ihn sogar sehr.

Die Nachbarn verschwanden hastig in ihren Häusern, als er an ihnen vorbei zu Ujus Anwesen ging. Offenbar scheuten sie das Gespräch mit ihm. Worüber hätten sie sich auch noch unterhalten können außer über die drohende Katastrophe?

Sie waren Inuit wie er, und doch hatte er das Gefühl, dass er ihnen fremd geworden war, gerade denjenigen, die in der Gegend seines Großvaters wohnten. Jedes Mal gab es ihm einen Stich ins Herz, wenn er diese Ecke des Ortes betrat. Er stolperte über achtlos weggeworfene Bierdosen und leere Schnapsflaschen, Papierfetzen hingen zwischen den Steinen, rostige Eimer und halb zerfallene Holzbänke lagerten in den Gärten.

Sein Großvater wartete bereits an der Tür. «Lass uns drinnen reden», sagte er. «Gehen wir hinein. Du kriegst den stärksten Kaffee von ganz Ilulissat mit marinierter Walhaut und dazu meine einzigartigen rohen Moschusochsenstreifen. Die hast du früher geliebt!»

Drinnen war es immer noch so wie in seiner Erinnerung – dunkel, bunt und chaotisch. Wie die meisten kleinen Häuser auf Grönland war auch dieses komplett aus Holz gebaut, mit drei winzigen holzvertäfelten Zimmern. Selbst Tisch, Bank und Bettgestell waren aus Holz. Der Ofen war früher mit Treibholz und Torf geheizt worden, heute mit Öl. Fließend Wasser, Dusche oder eine Kanalisation gab es hier nicht. Der Wassertank stand hinter dem Haus, und das WC seines Großvaters, versteckt in einem Verschlag, war eine Chemietoilette, die einmal die Woche geleert wurde.

Die Wände schmückten Felle und Landschaftsbilder, die aus alten Zeitschriften ausgeschnitten waren. Dazwischen hingen Jagdutensilien, Angelzeug und Werkzeuge. Nanoq warf einen

Blick in sein altes Kinderzimmer. Er hatte damals eine eigene Kammer bekommen, was in den beengten Verhältnissen Luxus war. Sein Bett stand immer noch da, überall hingen Amulette, die böse Geister abwehren und Glück bringen sollten. In einer Ecke stapelten sich Farbdosen, Schmierfettbüchsen, an Schnüren, die quer über den Raum gespannt waren, hing Trockenfisch. Es duftete nach Kaffee. Auf einem Teller brachte Uju Fleischstückchen mit einer Speckschwarte.

«Greif zu, Junge, iss mal was Ordentliches.»

«Opa, ich …»

«Ich weiß schon, weswegen du hier bist.» Uju schob sich einen Brocken Moschusochsenfleisch in den Mund und kaute genüsslich darauf herum. «Du kannst nichts für den Unfall. Diese verdammten Touristen glauben, das Eis sei harmlos. Aber sie täuschen sich. Und was das andere betrifft …»

«Die Spalte auf dem Gletscher ist riesig, Großvater, das hast selbst du noch nicht gesehen. Keinen scheint es besonders zu interessieren. Dabei ist die Gefahr real!»

«Das glaub ich dir, Nanoq. Aber selbst wenn es so kommt, was sollten all die Menschen tun? Den Hang hochlaufen und oben warten? Auf einen Eisberg im Meer fliehen? Und um abzuhauen und woandershin zu reisen, fehlt den meisten das Geld.»

«Aber könntest du nicht mit deinen Freunden und Bekannten reden?»

«Das bringt nichts.» Sein Großvater lehnte sich zurück. «Weißt du, man kommt nicht gegen die Natur an. Das habe ich in meinem Leben gelernt. Wenn die Meerfrau sich rächen will, wird sie das tun – und niemand kann sie aufhalten.» Er sah bedrückt aus. «Du kennst die uralten Prophezeiungen unseres Volkes – eines Tages werden die Götter die Menschen für ihre Untaten bestrafen, die das heilige Tabu gebrochen und sich gegen die Natur versündigt haben. Sieh dich nur um: Im Polarmeer sind kaum mehr Fische, weil internationale Fischereiflotten bei uns gnadenlos alles abräumen, was ihnen in die Netze kommt. Überall zerstören geldgierige Konzerne den natürlichen Lebensraum, bohren nach Öl und Gas, ohne Rücksicht auf das zerbrechliche Gleichgewicht. Es besteht kein Zweifel: Die Arktis stirbt. Und deshalb glaube ich, wir haben die Strafe verdient.»

«Was redest du da, Opa? Das sind doch Mythen aus früheren Jahrhunderten. Wir haben immer genug zum Leben, Heizung, Häuser, niemand muss mehr verhungern, und der dänische Staat kümmert sich um Bedürftige. Selbst du weißt die Vorzüge von Fleecejacken und Sneakers zu schätzen. Und ohne deinen Fernseher kannst du gar nicht mehr sein.» Gegen seinen Willen war er lauter geworden.

Uju sah nun verdrießlich drein. «Das ist alles nichts. Die Inuit waren eine Tausende Jahre alte Gemeinschaft – das alles haben die Kolonialherren innerhalb weniger Jahrzehnte vernichtet. Sie haben Familien zerstört, unsere Orte, sie haben uns die Sprache genommen, die Traditionen und unseren Glauben – heute beten alle in der evangelischen Kirche. Und warten auf Almosen vom Staat.»

«Aber vieles ist besser als früher, es hat sich doch einiges getan …»

Nanoq wusste aus seinen Geschichtsseminaren von den Zwangsumsiedlungen auf Grönland in den Sechzigerjahren. Dörfer wurden aufgelöst, Familien getrennt, Kinder in die Schulen nach Dänemark verfrachtet. Offiziell wurde selbst auf Grönland nur noch Dänisch gesprochen, bis ins Jahr 1979. Heute genoss Grönland weitgehende Selbstständigkeit – aber die Abhängigkeit vom Mutterland blieb, allen Unabhängigkeitsbestrebungen zum Trotz. Die Inuit-Sprache galt wieder offiziell, auch wenn man für Zahlen über zwölf aufs Dänische zurückgreifen musste, weil es in Kalaallisut keine Wörter dafür gab.

Nanoq sah seinen Großvater an, dessen Blick düster geworden war.

«Denk nur an unsere Brüder und Schwestern drüben in Kanada, nicht weit weg von uns. Sie wurden von der Regierung vertrieben, all ihre Schlittenhunde wurden getötet, damit sie nicht mehr zurückkonnten in ihr altes Leben. Statt Namen bekamen sie eine Plakette mit einer Nummer drauf.» Der alte Mann schlug auf den Tisch. «Und das nennst du Fortschritt?»

«Mittlerweile haben sie wieder ein eigenes Territorium erhalten», wandte Nanoq ein. «Und bei uns in Grönland müssen die Inuit nicht mehr ums tägliche Überleben kämpfen, du bist nicht auf dein Jagdglück angewiesen.» Er hatte die Diskussion vermeiden wollen, er musste sich beherrschen, nicht lauter zu werden. Sein Großvater war eben ein Dickschädel.

«Pah! Ja, wir kriegen ein wenig Geld, um das Nötigste zu besorgen. Aber Würde und Stolz kannst du mit Geld nicht kaufen, Nanoq. Was ist schon toll daran, statt Jäger nun ein Hilfsarbeiter in der Fischfabrik zu sein – falls man überhaupt einen Job kriegt? Ich kenne viele, die zählen die Schnapsflaschen bis zu ihrer Rente.» Uju atmete jetzt schwer. «Junge, glaub mir, Geld ist kein Ersatz für die Familie. Die Familie war immer das eigentliche Zentrum, um das sich unser aller Leben drehte. Und jetzt? Die Kleinen landen in Kinderbetreuungshäusern, die Jungen müssen irgendwo zur Schule fahren, dort bekommen sie die Kultur der dänischen Besatzer eingehämmert. Die Alten werden in sogenannte Seniorenheime abgeschoben, wo sie dahinvegetieren.»

«Du widersprichst dir, Opa. Du selbst hast mich nach Kopenhagen geschickt.»

«Das ist etwas anderes. Wir haben doch schon oft darüber gesprochen, aber ich fühle, es nagt immer noch in dir. Dein Vater ... Aber lassen wir das. Ich hab noch was für dich.»

Uju verschwand in seinem Schlafzimmer und kam mit einem Amulett wieder. Es war der Eckzahn eines Eisbären an einer Lederschnur. «Das wollte ich dir schon lange geben. Ich denke, jetzt ist der richtige Zeitpunkt.» Er drückte ihm den Anhänger in die Hand. «Nimm ihn. Dein Bericht macht mir wirklich Sorge. Irgendjemand hat den Tulipak erzürnt, und jetzt schlägt er zurück. Dieser Zahn wird dich vor bösen Geistern schützen.»

Nanoq legte das Amulett zurück auf den Tisch. «Das ist lieb von dir, aber du weißt, ich glaube nicht an so was.»

Kommentarlos steckte Uju den Zahn wieder ein.

29

... Barentsburg, Spitzbergen ...

Nachdem sich der Rauch und der Staub der Explosion gelegt hatten, krochen Nelson und Diana aus ihrer Lore, hustend und benommen.

Sie hatten überlebt, wenn auch nur knapp.

Die Stahltür stand halb offen, der Rahmen hatte sich durch den Sprengsatz verzogen. Sie schoben sich durch den Spalt und fanden sich in einem Stollen wieder.

«Wir sind in das neue Kohlebergwerk gelangt.» Diana versuchte den Dreck von ihrer Jacke zu wischen, gab aber gleich wieder auf. «Jetzt müssen wir nur noch den Ausgang finden.»

«Besser, wir verschwinden gleich, wer weiß, wann jemand auftaucht», meinte Nelson. «Ich bin mir nicht sicher, ob uns hier alle willkommen heißen.»

«Hauptsache, Licht und Luft», stimmte Diana zu. «Mein Bedarf an Abenteuern ist für heute gedeckt.»

Nelson merkte, dass seine Partnerin zitterte – die Folgen der Explosion machten ihr zu schaffen. «Gehen wir.»

Der Gang war gut ausgebaut und führte leicht bergauf. Immer wieder gingen kleinere Stollen links und rechts ab, aber sie blieben auf ihrem Weg. Nach etwa einer Viertelstunde hörten sie Schritte von vorne, die sich näherten.

«Hier rein!» Diana zog Nelson in einen unbeleuchteten Seitengang. Sie pressten sich an die Wand und versuchten, kein Geräusch zu machen.

«Davaj! Davaj!» Ein Trupp von drei Russen lief an ihnen vorbei, ohne sie zu bemerken. Sie hatten Kalaschnikows geschultert.

Diana und Nelson warteten, bis die Männer in einer Biegung verschwunden waren, dann gingen sie weiter. Der Gang wurde breiter, sie kamen an Werkstatträumen vorbei und an Nischen, in denen Werkzeuge lagerten.

Ein zweiter Hauptgang mit verlegten Bahnschienen kreuzte ihren Weg.

«Und jetzt?» Nelson hielt an, er war froh über eine kleine Pause, die stickige Luft machte das Atmen schwer.

«Ich schlage vor, wir bleiben in unserem Stollen. Die Schienen führen sicher in Bereiche, wo die Bergleute arbeiten. Und ich habe keine Lust auf weitere Bekanntschaften.»

Nach weiteren zehn Minuten erreichten sie eine Holztür. Sie war nicht verschlossen und führte direkt in eine Umkleidehalle für Arbeiter. Entlang der Wände zogen sich Metallspinde und Bänke, die Kleidung war an Seilen an der Decke aufgehängt. Feuerlöscher und Sicherheitshelme lagerten in einem Regal.

Es war niemand zu sehen und zu hören.

«Wir haben's geschafft!» Diana ließ sich auf eine Bank fallen. «Ich hab schon geglaubt, ich komm nie mehr aus diesem verfluchten Berg raus. Und diese Explosion ... Wie gesagt, mein Bedarf für die nächsten Jahre ist gedeckt.»

«Der Ausgang müsste dort drüben sein.» Nelson deutete auf eine weitere Tür.

«Warte einen Moment.» Diana stand wieder auf. «Hier müsste es doch Waschräume geben – und Wasser. Ich brauch jetzt unbedingt was zu trinken, mein Hals fühlt sich an wie mit Sand ausgerieben.»

«Du hast recht. Frisches Wasser ist jetzt genau das Richtige. Und den Dreck von der Haut zu bekommen, wäre auch nicht verkehrt.»

Nebenan fanden sie zwei Waschräume, einige gebrauchte Handtücher lagen herum, sie schnappten sie sich.

«Besser als nichts», meinte Diana. Sie ging in den rechten Waschraum, Nelson in den linken.

Er zog Jacke und Hemd aus und spritzte sich Wasser auf Gesicht und Oberkörper. Auch wenn es eiskalt war, fand er es herrlich erfrischend. Mit einem zurückgelassenen Stück Seife rieb er sich ausgiebig ein und wusch sich.

«Ruki vverch!», bellte da eine Männerstimme hinter ihm.

Nelson fuhr herum. Er verstand sofort, was der russische Befehl bedeutete: ‹Hände hoch!› Ein bärtiger Mann mit Fellmütze hatte eine Pistole auf ihn gerichtet.

«Ich bin zu Besuch hier, I am a guest, gost'!» Nelson hob langsam die Arme. Sie standen sich nur zwei Meter gegenüber, er mit nacktem Oberkörper. In seiner Reichweite war nichts, was er als Waffe nutzen konnte.

«Ty vor! You thief!» Das Gesicht des Russen drückte Entschlossenheit aus.

«Ich bin Landvermesser. Ich habe einen Auftrag. Fragen Sie General Manager Andrej Sokolov.» Dieser Mann war gefährlich, hoffentlich hatte er Diana nichts getan.

«Zatknis'! Shut up! Sokolov? Hahaha.» Das Gesicht des Russen blieb versteinert. «Ty lzhosch.»

«Sie brauchen ihn nur anzurufen. Ich bin von Thyssenkrupp. Machen Sie jetzt keinen Fehler, no mistakes.»

«You spy. You die. Na koljeni! On your knees!» Der Mann spannte den Hahn seiner Waffe.

«No … No … Don't do that. Please …»

Verzweifelt sank Nelson auf die Knie. War das das Ende? Sollte sein Leben wirklich in einem gottverlassenen Bergwerk auf Spitzbergen vorbei sein? Einen solchen Tod hätte er sich in seinen schlimmsten Träumen nicht vorstellen können.

«Prokljatyj Ubljudok!» Plötzlich stand Diana an der Tür zum Waschraum. Sie hatte ein Handtuch wie einen Turban um ihren Kopf gewickelt. In der Hand hielt sie einen Feuerlöscher.

Der Mann wirbelte herum.

Im gleichen Moment spritzte ein Schaumstrahl aus dem Schlauch des Feuerlöschers. Er traf den Russen im Gesicht und hüllte in Sekundenbruchteilen seinen ganzen Körper ein.

Schüsse fielen. Der Mann feuerte blind in ihre Richtung.

Diana warf sich zur Seite. Sie tat drei Schritte und holte aus. Mit einem hässlichen Knacken traf der Feuerlöscher die Schläfe des Angreifers. Der Mann sackte zusammen und blieb liegen. Blut verfärbte den Löschschaum hellrot.

Diana fühlte seinen Puls. «Tot.»

«Du glaubst gar nicht, wie froh ich bin, dich zu sehen.» Nelson stand auf, seine Knie zitterten. «Kein Anblick könnte schöner sein.»

«Immer muss ich auf dich aufpassen.» Diana stellte den Feuerlöscher zur Seite. «Das kommt davon, wenn man im Bad zu lange braucht.» Sie grinste.

«Was hast du denn dem Typen zugerufen? Ich wusste gar nicht, dass du Russisch kannst.»

«Ich kenn nur ein paar Brocken. Und natürlich Flüche. Ich hab ihn einen verdammten Mistkerl genannt. So, und jetzt müssen wir wirklich los.»

Sie untersuchten den Mann, nahmen ihm seinen Ausweis, sein Funkgerät und die Pistole ab. Danach versteckten sie den Leichnam in einem leeren Spind.

Ohne weitere Hindernisse gelangten sie ins Freie. Sie liefen den Berg hinunter, immer in Angst, weitere Russen könnten die

Verfolgung aufnehmen. Aber nichts geschah. Diana schlug vor, sie sollten zum Eingang des alten Bergwerksstollens gehen und ihre Rucksäcke holen.

«Wenn es sein muss», antwortete Nelson. «Ich wäre jetzt lieber im Hotelzimmer und würde mir eine Pause gönnen. Aber es nützt wohl nichts.»

Sie machten einen Bogen und gingen zum alten Bergwerk.

Der Eingang war verschüttet. Diana untersuchte die herumliegenden Steine, schnupperte daran.

«Eindeutig Semtex-Sprengstoff», sagte sie. «Und wir waren das Ziel.»

Die Felsnische, in der sie ihre Rucksäcke deponiert hatten, war leer.

Nelson suchte die Umgebung ab, konnte aber nichts finden. «Gehen wir zurück», sagte er. «Da hat jemand ganze Arbeit geleistet.»

Unten am Hafen machten sie einen Abstecher zum Pier. Das Boot, mit dem sie aus Longyearbyen gekommen waren, lag noch so da, wie sie es hinterlassen hatten.

«Sehen wir uns kurz den neuen Besucher an.» Diana deutete auf das russische Frachtschiff *Aurora*, das in einiger Entfernung ankerte.

Es war nicht für den Transport von Kohle ausgelegt, sondern beförderte Container. Ein Kran belud gerade die Ladefläche.

«Wir können nicht näher ran, ohne entdeckt zu werden», meinte Nelson. «Kümmern wir uns später darum.»

Als sie das Hotelfoyer betraten, starrte sie der Portier an der Rezeption an, als sähe er Geister. Sie gingen die Treppe hinauf. Nelson machte Diana ein Zeichen, weiterzugehen, blieb stehen und lauschte. Er hörte, wie der Portier jemanden anrief und aufgeregt etwas auf Russisch sagte.

Zügig eilte er Diana hinterher, und gemeinsam prüften sie ihre Hotelzimmer. Beide Räume waren für neue Gäste hergerichtet, all ihre persönlichen Sachen verschwunden.

«Jetzt reicht's mir aber!» Diana zog die Pistole heraus, die sie dem Angreifer im Bergwerk abgenommen hatten, und lud sie durch. «Es wird Zeit, unsere Höflichkeit abzulegen.»

«Bevor du jemanden umnietest, hör dir erst meinen Vorschlag an.»

Schon auf dem Abstieg hatte Nelson sich Gedanken gemacht, was der Angriff gegen sie bedeuten und wer dahinterstecken könnte. Die Antwort schien jetzt zum Greifen nah. Er erzählte Diana von seinem Plan.

Sie überlegte und nickte dann. «Könnte funktionieren.»

Gemeinsam gingen sie zurück zum Portier im Erdgeschoss, der ihnen nervös entgegensah.

«Wo sind unsere Sachen?», fragte Diana mit schneidender Stimme auf Englisch und legte unauffällig die Waffe auf den Tresen.

«Ich … Ich weiß es nicht. Fehlt denn etwas?»

Nelson beugte sich bedrohlich zu ihm vor. «Wir wollen keine Ausreden hören, Mister. Für wie beschränkt halten Sie uns?» Er deutete nach oben. «Bitte begleiten Sie meine Kollegin nach oben und überzeugen Sie sich selbst.»

Diana machte dem Mann mit der Pistole ein Zeichen, ihr zu folgen. «Davaj, davaj!»

Als die beiden außer Sichtweite waren, ging Nelson hinter die Rezeption, griff zum Telefon und drückte die Wahlwiederholungstaste.

«Sokolov», tönte eine ihm wohlbekannte Stimme aus dem Apparat. Er legte auf und wählte eine Nummer in Deutschland.

Nach einiger Zeit kam Diana mit einem sehr blassen Portier zurück.

«Tut … Tut mir leid», stotterte der Mann. «Es hat offenbar ein Missverständnis gegeben. Ich … Ich werde sofort meine Mitarbeiter befragen … Ein Versehen …»

«Shut up!» Nelson packte den Mann und zerrte ihn in das Büro hinter der Rezeption. Er drückte ihn in einen Stuhl. «Hinsetzen!»

Gemeinsam fesselten und knebelten sie den Portier mit Klebeband.

Diana hielt ihm die Pistole vor die Nase. «Versuchen Sie nicht, sich zu befreien oder jemanden um Hilfe zu rufen. Wir kommen wieder. Verstanden?»

Der Mann nickte. Schweißperlen hatten sich auf seiner Stirn gebildet.

Nelson sperrte die Bürotür hinter sich und Diana zu. «Und jetzt los! Es wird nicht mehr lange dauern, dann ist hier der Teufel los.»

Sie hasteten im Laufschritt aus dem Hotel, durchs Dorf und zum Verwaltungsgebäude des Bergbauunternehmens. Ohne die Proteste der Sekretärin zu beachten, stürmten sie direkt in das Büro des russischen General Managers.

Sokolov schreckte hoch, in seinem Gesicht war für einen Moment die Überraschung zu lesen, aber er hatte sich erstaunlich schnell wieder im Griff.

«Meine verehrten Gäste, welche Freude. Ich hatte Sie gar nicht erwartet.» Er ignorierte die Pistole, die sichtbar in Dianas Gürtel steckte. «Ein Gläschen Wodka?»

«Genehmigen Sie sich ein Glas, Sie können es jetzt brauchen.» Diana lächelte grimmig. «Sie wissen, warum wir hier sind?»

«Nun … äh … Ich erhielt gerade einen Anruf von der Zentrale aus Moskau. Man sagte mir, Thyssenkrupp hätte sich aus Deutschland gemeldet und sich beschwert … Zwei ihrer Angestellten in Barentsburg seien bestohlen worden.» Der Russe rutschte auf seinem Sitz hin und her. «Das kann nur ein Versehen sein. Ich werde das in Ordnung bringen.»

«Ein Versehen? So wie die unangekündigte Sprengung im alten Bergwerksstollen?» Nelson ging einen Schritt auf ihn zu. «Dachten Sie, wir seien tot?»

«Es ist ... denke ich ... ein Versehen, ein Versagen eines Arbeiters vermutlich ... Er muss einen Befehl falsch aufgefasst haben. Wir hatten nur Sprengungen an anderer Stelle geplant. Das wird Konsequenzen haben, das verspreche ich Ihnen!» Sokolov richtete sich auf.

«Könnten Sie freundlicherweise veranlassen, dass dieses Versehen, wie Sie es nennen, sofort korrigiert wird?» Diana rückte demonstrativ ihre Pistole zurecht. «Wir hätten gern unsere Sachen zurück – unverzüglich und ohne dass auch nur ein Stück fehlt. Ginge das?» Ihre Stimme war scharf.

«Natürlich, natürlich, ich bin Thyssenkrupp gern behilflich.» Er griff nach dem Hörer, wählte eine Nummer und gab einige Befehle. «Meine Untergebenen bringen alles. Sie hatten Ihre Ausrüstung nur vorsichtshalber sichergestellt, damit sie nicht in falsche Hände gerät. Ein Service für Sie, wir wollen doch nicht, dass unsere Gäste bestohlen werden.»

«Wir sind Ihnen sehr dankbar.» Nelson verschränkte die Arme.

«Jetzt ein Gläschen Wodka, stoßen wir auf Ihre Arbeit an.» Der General Manager holte eine Wodkaflasche und drei Gläser heraus und füllte sie randvoll. «Auf Ihre Gesundheit.» Er reichte jedem ein Glas.

«Möge Ihnen ein langes Leben beschert sein, Herr Sokolov.» Diana kippte den Wodka hinunter und stellte das Glas ab. Nelson folgte ihrem Beispiel.

«Noch einen?» Der Russe hob die Flasche.

«Danke, nein.»

Sokolov schenkte sich allein ein und trank. Nach fünf Minuten klingelte sein Telefon. Er hörte dem unbekannten Anrufer zu, dann legte er wieder auf.

«Ihre Ausrüstung ist vor dem Eingang für Sie bereitgelegt. Ich bitte nochmals um Entschuldigung für das Versehen.»

«Gut, dann nehmen wir alles und checken wieder im Hotel ein.» Nelson wandte sich zum Gehen. «Wir sehen uns.»

Draußen stand tatsächlich ihr Gepäck. Sie kontrollierten es penibel.

«Alles da», sagte Diana.

«Und jetzt so schnell wie möglich zum Boot und nix wie weg aus Barentsburg», raunte Nelson ihr zu. «Ich möchte nicht abwarten, was diesem Sokolov als Nächstes einfällt.»

Sie spazierten in Richtung Hotel, bis sie vom Verwaltungsgebäude aus nicht mehr zu sehen waren. Dann fingen sie an zu laufen.

30

··· Ilulissat, Grönland ·······························

«Tut uns leid, wir haben noch keine neuen Erkenntnisse.» Der Polizist Eliyah lehnte sich zurück.

«Es kann doch nicht so schwierig sein, ein Schiff ausfindig zu machen, so viele fahren in diesen Gewässern doch nicht herum.» Hanna hatte Mühe, ruhig zu bleiben. Seit einer Viertelstunde diskutierte sie ergebnislos mit diesem Beamten. «Kümmern Sie sich darum, schließlich hat der Kapitän des Schiffes meinen Tod in Kauf genommen. Das war Absicht, sag ich Ihnen!»

«Das haben Sie mir schon erzählt, Frau Dr. Jordan, ich weiß.

Aber wir müssen gerade den Todesfall eines deutschen Kreuzfahrttouristen aufklären, das hat Priorität, wie Sie sicher verstehen werden.»

«Ich sehe nicht, dass der Angriff auf mich weniger wichtig sein sollte.» Hanna hatte von den Vorwürfen gegen den Outdoor-Guide Nanoq gehört. «Und ein Unfall bei Wanderungen auf dem Eis kann jederzeit passieren, das weiß ich aus eigener Erfahrung. Herr Egede kann nichts dafür, wenn sich einer der Teilnehmer nicht an die Regeln hält.»

«Das zu entscheiden, müssen Sie schon uns überlassen. Und Ihre Beschreibung des Schnellbootes haben wir an die anderen Polizeidienststellen weitergeleitet. Die melden sich, wenn es gesichtet werden sollte.»

«So ein Schiff kann sich doch nicht in Luft auflösen.»

«Das nicht, aber die zerklüftete Küste bietet genug Möglichkeiten, es zu verstecken. Haben Sie Geduld, wir melden uns, sobald Ergebnisse vorliegen. Die Aussagen von Ihnen und Ihrem Retter, dem Kapitän des Ausflugsschiffes, sind bereits protokolliert.»

Verärgert verließ Hanna die Polizeistation. Auf die Behörden würde sie nicht zählen können, das war ihr jetzt klar. Aber sie würde das auf keinen Fall auf sich beruhen lassen! Dafür hatte sie zu viel durchgemacht – sie hatte Todesangst gehabt. Irgendjemand, ein Unbekannter, war dafür verantwortlich. Und denjenigen würde sie finden.

Doch dazu brauchte sie Unterstützung. Und der Einzige, der ihr einfiel, war Nanoq. Sie ging zum Tourismusbüro und fragte eine Inuk namens Iluuna nach ihm.

«Sorry, der arbeitet bis auf Weiteres nicht mehr für uns», sagte die Frau. «Er wurde von seinem Job entbunden, bis die Vorwürfe wegen des tödlichen Unfalls geklärt sind. Es tut mir so leid um ihn. Allerdings haben wir derzeit sowieso alle Ausflüge auf den Gletscher gestrichen.»

«Können Sie ihn erreichen und bitten, dass er herkommt? Ich würde ihn gerne engagieren.»

«Kein Problem.» Iluuna nahm ihr Sprechfunkgerät und ging ins Hinterzimmer.

Kurze Zeit später stand Nanoq vor Hanna. «Worum geht's, Frau Dr. Jordan?»

Sie berichtete ihm von dem Angriff, dem Stand der Ermittlungen und dem fehlenden Ehrgeiz der Polizei. «Ich will dieses Schnellboot finden – und wissen, wer dahintersteckt. Können Sie mir helfen? Ich komme natürlich für Ihre Kosten auf.»

Der junge Mann nickte. «Das mach ich gern – auch ohne Geld. Es darf nicht sein, dass jemand auf dem Wasser Amok läuft.»

Ihr fiel auf, dass er um den Hals einen Eisbärenzahn an einer Lederschnur trug. «Wo haben Sie den her?»

Nanoq schien verlegen. «Den hat mir mein Großvater heimlich in die Tasche gesteckt. Ich … Ich glaub eigentlich nicht an so was. Wie auch immer. Lassen sie mich kurz telefonieren.»

Er nickte ihr zu, drehte sich weg und redete mit Iluuna vom Tourismusbüro. Danach verschwand er im Hinterzimmer. Hanna besorgte sich einen Kaffee, nahm ein wissenschaftliches Buch über die Grönland-Fauna aus der Tasche und las darin.

Nach einer knappen Stunde kam Nanoq wieder heraus.

«Ich hab gute Nachrichten», rief er. «Ich weiß, wo das Boot steckt.»

«Können Sie zaubern? Verfügen Sie über unbekannte Kräfte? Haben Sie einen besonderen Kontakt zu Inuit-Geistern?» Hanna war gespannt.

«Eigentlich war es einfach, das hätte auch Eliyah erledigen können. Ich hab alle Unterkünfte in den Nachbarorten angerufen, alle Bekannten, alle Bootsbesitzer gefragt, die ich kenne.»

«Und?»

«Ein solches Schnellboot lag in Ilimanaq vor Anker, das ist auf der anderen Seite der Diskobucht. Laut meinen Gesprächspartnern ist der Eigentümer derzeit nicht im Lande. Das Boot wurde offensichtlich gestohlen und zuletzt an der Südküste von Ilulissat gesehen. Dort müssten wir suchen.»

«Na dann los!»

Er zögerte. «Sie wollen gleich jetzt nach dem Schiff suchen? Wir könnten das der Polizei überlassen.»

«Dann warten wir bis in alle Ewigkeit – und das Schnellboot ist dann garantiert nicht mehr auffindbar.»

«Wenn Sie meinen. Ich organisiere uns ein Boot.»

Sie fanden einen Fischkutter, und der Besitzer, ein Inuk, erklärte sich bereit, sie gegen ein Honorar zu fahren. Hanna gab ihm das Geld.

Auf der Fahrt entlang der Küste gab Nanoq die Anweisung, in jede Bucht zu biegen, jeden größeren Eisberg zu umrunden. Währenddessen berichtete er von seiner Sorge, ein kilometerlanger Teil des Jakobshavn-Gletschers könnte abbrechen und ins Meer stürzen. Er sprach auch von der Gleichgültigkeit der Einwohner seinen Warnungen gegenüber.

«Wir schauen uns das später an», sagte Hanna. «Ich mache mir selbst ein Bild davon. Und wenn es so dramatisch ist, wie Sie sagen, dann rede ich mit den Behörden. Vielleicht hat meine Stimme mehr Gewicht. Ich bin ja eine Außenstehende.»

«Das wäre klasse!» Nanoq war sichtlich erfreut.

Sie waren noch nicht weit gefahren, als hinter einem Eisberg ein Schnellboot auftauchte, das direkt an der Küste ankerte.

«Das ist es!», rief Hanna. «Wir haben es tatsächlich gefunden!»

Der Fischer drehte bei, und sie bestiegen das Boot. Sie inspizierten die Kabine und suchten auch an Deck nach Spuren, aber ihre Suche blieb ergebnislos. Es gab keinen Hinweis auf den Fahrer.

«Schade, ich hätte mehr erwartet.» Hanna konnte ihre Enttäuschung nicht verbergen. «Viele könnten das Boot gestohlen haben – wir sind noch keinen Schritt weiter. Es muss doch irgendetwas geben …» Sie seufzte. «Die Polizei hätte ganz andere Mittel, der Sache auf den Grund zu gehen. Dass denen alles so egal ist, macht mich verrückt.»

«Schon, aber wir sind hier auf Grönland», wandte Nanoq ein. «Wir Inuit haben ein anderes Gefühl für Zeit und Arbeit und Prioritäten als andere Europäer. Es wird dauern, bis die Obrigkeit aktiv wird – wenn überhaupt.»

Unwillig schüttelte Hanna den Kopf. «Ach ja, wenn wir schon unterwegs sind: Können wir zum Jakobshavn-Gletscher fahren und uns die Spalte vor Ort ansehen?», wechselte sie das Thema. «Ich bin wirklich gespannt darauf.»

«Das ist viel zu gefährlich», antwortete Nanoq. Er deutete auf den Berg vor ihnen. «Wir könnten da hochgehen: Oben haben wir einen guten Blick auf den Sermeq Kujalleq. Und dann zu Fuß zurück, wir sind nicht weit weg von Ilulissat.»

Sie ließen sich von dem Fischer an Land absetzen und gaben ihm Anweisung, zurückzufahren und die Polizei über den Fund des Bootes zu verständigen. Danach machten sie sich auf den Weg.

Es war eine einfache Strecke auf einem breiten Pfad, der offenbar regelmäßig von Wanderern benutzt wurde. Braune Flechten und Moose zogen sich über den Berg, Vögel kreisten über ihnen. Die Sonne war hinter grauen Wolken verschwunden, es ging ein leichter Wind, trotzdem fühlte sich die Temperatur sommerlich warm an.

«Eine Frage quält mich schon die ganze Zeit: Warum hat mich jemand angegriffen? Was ist das Motiv?» Hanna schüttelte den Kopf. «Ich werde nicht recht schlau draus. Ist es wegen meiner Arbeit hier? Aber ich bin doch extra auf Einladung der Behörden und des Ministeriums gekommen. Dagegen kann noch niemand etwas haben.»

Nanoq zuckte die Schultern. «Es sind in den letzten Tagen einige seltsame Dinge passiert. Denken Sie an die Kadaver, die plötzlich aus meinen Verstecken verschwunden waren. Vielleicht hängt das mit Ihren Forschungen zusammen, wäre doch möglich, oder?»

Hanna dachte darüber nach.

«Das wäre denkbar», sagte sie nach einer Weile. «Und offen gesagt – eine andere Erklärung habe ich momentan auch nicht. Meine bisherigen Untersuchungen haben bisher zwar nichts Aufregendes ergeben, was solche Aktionen rechtfertigen würde. Fest steht jedoch: Hier sabotiert jemand unsere Arbeit. Und das mit Erfolg. Meine jüngsten Wasserproben liegen jetzt auf dem Grund des Meeres.»

Sie waren oben am Berg angekommen. Von ihrem Standpunkt aus hatten sie einen guten Blick hinunter auf den Ort, er war tatsächlich näher, als Hanna erwartet hatte. In der anderen Richtung breitete sich hinter der Bucht die mächtige Front des Jakobshavn-Gletschers vor ihnen aus, wie eine gigantische Steilküste beherrschte die Abrisskante das Panorama.

«Wow, wirklich beeindruckend!» Hanna war fasziniert von dem Anblick.

Parallel zur Kante verlief als hässliche schwarze Wunde die Gletscherspalte.

«Der Riss ist ja viel größer geworden, seit ich mit den Touristen dort oben war», sagte Nanoq erschrocken. «Ich hätte nicht geglaubt, dass es so schnell voranschreitet. Der Spalt geht über die gesamte Breite der Bucht, das ist …»

Ein dumpfer Ton, einem Gewittergrollen gleich, unterbrach ihn. Es schien direkt aus dem Inneren des Gletschers zu kommen.

Das Grollen wiederholte sich, unheimlich und bedrohlich.

Jetzt mischte sich ein anderes Geräusch hinein, wie das Knacken einer Nuss, nur in einer übernatürlichen Lautstärke.

Zugleich lösten sich Eisbrocken über die ganze Länge des

Gletschers und fielen ins Meer. Es war ein beängstigendes Schauspiel. Wie Bomben schlugen die Stücke auf dem Wasser auf, wieder und immer wieder.

Hanna starrte wie gebannt auf die unendliche Eisfläche.

Plötzlich zitterte der Boden unter ihr.

31

··· *Diskobucht, Grönland* ·······························

«Oh mein Gott!»

Die Biologin sah sich besorgt um.

Auch Nanoq spürte das Beben. Mit jeder Sekunde wurde es stärker. Es waren Ausläufer von Schockwellen, die der Sermeq Kujalleq zu ihnen schickte. Für einen Moment kamen ihm die Warnungen seines Großvaters vor der Rache der Meeresgeister in den Sinn.

Aber dieses Drama hatte nichts Übersinnliches.

Der Gletscher entledigte sich gerade einer kilometerlangen Eisplatte. Es würde nur noch Minuten dauern, bis der Eisriegel ins Meer stürzte und eine Monsterwelle auslöste.

Und nach wenigen Sekunden würden diese Wassermassen Ilulissat erreichen.

«Es geht los», schrie er. «Der Gletscher kalbt! Ich muss die Einwohner warnen!»

Hektisch riss er das Funkgerät aus der Tasche und rief das Tourismusbüro.

«Spürt ihr das?», fragte er panisch.

«Ja, wir denken, ein Erdbeben …» Es war Iluuna vom Büro.

«Der Gletscher bricht gerade auseinander. Bald wird alles von einer Riesenwelle überschwemmt. Du musst Alarm auslösen. Bringt euch in Sicherheit. Schnell!» Er beendete das Gespräch.

«Was machen wir jetzt?» Hanna Jordan sah ihn fragend an.

«Am besten bleiben wir vorerst hier oben, da ist es sicher.» Er dachte an seine Schwester Sika und an Uju und hoffte, dass beide zu höhergelegenen Plätzen flohen.

Das Knacken und Grollen verstärkte sich. Eisblöcke schossen durch die Luft und fielen ins Meer. Teile der Gletscherfront blätterten ab wie verbrauchte weiße Farbe.

Es rumpelte und bebte, es krachte und dröhnte.

Von überall schien mittlerweile der Lärm zu kommen, ohrenbetäubend und schmerzhaft.

Nanoq war abgestoßen und fasziniert zugleich von dieser Urkraft der Natur. Sie war unaufhaltsam. Und sie brachte den Tod.

Es schien, als wehrte sich der Sermeq Kujalleq gegen die ungewohnte Hitze, gegen die Zumutungen, die die Menschen ihm auferlegt hatten. Der Gletscher schüttelte und wand sich, als wolle er alles abstreifen, was ihm die vergangenen Jahrzehnte zur Last gefallen war.

Tief in seiner Seele verstand Nanoq zum ersten Mal, warum die Inuit das Meer und das Eis für heilig hielten. Warum sie glaubten, Götter wohnten darin, die das Schicksal der Menschen lenkten. Er fühlte seine Unbedeutendheit, das Ausgeliefertsein angesichts dieser entfesselten jahrhundertealten Wildnis, dieser übermächtigen Demonstration von Stärke.

Die Menschen waren nur Winzlinge in diesem Universum. Sie hatten bis heute nicht begriffen, dass sie in Wirklichkeit Getriebene, Spielfiguren eines viel größeren Plans waren – und wie lächerlich wirkten dabei ihre Versuche, sich die Erde untertan zu machen.

Ein Donnerschlag. Laut wie eine Explosion.

Entlang der Spalte löste sich die gesamte Gletscherfront und kippte in Zeitlupe nach vorn. Die berghohe Wand aus Eis fiel um wie ein einziger, riesiger Dominostein und schlug ohrenbetäubend laut auf dem Wasser auf.

Fontänen schossen in den Himmel.

Eine Monsterwelle bildete sich quer über der Bucht, sie türmte sich höher und höher. Es war wie ein Tsunami. Nanoq hatte Bilder davon gesehen, aber nichts kam dem gleich, was sich gerade vor seinen Augen abspielte.

Die Welle drängte vorwärts, begrub auf ihrem Weg Schiffe unter sich, verschluckte Eisberge.

Dann erreichte sie Ilulissat und brach direkt über dem Ort.

Nanoq schrie. Hanna Jordan schlug sich vor Entsetzen die Hände vor den Mund.

Hafen, Häuser, Straßen – alles wurde von Wasser überflutet.

Es war ein Zustand in der Schwebe. Ein unwirklicher Anblick. Als beanspruchte das Meer nun das Land und würde es nie mehr hergeben. Der Moment der Überflutung zog sich ewig hin.

Nur langsam zog sich das Wasser wieder zurück.

Bald waren Gebäude und Straßen wieder zu sehen – manche standen noch. Andere waren ganz verschwunden.

«Schnell, wir müssen hinunter und helfen!» Nanoq lief los, ohne sich weiter um die Biologin zu kümmern. Er sprang über Felsbrocken und Gräben, rutschte mehrmals aus, stieß sich an etwas Hartem. Er beachtete es nicht. Hauptsache, er kam schnell den Hang hinunter.

Sika. Uju.

Sein Herz zog sich zusammen, er bekam keine Luft mehr.

Weiter, immer nur weiter.

Er erreichte die ersten Häuser am Hang. Sie waren unbeschädigt. Offenbar hatte die Welle nur die tiefer gelegenen Stellen erreicht.

Das gab ihm Hoffnung.

Doch schon nach wenigen Metern stolperte er über Bretter, die einst zu Fassaden gehört hatten. Teile von Dächern. Baumaterialien. Je weiter er nach unten gelangte, desto stärker waren die Verwüstungen.

Schlamm und Steine bedeckten die Straßen. Reste von Stühlen und Tischen waren wie zufällig über das Gelände zerstreut. Ein Wellblechdach lag zerdrückt am Weg. Ölfässer hatten sich in den Boden gebohrt. Die Überreste von zertrümmerten Schlitten steckten ineinander.

Ein Holzhaus war komplett verschwunden, eines daneben ebenfalls und eines in der Nachbarschaft. Nur die Fundamente standen noch. In der Ferne irrte eine Frau durch das Areal, sie schrie nach ihrem Mann, wieder und immer wieder.

Auf einem matschigen Feld lagen drei Schlittenhunde. Sie schienen zu schlafen, ihre Mäuler offen, die Augen glasig. Es war kein Leben mehr in ihnen.

Dann sah Nanoq einen leblosen menschlichen Körper. Er stockte, blieb stehen. Es war eine Frau. Er musste sich zwingen, zu ihr zu gehen. Vorsichtig drehte er die Frau auf den Rücken. Eine offene Wunde klaffte an der Schläfe.

Sie war tot.

Er wich unwillkürlich zurück. Er kannte diese Inuk, sie lebte allein in einer Hütte am Ortsrand.

Mit Schreckensbildern hatte er gerechnet, aber auf diese Wirklichkeit war er nicht vorbereitet. Noch vor Minuten war die Frau am Leben gewesen, nicht ahnend, dass ihr Ende mit dem Meer über sie kommen würde.

Es war etwas Spezielles, das Sterben und den Tod direkt mitzuerleben. Eine Erfahrung, grausam und endgültig. Nanoq überschwemmte ein Gefühl des Mitleids, der Trauer – und der Ohnmacht.

Für die Frau konnte er nichts mehr tun. Er ging weiter, seine Beine waren wie Blei, die Angst vor neuem Schrecken packte ihn.

Weitere Leichen lagen herum, die Körper seltsam verdreht. Er schaffte es nicht, sie anzusehen.

Seine Gedanken waren bei seiner Schwester und seinem Großvater. Wo waren sie? Hoffentlich hatten sie überlebt.

Er schlug die Richtung zu Ujus Haus ein, der Weg war kaum mehr erkennbar, Mülltonnen, Gartenzäune, Blechkanister, Kochtöpfe, Hundekadaver wie zufällig verstreut.

Schließlich sah er die Hütte seines Großvaters. Die Wände und das Dach waren eingestürzt, ein einziger Holzhaufen, die ursprüngliche Form nicht mehr erkennbar.

Er lief hin, räumte einige Bretter beiseite. «Uju! Uju!»

Nichts.

War Uju überhaupt zu Hause gewesen? Er musste sich Gewissheit verschaffen. Wie ein Besessener packte er Balken und Teile der Bretterwand, zog sie weg, immer wieder den Namen seines Großvaters rufend.

Niemand antwortete.

Er ignorierte den Schmerz seiner Muskeln, das Brennen in seiner Lunge, grub, zog, arbeitete, Holz für Holz, bis ihm der Atem ausging.

Ein Stöhnen.

Nanoq hielt inne. Hatte er da gerade etwas gehört?

«Großvater?»

Er horchte.

«Nanoq.»

Eine Stimme, mehr ein Hauchen.

Sein Großvater lag da irgendwo in den Trümmern.

«Warte, rühr dich nicht. Ich hol dich hier raus!»

Die Erleichterung, dass Uju noch lebte, gab ihm neue Kraft. Adrenalin schoss durch seine Adern. Weiter packte er unermüdlich Balken, schleppte den Unrat beiseite, griff Holzstück um Holzstück. Er wusste nicht, wie lange er gegen die Ruine gekämpft hatte, die einmal seine Heimat gewesen war, bis er eine Gestalt in einer Nische entdeckte.

«Uju.»

Behutsam befreite er ihn von den Brettern um ihn herum. Uju fiel das Atmen schwer. Nanoq fühlte seinen Puls, er ging unregelmäßig. Die Kleidung seines Großvaters war blutverschmiert, die Haare von Staub und Splittern stumpf. Seine Hände hatte Uju um ein Amulett aus Walrossknochen gelegt, das gegen böse Geister helfen sollte.

«Opa, wie bin ich froh, dich am Leben zu sehen.» Nanoq strich ihm über die Haare. «Du bist verletzt. Ich hol einen Arzt. Bleib hier liegen und rühr dich nicht. Ich bin gleich wieder da. Versprochen.»

Er wollte aufstehen, aber Uju hielt ihn zurück. Sein Griff war schwach. Nanoq setzte sich neben ihn.

«Keinen … Doktor, Junge. Lass … es … sein.» Die Worte kamen mühsam über Ujus Lippen. «Es ist gut, Junge … Bitte … Mir hilft kein Arzt mehr.» Er versuchte ein Lächeln, doch der Schmerz verzerrte sein Gesicht.

«Rede nicht so. Ein Arzt wird dir helfen …»

Uju tastete nach Nanoqs Hand und drückte sie.

«Es ist gut, Junge. Meine Zeit … ist gekommen. Die Meerfrau erwartet mich. Ich … muss gehen. Die Götter wollen es so.»

«Bitte, Großvater …» Nanoqs Mund war trocken. Er sah den Ernst in den Augen seines Großvaters, spürte, wie tapfer der alte Mann sein Schicksal annahm.

«Hab … keine Angst, Nanoq. Wie ich sehe, trägst du den Eisbärenzahn … um deinen Hals. Aus dir wird doch noch ein richtiger … Kämpfer. Vertraue auf deine Schutzgeister. Vertraue … deinen Fähigkeiten.»

«Uju, es tut mir so leid … Was ich früher zu dir gesagt habe … Unser Streit …» Tränen füllten Nanoqs Augen. «Bitte verzeih mir.»

«Du bist ein guter Junge. Du brauchst dich nicht zu entschuldigen.» Sein Großvater versuchte sich aufzurichten. Nanoq nahm ihn in den Arm.

«Ich ... habe dich immer geliebt, Nanoq, mein Junge. Ich habe dich mehr geliebt als meinen eigenen Sohn. Ich ... bin stolz auf dich.»

«Uju ...» Nanoq wollte ihm noch so vieles sagen, wiedergutmachen, was er in der Vergangenheit Falsches gesagt hatte. Doch seine Stimme versagte.

«Ich bin so müde, Nanoq.» Sein Großvater schloss die Augen. «So müde ... Die Meerfrau ... sie ruft mich.»

Nanoq hielt Uju sanft in den Armen. Er spürte, wie das Leben den Körper seines Großvaters verließ.

Und er saß da, mit einem Gefühl unendlicher Leere, überwältigt von Schmerz und Trauer.

32

... Ilulissat, Grönland ....

Hanna hatte bei ihren Expeditionen schon viele schwierige und gefährliche Situationen erlebt, aber dieses Kalben des Jakobshavn-Gletschers, faszinierend und schrecklich zugleich, übertraf alles. Als Forscherin verfolgte sie solche Prozesse der Natur normalerweise mit wissenschaftlichem Interesse. Aber als Betroffene – gewissermaßen live vor Ort – schockierte sie die tödliche Wucht des Wassers zutiefst. Einmal mehr wurde ihr bewusst, wie wenig die Experten in Wahrheit über die Arktis und die geheimen Antriebskräfte des Eises wussten.

Nachdem Nanoq sie zurückgelassen und sie sich aus ihrer Erstarrung gelöst hatte, hatte sie sich ebenfalls auf den Weg hinunter in den Ort gemacht. Sie passierte die ersten Häuser des Ortes, und die Katastrophe war überall: Die Szenen vor ihr erinnerten sie an Filmaufnahmen aus Notstandsregionen im Fernsehen. Doch es fühlte sich anders an, Tod und Verwüstung hautnah mitzuerleben. Auf so viel Leid war Hanna nicht vorbereitet.

Menschen irrten durch die Straßen, auf der Suche nach ihren Angehörigen. Kinder saßen weinend auf dem Boden und riefen nach ihren Eltern. Verletzte humpelten wie in Trance ziellos herum. Männer schoben mit Schaufeln die Hundekadaver zu einem Berg zusammen. Ein älterer Inuk beugte sich über seine tote Frau und sang ein Klagelied. Zwei Frauen trugen einen verletzten Jungen und schrien nach einem Arzt. Eine Gruppe Inuit versuchte, einen Teenager aus den Trümmern eines Hauses zu ziehen, doch es war zu spät für ihn.

Ein Mann und eine Frau saßen eng umschlungen an einen Pfahl gelehnt. Hanna ging näher – und erschrak: Die Augen der beiden waren starr. Das Paar hatte den Tod gemeinsam erwartet, die letzte Minute ihres Lebens zusammen erlebt.

Je mehr Hanna sich dem Zentrum von Ilulissat näherte, desto zahlreicher wurden die Opfer. Leblose Körper an jeder Straßenecke. Tote in umgeworfenen Autos, die es nicht mehr rechtzeitig aus dem Fahrzeug geschafft hatten. Leichen in eingestürzten Häusern. Blutüberströmte Kinder. Menschen, die einfach nur dasaßen und teilnahmslos darauf warteten, was das Schicksal ihnen als Nächstes brachte.

Die Folgen der Verwüstung an den Gebäuden waren überall sichtbar. Trümmerhaufen versperrten die Wege, Möbel, Geschirr, Zäune, Reste von Dächern waren weit verstreut. Boote waren an Land gespült worden und lagen ineinander verschachtelt in den Straßen und Ruinen.

Eine Reihe von Gebäuden hatte die Welle ohne größere Schäden überstanden – vor allem solche, die aus Stein gebaut waren oder für die ein anderes Haus die Wucht des Wassers abgeschwächt hatte.

Bei der Polizeistation traf Hanna auf Eliyah und Bürgermeister Rasmussen. Sie standen offenkundig unter Schock.

«Sind Sie okay?», fragte Hanna. «Kann ich irgendwie helfen, mich nützlich machen?»

«Was für ein Glück, was für ein Glück, dass wir noch leben.» Rasmussen sprach atemlos. «Ich war gerade in meinem Büro, das hat mich gerettet. Was für ein Glück …»

«Ich war auf der Wache.» Eliyah schüttelte den Kopf. «Nicht auszudenken, wenn ich gerade mit dem Auto gefahren wäre.»

«Haben Sie schon Katastrophenalarm ausgelöst?»

«Ich habe als Erstes mit Nuuk und mit Kopenhagen telefoniert. Sie wollen Rettungsteams schicken, sagen Sie.» Der Bürgermeister klang wenig zuversichtlich. «Außerdem haben sie einen internationalen Notruf abgesetzt – wer immer in der Nähe ist, kann kommen und uns unterstützen.»

«Wir sind hier doch am Arsch der Welt», meinte der Polizist. «Das wird dauern, bis jemand da ist. Es fehlt hier an allem – an Ärzten und Krankenpersonal, an Medikamenten, schwerem Räumgerät, bald wird es selbst an so banalen Dingen wie Essen und Trinken mangeln.»

«Sogar Leichensäcke fehlen uns», murmelte Rasmussen. «Es ist ein Desaster, die Strafe Gottes. Dass ich das in meiner Amtszeit erleben muss!»

«Haben Sie schon einen Überblick über die Opfer? Gibt es Stellen, wo ich mit anpacken kann?», fragte Hanna.

«Sie sehen doch selbst, Frau Dr. Jordan, es ist das reine Chaos. Tote, wohin man blickt. Überall Leichen, Leichen, Leichen. Es ist entsetzlich.» Rasmussen schluchzte. «Und Ausflugsschiffe und Fischerboote waren in der Bucht unterwegs. Keiner weiß, ob da jemand …»

«Ich probier's im Krankenhaus. Vielleicht kann dort jemand meine Hilfe brauchen», sagte Hanna entschlossen und machte sich auf den Weg.

Zwei Wände des Hospitals waren eingedrückt, ein Drittel des Daches nackter Dachstuhl, die Zufahrten aufgerissen. Doch einige Krankenstationen waren offenbar in Betrieb, Trauben von Menschen warteten vor dem Eingang. Dr. Nuuni Abelsen stand davor und teilte die Verletzten verschiedenen Abteilungen zu.

«Kann ich helfen?», rief Hanna ihr zu.

Die Ärztin erkannte sie. «Haben Sie Erfahrung mit Erster Hilfe, Frau Jordan?»

Hanna nickte.

«Dann willkommen an Bord. Wir können jede Hand brauchen.»

Die Doktorin ließ die Menge für einen Moment allein, winkte Hanna heran und führte sie in einen Nebenraum mit einer Behandlungsliege. «Bitte schnappen Sie sich Verbandszeug und Desinfektionsmittel dort in den Schubladen und verarzten Sie Abschürfungen, Platzwunden, offene Wunden und was sonst noch alles anfällt. Ich befürchte, Pflaster und Binden werden nicht lange reichen. Auf so etwas waren wir nicht eingestellt. Ein paar Schmerztabletten haben wir auch noch, aber seien Sie bitte sparsam damit.»

Die nächsten Stunden kümmerte sich Hanna um den nicht endenden Strom an Patienten, die vor ihrem Zimmer Schlange standen. Immer wieder hörte sie Schreie aus den anderen Krankenstationen, wo die schweren Fälle behandelt wurden. Sie waren markerschütternd.

Bald hatte sie sämtliches Material aufgebraucht und musste die Wartenden schweren Herzens auf eine andere Station verweisen.

Sie war erschöpft und brauchte eine Pause. Diese Abfolge von Leid und Schmerz, von Blut und Wunden setzte ihr mehr zu, als sie zuerst geglaubt hatte. Wie war sie froh, am Leben und unverletzt zu sein!

Sie meldete sich bei Dr. Nuuni Abelsen ab und trat aus dem Gebäude, wo sie tief durchatmete. Ihr Ziel war der Hafen. Sie wollte aufs Meer schauen und zur Ruhe kommen.

Schnell stellte sie fest, dass sie dafür den falschen Ort gewählt hatte: Die Verwüstungen am Pier waren am schlimmsten – Teile der Mole waren weggerissen, Boote zerstört, die Hafenanlagen nur noch Schutt.

Einige Männer suchten zwischen den Trümmern. Hanna erkannte Jako, den Bootsführer und Freund von Nanoq.

«Braucht ihr Unterstützung?», fragte sie.

Die Männer hielten inne.

«Wir suchen nach Jakos Freundin», sagte einer auf Englisch.

«Sika ... Sie ist verschwunden ... einfach verschwunden.» Jako war wie verwandelt, er wirkte wie sein eigener Geist. «Gerade noch war sie bei mir, und dann ...»

«Die beiden hatten vor, mit dem Schiff auszulaufen», erklärte einer der Helfer. «Sika wollte nur noch schnell etwas aus dem Lager holen. Da kam die Welle ...»

«Es ist meine Schuld, allein meine Schuld. Ich hätte sie nicht gehen lassen sollen ...» Jako sprach mehr zu sich selbst, seiner Stimme fehlte jede Kraft. «Wäre ich nur selbst gegangen ...»

«Vielleicht ist sie verletzt und kann sich nicht bewegen, wir finden sie, ich helfe mit.» Es sollte aufmunternd klingen, aber Hanna fehlte die Zuversicht.

«Wir suchen ja schon seit Stunden», sagte einer der Männer. Die Niedergeschlagenheit war ihm anzumerken. «Wo sollen wir noch suchen, wo um Himmels willen?»

Hanna wusste darauf keine Antwort.

«Das verzeih ich mir nie, dass ich sie allein gelassen habe.» Jako starrte in die Ferne. «Es ist alles mein Fehler ... Sika, bitte, wo steckst du? Sika!» Er brüllte seinen Schmerz hinaus.

Hanna schloss sich dem Suchtrupp an. Über eine Stunde lang durchwühlten sie Blechteile, sahen unter aufgeschlitzten Bootsrümpfen nach, hoben Stoffplanen in der Hoffnung, darunter Jakos Freundin zu finden. Sie kämpften sich durch die Ruinen von Lagerhäusern und Werkzeugschuppen.

Es war vergeblich.

Sie setzten ihre Suche direkt am zerstörten Pier fort. Zerborstene Fischkutter lagen halb versunken im Wasser, Ölpfützen hatten sich darum gebildet. Die Männer gingen an Bord, um nachzusehen, ob sich Sika dort in Sicherheit gebracht hatte – so unwahrscheinlich es auch war.

«Da ist etwas!», rief einer.

Hanna rannte zu ihm, auch Jako und die anderen kamen herbeigestürzt.

Eingekeilt zwischen zwei Schiffen trieb ein Mensch auf dem Wasser, mit dem Rücken nach oben. Niemand würde der Person mehr helfen können, das war auf einen Blick klar.

Zwei Männer balancierten zum Rand des Piers. Mit einem Haken gelang es ihnen, den Körper an Land zu hieven. Jako stand bei Hanna, unfähig, sich zu bewegen.

Als sie die Leiche umdrehten, glaubte Hanna, ihr Herz bliebe stehen.

Die Tote war Sika.

«Nein!» Ein Schrei der Verzweiflung entrang sich Jakos Kehle.

Dann brach er zusammen.

33

··· *Reykjavík, Island* ···································

Gunnar drückte sich in seine Nische zwischen den Containern, ganz nah am Ufer, dort, wo die Frachtschiffe ankerten. Er liebte diese Stelle im Hafen, es war sein geheimer Platz, ein Rückzugsort, wenn die Nachtschicht gar nicht mehr enden wollte und er etwas zum Aufwärmen brauchte. Die rechteckigen Stahlkolosse über ihm ließen nur einen schmalen Blick auf den Himmel zu, das Licht einiger Bürofenster verlor sich zwischen den Lagerhallen.

Seit fünf Jahren machte er nun diesen Job als Wachmann, widerwillig, denn der Stundenlohn war lächerlich niedrig, aber er war froh, überhaupt etwas Geld verdienen zu können. Zum Ausgleich gönnte er sich kleine Auszeiten in der Nacht – er trank, machte ein kleines Nickerchen. Das war sein Recht, schließlich fror er sich hier den Hintern ab, während die Bosse zu Hause in ihren warmen Betten lagen.

Er schraubte den Verschluss auf und nahm einen kräftigen Schluck aus seinem Flachmann. Der Wodka brannte in der Kehle. Noch ein Schluck. Schon bald machte sich ein wohliges Gefühl in seinem Körper breit. Er zog die Kapuze tiefer ins Gesicht, lockerte den Pistolengürtel und suchte sich eine bequeme Sitzposition, den Rücken an den Container gelehnt.

Er öffnete die Augen. Etwas hatte ihn aufgeweckt.

Ein Geräusch.

Er lauschte. Alles war still, wie ausgestorben. Wie lange hatte er geschlafen? Nach seiner Uhr war es nur eine halbe Stunde gewesen.

Wieder ein Geräusch. Als ob jemand eine Tür öffnete und versuchte, dabei besonders leise zu sein. Wahrscheinlich wieder Jugendliche, die diesen Platz als Treffpunkt nutzten. Für schnellen Sex. Oder für Drogen.

Gunnar zündete sich eine Zigarette an und lauschte.

Nichts.

Sollte er nachsehen? Es konnte nicht schaden, sich die Beine ein wenig zu vertreten, es war empfindlich kalt geworden. Er rauchte zu Ende, zog den Gürtel wieder enger und schloss den

Reißverschluss seiner Jacke. Mit seiner Taschenlampe leuchtete er die Umgebung ab.

Langsam ging er die Gasse zwischen den Containern ab, bis er zu dem Areal mit Parkplätzen, Stahltanks, Verwaltungsgebäuden und Lagerhallen kam. Dort hielt er an und lauschte wieder.

Er glaubte, Schritte links von sich zu hören.

«Hallo, jemand da?», rief er und leuchtete in die Richtung.

Niemand antwortete. Außer dem Schein seiner Taschenlampe war nichts zu sehen. Er schaltete die Lampe aus und nahm einen anderen Weg zwischen den Lagerhallen hindurch. Licht brauchte er nicht, er kannte sein Revier im Schlaf.

Bei den Tanks glaubte er, eine Bewegung auszumachen. Vorsichtig ging er näher ran.

Dort war ein Mann, schwarz gekleidet, eine Sturmhaube verdeckte sein Gesicht. Er hatte eine Tasche bei sich und machte sich gerade am Stromkasten zu schaffen. Was ging hier vor?

Gunnar zog seine Pistole und entsicherte sie. Sein Herz raste.

«Hände hoch! Was machen Sie hier?» Er richtete den Strahl seiner Taschenlampe auf den Unbekannten, während er mit der Waffe auf ihn zielte.

Der Mann drehte sich um und hob seine Hände.

«Was tun Sie hier?», wiederholte Gunnar die Frage. Er machte drei Schritte vorwärts, blieb wieder stehen.

Der schwarz Gekleidete sagte kein Wort. Er rührte sich nicht, schien aber jede Bewegung des Wachmanns mit seinen Blicken zu verfolgen.

Langsam ging Gunnar weiter auf ihn zu, die Pistole im Anschlag. Seine Hände zitterten. Zwei Meter vor dem Mann blieb er stehen.

«Und jetzt hinknien. Mach bloß keinen Ärger!»

Der Eindringling gehorchte. Gunnar öffnete dessen Tasche.

Aus den Augenwinkeln bemerkte er eine Bewegung. Er wirbelte herum, hinter ihm stand ein zweiter schwarz Gekleideter.

Gunnar kam nicht mehr dazu, seine Waffe abzufeuern. Etwas traf ihn an der Schläfe und riss ihn von den Beinen.

Dunkelheit.

Er spürte, wie er über den Boden geschleift wurde. Vorsichtig öffnete er die Augen. Verschwommen konnte er die beiden Männer sehen, die seelenruhig einen Kasten unter den Tanks befestigten. Dann verschwanden sie, ohne sich weiter um ihn zu kümmern.

Ein Blinklicht am Kasten pulsierte. Gunnar fand das merkwürdig, er versuchte sich zu bewegen, aber sein Körper verweigerte den Dienst.

Dann kam die Explosion.

34

... Longyearbyen, Spitzbergen ...

Nelson schob die Plastik-Ritterfiguren neben seine Schale mit Frühstücksmüsli und trank einen Schluck Kaffee. Wie lange hatte er das Spielzeug nicht mehr in den Händen gehalten! Erinnerungen an seine Kindheit kamen hoch, an lange Nachmittage auf dem Dachboden, abgetaucht in die Fantasiewelt des Mittelalters.

«Na, was ist das denn?» Diana setzte sich zu ihm, bestellte einen Tee und stellte ihren Teller mit den Marmeladenbrötchen ab. «Ist bei dem kleinen Nelson plötzlich der Spieltrieb ausgebrochen?»

«Hab ich vor Kurzem in der ehemaligen Werkstatt meiner Eltern in Köln gefunden.»

«Du warst dort? Das wusste ich gar nicht.»

«Ab und zu sehe ich nach, ob noch alles in Ordnung ist.»

«Du hast mir nie was über deine Eltern erzählt. Wie ich aus

deiner Personalakte weiß, sind sie bei einem Autounfall im Rhein gestorben.»

«Das ist lange her – Schnee von gestern.» Nelson schob sich einen Löffel Müsli in den Mund, um nicht weiterreden zu müssen. Er wollte sein Geheimnis mit niemandem teilen.

«Immerhin zieht es dich hier und da an die Stätte deiner Kindheit zurück, wie ich sehe.» Sie deutete auf die Figuren. «Welche von denen bist du denn – König Artus, Ivanhoe oder Prinz Eisenherz?» Sie gluckste. «Interessant, was ein erwachsener Mann so mit sich herumträgt.»

«Ab und zu wieder ein Kind zu sein, ist wunderbar. Du bist doch auch nicht als Erwachsene zur Welt gekommen, oder?»

«Aus dem Sandkastenalter bin ich aber längst heraus.»

Nelson schenkte sich eine weitere Tasse Kaffee ein. Er fühlte sich ein wenig gereizt von Dianas Scherzen so früh am Morgen. «Erzähl mir lieber, was es Neues gibt.»

«Während du in aller Seelenruhe frühstückst, war ich schon fleißig.» Sie holte ihren Tablet-PC aus der Tasche. «Ich habe bereits mit unserem Vorgesetzten Robert Horn telefoniert. Ich denke, wir sollten heute noch weiterreisen.»

Sie rief eine Nachrichten-Webseite auf und zeigte ihm den Bericht. Dort war die Rede von einer «folgenschweren Explosion auf Island, die dreiundzwanzig Personen das Leben kostete». Bilder zeigten Reste von Containern und niedergebrannten Lagerhallen in Reykjavík. Die Polizei ging nach ersten Ermittlungen von einem Unfall aus, hieß es. Offenbar habe ein unvorsichtiger Wachmann beim Rauchen ein Feuer bei den Treibstofftanks entzündet.

«Horn hat Informationen, dass Gebäude und Vorratstanks von Glencore betroffen sind. Außerdem ist auch eine Tochtergesellschaft vom Bremer Hafen geschädigt worden.» Diana sah ihn an. «Der BND geht davon aus, dass es sich um einen Anschlag handelt. Wir sollen der Sache vor Ort nachgehen.»

«Ich habe nichts gegen eine Luftveränderung. Wer weiß, wann die Russen die Leiche im Bergwerk entdecken. Dann könnte es ungemütlich werden.» Nelson verzog das Gesicht. «Und was passiert sonst noch auf der Welt?»

«Lies doch bitte selbst.» Sie schob ihm den Tablet-PC herüber.

In Nordrhein-Westfalen und Norddeutschland war es zu weiteren Überschwemmungen gekommen. Grund war das Sturmtief, das seit einer Woche über Deutschland tobte. In Köln war der Rhein über die Ufer getreten und hatte die Altstadt überschwemmt. Sieben Menschen waren dabei gestorben. In Düsseldorf war eine Brücke von den Fluten beschädigt worden, der Verkehr musste gesperrt werden. In Hamburg hatte das Hochwasser einen neuen historischen Höchststand erreicht. Die Polizei meldete zwölf Tote und vierundzwanzig Vermisste. Der Erste Bürgermeister hatte den Katastrophenfall ausgerufen.

In Frankreich hatte der Dauerregen große Teile der Rebstöcke in der Bordeaux-Region zerstört – das Wasser hatte die Pflanzen einfach von den Hängen gespült. Mehrere Loire-Schlösser mussten für Besucher gesperrt werden, nachdem der Fluss über die Ufer getreten war.

Auch einige Alpentäler in Norditalien waren von der Außenwelt abgeschnitten – Gerölllawinen hatten alle Zufahrtsstraßen blockiert. Die Regierung in Rom hatte die Armee in die Unglücksgebiete beordert.

Auf Grönland hatte ein Gletscher eine Tsunamiwelle ausgelöst und einen Ort überflutet. Nach ersten Schätzungen gab es «mehrere Hundert Tote und Vermisste». Die Regierung bat um internationale Hilfe und rief Unternehmen und Freiwillige auf, sich aktiv an Evakuierungsmaßnahmen zu beteiligen und bei den Aufräumarbeiten zu helfen. Experten machen in ersten Stellungnahmen die andauernde Hitzewelle in der Arktis für das Unglück verantwortlich.

«Also, momentan spielt das Wetter wirklich überall verrückt.»

Nelson zeigte Diana die Prognosen für Island. «Selbst dort feiern die Menschen den Jahrhundertsommer. Wir hätten uns Badezeug mitnehmen sollen.»

«Ich schau dir gern zu, wenn du in das Eiswürfelwasser springst, von mir aus auch in Unterhosen», meinte Diana süffisant. «Den Spaß lasse ich mir nicht entgehen.»

Nelson wurde ernst. «Wir sollten aufbrechen.» Er stand auf. «Wie ich dich kenne, hast du für uns bereits einen Transport nach Island organisiert.»

«Richtig geraten.» Diana nahm ihre Jacke. «Nach dem Mittagessen geht es los.»

Im Hotelzimmer packte Nelson seine Sachen zusammen. Er holte das Fotoalbum seiner Eltern aus dem Speicher der Kölner Werkstatt aus der Tasche und legte es auf den Tisch. Jetzt war eine gute Gelegenheit, den Inhalt genauer zu studieren, bis zur Abreise blieb reichlich Zeit.

Er war froh, dass dieser Schatz nicht in Barentsburg abhandengekommen war. Im Nachhinein ärgerte er sich darüber, so unvorsichtig gewesen zu sein und das Album mitgenommen zu haben. Nicht auszudenken, wenn diese Erinnerungen für immer verloren gewesen wären.

Bisher hatte er die Seiten nur flüchtig durchgeblättert. Nun hängte er ein «Bitte nicht stören»-Schild vor die Tür, rückte den Stuhl ans Fenster und sah sich alles genauer an.

Chronologisch zeigten die Aufnahmen Schnappschüsse aus Nelsons Kindheit: ein Foto der erschöpften, aber glücklichen Mutter bei der Geburt im Krankenhaus, Babyfotos mit Kinderwagen, im Sandkasten, die ersten Gehversuche. Sein Vater, wie er ihn auf den Schultern trägt und in die Kamera lacht. Seine Mutter, die ihn vom Kindergarten abholt. Der erste Schultag. Besuch bei der Oma. Treffen mit Verwandten und Freunden.

Immer wieder aufs Neue rührten ihn die Aufnahmen. Ihm wurde ganz schwer ums Herz, wenn er seine Eltern sah. Sie waren ein so wichtiger Teil seines Lebens. Lange verschüttete Erinnerungen kamen wieder hoch. Diese Bilder brachten sie ihm näher,. als er sich ihnen seit Ewigkeiten gefühlt hatte. Endlich konnte er wieder spüren, was sie für Menschen gewesen waren. Vater und Mutter wurden für ihn wieder greifbar und real. Sie waren nicht länger bloße Reflexionen seiner Fantasie. Er suchte in seinem Gedächtnis nach Szenen, die die Fotos spiegelten, aber es blieben Bruchstücke.

Was er bei aller Freude immer noch nicht verstand: Diese Aufnahmen waren harmlos und wohl in Tausenden anderer Familienalben so ähnlich zu finden.

Warum um alles in der Welt hatten seine Eltern diese Fotosammlung versteckt?

Auf einmal brach die Bilderfolge abrupt ab, die letzten Seiten des Albums blieben leer. Er lehnte sich zurück und dachte nach. Vielleicht musste er die Frage anders angehen, detektivisch. Wie ein BND-Agent.

Nochmals nahm er das Album in die Hand. Der Einband bestand aus genarbtem und gepolstertem Leder. Jede einzelne Doppelseite trennte ein Blatt Seidenpapier. Die Bilder waren herausnehmbar mit Fotoecken fixiert. Offenbar hatte der Fotograf sie mit unterschiedlichen Kameras aufgenommen. Manche Bilder wirkten spontan, andere wie gestellt. Bei einigen war nicht klar, wer eigentlich hinter der Kamera stand. Auch viele der Personen im Hintergrund konnte Nelson nicht identifizieren, aber das musste nichts bedeuten.

Er ging jede Seite einzeln durch, betrachtete die Rückseiten der Fotos. Doch dort fanden sich nur Aufdrucke der Entwicklungslabore, handschriftliche Bemerkungen fehlten.

In der Mitte des Albums blieb er bei drei Fotos hängen, als er mit den Fingern darüberstrich. Sie waren dicker als die anderen.

Als er die Bilder herausnahm, sah er, warum: Dahinter steckten drei passgenau gleich große Fotos.

Ein perfektes Versteck.

Zwei Aufnahmen waren aus großer Entfernung geschossen worden, sie zeigten zwei ihm unbekannte Männer im Gespräch vor einem Geschäft. Auf dem dritten Foto waren ein weiterer Fremder und eine Frau auf der Straße zu sehen, offenbar im Vorbeifahren aufgenommen.

Nelsons Neugier war geweckt. Er untersuchte den Ledereinband genauer, glaubte, etwas unter dem Polster zu fühlen. Vorsichtig löste er mit einem Messer die Verklebung und hob das Leder an. Im Innern der Fütterung ertastete er Papier. Er holte es heraus. Es waren ein Brief und zwei beschriebene Blätter. Nelson zog die Papiere vorsichtig heraus und entfaltete alles. Die Blätter enthielten eine Abfolge von Zahlen und Buchstaben, dazwischen wieder normale Worte und Satzfetzen. Der Inhalt des Briefes war noch rätselhafter.

Was hatte das zu bedeuten? Und wieso hielten es seine Eltern für so wichtig, diese Papiere zu verbergen?

35

... Ilulissat, Grönland ...

In den Tagen nach der Katastrophe war mehr und mehr internationale Hilfe angelaufen. Im Hafen drängten sich ein chinesischer und zwei russische Frachter, aus Kanada war ein Sanitätsschiff gekommen, Fischtrawler aus den Siedlungen entlang der Küste hatten angelegt. Gerade lief ein Forschungsschiff aus Island ein und suchte eine freie Stelle am Pier.

Die letzten Tage hatte Nanoq mit Aufräumen verbracht, jetzt holte ihn die große Leere nach seinem Verlust ein. Er saß vor der

Tür und beobachtete nur noch. Sein Haus war vom Wasser verschont geblieben, nur der Boden unter den Fundamenten war aufgeweicht, nichts Schlimmes. Die drei Fichten hatte es weggespült – sie waren für immer verschwunden.

Es war ihm egal. Alles war ihm egal. Er hatte keine Tränen mehr, er fühlte sich leer, nur ein dumpfer Schmerz blieb zurück.

Sein Großvater tot. Seine Schwester tot. Hatte sein Leben noch einen Sinn?

Über ihn donnerten die Flugzeuge hinweg und nahmen Kurs auf den Flughafen. Von überallher kamen die Maschinen, sie brachten Lebensmittel, sie brachten freiwillige Helfer. Selbst die Amerikaner hatten von ihrer Thule Air Base im Norden Grönlands eine Hubschrauberstaffel geschickt, die Menschen aus Ilulissat ausflog.

Denn viele Inuit wollten nun weg, fort von dem Chaos, fort von den Trümmern ihrer Existenz. Das wenige, was sie hatten, war nun ganz zerstört, die Jobs weg, die Fischkutter gesunken. Viel zu oft hatten sie in der Vergangenheit die Erfahrung machen müssen, dass die versprochene Hilfe aus Dänemark viel zu spät kam – oder gar nicht.

Nur die älteren Inuit nahmen ihr Schicksal hin, sie blieben, wo sie waren, versuchten zu überleben, so wie es ihre Vorfahren seit Hunderten von Jahren taten. Geduldig und mit einem Urvertrauen auf die Geister und die Kräfte der Natur, die die Dinge am Ende regeln würden.

«Hey, Nanoq!»

Jemand kam den Weg herauf und winkte ihm zu.

Es war sein Freund Paalu Lynge, der am Umweltinstitut in Nuuk arbeitete.

«Da bist du ja, ich habe dich überall gesucht.» Paalu war etwas außer Atem. «Ich bin gerade erst angekommen. Ich wollte was tun, helfen, nicht bloß in meinem Büro bleiben.» Er setzte sich neben Nanoq. «Ich hab das von Sika und Uju gehört. Es ist furchtbar. Mein herzliches Beileid.»

«Danke.»

Gemeinsam betrachteten sie die geschäftigen Aktivitäten unten im Ort und schwiegen dabei.

«Das wird wieder, Ilulissat wird neu aufgebaut, glaub mir», brach Paalu schließlich die Stille und klopfte ihm sanft auf die Schulter. «Sag mir, was ich für dich tun kann.»

«Nichts.»

«Komm, Junge, wir kennen uns schon so lange. Du kannst nicht ewig hier rumsitzen und vor dich hinstarren. Lenk dich ab, das hilft, die Trauer schneller zu überwinden. Wie geht es übrigens Jako? Der Tod von Sika muss ihm sehr zu schaffen machen. Sie war wohl seine große Liebe.»

Nanoq sah seinen Freund an. «Keine Ahnung. Ich hab ihn seitdem nicht gesehen.»

Paalu stand auf und zog ihn hoch. «Komm, lass uns nachsehen. Und vielleicht können wir uns bei den Hilfstrupps nützlich machen.»

Sie gingen hinunter ins Ortszentrum. Dort wimmelte es von Fremden – US-Militärangehörigen, Chinesen, Russen, Isländern, Kanadiern. Eliyah stand mittendrin und versuchte zusammen mit dem Bürgermeister, die Helfer und deren mitgebrachte Ausrüstung irgendwie in eine Ordnung zu bringen.

«Die Raupenfahrzeuge bitte nicht auf den gepflasterten Straßen bewegen», rief Rasmussen gerade einem Trupp russischer Bauarbeiter zu.

Niemand scherte sich darum.

Von einem Schiff aus Island wurden gerade Bagger ausgeladen, die Monteure trugen alle Helme mit der Aufschrift ‹Transnation Holding›.

«Können wir auch irgendwie unterstützen?», fragte Paalu den Bürgermeister.

Rasmussen reagierte genervt. «Lasst mich in Ruhe, ihr seht doch, es geht hier drunter und drüber.»

«Vielleicht können wir helfen, etwas Ordnung zu schaffen. Keinen Vorschlag?»

«Ich weiß nicht ... Probiert es doch bei dem russischen General Manager Andrej Sokolov aus Barentsburg, die formieren gerade eine Suchmannschaft für Vermisste. Oder beim Chef von Transnation Holding, das ist der Typ mit Jeans und blauer Daunenjacke dort drüben. Er heißt Magnus Ruud.» Er deutete auf einen Mann mit blonden Haaren. «Oder fragt beim Hafen nach.»

Nanoq und Paalu gingen auf den blonden Mann zu. Paalu baute sich entschlossen vor ihm auf. «Entschuldigung, Mister Ruud, wir würden gern mithelfen. Brauchen Sie für Ihren Trupp Unterstützung?»

Magnus Ruud, etwa Mitte vierzig, sah sie beide an. «Danke für das Angebot. Derzeit haben wir Spezialisten für die Geräte im Einsatz. Aber ich sage meinem Assistenten Bescheid.» Er winkte einen etwa dreißigjährigen Mann in Jeans zu sich. «Die beiden Herren hier bieten ihre Arbeitskraft an. Gibt es für sie was Sinnvolles bei uns zu tun?»

Der Assistent schüttelte den Kopf. «Morgen vielleicht. Melden Sie sich einfach wieder bei uns.»

Die beiden wandten sich ab.

«Sollen wir noch einen Versuch bei den Kanadiern starten?» Paalu klang nicht mehr überzeugt.

Nanoq schüttelte den Kopf. «Besuchen wir lieber Jako. Ihm geht's nach dem Schock sicher nicht gut.»

Sie gingen zu seiner Baracke in der Nähe des Hafens. Die Ecken des Gebäudes waren weggespült worden, nur der Mittelteil stand noch, die Haustür fehlte.

«Jako?», rief Nanoq hinein.

Keine Antwort.

«Jako, bist du zu Hause? Paalu ist auch da.»

Es blieb still. Sie stiegen über herausgerissene Fassadenbretter und betraten die Baracke. Die Wohnküche sah chaotisch aus wie immer, leere Wodkaflaschen lagen in der Spüle, auf dem Tisch ein Aschenbecher mit einer glimmenden selbst gedrehten Zigarette.

«Der muss doch da sein!» Paalu roch an der Zigarette. «Da ist mehr drin als nur Tabak. Jako raucht sein Gras immer zu Ende.»

Der süßliche Geruch von Marihuana lag in der Luft, vermischt mit den Ausdünstungen des Alkohols.

Sie sahen im Schlafzimmer und auf der Toilette nach – nichts.

«Das ist merkwürdig», meinte Nanoq.

«Hier, sieh mal, was ich gefunden habe.» Paalu zeigte ihm ein handgeschriebenes Blatt Papier.

Tut mir so unendlich leid wegen Sika.
Alles meine Schuld.
Ich liebe sie.
Bald bin ich bei ihr.
Die Meerfrau ruft.

«Was bedeutet das?» Paalu runzelte die Stirn.

«Oh Gott!» Nanoq zog seinen Freund nach draußen. «Das ist ein Abschiedsbrief. Jako will sich was antun. Schnell!» Er stürzte aus der Tür. Sie mussten so schnell wie möglich zum Hafen.

Unterwegs fragten sie jeden Einheimischen, ob er Jako gesehen hatte.

«Er ist in Richtung Pier gegangen», meinte eine alte Inuk.

Nanoq sprintete zum Hafen, Paalu folgte ihm atemlos.

Doch Jako war nirgends zu entdecken.

«Verdammt, wo könnte er stecken?» Nanoq lief verzweifelt am Wasser entlang.

Bei jedem einzelnen Schiff fragten sie nach, jeden Arbeiter, jeden Fischer sprachen sie an.

Jako schien verschwunden.

«Dort!» Paalu wies auf eine Gestalt ganz am Ende des Piers. Sie rannten los.

«Jako, warte!», schrie Nanoq. Aber aus der Entfernung konnte Jako ihn nicht hören. Als sie sich näherten, sahen sie, dass er in ein Schlauchboot gesprungen war und den Außenborder angeworfen hatte.

«Bitte, Jako, warte!»

Das Boot entfernte sich vom Pier. Jako steuerte auf das offene Meer zu.

Sekunden später erreichten sie die Stelle, von der er abgelegt hatte. «Jako!», schrien sie und ruderten wild mit den Armen.

Er bemerkte sie, behielt aber seinen Kurs bei.

«Komm zurück!», rief Nanoq. «Lass uns über alles reden!»

Jako richtete sich auf, in der Hand eine Wodkaflasche. Er trank sie in einem Zug aus und warf sie über Bord.

Er wankte, behielt aber das Gleichgewicht. Dann zeigte er ein schiefes Grinsen, nahm eine schwere Ankerkette aus seinem Rucksack und wickelte sie sich um den Hals.

«Tu's nicht!» Nanoq brüllte sich die Lunge aus dem Leib.

Jako hob die Hand zum Abschied.

Dann ließ er sich rückwärts ins Wasser fallen.

36

Ilulissat, Grönland

Hanna hatte, so gut es ging, weiter im Hospital ausgeholfen, aber nach einigen Tagen gab es genug ausländische Helfer mit einschlägigen Ausbildungen. Noch immer steckte ihr vom Anblick der Unmengen an Leichensäcken, die am Hafen zum Abtransport gestapelt worden waren, der Schock in den Knochen. Kanadische Helfer hatten es übernommen, die Verstorbenen auf ein Schiff zu laden und dort zu lagern, bis über die endgültige Beerdigung entschieden wurde. Denn trotz des Wunsches der Inuit nach einer traditionellen Bestattung ihrer Angehörigen waren die Behörden der Meinung, wegen der schieren Menge an Leichen müsse eine andere Lösung gefunden werden – beispielsweise die Einäscherung in Kanada oder Dänemark.

Sie dachte an Nanoq, der Großvater und Schwester verloren hatte. Schicksale wie seines waren wichtige Gesprächsthemen im Krankenhaus gewesen, jeder dort hatte eine traurige Geschichte, berichtete von Verwandten und Freunden, die das Unglück nicht überlebt hatten. Sie konnte nachfühlen, wie sehr Nanoq unter seinem Verlust litt. Vielleicht würde ihm etwas Ablenkung helfen, besser damit zurechtzukommen.

Sie würde ihn fragen, ob er sie mit einem Motorschlitten zur Forschungsstation *Camp Glacier* auf dem Inlands-Schelfeis bringen könnte, alle Helikopter waren wegen der Hilfsaktion ausgebucht. Hier im Ort konnte sie nichts mehr tun, deshalb hatte sie beschlossen abzureisen.

Dort in der Einsamkeit wollte sie ein paar Kollegen treffen, die ihre Untersuchungen zur Erwärmung des Meerwassers und des rätselhaften Fischsterbens vielleicht unterstützen konnten. Außerdem freute sie sich darauf, alte Bekannte wiederzusehen.

Sie nahm das Funkgerät, um im Tourismusbüro nach dem Guide zu fragen. Aber niemand ging ran. Also probierte sie es mit ihrem Satellitentelefon und hatte endlich Erfolg. Die Frau redete etwas von «Nanoq ist zu Hause» und versprach, ihn vorbeizuschicken.

Eine halbe Stunde später tauchte Nanoq am vereinbarten Treffpunkt vor der Polizeistation auf.

«Hallo, wie geht's Ihnen?» Hanna schüttelte ihm die Hand. «Mein Beileid für Ihren Verlust.»

«Danke, Frau Dr. Jordan. Ich konnte nochmals Abschied nehmen, gestern war die Beerdigung.»

Hanna war überrascht. «Ich dachte, alle sterblichen Überreste der Unfallopfer kämen auf ein Schiff ...»

«Das ist auch so. Meine Schwester Sika ... sie ... sie steckt in einem der Leichensäcke.» Die Worte fielen ihm sichtlich schwer.

«Und Ihr Großvater?»

«Die Nachbarn haben eine traditionelle Meeresbestattung organisiert, so wie Uju es sich gewünscht hatte. Man hat seinen Leichnam mit Schutzamuletten dekoriert und in Robbenfelle eingenäht. Wir sind mit dem Boot rausgefahren. Und ein alter Schamane hat ihn mit Beschwörungsformeln auf die Reise zur Meerfrau geschickt. Es war seltsam, aber zugleich ergreifend. Ich bin froh, dabei gewesen zu sein. Mögen er und Sika in Frieden ruhen. Und Jako ebenfalls.»

Sie schwiegen.

«Ich würde Sie gerne für einen Trip engagieren, falls Sie Zeit haben und dazu bereit sind – trotz Ihrer Trauer», sagte Hanna nach einer Weile. «Natürlich komme ich für alles auf.»

Sie erläuterte ihm ihr Vorhaben.

«Kein Problem. Ich kümmere mich gleich um die Vorbereitungen. Ich bin froh, für einige Zeit aus Ilulissat herauszukommen. Hier sind zu viele Erinnerungen.» Er versuchte ein Lächeln. «Übermorgen früh könnten wir starten.»

Hanna ging zurück in ihr Hotel, das nur geringe Schäden abbekommen hatte. An der Rezeption gab sie Bescheid, in zwei Tagen abreisen zu wollen.

«Hanna!» Eine bekannte Stimme. «Du glaubst ja gar nicht, wie ich mich freue, dich zu sehen!»

Sie drehte sich um. Vor ihr stand Sven.

Sie brauchte einen Moment, um den Schock zu überwinden.

«Du … Du bist hier? Was … machst du hier?»

«Also freust du dich auch, mich zu sehen? Es sollte eine Überraschung sein!» Sven blinzelte vergnügt.

«Die ist dir gelungen.»

«Als du nicht auf meine E-Mails geantwortet hast, hab ich mir Sorgen gemacht, dir könnte was zugestoßen sein.»

«Sven, bitte. Ich bin eine erwachsene Frau und kein Kind mehr, das von der Schule abgeholt werden muss.»

«Trotzdem … Jedenfalls bin ich jetzt da.»

«Das sehe ich.»

«Ich muss noch ins Hotel einchecken.» Sven zeigte auf seinen Rollkoffer. «Was meinst du, teilen wir uns ein Zimmer? Oder ich zieh einfach bei dir ein – erinnerst du dich noch an unsere gemeinsamen Nächte bei dir zu Hause?» Er beugte sich zu ihr vor. «Das war wunderschön …»

«Besser, du nimmst dir ein eigenes Zimmer.»

Hanna war völlig überrumpelt von Svens Auftauchen. Was dachte er sich bloß? Konnte er sie nicht in Ruhe lassen? Und wie sollte sie ihn wieder loswerden?

«Wer war eigentlich der Typ, mit dem du vorhin gesprochen hast?» Sven richtete sich auf. «Der ist viel zu jung für dich.»

«Sag mal, geht's noch? Spionierst du mir nach? Er ist ein Guide und arbeitet für das Tourismusbüro, aber das geht dich überhaupt nichts an.»

«Sachte, sachte, Hanna. Komm wieder runter. Ich hab euch auf dem Weg vom Flughafen hierher zufällig stehen sehen. Nichts weiter.»

Sie verschränkte die Arme. «Du hast mir immer noch nicht gesagt, warum du hier bist.»

«Ganz einfach: Ich habe beim Institutsleiter eine kleine Dienstreise nach Grönland beantragt – und genehmigt bekommen. Ich wollte meine Forschungen zum Gletschereis sowieso vertiefen. Und außerdem …» Er machte eine Kunstpause.

«… außerdem habe ich die Ergebnisse der Laboruntersuchungen deiner eingeschickten Tierproben dabei. Die wolltest du doch dringend haben.»

«Das stimmt, aber …»

«Nun, ich habe mich angeboten, dir die Resultate persönlich zu überbringen. Das fand dein Chef Professor Wenzel sinnvoll und richtig. Ich soll dir übrigens einen schönen Gruß von ihm ausrichten.» Sven strahlte übers ganze Gesicht. «Also habe ich mich auf den Weg gemacht, und … hier bin ich! Ist das nicht toll?»

«So ein Quatsch. Für die Ergebnisse hätte es gereicht, wenn man mir eine E-Mail geschickt hätte. Dafür braucht es doch keinen persönlichen Boten.»

«Braucht es wohl. Was du rausgefunden hast, ist nämlich äußerst ungewöhnlich. Und heikel. Sehr heikel sogar, das Alfred-Wegener-Institut ist überaus besorgt, kann ich dir sagen.»

«Jetzt mach's nicht so dramatisch und sag mir einfach, was in dem Bericht drinsteht.» Hanna war neugierig geworden. Gab es endlich eine Erklärung für das rätselhafte Fischsterben?

«Langsam, langsam, meine Liebe.» Sven berührte ihren Arm. «Ich rücke die Ergebnisse nur raus, wenn wir heute oder morgen Abend gemeinsam Essen gehen. Ich werde einen Tisch hier im Hotel reservieren, dessen Restaurant ist immerhin noch in Betrieb.»

Hanna wich zurück. «Spinnst du? Erfüll gefälligst deinen Auftrag und gib mir den Laborbericht.»

«Ich habe Zeit. Viel Zeit. Vielleicht fange ich zuerst mit meinen Untersuchungen zum Schelfeis an.» Er zuckte mit den Achseln. «Danach erhältst du den Bericht – vielleicht. Oder wir gehen zum Abendessen.»

«Du willst mich erpressen? Im Ernst?»

«Es ist nur ein gemeinsames Dinner in einer exotischen Umgebung, sonst nichts. Du hast die Wahl. Deine Entscheidung. Aber ich verspreche dir: Du würdest es nicht bereuen.»

Hanna überlegte. Sie wollte diese Ergebnisse unbedingt – und zwar sofort. Ein Treffen in einem öffentlichen Lokal wäre akzeptabel. Und wenn sie sich danach aus dem Staub machte, dann war der Preis vielleicht nicht zu hoch.

«Meinetwegen.»

«Um 19 Uhr im Restaurant?»

«Ich werde da sein.»

Zurück in ihrem Hotelzimmer, rief sie ihren Vorgesetzten Frank Wenzel an.

«Wie geht's? Bist du gesund? Wie ich gehört habe, hast du die Flutwelle einigermaßen überstanden. Es muss gerade schrecklich für dich sein», sagte ihr Chef besorgt. «Und der Anschlag auf dich gibt mir zu denken. Was ist denn da bei euch los?»

«Sag mir nur eines: Hast du wirklich Sven Lorenz zu mir geschickt? Wie konntest du nur!»

«Es war ein Beschluss der Institutsleitung. Er soll dir die Laborbefunde mitbringen. Hast du sie schon erhalten?»

«Noch nicht. Aber warum habt ihr gerade meinen Ex-Freund ausgewählt?»

«Sven ist dein Ex? Ich wusste nicht, dass ihr eine Beziehung habt ... hattet.»

«Beziehung ist zu viel gesagt.» Hanna stöhnte. «Und er nervt mich, und zwar kolossal. Er ...»

«Hanna, bitte, ich will von solchen Büroaffären nichts hören», schnitt Wenzel ihr das Wort ab. «Das ist deine Privatsache. Du bist Wissenschaftlerin, er ist Wissenschaftler. Ihr werdet euch schon zusammenraufen. Ich erwarte professionelles Verhalten von euch.»

«Sind denn die Resultate wirklich so bedeutsam?»

«Ja, aber anders, als du denkst. Lass es dir von ihm erklären. Danach können wir noch mal telefonieren. Die Institutsleitung hat bereits höhere Stellen informiert. Halt mich auf dem Laufenden. Wie ich in den Nachrichten gesehen habe, ist es bei euch wärmer als bei uns in Deutschland mit unserem Sauwetter. Sei froh, dass du nicht hier sein musst. Und pass auf dich auf.»

37

... Reykjavík, Island ....

Nelson und Diana studierten die geheimen Unterlagen, die der BND ihnen zugeschickt hatte. Sie hatten den Anschlag im Bergwerk gemeldet und Informationen über die mysteriöse Fracht der russischen Schiffe in Barentsburg weitergegeben, außerdem hatten sie die zugehörigen Daten übermittelt. Laut den Unterlagen, die sie jetzt in den Händen hielten, lagen diese Schiffe aktuell hier in Reykjavík vor Anker. Was ihre Fracht war und wohin sie als Nächstes unterwegs waren, war unklar. Die offiziellen Frachtpapiere sprachen von «Rohstoffen» in den Laderäumen. Die Schiffe gehörten einem russischen Firmenimperium und wiesen als Heimat Sankt Petersburg aus.

Bei der Explosion im Hafen gingen die örtlichen Behörden weiterhin von einem Unfall aus, wahrscheinlich befürchteten sie internationale Verwicklungen und verzögerten deshalb die Ermittlungen. Verschiedene Geheimdienste hingegen waren der Meinung, es handele sich um einen terroristischen Akt. Möglicherweise in Staatsauftrag.

Es gab Fotos der Überwachungskameras am Flughafen, die Einreisende zeigten, die im Verdacht standen, an dem Anschlag beteiligt zu sein. Sie waren mit falschen Pässen eingereist, wie sich beim Abgleich mit der Interpol-Datenbank im Nachhinein herausstellte. Zwei der Männer waren bereits identifiziert – sie waren Weißrussen, die in der Vergangenheit mehrmals als Söldner gearbeitet hatten und als höchst gefährlich galten.

Diana scrollte durch das Material, das sie auf ihrem Laptop geöffnet hatte. «Der BND weist darauf hin, dass jemand von der Glencore-Geschäftsleitung gerade hier ist, ein gewisser Marc Ziegler, 48 Jahre alt, Schweizer Staatsbürger, Manager International Affairs bei dem Bergbau- und Rohstoffkonzern.» Sie zeigte Nelson die Datei. «Die Firma war ebenfalls von der Explosion hier im Hafen betroffen. Sie haben die Zentrale in der Schweiz und eine Niederlassung in Reykjavík – und in hundert anderen Ländern der Welt, wie es in dem Dossier heißt. Nicht umsonst mischen die überall mit, wo es was zu verdienen gibt. Deren Firmengeflecht ist ziemlich verwirrend, sie sitzen in mehreren Steueroasen und operieren von dort aus. Wollen wir uns die mal ansehen?»

Nelson nickte. «Gute Idee für den Anfang. Vielleicht haben die auch einen besseren Kaffee als diese Brühe hier im Hotel. Ich vereinbare einen Termin.»

Die Glencore-Niederlassung befand sich im Zentrum Reykjavíks in einem nüchternen Bürogebäude. Nelson und Diana hatten sich auf Wunsch des Bundesnachrichtendienstes entschieden, nicht unter ihrer Tarnidentität Thyssenkrupp zu erscheinen, sondern als BND-Beamte.

Ein Mann in Jeans nahm sie in Empfang und stellte sich als Marc Ziegler vor.

«Hereinspaziert», begrüßte er sie, ein leichter Schweizer Dialekt war herauszuhören. «Welch überraschender Besuch.»

Er führte sie in ein schlichtes Büro. Ein Schreibtisch mit mehreren Monitoren, Besprechungstisch, ein Aktenschrank und eine Anrichte mit einer Kaffeemaschine.

«Bitte nehmen Sie Platz. Darf ich Ihnen was anbieten?»

«Ein Kaffee wäre nicht schlecht», meinte Nelson.

Diana nickte zustimmend.

Es dauerte, bis der Mann das Gerät bedient hatte und die heiße Flüssigkeit in die Tassen floss.

«Darf ich fragen, was den BND an der Sache so interessiert?», fragte er, während sie warteten. «Deutschland ist weit weg.»

«Auch nicht weiter als die Schweiz», versetzte Diana. «Aber ja, wir schützen heimische Interessen. Und wie Sie wissen, sind einige deutsche Hafenbetreiber und Energiekonzerne in der Arktis aktiv.»

«Ja, Thyssenkrupp ist ähnlich wie wir fast überall zu finden.» Ziegler servierte den Kaffee und setzte sich zu ihnen. «Und Sie haben recht, die Jungs aus Bremen und Hamburg arbeiten hier an einigen Projekten. Ambitionierte Pläne, kann ich nur sagen.»

«Wie meinen Sie das?»

«Soviel ich weiß, sollen an einer abgelegenen Bucht im Nordosten von Island Hafenanlagen gebaut werden. Bisher ist da fast nichts vorhanden. Es soll eine Riesenfläche unberührter Küste umgepflügt werden. Tatsächlich haben gerade die Chinesen und die Russen ähnliche Pläne – und die reagieren erfahrungsgemäß sauer, wenn ihnen jemand in die Suppe spucken will.»

«Könnte die Explosion im Hafen damit zusammenhängen?» Nelson trank einen Schluck vom Kaffee. Kein aufregendes Gebräu, aber immerhin deutlich besser als im Hotel.

«Ich bin mir nicht sicher», sagte Ziegler. «Und wissen Sie, unser Unternehmen macht seit Jahren gute Geschäfte mit diesen beiden Nationen, und das rund um den Globus. Sie werden verstehen, dass ich an einer Fortsetzung der Beziehungen interessiert bin. Deshalb werde ich mich nicht offiziell über diese Länder äußern.»

«Und inoffiziell?» Diana lächelte ihn an. «Wir sind ja auch inoffiziell da. Und wir sind vom Geheimdienst. Wenn einer den Mund halten kann, dann wir.»

«Also gut.» Der Mann stützte die Ellenbogen auf dem Tisch ab und beugte sich ein Stück zu ihnen herüber. «Ich muss vorausschicken: Ich hatte mit chinesischen und russischen Unternehmen bereits in vielen Regionen zu tun – in Afrika genauso wie in Asien und Südamerika. Ich weiß, wovon ich rede.»

«Und?»

«Beide Länder sind äußerst rigoros, wenn die Durchsetzung ihrer Interessen auf dem Spiel steht. Die gehen buchstäblich über Leichen. Aber das ist eigentlich nichts Neues. Sie brauchen sich nur Russlands und Chinas Expansionspolitik anzusehen, das ist überall nachzulesen. Ukraine, Syrien, Afghanistan, Taiwan, Libyen – ich könnte die Liste endlos fortführen. Konkurrenten werden einfach plattgemacht, Einzelschicksale interessieren nicht, das Einzige, was zählt, sind Macht und Einfluss.»

«Das kann auch für die USA gelten», warf Diana ein.

«Die gehen aber anders vor.» Ziegler schenkte seinen Gästen nach. «Sie beim BND wissen selbst: China und Russland müssen sich nicht mal selbst die Hände schmutzig machen. Die engagieren einfach Söldner oder paramilitärische Sicherheitsunternehmen. Die wiederum leugnen, offiziell einen Auftrag von diesen Ländern erhalten zu haben, erledigen aber in Wirklichkeit die Drecksarbeit.»

«Und Sie glauben, solche Typen stecken hinter der Explosion und den anderen Sabotageakten?» Nelson lehnte sich zurück. «Keine Terroristen?»

«Beweise habe ich dafür nicht. Aber das alles sieht nach dem Werk von Profis aus. Die Angreifer haben es geschafft, den Teil des Reykjavíker Hafens lahmzulegen, in dem die Wettbewerber der Russen und Chinesen ihre Gebäude haben. Zufall?»

«Glencore war auch betroffen», sagte Diana. «Die Unbekannten scheinen sich nicht um die guten Beziehungen zu Ihnen zu scheren.»

«Sie sagen es. Aber bei uns waren es glücklicherweise nur eine Lagerhalle und zwei Baracken. So gesehen, kaum der Rede wert. Das zahlt unsere Versicherung. Andere Unternehmen hat's schlimmer erwischt.»

«Warum sind Sie dann überhaupt nach Island gekommen?», fragte Nelson.

«Ich muss prüfen, ob wir unsere Repräsentanz in Island aufrechterhalten oder in ein anderes Land verlagern. Das ist Chefsache.» Ziegler zuckte mit den Achseln. «Langsam wird es uns zu heiß hier. Und dieses Attentat war ein Warnschuss. Wer weiß, was als Nächstes kommt.»

«Es muss doch nicht weiter eskalieren», meinte Nelson. «Vielleicht waren es nur punktuelle Aktionen, und jetzt herrscht wieder Ruhe.»

«Ich hab keine Glaskugel. Aber ich bin skeptisch.»

«Warum?»

«Na ja, gerade haben Russland und China die Arktis als neues Aufmarschgelände entdeckt. Da haben die Amerikaner und die Kanadier natürlich etwas dagegen. Es ist für mich nur eine Frage der Zeit, bis es knallt.»

«Das klingt ziemlich pessimistisch», sagte Diana. «Bisher haben es die Großmächte immer geschafft, eine direkte militärische Konfrontation zu vermeiden.»

«Da haben Sie recht. Aber Sie wissen viel besser als ich, dass alle Großmächte in der Arktis massiv aufrüsten.»

«Das muss nichts heißen», meinte Nelson. «Das tun sie auch in anderen Regionen der Erde.»

«Aber hier geht es um sehr viel: Der Nordpol ist der letzte weiße Fleck auf der Welt, ein Gebiet, wo die Pfründe noch nicht verteilt sind.» Ziegler sah sie vielsagend an. «Deshalb finden derzeit erbitterte Verteilungskämpfe statt – auf wirtschaftlichem, politischem und militärischem Gebiet. Ganz nach dem Motto: Was der Konkurrenz schadet, ist gut für uns. Gefochten wird natürlich hinter den Kulissen, man möchte schließlich keine Zeugen. Jeder wird leugnen, etwas damit zu tun zu haben.»

«Eine vertrackte Situation», meinte Diana.

«Sie sagen es.»

«Zurück zu den aktuellen Ereignissen – haben Sie Hinweise, Informationen, Kontakte, die uns weiterhelfen könnten?» Nelson trank seinen Kaffee aus. «Wir stehen noch ganz am Anfang.»

«Ich weiß nicht ...» Der Glencore-Manager überlegte. «Vielleicht sollten Sie auch mit Magnus Ruud sprechen. Er ist Chef der Transnation Holding und ist bestens in der Szene vernetzt, er kann möglicherweise weiterhelfen. Wie ich gehört habe, ist er derzeit in Reykjavík.» Marc Ziegler stand auf. «Und noch was fällt mir ein: Wir beobachten aus ureigenem Geschäftsinteresse Schiffsbewegungen mit Rohstoffladungen. Wir haben gesehen, dass in letzter Zeit sehr viele Transporte hier vom Hafen ausgelaufen sind. Und die Ziele der Schiffe sind unbekannt. Das muss nichts heißen, aber es ist doch ungewöhnlich. Vielleicht lohnt ein Ausflug dorthin.»

38

... ***Reykjavík, Island*** ....

«Also, was hältst du von einem romantischen Abendspaziergang am Hafen?» Nelson nahm die Hände vom Lenkrad und steckte Funkgerät und Pistole ein. «Ein bisschen Schiffe gucken?»

«Du willst mich ausführen?» Diana grinste. «Ein Essen auf einem russischen Frachter vielleicht?» Sie streifte einen Pullover über und überprüfte ihre Ausrüstung. «Der Service dort soll schrecklich sein.»

Sie fuhren auf der mehrspurigen Straße 41 am Meer entlang.

Vor ihnen eine Autokolonne, Jugendliche streckten ihre Köpfe aus den Fenstern und riefen sich über die Straße etwas zu.

«Was ist denn heute los? Gibt's irgendwo eine Feier oder was umsonst zu trinken?» Nelson hupte, als ihn einer beim Einscheren schnitt.

«Das ist hier normal, denk dir nichts», meinte Diana. «Weißt du, welche Stadt auf unserem Planeten eine der höchsten Autodichten pro Einwohner hat – auch wenn man auf den Straßen nichts davon merkt?» Sie wartete nicht auf die Antwort. «Genau, Reykjavík!»

«Echt? Vielleicht sind die Autos nur zur Dekoration gedacht, die Besitzer wollen zeigen, dass sie es sich leisten können.»

Langsam rollten sie voran und fuhren dann südwärts entlang des Industriehafens Sundahöfn. Vom Auto aus konnten sie das Areal sehen, das durch den Bombenanschlag zerstört wurde: Nur noch Reste von Gebäuden standen, Stahlskelette ragten rußgeschwärzt in den Himmel. Der ganze Bereich war abgeriegelt.

Der Pier mit den Frachtschiffen tauchte vor ihnen auf. Gleich vorn ankerte ein chinesischer Frachter, die Zufahrt war von der Polizei abgesperrt. Eine Kolonne von Lkw wartete darauf, mit Containern beladen zu werden.

«Ist die ganze Lieferung für Island?» Diana zeigte auf das Schiff. «Warum braucht es die Polizei dazu?» Sie machte Fotos.

«Das können wir später klären. Wir sollten uns jetzt einen unauffälligen Parkplatz suchen und den Rest zu Fuß gehen.» Nelson lenkte das Fahrzeug zwischen zwei Lagerhallen, und sie stiegen aus. «Ich bin bereit.»

Diana hakte sich bei ihm unter. «Wir machen jetzt auf Liebespaar.» Sie schmiegte sich an ihn. «Aber mach dir keine Hoffnungen, das ist nur Tarnung, falls uns jemand sieht.»

Langsam spazierten sie zwischen den Baracken, Containern und Lagerhallen hindurch, blieben immer wieder stehen und musterten unauffällig die Umgebung.

Lkw kamen leer in den Hafen und fuhren beladen wieder weg, Gabelstapler brachten Ölfässer an die Mole, Kräne hievten Container auf die Schiffe. Dazwischen gingen Arbeiter umher, die lautstark in verschiedenen Sprachen Befehle erteilten.

«Also, Anschleichen wird schwierig», sagte Diana. «Hier ist viel los. Andererseits könnte das auch helfen.»

«Dahinten ist der Fischkutter, den wir in Barentsburg gesehen haben.» Nelson zeigte auf das Schiff am Rande des Piers. «Aber wir können nicht näher ran, sonst erkennt uns noch jemand von der Besatzung.»

Vier Männer hoben gerade eine Palette mit einer festgezurrten Apparatur von Bord und luden sie auf eine Zugmaschine.

«Was ist das?» Nelson holte sein Mobiltelefon heraus und machte Fotos. «Ich schicke die Aufnahmen zum BND.»

«Jedenfalls kein Gerät, das man zum Fischen braucht», meinte Diana. «Sieht eher aus wie ein Teil eines Hochleistungssonars oder einer Radarstation.»

Die Zugmaschine fuhr an und stoppte bereits nach zweihundert Metern direkt vor einem rot gestrichenen Transportschiff mit auffälligen Deckaufbauten im Bugbereich und einem massiven Kran am Mitteldeck. In kyrillischer Schrift war der Name *Sevmorput* angebracht. Mehrere Gangways waren ausgeklappt, Arbeiter brachten Kisten auf das Schiff. Die Besatzungsmitglieder luden die Apparatur von der Zugmaschine. Sofort waren sie von zwei Männern mit Maschinenpistolen flankiert, die die Umgebung sicherten.

«Muss ja was Wertvolles sein, wenn es Bewacher braucht.» Diana tippte den russischen Schiffsnamen in die Suchmaschine ihres Handys ein. «Volltreffer! Das ist genau unser Schiff.» Sie zeigte Nelson die Fotos und überflog die angezeigten Informationen. «Ein atomgetriebener Frachter für die Arktis, hat Eisbrecher-Technik, gehört Rosatom, der staatlichen russischen Agentur zur Förderung der Atomenergie, und …» Sie pfiff durch die Zähne. «… eigentlich war das Schiff längst eingemottet und sollte auf den Schrottplatz. Durch Verfügung von ganz oben wurde die Sevmorput aber wieder in Dienst gestellt. Neuer Einsatzzweck: unbekannt.»

«Das lohnt doch, sich den Kahn genauer anzusehen. Wir könnten bis zu den zwei Baracken gehen, die direkt am Pier stehen. Von denen sind es nur ein paar Meter bis zu den Gangways.»

Jede Deckung nutzend, schlichen sie sich an. Die Baracken waren unbeleuchtet, der einzige Scheinwerfer am Vorplatz strahlte den Bug des Schiffes an.

«Wollen wir es riskieren?» Nelson überprüfte seine Waffe.

«Dafür sind wir doch hier, oder? Schlimmer als im Bergwerk kann es auch nicht werden.»

Nelson drehte sich zu ihr um. «Alles hängt von dir ab. Du musst es schaffen, die beiden Typen mit den Maschinenpistolen abzulenken.»

Sie nickte entschlossen. «Wir machen es wie besprochen. Los geht's.»

Diana holte eine Wodkaflasche aus der Tasche, die mit Wasser gefüllt war, und zog ihren Pullover hoch, sodass ihr nackter Bauch zu sehen war. Langsam, torkelnd, wie eine Betrunkene ging sie die Baracken entlang, stoppte immer wieder und lehnte sich an die Wand, als hätte sie Mühe, aufrecht zu stehen. Auf diese Weise kam sie den beiden Wachleuten immer näher. Demonstrativ nahm sie einen Schluck aus der Wodkaflasche und rief etwas Unverständliches.

Die Männer wurden auf sie aufmerksam. «Hey, Süße, hast du dich verirrt?», rief ihr der eine zu.

«Kalt hier draußen, Kleine», sagte der andere. «Du wirst dich noch verkühlen. Findest du nicht mehr heim?»

Statt einer Antwort fing Diana wie irre an zu lachen, nahm einen Schluck, schwankte hin und her und deutete auf die Männer. «Ihr Bubis … solltet lieber zu Hause … bei eurer Mama sein. Ihr … Ihr seid eine Nummer zu klein … für mich!» Wieder ließ sie ein dreckiges Lachen hören.

«Das wollen wir doch mal sehen.» Der jüngere der beiden Männer ging zu ihr, begrabschte ihren Hintern. Diana ließ es geschehen und lachte ihm ins Gesicht.

Nelson wurde nervös. Die Wachmänner sahen in ihr ein leichtes Opfer. Konnte das gut gehen? Er zog seine Waffe.

Während der jüngere Typ Diana unangenehm nah kam, blieb der ältere auf seinem Posten. Nelson fluchte innerlich. Das war nicht vorgesehen.

Der jüngere drängte Diana ab in Richtung Baracken. «Ich weiß, du willst es auch. Du wirst es genießen, glaub mir, Süße.» Seinem Kumpel rief er zu: «Bin gleich wieder da!»

Er packte Diana an den Hüften und schob sie in den dunklen Gang zwischen zwei Hütten. Nelson folgte mit einigem Abstand.

Plötzlich ein Knistern.

Das Geräusch kannte er: Diana hatte ihren Elektroschocker eingesetzt.

Er lief in den Gang und sah, wie sie den zuckend am Boden liegenden Mann mit Kabelbinder fesselte und ihm den Mund verklebte. Sie nahm seine Maschinenpistole und gab sie Nelson.

«Gott sei Dank hat es funktioniert», flüsterte er. «Du musst den anderen auch noch herlocken.»

«Meinetwegen. Diese Typen sind ja so was von widerlich. Bringen wir es hinter uns.»

Sie schwankte auf den Vorplatz hinaus und rief dem anderen Wachmann lallend zu: «Du da … Dein Freund hat schlappgemacht … Ich glaub … ihm geht's nicht gut … Er ist zusammengebrochen … Komm schnell!»

Der Mann kam angelaufen. Als er in die Gasse einbog, wartete Nelson bereits auf ihn und schlug ihm mit dem Kolben der

Maschinenpistole hart gegen die Schläfe. Bewusstlos brach der Mann zusammen.

«Das war der zweite Streich.» Diana fesselte ihn. «Lauf los! Ich kümmere mich um die beiden und warte hier auf dich.»

Vor dem Schiff war niemand zu sehen. Nelson sprintete bis zur Gangway und hastete hinauf. Oben angekommen, duckte er sich hinter den Aufbauten und horchte. Vom Mittelschiff bei der Ladeluke waren Stimmen zu hören. Er sah, wie ein Trupp Arbeiter riesige Stahlrohre und überdimensionale Metallverstrebungen festzurrte.

Auf der Suche nach einem Weg in den Bauch des Schiffes fand er eine Tür mit Treppe. Leise folgte er ihr nach unten, die Pistole im Anschlag. Ein Gang führte ins Mittelschiff, Stahltüren gingen links und rechts davon ab. Er wagte es nicht, nachzusehen, was sich hinter diesen Türen verbarg.

Am Ende des Gangs stieß er auf eine Art Galerie. Er legte sich flach auf den Boden und spähte vorsichtig über den Rand.

Unter ihm war der Laderaum der *Sevmorput* zu sehen, der die ganze Breite des Schiffs einnahm. In der Mitte des Bodens war eine kreisrunde Luke eingelassen. Das war ungewöhnlich für einen Frachter. Waren Taucharbeiten geplant?

Um die Luke herumplatziert standen verschiedene Holzkisten und Anlagen, die von dem Fischkutter stammten, den sie in Barentsburg gesehen hatten. Darüber schweißten Handwerker gerade Stahlhalterungen an die vier Seiten der Ladeöffnung. Der Zweck war unklar: Sollte eine weitere Plattform montiert werden? Oder Stützsäulen? Nelson machte von allem Fotos. Später würden sie das Material auswerten und vielleicht klarer sehen.

Vorsichtig trat er den Rückzug an. Als er den Gang zurückschlich, hörte er, wie ihm jemand entgegenkam.

Er saß in der Falle. Er brauchte ein Versteck.

Hektisch probierte er verschiedene Stahltüren aus. Bei einer hatte er Glück, er versuchte sie leise zu öffnen und wieder zu schließen, aber ein leichtes Quietschen war dennoch zu hören. Er befand sich in einer Vorratskammer mit Schmierstoffen, Putzmitteln und Werkzeugen.

Draußen hörte er Männer vorbeigehen, die sich auf Russisch unterhielten. Er hielt die Luft an. Sie stoppten kurz, setzten ihren Weg aber gleich wieder fort.

Nach fünf Minuten öffnete er die Tür und trat auf den Gang.

«Krysa!»

Ein Mann packte ihn von hinten, schlug ihn gegen die Wand und rief erneut etwas Unverständliches auf Russisch.

Nelson war von dem Angriff überrascht, er versuchte sich umzudrehen, aber der Unbekannte drückte ihm die Luft ab. Langsam wurde ihm schwarz vor Augen.

Mit letzter Kraft stieß er sich von der Wand ab. Für einen Wimpernschlag lockerte sich der Griff. Nelson trat nach hinten, traf ein Schienbein. Der Mann schrie auf und ließ los.

Blitzschnell wirbelte Nelson herum, versetzte seinem Gegner einen weiteren Tritt, worauf der zusammensackte. Er schleuderte den Mann in die Kammer.

Der Angreifer schlug mit dem Kopf gegen ein Stahlregal und fiel zu Boden. Nelson kümmerte sich nicht weiter darum und rannte Richtung Ausgang.

In diesem Moment ging der Schiffsalarm los.

39

··· Ilulissat, Grönland ···

Sven hatte einen ruhigen Ecktisch mit Blick aufs Meer im Hotelrestaurant reservieren lassen. Der Tisch war mit Kristallgläsern und einer weißen Decke geschmückt, ganz anders als der Rest des Lokals. In der Mitte stand eine Kristallvase mit einer einzelnen roten Rose. Wie er die wohl aufgetrieben hatte.

«Hanna, Liebes, schön, dass du gekommen bist.» Er war aufgestanden und rückte ihr den Stuhl zurecht.

Sie setzte sich schweigend.

«Ich bin nicht zum Vergnügen hier», sagte sie dann. «Sondern weil du mir keine andere Wahl lässt.»

«Ich habe schon mal eine Flasche Wasser und zwei Gläser Sekt für uns beide bestellt. Ich hoffe, du bist nicht wieder beleidigt.» Er reichte ihr die Speisekarte. «Du kannst natürlich trinken, was du willst.»

Der Kellner brachte den Sekt.

Sven hob sein Glas und prostete ihr zu. «Auf unser Wiedersehen. Du siehst mich glücklich. Und wenn ich einen Wunsch aussprechen darf: Möge der Streit zwischen uns beiden hiermit begraben sein. Probieren wir einen Neuanfang!» Er nahm einen Schluck.

Hanna ließ ihr Glas stehen. «Wir sind einzig aus beruflichen Gründen hier, Sven. Nicht mehr. Erwarte also bitte nichts.»

«Tu ich nicht, tu ich nicht.» Sven hob abwehrend die Hände. «Wir beide sind doch erwachsene Menschen. Aber wir standen uns noch vor Kurzem sehr nahe. Das kann ich nicht einfach aus meinem Gedächtnis löschen.»

Hanna beschloss, die letzten beiden Sätze zu übergehen. «Also, was haben die Untersuchungen ergeben? Warum schickt man deswegen extra einen Boten?»

«Langsam, langsam, meine Liebe. Suchen wir uns erst was zu essen aus.» Er studierte die Speisekarte. «Vielleicht als Vorspeise eine Suaasat-Suppe mit Reis und Zwiebeln oder ein Robbenfleisch-Carpaccio. Und als Hauptgang Walsteak, auf dem heißen Stein gegrillt, mit kleinen Kartoffeln. Eine Alternative wäre Eiderentenbrust in Kräuterkruste, die soll hier himmlisch schmecken.»

«Ich nehm einen Salat – und dazu ein Glas Weißwein.»

«Auch eine gute Wahl.»

Sie bestellten.

«Erinnerst du dich noch an den kleinen Italiener im Bremerhaven, wo du eine Kräuter-Lasagne gegessen hattest? Das war damals ein unvergesslicher Abend. Und nachher sind wir zu dir …»

«Nun sag schon, Sven – die Ergebnisse», unterbrach ihn Hanna. «Du hast es versprochen.»

«Weißt du eigentlich, wie sehr ich deine Arbeit bewundere? Das habe ich schon immer getan.» Er trank seinen Sekt aus. «Ich wünschte, wir wären ein Team – stell dir vor, was wir gemeinsam alles erreichen könnten.»

«Ich mag es mir aber nicht vorstellen.»

«Hanna, ich und du – warum sollte das nicht funktionieren?»

«Weil ich ich bin und du du – und damit basta!»

«Sei nicht so! Ich versuche, nett zu sein, und du … bist total abweisend. Das hab ich nicht verdient.»

«Bitte, Sven, belassen wir es dabei. Die Ergebnisse …»

«Manchmal kannst du eine echte Nervensäge sein.» Er seufzte. «Meinetwegen.» Betont langsam holte er eine schmale Mappe hervor. «Die bekommst du nachher, da steht alles ausführlich drin.»

«Mach's nicht so spannend, gib mir eine Zusammenfassung.»

Sven bestellte sich ein neues Glas Wein, bevor er endlich zu sprechen begann. «Also. Unsere Labore haben alle Methoden eingesetzt, die zur Verfügung standen. Du weißt ja, wie akribisch sie arbeiten. Und sie haben tatsächlich etwas Ungewöhnliches gefunden, was das Fischsterben erklärt.»

«Und?»

«Kurz gesagt: Die Tiere starben an radioaktiver Strahlung.»

«Jetzt bin ich platt.» Damit hatte Hanna nicht gerechnet. Aber es schien einleuchtend. Sie dachte nach. «Und wie hoch war die Strahlendosis? Welche Atom-Isotope waren dafür verantwortlich?»

«Das ist der Teil, auf den unsere Experten keine genaue Antwort geben können. Dafür waren die Kadaverproben in einer zu fortgeschrittenen Phase der Verwesung.»

«Wie kam es dann zu der Diagnose?»

«Nun, wie du im Bericht nachlesen kannst, zeigten die Fische typische Anzeichen einer Strahlenkrankheit.» Sven nahm sein neues Glas Wein entgegen. «Festgestellt haben es die Kollegen durch Untersuchungen auf molekularer Ebene, anhand biologischer Indikatoren. Wie du weißt, kann man anhand der Veränderungen der Zelle und des Erbguts Rückschlüsse auf die Ursachen ziehen. Und der Befund ist eindeutig: Radioaktive Strahlung war der Grund für den Tod der Tiere.»

«Aber könnte nicht einfach die alltägliche radioaktive Strahlung dafür verantwortlich sein? Schließlich nehmen wir alle ständig natürliche radioaktive Strahlung auf, vom Weltall, aus der Natur oder wenn wir essen und atmen. Gerade in der Arktis gibt es seit jeher radioaktiven Gletscherstaub und radioaktives Gestein.»

«Dafür ist die Strahlung zu hoch gewesen. Unsere Experten sind sich sicher. Natürliche Ursachen scheiden aus.»

Hanna runzelte die Stirn. «Die verendeten Vögel und Robben hätten demnach Fische oder Kleinlebewesen aus dem Meer verspeist, die kontaminiert waren.»

«Du sagst es.»

«Erschreckend ist das. Schockierend.» Ihr hatte es den Appetit verschlagen, sie schob ihren Teller beiseite. «Und was folgt daraus?»

«Das ist die Eine-Million-Dollar-Frage. Ich weiß es nicht. Unsere Institutsleitung ist von den Resultaten sehr beunruhigt. Sie hat Angst, dass etwas an die Öffentlichkeit dringt und zu unnötiger Aufregung führt, bevor die Ursachen geklärt sind. Deshalb hat sie mich geschickt, damit ich es dir persönlich mitteile – mit der ausdrücklichen Bitte an dich, vorerst alles vertraulich zu behandeln.»

«Ich weiß nicht, was ich sagen soll.» Hanna fühlte sich von den Entwicklungen überfahren. Was bedeutete das alles?

Sven beugte sich vor. «Außerdem hat das Alfred-Wegener-Institut vorsorglich das Außenministerium informiert. Daran siehst du, wie nervös die hohen Herren sind.»

«Ich bin auch nervös. Diese Neuigkeiten sind beängstigend!»

«Na komm, lass uns jetzt von etwas anderem reden. Wir wollen uns diesen schönen Abend nicht verderben lassen.» Er ergriff ihre Hand und tätschelte sie. «Was hältst du von einem Absacker auf dem Zimmer?»

40

... Grönländisches Eisschild ....

Längst hatten sie Ilulissat hinter sich gelassen. Hanna hatte Nanoq kontaktiert und ihn gefragt, ob sie schon in aller Frühe starten könnten. Sie wollte Sven endlich loswerden. Deshalb hatte sie ihm auch nicht verraten, wann und wo sie abreisen würde, und heimlich im Hotel ausgecheckt. Am Vorabend war sie mit der Ausrede, sie müsse noch arbeiten, in ihr Zimmer verschwunden und hatte auch nicht reagiert, als er an ihre Tür geklopft hatte.

Seit einer Stunde waren sie nun bereits unterwegs. Nanoq hatte ihren Rucksack mit der Ausrüstung auf dem Motorschlitten festgeschnallt, er steuerte das Gefährt. Sie saß dahinter und hielt sich an ihm fest, duckte sich hinter seinem dick wattierten

Rücken. Denn so früh am Morgen war es empfindlich kalt. Vor allem der Fahrtwind machte ihr zu schaffen, obwohl sie Helm und Skibrille trug.

Sie hatte die Forschungsstation *Camp Glacier* per Satellitentelefon angerufen und ihr Kommen angekündigt. Dort arbeiteten erfahrungsgemäß Wissenschaftler aus verschiedensten Winkeln der Welt, und sie hoffte, von den Kollegen Hinweise über mögliche atomare Unfälle zu erhalten. Wobei sie nicht wusste, wie sie das anstellen sollte, ohne Details zu offenbaren, über die ihr Institut Stillschweigen von ihr gefordert hatte.

In der Nacht hatte sie den Laborbericht intensiv durchgearbeitet, der Befund war eindeutig: Natürliche Gründe schieden aus, die Ursachen waren menschengemacht. Noch immer zerbrach sie sich den Kopf, was genau der Auslöser für diese Strahlung sein konnte. Wo befand sich die radioaktive Quelle? Gab es Schäden in weiteren Regionen der Arktis? Schließlich hatten die Kreuzfahrttouristen auf ihrer Reise auch anderswo verendete Fische gesichtet.

Hanna versuchte ihre Sitzposition auf dem Motorschlitten zu verändern und ihre Beine zu bewegen, die sich wie erfroren anfühlten. Das Morgenlicht drang durch die Wolkendecke und ließ die weiße Fläche vor ihnen aufleuchten. Sie war immer wieder überwältigt von der Unendlichkeit dieser Eiswüste. Nichts war um sie herum, so weit der Horizont reichte – keine Pflanzen, keine Häuser, keine Menschen. Nirgendwo sonst auf ihren vielen Reisen hatte sie diese Intensität einer Landschaft erlebt, obwohl nichts zu sehen war als Eisflächen in verschiedenen Farbschattierungen. Es war eine einzigartige Reinheit, geschaffen von Wind und Wetter. Und doch war sie bedroht wie sonst nichts auf dem Planeten, gefährdet durch die zerstörerischen Auswirkungen der Zivilisation.

Das Eis war nicht glatt wie auf einer Schlittschuhbahn, das spürte sie bei jeder Bodenwelle, die das Schneemobil überquerte. Es gab Hügel und Senken, Rinnen und Rampen. Mal war der Boden wie Beton, mal sulzig oder schneebedeckt, Bäche aus Schmelzwasser kreuzten ihre Route.

Jedes Mal, wenn sich etwas veränderte, hielt Nanoq an und überprüfte den Untergrund. Sie bewunderte die Fähigkeit des jungen Mannes, diese lebensfeindliche Natur zu lesen und die richtigen Schlüsse daraus zu ziehen – die Überlebensgarantie der Inuit, mit Eis und dem Meer eins zu sein, jahrhundertelang geübt und von klein auf praktiziert.

Nach einer weiteren halben Stunde Fahrt stoppte Nanoq bei einer steil aufragenden Eisplatte, die einen guten Schutz vor dem Wind bot.

«Pause.» Er stellte den Motor ab.

Irgendwie schaffte es Hanna, ihre unterkühlten Glieder zu bewegen und abzusteigen.

«Ich spür gar nichts mehr.» Sie hüpfte hin und her, um ihr Blut wieder zum Fließen zu bringen. «Wie kann man es auf diesen verdammten Dingern nur so lange aushalten.»

«Immerhin sind wir sehr flott unterwegs, Frau Dr. Jordan.» Der Inuk sah auf seine Uhr. «Wir werden die Forschungsstation auf jeden Fall pünktlich erreichen.»

«Können wir nicht noch etwas schneller fahren? Dann haben wir es eher hinter uns.»

«Dieses Schneemobil schafft 130 Stundenkilometer, wenn es sein muss. Aber das ist nicht zu empfehlen, die Unfallgefahr ist viel zu groß. Eine Bodenwelle, die man übersieht, und dann … Man kann sich damit verdammt schnell den Hals brechen.» Er holte Sandwiches und eine Isolierkanne mit heißem Tee aus dem Rucksack und gab sie Hanna. «Nehmen Sie, dann kommen die Lebensgeister zurück.»

«Und Sie?»

«Ich muss mich zuerst um unser Gefährt kümmern, das ist auch durstig.» Er packte einen Treibstoffkanister aus. «Für unsere Strecke ist die Reichweite zu gering, aber einmal Nachtanken müsste reichen.»

Als er getankt und den Kanister wieder verstaut hatte, breitete Nanoq eine Zeltplane aus, und sie setzten sich im Windschatten der Eisplatte darauf und verspeisten schweigend die Brotzeit.

«Darf ich Sie etwas fragen, Frau Dr. Jordan?», sagte der Inuk nach einer Weile.

«Immer.»

«Haben Sie schon gehört, warum es all die toten Fische gab? Sie haben doch Proben genommen.»

Hanna zögerte. «Unser Labor in Deutschland hat gerade jetzt die Ergebnisse geliefert. Es ist kompliziert.» Sie überlegte, inwieweit sie Nanoq einweihen konnte, obwohl sie eigentlich nicht darüber sprechen durfte. Aber er hatte sich für das Thema eingesetzt wie sonst niemand, er hatte es verdient, die Wahrheit zu kennen – was immer am Ende die Wahrheit sein mochte. «Ich muss vorausschicken, alles ist vertraulich. Versprechen Sie mir, mit niemandem darüber zu reden?»

Der Inuk nickte.

«Gut. Also, die Tiere sind an einer Art Strahlenkrankheit gestorben. Was genau der Auslöser war, wissen wir bisher nicht.»

«Welche Strahlen meinen Sie?», fragte er überrascht.

«Radioaktivität.»

«Wie aus Atomkraftwerken?»

«So in etwa. In Wirklichkeit gibt es vielfältige radioaktive Strahlenquellen, stärkere und schwächere, das muss kein Kraftwerk sein.»

«Und so was führt zum Tod.»

«Ja, wenn die Intensität entsprechend ist. Fische reagieren auf eine niedrigere Dosis, die wäre für uns noch harmlos. Aber uns liegen bisher keine Erkenntnisse vor, ob die Strahlung, die zu ihrem Tod geführt hat, für uns nicht auch tödlich sein kann. Das Tückische daran ist ja, dass wir Menschen radioaktive Strahlung nicht sehen oder riechen können. Wir sehen und fühlen nur die Auswirkungen.»

Sie aßen schweigend weiter und beendeten wenig später ihre Pause. Nanoq packte die Sachen wieder ein, er schien mit den Gedanken woanders zu sein.

«Was ist?» Hanna half ihm beim Beladen. «Bedrückt Sie etwas? Hat Sie der Befund so schockiert?»

Der Inuk hielt inne. «Es ist nur … Mein Kumpel Jako, er …»

«Ich weiß, wie schmerzvoll der Verlust Ihres Freundes und Ihrer Verwandten für Sie sein muss. Das beschäftigt einen lange. Es dauert, bis man darüber hinweg ist.»

«Es ist … etwas anderes.» Nanoq lehnte sich an den Motorschlitten. «Schon die ganze Zeit über quälen mich mehrere Fragen: Wer war verantwortlich für den Diebstahl meiner Tierkadaver, die ich im Eis versteckt hatte? Und wer hat den Angriff auf Ihr Schlauchboot verschuldet?» Er sah sie an. «Ich hab mir den Kopf zermartert und nur eine Antwort gefunden: Es war Jako.»

«Der Freund Ihrer Schwester steckte hinter alldem, glauben Sie?»

«Es ist die einzig logische Erklärung. Und diese Erkenntnis macht mich fertig.»

Er überprüfte den Tank-Füllstand und schob das Schneemobil in Position. «Jako hat mich begleitet, als ich die Tierkadaver deponiert hatte. Und er wusste, dass Sie allein mit dem Schiff aufs Meer wollten. Und er hatte nicht nur die Gelegenheit, sich das Schnellboot zu organisieren, er kann es auch fahren.» Nanoq fiel das Reden schwer. «Ich … Ich wage gar nicht daran zu denken, dass mein Freund … in Wirklichkeit ein übler Krimineller war. Ich weiß, man sollte nicht schlecht über Verstorbene reden, aber in diesem Fall …»

Hanna erinnerte sich daran, wie sie das Angebot von Jako ausgeschlagen hatte, ihn als Schiffsführer zu engagieren, und wie verärgert er gewirkt hatte. Durch Sika hatte er sicherlich Bescheid gewusst, was sie oder Nanoq vorhatten, und seine Pläne darauf ausgerichtet. Vielleicht hatte er sich die Informationen auch einfach im Tourismusbüro geholt.

«Das könnte theoretisch so gewesen sein», meinte Hanna. «Aber warum sollte Ihr Freund das tun? Warum sollte er mich umbringen wollen?»

«Das Geheimnis hat er wohl für immer mit auf den Grund des Meeres genommen. Möglicherweise wollte er sich an Ihnen rächen. Oder an mir. Menschen unter Drogen oder Alkoholeinfluss handeln nicht immer rational. Und ich bin in der letzten Zeit leider oft nicht gerade freundlich mit ihm umgegangen. Das tut mir im Nachhinein leid.»

«Das mag sein. Aber Mord?»

«Nun, es gibt noch eine weitere Erklärung, und die kommt mir immer einleuchtender vor nach dem, was Sie mir gerade berichtet haben, Frau Dr. Jordan. Auch wenn die Vorstellung für mich erschreckend ist.»

«Was meinen Sie?»

«Jako wollte verhindern, dass Ihre Untersuchung an den toten Tieren an die Öffentlichkeit gelangte.» Nanoq sah Hanna ernst an. «Er wusste von dieser Radioaktivität.»

41

... Reykjavík, Island ...

«Ich hoffe, wir sind auf keiner Überwachungskamera des Hafens zu sehen.» Nelson streckte sich auf dem Hotelbett seines Zimmers aus. «Nicht dass wir noch mal ungebetenen Besuch wie in Barentsburg erhalten.»

«Keine Sorge, ich hab's gecheckt. Wie geht es deinen Verletzungen?» Diana stand am Fenster, sie drehte sich zu ihm um und deutete auf seinen Verband.

«Nur blaue Flecken und Prellungen. Und der Schmerz vergeht.» Er richtete sich auf. «Ich habe Glück gehabt.»

Nach dem Alarm auf dem russischen Atomfrachter *Sevmorput* war es Nelson in letzter Minute gelungen, vom Schiff herunterzukommen. Dort hatte ihn Diana beim vereinbarten Treffpunkt erwartet, die Maschinenpistole im Anschlag. Doch der Trupp der Wachleute wusste in der Aufregung ohnehin nicht, wo und nach wem er suchen sollte. So waren sie unbehelligt zu ihrem Auto und zurück ins Hotel gelangt.

«Ich hab die Fotos und die Ausweise der Wachmänner, die wir überwältigt haben, zum BND geschickt. Die sollen alles checken und bei befreundeten Geheimdiensten weitere Infos abfragen», sagte Diana. «Und ich habe eine Satellitenüberwachung für das russische Schiff beantragt, das heute früh ausgelaufen ist. Ich würde zu gern wissen, wohin die eigentlich wollen.»

«Zum Fischfang jedenfalls nicht. Das sah nach einer Spezialoperation aus.» Nelson streifte sich einen Pullover über und ging zum Schreibtisch. «Hat die örtliche Polizei eigentlich die Fahndung nach den Attentätern herausgegeben, die bei der Einreise am Flughafen identifiziert worden sind? Es müsste mittlerweile ein internationaler Haftbefehl vorliegen.»

«Laut unseren Quellen schon. Ich habe die Akten der Männer vom BND erhalten. Aber ob da tatsächlich Ermittler aktiv werden, ist fraglich. Wahrscheinlich sind die schon längst wieder außer Landes.»

«Und was war mit der Polizeiabsperrung bei dem chinesischen Containerschiff?»

«Angeblich nur Amtshilfe, um eine reibungslose Beladung der vielen Lkw zu gewährleisten. Sie sind anschließend nach Norden gefahren. Genaues Ziel unbekannt.»

«Tatsächlich? Warum dann diese Geheimniskrämerei? Ich

denke, wir sollten dem nachgehen.» Nelson startete den Tablet-PC. «So eine Lastwagen-Kolonne ist doch auffällig, allein diese Menge an Transportfahrzeugen ist äußerst ungewöhnlich. Ich bitte die Zentrale um Unterstützung, jemand soll sie aufspüren, das kann doch nicht so schwer sein, es gibt ja nur ein paar Straßen auf Island. Und jetzt schlage ich vor, wir gehen etwas essen.»

Am nächsten Morgen erhielten sie die gewünschten Informationen. Laut Bericht waren die chinesischen Lkw in einem kleinen Ort namens Raufarhöfn im Nordosten der Insel angekommen.

«Was gibt es dort Großartiges?» Nelson studierte das Dossier. «Ich hab noch nie von diesem Nest gehört, es liegt am Ende der Welt. Ein paar Kilometer nördlich beginnt der Polarkreis. Und ein Urlaubsziel ist es auch nicht.»

«Deshalb spielen wir jetzt Touristen und reisen dorthin.» Diana hatte ihre Tasche bereits gepackt. «Ich hab uns ein kleines Flugzeug gechartert. Und ein Auto am Ankunftsort. Der Pilot wartet bereits auf uns. Also, pronto, der Herr!»

Der Flug mit der einmotorigen Maschine führte direkt über den Gletscher Vatnajökull. Die weiße Mondlandschaft unter ihnen schien menschenleer, schier endlos zog sich die Fläche. Berge und Täler waren auszumachen, bizarre Eisformationen und Schmelzwasserflüsse, die sich bis zum Meer schlängelten.

Die Route wechselte bald in Richtung Norden. Grün-braune Gebirgszüge lösten das Eis ab. Von ihrer Position hoch oben wirkte die Oberfläche wie eine zerfurchte Elefantenhaut. Zur Küste hin wurde die Landschaft flacher, einzelne Siedlungen waren erkennbar.

Die Maschine setzte auf der Landebahn nördlich von Þórshöfn auf. Sie verabschiedeten sich vom Piloten, nahmen ihr Gepäck und brachten es zum Geländewagen, der für sie am Parkplatz bereitstand.

«Da dann los.» Nelson startete den Motor. «Ich schlage vor, wir sehen uns den Ort an. Die Bremer Hafengesellschaft hat hier ein Betriebsgelände, auf dem es in der Vergangenheit zu Sabotageakten kam. Der Büroleiter weiß Bescheid, dass wir kommen.»

«Dieses Þórshöfn soll das Zentrum des internationalen Tiefwasserhafens werden», sagte Diana, die über den Ort recherchiert hatte. «In der Nachbarbucht Finnafjord ist die Natur bis jetzt unberührt. In Zukunft ändert sich das, wenn die Bagger anrollen und alles zubetoniert wird. Das wird Islands neuer Megaport, der alle Schiffe über das Polarmeer aus der Nordostpassage zwischen Asien und Europa in Empfang nimmt und die Güter umverteilt, gebaut mit Bremens Hilfe. Zugleich wird das Hinterland für Industrieansiedlungen vorbereitet.»

Der Ort bestand aus einer Handvoll Häuser, einer Bank, einer Post, einer Schule, einem Kindergarten, einem Supermarkt und einem Restaurant. Sogar eine Polizeiwache gab es. Aber die mächtigen Gewerbeansiedlungen am Hafen, darunter eine Fischfabrik mit zahlreichen Lagergebäuden, überragten alles.

Das Büro der Bremer Hafengesellschaft fanden sie etwas versteckt hinter einer Tankanlage. Es bestand nur aus zwei Räumen. Überall hingen Pläne an den Wänden, es gab ein Besprechungszimmer und das eigentliche Büro, wo sie ein Mann empfing. Er war Mitte fünfzig, hatte kurz geschnittenes, graues Haar und trug eine Brille.

«Willkommen in der Einsamkeit. Mein Name ist Peter Weißberg.» Er schüttelte ihnen die Hände. «Ich halte die Stellung für unsere Firma, hier am Rande der Zivilisation. Jeder Besuch ist mir ein Vergnügen.»

Nelson und Diana stellten sich mit ihrer Tarnidentität vor.

«Wir checken die Gegend, um herauszufinden, ob hier für

Thyssenkrupp geschäftlich was drin ist», sagte Diana. «Später fahren wir weiter nach Raufarhöfn. Zugleich sehen wir uns die Landschaft an, es ist ja ein wenig wie Urlaub für uns.» Sie lächelte ihn an.

«Da haben Sie recht, nutzen Sie die Gelegenheit für einen Ausflug, wenn's der Job erlaubt.» Er bot ihnen einen Platz an und servierte Tee. «Oder wollen Sie was Stärkeres?»

«Passt schon.» Nelson trank einen Schluck. Der Tee schmeckte würzig und süß. «Was hat Sie denn hierher ans Ende der Welt verschlagen?», fragte er neugierig.

«Die Arbeit. Die Stelle war ausgeschrieben, und ich wollte aus Bremen weg. Ich war früher schon oft in Island im Urlaub, ich liebe die Natur hier, und die Kälte macht mir nichts aus – und so habe ich Privates mit Geschäftlichem verbunden. Hier bin ich mein eigener Herr, niemand quatscht mir rein oder sagt mir, was ich tun soll. Und wenn es mir langweilig ist, buche ich einfach den nächsten Flieger nach Deutschland.»

«Wir haben gehört, es gab Störungen auf Ihrem Betriebsgelände.» Diana bemühte sich um einen beiläufigen Plauderton. «Kann Thyssenkrupp da irgendwie helfen?»

«Immer auf der Lauer nach einem kleinen Auftrag, das gefällt mir.» Weißberg lachte. «Störungen ist das falsche Wort. Jemand hat tagelang mutwillig Anlagen von uns zerstört – herausgerissene Kabel, ein Benzinkanister ging in Flammen auf, es gab einen Einbruch in dieses Büro und noch ein paar andere Dinge. Aber die örtliche Polizei hat auf meine Anzeige nicht reagiert, angeblich fehlten Beweise. Sie behaupten, Jugendliche hätten sich einen Spaß gemacht. Spaß! Dass ich nicht lache!»

«Hängen diese Sabotageaktionen vielleicht mit Ihrem Hafenprojekt zusammen?» Nelson trank seinen Tee aus, Weißberg schenkte nach.

«Eine andere Erklärung habe ich nicht. Schließlich geht es hier um richtig viel Geld. Dieser neue Hafen soll das Tor zur Arktis werden, gewissermaßen ein ziviler strategischer Stützpunkt. Da gibt es natürlich einige, die etwas dagegen haben.»

«Umweltschützer, die gegen die Zerstörung unberührter Natur protestieren?» Nelson hob die Brauen.

«Ach, die machen mir am wenigsten Sorgen. Wir schaffen jede Menge neue Arbeitsplätze in diesem Gebiet, bringen den Leuten Wohlstand und Sicherheit. Dass dafür ein Stück Küste weichen muss, ist doch dafür kein zu hoher Preis. Wir haben noch genug unberührte Natur hier in Island, mehr als genug.»

«An wen denken Sie dann?» Diana sah ihn fragend an.

«Wer ist in der Arktis am meisten engagiert?» Weißberg beugte sich vor und senkte die Stimme, als verrate er ein großes Geheimnis. «Die Russen und die Chinesen. Die wollen die Vorherrschaft in dieser Region, und die Beherrschung der Schiffsrouten ist der Schlüssel dazu. Und natürlich beharken sie sich gegenseitig.»

«Wie das?»

«Bei uns gab's erst letzte Woche hier im Hafen eine Schlägerei zwischen chinesischen und russischen Arbeitern. Wie Sie sich vorstellen können, war das in einem 500-Seelen-Ort sofort das Thema des Tages. Es gab mehrere Verletzte, niemand erstattete Anzeige, und so hat es die Polizei auf sich beruhen lassen. Was genau der Anlass war, weiß niemand. Pack schlägt sich, Pack verträgt sich.»

Nelson war hellhörig geworden. «Was machen die ganzen ausländischen Arbeitskräfte denn in Þórshöfn? Ist das normal?»

Weißberg schüttelte den Kopf. «Die sind erst seit Kurzem da. Teilweise sind das richtig finstere Gestalten, sag ich Ihnen. Keine Ahnung, was die genau tun. Aber die meisten sind ohnehin wieder weg, hoch nach Raufarhöfn. Sie werden es selbst sehen, wenn Sie dort sind.»

«Was ist dort denn so besonders?» Diana sah Weißberg an. «Der Ort liegt ja noch abgelegener als dieser hier.»

«Sie sagen es. Und genau das machen sich gerade die Chinesen zunutze. Ich denke, die versuchen gerade recht erfolgreich, Raufarhöfn unter ihre Kontrolle zu bekommen. Als nördlichsten Stützpunkt am Polarmeer – eigener Hafen inklusive.»

«Übertreiben Sie jetzt nicht ein wenig?» Diana runzelte die Stirn. «Man kann doch nicht einfach einen Ort übernehmen.»

«Doch, doch, das geht – mit Geld. Mit viel Geld.» Weißberg sah sie ernst an. «Ich beobachte natürlich, was die Wettbewerber so machen und wo neue Konkurrenz entsteht. Das gehört zu meinen Aufgaben. Und ich sehe, die Chinesen machen sich dort oben breit – in direkter Nachbarschaft zu uns. Das kann unser Hafenprojekt gefährden. Deshalb habe ich mit einigen Leuten gesprochen und mir weitere Infos besorgt. Ich weiß, wovon ich rede.»

«Und wie soll das genau vonstattengehen?»

«Die kaufen ganz einfach nach und nach den ganzen Ort auf – das Hotel, das Lokal, das Lebensmittelgeschäft, ganze Wohnhäuser, Lagerhallen am Pier, Ankerplätze für Schiffe. Und sie zahlen mehr, viel mehr, als die Immobilien wert sind. Das hat sich natürlich herumgesprochen.»

«Aber das ist doch nicht illegal», entgegnete Nelson. «Das ist Marktwirtschaft, es ist doch nicht verboten, etwas zu kaufen.»

«Selbstverständlich kann es rechtlich in Ordnung sein. Aber man muss den strategischen Plan dahinter sehen – und der gefällt mir nicht. Die Chinesen versuchen auch in anderen Arktisregionen Fuß zu fassen, in Grönland und Spitzbergen beispielsweise. Das ist eine durchdachte Strategie – in der Vergangenheit ging das meist auf Kosten der Einheimischen.»

«Und was haben die Russen damit zu tun?»

Weißberg lehnte sich zurück. «Ich denke, die verfolgen ähnliche Pläne und ärgern sich, dass sie zu spät gekommen sind. Jetzt versuchen sie, sich noch ein Stück vom Kuchen zu sichern – mit allen Mitteln.»

42

... Raufarhöfn, Island ...

Sie hatten zwei Zimmer im Zentrum des Ortes bezogen und bei der Anmeldung als Grund für ihren Aufenthalt «Erholung und Wandern» angegeben. Das Hotel hatte angeblich drei Sterne, aber die Zimmer sahen mehr nach Jugendherberge aus, ein Bett, ein Tisch, ein Stuhl – das war's. Dafür hatten sie einen guten Blick auf den Hafen.

Mit seinen rund 150 Einwohnern war Raufarhöfn noch trostloser als Þórshöfn. Eine Bank, eine Tankstelle, die kleinen Häuser wie hingewürfelt. Die Hafenanlage dominierte alles. Auffällig waren nur die vielen Chinesen – auf der Straße, im Hotel, am Pier.

«Dieser Weißberg hat nicht übertrieben, man könnte meinen, wir sind in Chinatown», sagte Diana, die in Nelsons Zimmer auf dem Holzstuhl am Schreibtisch saß. «Mich wundert, warum das keinem Geheimdienst aufgefallen ist.»

«Die haben solch winzige Orte nicht im Fokus, solange dort nichts Dramatisches passiert», sagte Nelson. «Bis jetzt wirkte ja alles harmlos.»

«Dann sollten wir uns ansehen, was die Container enthalten, die die Lkw aus Reykjavík gebracht haben.» Diana wies auf den Parkplatz, der voll mit Lastwagen war. «Eine isländische Spedition, ich mache zur Sicherheit mal ein paar Fotos.»

Sie zogen sich um, legten Wanderkleidung an und verließen das Hotel. Draußen war es bewölkt, vom Meer blies ein kalter Wind. Gemächlich spazierten sie an der Hauptstraße entlang, blieben immer wieder stehen, taten so, als fotografierten sie sich gegenseitig, und sahen sich dabei unauffällig um.

Nach und nach näherten sie sich auf diese Weise dem Parkplatz. Einige Lkw-Fahrer machten gerade eine Zigarettenpause, der Sprache nach waren es Isländer.

«Verdammt kalt heute, ist das hier immer so?», sagte Diana auf Englisch und lächelte die Männer an. «Wir wollten eigentlich eine kleine Outdoor-Runde machen, aber ...»

«Ein Scheißwetter, in der Tat», antwortete einer der Fahrer, ein Mann mit Halbglatze. «Ich bin froh, wenn wir wieder hier weg sind.»

«Sie sind nicht von hier?»

«Gott bewahre, bei diesen Hinterwäldlern ...» Der Mann lachte. «Nein, wir kommen aus Reykjavík und hauen schnell wieder ab, spätestens morgen.»

Nelson gesellte sich zu der Gruppe. «Was treibt Sie denn in diese abgelegene Gegend? Wie ich sehe, sind Sie ja ziemlich viele.»

«Ein Großauftrag», meinte ein anderer Fahrer. «Baumaschinen, Montagematerial und elektronische Ausrüstung. Wir stellen nur die Lkw hin, den Rest machen die Schlitzaugen.» Er spuckte aus. «Verdammtes Pack, nicht mal was zu trinken haben die spendiert.»

Ein chinesischer Vorarbeiter tauchte auf, wedelte mit den Armen und schrie: «Go, go!» Er trieb die Fahrer zurück zur Arbeit. Nelson und Diana warf er einen misstrauischen Blick zu.

«Nice to meet you.» Diana winkte ihm zu.

Der Chinese drehte sich ohne ein Wort um und verschwand mit den Männern hinter einem der Lastwagen.

«Wenigstens war er nicht bewaffnet», sagte Nelson. «Versuchen wir es von einer anderen Seite.»

Am Pier ankerte ein chinesischer Eisbrecher, der Zugang war mit Barrikaden versperrt. Arbeiter luden gerade Elemente eines Stahlgerüstes aus.

«Sieht aus wie Bauteile für einen Funkmast.» Diana machte heimlich Aufnahmen. «Oder für eine Radarstation.»

Ein anderer Trupp brachte Bagger, Stromaggregate und mobile Kräne in einen abgezäunten Bereich am Rande des Ortes. Diana und Nelson folgten ihnen. Dort lagerten bereits Stahlträger, Zementsäcke und Betonmischmaschinen.

«Wenn man die Menge an Material betrachtet, könnte man glauben, die Chinesen wollten hier eine neue Stadt errichten», sagte Diana beeindruckt.

«Das haben die doch schon längst gemacht», bemerkte Nelson. «Nur andersherum. In China stehen originalgetreue Nachbauten von Städten wie Paris und London oder sogar Hallstatt in Österreich.» Er verdrehte die Augen. «Auch Hannover haben sie kopiert. Da ist das hier ein Klacks dagegen.»

Diana sah sich um. «Strategisch ist die Lage jedenfalls ideal – versteckt und abseits von anderen Siedlungen, ein bereits bestehender Hafen, zentral gelegen auf der Schifffahrtsroute zwischen Arktis und Europa, keine neugierigen Zuschauer. Außer uns natürlich.»

«Und da sie einheimische Firmen und Mitarbeiter engagieren, fällt die starke Präsenz der Chinesen gar nicht auf.» Nelson schlug den Kragen seiner Jacke hoch. «Der Wind wird immer lästiger, ich schlage vor, wir machen eine Kaffeepause.»

Sie gingen zum einzigen Lokal im Ort, das in einem Haus mit dem Aussehen einer Wellblechbaracke untergebracht war. Es war laut den Schildern am Eingang gleichzeitig ein Restaurant, eine Bar, ein Café und eine Galerie.

Drinnen war es heiß und stickig, die wenigen Tische waren alle besetzt, vorwiegend von Arbeitern im Overall, dazwischen saßen einige Männer in Freizeitkleidung. Diana war die einzige Frau im Raum.

Sie stellten sich an den Tresen, orderten Kaffee und dazu Pönnukökur, die isländische Version von Crêpes.

Nelson schob sich einen Happen in den Mund. «Mhhm. Mit Blaubeermarmelade und Schlagsahne. Schmeckt gar nicht übel.»

Diana kostete ihre Version mit Vanillecreme und Puderzucker. «Himmlisch! Und das in dieser Einöde.»

Zufrieden tranken sie ihren Kaffee aus und bestellten gleich zwei neue. Die Gäste schienen es nicht eilig zu haben, wieder an die Arbeit zu gehen. Die Männer unterhielten sich laut miteinander, die meisten tranken Bier und orderten neue Runden, sobald die Gläser leer waren.

«Jetzt nicht auffällig hingucken», raunte Diana Nelson zu. «Siehst du den Typen hinter dir, in der Ecke direkt am Fenster?»

Wie zufällig drehte er sich um und ließ den Blick schweifen. Der Mann hatte einen Bürstenhaarschnitt und Vollbart, er trug Jeans und hatte seltsamerweise eine Baseballkappe auf. Seinen Parka hatte er über den Stuhl gelegt. Es fiel auf, dass er einen Tisch abseits von den anderen gewählt hatte und intensiv nach draußen in Richtung Pier starrte. Von Zeit zu Zeit holte er ein kleines Fernglas hervor und beobachtete damit das Hafengelände.

«Nach Urlauber sieht der nicht aus», bemerkte Diana.

«Nach Arbeiter auch nicht.»

«Irgendwie kommt er mir bekannt vor, ich weiß bloß nicht, woher.»

«Geht mir auch so.»

«Moment.» Diana holte ihr Mobiltelefon heraus und rief eine Datei auf. «Treffer! Da haben wir es!»

Sie schob ihm ihr Handy herüber. Es zeigte das Foto eines Mannes, aufgenommen von der Überwachungskamera des Reykjavíker Flughafens.

Auch wenn er sein Aussehen verändert hatte, war die Sache klar: Der Mann war einer der Attentäter vom Hafen.

Laut den Akten hieß er Khasan Oschnij, stammte aus Tschetschenien und war vierundvierzig Jahre alt. Nach dem Militärdienst hatte er verschiedene Gelegenheitsjobs übernommen, bis er bei der russischen *Wagner-Gruppe* anheuerte, einer paramilitärischen Sicherheitsfirma, bekannt dafür, keinen schmutzigen Auftrag abzulehnen – wenn die Kasse stimmte. Danach ließ sich Oschnij von verschiedenen Regierungen und kriminellen Organisationen engagieren. Er galt als gewalttätig, ihm wurden mehrere Morde zur Last gelegt. Derzeitiger Wohnort: unbekannt.

«Der traut sich aber was, hier so offen aufzutreten.» Nelson runzelte die Stirn.

«Warum?», fragte Diana. «Diese Söldnertypen sind abgebrüht. Und vermutlich denkt er, dass seine Tarnung mit dem falschen Ausweis bei der Einreise noch nicht aufgeflogen ist. Außerdem – was soll ihm in diesem Nest schon passieren?»

«Sollen wir die Polizei rufen?»

«Haha. Wir wissen nicht mal, ob dieser Oschnij überhaupt schon auf der Fahndungsliste der örtlichen Polizeibehörden ist. Und bis die da sind, ist der Typ längst über alle Berge.»

«Was will er eigentlich hier im Norden? Ich dachte, die Attentäter hätten Island längst verlassen.»

«Vermutlich hat er noch einen Auftrag zu erledigen.»

«Am besten fragen wir ihn selbst.» Nelson trank in einem Zug seinen Kaffee aus.

«Machst du Witze? Du willst doch nicht ernsthaft hier drin eine Kneipenschlägerei anfangen?»

«Natürlich nicht. Ich denke, wir sollten schauen, wohin dieser Oschnij geht, und ihm folgen. Vielleicht bietet sich eine Gelegenheit, ihn allein zu stellen.»

«Einfach so?»

Nelson sah sie direkt an. «Wozu hast du eine Pistole und einen Elektroschocker mitgenommen?»

Der Mann zahlte, zog seinen Parka an und streifte sich eine Tasche über. Ohne sich umzusehen, verließ er das Lokal.

Sie beglichen ihre Rechnung, traten ebenfalls ins Freie und beobachteten, welchen Weg er einschlagen würde.

«Ihn zu beschatten, ist fast unmöglich», meinte Diana. «Hier draußen gibt es keine Deckung für uns, und Menschen sind auch kaum unterwegs.»

Nelson zog den Reißverschluss seiner Jacke bis ganz nach oben. «Spielen wir einfach unsere Rolle als Outdoor-Touristenpärchen weiter.»

Der Mann schien unschlüssig, wohin er wollte. Er ging hundert Meter in Richtung Hafen, dann drehte er ab und verschwand hinter den Wohnhäusern.

«Wo ist er abgeblieben?», fragte Nelson.

Unauffällig schlugen sie die gleiche Richtung ein und warteten, ob Oschnij wieder auftauchte.

Aber der Attentäter blieb verschwunden.

43

... Grönländisches Eisschild ....

Hanna war komplett durchgefroren, als endlich das *Camp Glacier* vor ihnen auftauchte. Es lag in einer flachen Ebene und wirkte in dieser Eiswüste wie ein Gebilde von einem anderen Stern.

Das Zentralgebäude stand auf Stelzen und sah aus wie ein Raumschiff, das gerade gelandet war. Darunter parkten Schneemobile, darum herum gruppierten sich mehrere Wohnbaracken, etwas weiter entfernt konnte sie Lagerhallen und Werkzeugschuppen ausmachen.

«So was habe ich bisher nur im Fernsehen gesehen», sagte Nanoq beeindruckt. «Das ist ja ein eigenes kleines Dorf.»

«Und alles im Dienst der Forschung», antwortete Hanna. «Hier arbeiten Wissenschaftler aus zwei Dutzend Ländern, dazu Monteure, Techniker, Köche, Lagerarbeiter. Es braucht viel Personal, um eine Station in dieser lebensfeindlichen Umgebung am Laufen zu halten.»

«Wer leitet das Camp denn?»

«Das wechselt immer wieder. Schließlich finanziert eine Reihe von Ländern dieses Projekt, und jede Nation schickt für einen bestimmten Zeitraum jemanden. Derzeit ist Dr. Huang Li der Chef, er ist erst seit einer Woche an Bord und kommt von der Tsinghua-Universität in Peking. Ein Spezialist für Umweltfragen.»

Sie fuhren langsam weiter bis zum Hauptgebäude. Es war überraschend viel Aktivität im Freien zu sehen: Raupenfahrzeuge brachten Kisten mit Vorräten zu den Lagern, dick eingepackte Gestalten räumten Schnee von den Verbindungswegen, eine weitere Gruppe reparierte gerade einen Funkmast.

«Da sind wir endlich.» Hanna bewegte ihre steifen Glieder. Die Kälte war während der Fahrt durch ihre wattierte Hose und die Daunenjacke gekrochen, und sie war längst völlig durchgefroren. «Jetzt müssen wir uns erst mal aufwärmen. Kommen Sie mit.»

Sie betraten das Stelzengebäude. Drinnen wuselten Männer und Frauen in Pullovern umher, dazwischen Menschen in weißen Laborkitteln und Arbeiter, die gerade Pakete und Kanister ablieferten.

Hanna fragte jemanden, wo Dr. Huang Li zu finden sei, und ließ sich den Weg zeigen. Sie gingen einen engen Gang entlang bis zum Ende. Dort befand sich eine Tür mit der Aufschrift «Chief Camp Glacier». Sie klopfte und trat ein.

Der Chinese war über den Schreibtisch gebeugt und las gerade einen Bericht. Als er sie bemerkte, sprang er auf und kam ihnen entgegen. Er hatte kurze schwarze Haare und trug eine randlose Brille.

«Frau Dr. Hanna Jordan, vermute ich. Herzlich willkommen. Ich freue mich, endlich jemanden vom berühmten Alfred-Wegener-Institut kennenzulernen.»

Hanna begrüßte ihn und stellte Nanoq vor.

«Ihr Fahrer, ich verstehe.» Huang schüttelte ihm die Hand. «Wollen Sie heute über Nacht bleiben, oder fahren Sie gleich wieder zurück? Wir finden sicher eine Schlafgelegenheit für Sie.»

«Danke, sehr freundlich, aber ich fahre wieder zurück nach Ilulissat», sagte Nanoq.

«Gut, ich denke, Sie beide wollen sich erst einmal aufwärmen und was essen. Später können Sie Ihr Gästezimmer beziehen, Frau Jordan.» Er sprach wie ein routinierter Manager, dabei war Huang Li erst vierunddreißig Jahre alt, wie sie nachgelesen hatte.

Der Wissenschaftler hatte sich beim Thema Gletscherforschung und Umweltfragen der Arktis bereits einen Namen gemacht und konnte auf eine erfolgreiche Karriere innerhalb der Universität zurückblicken. Dabei hatte ihm der Umstand sicher nicht geschadet, dass er aktives Mitglied der Kommunistischen Partei Chinas war und sein Vater als Funktionär im Parteikomitee Pekings arbeitete.

«Leider habe ich gerade nicht viel Zeit für Sie, Frau Jordan.» Der Camp-Leiter setzte eine Miene gespielter Verzweiflung auf. «Wie Sie sicher bemerkt haben, geht es bei uns momentan drunter und drüber. Wegen der Rettungsaktion für Ilulissat fliegen derzeit keine Hubschrauber unsere Station an. Also müssen wir alles Material über den Landweg kommen lassen.» Er deutete zum Fenster. «Außerdem haben wir seit gestern jede Menge neues Personal bei uns – als Ersatz für die Mitarbeiter, die sich freiwillig für den Hilfseinsatz in der Diskobucht gemeldet haben. Aber sie werden sich schon zurechtfinden, Frau Jordan. Ich schicke Ihnen jemand, der Ihnen Ihre Unterkunft zeigt. Einen angenehmen Aufenthalt wünsche ich.» Damit verabschiedete er sich.

Hanna und Nanoq fragten sich zur Kantine durch, einem lang gezogenen Saal, in dem Bänke und zerbeulte Metalltische standen. Als einzige Dekoration hingen an den Wänden Plakate von exotischen Stränden. Besteck und Teller gab es auf einer gesonderten Anrichte, jeder bediente sich selbst am aufgebauten Buffet. Sie reihten sich in die Schlange ein. Unterschiedlichste Menschen drängten sich vor und hinter ihnen. Es herrschte ein Stimmengewirr aus Russisch, Englisch, Französisch und Chinesisch.

Hanna war froh, als sie und Nanoq endlich einen Platz fanden. Sie löffelten den Eintopf, aßen Weißbrot dazu und tranken Tee. In den letzten Jahren hatte sie bereits in verschiedenen Forschungsstationen gearbeitet, aber hier im *Camp Glacier* kam ihr alles etwas chaotisch vor. Wie konnte man unter diesen Umständen vernünftige wissenschaftliche Arbeit leisten?

Als sie aufgegessen hatten, gab ihr Nanoq einen Zettel.

«Die Telefonnummer der Tourismuszentrale in Ilulissat und deren Funkfrequenz. Falls Sie meine Dienste für die Rückfahrt benötigen, melden Sie sich einfach. Ich hole Sie dann ab, Frau Dr. Jordan.»

Sie steckte den Zettel ein. «Danke für das Angebot, Nanoq. Aber das wird nicht nötig sein. Nach meiner Arbeit hier werde ich direkt nach Deutschland zurückkehren. Ich denke, bis dahin werden die Helikopter zum Flughafen auch wieder fliegen – das ist offen gesagt bequemer als mit dem Schneemobil. Wann brechen Sie wieder auf?»

«Jetzt gleich, sonst wird es zu spät. Es zieht ein Gewitter auf. Ich befülle nur noch meine Thermosflasche und tanke den Motorschlitten voll.»

Hanna nickte und stand auf. «Ich begleite Sie nach draußen.»

Schwarzgraue Wolken hingen über dem Camp, der Wind blies noch heftiger als vorher. Nanoq schwang sich auf das Schneemobil.

«Vielen Dank für alles.» Hanna schüttelte ihm die Hand. «Sie waren eine große Hilfe. Jetzt heißt es Abschied nehmen. Sie fahren zurück nach Ilulissat, ich fliege bald nach Hause. Wir werden uns nicht mehr wiedersehen – leider. Viel Erfolg für die Zukunft.»

«Ihnen auch viel Erfolg. Vielleicht schreiben Sie mir, wie das mit der radioaktiven Strahlung ausgegangen ist und was die Ursache war.»

Sie lächelte. «Mach ich. Versprochen.»

Hanna wartete, bis Nanoq mit dem Motorschlitten in der Ferne verschwunden war. Dann ging sie zurück ins Haupthaus und holte ihren Rucksack und ihre Umhängetasche. Ein junger Mann mit Bart sprach sie an. Er erklärte, er komme im Auftrag vom Chief, und brachte sie zu ihrer Unterkunft im Gästetrakt außerhalb des Zentralgebäudes.

Ihr Zimmer war schmal und eng wie eine Mönchsklause. Ein Bett, ein Stuhl, drei Kleiderhaken, mehr gab es nicht. Toilette und Dusche waren in einem Gemeinschaftsbad auf dem Gang. Das machte ihr nichts aus, sie war aus ihren früheren Expeditionen daran gewöhnt.

Sie legte sich ins Bett und deckte sich zu. Die Fahrt auf dem Motorschlitten war anstrengender gewesen als gedacht, vor allem die Kälte hatte ihr zu schaffen gemacht. Jetzt genoss sie die wohlige Wärme.

Etwas weckte sie. Verwirrt sah sie auf die Uhr, es war bereits spätabends, sie hatte mehrere Stunden geschlafen. Ob es noch was zum Abendessen gab?

Sie gähnte, stand auf und ging hinüber in den Waschraum. Er war leer, doch als sie in der Toilettenkabine war, hörte sie, wie jemand in der Nachbarkabine seltsame Geräusche von sich gab. Ein Mann? Schnell betätigte sie die Spülung, wusch sich die Hände und verließ das Badezimmer.

Als sie ihr Zimmer wieder betreten wollte, sah sie, dass die Tür nur angelehnt war. Sie ärgerte sich, dass sie nicht abgesperrt hatte.

Gerade wollte sie den Raum betreten, da hörte sie ein Geräusch von drinnen. Wie als verrückte jemand vorsichtig den Stuhl. Hanna sah sich um: Niemand zu sehen, der ihr helfen konnte. Und kein Gegenstand in Reichweite, der als Waffe taugte.

Sie hielt inne und lauschte.

Drinnen atmete jemand. Es war deutlich zu hören.

Für einen Moment zögerte Hanna. Sollte sie sich lieber in Sicherheit bringen?

Vielleicht sah sie auch nur Gespenster. Sie musste es wissen.

Mit einem Ruck riss sie die Tür auf und stürmte hinein.

Auf dem Stuhl saß ein Mann. Er sprang erschrocken auf.

Hanna war nicht weniger überrascht. «Thierry, was machst du denn hier?»

Thierry Meunier war ein Kollege aus Paris, mit dem sie bereits mehrmals auf Forschungsstationen zusammengearbeitet hatte.

«Entschuldigung, ich hatte angeklopft. Aber da niemand im Zimmer war, dachte ich, ich warte so lange …» Er fuhr sich verlegen durchs Haar.

«Mann, du hast mich vielleicht erschreckt. Ich dachte …»

«Sorry, ich hatte gehört, dass du im Camp angekommen bist, und wollte dich kurz besuchen. Ich muss leider gleich wieder weg.» Er machte einen Schritt auf sie zu und senkte die Stimme. «Hanna, wir müssen reden. Aber nicht jetzt. Wir treffen uns morgen.»

44

··· *Grönländisches Eisschild* ···································

Der Wind hatte sich frühmorgens zu einem Sturm entwickelt. Dunkle Wolken jagten über das *Camp Glacier* hinweg, Schneeflocken wirbelten durch die Luft. Der Morgen war empfindlich kalt. Hanna zog ihre Kapuze tiefer ins Gesicht und stapfte zwischen den Wohnbaracken der Angestellten entlang. Sie hatte einen Orientierungsspaziergang auf dem Gelände geplant, aber das schlechte Wetter hatte ihr die Lust darauf schnell verdorben.

Arbeiter in Kälteschutzjacken reparierten Verstrebungen am Funkmast, sie überprüften Kabel und einen Schaltkasten. Hanna winkte ihnen zu. Das Tor zu einer Lagerhalle stand offen. Darin machte sich ein Trupp vermummter Gestalten an einem Generator zu schaffen, der die Forschungsstation mit Strom versorgte.

Sie grüßte, niemand grüßte zurück.

«Alles in Ordnung?», rief sie den Männern zu. Einer drehte sich um, sein Gesicht war hinter einer Kälteschutzmaske verborgen. Er nickte und murmelte etwas Unverständliches.

Hanna ging weiter. Überall begegnete sie Arbeitern, die Kisten transportierten, Pistenraupen rangierten oder provisorische Zelte errichteten. Das Ganze sah aus wie eine Baustelle – und nicht wie eine Forschungsstation, die seit Jahren in Betrieb war.

Sie hatte bald genug von ihrem Ausflug im Freien und ging wieder zurück in den Gästetrakt. In ihrem Zimmer holte sie das Satellitentelefon aus ihrer Umhängetasche, stellte sich ans Fenster und wählte die Nummer des Alfred-Wegener-Instituts in Bremerhaven. Nichts tat sich. Sie probierte es an einer anderen Stelle, ebenfalls ohne Erfolg. Mit dem Gerät in der Hand lief sie zum Hauptgebäude und versuchte es aus einer erhöhten Position – ohne Erfolg.

Sie fragte sich durch bis zum Funkraum. Ein junger Amerikaner mit halblangem Haar saß an der Anlage. Hanna erläuterte ihr Problem.

«Ich bräuchte eine Verbindung nach Deutschland.» Sie gab ihm die Kontaktdaten.

«Derzeit haben wir starke atmosphärische Störungen über der Region, und das Unwetter tut sein Übriges», sagte der Mann.

Hanna kannte das von anderen Polarexpeditionen. Immer wieder war die Kommunikation zusammengebrochen, die Launen der Natur und die Nähe zum Nordpol machten ein Satellitentelefonat oder einen Funkspruch oft zum Glücksspiel.

Der Amerikaner stellte die Frequenz ein und meldete sich als *Camp Glacier*. Als Antwort kam nur ein Krächzen aus dem Lautsprecher.

«Das wird jetzt nichts», meinte er. «Versuchen Sie es doch später noch mal.»

Hanna ging in den Speisesaal, wo sie mit Thierry zum Frühstück verabredet war. Er saß bereits abseits an einem Tisch und winkte ihr zu. Sie packte Müsli, Orangensaft und einen Kaffee aufs Tablett und setzte sich zu ihm.

«Das war ja eine Überraschung gestern. Kommst mich kurz besuchen und haust gleich wieder ab.» Hanna lachte. «Du hast sehr geheimnisvoll geklungen. Ich bin gespannt.»

«So dramatisch ist es nicht.» Thierry tauchte sein Croissant in den Milchkaffee. «Ich musste in der Nacht unbedingt noch einige Daten von meinen Forschungen verschicken, solange Internet und E-Mail wenigstens einigermaßen funktionieren, deshalb war es so ein kurzer Besuch. Ich hab's danach eine Stunde probiert – ohne Erfolg.»

Hanna nickte. «Und was brennt dir so auf der Seele?»

«Ich will dich darauf vorbereiten, dass normales Arbeiten hier momentan schwierig ist. Alles ist ziemlich seltsam, ehrlich gesagt.»

«Hab's schon mitbekommen.» Sie berichtete von ihrem fehlgeschlagenen Telefonanruf.

«Es ist leider so, dass die Technik hier andauernd nicht richtig funktioniert», erzählte er. «Immer wieder gibt es Stromausfälle, die Heizung lässt sich nicht regulieren, oder die Computer stürzen anscheinend ohne Grund ab. So häufig habe ich das noch nicht erlebt. Wie soll ich da im Labor vernünftig Bohrkerne untersuchen?»

«Woran liegt das?»

«Nun, du hast es selbst gesehen: Jede Menge Fremdarbeiter werkeln gerade auf dem Gelände, man weiß gar nicht mehr, wer zu wem gehört und was die alle so treiben. Huang Li hat erklärt, es seien überfällige Renovierungs- und Instandsetzungsarbeiten und es dauere nicht mehr lange, wir sollten Geduld haben. Geduld!» Er hatte sich in Rage geredet und senkte seine Stimme wieder. «Ich bin nicht zum Urlaub hier, sondern um zu forschen! Der neue Camp Chief bekommt anscheinend die Probleme nicht schnell genug in den Griff. Wie der uns immer mit Ausreden abspeisen will! Wir sind doch keine Erstklässler, denen der Herr Lehrer Anweisungen gibt.»

«Welche Kollegen sind denn derzeit an Bord?»

«Ich kenne die wenigsten, und ich bin schon viel herumgekommen, wie du weißt. Entweder sind es Frischlinge aus Unis oder Assistenten eines Professors, die anscheinend mal raus aus ihrem Büro wollten und auf ein kleines Abenteuer im ewigen Eis gehofft haben. Außerdem sind kaum Frauen hier, alles Männer!»

«Das trifft dich anscheinend am meisten.» Hanna lachte. Sie hatte Thierrys Annäherungsversuche in der Vergangenheit immer ignoriert, aber sie wusste, dass andere Kolleginnen anders reagiert hatten.

«Du nimmst mich nicht ernst!» Der Franzose runzelte die

Stirn. «Ich sage dir, in dieser Forschungsstation ist was nicht in Ordnung. Da macht das Arbeiten keinen Spaß. Ich überlege schon, ob ich mein Projekt vorzeitig beende. Aber was hast du eigentlich hier vor, Hanna?»

«Ich bleibe nur ein paar Tage», antwortete sie, um Zeit zu gewinnen. Wie konnte sie ihre Aufgabe schildern, ohne das Thema Radioaktivität anzuschneiden? Die Wissenschaftler hier waren helle Köpfe, die man nicht so einfach hinters Licht führen konnte. Sie merkten meist schnell, worum es eigentlich ging.

«Ich stochere ein wenig im Nebel herum, wenn du so willst», fuhr sie fort. «Ich will untersuchen, inwieweit die arktische Tierwelt bereits von menschengemachten Einflüssen betroffen ist.»

«Das klingt aber ziemlich wolkig. Meinst du Eisbären, die versehentlich Plastiktüten fressen? Oder Moschusochsen, die unter den Hitzewellen leiden?»

«Ich denke mehr an Meerestiere. Und ... an Strahlungseinflüsse. Weißt du, ob im Camp gerade jemand daran forscht?»

«Keine Ahnung.» Thierry schob sich den letzten Bissen in den Mund und packte sein Geschirr aufs Tablett. «Da musst du unseren obersten Meister aus China fragen. Der hat den besten Überblick – oder tut zumindest so.» Er stand auf. «Ich muss los. Wenn du willst, könnten wir heute Abend zusammen eine Flasche Rotwein köpfen. Für besondere Anlässe habe ich mir extra einen Bordeaux Jahrgang 2005 aufgehoben. Der ist exzellent, sag ich dir. Wir suchen uns ein stilles Plätzchen und genießen ihn zusammen.»

«Ein andermal vielleicht.» Hanna lächelte und hob die Hand zum Abschied. «Wir sehen uns.»

Kaum war sie wieder aus der Forschungsstation in die Kälte getreten, versuchte sie erneut, mit dem Satellitentelefon eine Verbindung zum Alfred-Wegener-Institut zu bekommen. Wieder ohne Erfolg.

Sie ging zum Funkraum, doch der junge Amerikaner schüttelte nur mit dem Kopf. «Die Anlage streikt immer noch. Aber falls ich Sie sehe, soll ich Ihnen ausrichten, der Chief hätte jetzt Zeit für Sie», sagte er.

«Danke für die Info.»

Sie folgte den schmalen Gängen bis zu Huang Lis Büro, klopfte kurz und trat ein. Der Chinese stand auf, begrüßte sie und bot ihr einen Platz an einem kleinen Besprechungstisch an.

«Tut mir leid, dass wir uns bisher nicht ausführlicher unterhalten konnten. Das holen wir jetzt nach. Sie haben sich schon eingelebt? Wie ich gehört habe, kommen Sie direkt aus dem Katastrophengebiet Diskobucht. Das muss schlimm gewesen sein.»

Hanna berichtete von ihren Erlebnissen, von dem Fischsterben und dem Bootsangriff auf sie.

«Du meine Güte, da haben Sie ja einiges hinter sich.» Der Chinese nickte freundlich. «Mein Respekt, dass Sie sich trotzdem aufraffen konnten und Ihre Forschung weiterführen wollen.»

«So schnell gebe ich nicht auf.» Hanna war sich unsicher, wie sie das Gespräch auf das Thema lenken sollte, das sie eigentlich beschäftigte. «Nun, das Fischsterben hat mich als Biologin und Wissenschaftlerin natürlich neugierig gemacht, wie Sie sich denken können. Das dänische Umweltministerium wollte die Unterstützung des Alfred-Wegener-Instituts, und ich fand die Beobachtungen hochspannend.»

«Und da haben Sie Proben genommen und sie untersuchen lassen, richtig?» Li sprach die Frage gleichmütig aus, doch es lag etwas Lauerndes in seiner Stimme.

War es überhaupt eine Frage? Oder wusste er bereits über ihre Aktivitäten Bescheid? Und wenn ja – vorher?

Sie nickte.

«Und nach Wassertemperaturen haben Sie auch gefragt, wie ich gehört habe», fuhr der Camp-Leiter fort. «Ich sehe, Sie nehmen Ihre Arbeit sehr ernst und lassen sich von Rückschlägen nicht entmutigen.»

«Selbstverständlich.»

«Und was genau erhoffen Sie auf unserer Forschungsstation zu entdecken? Wie kann ich Ihnen behilflich sein?»

Hanna räusperte sich. «Ich würde gern untersuchen, ob Strahlung den Tod der Tiere verursacht hat – und warum. Dazu möchte ich mich mit den anderen Wissenschaftlern austauschen und untersuchen, ob auch das Eisschild solche Anomalien aufweist.»

Huang Li rückte seine Brille zurecht. «Welche Art von Strahlung meinen Sie konkret?»

«Von Menschen verursachte.» Sie merkte, es wurde eng für sie. Dieser Mann würde immer weiter bohren.

«Radioaktivität?»

«Eine Möglichkeit von vielen», sagte sie vage.

Der Camp-Leiter lachte auf – für Hanna klang es aufgesetzt.

«Radioaktive Strahlung?» Huang Li beugte sich vor. «Das ist eine lächerliche These. Vergessen Sie's!»

45

... Raufarhöfn, Island ....

Nelson und Diana sahen sich um. Wohin war der Attentäter verschwunden? Viele Möglichkeiten gab es in diesem Nest nicht.

«Der Typ kann sich doch nicht in Luft aufgelöst haben.» Diana machte ein paar Schritte in einen Seitenweg und kam dann wieder zurück.

«Suchen wir bei den Wohnhäusern», meinte Nelson.

Gemeinsam verließen sie die Hauptstraße und bogen in einen weiteren Pfad zwischen den Gebäuden ein. Aufmerksam beobachteten sie Hauseingänge und Vorhänge der Fenster, ob sich irgendwo Bewegung zeigte. Doch alles war wie ausgestorben.

Am Ende der Siedlung pressten sie sich gegen eine Hauswand und lugten um die Ecke. In einiger Entfernung vor ihnen stand ein Wohnmobil mit verdunkelten Scheiben.

«Da muss er drin sein», flüsterte Diana.

«Wie wollen wir vorgehen?»

«Wir müssen ihn herauslocken.»

«Aber wie?»

«Keine Ahnung. Uns wird schon was einfallen.» Diana zog ihre Pistole und entsicherte sie. «Denk dran, der Mann ist ein vielfacher Mörder und kampferfahren, der fackelt nicht lange.»

Nelson entsicherte ebenfalls seine Waffe und verbarg sie in seiner Jacke. «Dann ziehen wir mal weiter unsere Urlaubernummer ab.»

Gemeinsam schlenderten sie auf das Wohnmobil zu. Als sie sich im toten Winkel des Fahrzeugs befanden, zischte Diana: «Du links, ich rechts.»

Mit einem Satz war er am Heck des Wagens. Diana schlich gebückt unter dem Fenster vorbei.

Er lauschte.

Von drinnen war kein Ton zu hören. Hatten sie sich getäuscht?

Er zog sein Messer und gab Diana ein Zeichen. Dann stach er in die beiden Hinterreifen. Mit einem Pfeifen entwich die Luft. Das Wohnmobil sackte leicht nach hinten.

Sekunden später schwang die Tür des Fahrzeugs auf, und Khasan Oschnij sprang heraus, eine Pistole mit Schalldämpfer im Anschlag.

Nelson zuckte zurück. Gerade noch rechtzeitig, er hörte ein ‹Plopp› – und eine Kugel sauste an seinem Kopf vorbei.

Zwei weitere Schüsse.

Doch Nelson hatte sich bereits zur Seite gerollt und feuerte seinerseits mehrmals unter dem Wohnmobil hinweg auf die Beine des Mannes.

Die dritte Kugel traf ihn in den Unterschenkel.

Oschnij fiel hin, hielt aber seine Waffe im Anschlag.

Wieder ein Schuss.

Diana hatte den Attentäter an der Hüfte erwischt. Er schrie auf und ließ seine Waffe fallen. Sie sprang hinzu und versetzte ihm mit dem Pistolenknauf einen Schlag gegen die Schläfe. Bewusstlos blieb Oschnij am Boden liegen.

«Saubere Arbeit.» Nelson kam hinzu und untersuchte den Mann nach weiteren Waffen. Dann fesselte er ihn mit Kabelbinder.

«Wir müssen ihn ins Wohnmobil schaffen. Jemand könnte unsere Schüsse gehört haben und hier auftauchen.» Diana griff nach Oschnijs Beinen. «Packst du mit an? Der Typ wiegt mindestens hundert Kilo.»

Drinnen legten sie ihn aufs Bett, schlossen die Tür und zogen die Sichtschutz-Jalousien herunter.

Diana untersuchte den Bewusstlosen. Seine Jacke war blutverschmiert. «Glatter Durchschuss. Ich weiß nicht, ob ich Organe oder eine wichtige Ader getroffen habe. Jedenfalls müssen wir die Blutung stoppen.»

Nelson legte einen Notverband an und fixierte den Attentäter am Bett.

Systematisch durchsuchten sie das Wohnmobil. In einer Tasche fanden sie ein Satellitentelefon und einen Laptop. Diana probierte aus, ob sich das Gerät starten ließ, doch es war mit einem Kennwort gesichert, ebenso das Telefon.

In einer zweiten Tasche unterm Bett entdeckten sie ein regelrechtes Waffenarsenal: mehrere Pistolen und Munition, ein Maschinengewehr, Handgranaten und Semtex-Sprengstoff samt Zündern. In Oschnijs Jacke steckten ein falscher Pass, mehrere

Kreditkarten und ein Handy sowie eine Landkarte von Island. Raufarhöfn war markiert, ebenso Þórshöfn.

«Also doch ein weiterer Terrorauftrag», meinte Diana. «Das ist genug Beweismaterial für die Polizei.»

«Warte, ich habe noch eine andere Idee.» Nelson kletterte auf den Fahrersitz, schaltete das Navigationsgerät ein und rief die Funktion «Letzte Ziele» auf. «Na bitte!»

Eine Liste von Ortsnamen und Adressen erschien auf dem Display. Er fotografierte alles. «Bin gespannt, was die Auswertung ergibt.»

Oschnij stöhnte und bewegte sich.

«Er kommt wieder zu Bewusstsein.» Diana war in wenigen Schritten bei ihm und gab ihm einen Klaps ins Gesicht.

Der Mann öffnete die Augen. Sofort richtete er sich auf und versuchte seine Rückenfessel loszuwerden, doch Nelson drückte ihn zurück aufs Bett.

«Nur die Ruhe. Keep calm!»

Der Mann sah ihn wütend an.

«Verstehen Sie uns?», fragte Diana auf Englisch. «Ich weiß, dass Sie uns verstehen.»

«Dirty bitch!» Oschnij spukte die Worte aus. «Fuck you!»

«Wunderbar, Sie können Englisch.» Nelson beugte sich zu ihm. «Sie sind verletzt, Sie brauchen ärztliche Behandlung. Erzählen Sie uns, was wir wissen müssen, und wir bringen Sie zum Arzt.»

«Du Wichser! Von mir erfahrt ihr gar nichts.»

Diana drückte auf seine Schusswunde. Oschnij stöhnte vor Schmerz.

«Sie merken es selbst – Sie sind schwer verletzt. Wenn Sie nicht sterben wollen, reden Sie.»

«Leck mich!»

Wieder drückte Diana zu, länger dieses Mal. Der Attentäter schrie auf.

«Das können wir jetzt ewig wiederholen», sagte sie zu ihm. «Aber ich habe nicht viel Zeit. Also, was war Ihr Ziel hier in Raufarhöfn? Wer hat Ihnen den Auftrag erteilt?»

«Aus mir kriegt ihr nichts raus, lieber verrecke ich!» Schweiß hatte sich auf seiner Stirn gebildet.

«Spielen Sie hier nicht den harten Krieger, dazu sind Sie momentan gar nicht in der Lage», entgegnete Nelson. «Die Hölle erwartet Sie sowieso. Wollen Sie nicht ein wenig länger leben?»

«Fick dich selbst!» Wieder bäumte sich der Mann auf. Nur mit Kraft gelang es Nelson, ihn zurück aufs Bett zu drücken.

«Noch mal: Was hatten Sie hier vor? Wer hat Sie beauftragt? Wo sind die anderen Typen vom Bombenanschlag in Reykjavík?» Diana wurde lauter. «Ihre letzte Chance.»

«Blöde Schlampe, mit dir rede ich gar nicht, du …»

Sie drückte zu. Ein lang gezogener Schrei.

«Aus dem werden wir nichts rauskriegen», meinte Nelson auf Deutsch. «Diese Söldner sind harte Brocken.»

Er sah aus dem Fenster, ob jemand wegen der Schießerei hergekommen war. Doch alles wirkte ruhig – vermutlich wollte sich niemand Ärger aufhalsen oder sich in Gefahr begeben.

«Ich seh mal kurz draußen nach, ob wir wirklich noch allein sind.» Diana ging zur Tür. «Wir können ihn nicht ewig verhören, wir müssen schleunigst wieder weg. Es ist nur eine Frage der Zeit, bis jemand auftaucht.»

Sie verschwand.

Nelson zog den Mann am Kragen zu sich.

«Reden Sie mit uns», sagte er auf Englisch. «Auf Dauer halten Sie mit Ihrer Verletzung nicht durch, das wissen Sie als erfahrener Soldat selbst. Und ich garantiere Ihnen, die Nächsten, die Sie verhören, sind darauf spezialisiert. Das tut dann richtig weh. Wollen Sie das?»

Oschnij murmelte etwas Unverständliches.

Nelson beugte sich noch weiter zu ihm hinunter.

«Ja, ich höre?»

Plötzlich nahm er aus den Augenwinkeln eine Bewegung wahr. Instinktiv riss er den Arm hoch.

Etwas schnitt ihm in den Unterarm.

Ein Messer.

Der Söldner hatte sich während des Gesprächs offenbar heimlich die Fesseln durchgeschnitten. Sie hatten den Mann unterschätzt – und nicht gründlich genug durchsucht.

Im Reflex packte Nelson den Arm des Attentäters und warf sich mit seinem vollen Gewicht auf seinen Oberkörper. Oschnij stöhnte. Ihm gelang es nicht mehr, sich wegzudrehen, stattdessen hielt er Nelson mit stählernem Griff umklammert und zielte mit dem Messer auf seinen Hals. Mit aller Kraft stemmte Nelson sich gegen den Arm seines Angreifers. Er spürte, wie sich die Klinge langsam näherte. Mit einer ruckartigen Bewegung zog er die Knie an und traf die Wunde des Attentäters.

Der plötzliche Schmerz ließ Oschnij für den Bruchteil einer Sekunde unaufmerksam werden. Der Druck seines Armes ließ nach.

Nelson stieß die Messerhand von sich weg und drehte sich aus der Umklammerung. Die Klinge zeigte nun auf die Brust des Mannes, über dem er lehnte.

Mit letzter Kraft warf Nelson sein ganzes Körpergewicht nach vorn.

Oschnij sah ihn an, als ahnte er sein Schicksal. Seine Hand zitterte.

Dann drang die Klinge in sein Herz.

Er röchelte, Blut lief in dünnen Rinnsalen aus seinen Mundwinkeln. Seine Augen wurden glasig.

Diana kam hereingestürmt, die Pistole im Anschlag. Mit einem Blick erfasste sie die Szene.

«Das war knapp.» Sie befühlte die Halsschlagader des Attentäters. «Tot.»

In einer fließenden Bewegung steckte sie die Waffe ein und holte ihr Mobiltelefon heraus. «Darum soll sich jetzt der Bundesnachrichtendienst kümmern. Wir müssen weg.»

46

... *Ilulissat, Grönland* ....

Nanoq hatte damit begonnen, die Schäden am Haus notdürftig zu reparieren. Fensterläden waren zu erneuern, Teile der Fassade brauchten neue Bretter, er musste das Dach flicken. Noch immer fehlte ihm der richtige Antrieb für diese Arbeit, alles erinnerte ihn an seine verstorbene Schwester Sika.

Er brachte es nicht übers Herz, ihr Zimmer aufzuräumen, ihre Sachen zu ordnen oder ihren privaten Besitz – Kleidung, ein wenig Modeschmuck in einer Pappschachtel, eine Stoffpuppe – zu verschenken. In ihm zog es sich schmerzhaft zusammen, wenn er daran dachte, wie sie in einem Leichensack abtransportiert und irgendwo in Kanada eingeäschert worden war.

Wie gern hätte er sich für sie eine traditionelle Inuit-Bestattung wie bei seinem Großvater gewünscht. Doch die Behörden hatten seine Wünsche – und die vieler anderer – einfach übergangen.

Hatte Uju recht gehabt – waren die Inuit doch Bürger zweiter Klasse? In solchen Momenten zweifelte er an seinen Überzeugungen. Es tat weh, und doch war das alles nicht mehr zu ändern.

Und noch etwas bedrückte ihn. Seit er wegen des tödlichen Unfalls des deutschen Touristen seinen Job als Outdoor-Guide verloren hatte, verfügte er über kein Einkommen mehr. Sein Erspartes würde nicht lange reichen. Zwar hieß es, die Regierung wolle den Menschen im Katastrophengebiet «großzügig» mit

Geld unter die Arme greifen, aber bisher war bei ihm und den anderen Bewohnern noch nichts angekommen. Wahrscheinlich würde es so gehen wie immer in der Vergangenheit: Auf großspurige Ankündigungen folgte – nichts. Erst nach einer Ewigkeit und vielen Protesten würden den Inuit dann ein paar Almosen vor die Füße geworfen werden.

Er beschloss, seinen Freund Paalu zu besuchen und die Lage zu besprechen. Vielleicht hatte der ja eine Idee. Er wohnte derzeit bei seiner Tante in der Nähe des Hafens.

Nanoq machte einen Umweg und schaute bei der Polizeistation vorbei. Eliyah war gerade dabei, in sein Auto zu steigen.

«Wie geht's?», rief Nanoq ihm zu.

«Arbeit, nichts als Arbeit. Wir sind immer noch dabei, unbekannte Opfer zu identifizieren. Vor allem die Urlauber bereiten uns Kopfzerbrechen – teilweise ist deren gesamte persönliche Habe verloren.» Er musterte Nanoq. «Was willst du?»

«Die Ermittlung gegen mich sind eingestellt, vermute ich.»

Der Polizist schüttelte den Kopf. «Die deutsche Touristin hat ihre Anzeige nicht zurückgezogen. Wir können da nichts machen, uns sind die Hände gebunden!»

«Aber ihr könnt mich doch nicht ewig verdächtigen. Ich will, dass ihr meine Unschuld feststellt, damit ich meine Ruhe habe und wieder normal arbeiten kann.»

«Tut mir leid, aber du musst Geduld haben, Nanoq. Wie du dir vorstellen kannst, haben jetzt andere Dinge Priorität. Du erfährst es von mir als Erstes, wenn die Ermittlungen abgeschlossen sind und eine Entscheidung fällt, ob gegen dich Anklage erhoben wird.»

«Du spinnst doch!» Nanoq machte einen Schritt auf den Polizisten zu. «Ich habe mir nichts zuschulden kommen lassen, das weißt du!»

«Dann kannst du es auch beruhigt abwarten.» Eliyah stieg in den Wagen. «Ich muss los. Bis bald.»

Paalu saß vor der Haustür seiner Tante und hatte ein Buch aufgeschlagen. Er winkte, als er Nanoq kommen sah. «Hock dich zu mir.»

«Was liest du da?» Nanoq setzte sich auf die Treppe.

«Ein wissenschaftliches Werk über die Fauna in Grönland. Ziemlich anstrengend geschrieben.» Er sah seinen Freund mitfühlend an. «Wie hast du den Verlust von Uju und Sika verdaut?»

«Es tut immer noch weh, wenn ich an sie denke. Aber ich kann nicht den ganzen Tag rumsitzen und nichts tun. Das macht mich langsam verrückt.»

«Diese Katastrophe ... wer hätte das geahnt?» Paalu legte das Buch weg. «Die Nachbarn meiner Tante hat es auch erwischt. Und Jako ...»

«Das ist so tragisch, er hat's einfach nicht gepackt.»

«Dabei hatte ich ihn kurz vor dem Unglück noch getroffen. Das Schicksal kann so grausam sein.»

Nanoq nickte. «Wann gehst du wieder zurück zur Arbeit in Nuuk?»

«Ich bleibe noch eine Weile und stehe meiner Tante bei. Das ist jetzt wichtiger.»

«Das stimmt.» Nanoq stand auf. «Ich muss weiter, ins Tourismusbüro, vielleicht haben sie doch einen Job für mich. Bis auf die Fahrt dieser deutschen Wissenschaftlerin zum Camp Glacier hatte ich bisher nichts zu tun.»

«Diese Dr. Jordan? Ich hab sie kürzlich am Flughafen von Kangerlussuaq getroffen. Eine nette Person. Die kann sich ganz schön in ein Thema verbeißen, sag ich dir. Wie fandest du sie?»

«Nett. Sehr nett. Ungewöhnlich nett.» Nanoq lächelte. «Aber das ist nun vorbei – leider.»

Paalu stand ebenfalls auf. «Wenn du willst, begleite ich dich.»

Iluuna vom Veranstaltungsbüro begrüßte sie. «Was treibt euch beide denn hierher?»

«Ein Kaffee wäre nicht schlecht.» Paalu grinste.

«Bedient euch, hinten steht die Kanne.»

«Hast du irgendwas zu erledigen für mich?», fragte Nanoq. «Eine Fahrt, eine Führung?»

«Sorry, daran ist immer noch nicht zu denken. Die Touristen meiden den Ort. Und hast du schon vergessen, dass der Bürgermeister dir eine Pause verordnet hat? Versuch's lieber bei den Einsatzkräften am Hafen, vielleicht brauchen die noch ortskundige Helfer.»

«Zahlen die gut?» Paalu trank einen Schluck aus seinem Kaffeebecher.

«Eher nicht. Aber ihr solltet euch selbst erkundigen.» Sie überlegte. «Da fällt mir was ein: Ein Deutscher im Hotel wollte wissen, wie er am schnellsten zum Camp Glacier gelangt, vielleicht kommt ihr mit dem ins Geschäft.»

«Machen wir.» Paalu trank seinen Kaffee aus. «Wie heißt er?»

«Sven Lorenz.»

Sie meldeten sich an der Hotelrezeption und fragten nach Sven Lorenz. Wenig später kam ein junger Mann an die Rezeption und stellte sich vor.

«Wir haben den Hinweis vom Tourismusbüro erhalten», sagte Nanoq. «Sie wollen zur Forschungsstation gefahren werden. Ich habe gerade Frau Dr. Jordan dorthin gebracht, ich kann Sie auch fahren, wenn Sie wollen.»

Der Deutsche fixierte ihn. «Aha, du warst das, der Hanna heimlich weggebracht hat.»

«Ich … daran war gar nichts heimlich. Frau Jordan hat mich engagiert.» Nanoq war verwirrt vom feindseligen Tonfall des Mannes.

«Du bist doch der Inuk, mit dem Hanna hier zusammen war.» Sven trat einen Schritt auf ihn zu. «Du hast mit ihr rumgemacht, ich hab euch beide beobachtet.»

«Nein, nein … Sie hat mir nur …»

«Rede keinen Unsinn. Ich weiß, was ich gesehen habe.» Svens wütender Blick ließ Nanoq zurückweichen. «Hanna ist mit dir abgehauen, ohne sich von mir zu verabschieden, das sagt ja wohl alles. Deine Dienste brauche ich ganz bestimmt nicht.»

«Ich könnte Sie fahren, wenn Sie wollen», mischte sich Paalu ein. «Hubschrauber können Sie derzeit sowieso nicht buchen. Am schnellsten geht es mit dem Schneemobil. Und ich wollte schon immer mal diese berühmte Forschungsstation aus der Nähe sehen.» Er zwinkerte Nanoq zu.

Sven sah ihn prüfend an. «Und Sie trauen sich das zu?»

«Natürlich. Ich bin ein Inuk!»

47

… Reykjavík, Island …

«Und, wie geht's deinem Arm?» Diana betrachtete Nelsons Verband, der nachlässig gewickelt war.

«Gott sei Dank nur eine oberflächliche Schnittwunde, er hat mich mit dem Messer nicht richtig erwischt.»

«Mann, das war knapp», sagte Diana. «Der Schock sitzt mir immer noch in den Knochen. Dieser Söldner war ein Profi. Es hätte nicht viel gefehlt und …»

Nelson nickte. «Es war grenzwertig. Hoffentlich gestalten sich die nächsten Tage ruhiger.»

Sie waren gestern sofort aus Raufarhöfn zurückgereist – in ihre Unterkunft. Jetzt untersuchte Diana vorsichtig Nelsons Wunde, die er selbst notdürftig verarztet hatte.

«Deine Erste-Hilfe-Fähigkeiten sind offensichtlich begrenzt.» Vorsichtig zupfte sie die blutdurchtränkte Gaze von seiner Haut. «Wenn wir den Verband nicht wechseln, fängst du dir noch was ein.» Sie holte den Erste-Hilfe-Kasten vom Tisch des Hotelzimmers. «Soll ich nicht doch einen Arzt rufen?»

«Du vergisst, ich hab mich als Student gern als Fremdenführer verdingt für Naturwanderungen. Da lernt man, Wunden zu verbinden.»

«Wenn du es sagst … Ich habe übrigens Nachrichten von zu Hause, vom BND. Sie haben jemanden in den Norden geschickt, der dort aufräumt und die Spuren beseitigt. Außerdem haben sie uns erste Auswertungen der Fotos geschickt, die du von dem Schiff gemacht hast. An der Entschlüsselung des Laptops des Söldners arbeiten sie noch.»

«Irgendjemand hat ihm den Auftrag erteilt und auch dafür bezahlt», meinte Nelson nachdenklich. «Wenn die Kollegen der Spur des Geldes folgen, müssten sie einen Treffer landen.»

«Das kann aber dauern.»

«Immerhin hatte das Navi des Wohnmobils noch seine früheren Routen gespeichert. Demnach war er zum Zeitpunkt des Bombenattentats am Hafen von Reykjavík. Und er hat sich in der Nähe des Geländes von genau der Spedition aufgehalten, die die chinesischen Container nach Raufarhöfn transportiert hat.»

«Meinst du, er hatte ein weiteres Attentat geplant? Oder wollte er einfach ausspionieren, welches die nächsten Ziele der Lkw waren?»

Nelson zuckte die Schultern. «Wir werden es wahrscheinlich nie erfahren.»

«Die Lastwagen gehören übrigens zu Transnation Holding», sagte Diana. «Unsere BND-Kollegen haben fleißig recherchiert. Deren Chef ist dieser Magnus Ruud, den hat uns doch der Glencore-Manager ans Herz gelegt. Jetzt haben wir eine Chance, unauffällig mit Ruud ins Gespräch zu kommen.» Sie zeigte Nelson zwei Einladungskarten auf Büttenpapier. «Morgen findet eine Wohltätigkeitsveranstaltung für die Flutopfer Grönlands statt, organisiert vom Chef der Transnation Holding höchstpersönlich. Da gehen wir hin.»

«Ich hab aber keinen Smoking oder Anzug dabei ...»

«Keine Sorge, für so was gibt es einen Kostümverleih.»

Nelson holte sich eine Schmerztablette, schluckte sie herunter und spülte mit einem Glas Wasser nach. «Was hat der Bundesnachrichtendienst zu den Schiffen herausgefunden?»

«Der russische Atomfrachter Sevmorput hat Island verlassen und befindet sich gerade auf nördlichem Kurs entlang der Küste Grönlands. Der BND hat die Amerikaner um Amtshilfe gebeten, damit sie das Schiff unter permanente Satellitenüberwachung nehmen.»

«Was meinen die Kollegen, für welche Zwecke dient die Ausrüstung der Sevmorput?», fragte Nelson.

Diana strich sich durchs Haar. «Unsere Spezialisten meinen, es könnte eine mobile Bohrausrüstung sein. Das Gestell sieht nach einem Bohrturm aus, der in der Mitte des Schiffes aufgebaut wird, genau über den Laderaum. Und durch die Bodenplatte, die du gesehen hast, wird das Bohrgestänge nach unten gelassen. Die anderen Apparaturen sind wahrscheinlich elektronische Steuerungsanlagen und Ortungsgeräte für den Meeresgrund.»

«Nach was wollen die Russen denn bohren?»

«Das wissen die Experten nicht – noch nicht. Gerade deshalb werden die Aktivitäten der Sevmorput ab sofort genauestens beobachtet. Die Russen machen bisher ein Geheimnis um den Zweck der Mission, es gibt keinerlei offizielle Aussagen dazu.»

Nelson ging zum Tisch, öffnete eine Flasche Mineralwasser und schenkte zwei Gläser ein. «Jedenfalls sollten wir an dem Thema dranbleiben», sagte er. «Und was hat es mit dem Chinesen-Schiff auf sich?»

«Es handelt sich um das ehemalige Versorgungsschiff *Qinghaihu,* das bedeutet Sonnensturm, der chinesischen Kriegsmarine mit Heimathafen Schanghai», antwortete Diana. «Irgendwann wurde es ausgemustert und an eine zivile chinesische Transportfirma verkauft, an der der Staat Anteile hält. Der neue Name des Schiffes ist nun ‹Morgenröte›. Frag mich nicht, wie das chinesische Wort heißt.»

«Eine geschickte Tarnung – offiziell hat die Regierung nichts mehr damit zu tun, in Wirklichkeit aber ...»

«Du sagst es. Die ‹Morgenröte› wurde in der Vergangenheit auch zur Bergung von Schiffswracks und für Taucharbeiten mit Mini-U-Booten eingesetzt. Darauf deuten einige der Maschinen hin, die wir in Raufarhöfn entdeckt haben. Die andere Ladung, wie Radaranlagen und Funkgeräte, dient wohl in der Tat dazu, den Ort als Basis für chinesische Schiffe auszubauen.»

Nelson überlegte. «Aber ein U-Boot oder ein Tauchroboter waren nicht zu sehen.»

«Das muss nichts heißen. Die könnten noch in den Containern verstaut oder längst an Bord sein.»

«Das stimmt. Aber wonach wollen die Chinesen dort oben im Norden tauchen?»

48

... *Reykjavík, Island* ....

Das Kulturhaus Iðnó lag direkt am Tjörnin-See im Stadtzentrum. Ein Plakat am Eingang wies auf den heutigen ‹Charity-Abend für die Flutopfer in Grönland› hin. Nelson und Diana zeigten am Eingang ihre Einladung vor und gingen hinein.

Früher hatte das Holzgebäude den Handwerkern als Versammlungsort gedient, jetzt nutzte es die Stadt für Ausstellungen,

Musikaufführungen und Vorträge. Drinnen erleuchteten Scheinwerfer die holzgetäfelten Wände, im Eingangsbereich reichten Kellner Sekt und Orangensaft und servierten Häppchen an den Stehtischen. Im Theatersaal waren Stühle für die Besucher bereitgestellt, an der Seite stand ein überdimensionaler Monitor.

«Irgendwie ist mir das Ding zu eng.» Nelson nestelte an den Ärmeln seines Smokings. «Mit diesem schwarzen Anzug und dem weißen Stehkragenhemd komm ich mir vor wie ein Pinguin.»

«Der Smoking steht dir wunderbar, glaub mir, nach einer Stunde fühlst du dich wie ein anderer Mensch.» Diana kicherte. Sie trug ein eng anliegendes schwarzes Kleid, das ihre Knie knapp bedeckte. «Außerdem fallen wir mit unseren Outfits hier wirklich nicht auf.»

Tatsächlich waren auch die anderen Gäste gekleidet, als ginge es zu einer Opernaufführung. Das lag wohl nicht zuletzt daran, dass Islands Premierministerin ihr Erscheinen zugesagt hatte.

Nelson nahm einen Schluck Sekt. «Ich hoffe, wir haben tatsächlich die Chance, mit diesem Magnus Ruud zu sprechen. Schließlich sind wir nur normale Angestellte von Thyssenkrupp und zählen nicht zu den Reichen und Prominenten.»

«Sei mal ein bisschen optimistischer.» Diana prostete ihm zu. «Das einzige Problem könnte entstehen, wenn wir aufgefordert werden, etwas zu spenden. Ich denke nicht, dass die Veranstalter mit ein paar Euroscheinen von uns zufrieden sein werden. Die Leute hier sehen aus, als hätten sie wesentlich mehr auf dem Konto als unsereins.»

Eine Glocke ertönte. Alle bewegten sich in den Vortragssaal, und Nelson und Diana suchten sich Stühle in der hintersten Reihe. Es dauerte, bis die Leute ihre Plätze eingenommen hatten.

Diana stieß Nelson an. «Da vorne, erste Reihe, ganz links, das ist Magnus Ruud.»

Er wirkte größer als auf den Fotos, seine halblangen blonden

Haare waren lässig hinter die Ohren geschoben. Er trug ebenfalls einen Smoking. Neben ihm saß ein Mann Anfang dreißig mit bulliger Figur, vermutlich sein Bodyguard.

Erneut erklang die Glocke. Die isländische Regierungschefin trat im langen roten Kleid ein und schritt zum Podium. Alle standen auf und applaudierten.

«Bitte setzen Sie sich wieder, verehrte Damen und Herren», begann sie auf Englisch und wartete, bis Ruhe eingekehrt war. Ernst ließ sie ihren Blick über die Reihen gleiten. «Als ich von Herrn Ruud die Einladung bekam, ein paar Grußworte an Sie zu richten, habe ich sofort zugesagt. Ich kenne und schätze Herrn Ruud schon lange, er fördert seit Jahren uneigennützig soziale und ökologische Projekte und unterstützt Wissenschaftler bei der Polarforschung. Dafür vielen Dank.» Die Premierministerin machte eine Kunstpause. «Es ist mir ein Herzensanliegen, den schwer vom Schicksal getroffenen Menschen in Grönland zu helfen. Gerade wir in der Arktis wissen, wie notwendig der Beistand und die Solidarität unter Nachbarn und Freunden sind. Und Solidarität ist für uns Isländer kein leeres Wort. Wir leben Solidarität!»

Beifall brandete auf.

«Als Land erfüllen wir unsere internationalen Verpflichtungen, das ist selbstverständlich. Doch hier geht es um gelebte Humanität. Und jeder von Ihnen kann seinen Teil dazu beitragen.» Sie lächelte bekräftigend. «Ich wünsche Ihnen viel Erfolg!»

Unter dem Applaus der Zuhörer verließ sie wieder den Saal.

«Ein kurzer Auftritt», murmelte Nelson.

Als nächster Redner trat Reykjavíks Bürgermeister ans Podium. Er sprach ebenfalls von Freundschaft und Solidarität und strich seine guten Kontakte zu grönländischen Politikern in Nuuk heraus. Dann verkündete er, die Stadt werde einen weiteren Trupp Freiwilliger in die Diskobucht schicken, außerdem Experten für den Wiederaufbau.

«Und nun begrüßen Sie mit mir den Gastgeber des heutigen Abends – Herrn Magnus Ruud!», schloss er, und sofort erklang tosender Beifall.

Mit federnden Schritten ging Ruud ans Podium, schüttelte dem Bürgermeister die Hand, schnappte sich das Mikrofon und stellte sich in die Mitte der Bühne.

«Schön, dass Sie heute alle hierhergefunden haben», begann er. «Viele von Ihnen haben bereits bei früheren Charity Events geholfen, aber der heutige Abend ist etwas ganz Besonderes.»

Auf der Leinwand hinter der Bühne erschien ein Foto von zerstörten Häusern.

«Das ist der kleine Ort Ilulissat an der Ostküste Grönlands, direkt an der Diskobucht mit dem Jakobshavn-Gletscher. Ich habe dieses Bild selbst aufgenommen, denn ich war gerade dort, um zu helfen. Meine Firma Transnation Holding hat Material und Baumaschinen geliefert, damit der notwendige Wiederaufbau gelingen kann. Und ich kann Ihnen sagen, was ich dort in Ilulissat gesehen habe, war schrecklicher als alles andere in meinem Leben. Es hat meine Seele schwer getroffen.»

Es herrschte absolute Stille im Saal.

«Sie wissen, ich habe schon einiges in meinem Beruf erlebt und schon oft notleidenden Menschen geholfen. Aber diese Naturkatastrophe hat mit einer unvorstellbaren Wucht die Leben vieler Menschen zerstört.»

Eine andere Aufnahme zeigte eine Inuit-Familie, die in den Trümmern nach ihren Habseligkeiten suchte.

«Wir können die vielen, vielen Opfer nicht wieder lebendig machen.» Ruud blickte die Besucher eindringlich an. «Aber wir – und damit meine ich jeden Einzelnen von uns –, wir können etwas für die Überlebenden tun. Ich habe selbst eine Tochter. Sie ist mein Ein und Alles – der Schmerz, sie womöglich bei solch einem Unglück zu verlieren, wäre für mich als Vater unerträglich.»

Ein drittes Foto flimmerte über den Bildschirm. Mehrere

Arbeiter mit Overalls von Transnation Holding waren gerade dabei, eine halb eingefallene Hausmauer mit einem Gerüst abzustützen.

«Als ich dieses Unglück gewissermaßen live vor Ort erlebt habe, da wurde mir wieder bewusst, in welch privilegierter Lage wir alle uns hier eigentlich befinden. Uns geht es gut, wir haben ein Dach über dem Kopf und keine Geldsorgen, unsere Liebsten sind am Leben.»

Ruud ging ein paar Schritte auf der Bühne auf und ab, ließ die Bilder des zerstörten Dorfes auf das Publikum wirken.

«Deshalb bitte ich Sie: Helfen Sie! Spenden Sie heute, seien Sie großzügig!» Er hob die Hände. «Öffnen Sie Ihre Herzen – und Ihre Geldbörsen! Draußen wartet ein kleiner Imbiss auf Sie. Ich sage Danke!»

Die Gäste klatschten begeistert. Der Transnation-Chef ging durch die Reihen und begrüßte einige im Publikum mit Handschlag. Dann öffneten sich die Saaltüren, und die Besucher strömten hinaus in den Vorraum.

«Was für eine Show!», meinte Nelson.

«Immerhin tut er etwas Konkretes für die Flutopfer», antwortete Diana. «Andere quatschen nur.»

Vor dem Buffet hatte sich bereits eine Schlange gebildet. Nelson und Diana nahmen sich ein Glas Sekt und stellten sich an einen Tisch in einer Ecke. Von der anderen Seite des Raumes winkte ihnen Marc Ziegler, der Manager von Glencore. Er balancierte einen Teller und ein Glas und kam auf sie zu.

«Immer der gleiche Andrang, wenn es was zu futtern gibt», sagte Ziegler zur Begrüßung. «Glücklicherweise war ich einer der Ersten.»

Er biss von seinem Brötchen ab und spülte mit Orangensaft nach. «Und, habe ich Ihnen zu viel versprochen?»

«Nobles Publikum hier», sagte Nelson. «Bekommen wir Herrn Ruud noch mal zu Gesicht?»

«Machen Sie sich keinen Kopf deswegen. Magnus dreht sicher noch seine Runde in der Menge. Schließlich will er seine Gäste persönlich begrüßen.»

«Wie lange lebt er schon hier auf Island?» Diana setzte ihr Glas ab. «Er ist doch eigentlich Norweger, wie ich gehört habe.»

«Die Geschäfte haben ihn hierhergebracht. Die Transnation Holding hat ihre Zentrale in Reykjavík. Er arbeitet seit etwa drei Jahren hier, besitzt aber noch ein Haus in Oslo.»

«Wohnt er allein?»

Ziegler stellte seinen Teller beiseite. «Sie meinen, ob er verheiratet ist? Definitiv nicht. Aber er hat eine Tochter namens Meryem aus einer früheren Liaison. Gesehen habe ich sie noch nie, sie studiert im Ausland. Magnus erzählt selten von ihr. Dass er sie heute erwähnt hat, war eine Ausnahme.»

Nelson sah, wie der Transnation-Chef von Tisch zu Tisch ging, mit jedem ein paar Worte wechselte, hier eine Frau umarmte, dort einem Mann einen freundschaftlichen Klaps auf die Schulter gab. Sein Gesicht strahlte glänzende Laune aus. In einiger Entfernung folgte ihm sein Bodyguard.

Endlich kam er auch zu ihrem Tisch.

«Magnus, darf ich dir Diana Winkels und Nelson Carius aus Deutschland vorstellen?» Ziegler begrüßte ihn wie einen alten Freund. «Die beiden arbeiten für Thyssenkrupp.»

«Ah, aus Deutschland.» Ruud gab ihnen die Hand. «Wir hatten noch nicht das Vergnügen, oder?»

«Wir sind erst seit Kurzem im Land.» Diana lächelte ihn an, übertrieben herzlich, wie Nelson fand. «Das war eine wirklich berührende Ansprache von Ihnen.»

«Danke.» Ruud lächelte zurück.

«Wir haben die Berichte über Ilulissat im Fernsehen gesehen», sagte Nelson. «Mein Respekt, dass Sie sich so sehr für die Menschen dort engagieren. Sie waren unmittelbar nach dem Unglück dort, oder?»

«Ich selbst eigentlich nicht.» Er blickte Nelson offen an. «Einer meiner Frachter war nach der Katastrophe in der Nähe und hat auf meine Anweisung hin seine Route geändert, um zu helfen. Der Kapitän hat mir telefonisch die Lage geschildert. Ich bin dann in den nächsten Flieger gestiegen und dorthin gereist. In Wirklichkeit ist alles noch viel schlimmer, als die Fotos von meinem Vortrag zeigen. Da ist viel zu tun. Ich statte gerade neue Schiffe von uns mit Hilfsgütern aus. Wir laufen demnächst aus. Wenn es meine Zeit erlaubt, werde ich wieder persönlich mit dabei sein.»

«Und wie ich dich kenne, hast du gleich deine Kontakte spielen lassen und eine ganze Maschinerie angeworfen», sagte Ziegler. «Was unser Herr Ruud anpackt, macht er gründlich.»

«Du übertreibst wie immer, Marc.» Der Transnation-Chef lachte. «Aber natürlich habe ich durch meine Geschäftsbeziehungen viele Kontakte ins Ausland – zu den Chinesen, den Russen, den Amerikanern. In Deutschland sponsere ich bisher nur ein Forschungsinstitut. Aber das kann sich ab jetzt ja ändern, oder?»

Er sah Diana an.

«Unbedingt», antwortete sie. «Thyssenkrupp freut sich über jeden neuen Auftrag.»

«Die Transnation Holding ebenso. Ihr Konzern braucht Frachtkapazitäten oder Maschinen zur Erschließung neuer Rohstofffelder in der Arktis? Meine Firma kann helfen.» Ruud lachte.

«Jetzt aber genug – du solltest Glencore auch noch ein paar Krümel vom Geschäft übrig lassen», meinte Ziegler gut gelaunt. «Schließlich sind wir die Rohstoffexperten Nummer eins in der Arktis – und nicht ihr.»

49

… Grönländisches Eisschild …

Noch immer ärgerte sich Hanna über Huang Lis Überheblichkeit. Der Leiter des *Camp Glacier* hatte ihre Theorie, Radioaktivität könne die Ursache des Fischsterbens sein, unsinnig gefunden. Wer war er, dass er wissenschaftliche Thesen so einfach vom Tisch wischen durfte?

Auf keinen Fall würde sie klein beigeben und ihre Untersuchungen deswegen beerdigen. Wenn nicht mit der Unterstützung des Forschungschefs, dann eben ohne ihn.

Sie betrat den abgeschirmten Laborbereich und fragte den Leiter, einen jungen Chinesen, dessen Namensschild an seinem Schreibtisch ihn als Herrn Sheng auswies, nach einem leeren Arbeitsplatz, den sie benutzen durfte. Der Raum war als Gruppenbüro eingerichtet. Er zeigte ihr einen Tisch an der Wand und gab ihr einen Zettel mit den Zugangsdaten für das Computernetzwerk.

Sie schaltete das Gerät ein. «Geht das Internet wieder?»

«Keine Chance, die Störungen dauern an», sagte Sheng. «Außerdem sind alle Mitarbeiter angewiesen, sparsam bei der Nutzung externer Leitungen zu sein. Schließlich läuft die Datenkommunikation im Wesentlichen über Satelliten, und unsere Übertragungsbandbreiten sind schmal. Wir müssen sehr gut damit haushalten.»

Hanna machte sich mit dem internen Netzwerk der Polarstation vertraut. Es gab einen Bereich für Chats, ein Mailprogramm, einen Internet-Browser und mehrere Sektionen für Datenspeicher.

An Thierry schrieb sie eine Nachricht: «Sitze am Computer».

Er antwortete nach fünf Minuten: «Untersuche gerade Eisproben – sollen wir uns später treffen?» Dazu schickte er einen Smiley.

Sie wollte eine E-Mail an ihren Chef beim Alfred-Wegener-Institut schicken, um Bericht zu erstatten, aber der Computer meldete nur «Error». Ebenso wenig gelang es ihr, eine Webseite aufzurufen – der junge Chinese hatte recht gehabt. Oder war es schlicht ein Systemfehler?

In der internen Datenbank suchte sie nach aktuellen Forschungsergebnissen zu radioaktiven Belastungen von Tieren in der Arktis. Sie stieß auf eine Liste von Dateien. Als sie eine öffnen wollte, poppte eine Maske auf: «Access denied» – Zugriff verweigert. Sie probierte es mit einer anderen Datei, das Ergebnis war dasselbe.

Hanna blickte hinüber zum Laborleiter. «Könnten Sie mich bitte für alle Bereiche freischalten?», rief sie ihm zu. «Ich kann sonst nicht arbeiten, ich brauche eine umfassende Zugangsberechtigung.»

«Das geht nicht.» Sheng sah von seinem Monitor auf, verärgert über die Störung.

«Warum?» Hanna ging zu ihm hinüber. «Sie sind doch der Administrator und könnten das veranlassen, oder nicht?»

«Das schon. Aber unsere Regeln sind strikt: Gäste erhalten nur beschränkten Zugang, ebenso Mitarbeiter, die nicht in dem betreffenden Fachbereich tätig sind.»

Er wollte sich wieder seinem Monitor zuwenden, doch Hanna trat noch einen Schritt auf ihn zu. «Dann machen Sie bitte eine Ausnahme. Deswegen bin ich nämlich ins Camp Glacier gekommen: um zu forschen.»

Sheng schüttelte den Kopf. «Sorry. So sind die Vorschriften.»

«Kommen Sie, seien Sie doch nicht so bürokratisch.» Hanna bemühte sich um einen freundlichen Tonfall.

«Ich kann es nur wiederholen: Wir haben Regeln.»

«Dann fragen Sie bitte Herrn Huang Li um Erlaubnis. Ich

hatte bereits mit ihm darüber gesprochen.» Was nicht stimmte, aber Hanna wollte den jungen Mann unbedingt von seinem Arbeitsplatz weglocken.

«Ich weiß nicht, wo er gerade steckt. Ich hab ihn vorhin nicht am Telefon erreicht.» Er zögerte, und Verunsicherung schwang in seiner Stimme mit. «Also gut», sagte er dann. «Warten Sie hier.» Er schaltete seinen Computer auf Stand-by und ging hinaus.

Unauffällig sah sich Hanna um. Niemand beobachtete sie. Schnell holte sie ihr Mobiltelefon heraus, richtete es in einem Aktenregal so aus, dass es Shengs Schreibtisch und seine Tastatur erfasste. Dann drückte sie die Video-Aufnahmetaste und eilte zu ihrem Arbeitsplatz.

Nach wenigen Minuten kam Sheng zurück.

«Sie müssen etwas missverstanden haben, Frau Dr. Jordan. Der Camp Chief erteilt keine Ausnahmegenehmigungen – auch Ihnen nicht. Er sagt, Sie sollen sich mit den offen zugänglichen Dateien begnügen, und wünscht Ihnen viel Erfolg.»

Sheng setzte sich wieder an seinen Platz, tippte sein Passwort ein und reaktivierte den Rechner.

«Das ist schade.» Schnell schrieb Hanna eine neue Mail an Thierry: «Große Bitte: Kannst du den Laborjüngling, der hier Chef spielt, eine Zeit lang beschäftigen?»

Sofort kam die Antwort: «Mach ich – aber dann bist du mir einen Gefallen schuldig.»

Gleich darauf war aus dem Eislabor nebenan ein Schrei zu hören, gefolgt von wüsten Flüchen. Dann ein Krachen.

Sheng sprang auf und lief nach nebenan.

Sofort holte sich Hanna ihr Handy und spulte die Videoaufnahme zu der Stelle, an der der Chinese das Passwort eingetippt hatte: ‹MasterBlaster›.

«Wie originell», murmelte sie, setzte sich an seinen Arbeitsplatz und entsperrte Shengs Computer.

Im Nebenraum war Streit zu hören.

Die Zeit drängte.

Hanna rief erneut die Dateien über Radioaktivität in der Arktis auf. Sie öffnete eine – sie war leer. Nach und nach sah sie sich alle vorhandenen Dateien an, zwischendurch huschte ihr Blick immer wieder zur Tür des Eislabors, in dem hitzig diskutiert wurde.

Das Resultat war immer gleich: Alle Dateien waren leer. Nach dem digitalen Datumstempel zu urteilen, hatte erst kürzlich jemand systematisch die Inhalte gelöscht.

Hanna wollte gerade den Rechner wieder ausschalten, als ihr ein Gedanke kam. Sie rief die Kommunikationsprotokolle auf, um zu sehen, ob es Verbindungen nach außen gab.

Nur von einer Stelle waren in jüngster Zeit Daten hinausgegangen: vom Anschluss des Chefs der Forschungsstation. Huang Li hatte E-Mails mit Anhängen nach draußen verschickt, die Adresse war in chinesischen Schriftzeichen geschrieben. Hanna fotografierte sie ab.

Die Schlussfolgerung war klar: Es gab einen zweiten geheimen Kommunikationsweg nach außen. Und Huang Li nutzte ihn. Wer sonst noch?

Ein Geräusch an der Labortür ließ sie hochfahren. Schnell schloss sie die Dateien und fuhr den Rechner herunter.

Keine Sekunde zu früh.

Sheng kam mit hochrotem Kopf herein. Hanna gelang es gerade noch, aufzustehen und ihm einige Schritte entgegenzugehen, bevor er bemerkte, an wessen Platz sie saß.

«Was ist los?», fragte sie. «Der Lärm hat mich aufgeschreckt.»

«Ach nichts – der übliche Ärger.» Der junge Chinese schob sie beiseite und setzte sich wieder an seinen Schreibtisch. Er betrachtete seine Tastatur und rückte sie gerade.

Für einen Moment dachte Hanna, er hätte etwas bemerkt. Doch dann schaltete er seinen Computer wieder an und machte sich an die Arbeit.

Am Abend hatte sich Hanna mit Thierry in der Kantine verabredet – er hatte darauf bestanden, mit ihr gemeinsam die Flasche Bordeaux zu köpfen.

«Alles nur für dich organisiert.» Er deutete auf den Teller mit Käsestückchen und Salzstangen, daneben stand eine Schüssel Cashewnüsse. «Möge unser Festmahl beginnen.» Er öffnete die Weinflasche und schenkte in Wassergläser ein. «Leider haben sie hier keine Kristallkelche.» Er grinste. «Auf dein Wohl.»

Sie stießen an. Der Rotwein schmeckte wunderbar, würzig und samtig.

Hanna nahm einen kräftigen Schluck. «Den hab ich mir heute verdient.»

«Nicht nur du», antwortete er. «Jetzt musst du mir aber erzählen, warum du die kleine Show von mir wolltest.»

Sie entschloss sich, ihm jetzt doch von ihren Untersuchungen zu dem rätselhaften Fischsterben und dem Verdacht zu erzählen, radioaktive Strahlung könnte dafür verantwortlich sein.

«Das wäre zumindest eine Möglichkeit», meinte Thierry. «Für ausgeschlossen halte ich es nicht. Denkst du an natürliche Strahlung?»

Hanna entschloss sich zur Wahrheit und schüttelte den Kopf. «Die ersten Proben haben auf menschengemachte Radioaktivität hingedeutet.»

«Vielleicht von der Uranmine im Süden Grönlands?» Thierry überlegte. «Da befinden sich ergiebige Lagerstätten. Dort wird Erz gefördert – das könnte die Quelle der Radioaktivität sein.»

Hanna stellte ihr Weinglas ab. «Es ist eine von mehreren Möglichkeiten. Ich wollte das hier in der Forschungsstation checken.»

«Und wo liegt das Problem?»

«Man gewährt mir keinen Zugang zu den Ergebnissen der internen Datenbank. Und Huang Li hält überhaupt nichts von meiner Arbeit.» Sie knabberte an einer Salzstange. «Aber sag, wie hast du es geschafft, diesen Sheng abzulenken?»

«Das war eigentlich ganz einfach. Ich habe einen Bohrkern aus Eis zu Boden geworfen und mich lautstark darüber ausgelassen, welche unmöglichen Bedingungen in dem Labor herrschen. Und schon kam es zum Streit.»

«Man konnte es hören.»

«Es ist ja auch wahr: Es macht einfach keinen Spaß, hier zu arbeiten.» Thierry verzog das Gesicht. «Der Streit hatte eigentlich nicht mal was mit deiner Aktion zu tun, das wollte ich schon länger mal loswerden. Es geht um viel mehr.» Er beugte sich vor und flüsterte: «Wie ich dir schon bei deiner Ankunft gesagt habe, passieren in diesem Camp seltsame Dinge. Und die Arbeitsbedingungen sind – gelinde gesagt – unterirdisch.»

«Was genau meinst du damit?»

Thierry pikste ein Stück Käse mit einer Salzstange auf. «Zum einen hat Huang Li den Etat für Eisbohrungen um ein Viertel gekürzt und das Geld der Abteilung für Wetterbeobachtungen zugeschlagen. Wie sollen wir Material bestellen oder die Hilfskräfte bezahlen, wenn nicht genug Geld da ist? Du kannst dir vorstellen, welche Diskussionen es unter den betroffenen Wissenschaftlern gab.»

Er hatte sich in Rage geredet und war lauter geworden. Hanna schaute sich um. Auf der anderen Seite saßen mehrere russische Monteure und unterhielten sich. Ein Küchenhelfer war am Buffet mit einigen Tabletts beschäftigt. Niemand beachtete sie.

«Und zum andern ist quasi über Nacht ein Teil unserer Eisproben und Bohrkerne verschwunden. Einfach so.» Thierry schnippte mit dem Finger. «An einigen Proben hatte ich noch am Vortag Untersuchungen durchgeführt. Keine Sau hat mir was davon gesagt.»

«Es gab keine Erklärung?»

«Doch, schon, im Nachhinein. Angeblich habe man kurzfristig das Angebot erhalten, die Bohrkerne in besser ausgestatteten Laboren weiter zu untersuchen, und habe sie deshalb abtransportieren müssen. Aber niemand hat gesagt, welche verdammten Labore das sein sollen. Für mich sind das nur Ausreden.»

«Um welche Proben handelte es sich denn?»

«Es waren frische Bohrkerne vom Schelfeis nahe der Küste. Dazu Oberflächenproben von verschiedenen Regionen des Gletschers.» Thierry trank sein Glas aus. «Und nun ist alles weg. Und ich habe auch die Lust verloren – bei der nächsten Gelegenheit bin ich hier weg.»

50

... Ilulissat, Grönland ....

Nanoq saß auf der Couch im Wohnzimmer und sah sich die Abendnachrichten im Fernsehen an. Noch immer war die Naturkatastrophe in der Diskobucht eine kurze Meldung wert – aber nur im letzten Teil der Sendung. Laut Beitrag waren weitere Schiffslieferungen mit Hilfsgütern und Freiwilligen unterwegs. Die Kamera zeigte Frachter aus Island, China und Russland.

Doch mittlerweile hatten andere Ereignisse in der Welt die Aufmerksamkeit der internationalen Öffentlichkeit auf sich gelenkt: die Krise im Nahen Osten, ein großflächiger Waldbrand in Kalifornien, der Scheidungskrieg eines berühmten Schauspieler-Paares. Anfangs hatten die Fernsehbilder von zerstörten Häusern in Ilulissat, von Leichensäcken und verzweifelten Inuit sicher einen Schauer bei den Zuschauern ausgelöst und für gute Einschaltquoten gesorgt. Aber das war nun vorbei – auch wenn die Probleme blieben. Denn kein einziges Haus war bisher ganz wiederaufgebaut, keine Straße neu gepflastert, keine Schule neu ausgestattet. Alles blieb Provisorium.

Noch immer waren die Menschen mit Aufräumen und Trauern beschäftigt. Helfer gaben gebrauchte Kleidung aus, gespendet von den Nachbarländern, sowie warme Mahlzeiten, die sie aus eilig aufgestellten Containern verteilten.

Die Katastrophe hatte die Inuit wieder zu Almosenempfängern, zu Bittstellern degradiert – wie schon so oft. Sie mussten nach Essen fragen, nach Öl zum Heizen, nach Brettern und Isoliermaterial zur Reparatur ihrer Unterkünfte. Denn Hilfsgelder gab es noch immer nicht – obwohl Bürgermeister Rasmussen wiederholt erklärt hatte, er stehe mit Kopenhagen in Kontakt und wolle sich um eine unbürokratische Auszahlung bemühen.

Auf dem Wohnzimmertisch stand immer noch der Karton mit der handgeschriebenen Aufschrift ‹Für Sika Egede›. Eliyah hatte ihn am Vormittag gebracht, es waren die Hinterlassenschaften aus Jakos Haus. Sika war zwar tot, aber da es auch keine Angehörigen gab, hatte die Polizei alles Sikas Bruder gegeben.

Bisher hatte sich Nanoq nicht überwinden können, den Karton zu öffnen, aus Sorge, zu viele Erinnerungen würden wieder hochkommen – an den schrecklichen Tag, an seine Schwester, an Jako. Hatte Jako den Karton schon länger bei sich stehen gehabt? Oder hatte er erst nach Sikas Tod alles beschriftet? Was noch seltsamer wäre.

Nanoq seufzte, riss das Klebeband ab und klappte den Deckel hoch. Eine Plastiktüte voller Papiere lag obenauf. Er sah sie flüchtig durch – es war eine ungeordnete Sammlung von Rechnungen, Mahnungen, von Kontoauszügen, die ein Minus aufwiesen, von Schreiben der Bank und der Behörden.

Er legte alles wieder in die Tüte. Darunter befand sich ein Bilderrahmen. Das Foto zeigte Jako und Sika, wie sie lachend auf einem Boot standen und in die Kamera blickten. Ein Lederbeutel enthielt mehrere Schlüssel, von denen er nicht wusste, wozu sie gehörten. In einer Holzschachtel hatte Jako offensichtlich Andenken gesammelt – Amulette gegen die bösen Geister, seltsam geformte Kieselsteine und Schwemmholzstücke, die Spitze einer alten Harpune.

Ganz unten, in einer mit Samt bezogenen Dose, steckte ein goldener Ring. Auf der Innenseite war ‹Sika & Jako› eingraviert. Hatte Jako seiner Schwester einen Heiratsantrag machen wollen?

Nanoq legte alles wieder zurück und schloss den Deckel. Wie wenig doch von einem Menschen übrig blieb nach seinem Tod. Alles passte in einen einzigen Karton. Nur die Erinnerungen überdauerten.

Er zog sich an für einen Spaziergang, er wollte auf andere Gedanken kommen.

Draußen blies ein heftiger Wind. Nanoq sog die Luft ein. Ein Wetterumschwung war im Anmarsch, in der Nacht würde es Schnee geben.

Was wohl Hanna Jordan gerade machte? Er musste immer wieder an sie denken, obwohl er wusste, dass er sie nicht wiedersehen würde – was ihn in wehmütige Stimmung versetzte.

Das war doch Blödsinn, dachte er, er kannte diese Frau ja kaum, hatte sie nur für kurze Zeit begleitet. Noch immer hatte er die aufwühlende Szene vor Augen, wie dieser Deutsche Sven, angeblich ihr ehemaliger Freund, ihn ihretwegen angemacht hatte.

Aber das war Vergangenheit. So wie sein Großvater, wie Jako und Sika.

Die Straßen des Ortes waren menschenleer, das Rathaus dunkel. Nur in der Polizeistation brannte noch Licht. Nanoq ging direkt zum Hafen. In einiger Entfernung zum Pier hatte man Wohncontainer für die Freiwilligen aufgebaut, die meisten Arbeiter übernachteten auf einem der Schiffe. Niemand war zu sehen. Ein chinesisches Transportschiff machte gerade am Pier fest, etwa hundert Meter neben einem russischen Fischkutter.

Nanoq sah bei dem Manöver zu und fragte sich, ob er bei den Chinesen wohl als Freiwilliger anheuern konnte. Die Besatzungsmitglieder schoben die Gangway in Position. Vier Personen gingen von Bord.

Neugierig geworden, schlich er näher und beobachtete die Männer, hinter einer Baracke versteckt.

Zwei von ihnen trugen Maschinenpistolen und am Gürtel ein Pistolenhalfter.

Was wollten sie mit einer solchen Ausrüstung? Zum Jagen waren die Waffen nicht geeignet. Und zur Selbstverteidigung brauchte man sie auch nicht, es gab keine Kriminellen in Ilulissat – und erst recht keine Eisbären.

Die beiden anderen Männer sahen eher aus wie Soldaten oder Späher, ständig hoben sie ihre Ferngläser und suchten die Gegend ab, als wären sie auf der Jagd nach etwas.

Dann zerstreute sich der Trupp. Sie nutzten die Deckung von abgestellten Fahrzeugen und Containern und näherten sich dem russischen Schiff.

Nanoq folgte ihnen.

Hinter einem Container trafen die vier Chinesen wieder aufeinander und besprachen sich flüsternd. Immer wieder deuteten sie auf das Schiff. Offenbar hatten sie sich das Versteck als Beobachtungsposten für den Fischkutter ausgesucht. Einer stellte seinen Rucksack ab und holte ein Stativ heraus. Er baute es auf und schraubte ein Gerät daran, das aus der Ferne aussah wie eine Überwachungskamera und das er wiederum an ein Übertragungsgerät anschloss, seine Kollegen tarnten die Anlage mit einer alten Plane.

Wieder flüsterten die Chinesen miteinander. Zwei gingen zurück zum Schiff.

Was sollte das?

Nanoq war ratlos. Was hatte diese Heimlichtuerei mit der Hilfsmission zu tun? Er wusste keine Antwort darauf. Aber vielleicht würde sich das Rätsel am nächsten Tag von selbst auflösen, und es gab eine einfache Erklärung.

Er beschloss, erst mal wieder nach Hause zu gehen.

Da spürte er etwas Hartes in seinem Rücken.

«You turn – slowly», sagte eine Männerstimme mit chinesischem Akzent.

Nanoq drehte sich um und blickte direkt in die Mündung einer Pistole.

51

... Reykjavík, Island ...

Sie spazierten durch das Zentrum der Stadt. Der Wind blies, die Wolken waren grau und schwarz.

«Nicht gerade Urlaubswetter», meinte Nelson.

«Was erwartest du auf Island?» Diana blieb stehen. «Palmen? Karibikstrand?»

«Höhere Temperaturen.»

«Zu Hause in Deutschland ist es auch nicht besser. Ich hab mir den Wetterbericht angesehen – immer noch Sturm, Regen und Überschwemmungen. Da haben wir's hier schon gut.»

«Und, was hältst du von diesem Magnus Ruud? Du scheinst ja ganz begeistert zu sein.»

«Dafür kenn ich ihn zu wenig», antwortete Diana zögernd. «Aber immerhin engagiert er sich persönlich – und stellt nicht nur Schecks aus für gute Zwecke.»

«Er und der Glencore-Manager scheinen beste Freunde zu sein.»

«Das ist mir auch aufgefallen. Ich hoffe nur, dieser Ziegler treibt kein falsches Spiel mit uns und hat diesen Ruud nicht hinter unserem Rücken über unseren echten Beruf aufgeklärt. Aber selbst wenn nicht, bin ich mir nicht ganz sicher, ob der Transnation-Chef uns nicht ohnehin durchschaut hat.»

«Möglich wäre es. Zumindest kann es nicht schaden, wenn wir uns beim BND noch ein paar weitere Hintergrundinformationen über die beiden besorgen.»

Wieder im Hotel, riefen sie Dr. Robert Horn an. Diana stellte das Telefon auf Lautsprecher.

«Danke für Ihre Berichte», hörten sie den BND-Abteilungsleiter sagen. «Ich bin froh, dass Sie beide wohlauf und munter sind.»

«Alles in Ordnung.» Nelson betastete unwillkürlich seinen Verband. «Uns geht es gut.»

«Eigentlich war der Einsatz nicht so geplant, dass Sie beide gleich Terroristen liquidieren. Sie sollten in Deckung bleiben und vorsichtig vorgehen …»

«Es war Notwehr», sagte Diana. «Konnten die Kollegen schon das Material auswerten, das wir Ihnen zugeschickt hatten?»

«Es dauert noch – sie sind aber dran.» Horn räusperte sich. «Hören Sie zu: Es gibt eine wichtige Planänderung.»

«Inwiefern?»

«Das ist am Telefon ein wenig kompliziert zu erklären. Deshalb will ich, dass Sie beide zurück nach Deutschland kommen – und zwar gleich.»

«Eine genauere Erklärung wäre schon hilfreich», wandte Nelson ein. «Worum geht es denn?»

«Kurz gesagt: Wir haben über mehrere Umwege beunruhigende Informationen erhalten. Leider hat sich das Ganze etwas verzögert, weil es durch mehrere Ministerien lief und niemand sich so richtig zuständig fühlte. Am Ende ist es bei uns gelandet.»

Er verstummte, und sie warteten, bis ihr Vorgesetzter weiterredete.

«Es gibt die begründete Annahme, dass in der Arktis ein Problem mit Radioaktivität entstanden ist», sagte Horn schließlich.

«Irgendwas muss dort oben schiefgelaufen sein. Wir wissen nicht, was.»

«Verstrahlter radioaktiver Abfall? Ein Kraftwerk, das leckt? Was genau meinen Sie?» Nelson war hellhörig geworden.

«Wie gesagt: Wir wissen es nicht. Noch nicht. Aber unsere NATO-Verbündeten und unsere Freunde in Amerika sind äußerst nervös.»

«Woher stammen denn die Infos?», fragte Diana. «Kann man der Quelle trauen?»

«Die Nachricht stammt vom Alfred-Wegener-Institut in Bremerhaven. Eine von deren Wissenschaftlerinnen hat Messungen auf Grönland vorgenommen und Proben von verendeten Fischen untersucht. Der Befund war eindeutig: Die Tiere sind durch radioaktive Strahlung gestorben.»

«Sollten wir dann nicht gleich nach Grönland aufbrechen?», fragte Nelson.

«Sie kommen zuerst zurück nach Berlin. Es besteht erheblicher Koordinierungsbedarf mit unseren Partnern. Dazu wäre Ihre Unterstützung hilfreich.»

«Aber wie Sie wissen, ist der russische Atomfrachter Sevmorput in den Norden mit unklarem Ziel unterwegs», entgegnete Diana. «Vielleicht besteht ein Zusammenhang. Sollten wir da nicht dranbleiben?»

Horn überlegte. «Also gut, einer von Ihnen bleibt in Island und verfolgt das Thema weiter. Ich sorge für Unterstützung durch unsere amerikanischen Freunde. Wir brauchen Klarheit über die Mission der Russen. Macht es unter euch aus. Bis bald in Berlin.»

Er hatte aufgelegt.

«Und wer von uns genießt jetzt den Urlaub auf Island weiter?» Nelson sah seine Partnerin fragend an. «Sollen wir es auslosen?»

«Ich übernehme das», antwortete Diana mit Bestimmtheit. «Fahr du ruhig nach Hause. Du findest es ja ohnehin zu kalt hier.»

52

... Grönländisches Eisschild ...

Hanna erwachte von Geräuschen auf dem Gang. Zwei Männer unterhielten sich auf Russisch. Ihr Zimmer besaß – wie alle Unterkünfte – nur eine dünne Wand und eine noch dünnere Holztür, jedes Geräusch drang nahezu ungefiltert in ihren Raum. Sie sah auf die Uhr, es war schon später Vormittag, der Rotwein vom Vorabend hatte ihr mehr zugesetzt als gedacht.

Sie streckte sich und überlegte, ob sie noch ein wenig schlafen sollte. Ihre Arbeit im *Camp Glacier* war getan. Da sie keine Zugangserlaubnis für das interne Datennetz hatte und Kommunikation nach außen bislang nicht möglich war, konnte sie nur herumsitzen, etwas lesen oder sich mit Kollegen unterhalten.

Zur Kontrolle holte sie ihr Satellitentelefon aus der Tasche und versuchte, das Alfred-Wegener-Institut anzurufen. Vergeblich. Sie musste auf einen Wetterumschwung hoffen. Vom Fenster aus sah sie, dass es in der Nacht geschneit hatte, der Himmel war von dunklen Wolken verhangen, ein kräftiger Wind wirbelte Schneeflocken umher.

Sollte sie zurück nach Deutschland reisen oder doch der Spur des Uranbergbaus im Süden Grönlands nachgehen, von der Thierry ihr erzählt hatte?

Sie hatte über das Projekt gelesen. Es war das größte Bergbauprojekt in der Geschichte der Insel. Die politischen Parteien waren darüber zerstritten – die einen erhofften sich Jobs und üppig sprudelnde Einnahmen, die anderen befürchteten eine radioaktive Verseuchung des Wassers – denn die Kvanefjeld-Mine lag am Meer.

War der dortige Uranabbau die Ursache für das Fischsterben?

Vielleicht sollte sie einen letzten Anlauf nehmen und sich vor Ort überzeugen.

Sie packte ihr Waschzeug und ging hinüber in das Gemeinschaftsbad. Zwei Frauen und ein Mann warteten bereits vor den beiden Duschkabinen – heißes Wasser war in der Polarstation begehrt und selten, da es aufwendig produziert werden musste.

Ein mit Diesel betriebenes Blockkraftwerk etwas abseits vom Camp lieferte den dafür nötigen Strom und die Wärme. Das Abwasser wurde geklärt und für die Klospülung verwendet. Die getrockneten Fäkalien und sämtlichen Müll, von Papierfetzen bis hin zu Essensresten, transportierten Arbeiter regelmäßig ab.

Hanna ging zur Toilette, danach wusch sie sich an einem der Waschbecken, putzte die Zähne und frisierte ihr Haar mit einer Bürste. Das war nicht der Standard, den sie von zu Hause gewöhnt war, aber sie konnte sich während der Expeditionen einschränken – die extreme Umgebung erforderte nun mal Anpassungen.

Schon bald fühlte sie sich besser. In ihrem Zimmer wollte sie nicht bleiben, deshalb ging sie in die Kantine und besorgte sich einen Kaffee und etwas Obst. Thierry war nicht da, vermutlich saß er bereits in seinem Eislabor.

Langsam trank sie ihren Kaffee. Die leeren Dateien in der Datenbank gingen ihr nicht aus dem Kopf. Wer hatte ein Interesse daran, die Inhalte zu löschen? War es vielleicht nur ein Versehen? Waren die Daten woandershin transferiert worden? Gab es Kopien?

Sie seufzte. Vielleicht machte sie sich auch einfach nur verrückt mit ihren Thesen. Sie trank ihren Kaffee aus und beschloss, nach draußen zu gehen, um auf andere Gedanken zu kommen.

Mit Parka, Mütze und Handschuhen trat sie wenig später über den Nebenausgang ins Freie. Der Wind war mittlerweile mehr ein Sturm, die Sicht auf fünfzig Meter beschränkt. Sie spazierte einmal um das Gelände des Camps herum. Einige vermummte Männer arbeiteten immer noch an dem Funkmast, sonst war niemand zu sehen.

Trotz ihres Parkas fror sie. Sie stieg die Treppe wieder hinauf zum Eingang der Station. In der Ferne sah sie ein Schneemobil heranfahren. Zwei Personen saßen darauf. Sie musste sofort an die Fahrt mit Nanoq hierher denken. Das Herz wurde ihr schwer, ohne dass sie wusste, warum.

Das Fahrzeug stoppte unterhalb der Polarstation. Die Personen luden das Gepäck ab, offenbar neue Gäste.

«Nehmen Sie bitte meine Tasche mit hinein, Paalu.»

Die Stimme kam ihr bekannt vor.

Sie erstarrte: Das war Sven.

Sie ging hinein, ohne sich bemerkbar zu machen. Die Kälte spürte sie nicht mehr. Stattdessen kochte in ihr die Wut so heiß wie Lava.

Wie konnte Sven es wagen, ihr auch hierher zu folgen? Das war ungeheuerlich. Sie musste das beenden – ein für alle Mal!

Bebend vor Zorn wartete sie im Vorraum auf die beiden Männer.

Sie traten ein und entledigten sich ihrer Mützen und Skibrillen. Es dauerte einen Moment, bis Sven sie sah.

«Hanna, hast du mich bereits erwartet? Wie schön!» Er stellte seinen Rucksack ab. «Herr Lynge war so nett, mich zu fahren.»

«Guten Tag, Frau Dr. Jordan.» Paalu schien sich nicht recht wohl in seiner Haut zu fühlen. «Wir sind froh, dass wir es bei diesem Wetter endlich geschafft haben. Schöne Grüße von Nanoq.»

«Wie kannst du es wagen, hier aufzukreuzen?» Hanna baute sich vor Sven auf. «Kannst du mich nicht einfach in Ruhe lassen?»

«Du bist gut – mir jetzt noch Vorwürfe zu machen! Nach unserem schönen Abendessen …»

«Das war ein dienstlicher Termin, sonst nichts!», unterbrach Hanna ihn.

«Komm schon, das schöne Essen hast du doch auch genossen.» Er sah ihr direkt ins Gesicht. «Und dann so was. Einfach abzuhauen. Sich am nächsten Tag fortzuschleichen wie eine Diebin. Ohne Abschied. Ohne ein Wort. Das ist mies, wirklich mies. Ein schäbiges Verhalten von dir.»

Paalu machte sich bemerkbar. «Ich … Ich lasse Sie beide jetzt besser allein und melde uns an … und bringe dann das Gepäck in die Unterkunft.»

Er verzog sich hastig.

«Wann kapierst du es endlich, Sven?» Hanna verschränkte die Arme. «Es ist aus. Zwischen uns läuft nichts mehr. Nie mehr! Sieh es endlich ein und lass mich in Ruhe.»

«Aber mit diesem Nanoq, mit dem machst du rum, was? Da bist du nicht so zimperlich. Dabei ist der Typ doch völlig unter deinem Niveau.»

«Jetzt werd nicht albern. Er ist ein netter Kerl, der mir geholfen hat, sonst nichts.»

«Ich hab euch schon bei meiner Ankunft beobachtet, erzähl mir nichts.» Sven machte einen Schritt auf sie zu. «Wie er dich angesehen hat. Und er hat dich hierhergefahren, das war doch kein Zufall, oder? Habt ihr was miteinander? Hast du mit diesem … diesem Eskimo geschlafen? Gib es zu!»

«Jetzt drehst du wirklich durch, Sven.»

«Rede nicht so mit mir! So kannst du mich nicht behandeln – nach allem, was zwischen uns war!»

«Das ist vorbei.»

«Trotzdem – die Erinnerungen bleiben! Weißt du noch, wie wir im Bett gefrühstückt haben und dann wieder …»

«Jetzt hör endlich auf, verdammt noch mal!» Hanna war laut geworden. «Stell dich gefälligst der Realität, du bist doch ein erwachsener Mann.»

«Und weil ich ein erwachsener Mann bin, kann ich tun, was ich will. Wenn das Camp Glacier mir die Möglichkeit zum Arbeiten gibt, dann ergreife ich die Chance. Das hat gar nichts mit dir zu tun. Es gibt eben nicht viele Orte in Grönland, wo man als Forscher tätig sein kann.»

«Hör doch auf mit diesen Ausreden! Es gibt nur einen Grund, aus dem du da bist: Du kannst nicht akzeptieren, dass du von mir eine Abfuhr erhalten hast. Das nagt an dir und verletzt deinen Stolz.»

«Komm mir jetzt nicht mit deiner Küchen-Psychologie, das ist deiner nicht würdig. Ich fordere eine klare Aussprache.» Er packte sie am Arm. «So viel Respekt schuldest du mir.»

«Lass mich los!» Hanna schlug seine Hand weg. «Wir haben oft genug darüber geredet. Ich bin es leid. Es ist Schluss!»

Sven stand nun nur noch wenige Zentimeter vor ihr. Sie konnte seinen Atem spüren.

«Gar nichts haben wir», sagte er in fast bedrohlichem Ton. «Du hast mich immer nur mit Blabla abgespeist, hast gedacht, ich schlucke das. Aber da kennst du mich schlecht.» Er fasste ihre Schultern. «Ich will mehr als das. Beleidige meine Intelligenz nicht, Hanna. Sonst ...»

«Sonst?» Sie riss sich los und lief zur Tür. «Du spinnst doch komplett! Komm bloß nicht mehr in meine Nähe!»

«Haha.» Es war ein höhnisches Lachen. «Wir sind hier auf einer Polarstation. Du kannst mir nicht davonlaufen, meine Liebe. Ich finde dich!»

Am ganzen Körper zitternd, rannte sie in ihr Zimmer und sperrte die Tür hinter sich ab. Sie wusste: Ein Tritt, und das dünne Türblatt würde nachgeben. Sie setzte sich auf den Stuhl und starrte die Tür an. Aber niemand kam. Allmählich beruhigte sie sich wieder.

Dieser Mistkerl. Warum drehte Sven plötzlich so durch? Was war in ihn gefahren?

Sie beschloss, am nächsten Tag abzureisen. Dieser Plan munterte sie auf, und sie spürte, wie ihre Zuversicht wiederkehrte.

Sie wagte es dennoch nicht, zum Abendessen in die Kantine zu gehen. Stattdessen trank sie ihre Wasserflasche leer und aß ein paar Kekse dazu, die sie in ihrer Tasche gefunden hatte.

Sollte sie Thierry suchen und ihn um Hilfe bitten? Nein, das war albern und auch ein bisschen peinlich. Sie würde schon mit Sven fertigwerden. Am Ende waren sie beide doch zivilisierte Menschen. Mit diesem Gedanken legte sie sich aufs Bett.

Sie musste eingeschlafen sein.

Benommen richtete sie sich auf. Die Uhr zeigte weit nach Mitternacht. Sie wollte einen Schluck trinken, aber ihre Wasserflasche war leer. Sollte sie so spät noch Nachschub holen?

Gerade wollte sie zur Tür gehen, als sie von irgendwo Stimmen hörte. Zwei Russen, die sich unterhielten.

Gleich danach war es wieder still.

Sie lauschte.

Waren das da draußen auf dem Gang leise Schritte, oder bildete sie sich das nur ein? Sosehr sie sich auch anstrengte, sie konnte das Geräusch nicht orten.

Dann wieder Schritte – dieses Mal unüberhörbar. Es war eine einzelne Person.

Die Schritte endeten direkt vor ihrer Tür.

Hanna hielt den Atem an. Wer stand dort auf der anderen Seite der Tür? Sven?

Die Schritte entfernten sich wieder.

Sie presste ihr Ohr ans Holz.

Kein Ton war zu hören. Der Gang schien leer zu sein.

«Hanna?»

Es war mehr ein Flüstern. Sie schreckte zurück.

Sven.

Es klopfte an der Tür.

«Hanna!»

Sie musste sich den Mund zuhalten, um nicht loszuschreien, und wagte es nicht, sich zu rühren.

Die Sekunden vergingen.

«Hey, was wollen Sie hier? Verschwinden Sie!»

Svens Stimme war laut geworden. Das galt nicht ihr.

Da war noch jemand anders auf dem Gang. Geräusche drangen in ihr Zimmer, wie wenn zwei Menschen miteinander rangelten.

Sie kamen von weiter weg.

Was war da los?

Allmählich hatte sie die Spielchen satt. Sie so zu erschrecken! Diesen Typen würde sie gehörig die Meinung sagen. Sie ging zur Tür, öffnete sie vorsichtig einen Spalt und lugte hinaus.

Am Ende des Gangs stand Sven, mit dem Rücken zu ihr.

Er hielt einen Mann umklammert, der sich mit aller Kraft dagegen wehrte.

Der Mann trug Arbeitskleidung und Handschuhe, sein Gesicht war unter einer schwarzen Sturmhaube verborgen.

Sven versuchte den Unbekannten niederzuringen, doch der Angreifer war stärker – er löste sich aus der Umklammerung und schlug auf Sven ein.

Der wehrte sich nach Kräften.

Es war ein stiller, ein verbissener Kampf.

«Hört auf!», schrie Hanna.

Für einen Moment war Sven irritiert, drehte sich zu ihr um.

Diesen Moment nutzte der Angreifer. Er trat einen Schritt zurück und machte eine schnelle Bewegung.

Plötzlich hielt er ein Messer in der Hand.

Dann stach er zu.

Blut spritzte aus Svens Hals.

Der Unbekannte zog die Klinge wieder heraus, packte seinen Gegner, stach erneut zu.

Hanna war starr vor Entsetzen.

Sven sah sie an. In seinem Gesicht stand blanke Angst.

«Hanna, hau ab. Flieh! Sofort!», krächzte er.

Dann sackte er in sich zusammen.

Der Angreifer fixierte nun Hanna.

Mit gezücktem Messer kam er langsam auf sie zu.

In Panik schloss sie die Tür hinter sich und drehte den Schlüssel um.

Sie schaute sich hektisch um und riss ihren Kapuzenpullover und ihre Umhängetasche vom Stuhl.

Mit zittrigen Fingern öffnete sie das Fenster.

Sie hörte, wie jemand an der Tür rüttelte.

Mehrere Meter unter ihr lag der schneebedeckte Boden.

Ein Krachen, direkt hinter ihr.

Das Holz der Tür splitterte.

Sie kletterte hinaus und ließ sich fallen. Der Aufprall war hart, aber sie konnte sich zur Seite abrollen und den Sturz abfangen.

Sie blickte nach oben, das Sturmhauben-Gesicht war im Fensterrahmen zu sehen.

Dann verschwand es.

Bloß weg hier.

Die Schneeflocken nahmen ihr die Sicht, aber trotz der späten Stunde war es hell, wie immer in den sommerlichen Polarnächten.

Keine Chance, sich zu verstecken.

Ihr Herz raste, sie handelte, ohne groß nachzudenken.

Sie lief zur Fläche unter der Polarstation, dort, wo die Schneemobile parkten.

Am Rand entdeckte sie einen Motorschlitten, bei dem der Schlüssel steckte. Nach dem dritten Anlauf gelang es ihr, den Motor zu starten.

Sie gab Vollgas. Der Schlitten bewegte sich einen Meter vorwärts, dann erstarb der Motor.

Zweiter Versuch. Der Motor heulte auf.

Sie sah, wie die Tür vom Nebeneingang aufging und eine Gestalt nach unten lief.

Es kostete sie unendliche Willenskraft, nicht wieder Vollgas zu geben, sondern das Gefährt ganz langsam anfahren zu lassen. Es funktionierte.

Sie schlug die Richtung ein, aus der sie von Ilulissat gekommen war. Bald hörte sie, wie hinter ihr ein anderes Schneemobil losfuhr, und gab noch mehr Gas.

Der Scheinwerfer ihres Fahrzeugs drang kaum durch die dichten Schneeflocken. Sie schaltete das Licht aus, um dem Verfolger keine Orientierung zu geben.

Es half wenig, das war ihr bewusst: In der nächtlichen Helligkeit würde er sie mühelos ausmachen.

Sie gab Vollgas, die Maschine unter ihr jaulte auf und machte einen Satz nach vorn. Sie drehte sich um.

Hinter sich sah sie das Licht des Verfolgers.

Und es kam immer näher.

53

... ***Berlin*** ....

Er hatte seine Reisesachen ausgepackt und sich in der Küche einen Kaffee gemacht. Es war ein seltsames Gefühl, wieder in seiner alten Wohnung zu sein, auch wenn sie nicht seine eigene war, sondern einer Studentin gehörte, die er noch nie gesehen hatte. Und doch – das hier war sein einziges Zuhause, sein Rückzugsort.

Nelson zog seine Regenjacke an, stopfte die Unterlagen in

den Rucksack und verließ die Wohnung. Draußen riss es ihn fast vom Fahrrad. Der Regen peitschte ihm ins Gesicht, ständig musste er sich die Augen trocken reiben. Auf der Straße hatten sich kleine Bäche gebildet, aus den Gullys blubberte eine braune Brühe.

Diana hatte recht gehabt: Das Wetter in Deutschland war schlimmer als in Island. Ein Tiefdruckgebiet hatte sich über großen Teilen des Landes festgesetzt und bescherte den Menschen immer neue Regenfälle, Stürme und Überschwemmungen.

Mittlerweile war in den Bundesländern Rheinland-Pfalz, Nordrhein-Westfalen und Hamburg der Katastrophenalarm ausgerufen worden. Brücken waren eingestürzt, Teile der Autobahnen unpassierbar. In den Städten existierten ganze Straßenzüge nicht mehr, viele Häuser galten als einsturzgefährdet.

Bundeswehr, Technisches Hilfswerk und die regionalen Feuerwehren versuchten, Dämme mit Sandsäcken zu bauen, um die über die Ufer getretenen Flüsse im Zaum zu halten, und überflutete Keller leer zu pumpen. Das Rote Kreuz und die Polizei waren im Dauereinsatz, um von den Fluten eingeschlossene Bewohner aus ihren Häusern zu retten.

Tropfnass kam er im Büro an. Auf seinem Schreibtisch stapelten sich Akten, Memos und Computerausdrucke. Der Anblick weckte in ihm den Wunsch, sofort wieder abzureisen. Denn wenn er ehrlich war, hatte er den Außeneinsatz genossen. Es war ein wenig wie früher gewesen, als er als Student draußen in der Natur unterwegs gewesen war – am Strand, in den Bergen, in der Wildnis.

Das Telefon klingelte. Die Sekretärin des Abteilungsleiters bat ihn zu einem Gespräch. Wobei ‹Bitte› beim Bundesnachrichtendienst eher mit ‹Befehl› zu übersetzen war.

Dr. Robert Horn stand von seinem Schreibtisch auf und begrüßte ihn mit Handschlag.

«Mein Kompliment, Herr Carius. Dafür, dass Sie erst so kurz bei uns sind, haben Sie sich gut geschlagen. Klasse Arbeit. Nehmen Sie Platz.»

«Danke.» Nelson setzte sich auf den Besucherstuhl auf der anderen Seite des Schreibtisches.

«Die Auswertungen Ihres Materials finden Sie – soweit bereits verfügbar – in der Datenbank», begann Horn. «Wie ich bereits am Telefon erklärt habe, gehen wir und andere Geheimdienste mittlerweile von einer verschärften Bedrohungslage in der Arktis aus.»

Nelson sah ihn fragend an.

«Diese unbekannte – und für Fische tödliche – radioaktive Strahlung wirft eine Menge Fragen auf», fuhr der Abteilungsleiter fort. «Dort oben, nördlich des Polarkreises, gibt es mehr atomare Quellen, als man gemeinhin glaubt. Wir müssen die Ursache finden und eliminieren – koste es, was es wolle.»

«Und wie kann ich dabei helfen?»

«Da Sie und Frau Winkels gerade vor Ort waren und, wie soll ich sagen, hautnahen Kontakt mit dubiosen Figuren hatten, ist Ihre Einschätzung hilfreich. Deshalb begleiten Sie mich auf die Geheimkonferenz nach Bonn.»

«Geheimkonferenz?»

«Nun, wir treffen uns zeitnah mit befreundeten Nachrichtendiensten und Militärs der NATO-Staaten. Dort beschließen wir das weitere Vorgehen. Es werden sensible Themen angesprochen, Sie werden das schnell merken. Es darf natürlich nichts an die Öffentlichkeit dringen, es gilt die höchste Geheimhaltungsstufe. Sie erhalten eine befristete Freigabe für diese Informationen.» Horn stand auf und reichte Nelson die Hand. «Ich bin sicher, Ihre Einschätzungen können sehr hilfreich sein. Weitere Informationen lasse ich Ihnen zukommen. Bis dann.»

Zurück im Büro, dachte Nelson über das gerade Gesagte nach. Was war so brisant, dass man einen solchen Aufwand betrieb?

Er packte das Fotoalbum seiner Eltern aus und ging damit in den Druckerraum.

«Na, wie geht's?», fragte eine Kollegin aus seiner Abteilung, die gerade ein Schriftstück kopierte.

«Danke, gut, bin gerade zurück vom Außeneinsatz.»

«Ich hoffe, Sie hatten besseres Wetter als hier.»

«Es war recht kalt.»

Nelson tat so, als kopiere er ebenfalls einige Zeitungsausschnitte, die er mitgebracht hatte, und ließ sich dabei viel Zeit. In Wirklichkeit lauerte er nur darauf, dass die Frau verschwand.

Endlich war er allein in dem Raum. Nach und nach scannte er verschiedene Aufnahmen aus dem Album ein und schickte sie an seinen Bürocomputer.

Es war selbstverständlich verboten, den BND für private Zwecke zu nutzen. Aber er wusste nicht, wie er seine Recherchen über den Tod seiner Eltern sonst weiterverfolgen sollte.

Er schloss die Tür zu seinem Büro und sah sich die Dateien auf dem Bildschirm an. Die Qualität der Fotos war hervorragend. Er rief die Eingabemaske einer Spezialsoftware auf, fügte die Fotos als Anhang hinzu und füllte in das entsprechende Feld als Zweck der Abfrage ‹Terrorfahndung› ein. Dann startete er das Programm – irgendwann würde es vielleicht ein Ergebnis ausspucken, wer die Personen auf den Bildern waren. Er musste eben Geduld haben.

Er öffnete die Auswertungen des Materials aus Island. Die Entschlüsselung des Laptops, den sie aus dem Wohnmobil des getöteten Attentäters Khasan Oschnij mitgenommen hatten, hatte eine Verbindung zu der russischen paramilitärischen Söldnergruppe *Wagner* zutage gefördert. Offenbar hatte der Tschetschene seinen Auftrag von dieser dubiosen Sicherheitsfirma erhalten, die enge Verbindungen zu Moskau pflegte.

Stammten die Attentatspläne also letztlich aus Russland? Zwar nahm die *Gruppe Wagner* von allen Seiten Aufträge an, wenn die Kasse stimmte. Aber jeder Geheimdienst wusste um die besonderen Verbindungen der Söldnertruppe zum Kreml.

Bisher war es den Entschlüsselungsexperten nicht gelungen, das Bankkonto Oschnijs zu knacken, um der Spur des Geldes folgen zu können. Irgendjemand musste den Terroristen schließlich bezahlt haben.

Die Akte über den Transportunternehmer Magnus Ruud war dünn. Er war nie polizeilich in Erscheinung getreten – von einigen Strafzetteln wegen zu schnellen Fahrens abgesehen.

Ruuds Karriere war anfangs unspektakulär verlaufen. Er stammte aus einem Beamtenhaushalt, die Eltern waren bereits gestorben. Nach dem Abitur hatte er ein Betriebswirtschaftsstudium abgebrochen und ein kleines Transportunternehmen mit zwei Lkw gegründet, die er auf Kredit gekauft hatte. Ein größerer Auftrag des norwegischen Staates war der Startschuss zu einer beeindruckenden Expansion gewesen. Offenbar wegen der Steuern hatte er den Geschäftssitz von Transnation Holding nach Island verlegt.

Ruud war mehrere Jahre mit einer zehn Jahre jüngeren Frau liiert gewesen, einer Uigurin. Aus der Verbindung war eine Tochter namens Meryem hervorgegangen. Das Paar war seit Langem getrennt, wo genau die Mutter und die Tochter jetzt wohnten, ging aus den Akten nicht hervor.

Dafür gab es Hinweise, dass Ruud eine Briefkastenfirma und Konten auf den Cayman Islands unterhielt, auch eine Obergesellschaft der Transnation Holding war dort gelistet.

Gab es weitere Verbindungen zu Glencore und deren Manager Marc Ziegler? Nelson startete eine neue Suchanfrage.

54

... Bonn ....

Der Sturm riss ihnen die Schirme fast aus der Hand, der Regen peitschte ihnen ins Gesicht. Dr. Horn und Nelson liefen zum Haupteingang des World Conference Centers, ein moderner Bau in direkter Nachbarschaft zum ehemaligen Plenarsaal des Deutschen Bundestages am Rhein und zum Campus der Vereinten Nationen. Es war ein luftiges Gebäude mit ausladendem Foyer und einer Reihe von Veranstaltungsräumen.

Das Treffen fand im ersten Stock statt. Ein Schild wies den Weg zur Diskussionsrunde mit dem Tarnmotto ‹Klima und Natur in der Arktis›. Vor dem Saal mussten sie sich einer peniblen Sicherheitsüberprüfung unterziehen, ihre Ausweise wurden mit der Gästeliste abgeglichen. Drinnen waren Tische in U-Form angeordnet, Tischkarten wiesen jedem seinen Platz zu, ein Beamer warf das offizielle Motto an die Stirnseite der Wand.

Nelson kannte fast niemanden in dem Raum – außer den Drei-Sterne-US-General, der bereits bei der NATO-Sitzung in Brüssel dabei gewesen war. Horn dagegen begrüßte die anwesenden Männer und Frauen, als wären es alte Bekannte von ihm.

Nelson schaffte es gerade noch, sich ein Mineralwasser einzuschenken und zwei belegte Brötchen auf seinen Teller zu legen, bevor der US-General alle um Aufmerksamkeit bat.

«Aus aktuellem Anlass finden wir uns heute zu einem informellen Treffen außer der Reihe zusammen», begann er. «Ich freue mich, dass Sie es so kurzfristig einrichten konnten, und weise nochmals auf die Geheimhaltungsstufe hin. Anlass dieses Meetings sind Hinweise, die die Kollegen vom BND dankenswerterweise zur Verfügung gestellt haben.»

Er nickte Horn freundlich zu. «Vielleicht geben Sie uns eine kurze Zusammenfassung über den aktuellen Stand.»

Horn berichtete von der Forschungsarbeit einer Wissenschaftlerin des Alfred-Wegener-Instituts in Grönland, die auf Wunsch der dänischen Regierung aktiv geworden war. Man habe an verschiedenen Stellen ein massives Fischsterben festgestellt. Auslöser war radioaktive Strahlung.

«Und es ist kein Zweifel möglich – wir haben die Laborergebnisse mehrfach von Fachleuten überprüfen lassen.» Er blickte in die Runde. «Zudem gibt es neue Entwicklungen. Mein Kollege Nelson Carius war gerade im Außeneinsatz in Spitzbergen und Island. Er hat seltsame Aktivitäten seitens verschiedener russischer Kräfte beobachtet. Außerdem konnten wir einen tschetschenischen Terroristen unschädlich machen. Den Einsatzbericht haben wir Ihnen bereits zugeschickt. Wobei wir nicht wissen, ob das alles mit der ausgetretenen Radioaktivität zu tun hat.»

«Aktuell verfolgen wir den BND-Hinweis zum Atomfrachter Sevmorput, der in der Arktis unterwegs ist», ergänzte ein CIA-Vertreter, ein Mann mit Bürstenfrisur. «Wir schauen denen auf die Finger.»

«Das aggressive Vorgehen der Russen kann einen wirklich nervös machen», sagte der grauhaarige Abteilungsleiter vom NATO Special Committee, dem Nachrichtendienst-Ausschuss des Nordatlantikrats. «Die machen wirklich ernst mit ihrer Ankündigung, die Vorherrschaft am Nordpol zu erlangen.»

«Wir dürfen uns das nicht gefallen lassen!», rief eine Abgesandte vom CSIS, dem kanadischen Geheimdienst. Sie trug eine modische übergroße Brille. «Wir sollten ihnen eine Lektion erteilen, sonst tanzen uns die Russen da oben bald auf der Nase herum.»

«Die notwendigen Maßnahmen werden wir noch beschließen», sagte der US-General beschwichtigend. «Zuerst schlage ich eine Bestandsaufnahme vor. Welche atomaren Bedrohungen gibt es aktuell in der Arktis?»

«Leider viel zu viele», antwortete der Leiter des INTCEN, des Intelligence Analysis Centre der Europäischen Union, einer inoffiziellen EU-Behörde mit nachrichtendienstlichen Aufgaben, die außerhalb der Zuständigkeit des EU-Parlaments im Verborgenen arbeitete. «Und daran sind wir alle, die wir hier am Tisch sitzen, nicht ganz unschuldig.»

Einige nickten zustimmend.

«Allein schon, was alles so im Polarmeer herumschwimmt.» Der INTCEN-Chef beugte sich vor, seine Anzugjacke spannte sich über seinen beleibten Körper. «Derzeit gibt es sieben russische Eisbrecher mit einem Kernreaktor als Antriebskraft. Dazu die Sevmorput. Einige von uns werden sich noch an das Drama mit dem Eisbrecher ‹Lenin› erinnern: 1965 kam es auf See zu einem Reaktorzwischenfall. Nach der Rückkehr an Land wurden Teile des Reaktors ausgebaut und zusammen mit kontaminiertem Treibstoff in einem mit Stahl ausgekleideten Betonsarg entsorgt, der im Meer versenkt wurde. Ich hoffe, dieser Betonsarg ist noch dicht.»

«Und gar nicht zu reden von den ganzen Atom-U-Booten im Nordmeer.» Die CSIS-Vertreterin setzte ihre Brille ab. «Dazu haben wir aktuell noch nicht einmal Daten, weil unsere Aufklärung die U-Boote schwer orten kann und die Länder keine Infos dazu herausrücken.»

«Wir müssen davon ausgehen, dass sich unter dem Meeresspiegel momentan alle ein Stelldichein geben – angefangen von den Atom-U-Booten der Russen und Chinesen über die USA bis hin zu denen der Franzosen und der Briten», meinte der grauhaarige NATO-Experte. «Weil wir es versäumt haben, umfassende Kontrollinstrumente im Norden zu installieren, können alle Militärs in der Arktis tun und lassen, was sie wollen. Niemand haut ihnen auf die Finger.»

«Es gibt noch ein anderes Problem.» Der US-General wies seinen Adjutanten an, den Beamer zu starten.

Ein Foto erschien, aufgenommen aus einem Aufklärungsflugzeug. Es zeigte ein unförmiges Schiff mit hohen Aufbauten.

«Das ist die Akademik Lomonossow II, das neue schwimmende Kernkraftwerk der Russen, wie es die Werft in Sankt Petersburg verlässt. Im Westen nennen wir es ‹schwimmendes Tschernobyl› – weil die Risiken dieser weltweit einzigartigen Konstruktion immens sind. Sein letzter Einsatzort war an Russlands Polarküste.»

«Und Sie glauben, dieses ... dieses Ding könnte leck geworden sein?» Die CSIS-Frau war blass geworden.

«Wir wissen es nicht.» Der Amerikaner blickte ernst. «Der derzeitige Standort ist unbekannt. Wir suchen fieberhaft danach.»

«Aber das ist bisher nur eine These neben anderen», wandte Horn ein. «Viel naheliegender ist die Frage, ob Uran aus der Mine in Südgrönland ins Meer gelangt sein könnte.»

«Wurde das Projekt nicht von der Regierung gestoppt?», fragte der INTCEN-Chef. «Da waren doch die Umweltschützer aktiv.»

«Es gibt momentan keine offiziellen Förderrechte, das ist richtig», sagte Horn. «Aber Probebohrungen und Abbau von Uran zu wissenschaftlichen Zwecken sind erlaubt. Und nach BND-Informationen werden jede Woche tonnenweise Erze abtransportiert.»

«Die Situation wird dadurch verkompliziert, dass die Uranmine nicht dem Staat gehört, sondern einer australischen Minengesellschaft», ergänzte der CIA-Mann mit dem Bürstenhaarschnitt. «Und an diesem australischen Unternehmen sind wiederum – über einige Umwege – die Chinesen mehrheitlich beteiligt. Das haben die Profis vom BND leider nicht herausgefunden. Aber die CIA hilft immer gerne.» Er grinste.

Nelson merkte, wie sein Vorgesetzter sich neben ihm verspannte.

«Lieber Kollege, danke für Ihren Hinweis.» Horn sprach übertrieben freundlich. «Aber Sie und Ihre Mitstreiter beim CIA sollten sich lieber an die eigene Nase fassen.» Er hob die Brauen. «Die beiden größten atomaren Desaster in der Arktis hat Amerika zu verantworten.»

Ein Raunen ging durch den Raum.

«Was erlauben Sie sich?» Der CIA-Mann war aufgesprungen. «Sie sollten uns nicht mit Dreck bewerfen, während wir Ihnen zur Seite stehen. Das verbitte ich mir!»

«Bitte keine persönlichen Beleidigungen», mischte sich der US-General ein. «Wir sind zusammengekommen, um alles offen zu diskutieren.»

Doch Horn war noch nicht fertig. «Es ist schon ein wenig her, und deshalb wird es manchen nicht mehr im Gedächtnis sein», antwortete er mit Blick auf den CIA-Mann. «Ich erinnere nur an die Tonnen von Atommüll des US-Camp Century. Und an die verloren gegangene amerikanische Atombombe, um die immer noch ein Geheimnis gemacht wird.»

Der Abgesandte der CIA war still geworden, er fuhr sich nervös übers Haar. Einige der Teilnehmer sahen irritiert drein.

«Das war in der Tat kein Ruhmesblatt für die USA», sagte der General. «Aber es trifft sich, dass sie es ansprechen. Ich werde heute die Karten auf den Tisch legen, dafür habe ich mir extra eine Autorisierung des US-Verteidigungsministeriums geholt.»

Nun hatte er die Aufmerksamkeit aller Anwesenden.

«Die Bilder bitte», wies er seinen Adjutanten an.

An der Wand erschien eine Grafik, die einen unterirdischen Gebäudekomplex zeigte, mehrere Stockwerke tief.

«Wir haben im Jahr 1960 eine geheime Militärstadt unter dem Eis im Norden Grönlands gebaut, nahe der Küste, genannt ‹Camp Century›. Die USA wollten damals Atomraketen auf Grönland stationieren, um einen strategischen Vorteil gegenüber der Sowjetunion zu erlangen – Code-Name ‹Ice Worm›. Bis heute unterliegt das Projekt offiziell der Geheimhaltung.»

Der Beamer zeigte nun ein unscharfes Foto von Soldaten, die irgendwo in der Eiswüste die amerikanische Fahne hissten.

«Die Tunnelanlagen waren sechs Jahre in Betrieb. Ein Atomreaktor sorgte für Strom und Wärme. Die Jungs schliefen damals direkt neben dem Reaktor – heute undenkbar», sagte der General. «Jedoch blieben nach dem Abzug der US-Army aus Camp Century 10 000 Tonnen Müll zurück, vor allem radioaktiver Restmüll. Alles liegt bis zu diesem Tag tief begraben im Eis.»

«Das ist eine ausgemachte Umweltsauerei!», entfuhr es Nelson.

Alle sahen ihn an. Horn verzog missbilligend das Gesicht.

«Der junge Kollege sollte sich zurückhalten», bemerkte der CIA-Mann.

«Nun, es stimmt – leider», sagte der General.

Die CSIS-Frau legte ihre Brille vor sich auf den Tisch. «Warum hat man den Abfall nicht später geborgen?»

«Die ersten Jahrzehnte hat es niemanden gekümmert. Und danach war es zu spät. Mittlerweile hat sich ein Eispanzer von vierzig, fünfzig Metern darübergelegt – der ist nicht mehr zu knacken.»

«Und wo ist dann das Problem?», fragte sie.

«Durch die rasante Erwärmung am Nordpol taut das Eis nun bereits in den tieferen Schichten», erklärte der General. «Das entstandene Schmelzwasser fließt unterirdisch ab …»

«… und könnte radioaktiv verseuchtes Wasser direkt ins Meer spülen», fügte Nelson hinzu.

«So in etwa. Aber wir wissen nicht, ob das tatsächlich geschieht. Keiner, weder Forscher noch Militärs, konnten diese Schmelzwasserströme bisher systematisch untersuchen. Geschweige denn verlässliche Prognosen darüber erstellen.»

Für einen Moment herrschte Stille im Raum.

«Schöne Bescherung!», murmelte der Grauhaarige.

Einige nickten. Andere sahen ratlos drein.

«Und da ist noch das Problem mit der Atombombe», warf Horn in die Runde. «Herr General, wenn Sie bitte ...»

«Wenn es sein muss.» Er seufzte und gab seinem Adjutanten ein Zeichen.

Der Beamer zeigte eine Luftaufnahme eines amerikanischen B-52-Stratofortress-Bombers. «Diese Flugzeuge wurden von der US-Luftwaffe über Jahrzehnte eingesetzt – vom Vietnam-Krieg bis zu Syrien und Irak. Eine Maschine dieses Typs stürzte am 21. Januar 1968 in der Nähe der Thule Air Base im Nordosten Grönlands ins Meer. An Bord waren vier Atombomben. Durch den Aufprall und das brennende Kerosin kam es zu einer leichten radioaktiven Verseuchung der Umgebung, die sofort eingedämmt wurde. 93 Prozent der radioaktiven Stoffe konnten wir unschädlich machen.»

Einige Teilnehmer atmeten hörbar aus.

«Und die Bomben?», fragte jemand in der Runde.

Der General zögerte. «Offiziell haben die Streitkräfte der Vereinigten Staaten alle vier nuklearen Sprengköpfe vom Meeresboden geborgen», sagte er dann.

«Und inoffiziell?»

«Leider fanden die Bergungstrupps in Wirklichkeit nur drei Sprengköpfe. Der vierte ist bis heute verschollen – trotz mehrmaliger aufwendiger Suchaktionen mit Mini-U-Booten.»

Nelson konnte die Kühlerlüftung des Beamers hören – so still war es geworden.

«Ich bin einigermaßen ratlos», sagte die CSIS-Frau. «Was heißt das jetzt für unser aktuelles Thema?»

«Nun, halten wir fest: Es sind alles nur Vermutungen, unbewiesene Thesen», beschwichtigte der CIA-Mann. «Und es ist verdammt lang her.»

«Wir sollten aber dennoch schleunigst beide Fälle überprüfen», meinte Horn. «Zumindest wissen wir jetzt, wo wir ansetzen können.»

«Exakt», sagte der US-General. «Jeder von uns sollte sich sofort an die Arbeit machen. Schicken Sie Ihre Leute raus, hören Sie sich um, nutzen Sie die Ressourcen des Militärs und der befreundeten Geheimdienste!» Er war lauter geworden. «Wir brauchen Resultate – und zwar schnell! Viel Erfolg.»

Die Teilnehmer erhoben sich.

«Sie sehen, es gibt einiges, was Sie noch nicht wussten», sagte Horn beim Hinausgehen zu Nelson.

«Ja, es ist schon erstaunlich, wie lange so was unter der Decke gehalten wurde», antwortete er. «Da kippen Militärs und Regierungen jahrelang ihren Dreck ins Nordpolarmeer – und niemanden kümmert es. Sogar nuklearer Abfall und Atomsprengköpfe liegen irgendwo unter Wasser. Das sind tickende Zeitbomben. Ich mag mir gar nicht ausdenken, was da alles passieren kann.»

«Es wäre ein Umweltdesaster unvorstellbaren Ausmaßes.»

«Und warum unternehmen die Verantwortlichen nicht mehr dagegen?»

Horn blieb stehen und sah ihn direkt an. «Herr Carius, das nennt sich Politik.»

55

Grönländisches Eisschild

Hanna blickte sich um.

Der Motorschlitten ihres Verfolgers war noch näher gekommen. Viel zu nah.

Sie duckte sich in ihren Sitz und gab Vollgas. Der Fahrtwind schnitt ihr ins Gesicht, ihre Augen tränten. Sie wünschte sich ihre Skibrille und die Handschuhe herbei, die sie bei ihrer überstürzten Flucht im Zimmer zurückgelassen hatte. Und ihre Daunenjacke.

Ein Sturm jagte Schnee und Eis über die Landschaft. Sie wusste längst nicht mehr, welche Route genau sie fuhr.

Weg, nur weg.

Weg von dem unbekannten Verfolger hinter ihr. Weg von Svens Mörder.

Sie zwang sich, nicht an den Kampf zu denken, daran, wie Sven versucht hatte, den Angreifer aufzuhalten.

Er hatte versucht, sie zu beschützen. Und er hatte es mit dem Leben bezahlt.

Das Eis unter der Schneedecke war uneben, immer wieder wurde das Schneemobil durcheinandergerüttelt. Sie fuhr einen Hügel hinauf, gleich dahinter ging es steil nach unten. Sie betete, dass sie das hier heil überstehen würde.

Eine Bodenwelle brachte ihr Gefährt in Schieflage und warf sie fast aus dem Sitz. Im letzten Moment gelang es ihr, gegenzusteuern.

Nochmals drehte sie sich um. Nur schemenhaft sah sie durch den Vorhang aus Schnee das Licht des Fahrzeugs, das jetzt vielleicht ein paar Hundert Meter zurücklag.

Es würde allenfalls noch Minuten dauern, bis der Unbekannte sie eingeholt hatte.

Sie musste sich etwas einfallen lassen. Schnell.

Doch ihr Gehirn weigerte sich zu arbeiten. Übermächtig waren die Panik und die Angst, die von ihr Besitz ergriffen hatten.

Denk nach, sagte sie zu sich selbst.

Was sollte sie tun? Wie konnte sie entkommen?

Eine weitere Hügelkette tauchte auf.

Sie steuerte direkt darauf zu. Die Schneedecke war höher geworden, ihr Motorschlitten drohte darin stecken zu bleiben, erst im letzten Moment schoss er nach vorn und raste weiter.

Ihr kam eine Idee. Fieberhaft sah sie sich um. Links entdeckte sie eine Senke mit Schneewehen.

Das war ihre Chance.

Mit voller Wucht fuhr sie in den Schneehaufen. Es staubte und regnete Eiskristalle.

Der Schlitten blieb stecken, der Motor erstarb.

Einen Moment lang war sie von der ungewohnten Stille irritiert. Aber das sich nähernde Motorengeräusch weckte ihre Lebensgeister.

Jetzt zählte jede Sekunde. Sie sprang vom Sitz, rannte zurück, verwischte ihre Fahrspuren und schaufelte anschließend mit den Händen den Pulverschnee über das Fahrzeug, bis die Konturen verdeckt waren. Sie arbeitete wie eine Verrückte, dachte nur daran, sich schnell zu verstecken. Als der Schlitten nur noch zu erahnen war, warf sie sich auf den Boden, wühlte sich in den Schnee, bedeckte damit Körper und Gesicht.

Ihre Hände schmerzten höllisch vor Kälte, ihre Wangen waren längst taub. Sehen konnte sie nun in ihrem Versteck nichts. Bei jedem Atemzug gelangten Schneekristalle in ihre Lunge. Sie musste sich zwingen, nicht zu husten.

Bloß kein Geräusch machen.

Der fremde Motorschlitten kam näher, war nun ganz dicht bei ihr – und entfernte sich wieder.

Nach einigen Minuten war er wieder zu hören – der Unbekannte fuhr nun langsam, auf der Suche nach seinem Opfer.

Er stoppte ganz in ihrer Nähe.

Hanna hielt den Atem an. Sie hoffte, dass der Sturm mittlerweile alle Spuren zu ihr getilgt hatte.

Es dauerte eine kleine Ewigkeit, bis der Motor wieder startete und der Verfolger weiterfuhr.

Dann war nichts mehr zu hören.

Hatte sie ihn abgeschüttelt?

Sie wagte sich nicht zu rühren und blieb einfach liegen. Die

Kälte lähmte ihre Glieder. Um sich abzulenken, dachte sie an ihre früheren Touren in den Alpen. Dort hatte sie mehrmals beim Klettern in den Bergen übernachtet, auch bei Schnee und Eis. Und doch war es etwas anderes: Damals hatte sie eine perfekte Bergausrüstung dabeigehabt und war mit Partnern unterwegs gewesen. Ihr hatte nichts passieren können.

Nun war sie allein. Irgendwo im Nirgendwo. Ohne Ausrüstung.

Es half nichts, sie musste sich bewegen. Sonst würde sie in diesem Eisgrab erfrieren. Wie lang lag sie schon unter der Schneedecke – eine halbe Stunde?

Mit steifen Gliedern richtete sie sich auf, horchte, ob sie Motorenlärm hörte.

Nichts.

Sie schüttelte den Schnee ab, sprang hin und her, um das Blut wieder zum Zirkulieren zu bringen. Ihre Hände waren jetzt gefühllos, sie spürte die Ohren nicht mehr, sie rieb daran und zog die Kapuze ihres Sweatshirts ganz tief ins Gesicht.

Es half nichts, sie musste weiterfahren. Der Unbekannte konnte jederzeit wiederkommen. Sie musste so viel Abstand wie möglich zwischen sich und ihn bringen. Das war ihre einzige Chance.

Unter Mühen befreite sie den Motorschlitten von Schnee und Eis und schob ihn einige Meter zurück aus der Schneewehe. Zum Glück sprang er sofort wieder an. Sie kramte in ihrer Umhängetasche nach dem Satellitentelefon. Die Uhr zeigte frühen Morgen an. Der eingebaute GPS-Empfänger funktionierte, doch die angezeigten Koordinaten für die geografische Breite und geografische Länge sagten ihr nichts – eine Karte war in der Software des Geräts nicht eingebaut. Sie versuchte, einen SOS-Notruf abzusetzen, aber das Telefon konnte keine Verbindung aufbauen.

Behutsam gab sie Gas, das Licht blieb ausgeschaltet.

Der Sturm war abgeebbt, das Schneetreiben ließ nach. Sie

fuhr einfach weiter geradeaus in Richtung Ilulissat. Was sollte sie auch sonst tun? Umkehren?

Schon nach wenigen Kilometern machte sie eine Pause. Sie versuchte erneut, das Telefon zu benutzen – vergebens. Ihre Finger waren halb erfroren, sie zitterte am ganzen Körper. Das Sweatshirt, der dünne Pullover darunter, keine Handschuhe, keine Mütze, keine Brille gegen den Fahrtwind – lange würde sie das nicht mehr durchhalten.

Mit zusammengebissenen Zähnen klammerte sie sich am Schneemobil fest. Wie im Film rauschten Schneeflächen, Spalten und Hügel an ihr vorbei. Sie registrierte sie nicht.

Ihr Blick war stur geradeaus gerichtet, in der verzweifelten Hoffnung, einen Menschen, eine Behausung zu entdecken. Aber sie wusste, es war Illusion, zu lebensfeindlich war das grönländische Eisschild – niemand würde sich darauf aufhalten, wenn er nicht musste.

Plötzlich fing der Motor an zu stottern. Es gelang ihr gerade noch, hinter einer kleinen Erhebung anzuhalten.

Dann erstarb der Motor ganz.

Ein Blick auf die Anzeige offenbarte: Das Benzin war leer.

Entmutigt ließ sich Hanna vom Sitz in den Schnee fallen. Sie konnte nicht mehr. Ihr Körper fühlte sich an wie ein Eisblock, sie war unfähig, ihre Arme und Beine zu benutzen.

Sie musste sich zwingen, nochmals ihre Finger zu bewegen und einen Notruf abzusetzen.

Kein Empfang.

Sie war verloren.

Kraftlos sackte sie zusammen.

Aus ihren früheren Arktisexpeditionen wusste sie: Der Erfrierungstod würde schleichend kommen.

Wenigstens würde sie nicht lange leiden müssen. Irgendwann würde sie erschöpft einschlafen.

Dann wäre es vorbei.

Sie lag auf dem Rücken, blickte in den Himmel, dachte daran, wie schön eigentlich alles war, ein Schauspiel von Wolken und Farben. Wie sehr sie die arktische Landschaft liebte.

Die Gesichter von Menschen tauchten vor ihrem inneren Auge auf – ihre Eltern, Kollegen, Nanoq und Sven. Das Atmen fiel ihr immer schwerer, die Kälte bemächtigte sich ihrer Lunge. Sie konnte sich nicht mehr bewegen.

In ihren wildesten Träumen hätte sie sich nicht vorstellen können, einmal in der Eiswüste zu sterben – allein, verlassen von allen. Würde man ihren Leichnam überhaupt finden?

Sie wollte weinen, hatte aber keine Kraft mehr für Tränen. Alles war vergebens. Der Gedanke erschreckte sie. War sie schon im Delirium, hatte sie Fieberfantasien? Sie musste dagegen ankämpfen.

Und doch fühlte sie allmählich so etwas wie Erleichterung, wie Befreiung.

Der Tod konnte kommen.

Sie musste nur bereit sein loszulassen.

56

··· *Insel Grimsey, Island* ···············

Die zweimotorige Propellermaschine begann ihren Landeanflug. Diana klappte die Mappe mit den Informationen zu, die sie auf dem Flug studiert hatte. Ihr BND-Abteilungsleiter Horn hatte kurzfristig eine Fahrt mit einem ‹Erkundungsschiff› der CIA arrangiert, an der sie ebenfalls teilnehmen sollte.

Ihr Auftrag war klar: herauszufinden, was das Ziel und die Mission des russischen Atomfrachters *Sevmorput* war. Gleichzeitig hatte Horn ein Kurzprotokoll des Geheimtreffens der Nachrichtendienste in Bonn mitgeschickt. Diana sollte nach

Hinweisen Ausschau halten, die auf eine verseuchte radioaktive Strahlenquelle hindeuteten.

Das Flugzeug schwebte über die hundert Meter hohen Steilklippen. Unmengen von Seevögeln stoben auf und flatterten aufgeregt umher. Grimsey war ein lang gezogener Inselfleck, vierzig Kilometer nördlich von Island, direkt am Polarkreis gelegen. Gerade einmal hundert Menschen lebten dort. Aber immerhin hatte die Insel einen eigenen Flughafen.

Sanft setzte die Maschine auf, rollte aus und parkte direkt neben einem Wasserflugzeug mit ausgefahrenen Rädern. Diana und die anderen Passagiere stiegen aus.

«Miss Winkels?» Ein hünenhafter Mann Mitte vierzig kam auf sie zu.

Diana nickte.

«Mein Name ist John Bakersfield», sagte er auf Englisch. «Ich arbeite bei der Agency.» Womit er wohl den US-Geheimdienst CIA meinte. «Welcome! Wir steigen um in unser Flugzeug.»

Diana stieg die Treppe des Wasserflugzeuges hinauf und warf ihren Rucksack in die Kabine. Der Amerikaner nahm neben ihr auf dem Rücksitz Platz.

«Wenn Sie noch mal aufs Klo müssen, draußen ist die letzte Chance. Hier drin gibt es keine Toilette, wie Sie sehen.» Er grinste. «Außer Sie nehmen eine Flasche und …»

«Danke, ist schon okay.»

Der CIA-Agent gab dem Piloten das Zeichen zum Start.

«Wo geht's hin?»

«Richtung Norden», antwortete Bakersfield. «Immer Richtung Norden.»

Der Flug war eintönig. Das Wetter hatte aufgeklart, die Sonne ließ sich blicken und verdrängte die Wolken. Je weiter sie in den Norden kamen, desto sonniger wurde es.

Sie erreichten Spitzbergen. Von oben sah es aus wie eine riesige schneebedeckte Insel, Diana hatte Mühe, Orte oder Wohnsiedlungen auszumachen. Die Ereignisse von Barentsburg kamen ihr ins Gedächtnis, und sie fragte sich, was der russische General Manager Andrey Sokolov wohl gerade machte.

Das Flugzeug hatte die Hauptinsel schnell überquert und flog jetzt wieder über dem Meer.

«Wir sind gleich da.» Bakersfield deutete auf eine kleine Inselgruppe vor ihnen. «Das ist Sjuøyane, der nördlichste Fleck von Spitzbergen, dahinter gibt es nur noch Wasser und Eis. Und rechts von uns, im Osten, liegt Franz-Josef-Land, eine Inselgruppe, die den Russen gehört. Sie haben darauf Militär stationiert.»

Sie gingen in einen kurzen Landeanflug, denn setzte die Maschine auf. Das Wasser spritzte, als die Schwimmkufen Kontakt mit dem Meer hatten. Der Pilot lenkte das Flugzeug in eine Bucht.

Dort lag als einziges Schiff die *Máfur* vor Anker, ein gedrungener Fischkutter mit hohem Mast und einer Radaranlage. Diana wusste, dass dies das Erkundungsschiff war, auf dem sie mitfahren sollte.

«Bitte an Bord, wir legen gleich ab», rief ein Mann, der ihr eine Strickleiter auswarf.

Diana nahm ihren Rucksack und ließ sich von Bakersfield helfen, aus dem Flugzeug zu klettern. Zügig hangelten sie sich die Strickleiter hinauf.

Der Kapitän, der aussah wie ein Marineoffizier, begrüßte sie. «Leider ist hier alles sehr beengt, aber wir werden noch ein Plätzchen für Sie finden, Frau Winkels.»

Sie gingen unter Deck. Dort erwartete Diana ein Hightechraum, vollgestopft mit Abhörgeräten, Sonaren, einer Funkstation und Peilsendern. Zwei Techniker saßen an den Bedienelementen und nickten ihr zu.

«Das Beste, was Amerika momentan zu bieten hat.» Bakersfield machte eine ausladende Geste. «Uns bleibt nichts verborgen. Offiziell sind wir unter isländischer Flagge unterwegs.»

«Wie weit ist die Sevmorput entfernt?», fragte Diana.

«Sie hat gerade den grönländischen Küstenbereich verlassen und steuert direkt auf den Nordpol zu. Aber sie fahren sehr langsam, wir werden sie einholen, keine Sorge. Dieses Schiff hat mehr PS, als es von außen scheint.»

«Ist es denn gegen Packeis gerüstet?»

«Der Rumpf wurde verstärkt, aber ein Fischkutter ist nun mal kein Eisbrecher. Wenn wir vom Eis eingeschlossen werden, haben wir Pech gehabt.»

«Wie beruhigend.»

Bakersfield lachte. «Machen Sie es sich bequem, so gut es geht. Die Fahrt wird einige Zeit dauern.»

Die *Máfur* lichtete den Anker und nahm Kurs in Richtung Norden. Schon bald war die Inselgruppe außerhalb des Sichtfelds.

Für Diana war im Laderaum eine Nische mit einer Matratze freigeräumt, zwischen Kisten, Essensvorräten und Ersatzteilen. Es roch nach Diesel und Schmierfett. Sie versuchte sich auszuruhen, aber der Lärm der Maschine und das Schaukeln des Schiffs trieben sie an Deck. Genüsslich atmete sie die klare Luft ein. Trotz der Sonne war es kalt, sie zog sich ihre Mütze tiefer ins Gesicht.

Immer mehr Packeis schwamm vorüber, doch das Schiff hielt seinen Kurs unbeirrt bei. Je mehr Seemeilen sie zurücklegten, desto größer wurden die Eisschollen, in einiger Entfernung war die Meeresoberfläche stellenweise bereits ganz zugefroren.

«Der Navigator meldet einen ungeplanten Kontakt.» Bakersfield hatte sich zu ihr gesellt. «Gleich werden wir sehen, was es ist.»

Backbord voraus tauchte eine größere Packeisfläche auf. Eine Eisbärenfamilie hatte sich darauf niedergelassen und beobachtete neugierig den vorbeifahrenden Fremdkörper.

Noch nie hatte Diana solche Tiere in freier Wildbahn gesehen. Sie war fasziniert von Anmut und Stolz der Bären, die einfach dastanden und den Eindringlingen nichts entgegenzusetzen hatten, und sie bedauerte zutiefst, dass die Menschen ihnen ihren natürlichen Lebensraum nahmen. Die Hitzewellen in der Arktis taten ein Übriges – den Eisbären schmolz buchstäblich der Boden unter ihren Füßen weg, ihre Jagdreviere verschwanden für immer. Auch diese Eisbärenfamilie hatte es sicher nicht leicht.

Nach mehreren Stunden Fahrt meldete der Kapitän über Lautsprecher: «Wir haben unsere Position erreicht.»

Diana ging nach vorn zum Bug. Auf den ersten Blick war nichts zu sehen – nur Meer und Eis.

«Wir halten Sicherheitsabstand», erklärte der Kapitän. «Um etwas zu erkennen, brauchen wir technische Unterstützung.»

Er schaltete den Monitor ein und betätigte einige Knöpfe. Ein stark vergrößertes Bild erschien. Jedes Detail zeichnete sich ab. Die *Sevmorput* war klar zu identifizieren.

In der Mitte des Schiffs war ein Bohrgerüst aufgebaut worden. Arbeiter auf kleineren Beibooten waren damit beschäftigt, eine riesige Ponton-Plattform fertigzustellen.

«Sieht aus, als bauten die so was wie eine Bohrinsel», sagte Diana. «Die wollen sich dort häuslich niederlassen.»

«Und sie haben Unterstützung.» Der Kapitän veränderte die Einstellung.

Nun war ein klobiges Schiff mit massiven Aufbauten zu sehen.

«Das ist die Akademik Lomonossow II, ein schwimmendes Atomkraftwerk der Russen», sagte Bakersfield, der dazugekommen war. «Offenbar soll es den nötigen Strom liefern. Die planen eine schwimmende Bohrstation und eine Fabrik für Bodenschätze unter dem Polarmeer. Das bedeutet einen immensen Energiebedarf, den nur ein solches Kraftwerk liefern kann.»

Plötzlich knackte das Funkgerät, und aus seinem Lautsprecher ertönte eine fremde Stimme.

«Máfur bitte melden», sagte ein Mann auf Englisch mit hörbarem russischem Akzent. «Bitte melden Sie sich.»

«Shit, sie haben uns entdeckt!», rief Bakersfield. «Wir müssen sofort der Admiralität Bescheid geben. Wir brauchen Unterstützung.»

Der Kapitän nickte und gab den Technikern einen entsprechenden Befehl. Dann nahm er das Funkgerät.

«Hier spricht die Máfur», antwortete er. «Bitte identifizieren sie sich.»

«Sie sprechen mit dem Kapitän der Marshall Ustinov von der russischen Nordflotte. Haben Sie verstanden?»

Bakersfield deutete auf den Monitor. Hinter der *Sevmorput* war ein Kriegsschiff ins Sichtfeld gefahren, mit gefechtsbereiter Bewaffnung an Deck.

«Das ist ein russischer Raketenkreuzer der Slava-Klasse. Hat Lenkwaffen an Bord. Und verschiedenes anderes Zeug zum Herumballern. Mit dem ist nicht zu spaßen», knurrte er.

«Hier Máfur, was wollen Sie?», sprach der Kapitän ins Funkmikrofon.

«Sie befinden sich auf russischem Gebiet. Verlassen Sie sofort diese Zone.»

«Das sind internationale Gewässer, die gehören niemandem», antwortete der Kapitän. «Und wir dürfen in diesen Gewässern Fischfang betreiben wie jeder andere auch.»

«Hier spricht nochmals die Marshall Ustinov», sagte die Stimme. «Ich wiederhole: Verlassen Sie diese Zone!» Es klang wie ein Befehl.

«Wir halten uns nur an die internationalen Regeln. Wir empfehlen Ihnen, dasselbe zu tun.»

«Letzte Warnung. Wenn Sie nicht sofort umdrehen, eröffnen wir das Feuer.»

«Dieser Bastard!» Bakersfield schlug die Faust gegen die Wand. «Am liebsten würde ich dem Typen persönlich das Maul stopfen.»

«Was sollen wir tun?» Der Kapitän sah ihn fragend an. «Gegen deren Waffen kommen wir nicht an.»

«Sagen Sie, dass wir nur kurz bleiben und uns bald entfernen.»

Der Kapitän übermittelte die Botschaft.

Sekunden später durchschnitt Geschützfeuer die arktische Stille.

57

... ***Berlin*** ....

Nelson sah im Computer nach, ob es schon Ergebnisse für seine Rechercheanfrage über die Personen aus seinem Familienalbum gab. Doch es war noch keine Antwort eingegangen. Auch bei den beschlagnahmten Handys der Terroristen gab es nichts Neues: Die Entschlüsselungsexperten waren noch nicht weitergekommen. Er schob die Akten beiseite und machte sich auf den Weg zum Büro seines Vorgesetzten, mit dem er einen Termin hatte.

«Bitte nehmen Sie Platz.» Dr. Horn deutete zur Begrüßung auf einen Stuhl am Besprechungstisch in seinem Büro und setzte sich ihm gegenüber. «Na, den Schock von der Geheimkonferenz in Bonn schon verdaut?»

Nelson ging nicht auf die Frage ein und setzte sich. Auf dem

Tisch standen Wasser und eine Kaffeekanne. Er wusste nicht, ob er sich bedienen durfte oder ob die Getränke für andere Gäste vorgesehen waren.

«Einige Länder haben mehr Leichen im Keller, als für Außenstehende erkennbar ist», fuhr Horn fort. «Deshalb arbeiten Sie und ich bei einem Nachrichtendienst. Wir sorgen dafür, dass manches geheim bleibt und anderes an die Öffentlichkeit gelangt.»

Nelson verzog das Gesicht. «Keinen scheint es zu kümmern, wenn die Umwelt verseucht wird.»

«Das stimmt so nicht. Sie haben selbst gehört, alle sind aufgefordert, schnellstens zu reagieren und etwas dagegen zu tun.»

«Nach Jahrzehnten.»

«Besser als gar nicht. Was mich sofort zu einem anderen Thema bringt.»

«Ja?» Nelson sah auf.

«Sie und Frau Winkels waren bei Ihrem Einsatz in Spitzbergen und Island sehr erfolgreich.» Horn lehnte sich zurück. «So weit, so gut. Das Einzige, was bei Ihnen beiden ungewöhnlich ist: Sie hinterlassen immer Leichen, andere BND-Agenten im Außeneinsatz tun das nicht.»

«Das war doch Notwehr», begann Nelson.

«Schon, schon, aber Sie müssen lernen, geschickter vorzugehen. Was meinen Sie, wie aufwendig es ist, danach wieder aufzuräumen? Ganz zu schweigen von den diplomatischen Verwicklungen, die die Fragen der ausländischen Ermittlungsbehörden nach sich ziehen. Wir beim BND sind diskreteres Vorgehen gewohnt – möglichst ohne Blutvergießen. Und erst recht ohne Tote.»

«Hätten wir uns lieber umbringen lassen sollen?» Nelson bemühte sich, sich seinen Ärger nicht anmerken zu lassen.

«Natürlich nicht. Besser wäre es trotzdem, wenn Sie Ihr Vorgehen bereits im Vorfeld akribisch planen. Schusswaffen und Messer sollten nur das letzte Mittel sein. Aber Sie sind ja noch nicht lange bei uns, das lernen Sie schon noch.»

«Terroristen kümmert es nicht, wen sie umbringen», widersprach Nelson. «Ist es nicht unser Job, diese Typen unschädlich zu machen?»

«Selbstverständlich. Das heißt aber nicht, dass Sie höchstpersönlich jeden aus dem Weg räumen müssen. Überlassen Sie das im Zweifel den örtlichen Behörden oder Interpol.»

«Man kann es sich nicht immer aussuchen. Aber ich werde es mir merken.»

Er stand auf und wollte sich zum Gehen wenden.

«Einen Moment noch, Herr Carius, wir sind noch nicht fertig.» Horn lächelte ihn an. «Ich habe einen neuen Auftrag für Sie.»

Nelson setzte sich wieder.

Sein Chef holte einen schmalen Ordner von seinem Schreibtisch und gab ihn ihm. «Reisen Sie sofort nach Grönland und recherchieren Sie wegen der Atomsache dort weiter.»

«Schon wieder in die Kälte?» Die Bemerkung war Nelson herausgerutscht. «Äh … Ich meine, haben wir da nicht Experten vor Ort?»

«Das lohnt nicht. Da passiert für gewöhnlich nichts. Außerdem sind die Amis mit ihrer Thule Air Base sowieso dort. Die werden Sie unterstützen, ich veranlasse alles Notwendige.»

«Und Diana Winkels?»

«Frau Winkels soll nachkommen, wenn ihre Mission im Polarmeer beendet ist. Details finden Sie in den Unterlagen. Und sprechen Sie mit dieser Biologin, die das Ganze ins Rollen gebracht hat. Sie soll sich noch in Grönland aufhalten. Leider ist sie momentan nicht erreichbar. Ich erwarte brauchbare Ergebnisse. Ach ja, und Sie reisen sofort ab.»

Nelson unterdrückte ein Seufzen. «Gut, dass ich meine warmen Klamotten noch nicht verstaut habe. Aber hier in Berlin ist es ohnehin momentan noch ungemütlicher als auf Island. Hört denn der Regen nie auf?»

«Die gute Nachricht ist: Auf Grönland regnet es momentan nicht. Aber bevor Sie gehen, ich habe hier noch einen weiteren Punkt.» Horn holte ein Blatt Papier aus seinem Sakko, faltete es auseinander und zeigte es Nelson. «Das haben mir Kollegen geschickt.»

Es war ein Ausdruck mit Nelsons Suchanfrage für die unbekannten Personen aus dem Fotoalbum seiner Eltern.

Nelson fühlte, wie ihm heiß wurde. Warum musste das gerade sein Vorgesetzter in die Finger bekommen?

«Und?», fragte er. Jetzt nur nicht nervös werden.

«Ich verstehe das nicht ganz: Arbeiten Sie noch an einem anderen Fall?» Horn sah ihn durchdringend an.

«Ach ...» Nelson suchte nach einer passenden Antwort. «Das war noch von meinem letzten Fall übrig, den ich bearbeitet habe. Der Vollständigkeit halber habe ich eine Abfrage gestartet. Vielleicht ergibt sich daraus ein neuer Ermittlungsansatz.»

«Dann ist es ja gut.» Horn ging zurück zu seinem Schreibtisch. «Also viel Erfolg in Grönland.»

58

... Ilulissat, Grönland ...

Was war nur in die Menschen gefahren? Nanoq hatte immer noch nicht verdaut, wie der Chinese ihn am Hafen mit einer Pistole bedroht hatte, obwohl er dort nur spazieren gegangen war. Angeblich waren die ausländischen Kräfte gekommen, um zu helfen. Und dann liefen sie mit Waffen herum!

Genau genommen hatte ihn Iluuna vom Tourismusbüro gerettet. Nach dem ersten Schreck hatte Nanoq dem Pistolen-

Mann am Hafen erklärt, er arbeite für das Tourismusbüro und sie sollten dort anrufen. Seine Kumpane waren hinzugekommen, sie hatten diskutiert und am Ende tatsächlich telefoniert.

Iluuna hatte ihnen versichert, Nanoq sei harmlos und wirklich ein Mitarbeiter. Danach ließen sie ihn gehen – nicht ohne den Hinweis, er solle sich nie wieder bei ihnen blicken lassen.

Nun lag er zu Hause im Bett und konnte nicht einschlafen. Seine Gedanken kreisten unablässig um den Vorfall. Wozu brauchten die Chinesen Waffen? Warum diese Feindseligkeit? Hatten sie böse Absichten?

Es kam ihm vor, als sei der ganze Ort, seine Heimat, von fremden Besatzern beherrscht. Wohin man auch ging, überall waren Arbeiter, deren wahre Absicht man nicht kannte, oder Leute, von denen man nicht wusste, was sie taten, die sich vordrängten und den Einwohnern Befehle erteilten – angeblich, um die Maßnahmen zum Wiederaufbau besser koordinieren zu können. Dabei wussten die Inuit ganz gut, wie sie sich selbst helfen mussten.

Die Worte seines Großvaters kamen ihm in den Sinn. Vielleicht hatte Uju doch recht gehabt: Die Inuit galten bei manchen als Menschen zweiter Klasse, auf die man herabsah und die man nicht für voll nahm. Die dankbar und demütig sein sollten, wenn man etwas für sie tat. Das Problem dabei war nur: Niemand hatte die Inuit vorher gefragt, welche Unterstützung für sie sinnvoll wäre. Das entschieden andere für sie.

Jemand klopfte an die Tür.

Nanoq achtete nicht darauf.

Das Klopfen wurde lauter.

«Nanoq, hörst du mich? Bist du wach?»

Es war Iluunas Stimme.

«Komm, mach auf. Es ist wichtig!»

Er zog sich etwas an und ging zur Tür.

«Was ist, Iluuna? Weißt du, wie spät es ist?»

Sie ignorierte ihn und ging ins Wohnzimmer. Seufzend folgte er ihr.

«Ich habe das Satellitentelefon der Tourismusstelle immer dabei, wenn ich nicht im Büro bin, wie du weißt.» Sie nahm den Apparat aus der Tasche. «Und vor Kurzem ist eine seltsame Nachricht eingegangen. Eine SOS-Meldung. Ich habe versucht, die Nummer zurückzurufen, aber es ging niemand ran.»

«Vielleicht gibt es eine Störung wegen des schlechten Wetters.»

«Es waren GPS-Koordinaten mit dabei. Und gibt man diese Daten in die digitale Karte ein, zeigt sie eine Stelle im Nirgendwo. Weit weg auf dem Gletscher.» Sie sah zu ihm hoch. «Was sollen wir tun?»

«Zeig her.» Nanoq sah sich die markierte Position genauer an und vergrößerte den Kartenausschnitt. «Die Stelle liegt in etwa auf der Linie zwischen Ilulissat und dem Forschungscamp», sagte er. Ein schlimmer Verdacht keimte in ihm auf. «Kennst du die Nummer des Absenders, Iluuna?»

«Natürlich. Deswegen bin ich ja gleich gekommen. Das Telefon gehört der deutschen Wissenschaftlerin. Sie hat schon zuvor mehrmals bei uns angerufen, deshalb hatte ich die Nummer abgespeichert.»

Nanoq schluckte. War Hanna Jordan etwas zugestoßen? Warum war sie auf dem Rückweg nach Ilulissat – sie wollte doch vom Forschungscamp aus abreisen?

«Du musst sofort einen Rettungshubschrauber dorthin schicken, Iluuna. Wenn da draußen ein Unglück geschehen ist, dann …» Nanoq versagte die Stimme.

Hanna Jordan.

Die Vorstellung, sie könnte tot sein, drückte ihm die Luft ab. Das durfte nicht sein. Nein, er weigerte sich, daran zu denken. Und doch …

«Keine Chance», antwortete Iluuna. «Gerade sind keine Helikopter verfügbar, ich hab schon mit dem Flughafen telefoniert. Wir müssen uns bis morgen gedulden.»

«Dann ist es zu spät!» Nanoq ging aufgeregt im Raum hin und her. «Du weißt selbst, bei der Kälte im Eis ...»

«Dann sehe ich keine andere Möglichkeit!», sagte Iluuna. «Du musst selbst mit dem Schneemobil los – und zwar sofort!»

Nanoq hatte bereits den gleichen Entschluss gefasst: Er würde nach ihr suchen.

«Kannst du mir einen Motorschlitten und ein GPS-Gerät organisieren?», sagte er. «Ich packe inzwischen meine Ausrüstung.»

Die Wolken waren aufgerissen und gaben den Blick auf den Himmel frei. Der Scheinwerfer erleuchtete den Weg vor ihm. Sein Gesicht hatte er mit Skibrille, Mütze und Schal vermummt, der schneidende Fahrtwind wurde so erträglich.

Er fuhr Vollgas, obwohl er dadurch bei Bodenwellen oder Rissen im Boden nicht mehr ausweichen konnte. Aber das war ihm egal. Nur Schnelligkeit zählte jetzt noch.

Nanoq wusste nicht, wie viel Zeit ihm blieb. Aber das war der entscheidende Faktor. Denn eines hatte er wie jeder Inuk von klein auf gelernt: Draußen in der eisigen Wildnis hing das Überleben von vielen Dingen ab – aber vor allem ging es darum, nicht zu erfrieren.

Die Kälte war der ärgste Feind.

Sein Großvater hätte gesagt: Die Natur wird zum Gegner, grausam und unerbittlich. Sie schlägt zurück, rächt sich für die Zumutungen und bestraft den Menschen mit dem Tod im Eis. Und die bösen Geister tanzen.

Nanoq erinnerte sich an die vielen Jagdausflüge, als er klein gewesen war. Großvater hatte ihn gelehrt, das Packeis abzuschätzen, Fährten zu lesen und Robben aufzuspüren. Über allem aber hatte Uju gepredigt, wie elementar wichtig die eigene Sicherheit unterwegs war, auf dem Wasser ebenso wie bei Eis und Schnee.

Immer wieder hatte Nanoq unter der strengen Anleitung von Uju üben müssen, sich im Freien richtig zu bewegen, bei Notsituationen zu reagieren, einzuschätzen, welche Kleidung und Ausrüstung angemessen waren. Das war oft nervig gewesen, aber sein Großvater hatte es verstanden, die Lektionen mit kleinen Spielen und Aufgaben aufzulockern.

Hanna. Nanoq hoffte und betete, dass er nicht zu spät kam.

Das GPS-Gerät zeigte an, dass er bald die Stelle erreicht hatte, von der der Notruf abgesetzt worden war. Er drosselte die Geschwindigkeit, bis er langsam dahinfuhr, ständig nach einem Motorschlitten oder einem Menschen Ausschau haltend.

Aber er sah nur endlose Weite.

Laut dem GPS hatte er jetzt die exakte Stelle erreicht. Er schaltete den Motor aus und lauschte.

Nichts. Wo war sie?

Sein Herz verkrampfte sich.

«Frau Doktor Jordan, hallo! Hören Sie mich?»

Er lauschte wieder. Eine unheimliche Stille.

«Hallo, melden Sie sich!» Er rief, so laut er konnte.

Keine Antwort.

Vielleicht war sie nach dem SOS-Signal noch weitergefahren. Der Gedanke gab ihm Hoffnung.

Aber wohin?

Sie konnte hinter einer der vielen Bodenwellen liegen, am Rande einer Erhebung. Sie konnte längst zugeschneit sein. Er würde es hier draußen nicht bemerken.

Verzweiflung bemächtigte sich seiner wie ein dunkler Strudel, zog ihn nach unten, stärker, als er es je gespürt hatte. Seine Seele trieb in einen Abgrund. Hatte der Tulipak-Geist von ihm Besitz ergriffen?

Ruhig bleiben, sagte er zu sich selbst. Er zwang sich, innezuhalten und tief durchzuatmen. Denk nach! Erinnere dich an das, was du gelernt hast!

Tatsache war: Von hier aus hatte Hanna Jordan das letzte Lebenszeichen gesendet. Also musste es hier eine Spur geben.

Und dieser Spur musste er folgen.

Mit neuem Elan stieg er vom Schneemobil, kniete sich hin und wischte vorsichtig den frisch gefallenen Schnee vom harten Eis. Von seinem Standpunkt aus vergrößerte er den Radius immer mehr, in der Hoffnung, einen Hinweis auf einen Motorschlitten zu finden.

Seine Finger fuhren über eine Scharte im Boden. Er schaltete seine Stirnlampe an und untersuchte die Stelle genauer.

Er waren Kerben, erzeugt vom Antrieb eines Schneemobils.

Nanoq jubilierte innerlich. Er fegte hektisch weiter Schnee weg, bis er eine zweite und eine dritte Kerbe entdeckte.

Alle drei Markierungen zusammen zeigten die Richtung an, die das Fahrzeug genommen hatte.

Er startete seinen Motorschlitten und lenkte ihn exakt in diese Richtung. Regelmäßig hielt er wieder an und überprüfte erneut den Boden.

Hanna Jordan war weiterhin geradeaus gefahren.

Seine Zuversicht wuchs. Er musste sie finden. Er würde sie finden.

Schließlich war er ein Inuk.

Etwa zehn Minuten war er unterwegs, als er aus den Augenwinkeln eine kleine Erhebung abseits bemerkte. Etwas daran war anders als bei den vielen anderen Hügeln, an denen er schon vorbeigekommen war. Eine unnatürliche Form aus Schnee am Fuße der Erhebung, die nicht zur sonstigen Umgebung passte.

Er fuhr dicht heran, stoppte und sprang ab.

Schon beim ersten Griff in die Schneedecke spürte er das Metall eines eingeschneiten Motorschlittens.

Wo war sie?

Wieder rief er ihren Namen.

Niemand antwortete.

Er lief um das gestrandete Gefährt herum.

Dann sah er eine weitere schwache Erhebung. Hastig ging er auf die Knie und wischte den Schnee weg.

Ein menschlicher Körper kam zum Vorschein.

Hanna.

Ihr Gesicht in der Kapuze war leichenblass. Die Augen geschlossen.

War sie bereits tot?

Er fühlte ihren Puls. Er war da, wenn auch schwach und unregelmäßig. Sie lebte.

Ein Tonnengewicht fiel von seinem Herzen.

Aber sie war extrem unterkühlt und reagierte nicht. Er wusste, es konnte jederzeit zu Ende gehen.

Jetzt musste er schnell handeln. Er befreite sie vom Schnee und zog sie auf seine Knie.

«Frau Jordan, hören Sie mich? Bitte öffnen Sie die Augen.»

Nichts.

Er schlug ihr sanft auf die Wange. «Sagen Sie was, Frau Jordan!»

Ihre Lider flatterten. Sie murmelte etwas Unverständliches, halb im Delirium.

«Bleiben Sie wach!» Nanoq sprach laut auf sie ein. «Nicht einschlafen!»

Er griff in seinen Rucksack und holte eine Isolierkanne mit heißem Tee heraus. Vorsichtig führte er den Becher an ihre Lippen.

Die Flüssigkeit lief wieder aus ihrem Mund.

«Frau Jordan, trinken Sie, bitte! Wenigstens etwas.»

Erneut probierte er es. Dieses Mal schluckte sie den Tee. Er verabreichte ihr mehr Flüssigkeit. Sie lag apathisch da, aber es schien ihr nach und nach ein wenig besser zu gehen. Doch das reichte nicht. Er musste sofort etwas gegen die lebensbedrohliche Unterkühlung tun.

Am besten wäre es, ein Iglu zu bauen, wie er es als Kind zusammen mit seinem Großvater getan hatte, und sie darin aufzuwärmen. Doch dafür reichte die Zeit nicht.

Er legte sie vorsichtig ab, holte einen Klappspaten aus seinem Rucksack und presste den Schnee um Hanna herum zu einer festen Masse zusammen. Daraus schnitt er einzelne Stücke und türmte die Bausteine zu einer stabilen Mauer, die den Wind abhielt. Im Schutz dieser Wand baute er sein kleines Expeditionszelt auf und legte seinen Daunenschlafsack hinein.

Er verabreichte Hanna weitere Schlucke heißen Tee. Noch immer war sie nicht ansprechbar und bewegte sich nicht. Vorsichtig trug er sie ins Zelt und verschloss den Eingang.

Ihre dünne Kleidung war steif gefroren von der Kälte. So würde sie bald erfrieren. Er musste ihren Körper aufwärmen.

Er wusste, in diesem Fall half nur eine traditionelle Überlebensmethode der Inuit. Behutsam zog er ihr Kapuzenpullover und Hose aus, die Strümpfe. Er legte sie in den Schlafsack.

Dann zog er sich ebenfalls aus, kroch zu ihr in den Schlafsack und legte sich hinter sie. Er presste seinen warmen Körper eng an ihren. Für einen Moment erschreckte ihn die Berührung ihrer eiskalten Haut.

Doch er wich nicht zurück.

59

··· Arktisches Meer, nahe Nordpol ···

«Festhalten!», schrie der Kapitän.

Im selben Moment schlug die Granate etwa zweihundert Meter links von der *Máfur* ein.

Das Packeis explodierte. Eisbrocken flogen durch die Luft.

Eine Welle erfasste ihren Fischkutter und schüttelte das Schiff durch.

Dann Stille. Der CIA-Mann Bakersfield, der Kapitän, Diana – alle erwarteten den nächsten Einschlag.

Doch es blieb bei einem Kanonenschuss. Vorerst.

«Verdammter Mist!» Bakersfield richtete sich auf. «Diese russischen Hurensöhne schießen tatsächlich auf uns. Die wollen uns versenken. Was ist bloß in die gefahren?» Er war sichtlich nervös.

«Vermutlich wissen sie, dass wir ein Spionageschiff sind und kein Fischereiboot», meinte der Kapitän nüchtern.

«Offiziell ist die Máfur doch in Island registriert», sagte Diana. «Ich verstehe nicht, warum die Russen einen internationalen Zwischenfall provozieren. Außer ...»

«Was?» Der Kapitän sah sie fragend an.

«Außer sie sollen etwas Wichtiges schützen und vor uns verbergen. Der Bohrturm auf der Sevmorput, dazu die Plattform und das schwimmende Atomkraftwerk Akademik Lomonossow II – all das sieht doch danach aus, dass die Russen auf dem Meeresgrund auf wertvolle Bodenschätze gestoßen sind. Etwa auf Erdöl, Gold, Platin, Uran oder seltene Erden. Dieses lukrative Revier verteidigen sie nun vor dem Rest der Welt.»

«Das mag schon sein, aber diese Region so nah am Nordpol gilt als internationales Territorium. Hier hat niemand allein das Sagen!» Bakersfield war lauter geworden. «Niemand. Und schon gar nicht die Russen!»

Der Lautsprecher erwachte wieder zum Leben.

«Hier spricht nochmals der Kapitän der Marshall Ustinov. Máfur bitte melden.»

«Hier der Kapitän der Máfur. Sie haben uns in internationalen Gewässern beschossen. Das ist ein kriegerischer Akt. Ziehen Sie sich sofort zurück!»

«Sie befinden sich auf russischem Hoheitsgebiet. Das war nur eine erste Warnung. Wenn Sie sich unseren Anordnungen widersetzen, sind wir zu weiteren Maßnahmen gezwungen.»

«Was … Was glaubt dieser Drecksack eigentlich, mit wem er es zu tun hat?» Bakersfields Gesichtszüge verrieten mühsam unterdrückten Zorn. «Wir lassen uns nicht wie kleine Kinder Befehle erteilen!»

«Vielleicht wäre es aus taktischen Gründen besser, wir senden ein Signal, dass wir auf einer friedlichen Mission unterwegs sind», bemerkte Diana.

«Was schlagen Sie vor?», fragte der Kapitän widerwillig.

«Wir ziehen uns einfach zurück, eine kurze Strecke nur, dann warten wir ab.»

«Machen wir, das ist ein geschicktes Manöver.» Bakersfield gab dem Kapitän ein Zeichen.

Der leitete ein Wendemanöver ein und nahm das Funkmikrofon.

«Hier der Kapitän der Máfur. Wir ziehen uns zurück. Haben Sie verstanden? Wir ziehen uns zurück.»

Er brachte die Maschine auf volle Drehzahl. Der Fischkutter nahm Fahrt auf.

«Stoppen Sie das Schiff.» Wieder die Stimme mit dem russischen Akzent. «Ich wiederhole: Stoppen Sie sofort.»

«Was soll das nun wieder? Fuck …» Bakersfield nahm das Fernglas und beobachtete die *Marshall Ustinov.* «Jetzt hauen wir schon ab, und es passt denen auch wieder nicht. Sagen Sie ihnen, dass wir unseren Rückzug fortsetzen.»

Der Kapitän gab die Meldung an das russische Kriegsschiff durch.

«Haben Sie unseren Befehl nicht verstanden? Maschinen stopp!», kam die Antwort aus dem Lautsprecher. «Wir kommen zu Ihnen. Bleiben Sie, wo Sie sind.»

«Dieser Bastard will unser Schiff entern und durchsuchen?

Das kommt gar nicht infrage.» Bakersfield stampfte mit dem Fuß auf. «Wir fahren weiter. Volle Kraft voraus!»

Die Gischt spritzte bis an Deck, während die *Máfur* sich zwischen den Eisschollen voranschob. Diana schaute sorgenvoll zum russischen Schiff hinter ihnen.

Plötzlich wieder Geschützfeuer.

Dieses Mal schlug die Granate nur fünfzig Meter entfernt ein.

Die Detonationswelle schleuderte das Schiff zur Seite.

Für einen Augenblick glaubte Diana, sie würden kentern. Sie verlor den Halt, rutschte über das Deck und konnte sich gerade noch an einem Tau festklammern. Bakersfield war ebenfalls gestürzt, er blieb an der Kabinentür hängen.

Die *Máfur* richtete sich wieder auf, schlingerte aber.

«Mein gutes Schiff!», rief der Kapitän. «Die Fischer wissen schon, warum sie auf diesen Typ vertrauen. Aber uns bleibt nichts anderes übrig, ich stoppe die Maschine.»

Schnell verlor der Fischkutter an Fahrt und trieb schließlich dahin.

In der Ferne sahen sie, wie die *Marshall Ustinov* direkt Kurs auf sie nahm.

«Jetzt gibt es kein Entkommen mehr.» Diana starrte auf den russischen Kreuzer. «Wenn die unsere Spionageeinrichtungen entdecken …»

Der Kapitän schaute auf seine Steuerungsinstrumente. «Warten wir es ab.» Er wirkte ganz gelassen.

Das Kriegsschiff kam näher.

Diana fühlte sich wie auf der Schlachtbank – hilflos dem Gegner ausgeliefert. Selbst eine Flucht war ausgeschlossen. Sie hoffte, die Russen waren nicht rachsüchtig und ließen sie am Leben.

Die *Marshall Ustinov* war noch etwa zweihundert Meter entfernt.

Diana bereitete sich innerlich auf das Schlimmste vor, doch plötzlich bremste das riesige Schiff ab und fuhr eine scharfe

Wende. Dann entfernte es sich so schnell von der *Måfur*, wie es gekommen war.

«Was ist passiert? Warum drehen die Russen um?» Diana war verwirrt. «Wollten sie nur bluffen?»

«Sie werden gleich wissen, warum, Miss Winkels», sagte der Kapitän vergnügt.

Eine Minute lang geschah gar nichts.

Dann ertönte ein dumpfes Grollen. Es schien direkt aus der Tiefe des Meeres zu kommen.

Ein ohrenbetäubendes Knacken.

Vor ihnen zerbrach das Packeis.

Ein schwarzer Wal tauchte auf.

Zumindest dachte Diana für einen Wimpernschlag an einen Wal.

Es war der mächtige Rumpf eines U-Bootes.

«Die Kavallerie. Hat uns die Navy geschickt.» Der Kapitän grinste. «Es ist die USS Hartford, atomgetrieben, Los-Angeles-Klasse, bewaffnet mit Torpedos und Marschflugkörpern.»

Aus dem Lautsprecher tönte eine Stimme, diesmal mit amerikanischem Akzent.

«Hier spricht Kommandant Henry Jones von der USS Hartford. Darf ich Sie zu einem Drink einladen?»

Diana fühlte sich unwohl in der winzigen Offiziersmesse der *USS Hartford*. Alles war furchtbar klein und eng in dem U-Boot. Die Luft roch wegen der Filteranlagen seltsam künstlich, und es fiel ihr schwer, ruhig zu atmen. Die Erinnerung an die Bombenexplosion in dem Bergwerk auf Spitzbergen und die Hilflosigkeit in den schmalen Tunneln hatte ihre Beklemmung in engen Räumen noch verstärkt. Sie wusste, es war irrational, aber sie konnte nicht anders – der Schrecken von damals saß ihr immer noch in den Knochen.

«Cheers!» Kommandant Jones, ein gedrungener Mann mit Bürstenhaarschnitt in den Vierzigern, hob sein Whiskeyglas. «Den haben wir uns verdient.»

Der Kapitän der *Máfur*, Bakersfield und Diana tranken einen Schluck.

«Das ist ja noch mal gut gegangen», bemerkte der CIA-Mann. «Ein paar Minuten länger und …»

«Sie können sich auf die US-Navy immer verlassen.» Jones lachte. «Wir hatten ihren Notruf erhalten. Und da wir gerade direkt in der Nähe waren …»

«Warum gerade an diesem gottverlassenen Flecken des Nordpols?» Diana stellte ihr Glas ab.

«Sie sind von der deutschen CIA, nicht wahr, Miss Winkels?»

Diana nickte.

«Gut, dann denken Sie bitte daran, alles, was wir hier reden, unterliegt der Geheimhaltung.» Jones wurde ernst. «Wir haben den Befehl, die verdächtigen Aktivitäten der Sevmorput und des schwimmenden Atomkraftwerks zu beobachten. Wie Sie wissen, macht die Frage nach einem nuklearen Leck in der Arktis alle nervös – auch unsere Regierung.»

«Und warum ist die Marshall Ustinov auf einmal umgedreht?», fragte Diana. «Haben die Russen Sie entdeckt?»

Jones lachte wieder. «Da braucht es mehr als ein paar lausige Russen. Nein, wir haben uns zu erkennen gegeben und ihnen gesagt, wir schießen ihren Kreuzer und die Förderplattform samt Schiffen zu Brei, wenn sie nicht sofort verschwinden.»

«Hat offenbar funktioniert», sagte Bakersfield.

«Das hat es. Ich weiß bloß nicht, wohin diese Konfrontationen noch führen sollen», sagte Jones nachdenklich. «So schlimm war es noch nie. Die Russen benehmen sich immer aggressiver – hier in der Arktis, in der Ukraine ohnehin, in Belarus, mit provokanten Raketentests – die Liste ist lang. Und irgendwann wird's richtig knallen.»

60

... *Grönländisches Eisschild* ....

Es war wie das Auftauchen aus einem dichten Nebel. Undeutlich erinnerte sich Hanna an ihre Verzweiflung in der Einsamkeit der Eiswüste, an ihre Versuche, dem Frost und dem Schmerz keine Beachtung zu schenken. Langsam war die Kälte in ihre Kleidung, in Arme und Beine und schließlich in den ganzen Körper gekrochen, hatte sie gelähmt, ihr Denken betäubt.

In diesem Hinüberdämmern hatte sie noch die Stimme eines Mannes gehört.

Nanoqs Stimme.

Sie wusste, wie er ihr einige Schlucke heißen Tee eingeflößt und sie weggetragen hatte.

Und dann lag sie in einem warmen Kokon.

Einem Nest. Einem Schutz.

Der Wind, das Eis waren verschwunden. Die Angst vor dem Sterben bestimmte nicht länger ihre Gedanken.

Das war wunderbar.

Sie ließ es geschehen, ließ sich wegtreiben von der wohligen Wärme.

Einfach loslassen. An nichts mehr denken.

Willkommen Dunkelheit. Schlafen.

Hanna spürte die kühle Luft im Gesicht. Vorsichtig bewegte sie Arme und Beine.

Ja, sie lebte noch. Sie war dem Tod entronnen.

Noch immer widerstand sie dem Drang, die Augen zu öffnen, aus der verrückten Sorge heraus, alles könnte sich als Traum herausstellen.

Jedenfalls steckte sie in einem Schlafsack. Sie spürte die Hitze, die der Körper hinter ihr ausstrahlte.

Nanoq.

Vorsichtig und ganz langsam ließ sie ihre Hand nach hinten gleiten. Sie fühlte seine Haut. Zugleich sickerte eine Erkenntnis in ihr Gehirn.

Sie war nackt. Er war nackt.

Es brauchte einen Moment, bis ihr Bewusstsein die Situation verarbeitet hatte.

Eigentlich sollte sie schockiert sein. Zumindest verlegen.

Aber das Gegenteil war der Fall. Zu ihrer eigenen Überraschung kam es ihr ganz natürlich vor.

Wenn sie ehrlich war, genoss sie es sogar.

Es war irgendwie ganz anders als mit den Männern, mit denen sie sonst im Bett gelegen hatte. Und das nicht nur, weil die Situation hier, inmitten des grönländischen Eises, komplett von allem abwich, was sie bisher erlebt hatte.

Der eigentliche Unterschied hatte einen Namen: Nanoq.

Hanna drehte sich vorsichtig um und öffnete die Augen.

Sie blickte direkt in sein Gesicht, sah seine pechschwarzen Haare, seine glatte Haut, seine dunklen, tiefgründigen Augen.

«Geht es dir wieder gut?» Nanoqs Stimme war mehr ein Flüstern. «Ich habe mir Sorgen um dich gemacht.»

Es war so tröstlich, seine Worte zu hören.

«Danke … Du … Du hast mir das Leben gerettet.» Sie strich ihm über das Gesicht. «Ich bin so froh, dich zu sehen.»

«Ich hätte es mir nie verziehen, wenn ich dich verloren hätte. Du warst da draußen sehr tapfer.»

«Es … Es war so schrecklich.»

Plötzlich kamen die Erinnerungen an die Ereignisse in der Forschungsstation wieder hoch. Wie Sven sie vor dem Unbekannten beschützt und es mit seinem Leben bezahlt hatte.

Sven.

Auch wenn sie ihn nach ihrer Trennung verabscheut hatte und wütend auf ihn gewesen war, weil er ihr ständig nachgestellt hatte: Niemals hätte sie ihm etwas Schlimmes gewünscht.

Trauer und Schmerz überwältigten sie. Tränen liefen über ihr Gesicht.

Nanoq drückte sie an sich. «Was ist, Hanna?»

Mit einem Mal brach es aus ihr heraus. Unter Schluchzen erzählte sie ihm von Sven, vom Mord im *Camp Glacier*, von ihrer Panik und ihrer Flucht vor dem Verfolger. Und Nanoq hörte ihr zu, blieb still liegen und hielt sie in seinen Armen.

Irgendwann konnte sie nicht mehr, ihre Tränen versiegten, und sie fiel in einen tiefen Schlaf.

Als sie die Augen wieder öffnete, lag Nanoq immer noch bei ihr.

«Wie lang war ich weg?»

«Zwei Stunden. Der Schlaf hat dir gutgetan, glaube ich.»

Hanna spürte, dass etwas von ihrer Kraft zurückgekehrt war. Es ging ihr wieder deutlich besser.

Ihr Leben startete gerade neu. Und es fühlte sich gut an.

«Hast du Hunger?» Nanoq sah sie an. «Ich könnte uns was warm machen.»

Hanna schmiegte sich an ihn, küsste ihn auf den Mund und ließ ihre Hände über seinen Körper gleiten.

«Ich hab eine bessere Idee.»

61

... *Berlin* ....

Nelson war in der Innenstadt einkaufen, er brauchte spezielle Outdoor-Kleidung, um für die Reise ins kalte Grönland besser gerüstet zu sein. Eigentlich konnte er die Klamotten bei diesem Sauwetter auch hier in Berlin gebrauchen, dachte er. Die für diese Jahreszeit ungewöhnliche Kältewelle hielt an, der Wind blies kräftiger als je zuvor – und der Regen schien gar nicht mehr aufzuhören.

Vollbepackt fuhr er mit der U-Bahn zur BND-Zentrale in der Chausseestraße. Auf dem Weg in sein Büro erntete er mit seinen Einkaufstüten skeptische Blicke von den Mitarbeitern. Es war ihm egal.

Als er seinen Rechner startete, sah er, dass Diana einen Bericht von ihrem Nordpol-Einsatz auf dem Spionage-Fischkutter und von der Konfrontation mit den Russen geschickt hatte. Aufmerksam studierte er die Unterlagen. All dies war ein weiteres Indiz für seine Vermutung, dass die Aktivitäten auf Island mit dem Einsatz von Söldnern zusammenhingen. Wenn Kriegsschiffe bereit waren, ein Schiff samt Besatzung zu versenken, um russische Pläne geheim zu halten – dann waren terroristische Attentate und Morde nur ein weiterer Baustein dieser gewalttätigen Strategie.

Auch die von ihm mit Spannung erwartete Auswertung der BND-Experten war gekommen. Sie hatten das Navi des tschetschenischen Attentäters Khasan Oschnij analysiert. Auf dem Apparat fanden sich Dateien mit genauen Angaben zu den Zielen seiner Aufträge. Auch Raufarhöfn war dabei.

Das Wohnmobil war von der Sicherheitsfirma *Gruppe Wagner* in Moskau angemietet worden. Demnach gingen die Aufträge für die Attentate tatsächlich von diesem privaten Militärunternehmen aus, das sich seiner Nähe zur russischen Regierung rühmte.

Damit war zwar noch nicht der Beweis erbracht, dass der Kreml den Befehl zum Einsatz der Söldner erteilt hatte. Aber die Vermutung war naheliegend. Es wäre einleuchtend: Russland strebte mit allen Mitteln die Vorherrschaft in der Arktis an. Und dabei würde das Land im Zweifel genauso brutal vorgehen wie in der Ukraine. Es war offenbar fast jedes Mittel erlaubt, um Rivalen und private Konkurrenten anderer Nationen auszuschalten, die im Norden Geschäfte machten und mit den Russen konkurrierten.

Eine weitere Datei erregte Nelsons Aufmerksamkeit: die Ergebnisse seines privaten Suchauftrages. Es ging um die unbekannten Personen auf den beiden Fotos, die seine Eltern in ihrem Fotoalbum versteckt hatten.

Ihm wurde immer noch heiß, wenn er an das Gespräch mit Horn dachte. Hatte sein Chef Verdacht geschöpft, was seine unerlaubten Recherchen anging? Wenn ja, hatte sich Horn nichts anmerken lassen.

Nelson war fest entschlossen, dem Rätsel um den Tod seiner Eltern auf den Grund zu gehen – auch wenn er dazu Regeln brechen musste.

Er betrachtete die beiden Fotos in der Datei noch einmal. Das eine zeigte zwei unbekannte Männer im Gespräch vor einem Geschäft. Das andere einen weiteren Unbekannten und eine Frau auf der Straße. Beide Bilder waren heimlich aufgenommen worden.

Der Analyse-Report wies darauf hin, dass eine Gesichtserkennungssoftware aus Amerika eingesetzt worden war, ansonsten hatten die Experten bekannte Datenbanken durchforstet – auch von verschiedenen Behörden und Interpol.

Für die beiden jungen Männer vor dem Geschäft gab es einen Treffer. Laut Akten handelte es sich um einen Franzosen namens Alain Dupont, geboren in Paris, Botschaftsangehöriger, verheiratet, ein Kind. Die Familie hatte in verschiedenen Ländern gelebt und war bei Versetzungen zu einer neuen Botschaft jeweils umgezogen.

Duponts Gesprächspartner hieß Louis Favre, arbeitete aber laut Interpol unter mehreren Decknamen. Offiziell war er

Schweizer Staatsbürger, die letzte bekannte Adresse war eine Firmenanschrift in Genf. Aktueller Aufenthaltsort: unbekannt.

Favre galt nach den vorliegenden Geheimdienstberichten als international tätiger Vermittler von Waren und Dienstleistungen aller Art: Waffen, Drogen, Geheiminformationen, Söldner und Auftragsmörder. Er stand auf der Fahndungsliste von Interpol, hatte aber noch nie vor Gericht gestanden, geschweige denn war er verurteilt worden. Angeblich hielten mehrere Länder ihre schützende Hand über den Mann. Am Ende des Dokuments waren zwei Aktenzeichen angegeben, mit denen Nelson auf den ersten Blick nichts anfangen konnte.

Das zweite Foto mit der Frau und dem Mann auf der Straße war ohne Resultat geblieben. Laut Report waren die Aufnahmen zu unscharf.

Nelson machte sich einen Ausdruck von allem. Die Ergebnisse beunruhigten ihn: Wie waren Vater und Mutter in den Besitz dieser Fotos gelangt? Und was um alles in der Welt hatten seine Eltern mit einem internationalen Kriminellen zu tun gehabt?

62

··· *Ilulissat, Grönland* ·····································

Nanoq wartete vor dem Behandlungszimmer, bis die Ärztin herauskam.

«Und, wie sieht es aus? Alles in Ordnung mit ihr?»

Er hatte nach der Rückkehr darauf bestanden, dass sich Hanna im Krankenhaus untersuchen ließ – trotz ihrer Proteste.

«Ein wenig geschwächt, aber sonst ist alles in Ordnung», antwortete Dr. Nuuni Abelsen. «Sie hat alles gut überstanden – dank ihrer robusten Natur. Das hätte auch anders ausgehen können.»

«Ich weiß.»

«Sie sollte sich ausruhen.»

«Redet ihr über mich?» Hanna stand in der Tür des Behandlungszimmers. Sie sah ganz vergnügt aus. «Unsinn, ans Faulenzen ist gar nicht zu denken.»

Sie verabschiedete sich von der Ärztin und ging mit ihm ins Freie.

«Du brauchst warme Klamotten – und ein paar andere Sachen», sagte er. «Dein Gepäck ist ja immer noch in der Polarstation.»

Hanna sah sich um. «Ich befürchte, die Möglichkeiten, hier ausgiebig zu shoppen, sind begrenzt.»

«Wir können im Tourismusbüro fragen, ob sie Klamotten übrig haben – wenigstens leihweise. Ansonsten müssten zur Not noch Jacken und Pullover von meiner Schwester da sein.»

«Wir finden schon was, mach dir keine Gedanken.» Sie tätschelte seinen Arm. «Jetzt brauche ich erst mal ein Hotelzimmer.»

«Das wird schwierig, die Zimmer sind durch die ausländischen Helfer belegt, wie ich gehört habe. Es kommen immer mehr nach Ilulissat, obwohl die gröbsten Schäden bereits beiseitegeräumt sind.»

«Hm. Was schlägst du dann vor?»

«Komm einfach mit zu mir», sagte er spontan.

«Das ist ja viel besser!» Sie lachte. «Dann können wir es uns heute Abend gemütlich machen, wir beide, ganz allein …»

Er lächelte sie an. «Ich kann mir nichts Schöneres vorstellen, als mit dir zusammen zu sein.»

Noch immer kam ihm alles wie ein Traum vor: die Rettungsaktion, die Stunden voller Sorge, wie sie sich im Schlafsack nähergekommen waren … Mit Hanna war es ganz anders als mit den Frauen, mit denen er vorher zusammen gewesen war. Er wusste nicht, was eigentlich genau den Unterschied ausmachte

– und es war ihm im Grunde auch egal. Er fühlte sich zu ihr hingezogen, genoss jede Minute mit ihr. Und das war alles, was momentan zählte.

Auf dem Parkplatz des Krankenhauses wartete ein Polizei-Geländewagen. Eliyah ließ das Fenster herunter. «Frau Dr. Jordan, haben Sie kurz Zeit?» Es klang barsch.

«Ich wäre sowieso gleich zu Ihnen gekommen», sagte Hanna. «Ich will Anzeige erstatten. Im Camp Glacier ist ein Mord geschehen. Und auch auf mich hatte es der Täter abgesehen.»

«Deswegen bin ich hier. Die Polizei in Nuuk ist bereits vor Ort im Camp. Sie waren spurlos verschwunden, Frau Jordan. Deswegen wird nach Ihnen gefahndet.»

«Nach mir?», fragte Hanna überrascht.

«Wir sollten das im Büro besprechen. Steigen Sie ein.»

«Gern.» Hanna öffnete die Autotür.

Nanoq öffnete die hintere Autotür, um auf den Rücksitz zu steigen.

«Du nicht, Nanoq», sagte Eliyah. «Das ist ein offizielles Verhör. Da hast du nichts verloren.»

«Ich will aber, dass er mich begleitet.» Hanna war lauter geworden.

«Aber …»

«Entweder er kommt mit, oder Sie müssen mich hier in aller Öffentlichkeit verhaften!», sagte sie bestimmt. «Außerdem ist Nanoq ein wichtiger Zeuge.»

Eliyah schüttelte genervt den Kopf. «Also gut.»

In der Polizeistation brachte Eliyah sie in einen provisorischen Verhörraum, der eigentlich als Kaffeeküche diente. «Nehmen Sie doch bitte Platz.»

Auch er setzte sich, klappte einen Schreibblock auf und nahm einen Stift. «Sie wissen, warum Sie hier sind?»

«Um Anzeige zu erstatten – und eine Aussage zu machen», antwortete Hanna.

Nanoq nickte. Eliyah warf ihm einen verächtlichen Seitenblick zu.

«Man hat die Leiche eines Mannes im Gästetrakt der Polarstation gefunden, eines deutschen Wissenschaftlers. Sein Name ist Sven Lorenz. Kennen Sie ihn, Frau Dr. Jordan?»

«Natürlich, er ist ... er war ... ein Kollege von mir.»

«Und, waren Sie mit ihm befreundet?» Eliyah machte sich Notizen.

«Wie meinen Sie das?»

«Na, ob Sie mit ihm ein Verhältnis hatten.»

«Früher mal, aber nur kurz.»

«Nun, es gibt Zeugen, die haben einen Streit zwischen Ihnen und Ihrem Liebhaber mitbekommen.»

Hanna schluckte. «Ex-Liebhaber bitte. Und ja, er wurde aufdringlich.»

«Deshalb vermutet die Polizei vor Ort, dass er zu Ihnen wollte und es erneuten Streit vor Ihrem Zimmer gab, Frau Jordan. Wie das halt so bei Liebespaaren ist.»

«Davon hast gerade du ja wohl überhaupt keine Ahnung», bemerkte Nanoq scharf.

«Halt dich da raus», zischte Eliyah.

«Es gab keinen weiteren Streit. Ich war allein in meinem Zimmer», sagte Hanna.

«Doch, den gab es.» In Eliyahs Blick lag etwas Lauerndes. «Ich würde sagen, das war sogar ein recht heftiger Streit.» Er lehnte sich zurück. «Ich sage Ihnen, wie es war: Sie waren genervt von ihm, wollten ihn endlich loswerden und haben ihn deshalb umgebracht. Danach sind Sie in Panik aus Ihrem Zimmer geflohen, haben ein Schneemobil gestohlen und sind abgehauen.»

«Wie bitte? So einen Schwachsinn habe ich ja noch nie gehört!» Hanna war aufgesprungen.

«Setzen Sie sich!» Der Polizist war lauter geworden.

«Das ist doch alles Bullshit – und das weißt du auch, Eliyah», sagte Nanoq. «Du verdrehst die Fakten. Es war völlig anders.»

«Tatsächlich? Warum hat sie dann nicht jemanden um Hilfe gerufen? Keiner der anderen Gäste hat etwas gehört. Warum ist sie nicht dageblieben und hat ihre Aussage gemacht? Stattdessen ist sie geflohen. Wenn das nicht verdächtig ist …»

«Ich habe beobachtet, wie jemand Sven auf dem Gang mit einem Messer attackiert hat.» Hanna setzte sich wieder, bemüht, ruhig zu bleiben. «Dieser Mann hatte eine Sturmhaube auf, ich konnte sein Gesicht nicht erkennen.»

«Aha. Der große Unbekannte also. Das ist schon der zweite Unbekannte – nach dem Phantom, das Sie angeblich mit einem Schiff überfahren wollte. Das klingt doch alles ein bisschen weit hergeholt, was Sie da erzählen, finden Sie nicht, Frau Jordan?»

Er wandte sich an Nanoq. «Und welche Rolle spielst du dabei? Wie kommt es, dass ich euch beide zusammen – und ziemlich vertraut – gesehen habe? Warum bist du ein Zeuge?»

«Frau Jordan hat einen Notruf abgesetzt. Iluuna vom Tourismusbüro hat mich verständigt, und ich bin dann mit einem Motorschlitten losgefahren, um sie zu suchen.»

Nanoq merkte, wie seine Stimme vor Wut zitterte. Er hätte nie gedacht, dass er einmal das Verlangen haben würde, jemandem einen Faustschlag zu verpassen. Aber bei Eliyah war er kurz davor. Erst Hannas besorgter Blick brachte ihn zur Besinnung. Er atmete tief durch.

«Verrenn dich nicht in irgendwelche wilden Theorien, Eliyah. Und jetzt wäre es hilfreich, wenn du zur Abwechslung eine Zeit lang den Mund hieltest und unsere Aussagen protokollierst.»

63

... Kangerlussuaq, Grönland ....

Nelson vertrieb sich die Zeit bis zu Dianas Ankunft mit dem Studium der BND-Berichte über die Uranmine im Süden Grönlands. Er trank Kaffee aus einem Pappbecher, aber auch die Milch konnte den bitteren Geschmack kaum abmildern. Leider hatte der Flughafen nichts anderes zu bieten.

Es war gar nicht so kalt, wie er befürchtet hatte. Es war richtig warm, beinahe zwanzig Grad – deutlich wärmer als in Berlin. Vom Fenster im Wartebereich aus konnte er sogar die Sonne am Himmel genießen.

Die Turboprop-Maschine aus Island setzte auf dem Boden auf und schaukelte über die Bodenwellen der Landebahn. Nelson winkte Diana zu und wartete, bis sie ihr Gepäck in Empfang genommen und für den Anschlussflug wieder eingecheckt hatte.

«Offensichtlich hast du den Russen-Angriff gut überstanden», sagte er zur Begrüßung, als sie auf ihn zukam. «Nach den Berichten hatte ich schon Sorge, du würdest den Dritten Weltkrieg auslösen.»

«Mach darüber bitte keine Witze. Ich wünsche es wirklich niemandem, in einer Nussschale im Eismeer am Nordpol zu schwimmen und von einem Monsterschiff beschossen zu werden. Aber dank der US-Navy hat sich die Situation schnell wieder entspannt.»

«Und, verschwinden die Russen jetzt von dort?»

«Sie wollen bleiben, wo sie sind», antwortete Diana. «Sie behaupten, es sei ihr Territorium und sie dürften dort jederzeit nach Bodenschätzen suchen. Die Amerikaner haben es nach Rücksprache mit Washington zähneknirschend akzeptiert. Niemand will in dieser Phase eine weitere Eskalation.»

Nelson nickte. «Habt ihr radioaktive Strahlung entdeckt?»

«Nein. So gesehen hat der Einsatz zumindest Gewissheit gebracht. Weder das Atom-Bohrschiff Sevmorput noch das schwimmende Kernkraftwerk Akademik Lomonossow II lecken. Sie sind also nicht die Strahlenquelle – auch wenn einem angst und bange werden kann bei deren altertümlicher Nukleartechnik. Wenn da mal was schiefläuft, ist eine Umweltkatastrophe unausweichlich.»

«Dann bleiben noch die Uranmine im Süden und die Hinterlassenschaften der Amerikaner im Norden als Ursachen», sagte Nelson nachdenklich. «Beides sollten wir uns dringend genauer anschauen. Unser Chef in Berlin will schnelle Ergebnisse – und nicht nur er.»

«Zuerst müssen wir die Wissenschaftlerin vom Alfred-Wegener-Institut, diese Dr. Hanna Jordan, kontaktieren. Sie war schließlich der Auslöser von allem. Sie kann uns sicher weiterhelfen», sagte Diana.

«Da gibt es ein Problem. Ich habe heute vom BND Nachricht erhalten – in der grönländischen Forschungsstation Camp Glacier wurde ein deutscher Wissenschaftler namens Sven Lorenz ermordet.» Nelson stellte seinen halb ausgetrunkenen Kaffee beiseite. «Und jetzt halte dich fest: Er kommt ebenfalls vom Alfred-Wegener-Institut und ist der Ex-Freund von Frau Jordan. Beide waren zur Tatzeit in der Station. Dr. Horn meint, wir sollten uns dieser Sache auch annehmen – schließlich ist ein deutscher Staatsbürger das Opfer.»

«Hat die Frau was damit zu tun?»

«Sie wurde von der Polizei verhört. Laut ihrer Aussage – und die halte ich für plausibel – hat dieser Sven ihr nachgestellt. Ein Unbekannter habe Sven mit einem Messer attackiert, der Angreifer wollte aber eigentlich zu ihr, sagt sie. Sie sei nach draußen gerannt und mit einem Schneemobil geflohen. Der Unbekannte habe sie verfolgt.»

«Klingt ziemlich abenteuerlich.»

«Nun, sie wurde laut Polizeiakten schon einmal beinahe von einem Schiff überfahren. Sie hat daraufhin Anzeige erstattet. Der Täter wurde nie ermittelt. Ich habe den Eindruck, diese Hanna Jordan ist eine besonnene Wissenschaftlerin und keine Durchgeknallte, die sich wüste Geschichten ausdenkt. Ich glaube ihr.»

«Wir werden sie befragen, wenn wir in Ilulissat sind. Ich denke, bei ihr sollten wir unsere Tarnung als Thyssenkrupp-Mitarbeiter aufgeben und uns als BND-Ermittler vorstellen.» Diana streckte sich. «Es könnte an der Sache schon was dran sein, wenn man bedenkt, um was es geht.»

«Du meinst, die Angriffe auf sie hängen mit der unbekannten radioaktiven Strahlungsquelle zusammen?»

«Möglich wäre es.» Diana zuckte die Achseln. «Die ganze Angelegenheit ist so verzwickt geworden, dass ich mittlerweile alles für möglich halte.»

64

Ilulissat, Grönland

«Hallo, der Postbote ist da.»

Es klopfte an der Tür.

Hanna tastete nach Nanoq. Sie spürte die Haut seiner nackten Brust, ließ ihre Hand langsam nach unten gleiten.

«Guten Morgen.» Er gab ihr einen Kuss.

«Wie spät ist es? Kommt zu dieser Zeit wirklich der Postbote?» Hanna räkelte sich im Bett.

Wieder klopfte es.

«Hallo! Nanoq, mach auf!»

«Das klingt nach Paalu.» Er seufzte. «Ich sollte nachsehen,

was er will. Und dann kann ich uns gleich Frühstück machen. Du kannst noch liegen bleiben, wenn du möchtest.»

Er stieg aus dem Bett, zog sich an und ging zur Tür.

«Seit wann bist du so spät noch im Bett?», hörte sie Paalu sagen. Sie hörte ein Schmunzeln in seiner Stimme. «Wie ich von Iluuna gehört habe, hast du Besuch.»

«In diesem Ort bleibt wirklich nichts geheim. Willst du einen Kaffee?»

«Gern.»

Hanna hörte, wie beide in der Küche zugange waren. Sie zog die provisorische Kleidung von Nanoqs Schwester an. Ihre eigenen Sachen hatte sie bei der Polizei lassen müssen – sie waren angeblich Beweisstücke und sollten nach Blutspuren untersucht werden.

Ihr konnte das nur recht sein. Das Ganze war sowieso lächerlich und an den Haaren herbeigezogen. Aber sie musste einräumen, auf den ersten Blick konnte man die Ereignisse falsch deuten. Und sie hatte keine Zeugen. Der einzige Zeuge, Sven, war ermordet worden.

Zumindest hatten sie Eliyah überzeugen können, sie nicht zu verhaften, sondern wieder gehen zu lassen – auch wenn sie Grönland bis auf Weiteres nicht verlassen durfte.

In der Küche roch es nach frisch aufgebrühtem Kaffee.

«Frau Dr. Jordan, einen schönen guten Morgen.» Paalu sah sie mit wissendem Blick an.

«Morgen. Nanoq war so nett, mich bei ihm übernachten zu lassen.»

«Ja, er kann wirklich fürsorglich sein.» Der Inuk grinste. «Ich habe Gepäck für Sie, Frau Doktor.» Er zog ihren Rucksack hervor und stellte ihn auf den Stuhl.

«Die Polizei im Camp Glacier hat erlaubt, dass ich Ihnen Ihre Sachen aus dem Zimmer in der Forschungsstation bringe. Sie haben bereits alles untersucht.»

Hanna sah im Rucksack nach. «Meine Klamotten sind alle da – wunderbar!»

Nanoq schenkte Kaffee ein. «Was ist denn dort in der Polarstation geschehen, nachdem Hanna weg war, Paalu?»

«Ich hab zuerst gar nichts mitbekommen. Erst am nächsten Morgen, als ich wieder zurückfahren wollte, gab es plötzlich Geschrei. Und dann Hektik.» Paalu stellte seine Tasse ab. «Jemand hatte die … die Leiche von … von Herrn Lorenz gefunden. Wenn man bedenkt, dass ich erst am Vorabend noch mit ihm gesprochen habe … Und dann … völlig überraschend …» Er stockte und starrte auf seine Tasse. «Es ist so … so grausam.» Die Worte fielen ihm schwer. «Wenn ich daran denke …»

Nanoq warf Hanna einen kurzen Blick zu und räusperte sich. «Und dann?»

«Dann … Dann war der Teufel los. Der Gästebereich wurde abgesperrt und die Polizei in Nuuk angefunkt. Wenigstens funktionierte die Kommunikation nach draußen wieder – offenbar hatte der Sturm kurzzeitig nachgelassen. Das war großes Glück.» Paalu schüttelte den Kopf. «Niemand durfte das Gelände verlassen. Es war eine schreckliche Atmosphäre, wirklich schrecklich. So was hab ich noch nie erlebt. Wir saßen dicht gedrängt in der Kantine, keiner wusste, was eigentlich los war, alle redeten durcheinander. Erst allmählich sickerten Informationen durch. Und der Camp-Leiter, dieser Chinese Huang Li, war außer sich.»

«Warum das?», fragte Hanna.

«Ganz habe ich es nicht verstanden. Er hatte wohl die Befürchtung, dass nun die Forschungsarbeit für längere Zeit lahmgelegt sei. Und ich vermute, damit hat er recht. Er lief hin und her, versuchte, sich ein Bild zu machen. Jedenfalls wimmelte es ein paar Stunden später überall von Polizei.»

«Gab es Verdächtige? Oder eine Verhaftung?» Hanna rührte in der Schüssel Müsli, die Nanoq vorbereitet hatte.

«Nun, äh … nur Ihr Name war zu hören, Frau Dr. Jordan …

aber das wissen Sie ja.» Paalu sah sie an. «Was ist eigentlich geschehen?»

Nanoq und Hanna gaben ihm eine kurze Zusammenfassung der Ereignisse.

«Puh! Da hatten Sie Glück, Frau Dr. Jordan.» Er war sichtlich beeindruckt. «Das Eis ist tückisch – und lebensgefährlich. Nanoq hat Ihnen das Leben gerettet.»

«Dafür bin ich ihm auch ewig dankbar.» Hanna lächelte. «Ich bin froh, dass es nun vorbei ist.»

Sie hörte, wie ihr Satellitentelefon im Schlafzimmer klingelte.

«Wenn ihr mich kurz entschuldigt.» Sie ging hinüber, schloss die Tür und nahm ab.

«Ja?»

«Spreche ich mit Frau Dr. Hanna Jordan vom Alfred-Wegener-Institut in Bremerhaven?» Es war eine Frauenstimme.

«Ja. Wer ist denn dran?»

«Mein Name ist Diana Winkels. Mein Kollege und ich arbeiten für eine deutsche Bundesbehörde. Wir würden uns gerne mit Ihnen wegen der Vorfälle in Grönland unterhalten. Wir sind bereits in Ilulissat. Könnten wir uns heute noch treffen?»

Hanna zögerte, der Anruf kam ihr seltsam vor. «Was genau wollen Sie von mir?»

«Wir ermitteln wegen möglicher Ursachen der radioaktiven Verstrahlung, die Sie untersucht und gemeldet haben. Das stimmt doch, oder nicht?»

«Doch, schon.» Hanna war froh, dass sich offenbar endlich jemand der Sache annahm. «Aber ursprünglich hat das Fischsterben Herr Nanoq Egede entdeckt», fügte sie hinzu. «Er arbeitet hier im Ort. Er sollte unbedingt mit dabei sein. Er spricht auch Deutsch.»

«Wenn Sie meinen», sagte die Frau. «Treffen wir uns in zwei Stunden im Hotel?»

«Gern.»

«Eine Bitte noch: Behandeln Sie dieses Gespräch streng vertraulich. Wir erklären Ihnen später, warum. Wir freuen uns, Sie persönlich kennenzulernen.»

Hanna legte auf und blieb nachdenklich sitzen. Wer waren diese Leute? Und um welche Behörde handelte es sich?

Sie ging zurück in die Küche.

«Wer war dran?», fragte Nanoq.

«Nur jemand vom Institut. Nichts Wichtiges.»

Sie warf Nanoq einen Blick zu, der ihm sagen sollte, dass sie ihm später alles erklären würde.

Hanna fühlte sich beklommen, als sie mit Nanoq das Hotelrestaurant betrat. Hier hatte sie noch vor Kurzem mit Sven zu Abend gegessen, bevor er ... Sie schüttelte den Gedanken ab. An einem Ecktisch saßen ein Mann und eine Frau, beide in den Dreißigern. Sie standen auf, als sie Hanna sahen.

«Schön, dass es so kurzfristig geklappt hat», sagte die Frau. «Ich bin Diana Winkels, das ist mein Kollege Nelson Carius.»

Hanna stellte sich und Nanoq vor.

«Bitte setzen Sie sich.» Die Frau machte eine einladende Bewegung. «Wie wär's mit einer Kleinigkeit zum Mittagessen? Wir studieren gerade die Speisekarte. Vielleicht können Sie, Herr Egede, uns dabei beraten?»

Auf Nanoqs Empfehlung hin bestellten sie Fisch und Salat, dazu Orangensaft und Wasser.

«Also, ich bin neugierig, was Sie von uns wollen», sagte Hanna. «Ihr Anruf kam sehr überraschend.»

«Zuerst einmal müssen wir Sie beide bitten, alles vertraulich zu behandeln, worüber wir reden», sagte Nelson Carius. «Können wir uns darauf verlassen?»

«Das klingt alles sehr mysteriös, aber meinetwegen», antwortete sie.

Nanoq nickte.

«Wir sind vom Bundesnachrichtendienst.» Die beiden zeigten ihre Dienstausweise. «Offiziell sind wir gerade als Mitarbeiter von Thyssenkrupp unterwegs – gewissermaßen als Tarnung.»

«Also sind Sie Spione?», fragte Nanoq.

«So was in der Art», sagte der BND-Mann. «Aber wir suchen keine Geheimnisse bei anderen, wir arbeiten für die Aufklärung. Wir wollen herausfinden, was die Quelle der radioaktiven Strahlung ist und wer dahintersteckt.»

Hanna war überrascht. «Warum erst jetzt? Ich habe meine Berichte bereits vor einiger Zeit versandt», sagte sie.

«Manchmal mahlen die Behördenmühlen langsam.» Diana Winkels spießte einige Salatblätter auf ihre Gabel. «Das Ganze hat sich mittlerweile zu einer internationalen Affäre ausgeweitet. Ohne in die Details zu gehen: Einige Länder sind daran interessiert, eine neue nukleare Katastrophe zu verhindern. Für die Arktis wäre radioaktive Strahlung tödlich.»

«Das ist untertrieben», sagte Nanoq. «Es wäre ein Desaster.»

«Deshalb brauchen wir Ihre Unterstützung, Frau Dr. Jordan», wandte Carius sich an Hanna. «Sie könnten uns helfen, diese Strahlenquelle zu identifizieren. Keiner hat sich mehr mit dem Thema beschäftigt als Sie. Wir brauchen Ihre Expertise.»

«Eigentlich hat Nanoq alles ins Rollen gebracht», sagte Hanna abwehrend. «Und dann lief es irgendwie aus dem Ruder ...»

«Erzählen Sie beide bitte alles ausführlich.»

Die nächsten beiden Stunden berichteten Hanna und Nanoq von den Geschehnissen, bis hin zu Svens Ermordung und ihrer Flucht.

«Und Ihre letzten Messdaten sind durch den Bootsangriff verloren gegangen?», fragte Nelson am Ende nach.

«So ist es. Auch habe ich keine neuen Proben von Fischkadavern entnommen», sagte Hanna. «Mittlerweile könnte sich die Situation komplett verändert haben.»

«Wir müssen einen neuen Versuch starten – vorausgesetzt, Sie haben Lust mitzumachen», entgegnete Diana. «Und es gibt noch zwei Bereiche, in denen Sie uns unterstützen könnten.»

«Und die wären?»

«Zum einen geht es um die Uranmine im Süden Grönlands. Es besteht eine gewisse Wahrscheinlichkeit, dass die Verseuchung der Fische dort ihren Ursprung hat.»

«Da unten herrscht momentan viel Unruhe», bemerkte Nanoq. «Wie ich gehört habe, haben sich die Umweltschützer mit den Minenbetreibern überworfen.»

«Danke für den Hinweis.» Diana trank einen Schluck. «Die andere Region, die wir uns genauer anschauen sollten, liegt ganz im Norden. Wir vermuten, alte atomare Hinterlassenschaften der Amerikaner könnten das Meer verseucht haben.»

«Hinterlassenschaften von der Thule Air Base?», fragte Nanoq interessiert.

«Kennen Sie den Stützpunkt?»

«Nein, aber ich habe einen Cousin, der in Siorapaluk wohnt, einem Ort nördlich von Qaanaaq. Dort oben erzählt man sich Geschichten über amerikanische Suchtrupps nach einem Flugzeugabsturz in den Sechzigerjahren. Aber die haben die Suche schnell wieder aufgegeben. Der Norden ist rau und kalt und einsam – ganz anders als hier in Ilulissat.»

«Würden Sie uns eventuell in den Norden begleiten, Herr Egede?», fragte Nelson Carius. «Wir könnten dort oben jemand Ortskundigen gebrauchen.»

Nanoq sah Hanna an. «Was meinst du?»

«Wir machen mit», sagte sie entschlossen. «Ich begleite Sie und stelle dort unten einige Untersuchungen an. Dieses Fischsterben muss aufhören, und ein verseuchtes Nordpolarmeer ist das Letzte, was ich will.»

65

··· Narsaq, Grönland ···································

Der BND hatte ein Privatflugzeug organisiert, das sie in den Süden brachte. Mit einem Geländefahrzeug ging es weiter zu der kleinen Küstenstadt Narsaq.

«Am besten trennen wir uns jetzt», sagte Nelson zu Hanna Jordan, als sie den Ort erreichten. «Meine Kollegin und ich werden wieder in die Rolle der Thyssenkrupp-Mitarbeiter schlüpfen. Und Sie hatten sowieso andere Pläne.»

«Ich sehe mir das Meer entlang der Küste an, nehme einige Wasserproben und führe Temperaturmessungen durch.» Sie klopfte auf ihre Umhängetasche mit der Ausrüstung. «Außerdem will ich mit Nanoq telefonieren. Er hat mir gesagt, er habe noch etwas mit Paalu in Ilulissat zu erledigen.»

«Wir treffen uns hier im Ort wieder, Frau Jordan», sagte Diana. «Unsere Telefonnummer haben Sie ja. Hier zur Sicherheit ein Geigerzähler für Sie, um nicht von radioaktiver Strahlung überrascht zu werden.» Sie gab ihr ein Gerät.

Nachdem sie die Biologin direkt am Hafen abgesetzt hatten, fuhren sie weiter.

Überall im Ort waren Plakate und Banner mit «Urani? Naamik»-Aufschrift und einer Sonne zu sehen, eine Kopie der «Atomkraft – Nein danke»-Symbole früherer Antikernkraftproteste in Deutschland und Europa.

Das kam nicht von ungefähr – dem lokalen Widerstand gegen den Uranabbau hatten sich mittlerweile Dutzende internationale Umweltschutzorganisationen angeschlossen und die Einheimischen mit Materialien, Geld und Strategien zum organisierten Kampf ausgestattet.

Auf dem Weg in den Norden zur Mine Kvanefjeld, oder Kuannersuit, wie die Inuit sagten, begleiteten sie weitere Schilder der Protestbewegung. Aus der Straße wurde eine Schotterpiste, am Ende war die Route kaum mehr zu erkennen. Sie endete an einem Zaun mit Stacheldraht. Bewaffnete Wachtruppen standen an der Zufahrtsschranke, ein Mann mit militärischem Aussehen und Tarnjacke hob die Hand, als sie näher kamen.

«Stop here!»

«Der klingt ja nicht gerade freundlich», sagte Diana zu Nelson und ließ das Seitenfenster herunter.

«Yes, Sir?»

«No way this road.»

«Wir haben eine Verabredung mit Mister Peter Wakeman», erklärte Diana auf Englisch. «Wir kommen von Thyssenkrupp.»

Tatsächlich hatte ihr Vorgesetzter Horn dafür gesorgt, dass Thyssenkrupp ihnen einen Termin mit dem Leiter der Mine verschaffte.

Der Wachmann sprach etwas in sein Funkgerät, wartete die Antwort ab und sagte dann: «Geradeaus. Mister Wakeman erwartet Sie.»

Der Pfad wurde breiter und schlängelte sich den Hügel hinauf bis zu einem Plateau. Dort standen mehrere Bohrtürme und Lkw zum Abtransport des Erzes. Das Gelände begrenzten einige Baracken, darauf steuerte Diana zu.

«Halt mal kurz an.» Nelson holte seinen Geigerzähler heraus und schaltete ihn ein. Sofort schlug er aus und gab ein lautes Warngeräusch von sich. Nelsons Magen verkrampfte sich.

«Unter unserem Hintern befindet sich definitiv Uran.» Er packte das Messgerät wieder weg.

Ein Mann Ende vierzig in Arbeiterkluft und Helm winkte sie heran.

«Miss Winkels, Mister Carius, herzlich willkommen! Mein Name ist Peter Wakeman, ich leite die Mine.»

Diana parkte, sie stiegen aus und stellten sich vor.

«Wollen wir ein wenig gehen?», fragte Wakeman. «Ich kann Ihnen das Gelände zeigen.»

Sie nahmen einen Weg über den Hügel, von dem aus sie einen guten Überblick über die Landschaft hatten.

«Ziemlich einsam hier», bemerkte Nelson. «Und kalt.»

«Nun, der Gletscher ist nicht weit entfernt, aber an diesem Ort haben wir erfreulicherweise seit Jahren kein Eis mehr – der Erderwärmung sei Dank.» Wakeman lachte. «Der Permafrostboden taut in Rekordzeit. Damit wird das Gelände für unsere Firma hochinteressant.» Er wandte sich an beide. «Und Sie wollen uns jetzt die Dienste Ihres Konzerns anbieten, wie ich gehört habe. Ich bin gespannt.»

«Sie sagen es», antwortete Diana. «Thyssenkrupp ist ja mit Ihrer australischen Dachgesellschaft Greenland Minerals bereits gut im Geschäft. Und wir denken, Sie könnten unsere Unterstützung brauchen, um den Schatz hier zu heben.»

«Aber unsere Konzernführung hat noch einige Bedenken, was die Durchführbarkeit Ihres Projekts betrifft», fügte Nelson hinzu. «Wenn wir dazu einige kritische Fragen stellen dürften?»

«Fragen Sie ruhig, wir haben nichts zu verbergen.»

«Wo sehen Sie beispielsweise noch Probleme?»

«Zuerst müssen wir die Umweltschützer abwehren – und die Politiker», sagte der Minenmanager. «Die sind hier lästig wie die Mücken. Aber das kriegen wir in den Griff.»

«Wie denn? Die grönländische Regierung hat doch den Uranabbau untersagt.»

«Da ist das letzte Wort noch nicht gesprochen.» Wakeman klang zuversichtlich. «Wir sind Eigentümer dieser Mine und haben in der Vergangenheit Verträge abgeschlossen, die uns gewisse Rechte einräumen. Diese Verträge sind gültig – und das kann keine Regierung der Welt so einfach wegwischen. Wir ziehen vor Gericht – bis ein endgültiges Urteil gefällt wird, vergehen Jahre. So lange machen wir weiter.»

«Auf der Fahrt hierher haben wir jede Menge Protestschilder gesehen», sagte Diana. «Die Bewohner von Narsaq scheinen was gegen das Projekt zu haben. Und den Chinesen als Hauptanteilseigner von Greenland Minerals wird das gar nicht gefallen.»

«Die Chinesen sind zufrieden, die verdienen jetzt schon mit dem Transport und der Weiterverarbeitung der Erze vor Ort.» Der Manager machte eine wegwerfende Bewegung. «Die Eskimos hier ziehen wir auch noch auf unsere Seite – und die Umweltbewegung auch, allen Protesten zum Trotz.»

«Sie scheinen sich Ihrer Sache ja wirklich sicher zu sein», sagte Diana und lächelte ihn gewinnend an.

«Bin ich auch.» Wakeman blieb stehen und deutete auf den Boden. «Sehen Sie, in dieser Erde stecken wertvolle Rohstoffe. Alle sind hinter dem Uran her, und das Vorkommen in der Mine ist enorm. Viele Länder, gerade in Europa, setzen auf Atomkraft, um mit dieser Energieform, die keinen Dreck in die Atmosphäre pustet, die globale Erderwärmung zu stoppen. Das werden diese selbst ernannten Ökos irgendwann auch einsehen.»

«Na ja, ganz so einfach ist es ja nicht. Das Thema ist strittig», sagte Nelson. «Gerade in Deutschland.»

«Mag sein, aber wir haben ein noch viel überzeugenderes Argument.» Wakeman deutete auf den Boden. «Nach neuesten Untersuchungen steckt hier in der Kvanefjeld-Mine das größte Vorkommen der Welt an seltenen Erden. Und diese seltenen Erden werden dringend für grüne Technologien wie Solaranlagen, Windturbinen oder Energiespeicher benötigt. Wer soll da noch etwas dagegen haben? Ohne das wird es nichts mit der Energiewende.»

Nelson steckte die Hände tief in seine Jackentaschen. Ein kalter Wind fegte über den Hügel. «Die Einheimischen sind noch nicht überzeugt», sagte er. «Sie fürchten wohl, der ganze Gewinn fließt nach Australien und nach China, und die Probleme bleiben in Grönland.»

«Natürlich müssen wir unsere Aktionäre bedienen, die wollen schließlich Rendite für ihr eingesetztes Kapital sehen. Aber es bleibt noch genug für die Eskimos übrig. Schließlich zahlen wir Steuern, es entstehen Hunderte neue Arbeitsplätze. Grönland wird im Geld schwimmen. Endlich bekommt das Land die Chance, die Abhängigkeit von Dänemark zu beenden. Ich möchte den Politiker sehen, der seinen Bürgern Wohlstand, soziale Sicherheit und Freiheit vorenthalten will. Nein, nein, ich mache mir keine Sorgen.»

«Das wird Thyssenkrupp gern hören», sagte Diana. «Aber wie sieht es mit der Radioaktivität aus? Besteht nicht die Gefahr, dass verstrahlter Abfall im Meer landet und die Fische verseucht?»

Wakeman sah sie an. «Also, uns ist schon oft etwas Uranerz beim Verladen ins Wasser gefallen. Aber tote Fische habe ich noch keine gesehen. Im Gegenteil, der Kabeljau im Restaurant in Narsaq schmeckt hervorragend.» Er lachte wieder. Dann deutete er auf einen einige Hundert Meter entfernten Hügel. «Gehen wir in diese Richtung. Aber vorsichtig!»

Nelson aktivierte seinen Geigerzähler. Mit jedem Schritt zeigte das Gerät eine höhere Strahlendosis an. Das machte ihn nervös.

«Halt!» Nach einigen Minuten drehte Wakeman sich zu ihnen um und hob warnend den Arm. «Ab hier wird es gefährlich. Ein paar Meter weiter ist die radioaktive Strahlung so stark, da spielen die Messgeräte verrückt. Ich habe den Arbeitern verboten, sich dort aufzuhalten. Wir sollten umkehren. Aber Sie sehen, die Lagerstätten sind üppig.»

Sie gingen zurück und näherten sich den Bohrtürmen. Arbeiter setzten gerade einen neuen Bohrkopf auf das Gestänge.

«Das ist unser ganzer Stolz», sagte Wakeman. «Damit erkunden wir die besten Stellen für den Abbau von seltenen Erden und Uran. Aber was soll ich sagen – es ist, als ob man direkt unter der Oberfläche auf eine Ölquelle stößt. Oder besser auf eine Goldader. Diese Erde hier hat es in sich, der Abbau ist ein Klacks. Gäbe man Kindern eine Schaufel in die Hand, sie könnten hier im Sandkasten spielen und würden sofort etwas Brauchbares ausbuddeln. Das habe ich noch in keiner anderen Mine erlebt.»

«Was ist, nur mal angenommen, wenn jemand heimlich Uranerz mitgehen ließe?», fragte Diana.

«Sie wollen es aber heute ganz genau wissen.» Der Minenmanager sah beide prüfend an. «Aber okay, ich habe Thyssenkrupp Transparenz versprochen. Leider hatten wir tatsächlich bereits mehrmals Diebstähle von radioaktivem Material. Das Zeug war stark verunreinigt. Damit kann kein Laie etwas anfangen. Ich habe unseren Sicherheitstrupp darauf angesetzt. Aber ohne Ergebnis.» Er zuckte die Schultern. «Diese kleine Einzelheit bleibt aber bitte unter uns.»

66

Ilulissat, Grönland

Nanoq hatte Paalu gebeten, sich mit ihm zu treffen. Sie saßen im Tourismusbüro und tranken zusammen mit Iluuna Kaffee.

«Und, ist es mit dieser Hanna Jordan was Ernstes?», fragte Paalu.

Nanoq lächelte. «Mal sehen.»

«Du hattest schon lange keine feste Beziehung mehr», sagte Iluuna. «Jedenfalls nicht hier zu Hause. Aber muss es gerade eine Deutsche sein?» Sie hob scherzhaft die Brauen.

«Das ist die Liebe.» Paalu verdrehte die Augen.

«Können wir über was anderes reden?» Nanoq kannte die Leidenschaft der Inuit für Klatsch, er konnte sich lebhaft vorstellen, dass Hanna das neue Nummer-eins-Gesprächsthema auf allen

Kaffemik-Treffen des Ortes war. Aber er hatte keine Lust, im Mittelpunkt des Tratsches zu stehen.

«Also, ich könnte mich stundenlang darüber unterhalten.» Iluuna kicherte. «Da gibt es so viel zu erzählen und zu besprechen ... Stimmt es, dass sie bei dir eingezogen ist?»

«Ich hab ihr nur eine Unterkunft geboten.»

«Nanoq, der Samariter.» Paalu grinste. «Warum hast du sie dann nicht begleitet? Wie ich gehört habe, ist sie mit zwei weiteren Deutschen in den Süden gereist – sogar mit einem Privatflugzeug. Wie luxuriös ...»

«Sie muss ihnen bei einem Spezialauftrag wegen der Radioaktivität helfen, schließlich ist Hanna Biologin», erklärte Nanoq. «Wie ihr wisst, hat sie das mit dem Fischsterben aufgedeckt und festgestellt, dass die Tiere verstrahlt waren.»

«Ein Spezialauftrag – das klingt geheimnisvoll», sagte Iluuna. «Wer sind denn diese beiden Deutschen genau?»

«Sie heißen Nelson Carius und Diana Winkels. Und was sie genau tun, darf ich nicht sagen, das ist vertraulich.»

«Und Hanna wollte dich nicht dabeihaben, du Armer. Wie hältst du es nur so lange ohne sie aus?» Iluuna fing zu lachen an.

«Muss ich gar nicht, wir reisen die nächsten Tage zusammen in den Norden und begleiten die beiden Deutschen. Aber zuerst will ich der Sache mit den ausländischen Hilfskräften nachgehen – und zwar ohne Hanna. Das lässt mir keine Ruhe mehr, seitdem mich die Chinesen mit ihren Waffen bedroht haben.»

«Ja, das war krass. Die laufen einfach so mit Knarren durch die Gegend und spielen sich als die Herren auf», sagte Iluuna. «Wir haben eh schon zu viele Ausländer hier in Ilulissat. Der Bürgermeister will für die nächsten Tage eine Helfer-Konferenz einberufen, damit die Arbeiten besser koordiniert werden. Sogar ein Abgesandter der dänischen Regierung aus Kopenhagen wird deswegen aufkreuzen.»

«Man hat schon gar keinen Überblick mehr, wer die Leute alle sind, die durch den Ort laufen», sagte Paalu. «Russen, Chinesen, Kanadier, Amerikaner, Isländer – und jetzt Deutsche. Und sogar die Dänen kommen!»

Iluuna nickte. «Das ist eine Invasion!»

«Hilfe von außen ist ja grundsätzlich nicht schlecht», sagte Nanoq. «Doch ich frage mich, was deren bewaffnetes Personal konkret tut.»

«Sehen wir einfach nach.» Paalu trank seinen Kaffee aus. «Ich hab gerade nichts Besseres vor.»

«Warum nicht. Ich schlage vor, wir gehen zu den Lagerplätzen mit den Maschinen und Containern», sagte Nanoq. «Vielleicht entdecken wir etwas.»

Sie schlenderten wie Spaziergänger zu dem Bereich nahe am Hafen, wo Nanoq angegriffen worden war. Chinesen und Russen hatten dort neuerdings Zelte aufgebaut, um ihre Ausrüstung vor neugierigen Blicken zu schützen, davor hatten sie Wachen postiert. Stacheldraht trennte die verschiedenen Lagerflächen.

Ein offener Pritschenwagen fuhr gerade zum russischen Areal, beladen mit seltsam geformten Geräten, die sich unter einer Plane abzeichneten.

«Das sehen wir uns mal an. Ich lenke sie ab.»

Bevor Nanoq antworten konnte, war Paalu schon vorausgelaufen. Dann verlangsamte er sein Tempo und bog unauffällig in die Straße ein, auf der der Pritschenwagen anrollte. Nanoq und Iluuna beobachteten ihn.

Der russische Lkw kam näher, hupte. Paalu hatte dem Fahrzeug den Rücken zugedreht und ging weiter, als sei nichts geschehen.

Wieder hupte der Fahrer.

Paalu tat so, als hörte er nicht.

Der Lastwagen bremste. Der Beifahrer stieg aus, in der Hand hatte er eine Kalaschnikow.

«Verschwinde, du Penner!», rief er in schlechtem Englisch.

Paalu hob entschuldigend die Hände. «Sorry, Sir.»

«Nix sorry – runter von der Straße.»

Währenddessen schlich Nanoq an der Rückseite des Pritschenwagens heran. Sein Herz klopfte; hoffentlich wurde er nicht erwischt. Er linste an der Ladefläche vorbei.

«Ich gehe nur spazieren», sagte Paalu und setzte ein freundliches Gesicht auf, bewegte sich aber nicht von der Stelle.

«Bist du schwerhörig?» Der Russe machte einen Schritt auf ihn zu.

«Sorry, Mister.» Paalu machte immer noch keine Anstalten auszuweichen. Nanoq bewunderte ihn für seinen Mut und seine Abgebrühtheit.

Der Mann packte sein Maschinengewehr und schlug mit dem Kolben zu. Doch Paalu zeigte sich erstaunlich wendig, wich dem Stoß geschickt aus und riss dem Russen die Kalaschnikow aus der Hand. Dann lief er mit der Waffe davon.

«Du dreckiger Eskimo!» Der Russe lief Paalu hinterher, sein Kollege sprang aus dem Führerhaus und folgte ihm ebenfalls.

Das war die Gelegenheit für Nanoq. Er kletterte auf die Ladefläche, vergewisserte sich, dass niemand hersah, und lüpfte die Plane. Darunter lagen überdimensionale Parabolantennen mit zerlegten Säulenstativen aus Karbon, außerdem Steuerungskästen.

Das waren definitiv keine Antennen, um Satellitenfernsehen empfangen zu können, das waren Bausteine für eine Hightech-Sendeausrüstung. Oder für Lauschangriffe. Er kletterte vom Lastwagen.

«Bleib stehen, du Dreckskerl!» Nanoq sah, wie Paalu die Waffe zur Seite warf und sich zwischen die Häuser verdrückte.

Der Russe hielt an und hob die Kalaschnikow auf. Sein Kollege schickte Paalu wüste Beschimpfungen hinterher. Dann kehrten beide um.

Nanoq schlich sich davon und ging in großem Bogen zurück zum Touristikbüro. Er war aufgekratzt, der Vorfall gerade eben hatte seinen ganzen Körper mit Adrenalin geflutet.

Paalu war schon dort und goss sich gerade einen frischen Becher Kaffee ein.

«Mann, das war ein Spaß!», begrüßte er Nanoq. «Ich hab schon lange keine solche Aufregung mehr erlebt! Das ist viel besser, als im Büro zu sitzen.»

«Spaß würde ich das nicht gerade nennen.» Nanoq setzte sich. «Dem Russen seine Waffe abzunehmen, das war schon sehr dreist von dir. Das hätte leicht ins Auge gehen können. Ich hätte mich das nicht getraut.»

«Du bist auch nicht ich. Aber er hätte mich wohl kaum über den Haufen geschossen. Das Risiko hielt ich für nicht so hoch.» Paalu boxte ihn scherzhaft gegen den Arm. «Ist doch alles glattgelaufen, was machst du dir Sorgen, Nanoq?»

«Gut, dann können wir ja nochmals los und uns auch noch den chinesischen Lagerplatz ansehen.» Nanoq sah seinen Freund prüfend an.

«Ein andermal.» Paalu verzog das Gesicht. «Für heute reicht's.»

67

... Narsaq, Grönland ...

Schon von Weitem waren die Demonstranten zu sehen, die die Straße zum Hafen blockierten. Es waren Inuit, sie trugen «Urani? Naamik»-Banner und Schilder, auf denen ein durchgestrichenes Atomkraftwerk zu sehen war.

Dazu hatten sich junge Männer und Frauen gesellt, die offenbar zu diesem Zweck angereist waren. Sie waren kriegerischer ausgerüstet als die Einheimischen, mit Latten, Helmen und Sturmhauben – als rüsteten sie sich für eine bevorstehende Schlacht.

«Chinesen raus aus Grönland!», tönte es auf Englisch aus der Menge.

«Greenland Minerals – verpisst euch!»

«Wir lassen uns nicht ausbeuten!»

Hanna versuchte, dem gereizten Pulk auszuweichen, dem der Weg zur Hafeneinfahrt versperrt war. Dafür sorgte ein Trupp chinesischer Arbeiter mit Schlagstöcken, die von dem chinesischen Frachter stammten, der an der Mole vor Anker lag. Die Ladeluke war offen, ein Laster kippte gerade Uranerz ins Innere. Ein zweiter Lkw sollte eigentlich zurück zur Mine fahren, musste aber wegen der Demonstranten warten.

Die ersten Steine flogen. «Greenland go home!», schleuderten die Protestierenden ihren Widersachern entgegen. «Fuck you!»

Einige Männer versuchten, die Barriere der Chinesen zu durchbrechen. Ohne zu zögern, knüppelten die Arbeiter auf die Angreifer ein und trieben sie zurück.

Schreie gingen durch die Menge. Weitere Steine prasselten auf die Chinesen ein. Demonstranten versuchten, an einer anderen Stelle durchzubrechen, doch die Arbeiter wichen nicht zurück.

Hanna schob sich am Straßenrand an den Kämpfenden vorbei. Sie verdrückte sich in einen Seitenweg in der Hoffnung, das Areal weitläufig umgehen zu können.

Drei Männer mit Sturmhauben liefen auf sie zu. Sie umklammerte ihre Tasche und presste sich an eine Häuserwand, um sie vorbeizulassen, doch die Männer stoppten direkt vor ihr und umringten sie.

Keine Chance zu entkommen.

«Was hast du hier zu suchen?», fragte ein untersetzter Mann auf Englisch, seiner Stimme nach zu urteilen, war er höchstens Anfang zwanzig. «Du bist nicht von hier.»

«Ihr auch nicht.» Hanna merkte, wie die Wut in ihr aufstieg. Sie war es unendlich leid, immer wieder ohne Grund von Fremden attackiert zu werden, sogar Mordversuchen ausgesetzt zu sein. Damit musste nun Schluss sein. Glaubte hier jeder, sie sei Freiwild, ein williges Opfer? Dachten die Männer, sie könnten mit ihr alles machen, nur weil sie eine Frau war? Was bildeten sich diese Typen ein?

Sie würde sich nichts mehr gefallen lassen. Dieses Trio mochte körperlich überlegen sein. Aber sie war wild entschlossen, sich zu verteidigen. Und zu kämpfen, wenn es sein musste.

«Haut ab, lasst mich in Ruhe.» Sie versuchte, es mit fester Stimme zu sagen.

«Auch noch frech werden», sagte der andere Mann. Hanna konnte seine grünen Augen durch den Schlitz der Sturmhaube sehen. «Du hast hier gar nichts zu melden.»

«Ihr fühlt euch wohl sehr stark, weil ihr zu dritt gegen eine Frau antretet.» Hanna richtete sich auf. «Wie mutig von euch!»

«Bist wohl eine von Greenland Minerals.» Der dritte packte sie an der Jacke und zog sie zu sich. Seine Kleider rochen nach Zigarettenrauch.

«Ich bin Wissenschaftlerin aus Deutschland. Und jetzt lass sofort meine Jacke los.»

«Ganz schön frech, das gefällt mir.» Er kam ihr so nah, dass sie seinen Atem spürte.

«Finger weg!» Mit aller Kraft zog sie das Knie an und traf den Mann zwischen die Beine.

Er sackte zusammen und hielt sich stöhnend den Unterleib. «Du Bitch!»

Seine beiden Kumpel beugten sich hinunter zu dem Verletzten.

Das nutzte Hanna aus. Sie rannte zurück, direkt in die Menge der Demonstranten, und nahm den Weg, den sie gekommen war.

Erst nachdem sie mehrere Straßen hinter sich gelassen und Seitenstechen vom Laufen hatte, hielt sie an. Ihr Herz schlug bis zum Hals.

Sie hielt nach den Angreifern Ausschau. Niemand war ihr gefolgt.

Keuchend stützte sie sich auf ihre Knie. Langsam bekam sie wieder Luft. Mit jedem Atemzug ging es ihr besser.

Sie war fest entschlossen, einen anderen Weg zu finden. Auf jeden Fall würde sie ihre Mission zu Ende führen. Deswegen war sie ja nach Narsaq mitgekommen.

In einem großen Bogen umging sie das Schlachtfeld, bis sie ans andere Ende des Hafens gelangte. Aus der Ferne konnte sie sehen, wie sich Demonstranten und Arbeiter immer noch bekämpften.

Vorsichtshalber nahm sie ein Skalpell aus ihrer Instrumententasche und hielt es unauffällig in der Hand. Sie wollte heute keine unliebsamen Überraschungen mehr erleben.

Sie ging bis zum Ende des Piers und suchte den Uferbereich nach verendeten Fischen ab. Teile von Plastiktüten, leere Bierdosen und Flaschen schwammen im Wasser, dazwischen schillerten Flecken von ausgelaufenem Treibstoff an der Oberfläche.

Einige Meter weiter entdeckte sie zwischen dem Abfall mehrere tote Kabeljaue. Sie holte einen Kescher aus ihrer Tasche und angelte zwei Kadaver heraus.

Waren die Tiere ebenfalls an radioaktiver Strahlung verendet? Gab es ein neues Fischsterben?

Sie beschloss, gleich vor Ort eine erste Untersuchung vorzunehmen, und suchte sich einen Mauersims, wo sie ungestört arbeiten konnte. Sie breitete ein Tuch aus und legte Sezierbesteck und eine Brillenlupe bereit. Mit geübten Schnitten zerlegte sie den ersten Kabeljau und begutachtete die Innereien. Danach machte sie dasselbe mit dem anderen Kadaver.

Nach einer Stunde intensiver Arbeit war sie sich sicher. Die Tiere wiesen ganz andere Symptome auf als die Fische, die sie im Labor in Nuuk untersucht hatte. Diese Kabeljaue waren nicht an radioaktiver Strahlung gestorben. Sondern am Dreck im Hafenwasser.

Zur Sicherheit nahm sie an mehreren Stellen Wasserproben. Ihr Ergebnis verunsicherte sie. War also die Uranmine gar nicht das Problem?

68

··· Ilulissat, Grönland ···

Der Bürgermeister hatte in den Gemeindesaal geladen und die Veranstaltung großspurig als «Internationale Helfer-Konferenz» angekündigt.

«Hoffentlich wird das Ganze kein Desaster.» Tuktu Rasmussen lief in seinem Büro hin und her. «So viele Leute aus dem Ausland. Und lauter wichtige Manager haben ihr Kommen zugesagt. Was soll ich denen bloß sagen?»

Nanoq saß am Tisch, sein Blick folgte Rasmussen durch den Raum.

«Weißt du, ich will mich nicht blamieren.» Der Bürgermeister blieb vor ihm stehen. «Du musst im Zweifel dolmetschen, ich verstehe nur Englisch. Es darf nichts schiefgehen.»

«Ja, mach ich. Sag einfach, dass es in der Bevölkerung Beschwerden gab über das Auftreten der Hilfstruppen und dass du um Mäßigung bittest.»

«Das stellst du dir so einfach vor, Nanoq. Ich will die Herren nicht vor den Kopf stoßen. Schließlich wollen wir endlich Hilfsgelder und nicht nur Fremdarbeiter, die den Dreck wegräumen. Wir sind auf die Finanzmittel angewiesen!»

«Frag doch diesen Jan Hansen vom Ministerium in Kopenhagen, der ist heute auch anwesend, wie ich gehört habe. Die Dänen übernehmen doch sonst auch die Verluste.»

«Gerade das will ich doch vermeiden!» Rasmussen warf die Hände in die Luft. «Diese verdammte Abhängigkeit von der Unterstützung aus Dänemark! Manchmal denke ich, wir sind nur Almosenempfänger. Lieber wäre mir eine großzügige Spende für den Wiederaufbau, von mir aus von einem internationalen Konzern. Meinetwegen auch als Sponsoring.»

«Sponsoring? Du willst Werbung zulassen?»

«Warum nicht? Das ist heutzutage normal, da brauchst du nur mal Fernsehen zu schauen. Überall Werbung. Und die Sportler, die laufen herum wie eine lebende Reklamewand. So was könnten wir auch probieren.»

«Echt jetzt? Jeder darf die Patenschaft für einen Eisberg übernehmen, so was in der Art?» Nanoq gluckste. «Jeder Angestellte von dir trägt ein T-Shirt mit einem Werbeaufdruck? Oder wir brennen das riesige Logo eines Großunternehmens in den Gletscher?»

«Mach dich nur lustig. Nun, die Idee ist noch nicht ganz ausgegoren, das gebe ich zu», sagte Rasmussen. «Wie auch immer, bei dem Treffen haben wir noch ganz andere Themen zu besprechen. Immer mehr Bürger beschweren sich bei mir über das Verhalten der Fremden, die zurzeit hier sind.»

Nanoq nickte. «Ich wurde von Chinesen mit einer Waffe bedroht, wie du weißt. Das war nicht lustig.»

«Ja, ja, eine schlimme Sache. Ständig sieht man diese Typen mit ihren Pistolen und Gewehren. Als wären wir eine Goldgräberstadt im Wilden Westen. Sie schnüffeln überall herum, keiner weiß, was sie eigentlich suchen, einige waren sogar schon heimlich auf Privatgrundstücken, ohne die Besitzer zu fragen. Und sie düsen ungeniert mit ihren Speedbooten in der Diskobucht herum und bringen die Fischer gegen sich auf.» Der Bürgermeister schüttelte den Kopf. «So kann es nicht weitergehen. Ich weiß bloß nicht, wie ich das stoppen kann.»

«Überlass es doch einfach diesem Hansen. Dann hast du das Problem vom Hals. Soll er sich darum kümmern, die Leute vom Ministerium können für gewöhnlich gut reden», schlug Nanoq vor.

Rasmussens Gesicht hellte sich auf. «Das wäre eine Idee. Er macht sich doch ohnehin ganz gern wichtig. Soll er dann die Prügel einstecken.»

Am Eingang zum Gemeindesaal wartete Paalu.

«Die heutige Show sollten wir uns nicht entgehen lassen», sagte er zur Begrüßung. «Und es gibt sogar umsonst was zu trinken – ein weiterer Grund, sich die Reden anzuhören.»

Drinnen standen die Gäste an kleinen Stehtischen und unterhielten sich – man hörte ein vielstimmiges Gemurmel in Englisch, Russisch, Dänisch, Chinesisch und Kalaallisut, der grönländischen Sprache.

An der Wand standen auf provisorischen Tischen Gläser und Flaschen, jeder bediente sich selbst. Es gab Bier, Wein, Wasser und Säfte, dazu Chips, getrocknetes Robbenfleisch und Salzstangen.

Nanoq schenkte sich ein Bier ein. Paalu nahm einen Wein und lud sich Chips auf einen Teller.

«Fängt schon mal gut an», sagte er mit vollen Backen. «Schauen wir uns um, mal sehen, wer gekommen ist.» Nach wenigen Metern raunte er Nanoq zu: «Der Mann da vorne ist doch Jan Hansen vom Ministerium. Ich habe ihn einmal zusammen mit Hanna Jordan am Flughafen Kangerlussuaq getroffen.»

Hansen winkte und gesellte sich zu ihnen. Paalu stellte Nanoq vor.

«Was machen die Forschungen am Umweltinstitut?», sagte Hansen. «Ich habe gehört, Herr Lynge, Sie hätten eine Auszeit genommen?»

«Ja, derzeit helfe ich meiner Tante hier in Ilulissat», antwortete Paalu. «Sie hat es mit der Überschwemmung schwer erwischt.»

«Das kann ich mir vorstellen.»

Sie unterhielten sich kurz über die Katastrophe, dann verabschiedete sich Hansen an einen anderen Tisch.

«Hey, sieh mal, wer da ist.» Paalu stieß Nanoq an. «Der Chinese dort in der Ecke. Das ist Dr. Huang Li, der Leiter des Camp Glacier. Ich hab ihn gesehen, als ich in der Polarstation war. Was macht der denn hier?»

«Du scheinst ja wirklich jeden zu kennen», sagte Nanoq. «Fragen wir ihn doch einfach.»

Sie schlängelten sich durch die Menschengrüppchen bis zum Tisch des Chinesen. Paalu und Nanoq begrüßten ihn und stellten ihre Frage.

«Ich hatte eigentlich gehofft, Frau Dr. Hanna Jordan hier zu treffen», antwortete Huang Li. «Man sagte mir, sie sei hier in Ilulissat. Aber das ist wohl nicht der Fall.»

«Sie ist zu Forschungsarbeiten im Süden, kommt aber bald wieder zurück», sagte Nanoq. «Was wollten Sie denn von ihr?»

«Das ist etwas Spezielles. Wir hatten im Camp eine kontroverse Diskussion über ihre Theorien. Mittlerweile habe ich mich schlaugemacht und teile ihre Ansichten», sagte er. «Deshalb wollte ich Frau Dr. Jordan meine Mithilfe bei ihrem Projekt anbieten.»

«Aber werden Sie als Chef der Polarstation nicht dringend dort gebraucht?», fragte Nanoq.

«Im Prinzip schon.» Huang Li zuckte mit den Achseln. «Aber derzeit liegt der Forschungsbetrieb praktisch still. Dieser schreckliche Mord an dem deutschen Wissenschaftler vom Alfred-Wegener-Institut hat alles durcheinandergewirbelt. An normale Arbeit ist bis auf Weiteres nicht mehr zu denken. Ein Teil der Besatzung und der Forscher ist abgereist. Und die Polizei hat die Polarstation immer noch nicht freigegeben – sie suchen nach weiteren Spuren. Weiß der Himmel, wie lange das noch dauert. Da dachte ich, ich mache mich in der Zwischenzeit woanders nützlich.» Der Chef der Polarstation wandte sich an Nanoq. «Sie kennen Frau Dr. Jordan näher, wie ich gehört habe?»

«Wir sind befreundet.»

«Richten Sie ihr doch bitte einen schönen Gruß von mir aus. Ich würde gerne mit ihr sprechen, wenn sie wieder zurück ist.»

Eine Klingel ertönte, und auf der kleinen Bühne ging ein Scheinwerfer an. Nanoq und Paalu verabschiedeten sich und schoben sich durch die Gäste weiter nach vorn.

Tuktu Rasmussen betrat die Bühne. «Sehr geehrte Damen und Herren, willkommen!» Er sagte es extra laut, denn Mikrofon und Lautsprecheranlage gab es hier nicht, und es dauerte, bis die Gäste ihr Geplauder eingestellt hatten.

«Schön, dass Sie alle kurzfristig zu dieser internationalen Helfer-Konferenz gekommen sind.» Der Bürgermeister suchte Nanoqs Blick.

Nanoq nickte ihm aufmunternd zu.

«Wie Sie wissen, hat uns eine – wie soll ich sagen – geradezu biblische Katastrophe heimgesucht. Die ersten Aufräumarbeiten sind erledigt. Doch nun beginnt die nächste Stufe, der Wiederaufbau. Und dazu brauchen wir weiterhin Ihre Hilfe.»

Vereinzelt klatschte jemand im Saal.

«Eine große Bitte von meiner Seite», fuhr der Bürgermeister fort. «Unsere Einwohner wissen Ihren Einsatz zu schätzen. Aber einige sind überfordert mit der Vielzahl an Helfern, die durch den Ort laufen. Die Lage wird hier und da etwas unübersichtlich. Ich appelliere deshalb an Sie, die Einsätze mit unserem Büro zu koordinieren.»

Ein Mann meldete sich. Er stellte sich als Andrej Sokolov vor, General Manager eines Bergwerks in Barentsburg.

«Wir sind hier mit einem Transportschiff und schwerem Gerät», sagte er. «Denn humanitäre Hilfe ist für uns und für Russland selbstverständlich. Aber sehen Sie es uns nach, dass wir nicht jeden Einsatz unserer Hilfskräfte vorher ankündigen. Sonst würde unsere Arbeit nur durch zu viel Hürden behindert. Und das wollen Sie doch nicht, oder?»

«Was macht ein Russe aus Spitzbergen in Grönland?», flüsterte Paalu.

«Nun, es liegt am nächsten», antwortete Nanoq. «Wenn die Russen jemanden schicken wollen, dann von dort aus.»

Eine Diskussion entbrannte. Mehrere Personen sprachen gleichzeitig, und Rasmussen stand wie ein Statist auf der Bühne. Es war genau das eingetroffen, was er hatte vermeiden wollen.

«Wir sollten uns auf das Wesentliche konzentrieren», sagte ein gewisser Marc Ziegler, der laut eigener Aussage vom Rohstoffkonzern Glencore kam. Die Umstehenden verstummten. «Und das ist die humanitäre Hilfe für die Inuit vor Ort.»

Applaus brandete auf.

«Das klingt, als ob wir ein Dritte-Welt-Land wären, das Entwicklungshilfe braucht», raunte Nanoq Paalu zu. «Mich stört dieser gönnerhafte Tonfall von dem Typen.»

«Du sagst es», nickte Paalu.

Ein militärischer Abgesandter der US-Station in Thule gab zu bedenken, dass für die Unterstützung erhebliche logistische Anstrengungen nötig seien – vor allem Frachtschiffe. Amerika würde seinen Beitrag leisten, sagte er. Aber aus organisatorischen Gründen sei es kontraproduktiv, sich vorher mit den Behörden abstimmen zu müssen.

Ein Mann, der sich als Magnus Ruud vorstellte, Chef des

Transportunternehmens Transnation Holding, trat auf die Bühne und rief: «Wir sollten weniger reden und mehr handeln!»

Wieder ertönte Beifall.

Ruud appellierte an die Anwesenden, nicht nur mit Sachleistungen zu helfen, sondern auch mit direkten finanziellen Hilfen.

Verhaltener Applaus.

«Wir von Transnation Holding jedenfalls werden einen nennenswerten Geldbetrag für den Wiederaufbau von Ilulissat überweisen», fuhr er fort. «Und selbstverständlich sind unsere Mitarbeiter unermüdlich vor Ort im Einsatz. Wir tun, was wir können. Wer einen Wunsch oder ein besonderes Problem hat, soll sich an mich wenden. Wir unterstützen schnell, denn wir sind komplexe Einsätze gewohnt.»

«Vielen, vielen Dank, Herr Ruud», sagte der Bürgermeister. «Das wissen die Menschen von Ilulissat sehr zu schätzen. Ihr Engagement ehrt uns. Danke nochmals!»

Er deutete eine Verbeugung an. «Und nun darf ich Jan Hansen von der dänischen Regierung auf die Bühne bitten. Er ist extra heute aus Kopenhagen zu uns gekommen. Er wird Ihnen die weiteren Pläne und Konzepte vorstellen.»

Hansen betrat die Bühne und hielt einen ausführlichen Vortrag. Er sprach von «gelebter Solidarität», von «Hilfe über die Grenzen hinweg», von «Unterstützung der Staatengemeinschaft». Er erläuterte die Pläne für den Wiederaufbau und vergaß dabei nicht zu erwähnen, wie selbstlos Dänemark die letzten Jahrzehnte Grönland unter die Arme gegriffen habe. Das solle auch in Zukunft so bleiben.

«Ich denke, für heute reicht's», sagte Nanoq zu Paalu und wandte sich zum Gehen. «So viel Geschwätz ist schwer zu ertragen.»

69

··· Ilulissat, Grönland ···

«Irgendwie sind wir an einen toten Punkt gelangt.»

Nelson saß mit Diana in einer Ecke der Hotel-Lobby und trank ein Glas Wein. Sie hatten noch zwei Zimmer ergattert dank der Hilfe von Nanoq Egede, der die Frau an der Rezeption überredet hatte, eine anderweitige Reservierung fallen zu lassen.

Ansonsten war das Hotel diesen Abend voll von ausländischen Gästen, keine Touristen, sondern Angestellte der Hilfstrupps aus den verschiedenen Ländern. Es ging hoch her. Angetrunkene Gäste schrien sich an, andere diskutierten lautstark über Politik und Wetter.

«Stimmt, wir wissen immer noch nicht, was die Quelle der Radioaktivität ist und wo wir sie finden», sagte Diana. «Es ist frustrierend. Selbst die befreundeten Nachrichtendienste haben keine Erkenntnisse, nirgends gibt es auffällige Vorkommnisse mit erhöhter Radioaktivität.»

«Die Beteiligung der Uranmine in Narsaq erschließt sich mir auch noch nicht», sagte Nelson. «Diese Gesellschaft Greenland Minerals scheint mir nicht ganz koscher zu sein, und das Strahlungsrisiko dort unten ist wohl hoch. Aber wie bringen wir das mit dem Fischsterben zusammen?»

Diana rieb sich die Stirn. «Dr. Jordan jedenfalls ist fest davon überzeugt, dass die Fischkadaver, die sie im Hafen von Narsaq entdeckt hat, nicht radioaktiv verseucht sind. Sie hat vorsichtshalber Proben genommen, die jetzt in Nuuk untersucht werden sollen.» Sie seufzte. «Es wäre auch zu schön gewesen – Uranmine und tote Fische am gleichen Ort, der Verdacht einer Verseuchung liegt da nahe. Leider sprechen die Fakten eine andere Sprache.»

«Trotzdem ist es auffällig, wie sehr sich die Chinesen dort engagieren. Die wollen wohl den Nachschub für ihre Atomkraftwerke sichern», überlegte Nelson.

«Du sagst es. Aber das bringt uns aktuell ebenso wenig. Und auch unsere andere Spur mit dem russischen Atomfrachter ist ins Leere gelaufen», sagte Diana. «Weder das Schiff noch das schwimmende Kernkraftwerk, auf das wir gestoßen sind, hatten ein Leck. Die Amerikaner haben Messungen vorgenommen. Alles bei den Russen ist im grünen Bereich, es sind keine überhöhten Strahlungswerte feststellbar.»

«Nur wie lange noch», fragte Nelson. «Mir sind solche Konstruktionen wie Atomanlagen zu Wasser echt zu abenteuerlich. Wenn da mal was schiefgeht, ich mag mir das gar nicht vorstellen ...»

Diana nickte. «Bleiben noch die amerikanischen Nuklearunfälle im Norden Grönlands», fuhr sie fort. «Unser Chef hat unser Kommen auf der Thule Air Base bereits angekündigt. Ich bin gespannt, wie hilfsbereit unsere US-Freunde tatsächlich sind.»

«Die werden wenig Lust verspüren, in der Öffentlichkeit für nukleares Versagen an den Pranger gestellt zu werden. Deshalb haben sie Interesse daran, die Sache aufzuklären – und, sollten sie tatsächlich Schuld an der Radioaktivität haben, gegebenenfalls alles unter den Teppich zu kehren.»

«Und wir helfen ihnen dabei», sagte Diana.

«Hauptsache, wir finden die Strahlungsquelle und verhindern eine größere Umweltkatastrophe. Dort oben soll es übrigens saukalt sein.» Nelson schüttelte sich bei der Vorstellung. «Wenigstens habe ich mir eine neue Daunenjacke besorgt.»

«Sieh mal, ist das dort hinten nicht Nanoq Egede?», sagte Diana. Sie winkte. «Und schau mal, die Biologin ist auch dabei.»

Nanoq Egede und Dr. Jordan setzten sich zu ihnen. Der Inuk bestellte ein Bier, die Forscherin einen Weißwein. Egede berichtete von der Helfer-Konferenz und der Anwesenheit internationaler Konzernmanager. Hanna erzählte, sie habe zwei der

Männer, diesen Marc Ziegler von Glencore und Magnus Ruud, in Hamburg bei einer Sponsoren-Veranstaltung getroffen, in deren Rahmen sie im Vorfeld ihrer Forschung um Unterstützung geworben hatte.

«Und – ist heute Geld rübergekommen?», fragte Nelson, an den Inuk gewandt.

«Es waren wieder mal nur Absichtserklärungen – wie immer», antwortete er. «Als Einheimischer ist man es gewohnt, mit wolkigen Erklärungen abgespeist zu werden. Aber leider verbessert sich auf diese Weise die Lage für die Inuit nicht. Mein Großvater – er ist bei der Flutkatastrophe umgekommen – hatte schon recht mit seiner Skepsis gegenüber der Unterstützung von Dänemark oder anderen Ländern. In Wirklichkeit sind sie nur auf unsere Rohstoffe scharf.»

«Das mit Ihrem Großvater tut mir leid», sagte Diana.

«Ist schon gut», antwortete Nanoq Egede. «Mittlerweile bin ich darüber hinweg – auch über den Tod meiner Schwester.»

«Nachträglich mein Beileid», sagte Nelson.

«Danke.» Der Inuk atmete tief durch. «Aber wir sind doch hier, um Ihren Einsatz im Norden zu planen, nicht wahr?»

«Genau. Ich bin schon ganz gespannt auf diese Expedition», sagte Dr. Jordan. «So weit oben war ich noch nie.»

Egede lächelte sie an. «Ich habe bereits meinen Cousin Yutu in Siorapaluk kontaktiert. Er besorgt uns Schlittenhunde und Gespanne. Die werden wir brauchen.»

70

Pituffik/Thule, Grönland

Vom Flugzeug aus war die amerikanische Thule Air Base gut zu erkennen: eine eigene Landebahn direkt am Meer, Radarstationen, Baracken und Unterkünfte. Dazu getarnte Raketen-Abschussbasen. Am Pier ankerte ein aufgetauchtes U-Boot.

Nanoq war immer wieder aufs Neue fasziniert von dem Ausblick aus der Vogelperspektive, gab sie doch ungewohnte Einblicke in dieses faszinierende Land und machte einem bewusst, wie unendlich weit Grönland in Wirklichkeit war.

«Wir landen», sagte der Pilot der Privatmaschine.

Alle schnallten sich an.

Nanoq dachte an die Geschichte dieses abgelegenen Fleckens, wie sein Großvater sie ihm erzählt hatte. Später hatte er einiges in den Geschichtsbüchern nachgelesen. Eigentlich hieß der Ort, der der Air Base am nächsten war, bei den Einheimischen Pituffik. Aber sowohl die Amerikaner als auch die Dänen benutzten den Namen Thule – nach der sagenumwobenen Stadt ganz im Norden, die seit Jahrtausenden die Fantasie der Menschen befeuerte.

Nach dem Zweiten Weltkrieg hatten die USA diesen Militärstützpunkt mit Genehmigung Dänemarks massiv ausgebaut. Nur eines störte dabei: die Inuit-Familien, die vor Ort in Pituffik wohnten. Thule war Teil ihrer Siedlung.

Damit begann 1953 die schlimmste Aktion der dänischen Regierung – ein «Verbrechen gegen die Menschlichkeit», wie Uju es immer genannt hatte – gegen die Ureinwohner Grönlands.

Das Gebiet um die Militäranlage wurde für die Einheimischen gesperrt und die Menschen aufgefordert, woanders hinzuziehen. «Sie waren lästig geworden und sollten einfach verschwinden», wie Uju sagte. Doch die Inuit-Familien weigerten sich, ihre über Jahrhunderte bewohnte Heimat zu verlassen. Nun ging der Staat brutal gegen die Menschen vor und verordnete eine Zwangsumsiedlung ins über hundert Kilometer entfernte Qaanaaq – einen Ort, der damals zu diesem Zweck neu gegründet worden war. Innerhalb von vier Tagen mussten die Inuit ihre Häuser verlassen. Bei der Ankunft in Qaanaaq sahen sie, dass die Versprechen der Obrigkeit nicht mehr als ein Bluff gewesen waren: Die versprochenen Unterkünfte waren noch gar nicht gebaut, und die Familien mussten in Zelten wohnen.

«Sie haben die Inuit behandelt wie Hunde, die man hinaus in die Kälte jagt, weil man ihrer überdrüssig geworden ist», hatte sein Großvater voller Verbitterung gesagt. «Daran siehst du, Nanoq, die dänischen Besatzer halten uns für Menschen zweiter Klasse.»

Die Maschine setzte auf der Landebahn auf und rollte am Hangar aus. Sie entluden ihre Ausrüstung. Mehrere Soldaten nahmen sie in Empfang, und ein Offizier in Uniform kam auf sie zu. Diana reichte ihm als Erstes die Hand.

«Ich bin Colonel Steven Evans und leite die Air Base, herzlich willkommen», stellte er sich vor. «Wir freuen uns sehr, wir haben selten auswärtige Gäste hier.» Er begrüßte jeden Einzelnen, dann wandte er sich an Nanoq Egede und Hanna Jordan. «Leider müssen Sie beide nun das Militärgelände verlassen», sagte er. «Das Areal ist für Zivilisten verboten. Für Sie alle habe ich ein Guest House etwas außerhalb herrichten lassen.»

«Herr Carius und ich fahren mit den beiden und bringen unsere Sachen hin», sagte Diana. «Es wäre schön, wenn Sie später Zeit für uns hätten.»

«Selbstverständlich, Miss Winkels. Commander Henry Jones von der USS Hartford ist ebenfalls hier, wie Sie an seinem U-Boot am Pier bemerkt haben dürften. Er freut sich, Sie wiederzusehen. Bis dann.»

Ein Fahrer brachte sie zu dem Guest House. Es war einfach, aber zweckmäßig eingerichtet, mit einer Küche, Heizung und fließend warmem Wasser und einem Schlafzimmer für jeden.

Nanoq und Hanna beschlossen, ein Zimmer gemeinsam zu beziehen.

«Nicht gerade die Ferienvilla am Strand, aber auf jeden Fall kann man es hier aushalten», bemerkte Hanna und packte ihre Taschen und den Rucksack aus.

«Es wäre natürlich schöner, wenn wir beide mehr Zeit für uns hätten.» Nanoq nahm sie in den Arm. «Aber wir sind ja nicht zum Vergnügen hergekommen.»

«Das Vergnügen sollte trotzdem nicht zu kurz kommen.» Hanna lachte. «Später vielleicht … Aber erst die Pflicht. Du wolltest doch noch telefonieren.»

Sie gab ihm ihr Satellitentelefon.

Er rief seinen Cousin Yutu an und berichtete ihm, dass sie in Pituffik angekommen waren und demnächst zwei Hundegespanne an der Nordküste benötigten.

«Betrachte es als erledigt», sagte Yutu. «Du bekommst selbstverständlich meine besten Hunde, die ich für die Jagd nehme, die sind bestens trainiert. Damit schafft ihr es sogar hoch bis zur ehemaligen Siedlung Etah oben an der Nordküste. Da wollt ihr doch hin, hast du gesagt.»

«Ja, stimmt», sagte Nanoq.

«Kein Problem. Und das mit der Bezahlung geht klar?»

«Alle deine Kosten werden selbstverständlich übernommen.»

«Sehr gut. Weißt du, Nanoq, ich kann das kleine Nebeneinkommen gut gebrauchen. Das Leben ganz im Norden ist hart, wie du weißt. Mit Jagen und Fischen verdiene ich kaum mehr was.»

Nanoq wusste, seinem Cousin ging es wie vielen Inuit, die versuchten, mit der traditionellen Arbeit ihr Dasein zu bestreiten – die Preise für Fische waren stark gefallen, seit die internationalen Fangflotten in den arktischen Gewässern operierten. Und der Verkauf von Robbenfleisch gestaltete sich ebenfalls schwierig. Deshalb waren die meisten Familien auf staatliche Unterstützung angewiesen. Aber Yutu hatte sich bislang geweigert, Geld von der Regierung anzunehmen.

«Ich weiß. Wir melden uns, sobald wir im Anflug sind, in Ordnung?», fragte Nanoq.

«Alles klar.»

«Bis bald!» Er legte auf.

«Wunderbar! Du hast alles geregelt. Wir sollten Herrn Carius und Frau Winkels informieren», sagte Hanna. «Ich bin mir nicht sicher, ob die beiden wissen, was auf sie zukommt.»

Diana hatte Tee für alle gekocht und dazu eine Packung Kekse auf einen Teller gelegt, die sie im Supermarkt in Ilulissat gekauft hatte. Draußen herrschten Minusgrade, doch das Haus war offensichtlich gut isoliert, es war angenehm warm in der kleinen Küche.

Nanoq Egede berichtete von seinen Vorbereitungen für die Expedition in den Norden und dem Gespräch mit Yutu.

«Ist schon mal jemand mit einem Hundeschlitten gefahren?», fragte er in die Runde.

Alle schüttelten den Kopf.

«Nun, das ist ganz anders als eine Fahrt mit einem Schneemobil», sagte der Inuk. «Wir sollten anfangs etwas üben, denn die Hunde sind unser Motor, und wir müssen genau wissen, was zu tun ist, um das Gefährt zu lenken.»

«Wie kalt ist es dort oben denn?», fragte Nelson.

«Viel kälter, als Sie sich vorstellen können – besonders in der Nacht. Dagegen ist Ilulissat ein Tropenparadies.» Er lachte.

«Wenigstens haben wir genug warme Sachen dabei», sagte Hanna. «Und Hochgebirgs-Schlafsäcke, in denen friert man nicht – ich hab's selbst schon ausprobiert.»

«Gibt es da auch Eisbären?» Diana sah Nanoq Egede an.

«Die Küste ist Eisbären-Revier, aber es gibt auch viele Walrosse und Robben», erwiderte er. «Wir sollten achtsam sein – und bewaffnet.»

71

... Thule Air Base, Grönland ....

Colonel Steven Evans führte Diana und Nelson in eine Bar, die Teil der Aufenthaltsräume auf dem Stützpunkt war.

«Commander Jones kennen Sie bereits, Frau Winkels.» Evans stellte Nelson den U-Boot-Kommandanten vor, der auf die Ankommenden gewartet hatte. Sie bestellten beim Barkeeper Drinks und zogen sich an einen Tisch zurück. Außer ihnen war kein einziger Gast da.

«Cheers!» Evans hob sein Glas. «Auf die deutsch-amerikanische Zusammenarbeit!»

Sie stießen an und unterhielten sich eine Weile über nebensächliche Themen.

«Wieso tauchen Sie – im wahrsten Sinne des Wortes – eigentlich hier im Norden Grönlands auf, Commander Jones, wenn ich fragen darf?» Diana nahm einen Schluck von ihrem Whiskey Sour. «Haben Sie genug vom Nordpol und den Russen?»

«Die Russen haben wir mittlerweile unter Kontrolle. Die Admiralität hat eine Satellitenüberwachung angeordnet», sagte der Amerikaner. «Wenn die ihren Hintern auch nur einen Zentimeter bewegen, bekommen wir das mit.»

«Dann wollten Sie einfach mal wieder frische Luft schnappen?» Nelson grinste. «Das könnte ich Ihnen nicht verübeln – die ganze Zeit unter Wasser, zusammengepfercht auf engstem Raum ...»

«Sie waren noch nie auf einem U-Boot, Mister Carius, vermute ich?»

«Korrekt. Ich glaube, ich würde in einer solchen Blechbüchse Platzangst kriegen.»

«So schlimm ist es nicht. Ich lade Sie gern auf eine Besichtigung ein», sagte der Commander. «Aber um die Frage zu beantworten: Wir sind auf routinemäßiger Patrouillenfahrt. Und eine Einladung zum Whiskey von meinem Freund Steven schlage ich nie aus.» Er prostete Evans zu.

«Trifft man eigentlich da unten im Nordpolarmeer auch auf U-Boote anderer Nationen?», fragte Diana.

Jones nickte. «Alle sind da – um zu spionieren oder die speziellen Verhältnisse in der Arktis zu testen – die Russen genauso wie die Chinesen oder die Briten. Und sogar die Deutschen», antwortete er. «Der Nordpol ist die schwierigste Trainingsstation, die man sich als U-Boot-Kommandant vorstellen kann – es herrscht extreme Kälte, Mannschaft und Material werden aufs Äußerste beansprucht.»

«Gab es schon konkrete Konfrontationen?»

«Aber sicher. Allerdings nicht so, dass wir andere mit Torpedos versenken. Doch es kommt regelmäßig zu Drohgebärden von ausländischen U-Booten. Mehrmals hatten wir sogar leichte Kollisionen unter Wasser, weil der Gegner nicht ausweichen wollte. Wenn es ernst wird, bleiben wir hart. Da kennen wir keinen Spaß.»

«Was macht Sie so sicher, dass die anderen Ihnen nicht überlegen sind?» Nelson trank von seinem Gin Tonic. Er schmeckte frisch, mit einer Kräuternote. Perfekt gemixt.

«Es ist natürlich ein ewiges Katz-und-Maus-Spiel unter Wasser», sagte Jones. «Wobei ich tatsächlich glaube, dass wir dieses Spiel am besten beherrschen. Uns entgeht nichts.»

«Und Sie beide haben also tatsächlich vor, in den kalten Norden zu reisen?», wechselte Evans das Thema. «Zusammen mit einer Wissenschaftlerin und einem Eskimo?»

«In der Tat. Alle anderen Spuren führen bisher ins Nichts.» Diana berichtete vom Besuch in Narsaq in Südgrönland. «Bleiben also nur noch die atomaren Hinterlassenschaften der USA als mögliche Strahlenquelle.»

«Und Sie trauen den beiden Zivilisten?» Jones zog die Augenbrauen hoch. «Als Geheimagenten des BND wissen Sie sicher um die Sicherheitsproblematik mit Externen.»

«Erstens halte ich Herrn Egede und Frau Dr. Jordan für absolut integer», antwortete Nelson. «Zweitens benötigen wir beide dringend. Ohne einen Inuk als Guide können wir uns in der Eiswüste dort oben kaum zurechtfinden. Und Frau Dr. Jordan hat die nötige Expertise, um radioaktiv verseuchte Tiere zu identifizieren.»

«Na, Sie werden es schon wissen.» Jones zuckte die Schultern. «In der Tat ist Nordgrönland einer der einsamsten und lebensfeindlichsten Landstriche auf unserem Planeten. Selbst wir muten es unseren Soldaten nicht zu, dort oben Manöver abzuhalten. Es ist nie verkehrt, eine fachkundige Person dabeizuhaben.»

«Besonders, weil Sie dort oben auf sich allein gestellt sind.» Evans stellte sein Glas ab. «Das amerikanische Außenministerium legt großen Wert darauf, dass die USA offiziell nicht an dieser Unternehmung beteiligt sind. Sie haben unseren Segen, aber Sie können nicht darauf bauen, dass wir Sie rausholen, wenn etwas schiefläuft.»

«Und wenn wir etwas entdecken, die Atombombe beispielsweise, die Amerika dort verloren hat?» Diana lächelte. «Geht Sie das dann auch nichts an?»

«Natürlich ist das unser ureigenstes Thema, keine Frage.» Evans erwiderte ihr Lächeln nicht. «Aber ich will ganz ehrlich sein: Niemand von uns, weder in der Navy noch in der Regierung, will damit öffentlich vorgeführt werden.»

«Was konkret ist denn Ihre Sorge?»

«Ganz einfach: Nur mal angenommen, Sie finden die Atombombe. Oder ein Strahlenleck der Hinterlassenschaften von Camp Century. Wir können nicht zulassen, dass andere Amerika zeigen, wie man seine Hausaufgaben zu machen hat. Oder um es drastischer zu formulieren: Wir wollen nicht wie die Idioten dastehen, die zu blöd waren, ihre eigenen Fehler zu bereinigen.»

«Darüber hinaus darf ich Sie nochmals daran erinnern: Alles unterliegt strikter Geheimhaltung», fügte der U-Boot-Kommandant hinzu. «Nur unter dieser Bedingung waren und sind wir bereit, Ihnen zu helfen und unsere militärischen Kapazitäten für die Feind-Aufklärung einzusetzen.»

«Kein Problem.» Nelson nahm noch einen Schluck. «Wir arbeiten schließlich für den deutschen Nachrichtendienst. Wir wissen, wie man Geheimnisse bewahrt.»

«So einfach ist es leider nicht», entgegnete Evans. «Wir brauchen Ihre verbindliche Zusage: Falls Sie etwas finden, lassen Sie es, wo es ist – und melden es zuerst uns. Und zu sonst niemandem ein Wort.»

Nelson sah Diana an. Sie nickte.

«Und dasselbe gilt natürlich auch für Ihre beiden zivilen Begleiter», fügte Evans hinzu.

«Meinetwegen», sagte Nelson. «Obwohl ich es für unnötig halte. Wir haben schließlich das gleiche Interesse, diese nukleare Bedrohung aufzudecken und unschädlich zu machen.»

«Da stimme ich Ihnen zu», sagte Evans. «Das Problem bei dieser Operation liegt ganz woanders. Sie müssen in einer Eiswüste entlang der Küste etwas finden, was möglicherweise nur so groß ist wie ein Fußball, wahrscheinlich begraben unter Tonnen von Eis. Es wäre pures Glück, wenn Ihre Geigerzähler da anschlagen würden. Wir haben es selbst wieder und immer wieder versucht – ohne Erfolg.» Er hob sein Glas. «Also, machen Sie sich keine zu großen Hoffnungen. Konzentrieren Sie sich lieber darauf, heil wiederzukommen. Auf Ihre Gesundheit!»

72

... Siorapaluk, Grönland

Der Navy-Helikopter landete am Rande der Siedlung und wirbelte Schnee auf. Nanoq sprang heraus und half den anderen Passagieren beim Aussteigen. Kaum hatten sie ihr Gepäck ausgeladen, stieg der Hubschrauber wieder auf und verschwand.

Der Ort bestand aus etwa zwanzig Holzhäusern, die zwischen den Bergrücken und der Küste verloren aussahen. Siorapaluk war die nördlichste Siedlung Grönlands und galt als das nördlichste Dorf der Welt – ein Titel, auf den die Einwohner stolz waren.

Alle paar Wochen brachte der Hubschrauber Nachschub an Lebensmitteln, zweimal im Jahr kam ein Frachtschiff vorbei und versorgte die Menschen mit weiteren Gütern. Mehrmals hatte die Regierung versucht, die Einheimischen umzusiedeln – aber sie blieben stur. Sie lebten von der Jagd auf Narwale, Robben, Polarfüchse, Vögel und Walrosse und vom Fischfang.

Von Weitem hörte Nanoq jemanden rufen, und auch die anderen sahen sich um. Yutu kam mit einem Schlitten angefahren, begrüßte alle überschwänglich und lud die Ausrüstung auf.

«Schön, dich nach so langer Zeit wiederzusehen», sagte er zu Nanoq.

Nanoq hatte ihn das letzte Mal vor anderthalb Jahren in Ilulissat getroffen, er hatte bei Großvater Uju übernachtet.

Jetzt kam Yutu ihm ausgemergelter vor, das Gesicht faltig. Nur sein Lachen war dasselbe wie in Nanoqs Erinnerung. Er war Mitte dreißig, verheiratet und hatte zwei Töchter. In seinem gesamten Leben war er vielleicht ein halbes Dutzend Mal woanders gewesen als in Siorapaluk; Grönland hatte er nie verlassen.

«Es ist alles arrangiert, mach dir keine Sorgen», sagte Yutu. «Später zeige ich es dir. Aber jetzt gehen wir erst mal zu mir. Meine Frau hat das ganze Dorf zum Kaffemik eingeladen, du kannst dir vorstellen, wie neugierig alle sind. Wir haben so selten Gäste.»

Drinnen im Haus gab es ein großes Hallo, und Yutu stellte Hanna, Nelson Carius und Diana Winkels seiner Familie vor. Sie nahmen in der Küche Platz, es duftete nach Kaffee und selbst gebackenem Kuchen.

Nach und nach kamen die Nachbarn. Etwas schüchtern zuerst, ließen sie sich Kaffee und Gebäck geben und beäugten die Fremden. Nanoq dolmetschte von Kalaallisut ins Deutsche und umgekehrt.

Allmählich kamen die Gespräche in Fahrt. Man unterhielt sich über das Wetter, die Jagd, das Unglück in Ilulissat und über aktuelle Fernsehsendungen. Die deutschen Gäste beantworteten Fragen – wo sie herkamen, was sie machten und wie das Wetter bei ihnen zu Hause war. Die Fensterscheiben beschlugen von der Wärme, das Stimmengewirr schwoll zu einem geselligen Summen im Raum.

Nanoq lehnte sich zurück und betrachtete die liebenswerte kleine Gemeinschaft. Die Menschen in Siorapaluk gehörten zu der Volksgruppe der Inughuit, von Ausländern oft ‹Polar-Eskimos› genannt. Sie bildeten eine Minderheit oder, besser gesagt, eine Randgruppe innerhalb der Inuit.

Die Mehrheit der Grönländer sah auf die Inughuit herab, sie galten als rückständig und seltsam. Wenn heute noch jemand das Klischee vom Eskimo in selbst genähter Pelzkleidung und Kamik-Stiefeln erfüllte, der mit Harpune und Kajak oder Schlittenhunden auf die Pirsch ging – dann waren es die Inughuit.

Hannas Satellitentelefon klingelte. Sie meldete sich und sagte nach einer Weile: «Ja, der sitzt neben mir.» Dann gab sie Nanoq den Apparat weiter.

Es war Paalu.

«Hey, wo steckst du? Einfach so abzuhauen und deinen Freund zurückzulassen.» Er klang, als habe er bereits mehrere Bier intus. «Die Nachbarn haben erzählt, du seist mit Hanna und den Deutschen in den Norden aufgebrochen.»

«Sorry, Paalu, es war alles sehr kurzfristig. Ich hätte mich schon noch bei dir gemeldet. Aber Herr Carius und Frau Winkels wollten, dass wir gleich aufbrechen.»

«Versteh schon. Ganz schön laut bei euch. Feiert ihr was?»

«Wir besuchen gerade meinen Cousin Yutu. Morgen geht's weiter zur Expedition in den Norden.»

«Okay, dann will ich euch nicht länger stören. Richte Yutu einen schönen Gruß von mir aus und melde dich, wenn ihr wieder zurück seid.»

«Mach ich.» Nanoq legte auf und rief Yutu die Grüße von Paalu zu.

Sein Cousin nickte und machte ihm ein Zeichen, ihm nach draußen zu folgen.

«Ich bin ganz froh, die gute Stube mal kurz zu verlassen», sagte er, als sie in dem kleinen Flur standen. «Meine Frau kümmert sich weiter um die Gäste.» Er zog seine Jacke an, Nanoq tat es ihm gleich.

«Mit den Zimmern für eure Übernachtung wird es etwas eng», sagte Yutu und trat ins Freie. «Die Wissenschaftlerin kann das Kinderzimmer nehmen, die Mädchen schlafen heute Nacht bei uns. Und für dich gibt es eine Matte in der Küche. Die beiden anderen Deutschen habe ich bei den Nachbarn untergebracht. Geht das in Ordnung?»

«Danke, dass du dir solche Mühe machst. Aber ich werde mit Hanna gemeinsam das Kinderzimmer beziehen. Uns reicht ein Bett.»

«Aha.» Yutu sah ihn schmunzelnd an und nickte wissend. «Verstehe.»

Sie gingen zu einem eingezäunten Gelände außerhalb der Siedlung. Das Gebell der Schlittenhunde begrüßte sie.

«Es geht mich zwar nichts an, Nanoq, aber was habt ihr da eigentlich genau vor? Das ist doch keine normale Expedition, oder?»

«Du sagst es. Aber ich darf nicht darüber reden. Und es wäre besser, wenn auch du deine Vermutungen für dich behieltest.»

«Na ja, da kreuzt ein Navy-Helikopter aus Thule auf, kein privater Hubschrauber, mit einem Inuk und drei Deutschen – eure Ausrüstung sieht auch nicht nach einem normalen Ausflug aus ... Also, es gehört nicht viel Scharfsinn dazu, sich einen speziellen Einsatz vorzustellen. Hoffentlich ist es nicht gefährlich», sagte Yutu.

Nanoq schüttelte den Kopf. «Mach dir keine Sorgen. Wir sind vorsichtig.»

«Das sind die Prachtkerle.» Yutu holte Fische aus einer Blechtonne und warf sie den Schlittenhunden zu. Gierig fraßen die Tiere. Sie waren – wie fast überall in Grönland – angekettet und das ganze Jahr im Freien. Denn für die Inuit waren sie keine Spielzeuge zum Streicheln, sondern Arbeitstiere – und das seit Tausenden von Jahren.

Nanoq war fasziniert von der Anmut der Hunde. Grönlandhunde waren eine eigene Rasse und unterschieden sich in Statur und Aussehen von den Siberian Huskies, den Alaskan Malamuten oder den Samojeden, die in anderen arktischen Ländern zu Hause waren. Einheimische Schlittenhunde waren bei vierzig Grad unter null einsatzbereit, sie liefen dreißig Stundenkilometer schnell und schafften hundert Kilometer Strecke und mehr pro Tag.

Doch Nanoq wusste von den Schlittenhunde-Haltern in Ilulissat: Die Zeiten für diese Zugtiere waren allmählich vorbei. Mit Touristenausflügen im Winter ließ sich noch das ein oder andere Geschäft machen. Ansonsten konnten motorgetriebene

Schneemobile viel universeller eingesetzt werden. Denn die Hundeschlitten funktionierten nur bei hart gefrorenem Boden einwandfrei, doch die zunehmende Klimaerwärmung weichte den Schnee auf, die Gespanne blieben im Matsch stecken. Bisher hatten die Inuit die Hunde mit Fischresten gefüttert, die von der Fabrik übrig blieben. Seitdem die Fabriken die Fische aber restlos verarbeiteten, mussten viele Hundebesitzer teures Trockenfutter zukaufen – was schnell die Haushaltskasse belastete.

Auch sein Großvater hatte früher Grönlandhunde besessen, sie dann aber verkauft. Nanoq dachte mit Vergnügen an seine Kindheit, als er mit Uju lange Ausflüge mit den Gespannen ins Eis unternommen hatte. Großvater hatte sie vor allem für die Robbenjagd verwendet, Nanoq jedoch hatte seinen Spaß dabei gehabt, möglichst schnell über die Piste zu rasen und das Gefühl der Geschwindigkeit zu genießen.

«Wann warst du das letzte Mal mit Schlittenhunden unterwegs?», fragte Yutu.

«Vergangenen Winter – als Guide für eine Reisegruppe, die einen Ausflug gebucht hatte», antwortete Nanoq.

«Und deine Begleiter?»

«Das sind alles Neulinge.»

«Dann ist es wohl besser, ich bringe ihnen morgen die Grundbegriffe bei und lasse sie probehalber eine Runde mit den Schlitten drehen.» Yutu beendete die Fütterung. «Wir wollen doch nicht, dass unterwegs ein Unfall geschieht.»

«Und falls doch, holen wir dich für die Erste Hilfe – ein Satellitentelefon hast du ja.» Nanoq lachte. «Ich mache nur Spaß. Mach dir keine Sorgen, wir bringen dir deine Lieblinge wohlbehalten wieder.» Sie gingen zurück ins Haus.

«Einen Moment noch», sagte Yutu, bevor Nanoq die Tür zum Kaffeemik öffnete. «Ich hab was für dich.» Er verschwand in einer Kammer und kam mit einem Gewehrfutteral zurück. «Das ist die Jagdflinte meines Vaters. Die leihe ich dir für eure Expedition in den Norden.»

«Danke, aber die werden wir nicht brauchen. Die Deutschen haben Waffen dabei.»

«Waffen vielleicht – aber nicht dieses großkalibrige Gewehr. Es ist mit einem Zielfernrohr ausgestattet.» Yutu drückte ihm das Futteral in die Hand. «Nimm es! Dort oben, wo ihr hinwollt, wimmelt es von Eisbären. Betrachte es als eure Lebensversicherung.»

73

... Dodge Gletscher, Grönland ....

Hanna hatte mit Nanoq Plätze getauscht und stand nun hinten auf den Kufen, während er vorne auf dem Schlitten saß. Hinter ihnen fuhren Diana Winkels und Nelson Carius auf einem eigenen Schlitten.

Die Sonne hatte sich hinter Wolken versteckt. Trotz Mütze, Skibrille und Schal spürte sie die schneidende Kälte des Fahrtwinds im Gesicht, wie damals bei ihrer Flucht von der Polarstation. Und doch war es ganz anders. Die Luft hier im Norden kam ihr besonders vor, klar und rein. Die Sicht reichte weit. Die Eislandschaft vor ihnen war wie eine einzige Leinwand in Weiß, nur die Hügel modellierten eine Andeutung von Schatten und gaben der Fläche Struktur.

Es war schwer, auf dem Schlitten stehend das Gleichgewicht zu halten, gerade bei Richtungswechseln. Hanna klammerte sich an den Holmen fest, doch trotz der Übungsrunde vor ihrer Abreise hatte sie sich noch nicht an dieses Gefährt gewöhnt. Ständig zerrten und ruckelten die Hunde an ihrem Geschirr, mit dem sie nach der Inuit-Methode fächerförmig an einer einzigen Zugleine befestigt waren. Sie war jedes Mal froh, wenn der Schlitten unbeschadet eine Bodenwelle genommen hatte, vor allem, weil die Tiere ein hohes Tempo vorlegten. Dies hier war kein Glückserlebnis wie die Schlittenfahrten in ihrer Kindheit, hier ging es um Stabilität und Sicherheit.

Nanoq machte ihr ein Zeichen und gab den Hunden das Kommando anzuhalten. Sie führte die geübten Handgriffe aus – und tatsächlich kam das Gespann zum Stehen.

Mit weichen Knien stieg Hanna vom Schlitten. Es brauchte einige Schritte, bis sie sich wieder an den festen Boden gewöhnt hatte. Hinter ihr stoppten auch Winkels und Carius. Nanoq holte Hundefutter aus der Tasche und versorgte als Erstes die Tiere. Danach baute er einen Windfang auf, verteilte die Essensrationen und kochte Tee.

Er reichte jedem die heißen Becher. Alle tranken mit Genuss. Hanna spürte, wie sich ihr Inneres langsam wieder aufwärmte.

«Und, wie war euer erstes Mal?», fragte er in die Runde.

«Anders als ich es mir vorgestellt habe», antwortete die BND-Agentin. «Es ist auf jeden Fall ein Abenteuer.»

«Ich fahre dann doch lieber Motorrad.» Carius biss in sein Brot. «Obwohl ich solche Outdoor-Aktivitäten wirklich liebe.»

«Die Kraft der Tiere ist schon erstaunlich», sagte Hanna. «Ich kann verstehen, warum sich die Inuit in der Vergangenheit fast ausschließlich auf sie verlassen haben.»

Carius stimmte ihr zu, dann holte er seinen Geigerzähler heraus. «Wir sollten unseren Routine-Check machen, ob hier Radioaktivität messbar ist.»

Er ging mehrmals kreisförmig um ihre Raststätte herum und vergrößerte jedes Mal den Radius.

«Fehlanzeige», sagte er, als er zurück war.

«Das ist wirklich wie die sprichwörtliche Suche nach der Nadel im Heuhaufen.» Diana Winkels leerte ihren Becher und schenkte sich nach. «Vielleicht war es doch eine zu verrückte Idee hierherzukommen.»

«Nichts zu tun ist aber auch keine sinnvolle Option», entgegnete Hanna. «Wenn wir an der Küste sind, müssten wir auf jeden Fall massenweise verendete Fische finden, falls es irgendwo eine Strahlungsquelle gibt. Schließlich soll die amerikanische Bombe irgendwo dort im Norden verloren gegangen sein.»

«Wie weit ist es noch bis zum Meer?», fragte Carius.

«Nicht mehr so sehr weit», antwortete Nanoq. «Westlich von uns liegt die Küste. Wir können direkt einen Abstecher machen, wenn Sie wollen. Unser Ziel für heute ist der verlassene Ort Etah direkt am Meer, nördlich von uns. Sie müssten danach entscheiden, ob Sie noch andere Regionen absuchen wollen.»

«Gut, dann lass uns doch ans Meer fahren, Nanoq.» Hanna trank ihren Tee aus. «Dort sind die Chancen auf Erfolg höher.»

Sie packten ihre Ausrüstung zusammen. Nanoq überprüfte das Zuggeschirr der Hunde, die vor Aufregung jaulten und winselten, und übernahm nun die Führung.

Nach einer halben Stunde hatten sie die Küste erreicht. Das Eis war Felsen gewichen, die von der Hochebene flach zum Wasser ausliefen. Vereinzelte Eisberge trieben vor der Küste, Schiffe waren nicht zu sehen. Es war eine Welt, in der sie die einzigen Menschen weit und breit waren.

Nanoq versorgte die Hunde. Hanna ging mit den beiden BND-Mitarbeitern hinunter zum Strand. Das Wasser war kristallklar.

Sie nahm eine Probe davon und wiederholte die Messung an einigen weiteren Stellen.

«Kein toter Fisch zu sehen.» Nelson Carius setzte sein Fernglas ab. «Wäre es nicht so kalt, könnte man glatt reinspringen und baden.»

Sie liefen eine Strecke am Strand entlang – überall das gleiche

Ergebnis: Es war alles in Ordnung. Keine Tierkadaver. Der Geigerzähler sprang nicht an.

«Gehen wir zurück», sagte Hanna. «Hier gibt es nichts zu entdecken.»

Nach einer weiteren Teepause lotste Nanoq den Trupp wieder in Richtung Nordküste. Es war noch kälter geworden, jedenfalls kam es Hanna so vor. Die Schlittenhunde ließen sich davon nicht beeindrucken, unermüdlich strebten sie vorwärts.

Sie machten einen Abstecher zum Kap Alexander, dem westlichsten Punkt Grönlands. Auf der gegenüberliegenden Seite der Meeresenge lag Ellesmere Island, das bereits zu Kanada gehörte. Die Nares-Wasserstraße trennte beide Länder. Früher war sie ständig mit Packeis bedeckt gewesen, mittlerweile war sie für Schiffe befahrbar, auch wenn die Kapitäne immer mit kleineren Eisbergen rechnen mussten.

Hier führte Hanna wieder dieselbe Prozedur durch: Sie nahm Proben, die BND-Mitarbeiter führten mit dem Geigerzähler Messungen durch. Das Ergebnis war wie vorher: keine radioaktive Strahlung festzustellen.

Sie machten sich wieder auf den Weg. Nanoq hatte nun eine Route entlang der Küste gewählt. Das Gelände war hügelig, vereinzelt ragten Felsen aus dem Eis.

Hanna saß auf dem Schlitten, dick eingepackt in Robbenfelle, die ihr Nanoq gegeben hatte. Sie genoss die Wärme, aber ihre Gedanken kreisten um die Strahlung. Alle Versuche, die Quelle zu orten, waren fehlgeschlagen. War ihre These falsch gewesen, dass die verlorene amerikanische Atombombe oder nuklearer Abfall im Meer für das Fischsterben verantwortlich war? Sie musste sich eingestehen: Andere Erklärungen hatte sie nicht mehr. Wenn sie dort oben in Etah keine Beweise fanden, würde sie das Projekt endgültig beenden. Sie konnte dann nichts Sinnvolles mehr beitragen – so bitter die Erkenntnis auch war. Künftig würden sich andere darum kümmern müssen, denn das Problem einer drohenden Umweltkatastrophe blieb ja bestehen.

Sie schreckte hoch, weil die Schlittenhunde zu bellen begonnen hatten. Der Schlitten wurde langsamer. Die Tiere waren sichtlich unruhig, sie liefen aus der Spur, zerrten an ihrem Zugseil, winselten und sogen die Luft ein, als witterten sie etwas.

Nanoq rief ein paar Kommandos und stoppte die Schlitten. Er sprang von den Kufen.

«Schnell, alle runter von den Schlitten und in Deckung gehen», rief er. Seine Stimme verriet Nervosität. «Frau Winkels, Herr Carius, haben Sie Waffen dabei? Dann wäre jetzt der richtige Zeitpunkt, sie auszupacken.»

Die beiden holten ihre Pistolen aus den Taschen und luden sie durch.

«Das wird nicht reichen», sagte Nanoq.

«Was ist denn los?», fragte Diana Winkels. «Was soll die ganze Aufregung?»

«Ein Eisbär ist in der Nähe.» Nanoq zog das Jagdgewehr aus dem Futteral und überprüfte es. «Mit Ihren Pistolen werden Sie gegen einen wütenden Eisbären wenig ausrichten. Verhalten Sie sich ruhig und bleiben Sie bei den Hunden!»

Hanna duckte sich hinter den Schlitten. Ihr Herz schlug bis zum Hals. Als Biologin wusste sie, dass Menschen Eisbären-Attacken meist nicht überlebten.

Sie beobachtete Nanoq. Er marschierte aufrecht, das Gewehr im Anschlag, in Richtung ihrer Wegstrecke.

Der Gang eines Jägers.

Sie bewunderte die Ruhe und Konzentriertheit, die Nanoq angesichts der Gefahr ausstrahlte. Er war etwa zehn Meter vorangekommen.

Da tauchte hinter einem Hügel ein Eisbär auf.

Es war ein voll ausgewachsenes Exemplar.

Ein Fauchen war zu hören, aggressiv und bedrohlich. Dann brüllte das Tier tief und grollend.

Hanna fröstelte, obwohl sie warm eingepackt war.

Nanoq hielt das Gewehr auf den Eisbären gerichtet und ging einen Schritt auf ihn zu.

Der Bär fletschte seine Zähne, stieß ein weiteres Brüllen aus.

Nanoq blieb stehen. Er fixierte das Tier.

Der Bär wandte seinen Kopf in Nanoqs Richtung, nahm Witterung auf.

Wieder ein Brüllen.

Nanoq ließ das Gewehr sinken.

Was hatte er vor? Warum schoss er nicht? Hanna konnte ihren Blick nicht von ihm abwenden. Sie zitterte. Die Angst um sein Leben, um ihrer aller Leben, lähmte sie.

Nanoq schien dem Eisbären direkt in die Augen zu sehen. Langsam hob er einen Arm. Er begann zu reden. Es schien, als unterhielte Nanoq sich mit dem Tier, es war ein seltsamer Singsang auf Kalaallisut, mit ruhiger, aber fester Stimme.

Für Hanna klang es wie eine alte Zauberformel der Inuit, wie eine rituelle Beschwörung.

Der Eisbär wiegte den Kopf hin und her, fauchte. Dann knurrte er, lang und intensiv.

Er drehte sich um und trottete davon.

74

... Etah, Grönland ...

«Beeindruckend», sagte Nelson Carius.

«Das war Magie!», flüsterte seine Partnerin staunend.

Auch Nanoq selbst war erleichtert. Er war als Kind oft mit seinem Großvater Uju auf der Jagd gewesen – meist auf Robben.

Uju hatte ihn einige Überlebensregeln gelehrt, wie sie die Inuit seit Jahrhunderten anwandten.

«Mein Großvater hat mir diese Beschwörungsformeln eingebläut und gemeint, das könnte einmal nützlich sein», sagte er. «Ich hab sie natürlich nie angewendet – bis heute. Zum einen, weil ich einem Eisbären bisher noch nie so nah gegenüberstand. Und zum andern, weil ich an diese Inuit-Traditionen nicht glaube. Wie gesagt, bis heute.» Er zuckte mit den Schultern. «Vielleicht ist an diesen alten Überlieferungen doch was dran. Jedenfalls hat es gewirkt.»

«Diese Tiere sind in freier Wildbahn wirklich beeindruckend», sagte Diana Winkels. «Sie wirken ganz anders als im Zoo.»

«Und sie reagieren auch anders», bemerkte Hanna trocken.

Sie setzten ihre Fahrt fort. Die Hunde schienen kein bisschen ermüdet, mit voller Kraft beschleunigten sie den Schlitten auf Nanoqs Kommando hin. Die Landschaft änderte sich, die Hügel wurden zu kleinen Bergen, die eintönige Eisfläche war immer häufiger von Gestein und Felsen unterbrochen.

«Wir müssten gleich da sein», rief Nanoq seinen Begleitern zu.

Er verringerte die Geschwindigkeit, denn nun war die Eisdecke dünn und brüchig, der Boden ging über in Schotter und Gestein, dazwischen Moose und Flechten. Vor ihnen breitete sich eine graubraune Fläche aus.

Er stoppte die Hundeschlitten, lud die Ausrüstung ab und versorgte die Tiere.

«Von hier aus gehen wir besser zu Fuß», sagte er und deutete auf einen Hügel vor ihnen. «Dahinter müsste der Abhang hinunter nach Etah führen.»

Der Ort war einst die nördlichste Siedlung Grönlands gewesen, er war jedoch seit mehr als einem halben Jahrhundert von den Menschen aufgegeben – zu entbehrungsreich waren dort die Lebensbedingungen. Jetzt trugen die Menschen in Siorapaluk stolz diesen Titel. Nur Jäger der Inughuit nutzten die verfallenen Gebäude gelegentlich zur Übernachtung. Die US-Navy hatte die Gegend als mögliche Fundstelle ihrer verloren gegangenen Atombombe lokalisiert, hier hatten sie danach gesucht, aber nie etwas entdeckt.

Sie suchten sich einen Weg den Hügel hinauf. Oben hatten sie einen guten Blick auf die Nachbarberge zu ihrer Linken und ihrer Rechten, auf das ehemalige Dorf und die Felsen bis hin zur Küste.

«Schaut mal.» Nanoq zeigte aufs Meer. Nicht weit vom Ort entfernt ankerte ein großes Schnellboot, modern ausgestattet mit Funk und Radar. Zwei Schlauchboote mit Außenbordmotor lagen direkt am Strand.

Menschen waren allerdings nicht zu sehen.

«Was zum Teufel ist das?» Unwillkürlich war Diana Winkels hinter einem großen Felsen in Deckung gegangen, die anderen taten es ihr nach. Nelson Carius holte sein Fernglas heraus und fokussierte auf das Schnellboot.

«Keine sichtbare Kennung. Keiner an Bord. Die sind wohl anonym hier. Das ist seltsam.» Er suchte mit dem Fernglas die Häuser und das Gelände dazwischen ab. «Wo sind die Leute von den beiden Schlauchbooten abgeblieben? Ich sehe niemanden», murmelte er.

«Und was hat ein solches Hightechboot hier oben im Norden zu suchen?», sagte Winkels. «Inuit auf der Jagd sind das sicher nicht.»

«Vielleicht Touristen?», meinte Nanoq. «Die findet man heutzutage an den verrücktesten Flecken der Erde.»

«Kann theoretisch sein, halte ich aber für unwahrscheinlich», antwortete Nelson Carius. «Die Naturfreaks sind normalerweise nicht mit solchen Schiffen unterwegs.»

«Außerdem wäre es schon ein verdammt großer Zufall, wenn in dieser menschenleeren Gegend gerade dann jemand auftaucht, wenn wir kommen», sagte seine Partnerin.

«Mein Bauchgefühl sagt mir: Hier stimmt etwas nicht.» Carius setzte sein Fernglas ab. «Wir müssen vorsichtig sein – schließlich wollen wir nicht in eine Falle tappen.»

«Und was machen wir jetzt?» Hanna schien ratlos. «Wir sind hier, um Proben zu nehmen und das Wasser zu untersuchen.»

«Diana und ich gehen hinunter und sehen uns um.» Carius sah seine Partnerin auffordernd an.

Sie nickte, holte ihre Pistole hervor und entsicherte sie.

Er tat es ihr nach und steckte weitere Patronenvorräte ein. «Leider ist die Reichweite unserer Waffen begrenzt.» Er wandte sich an Nanoq. «Es wäre gut, wenn Sie zusammen mit Frau Jordan hier oben bleiben und uns mit Ihrem Gewehr Rückendeckung geben könnten.»

«Ja, aber ... ich war schon oft auf der Jagd, aber ich habe noch nie in meinem Leben auf einen Menschen geschossen ...» Nanoq schockierte der Gedanke, jemanden mit einer Waffe zu verletzen – oder gar zu töten.

«Müssen Sie wahrscheinlich auch nicht», antwortete Diana Winkels. «Es ist nur zur Sicherheit – und zur Beruhigung. Vielleicht stellt sich am Ende alles als harmlos heraus.»

Nanoq nickte. Er dachte an die Lektionen, die ihm Uju erteilt hatte. Tiere zu erlegen – das stand im Einklang mit den traditionellen Vorstellungen der Inuit und der Idee vom Geben und Nehmen der Natur und der Geister, die über alles wachten. Aber Menschen zu töten – das war ihrer Vorstellungswelt fremd. Sie waren ein friedliches Volk und hatten nie Krieg gegen andere geführt.

«Sie brauchen selbstverständlich nur in Notwehr zu handeln und bleiben hier oben in Sicherheit, keine Sorge», beruhigte ihn Nelson Carius.

Nanoq machte sein Gewehr schussbereit und justierte das aufgeschraubte Zielfernrohr, während die beiden BND-Agenten nochmals ihre Ausrüstung überprüften und ihre Funkgeräte einschalteten. Carius drückte Nanoq ebenfalls ein Funkgerät in die Hand.

«Wir bleiben in Kontakt.»

Dann umgingen sie den Hügel bis zu einer Senke, die zwischen den Bergen ganz nach unten führte und Deckung bot. Schritt für Schritt tasteten sie sich auf dem vereisten Boden nach unten.

Nanoq beobachtete zusammen mit Hanna das Gelände. Alles war ruhig. Es war wirklich seltsam, hier niemanden zu sehen. Waren die Unbekannten weitergereist, vielleicht der Küste entlang – oder in Richtung des Gletschers?

Ein Knall.

Nanoq brauchte einen Wimpernschlag, bis er das Geräusch als Schuss identifizierte.

Weitere Schüsse. Dieses Mal eine ganze Salve.

Die Kugeln schlugen über ihren Köpfen in den Fels. Splitter regneten auf sie herab.

Hanna schrie auf und warf sich auf den Boden.

«Ist dir was passiert? Bist du in Ordnung?» Nanoq kroch zu ihr, immer auf die Deckung achtend.

«Geht schon.» Sie atmete schwer. «Was zur Hölle ist das? Wer schießt da auf uns?»

«Ich weiß es nicht.» Nanoq war starr vor Schreck, immer weitere Schüsse durchschnitten die Luft. «Jedenfalls haben die offenbar auf uns gewartet. Das ist ein Hinterhalt.»

«Die wollen uns umbringen.» Hanna klang, als verkündete sie eine unausweichliche Tatsache. «Uns alle.»

«Noch ist es nicht so weit. Ich werde schon dafür sorgen, dass dir nichts geschieht.» Nanoq legte seine Waffe beiseite. «Bleib hier, bis ich wiederkomme. Ich sehe nach, was mit den BND-Agenten ist.»

Er robbte den Hügel entlang, bis er eine Stelle fand, an der er zwischen den Steinen nach unten blicken konnte.

Mittlerweile hatten die Gewehrsalven an Heftigkeit zugenommen. Die Angreifer benutzten automatische Schnellfeuergewehre – ihm war klar, dass Winkels und Carius mit ihren Pistolen keine Chance gegen eine solche geballte Feuerkraft hatten. Vorsichtig schob sich Nanoq nach vorn, bis er die Szenerie überblicken konnte.

Er sah Mündungsfeuer der feindlichen Gewehre aus mehreren der verfallenen Häuser und von den Hängen links und rechts von ihnen. Die Gegner versuchten offenbar, am Berg höher zu steigen, um sie von beiden Seiten unter Beschuss zu nehmen. Die Typen wollten sie einkreisen und ihnen den Rückzug abschneiden.

Das musste Nanoq verhindern. Sonst saßen sie in der Falle, und wenn das passierte, waren sie alle dem Untergang geweiht.

Er sah, wie die beiden BND-Agenten in einigem Abstand zueinander am Boden der Senke lagen. Er funkte sie an.

«Geht es Ihnen gut? Wie ist die Lage?»

«Wir sind hier festgenagelt und unter Dauerbeschuss.» Die Stimme von Nelson Carius. «Es dauert nicht mehr lange, und die kriegen uns.»

Nanoq erklärte, was ihre Gegner vermutlich vorhatten.

«Das sind militärisch trainierte Leute, die sind aufs Töten spezialisiert», tönte Carius' Stimme aus dem Funkgerät. «Unsere Angreifer dürfen auf keinen Fall die Bergspitzen erreichen, sonst ...»

«Ich sehe, was ich tun kann.»

Nanoq wollte gerade umdrehen, als direkt neben ihm eine Kugel ins Eis schlug. Offenbar hatte es einer der Unbekannten fast auf die Bergspitze rechts von ihnen geschafft.

Hanna.

Nanoq sah, dass sie in unmittelbarer Gefahr war. Denn der Angreifer würde gleich die freie Schussmöglichkeit auf sie haben.

«Hanna, weg! Schnell!», rief er ihr zu. «Such dir weiter links eine Deckung!»

Sie rappelte sich hoch und lief in geduckter Haltung los.

Erneut blitzte Mündungsfeuer von rechts auf.

Ein Schrei.

Hanna riss es nach hinten. Bewegungslos blieb sie liegen.

«Hanna!» Panisch kroch Nanoq in ihre Nähe, einen Felsen als Schutz nutzend. «Hanna, antworte, bitte!»

Ein weiterer Schuss. Doch die Kugel zischte über sie hinweg.

Er hörte ein Stöhnen.

«Ich … Ich bin getroffen.»

Nanoq kroch um den Felsen herum. Hanna bewegte den Kopf und blickte mit schmerzverzerrtem Gesicht zu ihm.

Für einen Moment glaubte er, sein Herz bliebe stehen.

«Komm her, versuche es, Hanna!» Er sah ihr in die Augen. «Es ist wichtig, Hanna, bitte. Komm zu mir. Schnell!»

Sie drehte sich auf den Bauch und rutschte mit letzter Kraftanstrengung auf ihren Knien voran. Er bekam sie zu fassen und zog sie zu sich.

«Hanna, Gott sei Dank.» Behutsam untersuchte er sie.

«Du hast eine Wunde am linken Unterarm.» Er zog ihr die Jacke aus und streifte den blutverschmierten Ärmel nach oben. «Glatter Durchschuss – nicht lebensgefährlich», sagte er. «Aber wir müssen sofort die Blutung stoppen.»

Er robbte zu seinem Rucksack und kam mit Verbandszeug und Gewehr zurück. Vorsichtig und schnell reinigte er ihre Wunde, sprach dabei beruhigend auf sie ein und legte einen Verband an.

«Das müsste halten.» Er half ihr mit dem Ärmel und der Jacke.

«Danke, Nanoq. Ich denke, es geht schon wieder.» Hanna lehnte sich an den Felsen. «Es ist das erste Mal, dass ich angeschossen wurde.» Sie versuchte ein Lächeln, aber es misslang ihr. «Ich komme mir vor wie ein Soldat im Gefecht.»

«Das bist du leider auch. Hier sind Menschen, die uns nicht in Ruhe lassen werden.» Er strich ihr übers Gesicht. «Kannst du eine Weile allein bleiben? Ich habe etwas zu erledigen.»

Sie drückte seine Hand. «Geh nur.»

Nanoq packte sein Gewehr und hielt Ausschau nach einer Position, von der aus er den rechten Bergrücken im Blick hatte. Er entdeckte eine Lücke zwischen den Felsen und kroch dorthin.

Etwas loderte in ihm, es brannte wie Feuer. War es Wut? War es Entsetzen? War es der Wunsch nach Vergeltung? Egal, was ihn antrieb: Er war fest entschlossen.

Es war egal, ob hier Notwehr vorlag oder nicht: Er wusste, er musste den Unbekannten ausschalten, der versucht hatte, Hanna – und ihn selbst – zu töten.

Er spürte, wie der Instinkt in ihm erwachte. Er war nun Jäger.

Nanoq entsicherte das Gewehr und schob es sachte durch die Lücke. Er legte den Finger an den Abzug, spürte das kalte Holz des Gewehrkolbens an seiner Wange. Durch das Zielfernrohr suchte er den gegenüberliegenden Hang ab.

Bei einem Felsvorsprung blieb er hängen.

Das vergrößerte Bild der Zieloptik zeigte einen Mann hinter einem Scharfschützengewehr. Er trug eine schwarze Sturmhaube und blickte ebenfalls durch sein Zielfernrohr.

Der Unbekannte musste ihn entdeckt haben und nun genau in seine Mündung schauen, sein Gewehrlauf bewegte sich leicht. So wie Nanoq ihn im Fadenkreuz sah, wusste er, sah der Fremde ihn selbst auch.

Jetzt entschieden Bruchteile von Sekunden.

Nur einer von ihnen beiden würde überleben.

Nanoq drückte ab.

75

... *Etah, Grönland*

«Da sitzen wir ganz schön in der Scheiße», rief Nelson Diana zu, die einige Meter hinter ihm in der Senke kauerte. «Wir stehen von mehreren Seiten unter Beschuss.»

Sobald sie vorwärtskrochen, begann das Gewehrfeuer von Neuem. Mittlerweile hatte sich einer der Unbekannten ein Stück den Hang über ihnen hochgearbeitet und kletterte immer höher. Damit war es nur noch eine Frage der Zeit, bis sie ihre Deckung verloren und völlig schutzlos waren – ein leichtes Ziel für den Angreifer.

«Zurück können wir nicht mehr.» Diana hielt ihre Pistole im Anschlag und schoss, sobald sie Bewegung am Berg ausmachte. «Uns bleibt nur der Weg nach unten. Dort in der Ebene haben wir mehr Chancen, uns zu verteidigen – die alten Häuser und die Gräben dort geben uns Schutz.»

«Nanoq Egede muss uns helfen, falls er kann. Ich habe gerade aus seiner Richtung einen Schuss gehört.» Nelson griff zum Funkgerät. «Herr Egede, melden Sie sich. Was ist bei Ihnen oben los?»

Es dauerte, bis die Stimme des Inuks zu hören war. «Wir sind angegriffen worden. Hanna ist verletzt, aber die Wunde ist nicht lebensbedrohlich. Sie nimmt es trotz ihrer Schmerzen gefasst. Ich ... Ich habe den Schützen erschossen ...» Seine Stimme brach.

«Sie haben nur Ihr Leben beschützt – und das von Frau Jordan.»

«Ja, aber ...»

«Kein Aber – Sie haben richtig gehandelt», sagte Nelson. Er musste dem Mann die Zweifel nehmen, wenn sie hier weiterkommen wollten. «Aber das Gefecht ist noch nicht vorbei. Im Gegenteil – es geht erst richtig los. Wenn wir nicht zusammenarbeiten und diese Typen gemeinsam ausschalten, war's das für uns!»

«Was kann ich tun?»

«Am besten bleiben Sie bei Frau Jordan. Von oben haben Sie das beste Schussfeld», sagte Nelson. «Wir wollen uns zu der Siedlung durchschlagen. Dafür müssen Sie uns Feuerschutz geben – und alle ausschalten, die versuchen, uns und Sie beide von oben in die Zange zu nehmen.»

«Ich muss … noch mehr Menschen töten?»

«Herr Egede! Das sind Killer! Und die wollen uns nicht gefangen nehmen, sondern eliminieren – das ist offensichtlich.»

«Ja, aber … töten?»

«Zumindest kampfunfähig machen. Am sichersten ist es natürlich, diese Gestalten ganz zu erledigen. Nur so können wir sicher sein, dass sie uns nicht mehr in den Rücken fallen.»

Einen Moment lang herrschte Stille. Dann seufzte der Inuk und sagte: «Ich versuche es. Wir halten Kontakt.»

Nelson steckte das Funkgerät wieder ein und sah sich zu seiner Partnerin um. «Ich gehe voraus, du hältst größeren Abstand, damit es uns zwei nicht gleichzeitig erwischt.»

«Soll ich nicht vorgehen?» Diana war zu ihm aufgerückt. «Ich bin die wesentlich treffsicherere Schützin. Deine Fähigkeiten mit der Pistole sind nicht so berauschend, wie du weißt …»

Sie spielte auf seine mangelnde Treffsicherheit bei früheren Einsätzen an, doch Nelson ging nicht darauf ein.

«Deshalb solltest du ja auch jeden unschädlich machen, der mich aufhalten will», sagte er. «Ich versuche, es bis zu einem der Häuser zu schaffen. Dann folgst du nach, und ich gebe dir Deckung.»

«In Ordnung. Zuerst testen wir, wo genau sich unsere Feinde verschanzt haben.»

Diana nahm ihre Mütze ab, setzte sie auf ihre Trinkflasche und hob sie vorsichtig über den Rand der Senke. Sofort waren Gewehrsalven zu hören. Die Mütze flog weg, zerfetzt von mehreren Einschüssen.

Diana zog ihre Hand schnell zurück. «Diese Typen schießen auf jeden Fall besser als du.»

«Okay, ich habe zweimal Mündungsfeuer oben am Berg gesehen», sagte Nelson. «Und zwei Personen halten sich in den Ruinen auf, einer scheint hinter einer Bodenwelle zu liegen.»

Er gab die Positionen per Funk an Nanoq Egede durch.

«Na, dann los – und pass auf dich auf!» Diana machte sich bereit zum Feuern.

Nelson kroch Stück für Stück weiter nach unten, immer darauf achtend, den Kopf gesenkt zu halten. Er spürte das Geröll unter seinen Händen und Knien, doch er ignorierte es.

Sie mussten es unbedingt schaffen – auch wenn die Gegner in der Überzahl waren. Sonst würde dieser kalte Fleck Erde ihr Grab werden.

Er war fast in der Ebene angekommen, als einen Meter vor ihm eine Kugel einschlug. Und dann noch eine. Sein Herz schlug wie wild. Der Schütze oben am Berg hatte ihn ins Visier genommen – und er konnte nichts dagegen tun. Er hielt den Atem an.

Ein weiterer Schuss. Jemand schrie auf.

«Angreifer eins am Berg ist unschädlich gemacht.» Die Stimme des Inuks aus dem Funkgerät.

Nelson atmete erleichtert aus. «Danke.»

Wieder ein Schuss. Das Funkgerät knisterte. «Angreifer zwei ausgeschaltet.»

Nach weiteren drei Metern ging die Senke in die Ebene über. Bis zum nächsten Haus waren es von dort nochmals zwanzig Meter – und drei Schützen, die in der Siedlung auf ihn warteten.

«Jetzt gilt's», sprach Nelson in das Funkgerät. «Nehmen Sie die drei Typen unter Dauerfeuer, damit ich es bis zu der Ruine schaffe.»

Diana und Nanoq Egede meldeten zurück, dass sie bereit seien.

Nelson zog seine Waffe, ging in die Knie und suchte mit den Schuhen einen festen Halt.

«Jetzt!», rief er ins Funkgerät und stieß sich mit aller Energie nach vorn ab. Zugleich hörte er, wie Diana und Egede zu schießen begannen. Ihre Kugeln schlugen in die Häuserwände ein.

Nelson sah, wie der Kämpfer hinter der Bodenwelle sein Gewehr in Anschlag brachte. Im Rennen schoss er in dessen Richtung, traf aber nicht. Der Mann verschwand wieder in seiner Deckung.

Er schaffte es bis zur Häuserwand und ließ sich auf den Boden fallen. Links und rechts von der Hütte spritzte die Erde unter dem Kugelhagel der Schnellfeuergewehre.

Doch er war in Sicherheit – zumindest für die nächsten Augenblicke.

«Ich versuche, bis zu dem Steinhaufen rechts von dir zu kommen», gab Diana über Funk durch.

«Mist! Keine Munition mehr.» Die Stimme des Inuks aus dem Funkgerät. «Sie müssen ohne mich klarkommen.»

Nelson überprüfte seine Waffe. «Bei mir ist es auch das letzte Magazin.»

«Wir haben drei Gegner vor uns. Übernimm die beiden Männer in den Häusern», sagte Diana. «Ich konzentriere mich auf den Schützen hinter der Bodenwelle.»

«Verstanden.»

Vorsichtig lugte Nelson um die Ecke. Die nächste Hütte war etwa zehn Meter entfernt. Er zielte mit der Waffe auf den Fensterausschnitt und wartete.

«Los!», rief Diana.

Ein vermummtes Gesicht erschien am Fenster.

Nelson feuerte. Den Mann riss es zurück. Nelson hatte ihn am Kopf getroffen. Er verließ seine Deckung und rannte auf das Fenster zu, die Pistole bereit zum Schießen.

Niemand zeigte sich. Er presste sich an die Wand neben dem Fenster und sah vorsichtig hinein. Ein Mann lag regungslos am Boden. Nelson sah das Blut aus der Sturmhaube sickern.

Der Mann war tot.

Er blickte zu seiner Partnerin. Diana rannte den Hang hinunter, im Lauf zwang sie den Mann hinter der Bodenwelle mit mehreren Schüssen, in seinem Versteck zu bleiben. Dann feuerte sie eine tödliche Salve auf ihn ab. Mit einem Sprung schaffte sie es bis zum Steinhaufen. Keinen Moment zu spät, denn nur Sekundenbruchteile darauf schlug eine Salve Schüsse neben ihr ein, offenbar von dem Schützen, der sich noch in den Baracken versteckte.

Nelson lief in die Hütte, in der der Tote lag, packte das Schnellfeuergewehr und die Magazintasche und lugte vorsichtig aus dem Fenster. Der letzte übrig gebliebene Attentäter war nur wenige Meter entfernt im Nachbarhaus, immer wieder war das Mündungsfeuer zu sehen.

Sollte er es riskieren? Nelson führte ein neues Magazin in das Gewehr ein und lud durch.

«Kannst du den Typen kurz ablenken, Diana?», flüsterte er ins Funkgerät. «Ich bin dicht an ihm dran.»

Nelson machte sich am Hauseingang bereit. Diana sprang hoch, lief drei Schritte und ließ sich wieder fallen.

Sofort bewegte sich der Mann zum anderen Fenster und jagte ihr mehrere Kugeln hinterher, traf aber nicht.

Mit einigen großen Sätzen war Nelson am Nachbarhaus. Der Attentäter schien ihn bemerkt zu haben, er stieß einen russischen Fluch aus und feuerte durchs Fenster in seine Richtung.

Aber Nelson war bereits um die Ecke gebogen, atemlos hielt

er das Gewehr im Anschlag. Von welcher Seite würde der Mann angreifen?

«Herr Carius.» Nanoq Egede meldete sich am Funkgerät. «Ich kann den Mann sehen. Er schleicht gerade um das Haus und wird links von Ihnen auftauchen. Er ist noch zirka zehn Meter entfernt.»

Nelson legte das Gewehr weg, kroch auf Knien bis zur Hausecke und zog seine Pistole. Er versuchte zu erahnen, wo der Attentäter gerade stand. Einige Patronen mussten noch im Magazin sein. Er spürte, wie das Adrenalin durch seinen Körper pulste. Ohne weiter nachzudenken, warf er sich nach vorne und schoss, bis sein Magazin leer war.

Der Angreifer wurde nach hinten geschleudert, sein Gewehr flog weg. Wimmernd blieb er am Boden liegen und hielt sich das Bein. Nelson hatte den Fremden am Knie getroffen.

Sofort lief er hin. Der Mann versuchte ein Messer zu ziehen, aber Nelson trat mit aller Härte gegen das verletzte Bein. Sein Gegner schrie auf.

Diana kam hinzugelaufen, in der Hand hatte sie das Schnellfeuergewehr des toten Attentäters hinter der Bodenwelle.

Plötzlich hörten sie eine neue Salve. Sie kam von weiter entfernt, vom Meer.

«Das Schnellboot», rief Diana.

An Deck war ein Mann aufgetaucht, er schoss mit einem Gewehr auf sie. Aber er war zu unpräzise. Die Kugeln pfiffen über sie hinweg.

Diana schoss mit dem Schnellfeuergewehr zurück. Sie erwischte ein Kajütenfenster, das Splittern von Glas war zu hören.

Der Mann verschwand unter Deck. Wenige Sekunden später war zu hören, wie der Bootsmotor aufheulte. Mit Vollgas entfernte sich das Schiff von der Küste.

Der Attentäter mit dem verletzten Knie lehnte gefesselt an der Hauswand. Nanoq Egede und Hanna Jordan waren den Abhang heruntergekommen, sie hatten die Waffen und Habseligkeiten der Toten eingesammelt.

Diana machte von jedem der drei Attentäter in der Ebene ein Foto.

«Die kommen mir bekannt vor», sagte sie. «Ich bin mir nicht ganz sicher, aber ich glaube, das sind die Terroristen, die schon in Island aktiv waren und nach denen gefahndet wird.»

«Wir werden es bald wissen», antwortete Nelson. «Ich habe bereits per Satellitentelefon die US-Navy in Thule informiert. Die werden wohl in Kürze hier auftauchen.»

Sie gingen zu dem Gefangenen.

Diana beugte sich zu ihm hinunter. «What's your name? Wie heißen Sie?»

Der Mann tat, als verstehe er sie nicht.

«Your name.»

Der Söldner sah auf und spuckte sie an.

Diana wischte sich seelenruhig den Speichel vom Gesicht.

«Ich glaube, wir werden uns noch verständigen», sagte sie auf Englisch. Mit dem Fuß drückte sie gegen sein verletztes Knie.

Er schrie auf.

«Wunderbar, Sie können ja doch reden. Ihr Name?»

«Fick dich!» Er zerrte an seinen Fesseln.

«Das kann nicht Ihr Name sein.» Nelson durchsuchte die Taschen des Mannes und holte eine Geldbörse mit Bargeld, Kreditkarten und einem Ausweis hervor – und ein Satellitentelefon.

Nelson hielt ihm den Ausweis unter die Nase. «Jurij Krylov – ist das Ihr richtiger Name? Und Sie stammen aus Tschetschenien?»

«Leck mich, du Penner!»

«Ihr Wortschatz scheint doch recht begrenzt zu sein», sagte Nelson. «Aber wir probieren es noch mal: Woher wussten Sie, dass wir hier in Etah sind? Wer hat Sie beauftragt?»

«Ich sage nicht.»

«Wir werden sehen.» Erneut trat Diana gegen sein verwundetes Knie.

Der Mann krümmte sich vor Schmerzen.

«Wissen Sie, Sie haben zwei Möglichkeiten.» Sie sprach mit ruhiger Stimme. «Sie erzählen uns etwas. Oder Sie reden bei den Amerikanern. Die haben noch ganz andere Methoden auf Lager, etwas aus Ihnen herauszubringen – und diese Methoden werden äußerst unangenehm sein, wie Sie sich denken können. Wir bringen Sie gerne nach Thule. Aber glauben Sie uns, bei dieser Privatparty mit den Ami-Verhörspezialisten möchten Sie nicht dabei sein.»

«Wenn ich sage, ich bin tot – so oder so.»

«Wir probieren es nochmals mit harmlosen Fragen», sagte Nelson. «Ihr richtiger Name ist Jurij Krylov?»

Der Mann nickte.

«Und Sie stehen in Diensten der russischen Sicherheitsfirma Gruppe Wagner?»

Wieder nickte der Mann.

«Von woher haben Sie die Informationen über unser Reiseziel hierher?»

«Nur Angestellte, wir bekommen Anweisungen, sonst nix.»

«Von wem? Nennen Sie Namen!»

«Ich nenne keine Namen – sonst tot.»

Diana drückte nochmals gegen die Wunde des Attentäters. Er schrie auf.

«Keine Namen», sagte er mit gepresster Stimme. «Sie mich töten können.»

Nelson richtete sich auf. «Aus dem holen wir nicht mehr raus», sagte er. «Überlassen wir ihn den Amerikanern.»

76

... Ilulissat, Grönland ...

Die Amerikaner hatten Nelson Carius, Diana Winkels und Hanna per Hubschrauber von Etah zur Thule Air Base zurückgebracht. Nach dem Terrorangriff hatten sie die Mission abgebrochen. In weiteren Flügen hatte die Navy Nanoq samt Ausrüstung und Schlittenhunden zu seinem Cousin Yutu nach Siorapaluk transportiert, danach war er mit dem Schneemobil weiter nach Thule gefahren.

Mittlerweile waren alle wohlbehalten wieder zurück in Ilulissat. Hanna hatte sich im Krankenhaus wegen ihrer Verletzung behandeln lassen – glücklicherweise war es tatsächlich nur eine Fleischwunde, die Gewehrkugel hatte das Gewebe glatt durchdrungen.

Dr. Nuuni Abelsen hatte Hanna schief angeschaut und gefragt, woher sie diese Schusswunde hatte.

«Ein Jagdunfall», hatte sie geantwortet.

«Tatsächlich? Seit wann jagen Sie, Frau Jordan?»

«Sie hat mich begleitet.» Nanoq nickte Nuuni Abelsen freundlich zu. Sie waren von den Militärs und den beiden BND-Mitarbeitern eindringlich gebeten worden, Stillschweigen über die Vorfälle zu bewahren. Die Ärztin zog die Augenbrauen hoch, es war ihr anzusehen, dass sie kein Wort glaubte. Doch sie fragte nicht weiter nach.

Es würde sowieso nicht lange geheim bleiben, das wusste Nanoq aus Erfahrung. So was sprach sich schnell im Ort herum. Spätestens beim nächsten Kaffemik würden sie beide und Hannas Verletzung das beliebteste Tratsch-Thema sein. Er konnte sich bereits ausmalen, wie die Gäste ausgiebig alle möglichen Theorien diskutieren würden.

Die ganze Nacht hatten Hanna und Nanoq nach ihrer Rückkehr durchgeschlafen – sie waren beide erschöpft gewesen. Jetzt genoss er es, im eigenen Bett aufzuwachen, neben sich diese wunderschöne Frau. Doch die blutigen Bilder der Schießerei holten ihn schnell wieder ein.

In was war er da nur hineingeraten?

Nanoq versuchte, diese Gedanken zu verdrängen, aber es gelang ihm nicht. Er beugte sich über Hanna. «Wie wär's mit Frühstück?» Er strich ihr sanft übers Haar.

Sie blinzelte ihn an. «Ich glaub, ich bleib den ganzen Tag im Bett. Es ist so schön warm unter der Decke. Dann vergesse ich wenigstens die Kälte dort oben im Norden – und die ganzen schrecklichen Vorfälle.»

«Das war wirklich heftig.» Er sah sie nachdenklich an. «Das erste Mal in meinem Leben habe ich Menschen getötet, das muss ich erst noch verdauen. Jetzt habe ich ungefähr eine Ahnung, wie es ist, wenn man im Krieg einem Feind gegenübersteht und es heißt: er oder ich.»

«Du hast mich gerettet – und den beiden BND-Agenten geholfen.» Sie schmiegte sich an ihn. «Du hast wie ein Krieger gehandelt, und es war die richtige Entscheidung. Sonst wären wir jetzt nicht hier.»

«Meinst du?»

«Unbedingt.» Sie hob vorsichtig ihren Arm. «Einen Wunsch hätte ich: Könntest du Kaffee für uns machen? Leider kann ich den Arm noch immer nicht richtig bewegen. Und die Schmerzen kommen wieder. Ich brauch noch welche von den Tabletten, die mir die Ärztin gegeben hat.»

Nanoq schlüpfte aus dem Bett und zog sich an.

«Zu Befehl. Bleib liegen und erhol dich. Ich mache erst mal Frühstück.»

Am Küchentisch löffelten sie Müsli mit Honig und aßen ein Marmeladenbrot dazu. Der Kaffee war stark und heiß – so wie Nanoq ihn liebte.

«Mir steckt unser Ausflug immer noch in den Knochen.» Hanna biss von ihrem Brot ab. «Wobei Ausflug das falsche Wort ist. Es war eher eine Expedition – mit unerwartetem Ende. Einem furchtbaren Ende.»

«Eine Schießerei mit mehreren Toten – und das in der totalen Einsamkeit.» Er schüttelte den Kopf. «Und niemand, der uns zu Hilfe hätte eilen können. Woher wussten diese Söldner nur, wo wir waren?»

«Sie könnten zum Beispiel einen Tipp erhalten haben», überlegte Hanna.

«Von wem? Vielleicht sogar von den Amerikanern selbst? Denen traue ich vieles zu.» Nanoq runzelte die Stirn.

«Das ist theoretisch denkbar, ich halte es aber für unwahrscheinlich», antwortete Hanna. «Die Terroristen könnten von irgendwelchen Spionen oder Hinweisgebern davon erfahren haben. Unsere Reisevorbereitungen, unser Flug, die Schlittenhunde – das alles ist sicher nicht unbemerkt geblieben. Da kämen viele Personen infrage, die etwas ausgeplaudert haben könnten.»

«Oder jemand hat heimlich einen Sender in unserer Ausrüstung versteckt, um uns jederzeit orten zu können. Oder uns per Satellit überwachen lassen. Mit diesem ganzen Technikzeugs ist das heutzutage alles kein Problem mehr.» Nanoq setzte seine Tasse ab. «Die Frage bleibt: Was wollten diese Terroristen bloß von uns? Darüber zerbreche ich mir die ganze Zeit den Kopf.»

«Ich denke, sie sollten uns eliminieren, uns alle. Was für ein Wahnsinn!» Hanna hatte den letzten Satz sehr laut gesagt, und Nanoq zuckte unwillkürlich zusammen.

«Mittlerweile bin ich der Überzeugung, all diese Anschläge

auf mich haben auch damit zu tun», fuhr sie leiser fort. «Jemand wollte uns stoppen, wollte verhindern, dass wir unsere Arbeit fortsetzen können.»

«Aber wer ist dieser Jemand?» Nachdenklich stocherte Nanoq in seinem Müsli. «Diese Söldner wurden angeheuert, die führen für gewöhnlich nur Befehle aus – Hauptsache, die Kasse stimmt. Es muss jemanden im Hintergrund geben, jemanden, der alles steuert. Der das Geld und die Verbindungen hat, solche mörderischen Pläne in die Tat umzusetzen.»

«Aber das große Rätsel ist doch: Warum das alles?», sagte Hanna. «Was ist an unserer Arbeit so bedrohlich, dass Killer auf uns angesetzt werden? Wegen ein paar toter Fische, die an einer Strahlenkrankheit verstarben? Jemand hätte dafür nur öffentlich die Verantwortung übernehmen müssen – und das Leck würde beseitigt. Ich verstehe es nicht.»

«Nun, freigesetzte Radioaktivität ist keine Kleinigkeit», antwortete Nanoq. «Unternehmen, Einzelpersonen oder Länder, die damit zu tun haben, möchten ihren Fehler vielleicht unter der Decke halten.»

«Aber das Verrückte ist ja: Meine ganzen Untersuchungen haben bisher keinerlei Fortschritt gebracht.» Sie seufzte. «Es ist frustrierend. Selbst dort oben im hohen Norden haben wir keinerlei Spuren, keinerlei Hinweise auf ein Fischsterben, geschweige denn eine aktive Strahlenquelle gefunden. Wissenschaftlich gesehen war das Ganze ein Fehlschlag.»

«Aber jemand muss das anders sehen», sagte Nanoq. «Sonst würde er – oder sie – keine Söldnerkommandos auf uns hetzen.»

«Und dafür über Leichen gehen.» Hanna schauderte.

«Du sagst es.»

«Am besten gehen wir gar nicht mehr aus dem Haus und bleiben den ganzen Tag im Bett.» Sie grinste. «Hier sind wir sicher.»

«Eine gute Idee. Aber ich muss dir noch die Schmerztabletten vom Krankenhaus holen, schon vergessen? Und für den Mittag brauchen wir was zu essen.» Nanoq goss ihr Kaffee nach. «Ich schlage vor, du bleibst so lange hier und machst es dir gemütlich.»

77

Ilulissat, Grönland

Im Krankenhaus holte Nanoq die Tabletten für Hanna ab. Danach schaute er im Tourismusbüro vorbei.

«Na, wie war euer Ausflug? Lange nicht gesehen», begrüßte ihn Iluuna. «Ich hab gehört, ihr wart im Norden.»

«Was du alles hörst. Hanna und ich haben lange geschlafen, und jetzt mach ich ein paar Besorgungen.»

«Soso. Scheint ja was Festes mit der Deutschen zu sein.» Iluuna lächelte ihn breit an. «Zieht sie bald für immer bei dir ein?»

«Wir werden sehen. Was gibt es Neues?»

«Die Ausländer sind immer noch da und geistern durch den Ort. Hilfsgelder haben wir keine bekommen – also alles wie gehabt.» Sie verzog das Gesicht. «Und Paalu hat nach dir gefragt.»

«Wo steckt er denn gerade?», fragte Nanoq.

«Ich weiß es nicht.»

«Ich besuch ihn später. Bis bald!»

Er beschloss, einen Abstecher zum Hafen zu machen. Das russische Schiff lag immer noch vor Anker, ebenso der chinesische Frachter. Direkt daneben hatten Containerschiffe aus Island festgemacht.

Etwas fiel ihm auf: Neben dem China-Frachter lag mittlerweile ein zweites Schiff, das über je einen mächtigen Ladekran am Bug und am Heck verfügte. Verschiedene Arten von Parabolantennen, eine üppige Radaranlage und weitere Hightechausrüstung komplettierte die Aufbauten, deren Zweck sich Nanoq nicht erschließen konnte.

Noch ungewöhnlicher waren die Sichtschutzwände am Pier. Wachen patrouillierten davor. Als kurzzeitig eine Wand für die Einfahrt eines Lkw beiseitegeschoben wurde, konnte er sehen, dass das Spezialschiff gerade von chinesischen Arbeitern beladen wurde.

Neugierig ging er näher ran. Er erkannte eine der Wachen – es war der Chinese, der ihn vor Kurzem mit einer Pistole bedroht hatte, als er am Hafen spazieren gegangen war. Glücklicherweise hatte sich die Situation dank Iluuna aufgeklärt, und er hatte wieder gehen können.

Unwillkürlich duckte sich Nanoq hinter einen Container. Nochmals würde er sicher nicht davonkommen, falls er diesem Typen wieder in die Arme lief. Doch er wollte sehen, was da vor sich ging, und von seinem Standort aus konnte er nichts erkennen.

Er musste noch näher ran.

Andere Container als Deckung benutzend, schaffte er es zu einer Stelle der Sichtschutzwand, wo keine Wachen standen. Vorsichtig schob er die Plane beiseite.

Vor ihm auf dem Pier waren Chinesen in Overalls damit beschäftigt, zwei seltsame mit Planen bedeckte Formen zum Verladen vorzubereiten. Die Teile standen auf Rollwagen, die Arbeiter schoben sie zu dem Spezialschiff.

Matrosen an Deck bedienten die beiden Kräne des Schiffs und schwenkten deren Greifer direkt über die Gefährte. Als die Arbeiter die Planen kurz anhoben, um die Krallen des Krans zu befestigen, konnte Nanoq einen Blick darauf werfen.

Es waren zwei Mini-U-Boote.

Was wollten die Chinesen mit solchen U-Booten? Dieser Typ wurde normalerweise für zivile Forschungsarbeiten unter Wasser eingesetzt. Was hatten sie bei einem internationalen Hilfseinsatz für Ilulissat zu suchen? Und warum diese Heimlichtuerei, warum brauchte es überhaupt bewaffnete Männer?

Die Kräne hievten die beiden U-Boote an Deck, Matrosen vertäuten sie und achteten darauf, dass sie unter den Planen getarnt blieben.

Danach schafften die Arbeiter weitere Kisten mit Ausrüstung an Bord, ebenso wie einen länglichen Metallzylinder, dessen Zweck sich Nanoq nicht erklären konnte. Das Spezialschiff machte sich bereit zum Auslaufen.

«Hey, du, was machst du hier?» Eine Stimme auf Englisch.

Einer der Wachmänner kam auf ihn zugelaufen, er hielt eine Maschinenpistole im Anschlag.

Nanoq hatte genug gesehen. Er drehte sich um und wollte gehen.

«Bleib stehen, du verdammter Eskimo! Und nimm die Hände hoch!»

Langsam hob Nanoq die Hände und drehte sich um.

«Ist schon gut, Sir. Ich war spazieren und wollte nur sehen, ob neue Fischtrawler im Hafen eingelaufen sind.» Er sprach ruhig.

Der Chinese stand nun direkt vor ihm. Seine Augen funkelten böse, mit der Maschinenpistole zielte er direkt auf Nanoqs Kopf.

«Tun Sie bitte Ihre Waffe weg, Sir. Ich habe nichts verbrochen. Ich bin ein Einheimischer aus dem Ort.» Langsam senkte er seine Arme.

«Du dreckiger Eskimo, du glaubst, du kannst hier rumschnüffeln?» Der Chinese stupste ihn mit der Mündung seiner Waffe an. «Du hast mir gar nichts zu sagen.»

Nanoq hatte langsam genug von diesen Typen, die ihn mit Waffen bedrohten, die auf ihn schossen, die ihn töten wollten. Er wollte sich das nicht länger gefallen lassen.

Beschwichtigend hob er die Hand. «Ist schon gut, Sir. Es tut mir leid. Dort kommen meine Kollegen.»

Für den Bruchteil einer Sekunde war der Mann abgelenkt.

Nanoq ergriff mit einer Hand den Lauf der Maschinenpistole und stieß sie aus der Schussbahn. Mit der anderen Hand schlug er dem Chinesen ins Gesicht.

Der Mann taumelte zurück, ließ die Waffe los und fasste sich an die Nase.

Diesen Augenblick nutzte Nanoq. Er schleuderte die Maschinenpistole weg, um den Mann mit der Suche zu beschäftigen, und lief in Richtung Ortsmitte.

Er hatte einen Plan. Dazu brauchte er ein Boot.

78

... Diskobucht, Grönland ...

Iluuna hatte ihm Ausrüstung und ein kleines Schlauchboot mit Außenbordmotor organisiert, das dem Tourismusbüro gehörte. Nanoq ließ es an einer abgelegenen Stelle zu Wasser, er wollte nicht riskieren, noch einmal auf die bewaffneten Wächter zu stoßen.

Das Spezialschiff der Chinesen mit der U-Boot-Ladung war bereits ausgelaufen und hatte einen großen Vorsprung. Nanoq gab Vollgas. Er achtete darauf, nahe an der Küste zu bleiben, um nicht unnötig Aufmerksamkeit zu erregen.

Der Himmel war grau, ein starker Wind ging, die eisige Gischt spritzte hoch, als sein Boot durch die Wellen pflügte. Nanoq zog sich die Kapuze über den Kopf und schloss den Reißverschluss seiner Jacke bis zum Hals.

Es war eine spontane Entscheidung gewesen, dem chinesischen Schiff zu folgen, mehr aus einem Bauchgefühl heraus. Das Ganze war ihm verdächtig erschienen – er musste der Sache auf den Grund gehen. Wenn sich das alles als harmlos herausstellte, umso besser.

Leider hatte er Hanna nicht mehr Bescheid geben können. Sie wartete bestimmt schon auf ihn, er hatte Gewissensbisse deswegen. Deshalb hatte er Iluuna gebeten, ihr die Medikamente zu bringen und zu fragen, ob Hanna weitere Schmerzmittel brauchte.

In der Ferne sah er, wie die Chinesen nach Osten schwenkten und die Diskobucht ansteuerten.

Er folgte ihnen.

Das Schiff hielt mit unverminderter Geschwindigkeit direkt auf die Abrisskante des Jakobshavn-Gletschers zu. Das erstaunte Nanoq. Denn auf Anordnung des Bürgermeisters durfte sich bis auf Weiteres niemand dem Gletscherrand nähern. Zu groß war die Sorge, ein erneuter Eisabbruch könnte ins Meer stürzen und weiteres Unheil heraufbeschwören. Niemand wusste, ob wirklich alle Gefahren gebannt waren oder ob die unberechenbare Natur zusätzliche Überraschungen und neuen Schrecken bereithielt.

Seit dem Unglück mieden die Inuit die Gegend nahe dem Gletscher, viele erinnerten sich an die alten Prophezeiungen und befürchteten, die Götter seien noch nicht zufriedengestellt und würden weiterhin Rache nehmen für den Frevel an der Umwelt.

Die Chinesen drosselten die Geschwindigkeit. Nanoq hielt weiter Abstand. Bald würden sie den Gletscher erreichen. Er würde eine Bucht als Versteck ansteuern müssen, sonst wäre sein Boot für alle sichtbar, wenn er näher herankäme. Er fuhr langsam am Ufer entlang.

Zuerst sah er nur einzelne tote Fische, die an der Oberfläche trieben. Dann kleinere Gruppen von Fischkadavern. Je näher er der Gletscherkante kam, desto mehr Leiber verendeter Tiere umgaben ihn. Kabeljau, Rotbarsch, Heilbutt – alle Arten waren zu finden.

Nanoq schluckte schwer. Er fuhr mitten hinein in einen See

von Kadavern, einen Fisch-Friedhof. Das Wasser vor ihm schien vollständig bedeckt von toten Tieren. Es war eine Katastrophe.

Ein solches Fischsterben hatte Nanoq noch nie gesehen. Sein Ausmaß war viel größer, viel deprimierender als die Kadaverfunde in der jüngsten Vergangenheit. Aber das bedeutete auch: Irgendwo dort vor ihm musste die radioaktive Quelle sein.

Es stand für ihn außer Zweifel, dass diese Fische an dieser Strahlung gestorben waren. Alles, was er bisher dazu gesehen und gehört hatte, ließ nur diese eine Schlussfolgerung zu. Zur Sicherheit nahm er seinen Kescher und holte einige Kadaver heraus, um sie Hanna zur Untersuchung mitzubringen.

Das Spezialschiff hatte seine Motoren gestoppt und trieb nun direkt vor der Abrisskante des Gletschers. Nanoq steuerte mit seinem Schlauchboot in eine kleine Bucht mit einer Erhebung im Eis, die einen Sichtschutz bot.

Er zog das Boot an Land und nahm seine Ausrüstung heraus. In geduckter Haltung ging er hinter der Erhebung in Stellung und holte Fernglas und Fotokamera heraus.

Das chinesische Schiff schien mittlerweile seine Position gefunden zu haben. Taucher in Spezialanzügen gingen von Bord, Matrosen entfernten die Planen von den beiden Mini-U-Booten. Kräne hievten sie ins Wasser.

Auch die U-Boot-Besatzung trug, soweit Nanoq es durch das Fernglas erkennen konnte, seltsame Anzüge. Dienten sie zum Schutz vor radioaktiver Strahlung?

Er machte Fotos von der Szene.

Es dauerte eine Weile, bis die U-Boote in der Tiefe der Diskobucht verschwanden. Nanoq wartete. Nach einer Stunde kamen sie wieder an die Wasseroberfläche. Die Luken öffneten sich, und in der einen tauchte ein Mann auf, der aufgeregt mit der Mannschaft an Bord sprach und dabei wild gestikulierte. Taucher schwammen heran und fixierten die Boote am Rumpf des Spezialschiffes.

Was hatten die Chinesen entdeckt?

Nanoq hatte fürs Erste genug gesehen. Er schlich zurück zu seinem Schlauchboot und machte sich eilig auf die Heimreise.

79

... Ilulissat, Grönland ...

«Also, nach meinen ersten Untersuchungen besteht kein Zweifel: Die toten Fische sind eindeutig an der Strahlenkrankheit gestorben. Das nukleare Leck muss irgendwo in der Diskobucht zu finden sein – was immer es auch ist.»

Hanna sah Nanoq, Nelson Carius und Diana Winkels an, die am Küchentisch in Nanoqs Haus saßen und Kaffee tranken. «Was machen wir jetzt?»

Nelson Carius hatte alle zu einem dringenden Treffen gebeten, nachdem ihm Nanoq gestern sofort von seinen Entdeckungen berichtet und die Fotodateien übergeben hatte. Diana Winkels hatte die Unterlagen sofort weitergeleitet, und die BND-Zentrale hatte schnell reagiert und die zugeschickten Informationen und Bilder von Experten begutachten lassen. Nun warteten sie auf den angekündigten Anruf des Abteilungsleiters Dr. Robert Horn aus Berlin.

Das Satellitentelefon klingelte. Diana Winkels nahm ab und stellte auf Lautsprecher. «Guten Tag, Herr Dr. Horn. Wir sitzen hier zu viert am Tisch und hören Ihnen zu.» Sie erklärte, dass Hanna und Nanoq ihnen nach wie vor bei ihren Aktionen halfen. «Die beiden sind im Bilde und wichtige Unterstützer. Kein Problem wegen der Geheimhaltung», fügte sie hinzu. «Wir hoffen, Sie haben uns mehr zu erzählen, als dass das Wetter in Berlin nicht normal ist.»

«Hallo, alle zusammen», tönte es aus dem Lautsprecher. «Ich

weiß, eine solche Telefonkonferenz ist ungewöhnlich. Aber es sind auch ungewöhnliche Umstände. Und was den Sturm und den Dauerregen in Deutschland betrifft – langsam glaube ich tatsächlich, das Hitzeklima bei euch in der Arktis ist daran schuld, dass unser Wetter hier immer extremer wird.»

«Das hat nichts mit Glauben zu tun. Das ist eine Tatsache», versetzte Hanna. Dass so viele Menschen immer noch nicht verstanden, wie global die Entwicklungen hier oben waren, ärgerte sie.

«Also, zur Sache.» Nelson Carius räusperte sich. «Was ist denn so dringend?»

«Aufgrund der neuen Erkenntnisse müssen wir schnell reagieren – äußerst schnell, um genau zu sein», war Horn zu hören.

«Liegen Ihnen die Auswertungen schon vor?», fragte Carius.

«Ich lasse euch nach unserem Telefonat alles detailliert zuschicken», antwortete sein Vorgesetzter. «Vorab gibt es jetzt von mir nur eine kurze Zusammenfassung.»

«Wir sind gespannt.»

«Eines vorweg: tausend Dank an Sie, Frau Dr. Jordan, und Sie, Herr Egede. Ohne ihren Einsatz und ihre Hartnäckigkeit wären wir der radioaktiven Verstrahlung nie auf den Grund gekommen. Das ist eine schlimme Sache, ja, aber noch schlimmer wäre es, wenn es dadurch eine neue Umweltkrise in der Arktis gäbe.»

«Die schädlichen Auswirkungen des Klimas hier auf Grönland haben die Anwohner der Diskobucht bereits leidvoll erfahren müssen – die Flutkatastrophe hat es gerade noch allen vor Augen geführt», sagte Hanna. «Wenn jetzt noch eine neue Naturkatastrophe hinzukäme, nämlich durch das verstrahlte Meer – dann gute Nacht!»

«Nun, wir haben die Daten natürlich sofort an unsere befreundeten Geheimdienste und an die NATO weitergeleitet und um Unterstützung gebeten. Das hat erstaunlich gut funktioniert

– und schnell.» Horn räusperte sich. «Die US-Navy hat daraufhin sofort einen Aufklärungsjet von Thule über die Diskobucht fliegen lassen und einige Unterwasser-Messgeräte abgeworfen. Die Resultate sind eindeutig.»

«Und?», fragte Carius.

«Auf dem Grund der Diskobucht liegt ein havariertes Atom-U-Boot.»

Die Antwort Horns ließ alle verstummen.

Das also war die Strahlungsquelle. Hanna konnte es nicht fassen. Der Kernreaktor an Bord des U-Boots musste undicht geworden sein – aus welchem Grund auch immer. Das hatte eine Kettenreaktion ausgelöst.

«Um was für ein U-Boot handelt es sich?», fragte sie.

«Es ist ein chinesisches Atom-U-Boot der Han-Klasse. Dieser Typ ist total veraltet, die Chinesen wollten die letzten paar verbliebenen U-Boote längst ausmustern. Haben sie aber nicht. Und nun haben wir dadurch ein Problem.»

«Also gibt es nun weiteren militärischen Atommüll in der Arktis – zusätzlich zu der nie gefundenen Atombombe der Amis im Norden von Grönland und zusätzlich zu den verstrahlten US-Hinterlassenschaften ihres ehemaligen Camp Century», sagte Nanoq.

«Bedauerlich – aber so ist es», stimmte Horn zu. «Wir müssen uns von der Vorstellung verabschieden, der Nordpol wäre eine atomwaffenfreie Zone.»

«Was macht ein chinesisches U-Boot überhaupt hier in der Einsamkeit Grönlands?» Hanna schüttelte den Kopf. «Gibt's hier was auszuspionieren?»

«Lassen Sie es mich als Geheimdienst-Mitarbeiter so sagen: Länder finden immer irgendeinen Grund zu spionieren», sagte Horn. «Es ist quasi ein Sport, möglichst viele Informationen zu sammeln – man weiß nie, wofür man sie noch braucht.»

«Und die Chinesen, was wollen die?»

«China hat ein geostrategisches Interesse an der Arktis, sie bauen nach und nach ihre wirtschaftlichen Verbindungen auf, versuchen Häfen, Airports, Transportunternehmen und Rohstofffirmen zu kaufen oder zumindest unter ihre Kontrolle zu bringen. Erfolge gilt es dann mit aller Macht zu verteidigen. Island, Grönland, Spitzbergen – überall haben sie ihre Finger drin.» Horn sprach nun lauter. «Und sie treten militärisch immer aggressiver auf, wollen Präsenz zeigen im Nordpolarmeer und pochen auf ihr angebliches Recht, ihre Marine dort frei herumfahren zu lassen – genauso wie ihre Frachtschiffe.»

«Und die toten Fische in anderen Meeresregionen – war das auch dieses U-Boot?» Hanna runzelte die Stirn. Es war die einzig vernünftige Erklärung.

«Unsere Experten sind sich sicher», antwortete Horn. «Nach der – vorläufigen – Rekonstruktion des Unglücks befanden sich die Chinesen auf einer Spionagefahrt vom Nordpol über Spitzbergen und Island bis nach Grönland. Unterwegs muss es zu den Problemen mit dem Druckwasserreaktor gekommen sein. Radioaktivität wurde freigesetzt. Übrigens hatten die Chinesen bereits in der Vergangenheit immer wieder mit erhöhter Strahlenbelastung bei diesem U-Boot-Modell zu kämpfen, es kamen mehrfach Besatzungsmitglieder ums Leben. Das wissen wir aus Geheimdienstberichten. Das Militär hat es wohl nicht geschafft, die konstruktionsbedingten Mängel zu beseitigen.»

«Stimmt, das ist nicht das einzige undichte Atom-U-Boot, soweit ich mich erinnere», sagte Nelson Carius.

«Genau. Bereits mehrmals sind U-Boote verunglückt, weil es Probleme mit dem Reaktor gab und Strahlung austrat», erklärte Horn. «Beispielsweise wurde in den 1980er-Jahren das russische Atom-U-Boot K 27 versenkt, nachdem Radioaktivität aus dem defekten Kernreaktor ausgetreten war, ebenso erging es der russischen K 159. Mehr dazu finden Sie in den Unterlagen, die ich Ihnen schicke.»

«Und was löste das Leck bei dem chinesischen U-Boot aus?», fragte Nanoq.

«Was genau der Fehler war, wissen wir nicht – noch nicht. Jedenfalls muss die Crew versucht haben, den Atomreaktor zu reparieren. Währenddessen setzte das Boot seine Fahrt durch das Nordpolarmeer fort. Doch die Strahlung wurde stärker. Garantiert gab es auch Probleme mit dem Antrieb. Der Kommandant hat die tödliche Gefahr vermutlich erkannt und versucht, mit letzter Kraft der Maschinen eine sichere Stelle anzulaufen und auf Hilfe zu warten.»

«Und die sichere Stelle war die Diskobucht», sagte Diana Winkels.

«Genau. Wahrscheinlich nahmen die Chinesen an, dort unbemerkt zu bleiben. Sie haben sicherlich Funkkontakt aufgenommen, einen Notruf abgesetzt und gehofft, dass sie von ihren Leuten gerettet werden. Auftauchen konnten sie allerdings auch nicht. Das wäre noch aus einem anderen Grund undenkbar gewesen.»

«Aus welchem?», fragte Hanna.

«Dann hätte China ja zugeben müssen, die territoriale Integrität Grönlands missachtet zu haben und als militärischer Aggressor aufzutreten. Das hätte einen internationalen Zwischenfall heraufbeschworen. So ist das nun mal bei diesen U-Boot-Spionageeinsätzen – man darf sich nicht erwischen lassen.» Horn lachte trocken. «Jedenfalls wäre der Gesichtsverlust für China enorm gewesen, diese Blöße hätten sie sich nie gegeben. Deshalb spricht alles dafür, dass der Kommandant den Befehl erhielt, auf dem Grund der Diskobucht zu bleiben, sich still zu verhalten und auf Rettung zu warten. Leider haben sich dann die Ereignisse enorm beschleunigt, mit den bekannten Folgen ...»

«Hat Deutschland den Chinesen denn jetzt die Fakten präsentiert?» Nelson Carius beugte sich vor und sprach direkt ins

Telefon. «Die haben den ganzen Dreck zu verantworten, die sollen den Dreck auch wieder aufräumen.»

«Die Bundesregierung hat bereits den Botschafter und das chinesische Außenministerium kontaktiert. Genauso haben die EU, die NATO und die Amerikaner gehandelt, die wir sofort in unsere Erkenntnisse eingeweiht haben.»

«Und? Was sagen die Chinesen dazu?»

«Die Chinesen bestreiten alles. Sie sagen, die Vermutungen seien lächerlich, es gebe kein chinesisches U-Boot in der Diskobucht, alles sei nur Spekulation, um ihr Land an den Pranger zu stellen. Wie ich bereits gesagt habe: Die Chinesen fürchten den Gesichtsverlust mehr als alles andere. Sie werden alles tun, damit es nicht dazu kommt.»

«Dann hat also die intensive Hitzestrahlung des Kernreaktors den Gletscherabbruch herbeigeführt?» Für Hanna war es mehr eine Feststellung denn eine Frage. Damit ergab alles einen Sinn.

«Ja, das stimmt», sagte Horn. «Das amerikanische Aufklärungsflugzeug hat die Meerestemperatur in der Nähe des Unfallortes in der Diskobucht gemessen. Dort ist das Wasser um acht Grad wärmer als normalerweise.»

«Für manche mag das nicht viel klingen, aber in diesem zerbrechlichen Gleichgewicht der Natur ist diese kurzfristige Erwärmung geradezu gigantisch. Zumal die Arktis ohnehin unter der allgemeinen Klimaerwärmung leidet …» Hanna dachte an die verschwindenden Gletscher in Deutschland, an ihre letzte Wandertour auf die Zugspitze. Die Erwärmung war nicht nur ein Phänomen der Arktis. Überall schrumpften die Eismassen, die stark steigenden Temperaturen machten den Alpen und den Mittelgebirgen zu schaffen und brachten das Wetter durcheinander. «Der Jakobshavn-Gletscher war wegen der Klimaveränderung sowieso schon instabil», sagte sie. «Da brauchte es nicht viel, um diesen Eismassen quasi den letzten Schubs zu geben

– was schließlich zum Abbruch der Gletscherkante und zu der schrecklichen Monsterwelle geführt hat.»

«Sie sagen es», antwortete Horn. «Und wir wissen nicht, ob es nicht noch eine weitere Katastrophe gibt – das Problem am Grunde des Meeres bleibt ja bestehen. Nicht auszudenken, wenn der Reaktor ...»

«Was können wir denn jetzt tun?», unterbrach ihn Nelson Carius. «Wir wollen nicht einfach dasitzen und abwarten.»

«Das ist der zweite Grund für meinen Anruf», tönte die Stimme des BND-Mannes aus dem Lautsprecher. «Das mit der neuen Katastrophe war nicht einfach so dahingesagt. Wir haben die Befürchtung, die Chinesen planen genau so etwas.»

Diese Aussage überraschte Hanna. Die Chinesen wollten absichtlich eine Naturkatastrophe herbeiführen? Sie hatte bislang gedacht, alle wären daran interessiert, die Umweltschäden so gering wie möglich zu halten. War sie zu naiv gewesen?

Auch die anderen am Küchentisch schien die Nachricht unvorbereitet zu treffen. Nanoq vergrub das Gesicht in den Händen, die beiden BND-Agenten sahen sich vielsagend an.

«Darauf gebracht haben uns die Fotos vom chinesischen Spezialschiff, die Herr Egede gemacht hat – danke nochmals dafür», fuhr Horn fort. «Sorgen machen uns einige Aufnahmen von einem zylindrischen Gegenstand an Bord. Die Experten der NATO und der USA identifizierten diesen Gegenstand als einen Hightech-Sprengsatz aus chinesischer Produktion.»

«Soll das heißen, die ... die ... wollen das U-Boot ... sprengen?» Nanoq rang mit seiner Fassung. «Dann wäre die Bucht ... unsere gesamte Küste ... alles ... über Jahre ...»

«Es wäre der größte anzunehmende Unfall, der GAU, ohne Zweifel.» Horn klang ernst. «Sie haben zwei kleine Tauchboote im Einsatz, die die Sprengladungen wahrscheinlich in die Tiefe transportieren und an dem U-Boot anbringen sollen. Die Vorbereitungen dazu laufen.»

«Aber … Aber … das wäre unendlich zynisch …»

«Das ist Weltpolitik», antwortete Horn. «Die Chinesen wollen alle Beweise tilgen, die sie in Verbindung mit dem Atomunfall bringen. Eine komplette Sprengung des U-Bootes würde das Problem lösen. Auch wenn der Kollateralschaden enorm ist.»

«Kollateralschaden?» Hanna konnte sich nicht mehr beherrschen. «Das ist mehr als bloß ein sogenannter *Kollateralschaden.* Das ist ein Verbrechen!»

Die anderen am Küchentisch nickten zustimmend.

«Alles richtig», sagte Horn. «Aber das schert die Chinesen nicht. Sie sehen vermutlich nur ein äußerst geringes Risiko, erwischt zu werden. Alle Beweise wären im wahrsten Sinne des Wortes atomisiert. Wer könnte sie dann noch zur Rechenschaft ziehen?»

«Wir müssen das verhindern!» Diana Winkels war lauter geworden. «Unbedingt.»

«Deswegen habe ich auch diese kleine Konferenz einberufen», sagte Horn. «Sie müssen tatsächlich aktiv werden – und zwar sofort.»

«Was sollen wir tun?»

«Die Fotos des US-Aufklärungsjets zeigen, dass der Sprengsatz noch an Bord des chinesischen Spezialschiffes ist …»

«… das bereits wieder am Pier von Ilulissat liegt», warf Nanoq ein.

«Genau, es ist samt Mini-U-Booten und der Bombe aus der Diskobucht zurückgekehrt, offenbar diente diese erste Fahrt dazu, zu testen, wie die kleinen Tauchboote mit dem Sprengsatz zurechtkommen. Die amerikanischen Aufklärungsfotos zeigen jedoch, dass die Chinesen drei weitere Sprengsätze in ihrem Areal am Hafen gelagert haben. Unsere Experten sagen, man bräuchte alle vier Sprengsätze, um das gesunkene U-Boot zuverlässig und vollständig zu eliminieren. Dazu ist eine koordinierte Zündung aller vier Bomben gleichzeitig nötig, außerdem müssen sie an den richtigen Stellen angebracht werden. Es ist eine Operation, die viel Geschick und Vorbereitung von den Chinesen erfordert.»

«Sollen doch die Amis das Spezialschiff versenken», sagte Nanoq. «Die müssen lediglich ihre Flugzeuge von Thule losschicken.»

«Ein in der Tat verlockender Gedanke», antwortete Horn. «Aber leider müssen wir verdeckt vorgehen – die dänische Regierung hat ihre Zustimmung davon abhängig gemacht. Die scheuen kriegsähnliche Szenen auf ihrem Territorium. Sie wollen keine US-Marines in Kampfuniformen, die Ihren Ort einnehmen, Herr Egede.»

«Dann sind die Amis außen vor?», fragte Diana Winkels zweifelnd.

«Nein, nein, die machen natürlich mit», beeilte sich Horn zu sagen. «Das U-Boot USS Hartford ist bereits auf dem Weg zu Ihnen. Commander Henry Jones, den Sie ja bereits kennen, lässt Sie schön grüßen. Auch werden später als Zivilisten getarnte Kämpfer in Ilulissat eintreffen, aber das wird noch etwas Zeit in Anspruch nehmen. Also, um es kurz zu machen: Sie sind momentan gewissermaßen die vorderste Front, auf Sie kommt es jetzt an.»

«Und wie lautet der Auftrag für Diana und mich?», fragte Nelson Carius.

«Sie müssen unbedingt das Auslaufen des Spezialschiffs verhindern und dafür sorgen, dass diese vier Sprengsätze nie den Hafen verlassen.»

«Mit allen Mitteln?»

«Was auch immer nötig ist – Sie haben freie Hand.»

80

··· Ilulissat, Grönland ·····································

Diana studierte zusammen mit Nelson die Fotos und Auswertungen, die Horn ihnen geschickt hatte.

«Offenbar lagern die vier Sprengsätze jetzt in einem Container am Hafen innerhalb eines eingezäunten Bereichs», sagte sie. «Das ganze Areal wird bewacht, die Männer dort sind bewaffnet. Das wird nicht einfach.»

«Zumindest wissen wir jetzt, wie diese Bomben unschädlich gemacht werden können.» Er tippte auf die Anleitung, die aus Quellen der CIA stammte. «Offenbar müssen wir nur den Kasten mit der Steuerungselektronik zerstören, der außen an den Zylindern angebracht ist.»

«Aber dazu müssen wir erst mal dorthin gelangen – und zwar lebend», antwortete Diana. «Und wir sind nur zu zweit.»

«Nicht ganz. Herr Egede hat sich bereit erklärt, uns zu unterstützen und Rückendeckung zu geben. Mit dem Gewehr kann er ja sehr gut umgehen, wie wir bei unserem Ausflug nach Etah gelernt haben.»

«Sollten wir da wirklich Zivilisten mit hineinziehen? Es ist sehr gefährlich. Ich will nicht, dass Unbeteiligte sterben müssen», wandte Diana ein.

«Das stimmt, aber er hat darauf bestanden. Er hat gesagt, er wolle nicht tatenlos zusehen, wie seine Heimat zerstört und unbewohnbar gemacht wird. Ich muss sagen, er hat recht.»

«Und Frau Dr. Jordan?»

«Die leidet immer noch an ihrer Armverletzung und ist nicht einsetzbar. Aber sie will ebenfalls unbedingt mitmachen.» Er verdrehte die Augen. «Ich habe lange mit ihr diskutiert und versucht, es ihr auszureden, aber sie bleibt hartnäckig.»

«Wir könnten sie für das Ablenkungsmanöver gebrauchen», sagte Diana.

«Das wäre in der Tat eine Idee.»

Diana seufzte. «Hoffentlich reicht unsere Ausrüstung für den Einsatz. Unsere Gegner sind nicht zimperlich.»

«Wir müssen eben das Überraschungsmoment auf unserer Seite haben», antwortete Nelson. «Und schnell sein.»

«Mir ist nicht wohl dabei. Ein paar Aufklärungsfotos aus der Luft, ein paar Hinweise – das ist alles, was wir haben.» Sie klappte ihren Laptop zu. «Es gibt zu viele Unwägbarkeiten. Und der Gedanke, an empfindlichen Sprengsätzen herumhantieren zu müssen, verursacht mir noch mehr Bauchschmerzen – es erinnert mich an Frankfurt.» Sie gab es nicht gern zu, aber das Bombenattentat in Frankfurt, bei dem sie schwer verletzt wurde, hatte sie noch nicht verarbeitet.

«Es ist alles andere als optimal, das stimmt.» Nelson lehnte sich zurück. «Aber hast du eine bessere Idee? Wir können nicht länger warten.»

Als Nelson und Diana im Hafen eintrafen, warteten Nanoq Egede und Hanna Jordan bereits auf sie. Der Inuk hatte einen alten Fischkutter organisiert, den er zu einem freien Ankerplatz am Pier in der Nähe des chinesischen Spezialschiffes steuern wollte. Hanna Jordan sollte ihn begleiten.

«Hoffentlich kommen die Behörden oder Ihr Nachrichtendienst unbürokratisch für den Schaden auf», sagte er. «Dieses Schiff ist alles, was der Fischer besitzt, und er muss seine Familie damit ernähren.»

Nelson nickte. «Das ist doch selbstverständlich, machen Sie sich keine Sorgen.»

Er und Diana gingen mit Hanna Jordan und Nanoq Egede nochmals den improvisierten Plan durch.

«Vor allem ist wichtig, dass wir ständig Funkkontakt halten», erklärte Diana. «Und bringen Sie sich nicht durch unbedachte Aktionen in Gefahr.»

«Sie müssen wissen: Wir sind auf uns allein gestellt», ergänzte Nelson. «Und die Gegenseite wird nicht zögern, jemanden von uns zu töten, wenn es sein muss. Die schrecken vor nichts zurück.»

Gemeinsam luden sie die Kanister mit Dieselkraftstoff auf das Schiff, bevor Nelson und Diana wieder von Bord gingen.

«Jetzt sind Sie beide dran. Viel Glück!», sagte Diana.

Nanoq Egede und Hanna Jordan lösten die Taue. Der Inuk übernahm den Führerstand, und das Boot entfernte sich in Richtung Pier.

Nelson und Diana kontrollierten noch mal ihre Ausrüstung und ihre Waffen und näherten sich dann in einem großen Bogen ebenfalls dem chinesischen Spezialschiff im Hafen. Ein Zaun und Planen behinderten die direkte Sicht auf das Areal.

Mit der genauen Beschreibung, die Nanoq Egede ihnen bei der Vorbereitung gegeben hatte, fanden sie eine leere Baracke, die von der Flutwelle beschädigt worden war, deren oberes Stockwerk sie aber noch betreten konnten. Das Gebäude lag etwas oberhalb des Piers. Durch das Fenster hatten sie freie Sicht auf das abgezäunte Gelände.

Nelson holte das Fernglas heraus.

«Kein Mensch ist auf dem Schiff zu erkennen», sagte er. «Aber es sind einige Wachen auf dem Gelände verteilt, ich zähle sechs Personen. Das sind natürlich nur die, die von unserer Position aus zu sehen sind.»

«Und der Lagerort für die Sprengsätze?»

«Das muss der Container in der Nähe des Schiffs sein, denn nur dort steht ein Wachmann.»

«Okay, dann mal los.»

Sie zogen die Jacken über, die Nanoq Egede besorgt hatte und die entfernt an die Kleidung von Feuerwehrleuten oder Hilfskräften erinnerten. Dazu passend setzten sie eine Art Feuerwehrhelme auf.

«Hoffentlich sieht keiner genau hin, sonst ist unsere kleine Verkleidung umsonst gewesen.» Diana schaute kritisch an sich herunter.

«Es muss sie ja nur ein paar Momente täuschen», antwortete Nelson. «Und wir gehen auch nicht zu einer Modenschau.»

Er schaltete das Funkgerät ein. «Seid ihr bereit?»

«Wir können starten», kam die Antwort von Nanoq Egede.

«Denkt daran: Ihr müsst sofort von dort verschwinden. Sofort!»

«Wir haben verstanden. Es geht los!»

Das Funkgerät verstummte.

Es dauerte eine Weile, dann sahen Nelson und Diana ein kleines Licht am Heck des Fischkutters aufglimmen. Dann zwei Gestalten, die eilig von Bord kletterten und in Richtung Ortsmitte gingen, ohne sich nochmals umzudrehen.

Das kleine Licht entwickelte sich zu einem Feuerband, das sich schnell zur Mitte des Bootes fraß. Dann erreichte das Feuer den Dieseltreibstoff, mit dem die gesamte Vorderseite des Fischkutters überschwemmt war.

Eine Stichflamme schoss in den Himmel, und einen Wimpernschlag später brannte das gesamte Schiff. Gelbrot loderten die Flammen, die Silhouette des Kutters war nur mehr zu erahnen.

«Es hat funktioniert!» Diana klang begeistert.

«Das wird sich gleich herausstellen», bremste Nelson sie. «Jetzt sind wir dran.»

Er schulterte den Rucksack, beide schraubten Schalldämpfer auf ihre Pistolen.

Im Laufschritt erreichten sie die Absperrung. Sie gingen bis zu einer Stelle, die recht weit entfernt von den Wachleuten war.

Nelson holte den Bolzenschneider heraus und schnitt ein Loch in den Zaun.

Mittlerweile war es am Pier unruhig geworden. Irgendwo ertönte eine Sirene. Leute liefen zusammen, suchten sich Beobachtungsposten auf den umliegenden Gebäuden und kletterten auf ankernde Schiffe, um besser zu sehen. Einige fuhren ein Stück weit mit ihren Booten hinaus, wagten es aber wegen der Hitzeentwicklung nicht, näher an den Fischkutter zu manövrieren.

Zwei Wachleute öffneten den Eingang zum chinesischen Areal und gestikulierten aufgeregt. Sie liefen zurück, kamen mit zwei Feuerlöschern wieder und versuchten, sich dem Fischkutter zu nähern.

Auch die anderen vier Wachleute starrten gebannt in Richtung der Flammen.

Dann gab es einen Knall, der alle zurückweichen ließ. Der Treibstofftank des Schiffes war explodiert, Feuerfontänen schossen in die Luft.

Die Umstehenden beobachteten das Schauspiel fasziniert. Helfer kamen angerannt und begannen, Löschschläuche auszurollen und Wasserpumpen anzuwerfen.

«Das ist unser Moment», sagte Nelson zu Diana und nahm das Funkgerät. «Wir gehen jetzt rein.»

«Verstanden», tönte die Stimme des Inuks aus dem Lautsprecher.

Nelson und Diana zwängten sich durch das Loch im Zaun, hielten sich rechts im Schatten und liefen zu einem Stapel Holzkisten. Dort gingen sie in Deckung. Ein einzelner Wachmann stand etwa vier Meter von ihnen entfernt. Er hatte ihnen den Rücken zugedreht und beobachtete ebenfalls den Brand, über seiner Schulter trug er eine Maschinenpistole.

«Okay, nun wird es ernst», raunte Nelson seiner Partnerin zu. «Let's go!»

Sie traten hinter den Holzkisten hervor und gingen auf den Wachmann zu.

«Fire!», rief Diana. «You are in danger!»

Der Mann drehte sich überrascht um. Er schien nicht recht zu wissen, was es mit den zwei Fremden auf sich hatte.

«We are Firefighters.» Nelson deutete auf das brennende Schiff. «Danger – we help! Rescue!»

Der Wachmann sah sie misstrauisch an.

«Geht weg!», sagte er in schlechtem Englisch. «Zutritt verboten. Privatgrundstück.»

Nelson und Diana ließen sich nicht beeindrucken. Festen Schrittes gingen sie auf den Mann zu.

«Es brennt», sagte Diana. «Sie müssen den Platz sofort verlassen.» Sie drängte sich an ihm vorbei. «Es ist ein Notfall!»

«Stopp!» Er packte sie am Kragen und zerrte sie zu sich.

Diesen Moment nutzte Nelson. Er schlug dem Mann seinen Pistolenknauf hart gegen die Schläfe.

Der Chinese brach bewusstlos zusammen. Sie schleiften ihn hinter die Holzkisten und nahmen ihm die Maschinenpistole ab.

«Da waren's nur noch drei», bemerkte Diana, während sie sich die Jacke wieder zurechtzog. «Plus die zwei mit den Feuerlöschern.»

Noch hatten die anderen Wachen sie nicht bemerkt. Alle waren abgelenkt vom Lärm der einsetzenden Löscharbeiten und von dem Spektakel, das sich direkt vor ihren Augen abspielte.

Geduckt liefen sie weiter zur Rückseite des Containers, in dem sich die Sprengsätze befanden. Der Wachmann stand an der Vorderseite, die zum brennenden Schiff ausgerichtet war.

«Du linksrum, ich rechtsrum», flüsterte Diana.

Sie starteten gleichzeitig. Nelson erreichte die Vorderseite zuerst. Als er um die Ecke bog, sah er, wie der untersetzte Chinese seine Maschinenpistole auf ihn richtete. Offenbar hatte er ihn kommen gehört.

Nelson hörte ein ‹Plopp›. Dem Wachmann glitt die Waffe aus der Hand, er starrte Nelson mit einem seltsam verzerrten Ausdruck an. Dann fiel er nach vorne. Am Hinterkopf war eine Schusswunde zu sehen.

«Jetzt trödle nicht herum.» Diana stand auf der anderen Seite, die Pistole mit dem Schalldämpfer noch im Anschlag. «Mach die verdammte Tür auf, damit wir hier schnell wieder wegkommen.»

Nelson setzte den Bolzenschneider an, doch das Vorhangschloss widerstand. Er probierte es noch mal. Vergebens.

«Alles muss man selber machen.» Diana wedelte mit der Hand, und er trat zur Seite.

Sie zielte und feuerte zwei Schüsse auf das Schloss. Das Geräusch klang kaum lauter als ein Niesen. Es fiel klirrend zu Boden.

Nelson drückte die Tür auf, zwängte sich hinein und schaltete seine Taschenlampe ein.

Vor ihm lagerten auf Gestellen vier lang gestreckte matt glänzende Metallzylinder, die ein wenig wie kleine Torpedos aussahen. Sie waren mit chinesischen Zeichen beschriftet.

«Bingo!», flüsterte er.

Doch wo war der elektronische Steuerungskasten, von dem die CIA geschrieben hatte?

Systematisch tastete er die gesamte Oberfläche eines der Stahlzylinder ab.

Nichts.

«Beeil dich!», rief Diana herein. «Wir müssen wieder weg.»

«Dauert noch – ich kann die Steuerung nicht finden.»

«Los, schneller!»

«Du hast leicht reden.»

Er untersuchte die Spitze des Torpedos. Dort fühlte er kleine Vertiefungen, die wohl als Ansatzpunkt für Werkzeuge gedacht waren.

Musste man die Spitze des Sprengsatzes etwa abschrauben, um an die elektronische Steuerung zu gelangen? Hier vorne befand sich die einzig logische Position für den Zündmechanismus.

Er holte Zange und Schraubenzieher aus dem Rucksack, setzte sie in den Einkerbungen an und übte Druck aus.

Die Spitze gab keinen Millimeter nach.

«Verfluchtes Ding!», sagte er zu sich selbst. «Geh endlich auf!»

Nochmals versuchte er es, legte all seine Kraft in sein Werkzeug. Und tatsächlich, die Spitze bewegte sich.

Noch eine halbe Umdrehung – und sie ließ sich geschmeidig aufdrehen. Nelson nahm die Spitze des Zylinders ab und legte sie beiseite. Tatsächlich blinkte darunter ein grünes LED-Lämpchen. Er hatte den Zündungsmechanismus gefunden. Hastig lief er zu den nächsten zwei Sprengkörpern und schraubte den vorderen Teil ab. Zwei weitere Lämpchen leuchteten ihm entgegen.

«Bist du eingeschlafen?», zischte Diana ungeduldig. «Beeil dich mal, ich glaube, einer der Wachleute hat mich bemerkt.»

Nur Sekunden später hörte Nelson Geschrei und Schüsse. Projektile schlugen in der Außenwand des Containers ein, aber der Stahl hielt stand.

«Mach jetzt!», schrie Diana. Sie hatte sich hinter der Seitenwand in Sicherheit gebracht und feuerte zurück.

Es kostete Nelson all seine Disziplin, sich auf seine Aufgabe zu konzentrieren. Der Lärm der Schüsse draußen, die Einschläge – viel Zeit blieb ihm nicht mehr. Außerdem war auch die Luft im Container bereits erfüllt vom Benzingeruch des brennenden Schiffs, schwarze Rauchwolken drangen herein.

Unter der Spitze des vierten Zylinders fand er ebenfalls ein blinkendes LED-Licht. Er betrachtete es genau. Es war an einer Steuerungsleiterplatine für die Zündung angebracht, mit der verschiedene Computerchips und Schaltkreise mit dünnen Drähten verbunden waren.

Sollte er die Leiterplatine zerstören, wie es die Geheimdienst-Anleitung forderte?

Was, wenn er damit den Zündmechanismus aktivierte?

Er nahm den Bolzenschneider und holte aus. Seine Hände zitterten. Hoffentlich stimmten die Angaben – ansonsten würden er, Diana und das ganze Areal in die Luft fliegen.

Er hieb mit dem Bolzenschneider drauflos, wieder und immer wieder. Gott sei Dank half selbst für Hightech oft simple Gewalt. Die Leiterplatine zerbarst, das Lämpchen erlosch.

Keine Explosion.

Er atmete auf. Schnell zerstörte er die Steuerungselektronik der drei anderen Sprengzylinder.

«Wir müssen weg, sie versuchen, den Container von zwei Seiten unter Feuer zu nehmen!», rief Diana verzweifelt. «Komm endlich raus!»

Nelson kroch zur Tür und öffnete sie einen Spalt. Er sah Mündungsfeuer von zwei verschiedenen Seiten. Die Wachmänner, die vorher am Eingang gestanden hatten, schlossen sich dem Angriff an. Sie hatten sicher bereits Verstärkung angefordert, und es würde nicht mehr lange dauern, bis weitere Mannschaften der Chinesen auf sie losgingen.

Diana schoss eine Salve ab und zwang die Gegner so, in Deckung zu bleiben. Nelson kroch zu ihr und stand hinter der Containerwand wieder auf. Er lud die Maschinenpistole durch, die sie dem Wachmann abgenommen hatten, und feuerte in Richtung der Wachleute.

«Mission erfüllt», rief er Diana zu. «Wir können abhauen!»

In diesem Moment gingen Scheinwerfer auf dem Spezialschiff an. Es dauerte nur ein paar Sekunden, bis der Lichtkegel sie erfasst hatte. Sofort eröffneten Chinesen vom Schiff aus das Feuer auf sie.

«Jetzt liegt unser Rückzugsweg direkt in deren Schussfeld», rief Diana. «Wir sitzen in der Falle!»

«Aufgeben ist keine Option.» Er sagte es voller Entschlossenheit. «Wir kommen hier raus.»

Sie hörten einen Schuss. Und dann noch einen. Und noch einen.

Das Glas der Scheinwerfer zersprang, das Licht ging aus.

«Das ist Nanoq Egede!» Diana straffte sich. «Er feuert vom oberen Stockwerk der leeren Baracke. Jetzt oder nie!»

Schreien und Rufen an Bord des Schiffes.

«Lauf zum Zaun!» Nelson holte den Bolzenschneider aus seinem Rucksack und reichte ihn ihr. «Ich halte dir den Rücken frei.»

Er brachte die Maschinenpistole wieder in Anschlag und schoss eine Salve auf das Deck des Schiffes. Egede unterstützte ihn mit Schüssen aus der Baracke.

Diana sprintete los. Nelson schoss das Magazin leer. Er glaubte nicht, dass er jemanden getroffen hatte, aber zumindest hatte er die Schiffsbesatzung in Deckung gezwungen.

Dann rannte auch er.

81

... Ilulissat, Grönland ...

Nanoq hatte Hanna nach dem Einsatz am Hafen wieder ins Krankenhaus gebracht. Sie hatte sich auf dem Fischerboot leicht verletzt, genauer gesagt, war ihre Schusswunde wieder aufgebrochen und hatte angefangen zu bluten.

Die Ärztin Dr. Nuuni Abelsen hatte Hanna untersucht und gesagt, sie solle zur Sicherheit eine Nacht zur Beobachtung im Hospital bleiben. Hanna hatte protestiert. «Das ist doch nur ein Kratzer», hatte sie eingewandt, aber Dr. Abelsen hatte darauf bestanden.

Nanoq war zum Hafen zurückgekehrt und beobachtete aus der Baracke, was vor sich ging. Er war immer noch aufgewühlt von den Ereignissen rund um das chinesische Spezialschiff. Einmal mehr hatte er – widerstrebend – zur Waffe greifen müssen und die beiden BND-Agenten bei ihrem Einsatz unterstützt, zum Glück aber diesmal niemanden getötet.

In letzter Minute war es Nelson Carius und Diana Winkels gelungen, aus dem abgezäunten Areal zu verschwinden. Die Schießerei hatte bald andere bewaffnete Kräfte auf den Plan gerufen: Russen und Kanadier waren aufgetaucht, aber niemand hatte so recht gewusst, was eigentlich los war und wer gegen wen kämpfte.

Am Ende hatten die Chinesen ihre Wachleute zurückbeordert und – angeblich als Zeichen des guten Willens – mitgeholfen, den Brand auf dem Fischkutter zu löschen, der den Pier immer noch in eine Rauchwolke hüllte.

Bürgermeister Rasmussen war im Hafen erschienen, dazu viele Einheimische, die ihre Hilfe anboten und sich dieses Ereignis zugleich nicht entgehen lassen wollten – ausgiebiger Gesprächsstoff für das nächste Kaffemik war gesichert.

Überraschenderweise war auch Dr. Huang Li gekommen, der Leiter der Polarstation *Camp Glacier*. In der Nähe von Nanoqs Versteck traf er auf den Bürgermeister, und Nanoq konnte hören, wie er erklärte, das chinesische Spezialschiff sei auf einer Forschungsmission unterwegs, die Wachen seien lediglich dazu da, die wertvolle Ausrüstung zu schützen.

Er verlor kein Wort über die vier Sprengsätze.

Das fand Nanoq seltsam – ebenso wie die Tatsache, dass sich der Chef der Polarstation auf einmal als Sprecher der chinesischen Aktivitäten aufspielte. Dieser Huang Li war nun schon seit mehreren Tagen in Ilulissat. Was genau machte er eigentlich so lange hier?

Der Brand hatte auch die Leiter der ausländischen Hilfsgruppen auf den Plan gerufen. Der Glencore-Manager Marc Ziegler erschien mit einem Trupp Helfern, die versuchten, die Flammen mit Feuerlöschern zu bekämpfen. Irgendwann gelang es, und der Brand erstarb, aber mehr als ein verkohltes Wrack war von dem Schiff nicht übrig geblieben.

Magnus Ruud, Chef der isländischen Transnation Holding, fuhr in einem Geländewagen vor. Von fern konnte Nanoq sehen, wie er auf den Kapitän des Spezialschiffes zuging und wild gestikulierend mit ihm sprach. Gleich danach tauchte Andrej Sokolov auf, Minenmanager aus Barentsburg. Der Russe zog den Bürgermeister zur Seite, immer wieder auf das chinesische Schiff deutend, und redete auf ihn ein.

Nanoq verließ seinen Beobachtungsposten und ging nach Hause. Er musste ständig an die zurückliegenden Stunden und an Hanna denken. Inständig hoffte er, ihre Schussverletzung würde schnell wieder heilen.

Am liebsten wäre er ins Krankenhaus gegangen, um sie zu besuchen, aber die Ärztin hatte es verboten. Frau Jordan brauche eine Nacht Ruhe, hatte Dr. Abelsen gesagt.

Um sich abzulenken und auf andere Gedanken zu kommen, beschloss er, das Zimmer seiner Schwester Sika aufzuräumen und ihre Sachen zu ordnen – genauso wie die Hinterlassenschaften ihres Freundes Jako, die ihm vor einiger Zeit gebracht worden waren.

Ihm wurde schwer ums Herz, als er Sikas Fotos, den Modeschmuck, ihre Kleidung sortierte und in verschiedene Kartons packte. Zu viele Erinnerungen hingen daran. Die seltsam geformte Muschel, die sie als Kind an der Küste gefunden hatte, die Aufnahmen von Paps und Mam im geschnitzten Holzrahmen, eine alte Eintrittskarte zu einem Konzert in Nuuk.

Er würde die Erinnerungsstücke behalten und den Rest verschenken. Auch wenn es ihm widerstrebte, die Sachen wegzugeben, so wusste er doch im Innern, dass es Zeit war, Abschied von seiner Schwester zu nehmen und zu akzeptieren, dass sie nicht mehr lebte. Der Schmerz über den Verlust würde bleiben, aber mit der Zeit geringer werden – das hoffte er zumindest.

Das Schicksal hatte ihn bisher verschont. Aber er hatte in kurzer Zeit zwei geliebte Menschen verloren – Sika und seinen Großvater. Beide waren überraschend gestorben, Opfer einer Umweltkatastrophe.

Aber diese Umweltkatastrophe war keine Laune der Natur gewesen, wie Uju und wie viele Inuit geglaubt hatten. Sondern Ergebnis störanfälliger Kriegstechnik und erschreckender Fehlentscheidungen.

Und eines mörderischen Plans.

Diese Erkenntnis war hart – und sie war für ihn schwer zu ertragen. Als Inuk waren ihm die Bösartigkeit und Hinterhältigkeit solcher Aktionen fremd, wie sie diese Söldner und ihre Auftraggeber organisiert hatten. Die Gnadenlosigkeit und Menschenverachtung darin erschreckten ihn.

Dabei rätselte er immer noch, wer hinter alldem stand.

Nanoq beschloss, eine Pause zu machen, und kochte sich einen Kaffee. Es war ein wenig seltsam, nun allein hier in seiner Küche zu stehen und das heiße Getränk zu trinken. Schneller als gedacht hatte er sich daran gewöhnt, eine Frau bei sich zu haben, mit ihr ein Bett zu teilen. Es war eine wunderbare Erfahrung – eine Erfahrung, an die er sich gern gewöhnen wollte.

Er seufzte und trank seinen Kaffee aus. Er würde seine Arbeit heute zu Ende bringen, das hatte er sich vorgenommen. Die Sachen seiner Schwester stellte er beiseite und holte stattdessen Jakos Karton mit der handgeschriebenen Adresse ‹Für Sika Egede› hervor. Das wenige, was ihr Freund Sika hinterlassen hatte, breitete er auf dem Tisch aus.

Eigentlich war Jako früher auch Nanoqs Freund, sein Kumpel gewesen. Doch seit sich herausgestellt hatte, dass er für den Schnellboot-Angriff auf Hanna verantwortlich war, empfand Nanoq eine stille Wut auf Jako. Warum hatte er das getan?

Nanoq betrachtete die mit Samt bezogene Dose, die im Karton obenauf lag, und holte den goldenen Ring heraus, auf dessen Innenseite ‹Sika & Jako› eingraviert war.

Wie hatte sich seine Schwester so in Jako täuschen können?

Er leerte die Plastiktüte auf dem Tisch aus, in der sich Jakos spärliche Unterlagen befanden. Alles war wild durcheinander – Rechnungen, Kontoauszüge und viele Mahnschreiben zu Strom und zu säumigen Zahlungen für den Kredit, den er aufgenommen hatte.

Sollte Nanoq alle Papiere verbrennen? Es gab niemanden, der sich noch dafür interessierte. Aber vielleicht waren noch Schulden zu begleichen – vorausgesetzt, auf Jakos Konto war noch was vorhanden. Andere sollten keinen finanziellen Schaden durch Jakos Tod erleiden, vielleicht brauchte jemand das Geld.

Nanoq sortierte die Mahnungen nach Absendern und nach Datum. Dann nahm er sich die Kontoauszüge vor und ordnete sie ebenfalls chronologisch. Jako hatte sein Konto bei einer Bank in Nuuk.

Die vergangenen beiden Jahre waren Jakos Finanzen ein einziges Trauerspiel gewesen: unregelmäßige Einzahlungen und Überweisungen von Honoraren für seine Arbeit, zu viele Barabhebungen, die das Konto ständig ins Minus drückten. Die Raten für den Kredit waren hin und wieder bezahlt worden – aber viel häufiger waren sie ausgeblieben.

Nanoqs Blick blieb an den jüngsten Belegen hängen. Er stutzte. Das war doch ein Buchungsfehler. Er blätterte zurück.

Da stimmte etwas nicht.

Kurz vor seinem Selbstmord hatte Jako plötzlich ein dickes Plus auf seinem Konto gehabt, ausgelöst durch eine einzige Bareinzahlung. Und sein Kredit, das zeigten die Unterlagen, war mit einem Schlag getilgt worden.

Wie war das möglich? Sikas Freund war bekanntermaßen notorisch knapp bei Kasse gewesen. Woher hatte er das Geld? Von touristischen Ausflugsfahrten? Durch Schiffscharter? Soweit sich Nanoq erinnern konnte, war seine Auftragslage immer eher mau gewesen.

Aus den Unterlagen war nicht zu erkennen, ob Jako selbst das Geld bei der Bank eingezahlt hatte oder jemand anders. Was sollte Nanoq jetzt tun? Schließlich war die Summe erheblich, damit konnten locker alle ausstehenden Rechnungen beglichen werden.

Er ging im Zimmer auf und ab und überlegte. Am Ende beschloss er, direkt bei der Bank in Nuuk anzurufen.

Am einfachsten wäre es, sich als Jako auszugeben, um Auskunft zu erhalten. Er würde es versuchen. Höchstwahrscheinlich war das Geldinstitut noch gar nicht darüber informiert worden, das Jako verstorben war. Wer hätte das auch tun sollen?

Nanoq schnappte sich Hannas Satellitentelefon und wählte die Nummer, die auf den Kontoauszügen angegeben war.

Eine Bankmitarbeiterin meldete sich.

«Ja, bitte?»

Er nannte Jakos Namen. «Ich bräuchte eine Auskunft zu meinem Konto. Ich glaube, etwas wurde falsch gebucht.»

«Zuerst brauche ich Ihre persönlichen Daten. Wie lautet Ihre Anschrift? Wie ist Ihr Geburtsdatum?»

Er nannte beides.

«Und Ihre Kontonummer?»

Nanoq gab sie durch.

«Einen Moment.»

Er hörte, wie die Bankangestellte etwas in den Computer tippte.

«Und was genau wollen Sie wissen?»

Gott sei Dank, es funktionierte! Auf Grönland war man lässiger im Umgang mit solchen Daten als anderswo in Europa.

Nanoq nannte die Summe und das Buchungsdatum. «Das kann nicht sein – der Betrag ist viel zu klein», sagte er in leicht entrüstetem Tonfall. «Das ist Ihrer Bank doch noch nie passiert.»

«Einen Augenblick bitte.» Wieder war das Klappern der Computertastatur zu hören.

«Nein, da ist alles korrekt. Es war eine Bareinzahlung auf das Konto.»

«Aber das Tourismusbüro wollte einen höheren Betrag anweisen», sagte Nanoq.

«Tut uns leid, die Einzahlung kam nicht von einem Tourismusbüro», antwortete die Bankangestellte.

Sie nannte den Namen des Einzahlers. Nanoq glaubte nicht richtig zu hören. Er wiederholte den Namen, die Frau bestätigte ihn nochmals.

«Äh … danke … Ich … äh … habe mich wohl geirrt.» Er legte auf.

Wie gelähmt saß er in seinem Stuhl. Das Telefon hatte er noch immer in der Hand.

Dieser Name. Das musste ein Irrtum sein.

Nanoq ging in die Küche, suchte eine zweite Telefonnummer heraus und rief dort an.

Als er den Apparat wieder beiseitelegte, zitterten seine Hände, und seine Gedanken rasten. Das Entsetzen schnürte ihm den Hals zu, er glaubte, keine Luft mehr zu bekommen.

Doch seine Erkenntnisse ließen nur einen Schluss zu.

Jetzt ergab alles einen Sinn.

82

... *Diskobucht, Grönland* ....

Der Fischkutter *Máfur*, offiziell unter isländischer Flagge unterwegs, schaukelte gemächlich auf dem Wasser. Nur der hohe Mast und die Radaranlage waren ungewöhnlich für einen solchen Kutter, ohne sie würde er unter ähnlichen Schiffen kaum auffallen. Die Motoren waren abgestellt.

«Sie werden sich fragen, was diese Einladung auf die Máfur bedeutet», sagte Colonel Steven Evans, Chef der Thule Air Base, zu Diana und Nelson. «Momentan überschlagen sich die Entwicklungen – und wir wollten Sie bei dieser Sache gern dabeihaben.»

«Um was geht's?» Diana saß neben Nelson auf einer engen Bank in der Kabine. «Und warum treffen wir uns auf dem Meer in Ihrer schwimmenden Spionageeinheit?»

«An erster Stelle möchte ich Ihnen und Ihren Helfern im Namen der US-Marine danken.» Evans räusperte sich. «Ohne Ihren mutigen Einsatz wäre es nicht gelungen, die vier Sprengsätze unschädlich zu machen. Sie haben damit eine Katastrophe verhindert. Wenn wir mal was für Sie tun können – jederzeit.»

«Wir hätten da tatsächlich eine Bitte», sagte Diana.

«Nur raus damit.»

«Unsere Experten beim BND haben das Satellitentelefon noch nicht entschlüsselt, das wir dem toten Söldner auf Island abgenommen haben. Wir haben noch einen weiteren Apparat des Terroristen Jurij Krylov, den wir kürzlich oben im Norden in Etah gefangen genommen haben. Könnte jemand von Ihnen die Verschlüsselung knacken – und das möglichst schnell?»

«Betrachten Sie es als erledigt.» Der Thule-Chef grinste. «Wir haben einige Jungs, die schaffen das ruckzuck. Ich gebe gleich den Befehl, sobald wir zurück sind.»

«Danke. Und jetzt berichten Sie bitte.» Diana sah ihn erwartungsvoll an.

«Nun, wir haben entdeckt, dass gerade ein chinesisches Atom-U-Boot der Yuan-Klasse in die Gewässer vor Grönland eingedrungen ist», antwortete Colonel. «Wir wollen verhindern, dass die Chinesen unüberlegte Dinge tun.»

«Und ich dachte, das Schlimmste wäre vorbei», sagte Nelson und seufzte. «Aber bevor wir uns jetzt dem ganz neuen U-Boot zuwenden: Was passiert jetzt mit den vier chinesischen Bomben?» Er war alarmiert.

«Die Chinesen verladen den Container gerade auf ein Frachtschiff. Wir gehen davon aus, dass sie die Sprengsätze zurück nach China transportieren.»

«Und Sie lassen sie so einfach gehen?» Diana klang überrascht. «Was, wenn Sie einen neuen Versuch unternehmen, das gesunkene U-Boot zu sprengen?»

«Das dürfte ohne funktionierende Zündelektronik erstens schwierig werden – dafür haben Sie gesorgt», antwortete Evans. «Zweitens beobachten wir den Frachter rund um die Uhr – die werden es nicht wagen, einen weiteren Versuch mit diesen Sprengsätzen zu unternehmen. Der dritte Punkt ist der: Wir sind angewiesen worden, keinen diplomatischen Vorfall heraufzubeschwören. Deshalb lassen wir die Chinesen ziehen und verhaften sie nicht.» Er sah zwischen Nelson und Diana hin und her. «Natürlich sind unsere Jungs auch in Ilulissat vor Ort. Wir haben unsere Kommandozentrale auf einem Transportschiff im Hafen eingerichtet.» Evans grinste. «Die Marines laufen in Zivil herum und tun so, als wären sie Helfer. So wahren wir den Anschein – offiziell sind keine amerikanischen Militärs im Ort.»

«Und die bewaffneten chinesischen Wachen im Hafen?» Nelson sah den Amerikaner fragend an. «Die wollten uns umbringen. Soll man denen das einfach durchgehen lassen?»

«Das gehört zum Geschäft – gerade Sie als Mitglied des deutschen Geheimdienstes wissen das», antwortete Evans. «Die Chinesen haben behauptet, nur ihr Eigentum schützen zu wollen – und ihre Schüsse waren Notwehr, weil sie angegriffen wurden.»

«Bullshit!», entfuhr es Diana.

«Da stimme ich Ihnen zu. Aber wir werden es dabei belassen. Bürgermeister Tuktu Rasmussen hat den Chinesen das Versprechen abgenommen, sich zurückzuziehen und keine bewaffneten Leute mehr im Hafen zu positionieren.»

«Und Sie trauen denen?»

«Nicht im Geringsten.» Der Colonel zuckte mit den Achseln. «Wir lassen es darauf ankommen. Im Zweifel können wir schnell reagieren. Auch die Russen haben ein Interesse daran, dass die Lage nicht eskaliert. Die wollen in Ruhe ihre Geschäfte abwickeln.»

«Haben die US-Marine und der CIA denn schon Erkenntnisse über die Söldner, die wir in Etah ausschalten mussten?», fragte Diana.

Evans nickte. «Es ist so, wie Sie vermutet hatten: Alle Männer standen auf der Lohnliste der Gruppe Wagner, genau genommen waren es professionelle Attentäter und Auftragskiller – auch dieser Jurij Krylov, den wir in Gewahrsam haben.»

«Hat er schon ausgepackt?»

«Der Mann ist härter als gedacht, selbst unsere Verhörspezialisten tun sich schwer. Aber es ist nur eine Frage der Zeit, bis er redet. Wir würden natürlich gerne wissen, wer von den Chinesen den Auftrag erteilt hat und wie es im Detail gelaufen ist.»

Ein Matrose brachte Sandwiches und Kaffee herein.

«Bitte bedienen Sie sich», sagte Evans und griff nach einem Sandwich. «Wir müssen warten und Geduld haben. Mal sehen, ob wir heute noch einen Fisch an die Angel kriegen.»

Sie hatten knapp eine Stunde geplaudert und Kaffee getrunken, als der Bordlautsprecher zum Leben erwachte.

«Hier spricht Commander Henry Jones von der USS Hartford. Ich wiederhole: hier Commander Jones.»

«Hier Colonel Evans auf der Máfur, wir hören Sie klar und deutlich», antwortete Evans. Er wandte sich an Diana und Nelson. «Das ist Commander Henry Jones von der USS Hartford – Sie kennen ihn ja bereits.»

«Hello, Miss Winkels, Mister Carius, nice to hear you again», tönte es aus dem Lautsprecher. «Wir befinden uns ganz in Ihrer Nähe – mehr oder weniger direkt unter Ihrem Hintern.» Er ließ ein tiefes Lachen hören.

«Die USS Hartford ist gerade auf Patrouillenfahrt», erklärte Evans. «Der Commander meldet sich immer bei uns, wenn etwas geschieht.»

«Wir haben ein feindliches U-Boot geortet, zwei Seemeilen voraus», sagte Jones. «Eindeutig ein chinesisches Atom-U-Boot der Yuan-Klasse.»

«Welcher Kurs?»

«Es wird in die Diskobucht einfahren. Nach unseren Berechnungen wird es bald in die Nähe des gesunkenen U-Boots kommen.»

«Was hat das zu bedeuten?» Diana war erstarrt. «Die werden doch nicht ...»

«Die werden tatsächlich versuchen, das havarierte U-Boot am Grund des Meeres zu sprengen. Dazu genügt den Chinesen der Beschuss mit Torpedos, dann geht es auch ohne Sprengsätze!» Evans war lauter geworden. «Diese verdammten Chinesen wollen tatsächlich immer noch das Wrack in die Luft jagen, um alle Spuren zu verwischen. Was mit dem kaputten Atomreaktor an Bord geschieht, ist ihnen offensichtlich egal.»

«Sie werden diese Irren doch stoppen?» Nelson war aufgesprungen. «Die dürfen das auf keinen Fall tun!»

«Deswegen sind wir hier», tönte der U-Boot-Kommandant aus dem Lautsprecher. «Wir schneiden ihnen den Weg ab.»

«Wird das reichen?»

«Wir werden ebenfalls alles tun, was nötig ist, um das chinesische U-Boot aufzuhalten», sagte Evans. Er wandte sich an seinen Funker. «Versuchen Sie Kontakt zu den Chinesen aufzunehmen.»

Der Mann probierte verschiedene Frequenzen.

Alle warteten auf eine Antwort.

Der Lautsprecher blieb still.

«Feindliches U-Boot bleibt unbeirrt auf seinem Kurs», gab Henry Jones durch. «Die sind in wenigen Minuten in Schussweite.»

Evans wies den Funker an, eine dringende Warnung über mehrere Frequenzen gleichzeitig zu senden. Er verschränkte die Arme vor der Brust. «Teilen Sie denen mit, dass sie sich in grönländischem Hoheitsgebiet befinden. Wenn sie nicht abdrehen, feuern wir.»

Der Funker führte den Befehl aus.

Stille.

«Hier wieder Commander Jones. Wir empfangen Signale, die darauf hindeuten, dass die Chinesen gerade dabei sind, ihre Torpedorohre zu bestücken.»

«Jetzt wird es ernst», sagte Evans. «Geben Sie einen Warnschuss ab, USS Hartford. Ich wiederhole, knallen Sie denen eine vor den Bug.»

«Wir sind in Gefechtsbereitschaft», antwortete der U-Boot-Kommandant.

Dann waren mehrere Befehle zu hören.

«Linkes Torpedorohr aktivieren!»

«Feuer!»

Ein schwaches Zischen war zu hören.

Dann Stille.

Es dauerte eine Sekunde, bis sie ein dumpfes Donnern tief in den Eingeweiden des Meeres spürten. Der Torpedo war in den Meeresgrund eingeschlagen.

Nelson hoffte inständig, diese Aktion würde nicht wieder einen Gletscherabbruch und einen Tsunami auslösen.

Doch außer hochschwappenden Wellen, die auch die *Máfur* durchschüttelten, geschah nichts.

«Feindliches U-Boot dreht ab und nimmt Kurs aufs offene Meer.»

«Mission erfüllt!» Evans konnte seine Erleichterung nicht verbergen. «Ein weiteres Mal sind die Chinesen nicht zum Zug gekommen. Darauf haben wir uns einen Drink verdient!»

83

... Ilulissat, Grönland ....

Nelson und Diana saßen in ihrem Hotelzimmer. Auf dem Tisch hatten sie ausgedruckte Dokumente ausgebreitet, ein Laptop zeigte die Dateien, die ihnen ihr Abteilungschef Robert Horn zugeschickt hatte. Eine Flasche Wasser und zwei Gläser standen bereit.

«Die Amerikaner waren superschnell mit der Entschlüsselung der Söldner-Telefone – ganz anders als unsere Experten in Berlin», sagte Nelson. «Der Bundesnachrichtendienst sollte mal einen Nachhilfekurs bei denen belegen.»

«Ach, du musst nachsichtiger mit unserer Behörde sein», antwortete Diana. «Der BND hat ja auch nicht so mächtige Organisationen im Rücken wie die Amis – die haben die CIA und die NSA. Bei so viel Power darf man schon schnelle Ergebnisse erwarten.»

«Auch die NSA-Codeknacker-Software soll erste Sahne sein.»

Nelson goss sich ein Glas Wasser ein. «Da können allenfalls die Israelis noch mithalten.»

«Mag sein. Hauptsache, wir können endlich alles durchgehen – unser Auftrag sollte bald abgeschlossen sein. Dann kannst du die arktische Kälte wieder verlassen.» Diana grinste. «Obwohl Deutschland nach dem letzten Wetterbericht immer noch in Gewitter und Regen versinkt, erst in den nächsten Tagen ist Sonnenschein zu erwarten.»

Nelson zuckte die Schultern. «Mittlerweile hab ich mich schon fast an das alles hier gewöhnt.»

Nachdem sie zwei Stunden systematisch alle Unterlagen durchgearbeitet hatten, stand Diana auf und streckte sich.

«Ich glaub, ich brauche mal eine Pause. Vor meinen Augen verschwimmen die Buchstaben. Wie wär's mit einem Snack?»

«Gute Idee.» Nelson schob die Papiere beiseite. «Mein Magen schreit Hunger.»

«Ich hol uns was zu essen. Was willst du – Robben-Burger, mariniertes Walfleisch, Räuchermakrele auf Roggenbrot?» Sie verzog das Gesicht.

«Ein gemischter Salat wäre toll, dazu ein Brötchen mit Butter. Und was Süßes hinterher – und ein Bier. Oder zwei.»

«Wird erledigt.»

Kurz danach kam Diana mit zwei Papiertüten zurück und stellte das Essen und die Getränke auf den Tisch.

«Das einheimische Bier geht runter wie Öl.» Nelson öffnete eine Flasche und trank einen großen Schluck. «Mir geht es schon viel besser.»

«Wir müssen noch einen Abschlussbericht für Horn schreiben», sagte Diana. «Er wollte umgehend informiert werden.»

Nelson stellte die Bierflasche beiseite. «Ich weiß nicht so recht.» Nachdenklich betrachtete er die Unterlagen.

«Was hast du? Ich merke, in deinem Kopf geht was vor.»

«Nach Lektüre all der Unterlagen frage ich mich immer mehr, wie das alles zusammenpassen soll.» Er schüttelte den Kopf. «Ich habe das Gefühl, uns fehlt noch ein wichtiger Puzzlestein.»

«Wie meinst du das?» Diana schob sich eine Gabel Salat in den Mund.

«Na, irgendwie ergibt das alles für mich noch keinen richtigen Sinn. Wir wissen, die Chinesen sind verantwortlich für die nukleare Strahlung, sie wollen vertuschen, dass eines ihrer Atom-U-Boote in der Diskobucht die Quelle ist. Dafür sind sie bereit, über Leichen zu gehen.»

«Ja, das ist Fakt. Wo siehst du da ein Problem?»

«Ganz einfach: Bis auf die Leute am Hafen und die auf dem Spezialschiff mit den Sprengladungen haben wir keine Chinesen getroffen. Aber wenn man all die nötigen Vorbereitungen kalkuliert, bräuchte es jemanden, der das Ganze steuert – möglichst vor Ort und nicht im fernen China. Aber ich sehe nicht, wer das sein könnte.»

«Du vergisst diesen Dr. Huang Li, den Leiter der Polarstation Camp Glacier.» Diana verschränkte die Arme. «Der hätte den Grips und die Verbindungen zu Peking. Außerdem war er vor Ort, als der deutsche Wissenschaftler Sven Lorenz ermordet wurde. Und er ist Chinese.»

«Möglich wär's.» Nelson sah seine Partnerin zweifelnd an. «Aber wir haben in den Unterlagen keinerlei Verbindungen von ihm zu den anderen Beteiligten gefunden.»

«Das stimmt nicht ganz», sagte Diana. «Huang Li ist plötzlich hier in Ilulissat aufgetaucht, obwohl sein Arbeitsplatz auf der Polarstation ist. Und die Einheimischen haben ihn nach unserer Aktion am Hafen gesehen – er hat mit den Leuten vom Spezialschiff geredet. Wenn das nicht verdächtig ist?»

Nelson wiegte den Kopf hin und her. «Vielleicht hat er tatsächlich Hilfestellung geleistet, das will ich nicht ausschließen.

Aber würde er für so was seine Karriere riskieren? Immerhin ist er Absolvent einer Elite-Uni, der Vater ist im Kader der Kommunistischen Partei Chinas – ihm steht vermutlich ein Aufstieg zu einer Professorenstelle bevor.»

«Gerade deshalb könnte so etwas seine Eintrittskarte in die höheren Kreise sein», entgegnete Diana.

«Dafür fehlt uns aber jeglicher Beweis – außer dass er mit seinen Landsleuten am Hafen gesprochen hat. Vielleicht wollte er auch nur dolmetschen oder vermitteln. Und was den Mord auf der Polarstation betrifft: Wäre Huang Li wirklich so dumm, den Verdacht auf sich zu lenken, indem er ein Attentat in dem Camp zulässt, für das er als Chef persönlich verantwortlich ist? Nein, nein, das überzeugt mich nicht.»

Er brach sich ein Stück von der Schokolade ab.

«Noch etwas gibt mir zu denken», fuhr er fort. «Die Männer, die uns oben in Etah töten wollten, das waren keine Chinesen. Die kamen aus Tschetschenien oder sonst woher. Genauso wie die anderen Söldner. Von den Attentätern war kein einziger ein Chinese. Wie also passt das zusammen? Wer hat die Killer gesteuert?»

«Ja, nicht zu vergessen die Anschläge auf Frau Dr. Jordan. Da drängt sich die Frage auf: Woher hatten sie alle ihre Informationen?», sagte Diana nachdenklich.

«Gerade die Anschläge der Attentäter sind mir ein Rätsel. Die waren doch offenbar auch in Island unterwegs.» Nelson leerte seine Flasche. «Was sollte das? Das Einzige, was wir wissen, ist, dass die Söldner im Dienst der russischen Gruppe Wagner standen.»

«Und das ist ein möglicher Hinweis auf die Russen.» Diana lehnte sich zurück. «Der Einzige von denen, mit dem wir zu tun hatten, ist Andrej Sokolov, der Minenmanager aus Barentsburg in Spitzbergen. Und wie es der Zufall so will, ist auch er gerade hier in Ilulissat. Das ist doch merkwürdig.»

«Allerdings. Sokolov hätte die Fähigkeiten, das Geld – und die Verbindungen zum Kreml. Und rücksichtslos ist der Typ sowieso.»

«Denk nur mal an den Anschlag auf uns in dem alten Bergwerk.» Diana erschauderte. «Ich mag gar nicht mehr daran denken ... Die Explosion ... Wir waren wie lebendig begraben ... Schrecklich! Dieser Sokolov schreckt vor Mord nicht zurück, daran besteht kein Zweifel.»

«Aber wo ist die Verbindung zu den Chinesen? Wie passt der Russe da rein? Hat er auf eigene Rechnung gearbeitet, verspricht er sich einen persönlichen Vorteil, wenn er die Chinesen unterstützt? Ist er im Auftrag des Kreml unterwegs, um die Chinesen zu unterstützen? Warum sollte Russland das tun?»

Diana seufzte. «Viele Fragen – aber wir haben darauf keine überzeugenden Antworten.»

«Sag ich doch!»

«Schauen wir die Dateien nochmals durch», meinte sie. «Die Antwort muss in den Unterlagen stecken. Oder zumindest ein Hinweis auf die Antwort.»

Nelson zog einen Papierstapel heran. «Probieren wir es noch mal mit den Telefonaten der Söldner. Dank des BND und der Amerikaner haben wir die Nummern, die sie angerufen haben – oder von denen sie angerufen wurden. Vielleicht ergibt sich daraus eine Spur. Von irgendwoher müssen die Attentäter ja die Informationen und ihre Befehle erhalten haben.»

«Genau! Legen wir die Listen mit den Telefonnummern einfach nebeneinander und schauen nach Übereinstimmungen.» Aufgeregt suchte Diana die entsprechenden Listen heraus und breitete sie auf dem Tisch aus. «Zweite Runde – an die Arbeit!»

Eine halbe Stunde lang sortierten sie die Daten chronologisch nach Datum und Uhrzeit und verglichen jeden einzelnen Anruf.

«Da haben wir's!» Diana klatschte in die Hände. Sie deutete auf die Ziffernfolge in den Unterlagen. «Das ist die einzige Telefonnummer, zu der alle Söldner Kontakt hatten – und sogar mehrmals.»

«Du hast recht, Diana. Ich hätte nicht geglaubt, dass wir eine neue Spur finden.» Nelson strahlte. «Jetzt müssen wir nur noch herausbekommen, wem diese Nummer gehört. Fragen wir den BND.»

«Das geht viel einfacher: Wir rufen an.» Diana war aufgesprungen. «Mal sehen, wer sich am anderen Ende der Leitung meldet.» Sie kramte in ihrer Tasche. «Wir haben doch noch das Satellitentelefon, das wir diesem Söldner Jurij Krylov abgenommen haben, der uns oben im Norden umnieten wollte. Das haben wir ja für uns behalten, jetzt können wir es benutzen. Krylovs Nummer wird kein Misstrauen erregen.»

«Da dann los.»

Diana wählte die Nummer, Nelson hielt sein Ohr ganz nahe an den Apparat.

«Hello?», meldete sich ein Mann.

Diana legte sofort wieder auf. Nelson sah sie überrascht an.

Sie hatten die Stimme sofort erkannt.

«Verdammt, das ändert einiges», sagte er nach einer Weile. «Ich befürchte, wir haben unsere Hausaufgaben nicht richtig gemacht. Das müssen wir sofort ändern. Wir brauchen umgehend weitere Infos. Sonst kommen wir nicht weiter.»

«Fragen wir einfach unsere Freunde von der Thule Air Base», sagte Diana. «Die haben uns doch noch einen Gefallen versprochen.»

84

… *Ilulissat, Grönland* …

«Das sieht doch schon viel besser aus.» Dr. Nuumi Abelsen untersuchte die Wunde. «Keine Infektion, die Ränder verheilen ohne Komplikationen.» Die Ärztin schien zufrieden. Sie legte einen neuen Verband an. «Na, wie fühlt sich das an?»

Hanna hob vorsichtig ihren Arm. Bis auf ein leichtes Ziehen spürte sie keinen Schmerz mehr. «Fühlt sich gut an», sagte sie. «Dann kann ich das Krankenhaus ja jetzt wieder verlassen.»

«Sie müssen aber vorsichtig sein», sagte Dr. Abelsen. «Keine Belastung für den Arm, keine ungewohnten Bewegungen, nichts überdehnen. Sonst reißt die Wunde wieder auf – und das kann gefährlich werden.»

«Ich pass schon auf.» Hanna zog sich an. «Eine Bitte, Frau Doktor: Können Sie Nanoq verständigen?»

«Natürlich. Ich sag's meiner Assistentin. Gute Besserung.» Die Ärztin verließ das Behandlungszimmer.

Der neue Verband trug dick auf, es war ein ungewohntes Gefühl, ihn unter der Kleidung zu spüren. Aber Hanna war froh, nicht länger im Hospital sein zu müssen. Die letzten Wochen hatten sie mehr belastet, als sie ursprünglich gedacht hatte.

Nie hätte sie erwartet, als ganz normale Forscherin und Biologin in solch gefährliche Situationen zu kommen: Jemand hatte sie mit einem Boot umgefahren, nur mit Mühe hatte sie überlebt. Ein Unbekannter hatte sie auf der Polarstation umbringen wollen, die Verfolgungsjagd hatte ebenfalls fast mit ihrem Tod geendet. Dank Nanoq war es nicht dazu gekommen. Im Norden Grönlands war sie von Söldnern angeschossen worden. Und ihre Mithilfe beim Feuerlegen auf dem Fischtrawler im Hafen hatte ihre Schussverletzung wieder aufplatzen lassen.

Nun hatte sie wirklich die Nase voll von alldem. Sie freute sich darauf, wieder bei Nanoq zu sein und das Ganze endlich hinter sich zu lassen. Jetzt würden sie die kommenden Tage genießen.

Es würde wunderbar werden.

Der Gedanke an Nanoq hob sofort ihre Stimmung. Hanna packte ihre Sachen in den Beutel, verabschiedete sich von den Krankenschwestern und ging nach draußen. Die Luft war kühl, schmutzig graue Wolken verhängten die Sonne.

Der Platz vor dem Krankenhaus war menschenleer. Nur ein Geländewagen parkte am Rand, jemand lud gerade etwas in den Kofferraum. Es war Nanoqs Freund Paalu.

Hanna winkte ihm zu. Er winkte zurück.

«Was machst du denn im Krankenhaus?», rief er.

Sie ging zu ihm und begrüßte ihn.

«Eine alte Wunde hat sich bemerkbar gemacht.» Sie hob ihren Arm. «Aber jetzt ist wieder alles in Ordnung.»

«Und wo steckt Nanoq? Ich hab ihn schon länger nicht mehr gesehen.»

«Zu Hause vermutlich.» Hanna betrachtete das Auto. «Seit wann fährst du denn eine solche Riesenkiste? Ich wusste gar nicht, dass du so etwas besitzt.»

«Ausgeliehen.» Paalu grinste. «Für eine Spritztour. Soll ich dich mitnehmen? Ich könnte dich direkt zu Nanoqs Haus fahren.»

«Das wäre nett.»

«Dann bitte eintreten.» Mit einer angedeuteten Verbeugung öffnete er die Tür zum Rücksitz. «Der Shuttle-Service fährt sofort los.»

Hanna stieg ein. Sie wollte sich gerade anschnallen, als sie aus den Augenwinkeln eine Bewegung von hinten wahrnahm.

Dann traf sie ein Schlag am Hinterkopf.

Dunkelheit umfing sie.

85

... *Küste vor Grönland* ....

Stille. Finsternis.

Ein leichtes Schaukeln, wie in einem Wasserbett.

Dann Hammerschläge.

Sie brauchte eine Weile, bis sie begriff, dass diese Schläge direkt aus ihrem Kopf kamen.

Der pochende Schmerz brachte sie endgültig wieder zurück ins Bewusstsein.

Es roch nach Fisch, nach Diesel und abgestandener Luft.

Hanna öffnete die Augen.

Sie lag im engen Laderaum eines Schiffes, soweit sie das im Halbdunkel erkennen konnte. In der Ecke ein Fischernetz, Seile und Angelgerät.

Ihr Kopf tat höllisch weh. Sie wollte die Wunde befühlen, aber es ging nicht.

Sie war an Händen und Füßen gefesselt.

Wo war sie?

«Hallo!», rief sie.

Es blieb still.

«Hilfe, Hilfe!», schrie sie, so laut sie konnte.

Sie hörte Schritte auf der schmalen Leiter, die nach oben ans Deck führte. Eine Gestalt kam herunter. Ein Mann.

Er schaltete das Licht ein.

Paalu.

Vor Schreck wollte sie zurückweichen, aber ihre Fesseln verhinderten jede Bewegung.

Sie erinnerte sich wieder, wie sie in seinen Wagen eingestiegen war. Er musste sie von hinten mit einem Gegenstand niedergeschlagen haben.

Wie lange war sie bewusstlos gewesen?

«Du kannst so lange schreien, wie du willst, hier wird dich niemand hören.» Seine Stimme klang eisig. «Also spar dir deinen Atem.»

«Wo ... Wo ... bin ich?»

«Wir sind auf einem alten Fischerboot etwas außerhalb von Ilulissat. Das Schiff ist momentan verwaist, der Besitzer ist bei der Flutkatastrophe ums Leben gekommen. Das perfekte Versteck also.»

«Du ... Paalu ... was ... was ist in dich gefahren?» Hanna hatte Mühe, ruhig zu bleiben. «Bist du jetzt total durchgedreht?»

«Du kapierst es einfach nicht, oder?» Hass funkelte in seinen Augen. «Du bist doch sonst so intelligent, die ach so schlaue Frau Doktorin, die Wissenschaftlerin, die alles besser weiß.»

«Was ... Was meinst du? Wovon redest du?» Ihr dämmerte, dass der Mann vor ihr ganz eindeutig zur anderen Seite gehören musste. Aber er war doch Nanoqs Freund?

«Ich muss zu Ende bringen, was ich begonnen habe.» Er beugte sich zu ihr herunter. Sie konnte seine Wut förmlich spüren. «Und wie gern bringe ich das zu Ende. Obwohl ich vorher gegen ein wenig Spaß nichts einzuwenden hätte.» Er fasste ihr an die Brüste. «Ich würde gern wissen, was Nanoq so toll an dir findet.»

«Rühr mich nicht an!» Hanna wand sich hin und her.

«Schnauze!» Paalu drückte ihr die Hand auf die Kehle. Sie spürte, wie ihr die Luft wegblieb.

Zugleich durchfuhr sie ein Gedanke: Dieser Mann würde sie töten. Und Nanoq ebenso.

«Du fragst dich, ob ich dich gleich umbringe?» Paalu ließ wieder los und richtete sich auf. «Das würde ich liebend gern. Aber zuerst muss ich mit meinem Auftraggeber telefonieren, wie und wann es geschehen soll. Wir wollen euch beide – Nanoq und dich. Ein inszenierter Unfall wäre das Beste. ‹Liebespaar im Eismeer ertrunken› – klingt das nicht romantisch?» Er lachte voll Bosheit.

«Dann … Dann warst du es, der mich mit dem Schnellboot überfahren wollte …» Auf einmal fügten sich für sie die ganzen seltsamen Vorgänge in der Vergangenheit zu einem Bild. «Du bist ein Mörder!»

«Haha, erzähl mir mal was Neues. Leider bist du zäher als gedacht. Ich hatte damals geglaubt, meinen Job erledigt zu haben. Da kam dieses verdammte Ausflugsschiff und rettete dich.»

«Und das auf der Polarstation warst auch du.» Hanna schluckte. «Deine Mordpläne funktionieren offenbar nicht – und auch dieses Mal wirst du scheitern, glaub mir.»

Sie beobachtete, wie seine Augenlider zuckten.

«Das im Camp Glacier war nun mal Pech.» Hanna war erstaunt, dass sich Paalu rechtfertigen wollte. «Ich hatte alles so schön eingefädelt, wie zufällig die Fahrt für deinen ehemaligen Lover ergattert, diesen Loser Sven …»

«Rede nicht so über ihn, dazu hast du kein Recht!»

Paalu packte ihre Schulter. «Es lief alles glatt, ich hatte sogar eine Gelegenheit, unauffällig in die Polarstation zu kommen. Das Camp … das war schon immer mein Traum! Ich war das erste Mal dort, und ich hab mich gleich zurechtgefunden. Ich hab ausgespäht, wo dein Zimmer ist …»

«Aber Sven hat deinen Mordversuch vereitelt.»

Paalu lachte kalt. «Dieser Idiot stellt sich mir in den Weg. Hat wie ein liebestoller Hund vor deiner Zimmertür gewartet, der Schwachkopf. Ich musste ihn beiseiteräumen.»

«Er hat mir ermöglicht zu fliehen. Und du hast mich nicht gefunden – ein weiteres Versagen von dir.»

Hanna wusste nicht, ob es etwas brachte, ihn zu verunsichern. Aber es schien ihr die einzige Chance, ihn beschäftigt zu halten, bis ihr eine bessere Idee kam.

«Das Wetter war einfach zu schlecht», sagte Paalu. «Das

Schneetreiben in dieser Nacht. Ich dachte, der Gletscher gibt dir den Rest. Und dann hat dich Nanoq gerettet. Allein dafür muss er sterben. Meine Auftraggeber wollen, dass ich reinen Tisch mache und meinen Job zu Ende bringe.»

Sie horchte auf. «Wer sind deine Auftraggeber?»

«Du glaubst doch nicht im Ernst, dass ich dir darauf antworte.»

«Du bringst also Leute um, nur weil es dir jemand befiehlt? Wie armselig.» Hanna legte so viel Verachtung in ihre Stimme, wie sie konnte.

«Ich habe Gründe, gute Gründe. Aber die brauchen dich nicht zu interessieren.»

«Dann war es also gar nicht Jako, der meine Arbeit sabotiert hat», fragte Hanna. «Ich habe ihn zu Unrecht verdächtigt.»

Paalu schüttelte den Kopf und grinste hämisch. «Dieser Trottel hat mir nur deine Pläne und die Standorte verraten, zu denen ihr beide mit dem Boot unterwegs wart. Deshalb wusste ich auch, wo Nanoq seine Kadaver im Eis versteckt hatte. Es war ein Kinderspiel für mich, die Stellen zu finden und die toten Fische zu entfernen. Nur hat Jako später Gewissensbisse bekommen und sich geweigert, mir weitere Informationen zu liefern – obwohl ich ihn gut dafür bezahlt habe.» Verächtlich schüttelte er den Kopf. «Erfreulicherweise hat sein Selbstmord mir einige Arbeit abgenommen.»

Wieder dieses kalte Lachen. Hanna erschauderte. Dieser Mann schreckte vor nichts zurück.

«Warst du auch oben in Etah dabei?»

«Nein, diesen Job haben andere erledigt. Ich hab nur euer Reiseziel weitergegeben. Leider haben die Männer dort versagt.»

«So wie du, nicht wahr?»

«Halt's Maul», zischte Paalu.

«Hör mir zu, Paalu.» Hanna versuchte einen freundlichen Tonfall anzuschlagen. «Ich zeige dir einen Ausweg. Sieh es doch ein, es ist sinnlos, deine Pläne weiterzuverfolgen. Lass uns gemeinsam zur Polizei gehen. Hör auf mit dem Wahnsinn. Die Chinesen haben ihr Ziel nicht erreicht. Es ist vorbei. Mach es nicht noch schlimmer.»

«Halt's Maul, sag ich!» Paalu gab ihr eine Ohrfeige und stand auf. «Du verstehst gar nichts. Ich habe andere Zukunftspläne.» Er wandte sich zum Gehen, drehte sich aber noch einmal zu ihr um. «Wir sehen uns bald wieder, Süße. Versprochen. Ich muss mich jetzt um Nanoq kümmern.»

Das Licht ging aus, und er verschwand. Sie hörte, wie ein Außenbordmotor angeworfen wurde. Offenbar ankerte das Schiff vor der Küste. Paalu musste sie mit einem Schlauchboot hergebracht haben.

Langsam wurde das Motorengeräusch leiser.

Dann blieb sie allein in der Dunkelheit.

Wie viel Zeit blieb ihr, bis er zurückkam?

86

… Küste vor Grönland ……………………………………

Hanna hatte um Hilfe gerufen, aber bald einsehen müssen, dass sie in ihrem Verlies niemand hören konnte.

Panik überfiel sie. Würde sie in diesem Loch sterben müssen? Und was war mit Nanoq? Er schwebte in höchster Gefahr, Paalu war auf dem Weg zu ihm.

Sie atmete mehrmals tief ein und aus, bis sie sich wieder beruhigt hatte. Sie musste ihre Angst verdrängen.

Und sie musste hier weg, dringend.

Wieder und wieder zerrte sie an ihren Fesseln, drehte sich am Boden hin und her. Doch es war vergebens: Die Seile gaben nicht nach.

Im Halbdunkel tastete sie die Wände nach einer scharfen Kante ab.

Ohne Erfolg. Sie sah sich um. Irgendwie musste sie die Fesseln durchschneiden.

Sie war auf einem Fischtrawler, eindeutig.

Das brachte sie auf eine Idee.

Mit dem Schiff ging es auf Fischfang. Undeutlich sah sie die Netze in der Ecke. Und in Netzen fand man …

Mit neuer Energie wälzte sie sich durch den Laderaum bis hin zu den Netzen. Es kostete sie Anstrengung, mit den Fingern die einzelnen Maschen abzutasten. Immer wieder musste sie innehalten, Kraft schöpfen.

Nach einer kleinen Ewigkeit ertastete sie einen harten Gegenstand.

Eine Muschel.

Danach hatte sie gesucht. Als Biologin wusste sie, dass in den Netzen der Fischer immer Beifang hängen blieb. Dazu zählten Muscheln wie diese hier.

Auch ohne sie zu sehen, war sie sich sicher, dass sie ein Exemplar der Familie Nuculanidae in den Fingern hatte – Laien bekannt als Große Schnabelmuschel. Die typische längliche Form, die Asymmetrie, die raue Oberfläche – Hanna hatte diese Gattung schon oft untersucht.

Doch jetzt war für sie nur eines wichtig: der scharfe Rand der Muschelschale. Mühselig suchte sie eine Position, in der sie die Fesseln mit der Muschelklinge durchscheuern konnte. Es dauerte eine Weile, dann war das Seil durchtrennt.

Sie stieß einen Freudenschrei aus und befreite sich auch von ihren Fußfesseln. Plötzlich fühlte sie an ihrem Arm etwas Feuchtes. Die Wunde war wieder aufgeplatzt. Doch hier im Dunkeln konnte sie nicht sehen, wie schlimm es war.

Mit wackeligen Beinen kletterte sie die Luke hoch und sog begierig die frische Luft ein.

Tatsächlich ankerte das Schiff in etwa fünfzig Meter Distanz zur Küste, in der Ferne war Ilulissat zu sehen.

Sie untersuchte den Verband – er war blutdurchtränkt. Vorsichtig wickelte sie die Mullbinde ab und legte einen provisorischen Druckverband an. Die Blutung schien aufzuhören. Die Frage war, wie lange.

Sollte sie hier an Deck ausharren und warten, bis zufällig ein Schiff vorbeikam, das sie retten würde?

Das würde viel zu lange dauern. Nanoq war in Gefahr. Sie musste ihn warnen.

Es gab nur einen Weg aus diesem schwimmenden Gefängnis. Ein Weg, der lebensgefährlich war: Sie musste zum Ufer schwimmen.

Die kurze Entfernung schien auf den ersten Blick harmlos – und bei normalen Wassertemperaturen war sie das auch. Aber in den Eisfluten der Arktis konnte schon nach Minuten der Tod eintreten – je nachdem, wie lange der Körper mit der feindlichen Umgebung zurechtkam.

Würde ihr Verband halten? Es war sinnlos, sich jetzt Gedanken darüber zu machen.

Schwimmen war ihre einzige Chance.

Sie setzte sich auf den Rand des Bootsdecks und starrte auf das dunkle Wasser. Nur an das Ufer denken, du schaffst es, sagte sie zu sich selbst.

Und sprang ins Wasser.

Wie eine Stahlklammer legte sich die Kälte sofort um ihren Körper. Sie glaubte, keine Luft mehr zu bekommen.

Regelmäßig atmen. Schnell alle Gliedmaßen bewegen. Sie konzentrierte sich.

Hanna schwamm, so schnell sie konnte.

Bald fühlte sie ihre Arme und Beine nicht mehr.

Bewegte sie sich überhaupt noch vorwärts? Was war mit ihrer Wunde?

Mechanisch führte sie die Schwimmzüge aus, das Ufer fest im Blick. Sie funktionierte wie ein Roboter, ihre Gedanken waren festgefroren.

Irgendwann spürte sie festen Grund unter sich.

Zitternd vor Kälte schleppte sie sich ans Ufer und brach dort zusammen.

87

... Ilulissat, Grönland ....

Das Krankenhaus hatte angerufen, Hanna käme nach Hause. Das war Stunden her. Nanoq ging unruhig in der Küche auf und ab.

Er machte sich Sorgen.

Etwas stimmte nicht.

Wäre ihr etwas dazwischengekommen, hätte sie sich verspätet – sie hätte längst angerufen.

Seine Nervosität befeuerte ein einziger Grund.

Und dieser Grund hatte einen Namen: Paalu.

Seit er in Jakos Unterlagen gesehen hatte, dass Paalu große Geldbeträge auf dessen Bankkonto einbezahlt hatte, wusste er: Sein Freund – sein angeblicher Freund – war ein Verräter.

Ein Anruf bei Paalus Arbeitsplatz, dem Greenland Institute of Natural Resources in Nuuk, hatte genügt, um den Verdacht zu bestätigen. Die Angestellte dort hatte erklärt, Paalu habe eine Auszeit genommen und arbeite nicht mehr dort.

Paalus angeblicher Besuch in Ilulissat, um seiner Tante nach der Flutkatastrophe zu helfen: eine Lüge. Sein plötzliches Auftauchen bei Nanoq: ein Vorwand, um ihn auszuspionieren. Sein geheucheltes Interesse für Hannas Arbeit und ihre nächsten Reiseziele: eine Methode, um seine Mordpläne vorzubereiten.

Nanoq hatte Jako unrecht getan: Nicht der Freund seiner Schwester hatte das Attentat auf Hanna mit dem Schnellboot durchgeführt – sondern Paalu. Er war es auch, der systematisch ihre Arbeit sabotiert hatte.

Warum um alles in der Welt hatte Paalu das getan?

Nanoq verstand es einfach nicht.

Eines wusste er jedoch: Paalu würde seine Mordpläne nicht aufgeben.

Deshalb war Hanna in Gefahr.

Er nahm ihr Satellitentelefon und versuchte die beiden BND-Agenten zu erreichen. Niemand meldete sich. Er rief erneut im Krankenhaus an und fragte, ob jemand Hanna habe weggehen sehen oder ob sonst etwas Ungewöhnliches aufgefallen sei.

Eine Krankenschwester glaubte, einen großen Geländewagen vor dem Gebäude gesehen zu haben – aber sie war sich nicht sicher.

Zumindest war es ein Anfang.

Nanoq musste Paalu finden. Die Zeit drängte.

Weit konnte er nicht sein – Ilulissat war ein überschaubarer kleiner Ort. Nanoq beschloss, den einfachsten Weg einzuschlagen, um zu Hinweisen zu kommen: den ausgeprägten Hang der Inuit zu Klatsch und Tratsch, sei es bei Kaffemik-Treffen oder einem Schwätzchen unter Freunden und Verwandten.

Er lief los. Unterwegs sprach er alle an, die er traf – aber niemand hatte Paalu gesehen. Er besuchte Paalus Tante in ihrem Haus. Sie berichtete, ihr Neffe besitze seit zwei Tagen einen schicken Geländewagen, schwarz lackiert, mit getönten Scheiben, angeblich eine ‹Leihgabe› eines Freundes, habe er erzählt.

Selbst die Polizei rief Nanoq an, obwohl ihm das schwerfiel.

«Natürlich kenn ich das Auto – eine geile Kiste, sag ich dir», schwärmte Eliyah. «Viel besser als unsere Dienstwagen.»

«Weißt du, wo Paalu stecken könnte?» Nanoq bemühte sich, seine Ungeduld zu verbergen.

«Warum willst du das wissen?», fragte der Polizist.

«Ich brauch ihn wirklich dringend, sonst würde ich nicht anrufen, Eliyah.»

«Keine Ahnung, wo er gerade steckt. Probier's mal bei den Lagerhallen am Hafen. Ich glaub, dort habe ich das Auto mal parken gesehen.»

«Danke!» Nanoq lief zurück nach Hause, holte das Jagdgewehr seines Großvaters und steckte zusätzliche Munition ein.

Als er das Hafengelände erreichte, achtete er darauf, das Areal zu umgehen, das an den Pier mit dem chinesischen Frachtschiff grenzte. Er wollte auf keinen Fall bewaffneten Wachmännern in die Arme laufen.

Vorsichtig näherte er sich den Lagerhallen. Bei dem letzten Gebäude am Rand des chinesischen Geländes entdeckte er einen schwarz glänzenden Geländewagen, der direkt vor dem Eingang parkte.

Dort musste Paalu sein.

Nanoq näherte sich der Halle von der Rückseite und lud das Gewehr durch. Er fand einen Seiteneingang, drückte behutsam die Klinke.

Die Tür öffnete sich. Durch den Spalt schlüpfte er ins Innere und schloss die Tür leise hinter sich.

Es dauerte einen Moment, bis sich seine Augen an die Dunkelheit gewöhnt hatten. Das einzige spärliche Licht kam durch zwei verglaste Dachluken. In der Halle stapelten sich Holzkisten mit chinesischen Schriftzeichen, außerdem konnte er mehrere Gabelstapler, Kompressoren und Pumpen ausmachen. Dazwischen Ölfässer und Maschinenteile.

Plötzlich ertönte ein Schuss. Die Kugel schlug über seinem Kopf in der Wand ein. Der Knall hallte im Gebäude wider.

«Na, hast du endlich hergefunden?» Das war die Stimme Paalus. «Ich habe die ganze Zeit auf dich gewartet.»

«Wo bist du?» Nanoq ging hinter einem Gabelstapler in Deckung. «Zeig dich!»

Als Antwort ertönte ein zweiter Schuss, der neben dem Fahrzeug auf dem Boden einschlug.

«Warum hast du so lange gebraucht?»

«Ich habe dich gesucht.» Nanoq konnte nicht genau orten, wo Paalu sich verborgen hielt.

«Ich hab's dir leicht gemacht, dir Spuren hinterlassen.» Paalus Stimme war kalt. «Den großen Wagen, mit dem ich mich überall gezeigt habe, habe ich extra draußen geparkt, damit du angelockt wirst wie eine Schmeißfliege von der Scheiße.»

«Paalu, das hier ist kein Spiel, hör auf damit!» Nanoq brachte sein Gewehr in Anschlag und entsicherte es.

«Zuerst dachte ich, ich fahr zu dir nach Hause und schnappe mir dich.» Wieder ein Schuss. Paalu schien seine Position gewechselt zu haben. «Aber dann kam mir die Idee, dich herzulocken. Das war viel einfacher – und Zeugen gibt es hier drin auch nicht. Genial, oder?»

«Du bist krank, Paalu. Es ist aus, sieh es endlich ein! Du hast keine Chance.»

Zwei Schüsse als Antwort. Dieses Mal schlugen sie verdammt knapp neben Nanoq ein. Er glaubte, Mündungsfeuer auf der rechten Seite gesehen zu haben, und duckte sich tiefer hinter den Gabelstapler.

«Am liebsten hätte ich dich gleich getötet und deine Süße auch. Aber ich soll euch beide gleichzeitig beiseiteräumen, ohne Spuren zu hinterlassen – etwa durch einen Bootsunfall.»

«Was habe ich dir getan, dass du mich umbringen willst? Wir waren doch Kumpel, Freunde, seit Jahren.»

«Das ist lange vorbei, Nanoq. Du glaubst, weil wir ein paarmal zusammen in Klubs waren und was gebechert hatten, seien wir Blutsbrüder. Aber da täuschst du dich, Junge. Wir sind grundverschieden.»

«Aber ich verstehe es nicht. Warum dieser Hass? Warum willst du Hanna und mich umbringen? Wegen der Untersuchungen zum Fischsterben? Wir beide sind doch nicht schuld am Untergang dieses chinesischen Atom-U-Bootes.»

«Ihr beide seid aber schuld, dass Fragen dazu aufgetaucht sind.» Paalu schien weiter nach links geschlichen zu sein. «Eure verdammte Hartnäckigkeit! Hättet ihr es einfach gut sein lassen – niemand hätte sich dafür interessiert.»

«Bist du verrückt? Die Diskobucht würde nach und nach von der radioaktiven Strahlung verseucht werden – und mit ihr alle Orte in der Nähe.» Nanoq wechselte zum Heck des Gabelstaplers, das Gewehr weiter im Anschlag. «Und hast du schon die Flutkatastrophe vergessen? Die Hunderten von Toten? Das waren Inuit wie du und ich. Du hast dich mitschuldig gemacht. Du hast unsere Volksgruppe verraten!»

«Hör doch mit dem Scheiß auf! Du redest jetzt schon wie dein Großvater Uju.» Paalu war lauter geworden. «Die Flut wäre früher oder später sowieso gekommen. Dafür sorgen allein schon die ganzen Hitzewellen bei uns.»

Nanoq fragte sich, wann Paalu seinen Angriff starten würde. Denn es war klar – ihr Gespräch war nur der Auftakt dazu. Vermutlich wollte Paalu dadurch seinen genauen Standort herausfinden. Und er selbst versuchte das Gleiche.

«Du hast versucht, Jako mit Geld zu kaufen. Aber er hat Gewissensbisse bekommen. Und wer hat dich gekauft? Die Chinesen? Es muss viel Geld gewesen sein, dass du dadurch zum Mörder wirst.»

«Wie ich deine moralische Selbstgerechtigkeit hasse! Du kapierst es eben nicht, Nanoq, hast es noch nie kapiert. Sieh dich an, wie du lebst, seit du zurück bist. So wollte ich nie leben. Ich habe studiert, ich wollte das, was mir zusteht. Weißt du, wie armselig die Bezahlung beim Umweltinstitut in Nuuk ist? Wie monoton die Arbeit? Ich bin mehr wert!»

«Was haben deine Auftraggeber dir versprochen?», wiederholte Nanoq. «Womit haben sie dich geködert, dass es den Verrat wert war?»

«Es ist ein guter Deal, glaub mir. Ich bekomme mehr als genug Geld, um künftig angenehm leben zu können. Und das Beste: Ich erhalte eine Anstellung in der Forschungsstation Camp Glacier – das war schon immer mein Traum. Endlich ein anspruchsvoller wissenschaftlicher Job, der meinen herausragenden Qualifikationen gerecht wird!»

«Den Job hast du von diesem Huang Li, dem chinesischen Camp-Chef?»

«Sagen wir so: Er hat jemandem einen Gefallen getan.»

«Wem?»

Als Antwort feuerte Paalu zwei Schüsse ab. Die Querschläger pfiffen über Nanoq hinweg. Sein Gegner stand nun in einem Winkel zu ihm, der gefährlich war. Noch ein paar Schritte – und Paalu würde ihn im Visier haben.

Nanoq ging rückwärts bis zum Heck des Gabelstaplers. Zwei Meter neben ihm sah er etwas, das aussah wie eine große Wasserpumpe. Sie würde genügend Deckung bieten. Da musste er hin.

Er ging in die Knie, packte sein Gewehr fester und hechtete hinüber. Hinter der Pumpe rollte er ab. Gerade wollte er sich wieder aufrichten, als er eine Stimme direkt neben sich hörte.

«Lass sofort das Gewehr fallen, Nanoq! Es ist vorbei.»

Paalu hatte seine Pistole direkt auf Nanoqs Schläfe gerichtet.

«Du bist so berechenbar! Wie immer.» Die Kälte in Paalus Worten ließ Nanoq frösteln. «Leg die Waffe auf den Boden, oder ich vergess mich und drücke hier und jetzt ab. Es wäre mir ein Vergnügen, glaub mir!»

Es war vorbei. Nanoq legte das Gewehr auf den Boden und erhob sich langsam.

«Und jetzt brav vorausgehen zum Eingangstor.» Er spürte den

Lauf von Paalus Pistole in seinem Rücken. «Wir machen eine kleine Fahrt an die Küste und dann einen netten Bootsausflug. Da wirst du deine Hanna wiedersehen – wenn auch das letzte Mal. Ist das nicht klasse?» Paalu ließ ein boshaftes Lachen hören.

Nanoq öffnete das Eingangstor und trat ins Freie. Für einen Moment blendete ihn das helle Tageslicht.

«Du gehst nirgendwohin, du Schwein!»

Das war Hannas Stimme hinter ihnen. Sie musste am Eingang gelauert haben.

Paalu wirbelte herum.

Da traf ihn der Schlag mit einer Holzlatte auf den Kopf. Die Pistole entglitt ihm. Er taumelte und sackte zusammen.

Reflexartig kickte Nanoq die Waffe weg. Er sah Hanna an, sie war völlig durchnässt, als wäre sie ins Wasser gefallen. Die Haare hingen wirr von ihrem Kopf, ihr Arm blutete. Sie atmete schwer. In der Hand hielt sie immer noch die Holzlatte.

«Hanna!» Er ging zu ihr hin und umarmte sie. Er war so unendlich froh, sie zu sehen.

«Vorsicht, Nanoq!»

Hinter ihm hatte sich Paalu wieder hochgerappelt. Aber anstatt Nanoq anzugreifen, lief er zu seinem Geländewagen, stieg ein und startete ihn. Mit quietschenden Reifen fuhr er davon.

«Er haut ab», sagte Hanna ungläubig.

Nanoq sammelte Paalus Waffe ein und holte sein Jagdgewehr.

«Den kriege ich schon», sagte er. «Heute werde ich es beenden.»

Er gab Hanna das Satellitentelefon. «Ruf die Polizei und den Flughafen an, falls er wegfliegen will. Während du telefonierst, bring ich dich ins Krankenhaus, Hanna. Du siehst echt nicht gut aus.»

«Und was machst du, wenn du mich abgeliefert hast?»

Nanoq sah Paalus Wagen hinterher. «Dann gehe ich auf die Jagd.»

88

… Jakobshavn-Gletscher, Grönland …………………………

Nanoq war Paalu zu Fuß gefolgt. Ilulissat war ein kleiner Ort mit lediglich einer Handvoll Autostraßen – und die endeten alle in der umliegenden Wildnis.

Er hatte Paalus Auto am Stadtrand gefunden, dort, wo die eisbedeckten Hügel begannen und die Schneemobile der Einheimischen standen.

Eine frische Spur führte direkt weg von der Siedlung, den Hügel hinauf in Richtung Jakobshavn-Gletscher. Paalu war für seine Flucht offenbar auf einen Motorschlitten umgestiegen.

Nanoq lief zurück zu einem der Häuser in der Nähe und fragte den Besitzer, den er von mehreren Kaffemik kannte, ob er sich eines der Gefährte ausleihen dürfe, dazu eine warme Jacke, Handschuhe und eine Skibrille. Der Mann gab ihm das Gewünschte, ohne weiter zu fragen. Die Inuit kannten sich eben.

Mit einiger Verzögerung nahm Nanoq die Verfolgung auf. Es war kalt geworden, bald würde die Nacht hereinbrechen und die Temperaturen auf dem Gletscher tief in den Keller sinken. Der Fahrtwind blies ihm unangenehm eisig ins Gesicht.

Mit moderater Geschwindigkeit folgte er der Spur von Paalus Motorschlitten. Als Jäger musste man Geduld haben, hatte ihm sein Großvater beigebracht, nicht auf Geschwindigkeit kam es an, sondern darauf, die passende Gelegenheit abzuwarten.

Oben auf dem Hochplateau wechselte die Spur leicht den Kurs und führte nun in Richtung der Abrisskante des Gletschers an der Diskobucht. Nun lag die unendliche Weite des ewigen Eises vor ihm.

Nanoq folgte der Spur viele Kilometer weit. Dann merkte er

an der veränderten Fahrrinne, dass das Schneemobil vor ihm langsamer geworden war.

Er hielt an und stieg ab. Seltsame Rillen in der Eisdecke und flache Schneefelder vor ihm machten ihn nervös.

Das bedeutete nichts Gutes. Es zeigte, dass die Eisdecke gefährlich brüchig geworden war. Die Schneefelder ließen nur einen Schluss zu: Darunter verbargen sich Gletscherspalten. Nanoq musste an den deutschen Touristen denken, der in einer solchen verborgenen Spalte verunglückt war.

Langsam fuhr er weiter, immer darauf achtend, die tückischen Stellen zu meiden.

Die Spur schien nun auf einen Hügel zuzulaufen. Wieder stoppte Nanoq.

Das sah nach einem Hinterhalt aus. Hier wäre der perfekte Ort dafür. Er holte das Jagdgewehr heraus, überprüfte die Munition und ging zu Fuß im großen Abstand um den Hügel herum, die Waffe feuerbereit.

Plötzlich tauchte hinter dem Hügel ein Motorschlitten auf. Im selben Moment sah Nanoq das Mündungsfeuer.

Er warf sich auf den Boden. Der Schuss war weit danebengegangen. Dem Klang nach zu urteilen, hatte Paalu mit einer Pistole geschossen, aber die war auf diese Entfernung zu ungenau.

Nicht so das Jagdgewehr von Uju.

Nanoq stützte sich ab und brachte die Waffe in Anschlag. Er zielte ruhig, atmete aus – und drückte ab.

Die Kugel schlug in Paalus Schneemobil ein.

Hektisch feuerte Paalu mehrmals zurück, aber alle Schüsse gingen ins Leere. Dann sprang er auf seinen Motorschlitten und raste davon.

Nanoq ging zu seinem Gefährt zurück und fuhr langsam weiter, immer den Boden im Blick. Er wusste jetzt, Paalu war nervös und machte Fehler.

Nach kurzer Strecke entdeckte er im Eis Flecken: Benzin.

Er hatte den Treibstofftank oder die Benzinleitung von Paalus Motorschlitten getroffen. Nun brauchte er nur noch der Spur der Flecken zu folgen. Bald würde seinem Gegner der Treibstoff ausgehen.

Nur wenige Kilometer weiter bremste Nanoq abrupt ab. Vor ihm klaffte ein frischer Krater im Gletschereis, Paalus Spur führte direkt hinein. Er stellte den Motorschlitten ab, nahm sein Gewehr und ging zu Fuß weiter.

Vorsichtig zielte er mit der Waffe in den Krater. Etwa zwei Meter unter ihm lag Paalu auf dem Rücken, sein Körper eingeklemmt von seinem Schneemobil, das zur Seite gekippt war. Er hatte nur eine dünne Jacke an, die Mütze lag am Kraterhang.

«Wo ist deine Pistole?» Nanoq ging in tastenden Schritten um den Krater herum, immer darauf achtend, nicht ebenfalls einzubrechen.

«Ich … Ich weiß nicht.» Paalu hatte sich bei dem Sturz verletzt. «Die Pistole muss irgendwo unter dem verdammten Motorschlitten liegen.» Sein Gesicht war schmerzverzerrt. «Ich … Ich kann mich nicht bewegen. Versuch, den Motorschlitten hochzuheben.»

Nanoq ließ das Gewehr sinken. «Jetzt merkst du, wie sich Hanna gefühlt haben muss, als du sie im Eis verfolgt hast.»

«Okay, okay, Kumpel, du hast gewonnen.» Paalu versuchte ein Grinsen, aber es gelang ihm nicht. «Um der alten Zeiten willen – hilf mir, damit ich aus diesem Krater herauskomme und hier drin nicht erfriere. Es wird bald Nacht.»

Nanoq zögerte. «Nein.»

«Dann erschieß mich doch, du moralischer Saubermann.» Paalu blickte ihn hasserfüllt an. «Es muss dir doch eine Genugtuung sein, mich hier liegen zu sehen. Bring's zu Ende, erschieß mich!»

Nanoq betrachtete seinen ehemaligen Freund. Er spürte nichts – nur eine große Leere. Dieser Mann hatte ihm und

Hanna und all den anderen Menschen unendliches Leid zugefügt. Dieser Mann empfand keine Reue.

«Du bist doch Inuk», sagte Nanoq zu Paalu. «Glaubst du an unsere alten Weissagungen?»

«Von ... Von was redest du?»

«Siku Kisimi – allein das Eis entscheidet. Du kennst die Inuit-Prophezeiung», sagte Nanoq. «Ich denke, die Meerfrau wartet auf dich.»

Er drehte um, ging zurück zu seinem Schneemobil und fuhr heim.

89

... Ilulissat, Grönland ....

«Dann wollen wir mal.» Diana überprüfte ihre Pistole. «Ich freue mich schon auf ein ganz besonderes Abendessen.»

«Hoffentlich gibt es keine unangenehmen Überraschungen.» Nelson steckte ebenfalls seine Waffe ein.

«Die wird es sicher geben», antwortete Diana. «Pass aber auf, wohin du schießt.» Sie grinste.

«Jaja.» Stirnrunzelnd sah er an sich hinunter. «Wir sind auch nicht richtig für ein Dinner gekleidet. Diese blöden schusssicheren Westen sind wirklich unangenehm zu tragen.» Er streifte seine Jacke über.

«Du wirst noch froh über sie sein», versetzte Diana.

Der Speisesaal des Hotels war voll besetzt. An den Tischen saßen durchweg Ausländer – Matrosen, Mitglieder von Hilfsorganisationen, Firmen-Mitarbeiter. Der Raum war erfüllt von den Gesprächen, dem Geklirr der Gläser, dem Lachen der Menschen.

«Haben Sie reserviert?»

Ein hochgewachsener Kellner stellte sich Nelson und Diana in den Weg.

«Wir sind Gäste des Hotels», antwortete Diana.

«Schon, aber wie Sie sehen, sind alle Tische belegt. Deshalb muss ich um Ihre Reservierung bitten.»

«Das geht schon in Ordnung – wir sind verabredet», sagte Nelson. «Wir finden allein unseren Platz.»

Der Kellner machte keine Anstalten, sie hineinzulassen.

«Danke für Ihr Verständnis.» Diana drückte ihm einen Geldschein in die Hand.

«Und wenn Sie unsere Reservierung sehen wollen ...» Sie öffnete ihre Jacke und zeigte ihren Pistolenhalfter. «Das müsste genügen, oder? Behalten Sie unser kleines Geheimnis bitte für sich.»

Der Kellner sah sie erschrocken an, nickte und verschwand.

Sie betraten den Speisesaal. Einige abschätzige Blicke streiften sie, aber niemand schien besonders Notiz von ihnen zu nehmen.

«Dort, ganz links, mit dem Rücken zu uns, sitzt Andrej Sokolov», flüsterte Nelson seiner Partnerin zu. «Begrüßen wir ihn doch.»

Der Minenmanager aus Barentsburg prostete gerade zwei stämmigen Russen mit einem Wodka zu, als Nelson und Diana an seinen Tisch traten.

«Auf Ihr Wohl, Mister Sokolov!» Diana klopfte ihm freundschaftlich auf die Schulter.

Der Russe verschluckte sich und fing an zu husten. Seine Begleiter wollten aufspringen, aber Sokolov gab ihnen ein Zeichen, sitzen zu bleiben.

Er drehte sich zu ihnen um. «Was für eine Überraschung – das Pärchen aus Deutschland, das für Thyssenkrupp arbeitet.» Er lächelte. «... Oder auch nicht. Schön, dass es Ihnen gut geht.»

«Meinen Sie das wirklich so?», sagte Nelson. «Bei unserem Besuch auf Spitzbergen hatten wir einen anderen Eindruck.»

«Ach, kommen Sie, das ist doch Schnee von gestern.» Sokolov schenkte sich sein Glas voll. «Wir haben übrigens in einem Spind in den Umkleideräumen der Bergarbeiter eine Leiche gefunden. Sie wissen nicht zufällig etwas darüber?»

«Wir haben unseren Ausflug zu Ihnen sehr genossen», sagte Diana, ohne auf seine Frage einzugehen. Die Ironie war deutlich herauszuhören. «Sie waren überaus gastfreundlich.»

«Das freut mich zu hören.»

«Was verschlägt Sie denn nach Ilulissat?» Nelson behielt Sokolovs Begleiter im Auge. «Es ist doch verdammt weit weg von Barentsburg.»

«So weit ist es auch wieder nicht.» Der Russe trank sein Glas in einem Zug aus und schenkte sich gleich wieder nach. «Sie beide werden es kaum glauben – aber ich bin hier, um Gutes zu tun. Unser Trupp hilft beim Wiederaufbau des Ortes.»

«Ja, das ist wirklich unglaublich», antwortete Nelson sarkastisch. «Geradezu märchenhaft.»

«Ach, denken Sie doch, was Sie wollen.» Sokolov deutete auf die Wodkaflasche. «Wollen Sie einen Schluck?»

«Danke, wir sind verabredet», sagte Diana. «Einen schönen Abend noch.»

Sie gingen weiter in die Mitte des Saals. Nelson holte das Satellitentelefon heraus und drückte die Wahlwiederholungstaste.

Irgendwo klingelte es. Das Geräusch kam von einem Tisch ganz in der Ecke. Dort saßen vier Männer.

Einer von ihnen nahm ein Telefon aus der Tasche und sagte «Ja?».

«Guten Abend, Herr Ruud. Dürfen wir uns zu Ihnen setzen?» Nelson legte auf, ohne die Antwort abzuwarten.

Sie gingen zu dem Tisch des Transnation-Holding-Chefs. Die

drei durchtrainierten Männer, offenbar seine Leibwächter, griffen reflexartig unter ihre Jacketts.

«Lassen Sie das!» Diana hatte ihre Hand bereits an ihrer Pistole. Auch Nelson hatte seine Jacke geöffnet.

«Bitte, bitte, keine unnötige Aufregung.» Ein Blick von Ruud genügte, und seine drei Bodyguards ließen die Hände sinken, beobachteten jedoch misstrauisch jede Bewegung von Nelson und Diana.

«Setzen Sie sich doch – wenn Sie schon mal da sind.» Ruud machte eine einladende Bewegung zu den beiden freien Stühlen neben ihm. «Wenn Sie plaudern wollen, gerne. Wir sind doch zivilisierte Menschen.»

«Sind wir das?» Diana setzte sich. Nelson rückte seinen Stuhl näher zu den Leibwächtern hin und nickte ihnen zu. Sie reagierten nicht, ihre Mienen blieben versteinert. «Wir haben bei Ihnen nicht den Eindruck.»

«Ach kommen Sie, Frau Winkels, warum so melodramatisch?» Ruud deutete auf seinen leeren Teller. «Wir haben bereits gegessen, deshalb kann ich Ihnen nichts mehr zum Essen anbieten – aber wie wär's mit einem Glas Wein? Das Hotel hat ihn aus Frankreich importiert.»

«Danke, nein. Sie wissen, von wessen Telefon wir Sie angerufen haben? Es gehörte dem Terroristen Jurij Krylov, der auf Ihrer Gehaltsliste stand – so wie all die anderen Söldner, die Sie engagiert haben.»

Ruud lachte auf. «Wenigstens machen Sie sich beide jetzt nicht mehr die Mühe, sich als Mitarbeiter von Thyssenkrupp zu tarnen – das wirkte auf mich sowieso furchtbar lächerlich. Die Typen von Thyssenkrupp, die ich kenne – und ich kenne viele –, sind ganz anders drauf.» Ruud beugte sich zu ihnen vor. «Ich bin bestürzt, dass Sie mich für so blöd gehalten haben – ich habe schon bei unserem ersten Treffen auf Island gemerkt, dass Sie vom BND sind.»

«Sie haben uns zugegebenermaßen sehr clever getäuscht. Äußerst raffiniert, das muss man Ihnen lassen», sagte Nelson. «Ihre ganze Show als uneigennütziger Transport-Chef, der großzügig spendet, der die Forschung unterstützt und Hilfstruppen in Notstandsgebiete schickt, das alles war geschickt inszeniert.»

«Was Sie nicht sagen.»

«Ein kluger Schachzug von Ihnen war es auch, die Söldner auch Anschläge in Island ausführen zu lassen – sogar gegen Ihre eigenen Transnation-Einrichtungen.» Diana ließ ihre Hand in der Nähe ihrer Waffe. «Damit waren Sie über jeden Verdacht erhaben, und zugleich wurden Ihre Konkurrenten geschädigt.»

«Und der Gipfel Ihrer Durchtriebenheit war die Entscheidung, die russische Gruppe Wagner und deren Söldner zu beauftragen.» Nelson stützte die Hand aufs Knie. «Durch deren Nähe zum Kreml dachte jeder, die Russen steckten dahinter. Wie viel haben Sie sich das kosten lassen, Herr Ruud?»

Der Transnation-Chef lehnte sich zurück und lächelte. «Sie glauben gar nicht, was man mit Geld alles bewegen kann. Es ist nur eine Frage des Preises. Auch Sicherheitsdienste wie die Gruppe Wagner wollen in Dollar und Euro bezahlt werden – und nicht nur in Rubel. Die nehmen gern jedes Geschäft mit, wenn die Kasse stimmt.»

«Aber die Finanzmittel haben doch nicht Sie aufgebracht, Herr Ruud. Sondern die Chinesen.» Nelson fragte sich, ob der Mann auch bewaffnet war. «Denen gehört praktisch die Transnation Holding. Und auch wenn sich die Chinesen diskret im Hintergrund halten – die schaffen an. Sie müssen gehorchen, Herr Ruud. Sie sind nur deren Marionette. Wie traurig.»

«Sie verstehen gar nichts!» Ruuds Stimme hatte alle Freundlichkeit verloren. «Die Zusammenhänge sind viel komplizierter, als es in Ihr begrenztes Gehirn geht.»

«Na, na, unterschätzen Sie uns nicht», antwortete Diana. «Wir verstehen, es muss verlockend für Sie gewesen sein, die Chance zum Aufbau einer bedeutenden Transportfirma zu haben. Doch dazu brauchte es Geld – und das lieferten die Chinesen. Dafür mussten Sie deren Problem lösen – nämlich mit allen Mitteln zu verhindern, dass das Strahlungsdesaster des havarierten Atom-U-Boots hier in der Diskobucht ans Tageslicht kam. Denn die Chinesen konnten ja kaum selbst aktiv werden, der Verdacht wäre sofort auf sie gefallen. Also brauchten sie jemanden, der die Drecksarbeit für sie erledigte. Und das waren Sie, Herr Ruud.»

«Was ist schlecht daran, chinesische Partner zu haben?» Ruud beugte sich vor. «Sie müssen groß denken, wenn Sie große Pläne haben. Und Sie brauchen Finanziers.»

«Und für große Pläne lohnt es sich, über Leichen zu gehen?» Nelson schüttelte den Kopf. «Sie haben alle Grenzen überschritten, haben Leute umbringen lassen, haben eine Umweltkatastrophe in Kauf genommen.»

«Das war anders geplant. Aber dieser Inuk und diese hartnäckige deutsche Biologin haben eine Lawine losgetreten. Wir mussten sie stoppen, das war der Auftrag. Aber leider waren die Söldner und unser Mann hier vor Ort nicht gut genug. Das war Pech.»

«Pech ist in diesem Zusammenhang das falsche Wort, denke ich», sagte Diana. «Letztlich haben Sie weitere Fehler gemacht, einer davon war, mit den Attentätern direkt zu kommunizieren – wahrscheinlich, weil sie keine Mitwisser wollten. Haben Sie wirklich geglaubt, wir könnten die Telefonverschlüsselung nicht knacken?»

«Ein unbedeutender Lapsus.» Ruud machte eine wegwerfende Bewegung. «Wo gehobelt wird, da fallen Späne. Und was die Umweltkatastrophe betrifft: Glauben Sie ernsthaft, die ist in der Arktis noch aufzuhalten? Die Gletscher schmelzen unumkehrbar, das Packeis verschwindet – und mit ihm die Eisbären. Die unaufhaltsame Erwärmung des Nordpols wird den Menschen in ganz Europa immer neues Extremwetter bescheren.

Warten Sie's ab – selbst in Ihrem schönen Deutschland werden Stürme, Dauerregen, Überschwemmungen und Dürreperioden bald an der Tagesordnung sein. Glauben Sie wirklich, ein kaputter Atomreaktor, eingesperrt in der Stahlhülle des U-Boots tief unten im Meer, ist da noch wichtig?»

«Eine sehr verquere Sichtweise. Und auch die entschuldigt Ihre Morde nicht im Geringsten.» Nelson ließ den Blick durch den Speisesaal wandern. Niemanden schienen die Vorgänge bei ihnen am Ecktisch zu interessieren. Er wandte sich wieder Ruud zu. «Wir haben uns gefragt, was einen intelligenten Menschen wie Sie dazu treibt, sich auf dieses Spiel mit den Chinesen einzulassen. Und tatsächlich hatten wir unsere Hausaufgaben nicht richtig gemacht. Eine erneute Recherche hat die Antwort geliefert: Der Grund ist Ihre Tochter Meryem.»

Blitzartig richtete sich Ruud auf. Seine Leibwächter tasteten nach ihren Waffen.

«Was?»

«Sie wissen genau, wovon wir reden», sagte Diana. «Sie waren lange mit einer zehn Jahre jüngeren Frau zusammen gewesen, einer Uigurin. Ihre gemeinsame Tochter heißt Meryem. Wie wir jetzt herausgefunden haben, studiert Meryem nicht länger, sondern ist in Hongkong zu zwanzig Jahren Gefängnis verurteilt worden – angeblich, weil sie dabei erwischt wurde, wie sie vier Kilogramm Heroin geschmuggelt hat.»

Ruud schwieg. Diana und Nelson warteten geduldig ab. Als er weitersprach, war seine Stimme leiser.

«Das war eine miese Falle von den Chinesen. Sie haben meiner Tochter die Drogen untergeschoben, damit sie sie einsperren konnten und ein Druckmittel gegen mich hatten. Meine Meryem hatte nie etwas mit Rauschgift zu tun, sie hat nicht mal geraucht. Sie sitzt im Shek-Pik-Gefängnis ein. Wenn sie nicht bald rauskommt, stirbt sie da drinnen. Die Haftbedingungen sind unmenschlich.»

«Das also war Ihre entscheidende Motivation: Ihre Tochter zurückzubekommen. Dafür haben Sie alles für die Chinesen getan. Wirklich alles», sagte Nelson.

Ruud nickte. «Der Deal war klar: Wenn ich verhindere, dass der Atomunfall publik wird, kommt im Gegenzug meine Meryem frei.» Er sah beide an. «Und ob Sie's glauben oder nicht – noch habe ich die Hoffnung nicht aufgegeben.»

«Es ist vorbei. Vergessen Sie's.» Nelson schüttelte den Kopf. «Die Chinesen sind überführt, das U-Boot ist eindeutig identifiziert. Sie haben versagt. Und was Ihre Motive auch waren – die ganzen Toten, die Mordversuche – das alles haben letztlich Sie zu verantworten. Sie persönlich, Herr Ruud.»

«It ain't over till it's over – Es ist nicht vorbei, bis es vorbei ist, wie die Amerikaner sagen.» Ruuds Stimme hatte wieder an Schärfe zugenommen. «Die Chinesen werden abstreiten, davon gewusst zu haben. Und sie werden mich brauchen, damit ihre Beteiligung weiter unter der Decke bleibt. Außerdem wollen sie meine internationalen Verbindungen weiter nutzen, um künftig die Transportwege im Nordpolarmeer zu dominieren. Es besteht also noch Hoffnung für mich, meine Tochter bald wiederzubekommen.»

«Das werden wir verhindern.» Diana legte ihre Hand auf den Pistolengriff.

«Kommen Sie, Frau Winkels, Herr Carius, Sie sind doch Profis.» Ruud legte seine Hände flach auf den Tisch, er war wieder der Alte. «Sie werden hier drin gar nichts tun. Ein Mann wie ich hat immer Notfallpläne in Reserve.»

Seine Leibwächter hatten sich aufgerichtet. Nelson war angespannt und hoch konzentriert.

«Finger weg von Ihren Waffen.» Die durchdringende Stimme kam von direkt hinter ihnen.

Vorsichtig drehte sich Nelson um. Da stand der hochgewachsene Kellner, der sie am Eingang zum Speisesaal aufgehalten hatte und sie ursprünglich nicht hineinlassen wollte. In der Hand hielt er eine Pistole mit Schalldämpfer, verborgen unter einer Stoffserviette.

«Er ist ein Angestellter von mir, ich habe ihn dem Hotel freundlicherweise ausgeliehen. Das Hotelmanagement hat derzeit Probleme, genug Personal zu finden.» Ruud nickte dem Kellner zu. «Also machen Sie beide jetzt keinen Ärger, wenn Sie hier lebend wieder herauskommen wollen.»

Diana starrte ihn finster an. «Damit kommen Sie nicht weit, Herr Ruud! Geben Sie auf!»

«Überlassen Sie das ruhig mir. Sie sind gerade nicht in der Position, mir irgendwelche Ratschläge zu erteilen.» Ruud stand auf, seine drei Leibwächter folgten seinem Beispiel. «Und jetzt gehen wir vier wie zivilisierte Menschen nach draußen.»

Er gab dem Kellner einen Wink. Mit geschicktem Griff nahm der Mann Nelson und Diana die Pistolen ab und steckte sie ein.

«Frau Winkels, Herr Carius, leider können Sie beide uns nicht begleiten.» Ruud beugte sich zu ihnen hinunter. «Bitte bleiben Sie hier am Tisch sitzen. Mein Kellner achtet darauf, dass Sie Ihre Manieren nicht vergessen und keine Last-minute-Abenteuer versuchen.»

Er wandte sich zum Gehen. «Gerne würde ich ja ‹Auf Wiedersehen› zu Ihnen beiden sagen, aber ich befürchte, wir werden uns nie mehr wiedersehen. Genießen Sie die letzten Stunden in Ihrem Leben – der Wein hier ist vorzüglich!»

Damit verschwand er, begleitet von seinen drei Leibwächtern, aus dem Speisesaal.

«Sie beide bleiben sitzen!», sagte der Kellner. «Und keine plötzlichen Bewegungen. Sonst vergesse ich meine Zurückhaltung.»

Er tat so, als nehme er ihre Bestellung auf.

«Jetzt haben wir lange genug gewartet», sagte er nach fünf Minuten. «Der Chef ist längst weg. Wir drei marschieren ganz ruhig nach draußen. Sie beide gehen vor.» Er deutete auf seine Pistole. «Und denken Sie daran: Zur Not lege ich Sie auch gleich hier im Restaurant um.»

Nelson und Diana standen auf und gingen in Richtung Ausgang, gefolgt von dem Kellner. Keiner der anderen Gäste beachtete sie.

Als sie am Tisch von Andrej Sokolov vorbeikamen, rief der Russe ihnen zu: «Sie wollen schon gehen? Nicht noch ein Glas Wodka zum Abschied?» Er legte sein Steakbesteck zur Seite. «Kommen Sie, nur ein Glas, tun Sie mir den Gefallen.»

«Die beiden Gäste wollen gehen», sagte der Kellner.

Nelson und Diana verständigten sich mit einem Blick.

«Ach, ein Schluck zum Abschied wäre nicht schlecht.» Diana lächelte Sokolov an. «Wer weiß, wann wir uns wiedersehen?»

«So ist es!» Der Russe griff zwei Gläser und füllte sie bis zum Rand mit Wodka.

Der Kellner schwieg. Er schien nicht zu wissen, wie er mit der Situation umgehen sollte. Wahrscheinlich machten ihn auch die beiden stämmigen Begleiter des Russen nervös, die ihn finster anstarrten.

Nelson und Diana stellten sich links und rechts von Sokolov. Damit wurde der Abstand zwischen ihnen und dem Kellner größer.

Der Russe sah zu ihnen auf und drückte ihnen die Gläser in die Hand. «Auf Ihre Gesundheit!»

Diana tat so, als wolle sie trinken – aber in einer schnellen Bewegung schüttete sie dem Kellner den Wodka ins Gesicht. Zeitgleich griff Nelson das Steakmesser des Russen und rammte es dem Mann in den Arm.

Der Kellner stieß einen Schmerzensschrei aus. Seine Waffe fiel zu Boden.

Diana ergriff sie und stieß dem Mann den Lauf in die Seite. «Und jetzt raus hier!»

Sokolovs Begleiter waren aufgesprungen, aber der Russe wies sie mit einer Geste an, sich wieder zu setzen.

Die anderen Gäste im Lokal starrten sie an, sagten aber nichts.

«Was ... Was ist hier los?» Sokolov hielt immer noch sein Wodkaglas in der Hand. «Sie beide überraschen mich immer wieder.»

«Dieser Kellner hat einfach keine Manieren», antwortete Diana und schob den Kellner, den Nelson fest am Arm hielt, mit dem Lauf ihrer Waffe aus dem Lokal.

Draußen fesselten sie den Mann. Nelson holte sein Satellitentelefon heraus und wählte die Nummer des Chefs der Thule Air Base.

«Yes, Mister Carius?», meldete sich Colonel Steven Evans.

«Wir haben hier ein Päckchen, das abgeholt werden müsste», sagte Nelson. «Ist ansonsten alles wie besprochen gelaufen?»

«Don't worry. Wir bereiten Magnus Ruud gerade einen gebührenden Empfang.»

90

*... **Berlin** ...*

Es fühlte sich seltsam an, wieder zu Hause zu sein, in der Wohnung, die nicht seine eigene war. Nelson machte sich einen Tee, wählte aus den Keramikdosen seiner unbekannten Vermieterin einen tiefbraunen Rohzucker und gab einen Löffel in die heiße Flüssigkeit.

Bedächtig trank er. Der Wetterbericht im Radio kündigte für Deutschland eine Hitzewelle an, in den Kommentaren hieß es, jeder freue sich darauf, Sturmfluten und Dauerregen hinter sich zu lassen.

Auch er selbst hatte extra ein kurzärmeliges T-Shirt und eine leichte Jeans für den Tag im Büro herausgesucht. Er hatte genug von den Daunenjacken, den Schals und Handschuhen in der Arktis. Wobei er sich die Nordpol-Gegend noch weit kälter vorgestellt hatte. An manchen Tagen war es dort oben sogar so warm gewesen wie ein Frühlingstag in Deutschland.

Er würde lernen müssen, sich auf solche Wetterkapriolen einzustellen – sie konnten jederzeit und überall auftreten. Ihm war auf Grönland erst richtig bewusst geworden, wie zerbrechlich die Balance der Natur war, wie schnell das Gleichgewicht der Umwelt kippen und unermesslichen Schaden anrichten konnte.

Vor ihm auf dem Tisch lag ein Blatt Papier, der Computerausdruck der Datei, die ihm Steven Evans, der Kommandeur der Thule Air Base, geschickt hatte. Nelson hatte ihn beim Abschied um einen weiteren Gefallen gebeten: den geheimnisvollen Brief zu entschlüsseln, den er versteckt im Fotoalbum seiner Eltern gefunden hatte. Es waren zwei beschriebene Blätter. Sie enthielten Zahlen und Buchstaben, dazwischen erkennbare Worte und Satzfetzen. Er wollte es nicht noch einmal riskieren, die Dechiffrier-Mitarbeiter des BND für seine privaten Zwecke einzuspannen.

Evans hatte nur gesagt «No problem» und es an seine Geheimdienst-Experten weitergeleitet. In der Antwort schrieb er, es sei ein sehr simpler Verschlüsselungs-Code gewesen, der seine Leute nur ein paar Minuten Arbeit gekostet habe, ein Code von der Art, wie sie Privatpersonen und Anfänger benutzten.

In Klarschrift übersetzt, war das Schreiben seiner Eltern wirklich sehr einfach: Es waren lediglich Adressen in mehreren europäischen Orten. Sonst nichts – kein Hinweis auf den Grund, warum diese Adressen wichtig waren.

Und doch war es ein weiterer Hinweis für Nelson, dem Rätsel um sie vielleicht ein wenig näher zu kommen. Er hatte ja auch noch die Namen der Personen auf den Aufnahmen, die im Fotoalbum verborgen gewesen waren.

Er würde nicht aufgeben, niemals, bis er sich Klarheit verschafft hatte. Auch wenn er seine Geheimdienst-Quellen weiter dafür anzapfen musste … Wofür arbeitete er schließlich beim Bundesnachrichtendienst?

Der warme Wind machte das Fahrradfahren zum Vergnügen. Vergessen die Überschwemmungen in Berlins Straßen, vergessen der Dauerregen. Nelson genoss die Fahrt zur BND-Zentrale.

Es war ungewohnt, wieder durch die endlosen Gänge zu gehen, die gefilterte Luft zu atmen. In ihrem Gemeinschaftsbüro saß bereits Diana vor dem Bildschirm.

«Na, wieder akklimatisiert?» Sie lächelte.

«Ein Urlaub im Süden wäre zur Abwechslung nicht schlecht», sagte er. «Sonne tanken, im Meer baden, leckeres Essen – davon träume ich gerade.»

«Da musst du wohl noch Geduld haben. Erst müssen wir unsere Berichte abliefern – und zuvor will uns Dr. Horn bei sich sehen.»

«Hat er uns so vermisst?» Nelson grinste. «Das sieht ihm gar nicht ähnlich.»

«Ich glaube eher, wir sollen zum Rapport.» Diana sah von ihrem Computermonitor auf und verzog ein wenig das Gesicht. «Aber das werden wir gleich sehen.»

Als sie das Büro des Abteilungsleiters betraten, kam Robert Horn gleich hinter seinem Schreibtisch hervor und begrüßte sie überschwänglich. Das sah ihm gar nicht ähnlich. Nach ein paar Sätzen Small Talk über ihre Reise in den Norden bot er ihnen Plätze am Besprechungstisch in der Ecke an.

«Tee, Kaffee, Wasser?» Horn deutete auf die bereitgestellten Getränke und den Keksteller und setzte sich ebenfalls. «Bitte bedienen Sie sich.»

«Gibt's heute was zu feiern?» Diana schenkte Nelson und sich einen Kaffee ein, der Abteilungsleiter nahm einen Tee.

«Nun, Ihre Aktion in der Arktis war erfolgreich und ist so gut wie abgeschlossen», sagte Horn. «Selbst die befreundeten Geheimdienste sprechen ihre Anerkennung aus – und dass will was heißen.»

«Wie ist es denn mit Magnus Ruud ausgegangen?» Nelson nahm sich einen Keks.

Statt einer Antwort schob ihnen Horn ein Blatt Papier herüber. Es war eine Meldung der Nachrichtenagentur Agence France-Press. Sie lautete:

SCHIFFSUNGLÜCK IM NORDPOLARMEER

Transportunternehmer aus Island unter den Opfern

Nuuk/Grönland
Die kanadische Küstenwache hat heute die Trümmer eines Schnellbootes geborgen. Das Schiff gehörte dem isländischen Unternehmer Magnus Ruud, Chef der Transnation Holding.
Es konnten keine Überlebenden geborgen werden. Auch Ruud ist offenbar bei dem Unfall ums Leben gekommen. Er wurde zuletzt in Ilulissat auf Grönland lebend gesehen, wo er sein Schnellboot betreten hatte. Vermutlich wollte er zurück nach Island reisen.
Die Küstenwache geht davon aus, dass ein Defekt im Treibstofftank zu einer Explosion an Bord führte. «Die Mannschaft und alle Passagiere waren wohl sofort tot», erklärte ein Sprecher.
Magnus Ruud hinterlässt eine Tochter namens Meryem.

«Das war es dann also», sagte Diana. «Die Amerikaner haben ganze Arbeit geleistet.»

«Ich bin mir da nicht so ganz sicher», antwortete Horn.

«Wie meinen Sie das?»

«Ich denke, die Amerikaner könnten Ruud auch am Leben gelassen und in eines ihrer geheimen Verhörzentren gebracht haben.» Der Abteilungsleiter sah nachdenklich drein. «Magnus Ruud verfügt über wertvolle Informationen über die Chinesen. Die will die CIA sicher haben, schließlich ist China deren neuer Gegner.» Er nahm einen Schluck von seinem Tee. «Aber offen gesagt, ich will es gar nicht so genau wissen. Sollen doch die Amerikaner tun, was sie für richtig halten.»

«Und was geschieht jetzt mit dem havarierten U-Boot auf dem Meeresgrund? Was sagen die offiziellen chinesischen Stellen dazu?», fragte Nelson.

«Die chinesische Regierung tut überrascht», berichtete Horn. «Übrigens wurde Huang Li, der Leiter der Polarstation, zurück nach Peking beordert. Die Chinesen schieben das Desaster auf den U-Boot-Kommandanten, der angeblich eigenmächtig gehandelt habe – entgegen dem ausdrücklichen Befehl der chinesischen Marine.» Er zuckte die Schultern. «Das kann man glauben oder nicht – jedenfalls ist es ein Versuch, das Gesicht zu wahren. Und sie haben natürlich ihre Bereitschaft erklärt, bei den Aufräumarbeiten mitzuhelfen.»

«Wie soll das konkret gehen?» Diana schüttelte den Kopf. «Wie will man die radioaktive Strahlung unterbinden?»

«Da gibt es mehrere Möglichkeiten – Experten verschiedener Länder kümmern sich bereits darum.» Horn schenkte allen nach. «Russland hat sogar angeboten, ihren Atomfrachter Sevmorput vom Nordpol abzuziehen und nach Grönland zu beordern. Angeblich könne das Schiff mit seinem Bohrturm auch Spezialausrüstung zur Bergung des U-Bootes auf den Meeresgrund bringen.» Horn lächelte. «Keine Ahnung, ob das eine gute Idee ist. Aber die Russen haben da einige Erfahrung: 1989 beispielsweise versank ein russisches Atom-U-Boot in der Barentssee im Norden, ein weiteres ging dort im Jahr 2003 unter.»

«Gab es nicht sogar noch mehr Atomunfälle unter Wasser?», fragte Nelson. «In den Geheimdienst-Dossiers stand einiges darüber.»

«Das ist richtig. Bekannt wurde das Drama um die ‹Kursk› – und die ‹K19›, die ebenfalls ein Strahlenleck in ihrem Nuklearreaktor hatte», antwortete Horn. «Und im Jahr 2019 musste das atomare Forschungs-U-Boot vom Typ AS-12 einen Brand an Bord bekämpfen. Es wurde in eine geheime Militärbasis in der Arktis geschleppt, aber wir wissen nicht, wie stark der Nuklearantrieb beschädigt war.»

«Die wissen zumindest, wie man den Schrott unschädlich macht und sicher aufbewahrt», sagte Diana.

Horn nickte. «Man könnte auch versuchen, das chinesische U-Boot aus der Diskobucht zu schleppen und irgendwo tief im Meer zu versenken, wo es keinen so großen Schaden mehr anrichten könnte. Oder Spezialisten versuchen mit Tauchrobotern, das Leck des Nuklearreaktors abzudichten. Oder man gießt eine dicke Betonhülle um das Wrack, damit keine Strahlung mehr austreten kann.»

«Nur muss es schnell geschehen – die Zeit drängt», sagte Nelson. «Sonst ist das nächste Fischsterben nur eine Frage der Zeit.»

«Ich bin zuversichtlich, die kriegen das hin», sagte Horn. Er sah Nelson und Diana an. «Einen Punkt habe ich noch: Als Ihr Vorgesetzter muss ich Sie darauf hinweisen, Ihren Auftrag das nächste Mal vorsichtiger und dezenter zu erfüllen. Trotz Ihrer Erfolge – es geht auch ohne Sprengungen, ohne Feuergefechte, ohne Tote. Ich mag Ihnen freie Hand bei der Operation eingeräumt haben, aber das heißt nicht, dass man so aufzutreten hat. Der BND hat einen Ruf zu bewahren.»

«Einen Ruf als Beamtenapparat?», rutschte es Nelson heraus.

«Als Geheimdienst selbstverständlich.»

«Gibt es bald auch mal Aufträge in Regionen, wo das Wetter besser ist?», fragte Diana und lehnte sich zurück.

«Ich denk darüber nach.»

«Dann bewerben Diana und ich uns sofort darum.» Nelson grinste. «Wenn wir einen Wunsch äußern dürfen: etwas am Meer wäre nicht schlecht.»

91

Ilulissat, Grönland

Nanoq war auf dem Weg ins Krankenhaus, als der Polizei-Geländewagen neben ihm anhielt. Eliyah und Bürgermeister Rasmussen stiegen aus.

«Hast du einen Moment, Nanoq?», begrüßte ihn der Bürgermeister. «Wir haben wichtige Nachrichten für dich.»

«Was gibt es?», fragte Nanoq, obwohl er es sich denken konnte.

«Wir wollen dir unser Beileid aussprechen.» Eliyah schüttelte ihm die Hand. «Wie wir soeben erfahren haben, wurde die Leiche von Paalu Lynge gefunden.»

Nanoq sah beide an und sagte nichts.

«Wir wissen, wie nahe ihr beide euch standet.» Rasmussen senkte den Blick. «Es muss ein Schock für dich sein. Es tut mir so leid.»

«So wie es aussieht, war es ein Unfall», sagte Eliyah. «Paalu ist mit seinem Motorschlitten oben auf dem Jakobshavn-Gletscher gefahren und muss dabei einen verborgenen Krater übersehen haben. Er ist gestürzt und unter das Schneemobil geraten. Er hatte keine Chance, Hilfe zu rufen – er ist erfroren.»

«Dabei war Paalu ein so erfahrener Inuk, der sich in der Natur auskannte.» Der Bürgermeister schüttelte den Kopf. «Es ist mir ein Rätsel, wie er derart unvorsichtig sein konnte. Gerade bei Tauwetter ist mit dem Eis dort oben nicht zu spaßen.»

Nanoq nickte.

«Wir haben auch noch eine gute Nachricht», fuhr Eliyah fort. «Die Polizei hat das Ermittlungsverfahren gegen dich wegen des Todes des deutschen Kreuzfahrttouristen eingestellt.»

«Wieso das denn auf einmal?» Nanoq blickte ihn misstrauisch an.

«Nun, das Unglück von Paalu hat uns gezeigt, wie tückisch die Gegend auf dem Gletscher ist und dass es wohl jedem passieren kann, dort einzubrechen. Wir legen den Fall zu den Akten – es war ein Selbstverschulden des Deutschen.»

«Außerdem hat Colonel Steven Evans, der Chef der Thule Air Base höchstpersönlich, deinen Einsatz in den vergangenen Tagen gelobt.» Der Bürgermeister klopfte Nanoq auf die Schulter. «Respekt! So was hört man nicht oft von den Amis. Und natürlich kannst du ab sofort wieder für das Tourismusbüro arbeiten – wir brauchen Leute wie dich.»

«Das sind wirklich gute Nachrichten.» Nanoq setzte ein Lächeln auf. «Bitte entschuldigt – ich bin jetzt mit Hanna im Hospital verabredet.» Er verabschiedete sich von den beiden.

Hanna wartete bereits im Empfangsraum auf ihn. Sie umarmten sich, und er küsste sie.

«Ich hab's in dem Krankenzimmer nicht länger ausgehalten», sagte sie. «Lass uns von hier verschwinden – ich habe von diesem Krankenhaus endgültig die Nase voll.»

Hand in Hand gingen sie zu Nanoqs Haus. Sie unterhielten sich über die Ereignisse der vergangenen Tage. Nanoq erzählte davon, wie Paalu umgekommen war.

«Vielleicht war es besser so.» Hanna schmiegte sich an ihn. «Und jetzt will ich nicht länger an deinen Freund und an all die anderen Kriminellen denken.»

In der Küche machte Nanoq Kaffee und stellte einen Teller mit Schokokeksen auf den Tisch. Eine Weile saßen sie schweigend da, genossen die Ruhe und das Gefühl, jetzt endlich ungestört Zeit füreinander zu haben.

«Und, wie geht's jetzt weiter?» Hanna sah ihn an.

Er wusste, was sie meinte.

«Ich muss auf jeden Fall morgen erst mal zurück nach Deutschland», fuhr sie fort. «Der Termin für Svens Beisetzung steht nun fest. Sie haben seinen Leichnam nach Bremerhaven überführt. Ich will bei der Beerdigung dabei sein – das bin ich ihm schuldig. Wir hatten weiß Gott unsere Differenzen – aber er hat mir das Leben gerettet.»

«Da hast du vollkommen recht, finde ich.»

«Ich könnte danach zurückkommen – oder du begleitest mich nach Deutschland.» Ihre Stimme war fragend.

Nanoq schwieg. Auch wenn es ihm schwerfiel – er hatte eine Entscheidung getroffen.

Er nahm ihre Hand. «Hanna, was die nähere Zukunft angeht: Ich habe durch die jüngsten Ereignisse das Gefühl bekommen, ich sollte mich hier mehr engagieren. Mir ist klar geworden, wie sehr die Inuit abhängig sind von den Launen der Natur und des Klimas. Wir sollten uns besser darauf vorbereiten als bisher. Ich weiß nicht, wie eine Lösung aussehen könnte, aber ich denke, wir müssen das Thema viel, viel ernster nehmen. Mein Großvater Uju mag verschrobene Ansichten gehabt haben, aber er hatte recht mit seiner Überzeugung, gerade wir sollten für den Schutz unserer ureigenen Lebenswelt kämpfen. Ich will ein klein wenig dazu beitragen.»

«Das verstehe ich vollkommen. Wer sonst, wenn nicht eine Biologin hätte dafür mehr Verständnis?» Hanna beugte sich zu ihm. «Ich hab mir schon so was gedacht. Deshalb war ich im Krankenhaus nicht untätig und habe mit meinem Vorgesetzten beim Alfred-Wegener-Institut telefoniert. Er ist von meiner Idee begeistert, dich als freien Mitarbeiter hier auf Grönland zu engagieren. Du könntest Proben einsammeln, Messungen machen, all die Arbeiten eben, für die wir sonst jemanden herschicken müssten. Was hältst du davon?»

«Wow, nichts würde ich lieber machen.» Er war überrascht und merkte, wie sein Herz einen Sprung machte. Eigentlich hatte er befürchtet, Hanna nicht mehr zu sehen. Lange hatte er darüber nachgedacht, wie ihre gemeinsame Zukunft aussehen könnte und ob es überhaupt eine gemeinsame Zukunft gäbe – aber er hatte keine Antwort gefunden. «Du bist dann meine Chefin?»

«Ganz genau. Du könntest in ein paar Tagen nach Bremerhaven kommen, dann besprechen wir alles.» Hanna lächelte. «Du wohnst natürlich bei mir. Da bleibt uns viel Zeit – nur für uns beide.»

«Nur wir beide?» Nanoq küsste sie. «Das klingt fantastisch.»